新潮文庫

追悼の達人

嵐山光三郎著

目次

明治

正岡子規（35年9月19日）――死んで百余の句となる……12
尾崎紅葉（36年10月30日）――親分は哀《かな》しい……32
小泉八雲（37年9月26日）――死もまた「怪談」……44
川上眉山（41年6月15日）――とまどう追悼者たち……55
国木田独歩（41年6月23日）――嫌われた自分流……66
二葉亭四迷（42年5月10日）――文学では死身になれない？……77
石川啄木（45年4月13日）――新聞記者の友情……88

大正

上田敏（5年7月9日）――葬式に行かない理由……102

夏目漱石（5年12月9日）――漱石をけなした人々……113
岩野泡鳴（9年5月9日）――ちょうど死にごろ……133
森鷗外（11年7月9日）――切腹を許されなかった軍医……144
有島武郎（12年6月9日）――情死をどう追悼するか……159
滝田樗陰（14年10月27日）――編集者への追悼……173

昭和

芥川龍之介（2年7月24日）――「お父さん、よかったですね」……186
若山牧水（3年9月17日）――アル中患者を成仏《じょうぶつ》させる……205
小山内薫（3年12月25日）――役者は死人にすがりつく……218
内田魯庵（4年6月29日）――毒舌家が死ぬと、どう言われるか……229
岸田劉生（4年12月20日）――飛びすぎた鷲《わし》……240

田山花袋（5年5月13日）――臨終問答……251
小林多喜二（8年2月20日）――虐殺《ぎゃくさつ》された者への鎮魂……262
巌谷小波（8年9月5日）――ユカイなおじさんの死……274
宮沢賢治（8年9月21日）――追悼でよみがえる……286
竹久夢二（9年9月1日）――女にもてた画家はうとまれる……298
坪内逍遥（10年2月28日）――遊女を妻とした男……309
与謝野鉄幹（10年3月26日）――復讐《ふくしゅう》する挽歌《ばんか》……320
鈴木三重吉（11年6月27日）――罵倒《ばとう》しても友情……333
中原中也（12年10月22日）――追悼なんてくそくらえ……344
岡本かの子（14年2月18日）――女は追悼で二度化ける……356
泉鏡花（14年9月7日）――つきあい嫌い……367
萩原朔太郎（17年5月11日）――死んだきみの腹《はら》がへる……377

与謝野晶子（17年5月29日）――嘘《うそ》から出た真実……388
北原白秋（17年11月2日）――義絶した友へ……400
島崎藤村（18年8月22日）――狡猾《こうかつ》なエゴイストの死……411
幸田露伴（22年7月30日）――おれはもう死んじゃうよ……423
横光利一（22年12月30日）――讃辞《さんじ》に耐える……435
太宰治（23年6月13日）――若年にして晩年……446
林芙美子（26年6月28日）――生も恐ろし、死も恐ろし……459
斎藤茂吉（28年2月25日）――あかあかと一本の道……470
堀辰雄（28年5月28日）――逞《たくま》しき病人……481
高村光太郎（31年4月2日）――死者アンケート……492
永井荷風（34年4月30日）――追悼する人が試される……504
火野葦平（35年1月24日）――芥川《あくたがわ》になれなかった俠客《きょうかく》……517

柳田国男（37年8月8日）——柳田はなぜ旅に行くか…… 528
谷崎潤一郎（40年7月30日）——瘋癲《ふうてん》老人の死…… 539
三島由紀夫（45年11月25日）——再生する三島…… 553
志賀直哉（46年10月21日）——ナイルの一滴…… 564
川端康成（47年4月16日）——末期《まつご》の眼…… 575
武者小路実篤（51年4月9日）——ボケた追悼の味…… 586
小林秀雄（58年3月1日）——八十歳の若死…… 597
あとがき…… 608
文庫本のあとがき…… 612
追悼の至道……林 望
主要参考文献

カット 森 英二郎

追悼の達人

明治

正岡子規
死んで百余の句となる

子規《しき》が喀血《かつけつ》したのは二十一歳で、漱石《そうせき》との交遊が始まった二十二歳のときはすでに体調が悪く、したがって漱石は、まったく健康状態にある子規を知らない。三十歳で腰痛の手術をして、三十一歳で病床につき、三十五歳で生涯を終える子規は、つねに死の影と対座していた。

子規へはつぎのような追悼句が捧《ささ》げられた。

蓮《はす》の実の飛ぶや再び君を見ず　為山
風呂《ふろ》吹《ふき》や嘗《かつ》て蕪村《ぶそん》を祀《まつ》るごと　青々
菊枯れて仏に弟子の涙かな　把栗
此《この》秋《あき》や俳句和歌書画皆空《むな》し　香墨
先生のかくれて見えぬ花野かな　愚哉

35年9月19日

秋風に悲しむ庭に立ちながら　格堂

朝寒や芙蓉《ふよう》の下に慟哭《どうこく》す　抱琴

香墨は、死ぬ六年前に子規を訪ねて弟子になった俳人で、のち台湾へ行くときに子規より根岸名物青紫蘇《あおじそ》の粉と山椒《さんしょう》の実の瓶づめを贈られたことを思い出した追悼文を書いている。子規は、弟子思いの人情家の一面がある。香墨は、追悼文の終りに「秋の部に子規忌加わる恨みかな」を残しており、こちらの句も胸に沁《し》みる。「朝寒や芙蓉の下に慟哭す」と追悼した抱琴は、子規と同じく肺病を病み、赤十字病院に入院したとき、子規より力強くはげまされた。その後正月の年賀に行ったとき、「この馬鹿《ばか》野郎、腰骨を叩《たた》き折って鉛をつぎこまざれば、病気の味を知らじ」と書いた文を渡されて、奈良茶飯と蕪《かぶ》漬物を貰《もら》い、「俳句を作れば肺病はなおる」と言われた。「ぼくはこの一語をもって広く天下の肺を患《わずら》うるところの俳人にすすめたい」と抱琴は述懐している。

子規への追悼文を読むと、子規の知られていない日常のディテイルが見えてくる。

九月二十日子規先生の通夜《つや》に侍して

夜半《よわ》の秋布団《ふとん》かぶるは誰々ぞ　耕村

旅好きの地獄の月も足ついで　洗耳

柳ちり清水かれ草の秋悲し　竹の門
俳句帖《ちよう》糸瓜《へちま》三句を終りかな　芒生
蚊帳《かや》のわかれ故人の面みゆるまで　幽雨
立待の月此後は曇るべし　松浜
主なき鶏頭に秋の風すさめ　天易児
みの笠《かさ》の今や黄泉《よみじ》の露しぐれ　木公
秋の蝶《ちよう》其《その》草花帖の人あらず　奇北
かなしやな鶏頭の秋もたけざるに　木象
朝寒の筆投げて立つ訃《ふ》音《いん》かな　石牛
百ヶ日其の俤《おもかげ》の冬牡《ぼ》丹《たん》　江南
秋雨や仏恋しく鳴く鴉《からす》　雨六
蚯蚓《みみず》なきよればけら鳴き居たりけり　由人
糸瓜みなおちぬこの世の一大事　波静
糸瓜忌と称《とな》えん九月十九日　活潭
柿《かき》さわに実れ君行く道の辺に　坦々
糸瓜忌や世に三章の発句あり　一堂
菊さきぬ四十九日の仏の日　鬼城

朝顔に仰ぎ芙蓉に伏す夕《ゆうべ》　撲天鵬
韓山《からやま》の栗《くり》のホ句冀《ねが》くは饗《う》けよ　芙蓉
帰り咲く山吹折りぬ七七日　十二楼
鶏頭の花に悲しみ極まりぬ　秋皎
此秋《このあき》や三千の詩人きりぎりす　紫金桃
子規居士《こじ》と糸瓜に書いて見たりけり　余生
君あらず夕日糸瓜に椎《しい》の木に　一露

正宗寺

北に隣る無量寿塔や秋の風　淡紅
山茶花《さざんか》に愁《うれい》も忌《いみ》の百ヶ日　胡周
君やあらず秋海棠《しゅうかいどう》に慟哭す　卜貝
悲しみは海鼠《なまこ》のような我にさえ　人生
朝寒や新聞君の訃をもたらす　孤峯
太祇忌《たいぎき》も子規忌も同じ月になりぬ　静軒
菓物《くだもの》にかくれて見えぬ位牌《いはい》哉《かな》　杏堂

病み給《たも》う肖像を見て

其《その》鬚《ひげ》に柚味噌《ゆずみそ》の香残らずや　郊外

朝寒や柩《ひつぎ》を送る黍畑《きびばたけ》　春郊

肖像を見て

病む人の頰の毛のびて秋の風　露皎

来年は東上の志あり遂《つい》に見えず

薬掘つて山にぶらつき居りければ　行々子

月見れば月草見れば愁かな　呉山

根岸から此世の秋の寒さかな　渓水

子規は死ぬ前年の明治三十四年に、「死後」という随筆を書いている。

「人間は皆《みな》一度ずつ死ぬるのであるという事は、人間皆知って居るわけであるが、それを強く感ずる人とそれほど感じない人とがあるようだ。ある人はまだ年も若いのにしきりに死ということを気にして、今夜これから眠ったらばあしたの朝はこのまま死んで居るのではあるまいかなどと心配して夜も眠らないのがある。そうかと思うと、死という事について全く平気な人もある」「余のごとき長病人は死という事を考えだすような機会にも度々《たびたび》出会い、またそういう事を考えるに適当した暇がある」

子規によれば、死の感じかたには、二つあり、一つは客観的なもので「自己の形体が死んでも自己の考えは生き残っていて、その考えが自己の形体の死を客観的に見ておる」とし、もう一つの主観的な死の意識は、「厭《いや》な感じである」が、「普通の人によくおこる感情」と分析している。

子規にとって、死は漠然《ばくぜん》とした不安や諦念《ていねん》ではなく、病床に添い寝する女のような相手だから、具体的に、死後の自分を観察している。死後の葬《ほうむ》りかたとして、棺は「いかにも窮屈そうなもので厭な感じである」「死体をゆるがぬように何かでつめるのが厭」で、棺と死体のあいだにおがくず、紙、樒《しきみ》の葉をつめるのは気の毒で、かといって西洋式で花をつめるのは「からだ触《ざわ》りが柔らかなだけに、つめ物にはならない」として迷うのである。棺の幅を非常に狭くして死体が動かぬようにすればつめ物は少くてすむものの「棺の中で生きかえった時にすぐに棺から這《は》い出られる」仕組みにならないから、これも厭なのだ。

土葬は、穴に埋められてから「ドタバタドタバタと土は自分の上に落ちて来る。そうして人夫共は埋めた上に土を高くして、その上をしきりに踏み固めて」しまうのが厭で、九尺の土の上にさらに「大きな石塔なんぞを据えられてはたまらぬ」「これは肺病患者であると、胸を圧せられる」のがたまらぬと述懐する。

火葬は「蒸し焼は息がつまり、料理屋の料理みたいで俗極まり」、水葬は「余は泳ぎを知らぬのであるから水葬にせられた暁《あかつき》にはガブガブと水を飲む」と心配し、「いろいろの魚が来て顔ともいわず胴ともいわずチクチクとつつきまわっては心持が悪くてしかたがない」。姥捨山《うばすてやま》に捨てられるのは「ガシガシと狼《おおかみ》に食われるのはいかにも痛そうで厭である」。ミイラは洒落《しゃれ》ているが「浅草へ見世物に出されてお賽銭《さいせん》を貪《むさぼ》る資本とせられては誠に情け無い」。

そうこう考えているうちに、病床の子規は客観的な死を体感して、すでに死んだ自分が小さな早桶《はやおけ》に入れられて、二人の友人に守られながら細い野路を北へむいて進んでいくシーンを夢想する。この随筆は死を一年半後にひかえた子規の、自らの弔辞のようなものだ。

子規は弔辞の達人だった。

四歳下の従弟《いとこ》藤野古白《ふじのこはく》がピストル自殺したときは、長詩の追悼を書いている。

何故汝《なにゆえなんじ》は　世を捨てし。
　浮世は汝を　捨てざるに、
　我等は汝を　捨てざるに、
汝は我をぞ　見捨てにし。

の四行詩が、えんえんと二十節もつづいていく。それは二十四歳で自殺した後輩をいたわり、文学者とよびかけ、詩人としていとおしみ、荒寺に葬られた亡《な》きがらを抱きすくめる哀惜の情にみちている。
あるいは、少年香庵《こうあん》を悼《いた》んで、
　あわれ、八月十五夜の
　月は隈《くま》なく輝けど、
　香庵終《つい》に帰り来ず、
　永く見捨てし仮の宿。
に始まる追悼詩を三節書いている。死んだ少年が、天《あま》つ少女《おとめ》に取りまかれて、彷彿《ほうふつ》として月の中へ昇ることを祈り夢想する。
父への追悼詩（「父の墓」）は、荒れた父の墓をしのび、草をむしり、水を手向《たむ》け、母の悲しさを告げている。

　父の御墓《みはか》に詣《もう》でんと
　末広町に来て見れば
　鉄軌《てつき》寺内をよこぎりて
　墓場に近く汽車走る。

石塔倒れ花萎《しぼ》む
露の小道の奥深く
小笹《こざさ》まじりの草の中に
荒れて御墓ぞ立ちたまう。
見れば囲いの垣破《や》れて
一歩の外は畠《はたけ》なり。
石鉄颪《おろし》来るなへに
粟穂《あわぼ》御墓に触れんとす。
胸つぶれつつ、見るからに、
あわてて草をむしり取る
わが手の上に頬の上に
飢えたる藪蚊《やぶか》群れて刺す。
樒《しきみ》を手向け水を手向け
合掌してぞかしこまる。
涙こぼれぬ、父上と
我を隔つる其土に

いとけなき時婆々《ばば》君に
此御墓前にて習いたる
念仏一遍その如《ごと》く
しずかに唱え終りたり。
人につれられ詣来《もうでき》にし
昔覚えて、墓の木に
二十四年の秋の風
木末《こずえ》動かす音悲し。
旅に住む身は年々の
祭も心のままならず。
父上許したまいてよ。
われは不孝の子なりけり。

勉《つと》め励みて家を興《おこ》し
亡き御名をもあらわさんと、
わが読む書のあけくれに
思いしこともあだなりき。

出《い》ずるに車、食に魚、
残りたまいし母君を
せめて慰めまつらんと
思いしそれさえあだなりき。
学問はまだ成らざるに
病魔はげしく我を攻む。
書を抛《なげう》ち門を閉じ
一年半ばは褥《しとね》に臥《ふ》す。
何事も過去に成らざりき。
未来も成ることなかるべし。
やがて吾妻《あずま》に上りなば
また得まみえたてまつらじ。

わが去る後は、草むらの
人より高く生い茂り
御墓隠さん。さりながら
そを刈る人もなかるべし。

わが去る後は、彫りつけし
法の御名の読めぬ迄《まで》に
苔《こけ》や生《む》すらん。さりながら
そを掃《はら》う人もなかるべし。
わが去る後は、夜を寒み
粟の畠の月に鳴く
虫より外に、露わけて
弔《とぶら》う人もなかるべし。
また得詣でじ。今生《こんじょう》の
御いとまごい申すなり。
父上許したまいてよ。
われは不孝の子なりけり。

技巧を排し、ひたすら純朴な自分に戻って悲しみを独白する直情の人であった。子規は本来は毒舌の論争家であり、相手が漱石だろうが虚子《きょし》だろうが手をゆるめずビシビシとやっつけるが、こと追悼となると、おだやかなやさしい人となる。追悼する相手が、熱血漢田中館甲子郎ならば、

独りさすらえ行くや、其《その》
南琉球《みなみりゅうきゅう》、北蝦夷《きたえみし》、
蝦夷の寒は熱血の
熱をぞ妬《ねた》む。あな悲し。

という一節を入れ、故人の生前の活躍をたたえる。サービス精神があふれている。
「皇太后陛下の崩御遊ばされたるをいたみたてまつる」追悼詩は、

かしこきや国の御母。
ゆゆしきや御門《みかど》の御親。

に始まる七節四十二行で、最後は、

賤《せん》の身の吾《われ》も着けなん
一様に墨染《すみぞめ》の袖《そで》、
御柩《みひつぎ》を送りまつらん。

で終る。

なんでも書けるのである。

追悼ではないが、俳諧《はいかい》の伊藤松宇《しょうう》が下野《げや》するとき、「此人《このひと》去りて自今《よりいま》道《みち》を問う処《ところ》なし」と前書きして、俳句をおくっている。

若葉して都を下る隠士《いんし》哉《かな》

絶妙にうまい。子規にこれほどの句を作ってもらえれば、だれだって下野してみたくなる。

子規の絶筆三句はへちまの句である。

糸瓜《へちま》咲《さい》て痰《たん》のつまりし仏かな
痰一斗糸瓜の水も間にあわず
おとといのへちまの水も取らざりき

死ぬ前日に弟子の虚子を病床へ呼んで、この句を作った。漱石が日本にいれば呼んだだろうが、漱石はロンドン留学中であった。虚子は、子規の書生として子規庵《しきあん》に出入りしてよくつかえていた。しかし、子規は虚子の句をコテンパンに批判していた。虚子の、

荷車の桃に乗つたる小犬かな

に関して「これは桃と犬と共に荷車に乗りたる意か又は桃の枝に犬のとまつて居るか、前者ならば語悪し後者ならば意匠悪し」とやっつけた。虚子は、「桃を車につむときはしっかりと束にして乗せるものだ。その上に犬が乗れぬことはない。これはぼくが実際に見た景色だ」と反論している。また、

山蛭《やまびる》に松明《たいまつ》ふるや夏木立

に関して「此句の意さだかならず、山蛭の居るを認めて松明ふるにや（まさか山道に山蛭は見えまじ）」とけなし、虚子は「山蛭は人の香をかぐと樹《き》から落ちるから、それを防ぐために松明を振るのだ」と反駁《はんばく》している。

これだけではなく、虚子が「耳ふとき蝙蝠《こうもり》を打つ窟哉《いわや》」と詠《よ》めば「窟のなかには見え

ないだろう」とからみ、虚子は虚子で、「松明をつけて入るから見える。これは子規の批評とは思えない」とむきになって食ってかかった。子規は口が悪いが、虚子が子規に食ってかかる勢いも激しかった。病状がさほど悪くないときの子規は「いたって不始末な不行儀な男であった」と坂本四《し》方太《ほうだ》が追想している。「肉の落ちた色の青い眉《まゆ》は秀《ひい》でて眼の窪《くぼ》んだ苦味走った顔で、分け苅《が》りの黒い髪が長く伸びて狭い額に覆《おお》いかかって居る」と。子規は激しい性格で、それは『病牀《びょうしょう》六尺』や『仰臥漫録《ぎょうがまんろく》』を読めばよくわかる。病状が悪化すると、来客に対しては弱気になったが、看病する母や妹には威張り散らした。威張るぶん句はうまい。虚子の「夏木立の句」をけなしたときの子規の句は「夏山を出て北へ向く流れかな」で、句格が大きい。ついでに「あたたかな窓に病気の名残《なごり》かな」や「うき猫をくどく声音や屋根の上」といった身近な写生句もある。

子規は病床が長かったため、死んだときに友人や弟子が寄せた追悼は、哀切感は薄く、むしろ子規作品の分析、評価の論陣となった。三十五歳で死んだ子規を翁《おう》と呼んだのは佐藤紅緑《こうろく》である。紅緑は日本新聞社に勤務したとき子規と同じ編集局におり、子規は始終懐手《ふところで》で原稿の反古《ほご》を懐からはみださせ、紫色の襟巻を両肩にさげて威風堂々と振舞っていた。紅緑はその記憶を「子規翁」と題して追悼しており、子規の日常が活写されていて痛快だ。子規は新聞社に勤めながらも、若くして翁の貫禄《かんろく》があった。宿直室の行《あん》燈《どん》が赤い縁《ふち》で吉原《よしわら》の置屋に似ているので、紅緑が紙に「正岡」と書くと、いかにもオイランの名のようで、すかさず子規は「待てど来ぬ夜の灰吹たたきせめて蛇でも出ればよい」と都々逸《どどいつ》を書いた。子規には、こういう即興の茶目っ気があった。紅緑は、会社をやめてから子規が手紙に書いて送ってくれた句「われ病《やみ》て桜に思う事多し」を、「余がバイブル」であるとして拝んでいる。

同郷で年上の内藤鳴雪《めいせつ》は、子規への「追懐雑記」で、子規が年長者に礼儀正しい人物であることを讃《たた》え「いかなる苦悩中でも僕が往《ゆ》くとたちまち態度を改め、相当の応接をした」ため、かえって見舞いに行きにくかった、と言っている。

同僚の四方太は「思い出ずるまま」として長文の追悼文を書き、病状が悪化すると「俳句の話は気に入らぬので何か面白い話をしろ」と注文されて困ったと言う。四方太あての手紙の巻末に「枯菊の記を書きに来よふき膾《なます》」とあるのが哀切である。四方太の追悼文のなかに、子規が、「碧梧桐《へきごとう》は常感あって常識なし、鳴雪は常識あって常感なし」と言ったことが書かれており、それに対し四方太は「常識なくして常感がない俳人もいる」と言い返し、子規は苦笑した。

碧梧桐は、追悼として「墓側」という小説を書いた。月並みの小説で、子規や漱石、鳴雪が出てくるのだが、友人知人総出演の寸劇仕立てで、俳人がうっかり芸を見せようとして失敗した。ただし、最後に「升さん升さん升さん……もう寝てお仕舞いたのか」の一節に、師を思う心情がある。

子規への追悼句は百三十人ほどの俳人が作っているが、七七日忌の東京追悼会（四十一名）では、鳴雪の「下手な句を作れば叱《しか》る声も秋」をはじめつぎの八句が互選された。

秋の雨悲み秋の風哭《こく》す　五城
したたかに柿《かき》くうて淋《さび》し忌日哉　三允
雁来紅《はげいとう》のもゆる即《すなわち》仏かな　抱琴
七々日鶏頭泣て倒れけり　碧童
句三章糸瓜悲しきものとなりぬ　六花
遠く来て糸瓜の遺筆拝しけり　木外
白雲や鶴《つる》啼《なき》去て冬の空　山崎
鶏頭の細き残れりともし程　酔仏

追悼文は死者の徳をしのぶことこそが常道だが、子規を語る人の思い出はすべて具体的で、子規でなければ出来ないことばかりである。傲岸不遜《ごうがんふそん》で無愛想で物事に無頓着《むとんちやく》に見える子規が、そのじつ繊細で優しく相手を芯《しん》からいたわる性格であったことがわかる。

子規の地方追悼会は日本各地で催された。

鶏頭に生けるが如《ごと》き仏かな　黒洲（京都）
柿食いし奈良の旅籠《はたご》も昔かな　霞外（大阪）
蓮《はす》の実の飛んで仏の数に入る　里人（西宮）
六尺の床ひややかに仏かな　破空（名古屋）
香煙《こうえん》にむせびぬかずく寒さ哉　撫琴（岡崎）
誰《た》が為《ため》に赤き愚庵《ぐあん》の柿の色　井村（取手）
墓守《はかもり》となりて糸瓜を作らんか　愚然（飯田）
子規居士《こじ》の四十九日や栗《くり》の飯　英玉（長野）
談笑す仏の前の蜜柑《みかん》かな　春夢（長野）
書き残す秋海棠《しゅうかいどう》の写生かな　雄美（前橋）
枝豆を食うて手向の句会かな　桃園（前橋）
約束の梨子《なし》をいずこにおくるべき　野老（石巻）
星月夜《ほしづきよ》俳星西に落る哉　太狂（長野）
病床は仏間となりて鶏頭花　恰堂（鳥取）
先生は月の都へ芋食いに　葉桜（松江）

全国の俳人たちが追悼句を捧《ささ》げている。彼らの捧げた百余の句は祭壇のロウソクのようにずらりと並び、天上の子規へむけて追憶の炎をあげた。

正岡子規（慶応3年9月17日―明治35年9月19日）俳人・歌人。伊予《いよ》松山生れ。明治22年5月喀血《かっけつ》し子規と号する。俳句雑誌「ホトトギス」主宰。31歳のとき、脊椎《せきつい》カリエスによって病床に臥《ふ》し、以後文学に専念。著書は『歌よみに与ふる書』など多数。

尾崎紅葉
親分は哀《かな》しい

36年10月30日

だれも異論をさしはさめない追悼、文句なく圧倒的迫力のある追悼、血涙あふれる追悼とは、どのようなものか。

そのひとつは、若くして死んだ尾崎紅葉に対して、門弟を代表して泉鏡花《いずみきょうか》が読みあげた弔詞である。

「門生十八人、ここに涙の袂《たもと》を列《つら》ねて、先生に別れ奉《たてまつ》らんとす。誠《まこと》に、永き御別れにもありつる哉《かな》。乞《こ》いて留《とど》まり給《たま》わん御身《おんみ》ならば、御神《みかみ》に取縋《とりすが》り、御裾《みすそ》に取付申しても、今一度御顔《おかお》を拝《おが》み奉らんものを。御命《おいのち》に代る事の愜《かな》うべくば、誰も誰も勇みて代り奉らんと願えるものを。昨日《きのう》は神無月《かんなづき》の雨寒く、今日《きょう》は紅葉《もみじ》の名に見れど、悲しいかな、吾等《われら》の先生は逝《ゆ》きて帰り給わざる也《なり》。御恩の一端だにも酬《むく》い奉る事はせで、御死骸《おんなきがら》を御墓《みはか》に送り奉《たてまつ》りつつ、今は何事も申すべき辞《ことば》なし、只《ただ》人の世に三十七年の短き御命は、やがて千載に御名《みな》を呼びて、土の下なる御臥床《おふしど》に安らかに眠り玉《たま》わん事こそ願え。あわれ七度《たび》も、はた百度千度《ももたびちたび》も文《ふみ》の林に色を添うる紅葉先生の貴《とうと》き御魂《みたま》よ」

神官の宣命《せんみょう》を思わせるこの追悼は、弔辞の名文として、門生十八人の心に強く残った。文章技巧に関して人一倍うるさかった紅葉であるから、へたな弔辞を書けば、たちまち添削されてしまうという決意で、鏡花はこの弔辞を書いたはずである。文章に厳密な紅葉は、初期の鏡花の原稿にうるさいほど朱筆を入れている。それは、小学校の先生が生徒の作文に朱筆を入れるような執拗《しつよう》さであった。

鏡花が紅葉の弟子になったのは十八歳のときである。そのとき、紅葉は二十四歳である。紅葉は十八歳で（明治十八年）、山田美妙《びみょう》、石橋思案《しあん》、丸岡九華《きゅうか》らと硯友社《けんゆうしゃ》を結成して、「我楽多《がらくた》文庫」を創刊し、すでに文壇の雄になっている。鏡花につづいて、小栗風葉《おぐりふうよう》、徳田秋声《しゅうせい》らも相ついで紅葉門下生になった。

金沢の彫金師の子として生まれた鏡花は、小説家を志して十七歳で上京したものの、紅葉の名声におそれおののいてなかなか訪問することができなかった。一年間東京各地をうろついたあげく、ようやく紹介者を得て、牛込横寺町の紅葉宅を訪ね、玄関番として住み込んだ。紅葉には終生頭があがらない。

当時の文壇で紅葉に対抗しうる花形作家は幸田露伴《こうだろはん》ぐらいのもので、硯友社をひきいる紅葉の実力はなみなみならぬものがあった。

鏡花は入門当時の記憶を「紅葉先生の玄関番」（「文章世界」）に書いている。

「当時困らされたのは、薪割《まきわり》と、弓の射的《しゃてき》と、紙鳶《たこ》上げのお引合だった。先生は運動の為《ため》だと言って、鉄《おの》を買って来て、庭先で薪《まき》を割られる。それを私が黙って居る訳には行かないので、側《そば》に行っては手伝をするのだ。それから先生は少し筆が渋る時は、よく弓を引かれた。私はその矢拾いである。ところが中《あたら》なかったりすると、直《す》ぐ疳癪《かんしゃく》が出て、随分小言を言われた」

このとき、鏡花は十九歳で、紅葉は二十五歳である。紅葉は二十五歳にして、すでに大文豪の貫禄《かんろく》があった。明治という時代には、若くして大家としてふるまえる土壌がある。熟すのも早いが老成も早い。

紅葉が死んだのは、明治三十六年十月三十日である。鏡花ほか弟子の弔辞では三十七歳となっているが、それはかぞえ年で、満三十六歳である。

死ぬ八ヵ月前、紅葉は一たん病院を出て帰宅して、医者である義兄樺島直次郎宅に寄宿した。鏡花が神楽坂《かぐらざか》の芸者桃太郎と同棲《どうせい》していることを知ったのは、このときである。紅葉は怒りまくって、鏡花と別れさせるために、「小遣十円」を桃太郎に渡した。紅葉は、花柳界によく出入りしていたが、生活者としては固い常識人であり、鏡花をきつく叱責《しっせき》した。このときの鏡花の痛恨事が、のちの『婦系図《おんなけいず》』となった。鏡花は、泣く泣く、一たん桃太郎と離別する。

七月になると紅葉の病状はさらに悪化して「見舞人署名帖《ちょう》」をつけはじめる。病床の

紅葉のメモである。筆を使えず鉛筆の走り書きだ。そのなかに、

病に臥《ふ》して健康は富なりという事を知る。

とある。これは紅葉の実感であろう。モルヒネ、ヘロイン、ヂオニンの記載がある。白屈菜《はっくつさい》という記載があり、これは胃癌《いがん》に効く野草だとされ、弟子たちはそれぞれ野原へ行って採集した。十月になると自分では鉛筆を持てなくなり、門下生代筆の「病骨録」に、

莫留非涅《もるひね》の量《りょう》増《ま》せ月《つき》の今宵《こよい》也

の句がある。

このあとは、病中吟として、十月二十一日の夜、

床《とこ》ずれや長夜《ながよ》のうつつ砥《と》に似たり

十月二十二日の夜、

寒詣翔《かんもうでか》けるちんちん千鳥かな

がある。

十月の末から病状はますます悪化して、鏡花、風葉はじめ弟子たちはかわるがわる紅葉につきそった。死ぬ五日前には「景気をつけようじゃあないか」と言って、葡萄酒《ぶどうしゅ》を弟子にふるまって、自分も飲んで、そのまま眠ってしまった。鏡花は夜伽《よとぎ》をした。蚊帳《かや》のなかに入って紅葉の背中をさすり、べつの弟子はうちわであおいだ。弟子たちは入れかわりたちかわり、多いときは五人が枕元《まくらもと》に坐《すわ》って紅葉の面倒を見た。紅葉は、風葉が酒好きのことを知っており、枕元で「酒を飲め」と命じた。風葉は言われるままに、鏡花と「二人でチビチビやりながら枕許《もと》にお伽をしました」と回想している。

没する明治三十六年は、一年間かけて、生前葬をしたようなものだった。病状をききつけて、旧友の山田美妙が見舞いにかけつけ、十五夜の宴をひらき、六月には新派で『金色夜叉《こんじきやしゃ》』が上演され、ヨロヨロと観劇に出かけている。

そのいっぽうで、丸善へ行って、百二十円もする「エンサイクロペヂア・ブリタニカ」を予約した。そのことを内田魯庵《ろあん》は「死の瞬間まで知識の欲求を決して忘れなかった人」(『思い出す人々』)とたたえている。

紅葉は「生死論《しょうしろん》」で、

「人が此世《このよ》に生れたのは何の為だろうか。何の目的も無い。無いのではない、或《ある》いは有るのであろうけれど、解《わか》らない」

として、人はこの世に必要があって生まれてきたのではなく、執着で生きると断じた。

「一旦《いったん》生れて来たものだから、生きて居るが楽しいと思うなら、生きて居るが可《い》いが、格別栄《はえ》が無いなら敢《あえ》て死を惜しむことは有るまい。もし苦が有らば、屑《いさぎよ》く死ぬるの勝《まさ》るに如《し》かずではあるまいか」

こういう性分だから、病床で、風葉に「鉄砲を持って来い」と命じた。風葉が困って答えられずにいると「サア鉄砲を持って来んか」と命令口調になり、鏡花が「そういう事は出来ません」と言うと「おまえたちがそんなことを言うのは死んだことがないからだ、嘘《うそ》だと思うなら死んでみろ」とすごんだ。見るにみかねた思案が「大勢ここにいると、紅葉が興奮するので座をはずせ」と一同に命じた。

死ぬ寸前まで、だだっ子で親分肌で威張り散らしている。その反面、薬草白屈菜を採集に戸田ケ原へ行った弟子が、夜が更《ふ》けても帰らないと「ケガをしたのではないか」と心配して、一晩中眠れない。感情の振幅が大きい。

そういった性格は後藤宙外《ごとうちゅうがい》の追悼に、めんめんとつづられている。

「敵と戦うには常に陣頭《じんとう》に立ち、味方を率《ひき》いるには熱誠熱涙《ねっせいねつるい》を以《もっ》てし、傷つく者の膿《うみ》を啜《すす》って慰撫《いぶ》するの概《がい》ありき。されば統御《とうぎょ》の器《き》、裁断《さいだん》の才《さい》、韜略《とうりゃく》の識《しき》、善闘《ぜんとう》の勇《ゆう》を兼備《かねそな》えて事務を処するの快腕も亦《また》見るべきものありき」

宙外は逍遥《しょうよう》の推挙により「早稲田《わせだ》文学」を編集し、のち「新小説」の編集にもかかわった人で、気宇壮大な追悼文は、鏡花をも圧する迫力がある。言文一致運動は、美妙、紅葉を中心にくりひろげられたが、今読むと案外、小説のなかには旧文体が入りまじっていてわかりにくく、むしろ、こういった追悼文のほうにその真髄が出る。宙外の追悼は「嗚乎《ああ》紅葉氏逝《ゆ》けり」と題した長文の内容で、「明治文壇の明星《みようじよう》地に隕《お》ちぬ」に始まる哀悼は、これこそ明治の名追悼と呼ぶにふさわしい。ほめたたえるなら、これぐらい腰をいれてほめなくてはいけない。

「氏《し》は天資《てんし》慧敏《けいびん》にして闊達洒脱《かったつしやだつ》、才藻絢爛《さいそうけんらん》にして機智《きち》はた縦横《じゆうおう》、客を引いて一度《ひとたび》口を開けば談論《だんろん》実《まこと》に卓励風発《たくれいふうはつ》の概《がい》ありき。情厚《じようあつ》く誼《ぎ》高《たか》く他《ひと》の為《ため》に難《なん》に赴《おもむ》くを辞せず、友の為《ため》に善《よ》く謀《はか》って自ら清貧に安処《あんしよ》せり」

「厳《げん》として芸術の士たる自尊を維持し、一歩も他に譲《ゆず》らざるの意気に至りては、我が紅葉氏の偉大なるところ、実《まこと》に之《こ》れを仰《あお》ぐに弥々《いよいよ》高し」

「氏が衣鉢《いはつ》を伝えて、そが遺志を成すの人、門下に尠《すくな》からず、氏《し》以《もつ》て瞑《めい》すべき也《なり》。鏡花、風葉、春葉（柳川）、秋声その他の諸君が傑作を出《い》だして墓前に捧《ささ》ぐることあらば、在《ざい》天《てん》の霊《れい》も莞爾《かんじ》として之《こ》れを受け、短命《たんめい》の遺憾《いかん》も忽《たちま》ち忘れたもうべし」

宙外は紅葉を追悼しつつ、残された硯友社の弟子たちを励ましている。硯友社としての弔詞は、川上眉山《びざん》が書いた文を思案が読みあげた。これは、

「深からぬ秋をだに、名にしおわば地に驕《おご》る花なるべきを、何事ぞ、一夜の雨をあなたにして、其魂《そのたましい》を結びあえず、残光雲を打って、遠く世を隔《へだ》て去《い》んぬ」

に始まり、

「雲やそれ、水やそれ、石にさえしみ入るばかり、折《おり》からの秋の姿よ。哀哉《かなしいかな》。嗚呼《ああ》」

で終る華麗な名調子である。

紅葉への追悼、弔辞は、この他角田竹冷《つのだちくれい》、生田葵山《いくたきざん》のものがあるが、いずれも故人の遺徳を絶賛する雅俗折衷体《がぞくせっちゅうたい》の美文で、それじしんが作品になっている。見事な内容であり、硯友社が築いた鉄の結束がみられる。

硯友社という集団は、熱血漢紅葉を頭とあおぐ仲良し倶楽部《クラブ》であり、『小波《さざなみ》日記』によれば、文学の勉強をしつつも、吉原《よしわら》その他へ遊びに出かけた側面がわかる。明治二十年代の文壇を壟断《ろうだん》したものの、紅葉の死とともに没落して文学的生命を終えた。

紅葉一代の大作『金色夜叉』は、恋ゆえの高利貸、如是《にょぜ》畜生という極めて現代的なテーマを内包している。世の中は金で動くと妄断し、金銭の魔道に落ち込む強欲非道の主人公は極めて魅惑的である。それを人情的和解によってまとめるところに紅葉の腕があった。紅葉は人が好《よ》すぎて追悼文で絶賛されることは、そのぶん社会的制約の域を出られなかったことも意味する。

紅葉の弟子で、ただひとり気を吐いたのは鏡花で、代表作『婦系図』は、紅葉への恨みが作品となった。紅葉は、親代りの気分で芸者桃太郎を鏡花とひきはなしたが、鏡花の深い傷口には気がつかなかった。『婦系図』で、「俺をすてるか女をすてるか、さあどうだ」というシーンは、鏡花のせいいっぱいの紅葉批判である。紅葉への絶賛からはい小説は生まれず、鏡花は、紅葉への暗黙の復讐《ふくしゅう》追悼として『婦系図』を書いた。

紅葉に「長生術《ちょうせいじゅつ》」という随筆がある。

「某老公《ぼうろうこう》八十八の高齢《こうれい》に達して矍鑠壮者《かくしゃくそうしゃ》を凌《しの》ぐあるに、長生《ちょうせい》の道を問う。公答《こう》えて曰《いわ》く、何でも早く女を遠ざけんければ可《い》かん。公《こう》には何歳《いくつ》の頃より爾遊《しかあそ》ばされしやと問えば、七十五の秋《あき》から。（是実談《これじつだん》なるこそおかしけれ）」

こういう話は、紅葉の好むところであった。紅葉は芸妓《げいぎ》好きで、芸妓と別れるとき「汗なんぞ拭《ふ》いてもろうて別れけり」という色っぽい句をのこしているが、それは所詮《しょせん》遊びであって、芸妓と結婚までは考えない。紅葉の求める恋はつねに純愛である。『金色夜叉』は、流行歌によって貫一、お宮の名を世にひろめたけれども、それはかえって、原作の持つ格調を低俗化させた。『唾玉集《だぎょくしゅう》』にある紅葉談話に、「女に就《つ》いて云《い》って置きたいことは、遊芸も着物も縫《ぬ》うこともいらないが、教育がなくっちゃ宜《い》けない」とあり、鏡花が同棲した桃太郎は、こういう女ではなかった。紅葉には、そういったかたくなな信念がある。

死期がせまったことを知ると、紅葉は、死後の細事をいろいろと遺言した。ひとつは厖大な蔵書の始末である。鏡花は「堅牢な本箱をこしらえます」と答えて、紅葉はうなずいた。それから、解剖のこと、葬式の手配、香奠《こうでん》返しの配り物まで遺言した。

　モルヒネの注射から目がさめると、鏡花に「まずい面《つら》を持って来い見せろ」と言った。それで弟子七人が枕元に集まると、「一人ひとり名を言え」と言うので、弟子たちが、小栗です、泉です、徳田です、柳川ですと順番に名乗ると、いちいちうなずいて、「お前たち、おたがいに扶《たす》けあって、おれの門下の名を辱《はずか》しめないようにしろよ。病中は忙がしいところを毎夜代るがわる夜伽にきてくれて満足だった」と謝し、鏡花にむかって「身体《からだ》を大切にして、まずいものを食っても長命《ながいき》をして、唯《ただ》の一冊一編といえども良いものを書いて世に遺《のこ》すようにしろ」と言った。

　風葉には「おれも今死のうとは思わなかった。躰《からだ》が少しでも快《よ》くなったら、もう一度皆を世話してやろうと思っていたが、今死ぬのは実に残念である、七度生まれ変って文章のために尽す」と言った。それから鏡花に、「十三夜《や》は幾日だ」と訊《き》いた。十五夜のときは皆を呼んで御馳走《ごちそう》をしたが、十三夜（これは葬式の日にあたった）をやらないと片月見《かたつきみ》になるので、「十三夜にはおれがいなくっても皆なを寄せて団子でも食べさせろ」と夫人に命じ、「おれもそうすれば穴の中から一句詠《よ》もう」と言い、それを聞いて弟子たちは声をあげて泣いた。

　このあたりは『金色夜叉』で、貫一がお宮に「来年の今月今夜になったならば、僕の涙で必ず月は曇らせて見せる」と言ったシーンを思い出させる。大時代的だが、そこが紅葉の紅葉たるところである。

そう言い終るとモルヒネを注射して、「とどめを刺せ」と言って、西の方をむいて合掌した。医者がとまどっていると「取り乱すような事の無いうちに、早く命を絶て」と強く言い、しかたなく小量のモルヒネを注射した。

それでしばらく眠ってから、夜十時に目をさまして、階下にいる弟子を呼んでなにかを言おうとするものの「段々になにも仰《お》っしゃらなくなって御亡《おなく》なりになったのです」と鏡花は記している。鏡花はどうしていいかわからず、わあっと声をあげて泣きじゃくった。

風葉は「とにかく偉人の死と申して恥くない立派な、非常に崇高な御臨終でありました」

と回想している。紅葉の辞世の句は、

死なば秋露のひぬ間ぞ面白き

であった。

尾崎紅葉（慶応3年12月16日―明治36年10月30日）
小説家。江戸生れ。一高在学時の明治18年に純文学結社硯友社を山田美妙らと結成。22年読売新聞社に入社。以後、『多情多恨』『金色夜叉』などを発表し、文壇的地位を確立。弟子に泉鏡花などがいる。

小泉八雲
死もまた「怪談」

37年9月26日

小泉《こいずみ》八雲《やくも》ことラフカディオ・ハーンが死んだのは明治三十七年九月であった。四十歳で横浜港に着き、日本滞在十四年めに死をむかえた。ハーンはもともと旅行作家で、アメリカの雑誌「ハーパーズ・マンスリー」の通信員として来日した。上陸したときは、死ぬまで日本に滞在するとは夢にも思っていなかったろう。死んだ年の肩書きは早稲田《わせだ》大学講師であったが、その前年の三月までは東大の英文学講師であった。

死亡記事はいくつかの日本の新聞に載ったものの「日本文化を外国に紹介した学者」というレベルの扱いで深みのある追悼は出なかった。ハーンは欧米で高い評価をうけており、九月二十九日づけのニューヨーク・タイムズ紙もその死を報じた。記事は「ハーンは東洋と西洋の文化の溝を埋めることに努力した」という内容であった。ボストン発行のトランスクリプト紙は、「ハーンは外国語の達人であった」と報じ、サンフランシスコ発行のクロニクル紙は「ハーンは日本人並みに日本語をうまく話した」と評した。

これらの追悼記事は、作家としてのハーンの評価がアメリカで高かったことを示しているが、記者は日本滞在中のハーンの日常を知っていたわけではない。ハーンの日本語能力は小学校二年生程度というのが実情である。『怪談』（KWAIDAN）が出版されたのはハーンが死んだ明治三十七年で、アメリカのホートン・ミフリン社刊である。死んだ年、日本人の多くは、ハーンが小説家であることを知らなかった。いくら捜しても雑誌や新聞のハーン追悼特集号がないはずである。

たったひとつあったのは明治三十七年刊の「帝国文学十一号」で「小泉八雲氏記念号」と銘うたれている。口絵にハーンの肖像写真を掲載し十二名がハーンの思い出を語っている。巻頭は内ヶ崎作三郎が「誕生より来朝までの小泉八雲先生」と題して書いている。

「……先生は仏教思想に同情を寄せられ、大いに因縁の説を主張せられた。希臘《ギリシア》に生れ愛蘭《アイルランド》仏蘭西《フランス》に教育せられ北米に漂泊し、遂《つい》に我国に安着せられた。これも一種の因縁である」

という調子の大時代的追悼である。大谷正信は「松江時代の先生」と題し、ハーンの松江中学英語教育法を、長文の英文入りで評価した。追悼のなかに英文が引用される体裁は学術論文調で、さすが「帝国文学」といった感がある。「熊本時代のヘルン氏」を書いた黒板勝美はわりとくだけた文体で、

「熊本には出雲《いずも》の方から来られたように覚えております。……有り来たりの外国教師と思って居たが、今までの外国教師と違って分かりやすい教え方であった」と記憶をたどっている。ラージとビッグの使い方として「背が高い者はラージで肥《ふと》った者はビッグである」と黒板に図を描いた、と言う。ハーンがキリスト教嫌いで神道《しんとう》好きだったことにもふれている。

斎藤信策は上・中・下に分けた「小泉八雲氏を悼《いた》む」という力作を寄せた。「氏や世界の文学者、否《いな》、詩人也《なり》、大なる天才なり、而《しこう》して氏は吾人《ごじん》の最大なる恩師の一人なり、嗚呼《ああ》さらぬだに寂しき悩み多き我世の秋の、尚《なお》限りなく痛みあれとや、夜深《ふこ》うして孤燈《ことう》の下、静かに氏が面影を想《おも》い見れば温容髣髴《ほうふつ》……」という詠嘆である。美文調の追悼は、ハーンが読んだとしても意味がわからぬだろうが、ハーンをひたすら敬慕《けいぼ》していることだけはわかる。他に、厨川《くりやがわ》辰夫「先師ハーン先生を憶《おも》う」、沼波武夫「俳句紹介者としての小泉八雲氏」、皆川正禧「蓬萊《ほうらい》」、若月保治「ハーン氏の『日本婦人の名』について」などの追悼があり、いずれの追悼者にも「文学士」の肩書きが大きくつけられているところが「帝国文学」である。あとはチャムブレンの「ヘルン氏の書簡」があり、こちらは「名誉教授」とある。

文学士と名誉教授の回想だから、読む者の胸をうつ友情あふれる追悼ではない。にもかかわらず、ハーンが教え子たちにいかに深く愛されていたかは伝わってくる。このなかで「文学士」の肩書きがなく、ただひとり激しい追悼文を書いたのは小山内薫《おさないかおる》であった。「留任」と題された日記形式の回想で、ハーンが東大講師をやめるにあたって、小山内が留任運動をした経過が書かれている。ハーンが東大を去ったのは、事実上は解任であった。

ハーンは東大で英語を七年間教えた。最初の月給は四百円であったが、七年後は週十二時間教えて四百五十円になり、これは日本人教師三名を傭《やと》える給与であった。ハーンの後任となった日本人講師は上田敏《びん》（二十八歳）とロンドン帰りの夏目漱石《そうせき》（三十六歳）で、漱石の月給は一高で教えていたぶんとあわせて百二十五円である。このころ、ハーンは小泉八雲という日本名にして帰化していたから外国人用特別報酬を払う必要はない、との論が大学当局にあった。ハーンが東大講師として就任したときは、外国人教師に理解ある外山《とやま》正一文科大学長がいた。その外山は明治三十三年に死に、代って井上哲次郎学長となった。井上新学長は新体制を敷こうとしている。ハーンと外山前学長の約束は反故《ほご》になりかけていた。ハーンと大学当局とのあいだに感情的もつれがあり、明治三十六年一月十五日、井上哲次郎学長の名で「本年度三月三十一日限りで契約継続を終了する」との文書が届けられた。突然の解雇通知であった。このことを知った英文科の学生が怒り、留任運動を展開した。小山内薫は同じく文科一年の武林磐雄《たけばやしいわお》や川田順《かわだじゅん》と協力して大学当局とかけあった。そのことがめんめんとつづられている。

小山内らの留任運動は、この追悼によると一定の功を奏したかに見える。大学当局はハーンがいかに学生に人気があるかを思い知らされた。ハーンは徹底したキリスト教嫌いであり、東大に勤務していた外国人教師とつきあわない。外国人教師はほとんどの者がクリスチャンであり、ハーンを無視していた。和服姿で登校し、煙管《きせる》を手にするハーンは、みるからに「変な外国人」であった。

小山内は、井上学長との約束により、ハーンが留任すると信じていた。春休みの終りに小山内は学内の掲示板を見に行った。

「学期のはじめで法文科大学の掲示場には人が沢山立って居る。さし覗《のぞ》いてみると驚いた！　任文科大学英文科講師——英人〇〇。〇〇は小泉八雲に非《あら》ず！　あの会議はどうなったのだ！　会見はどうなったのだ！　僕は何も知らぬ！　ただ今僕の前にある掲示は夢にあらず、幻にあらず、手をかけて裂き捨てもせずんば影も隠さぬ現実の現実だ——ああ人生終《つい》にこれか」

小山内の痛憤はいかばかりであったか。小山内はさらに書く。「いやいやながら行く。行けばやっぱり教場に這入《はい》って、やっぱり新来の教授の講義を聴くのだ。何かこれが二心ある人の行《おこない》のような気がして堪《たま》らぬ！」。

新来の教授とはロイドと上田敏と夏目漱石であり、この追悼号が出たとき、三名はすでに教壇に立っていた。このころの漱石の授業は固い英文法講義で、学生たちにはきわめて不評であった。漱石に人気が出るのは、のち、シェークスピアの授業に切りかえてからである。漱石と小山内薫のあいだには、生涯消えることのない亀裂《きれつ》が入った。

小山内は追悼をこうしめくくった。

「一体先生は何故《なぜ》学校を去られたのだ。……人のつくった任期なるものが来た為《ため》に学校を去らるる先生を毫《ごう》も惜しまなかった人が、天のなせる年期でこの世を去られた先生を惜しむのは不思議だ！　不思議だ！　実に不思議だ！　これからお墓へ行って、先生と世の不思議を語り合おう」

ハーンが、代表作となった『怪談』を書きあげるのは、東大解任後のことである。授業から解放されたハーンは、一年余をかけて『怪談』を書きあげ、あっというまに死んでしまう。その様子は小泉節子『思ひ出の記』のなかで回想されている。

「『怪談』の初めにある芳一の話は大層ヘルンの気に入った話でございます。中々苦心致しまして、もとは短い物であったのをあんなに致しました。……この『耳なし芳一』を書いています時の事でした。日が暮れてもランプをつけていません。私はふすまを開けないで次の間から、小さい声で、芳一芳一と呼んで見ました。『はい、私は盲目です。あなたはどなたでございますか』と内から云《い》って、それで黙って居るのでございます。いつも、こんな調子で、何か書いて居る時には、その事ばかりに夢中になっていました。……それから書斎の竹藪《たけやぶ》で、夜、笹《ささ》の葉ずれがサラサラと致しますと『あれ、平家が亡《ほろ》びて行きます』とか、風の音を聞いて『壇の浦の波の音です』と真面目《まじめ》に耳をすましていました」

ハーンは『耳無し芳一』と一体化していた。芳一はハーンで、この話は『耳無しハーン』である。ハーンとホーイチはどこか似た響きがある。東大在職中のハーンは、学生には人気があったが大学当局からは嫌われていた。キリスト教を攻撃するハーンに、外国人教師からの見えざる包囲網があった。ハーンの耳にそういった情報は入ってこない。東大を突然解雇されたハーンは『耳無し芳一』の状態にいたのであった。ハーンのつづりはHearn で hear (聞く) という動詞が入っていることも暗示的である。八雲という日本名を音読みすれば「ハ・ウン」であり、そこにハーンの名が隠されている。『耳無し芳一』の物語に、東大への怨恨《えんこん》が託されていると見るのは私の妄想にすぎぬかもしれぬ。しかし、こういった妄想独断を喚起させるのは、節子夫人による『思ひ出の記』を読んだからである。少くとも、東大を解雇されなければ、『怪談』は書かれることはなかった。ハーンが週十二時間をうけもつ東大講師のまま生涯を終えれば、小説家として名をなすことはなかったろう。人の運命はなにが幸いするかわからない。

日本へやってくる以前のハーンは『中国怪談集』を書き、怪談好きの旅行作家であった。ハーンは二十四歳のとき、黒人との混血娘だったマティ・フォウリと結婚している。マティは下宿の料理人でハーンは下宿人だった。マティは霊感の強い女性で幽霊を見た話をハーンに聞かせた。ハーンはマティを捨ててニューオルリンズへ行き、新聞記者となり、さらに西インド諸島へ出発した。そのことを、『仏領西印度諸島の二年』に書き、ここにも幽霊やゾンビが出てくる。この時期までは怪奇譚《かいきたん》文筆家の側面が強い。本はさして売れず、思うように原稿料も入ってこなかった。旅行記を書くつもりで日本へ来たものの、雑誌社と原稿料のことでケンカ別れした。そのあげく松江中学の英語教師として月給百円の職にありついたことが幸運であった。当時は、外国人のあいだで、コンテンポラリー・ワイフ（かりそめの妻）を持つことが流行していた。日本に来たときのハーンは、コンテンポラリー・ワイフを求める気分で、小泉節子を住み込み女中として雇ったふしがある。節子にも一度の結婚歴があった。月百円の収入があれば「この町で一番立派な屋敷に住み、召使を何人も雇い、人に御馳走《ごちそう》をふるまい、妻に上等の着物を着せてやれる」とハーンはアメリカの友人に手紙をおくっている。放浪作家が夢の国にさまよいこんだ気分だったろう。

ハーンと節子の結婚は圧倒的にハーンに有利な状況であった。にもかかわらず、晩年のハーンは節子の尻《しり》に敷かれて手も足も出ない。さすが明治の日本の女である。

節子夫人の『思ひ出の記』は、ハーンへの思いがつづられた貞淑そのものの回想録である。始まりはこうである。

「ヘルンが日本に参りましたのは、明治二十三年の春でございました。ついて間もなく出版会社との関係を絶ったのですから、遠い外国で頼り少い独りぼっちとなって一時は随分困ったろうと思われます」

ハーンと結婚するまでの事情を、余計なことは言わず、たったこれだけですませてしまう。「帝国文学」の文学士たちは足もとにも及ばない書きっぷりだ。

「私共と女中と小猫とで引越しました。この小猫はその年の春未《ま》だ寒さの身にしむ頃の事でした、或《ある》夕方、私が軒端《のきば》に立って、湖の夕方の景色を眺めていますと、直《す》ぐ下の渚《なぎさ》で四、五人のいたずら子供が、小さい猫の児を水に沈めては上げ、上げては沈めして苛《いじ》めて居るのです。私は子供達に、御《お》詫《わび》をして宅につれて帰りまして、その話を致しますと『おお可《か》哀相《わいそう》の小猫むごい子供ですね——』と云いながら、そのびっしょり濡《ぬ》れてぶるぶるふるえて居るのを、そのまま自分の懐《ふところ》に入れて暖めてやるのです。その時私は大層感心致しました」

みごとな語り口である。この回想録を読むと気がつくことがある。それは、この語り口が『怪談』そっくりであることだ。そのはずで、ハーンが英文で書いた小説は、そのことごとくが節子が話した内容である。節子は古本屋を廻り、ハーンが好みそうな雑誌や本を仕入れてきた。怪談本もあれば因縁本、お伽話《とぎばなし》、民話、歴史本のたぐいもある。なかには節子にとって難かしすぎる古典原本もあった。ハーンは、それらの話を節子に読んで貰《もら》い、まず大筋を聞いて興味がわくと、さらに詳しく聞いた。話をするときは、決して原本を読んではいけない、と釘《くぎ》をさした。

「私が本を見ながら話しますと、『本を見る、いけません。ただあなたの話、あなたの言葉、あなたの考えでなければいけません』と申します故《ゆえ》、自分の物にしてしまっていなければなりませんから、夢にまで見るようになって参りました」

ハーンの小説『怪談』の原作は節子夫人であり、ハーンは書記役にすぎなかった。ハーンは、節子夫人の誤読を期待したのである。日本人が読んでびっくりした『怪談』は、①節子夫人による原典からの訳、②それを小学校二年生レベルの日本語能力で聞いて英語にするハーン訳、③ハーン著“KWAIDAN”の日本語訳、という三段階の翻訳に濾《ろ》過《か》されたエキスである。それを実施したハーンは大した企画力の持ち主だが、原典をハーンにわかる日本語のレベルで伝えた節子夫人の力量はそれ以上である。ハーンはいくら節子夫人の尻に敷かれても文句の言いようがない。

小説家の未亡人が回想録を書くことは危険である。夏目鏡子が『漱石の思ひ出』を改造社から出版したとき、永井荷風はそれを罵倒《ばとう》して「だから私は妻を持たない」と言った。鏡子夫人の場合も、節子夫人と同じく口述筆記であるが、素人《しろうと》がしゃべるとボロが出て、当人は夫のためと思ってもかえって傷をつけることになる。夫が偉大な作家ほど、妻の回想録はマイナスになりがちだ。

しかし節子夫人は、もともと『怪談』の語り部であって、原作者である。ボロの出ようはずはなく、きちんとした追悼文がなかった小泉八雲を、さらに小説化してみせたのである。

小泉八雲（1850年6月27日—明治37年9月26日）
紀行文作家・小説家・日本研究家。本名ラフカディオ・ハーン。英国人でのち日本に帰化。ギリシアのレウカディア生れ。明治23年来日。松江中学を振り出しに、熊本五高教師、東大講師、早大講師を歴任。

川上眉山
とまどう追悼者たち

41年6月15日

つい二、三日前まで元気だった友人が、突然自殺してしまったときは、どう追悼したらいいのだろうか。原因不明の自殺で、その人物が著名人であれば、当然、マスコミが殺到する。自殺の原因について、あれやこれやの推測がなされる。世間というものは興味本位だから「有名人の自殺」は分析したくてしかたがない。なにか重大な秘密があったのではないか、とあらぬ噂《うわさ》をたてる。

ことに人気作家が自殺したときは、その傾向が強まる。そのため、自殺する作家は、死ぬ前、用意周到に準備をするものだ。世間が納得する自殺の理由を作っておかないと、どんなめに会うかわかったものではないからである。

明治四十一年に、人気作家の川上眉山《びざん》が自殺したときは、あまりに突然であり、自殺の原因はみあたらなかった。眉山と言っても今では知る人も少ないだろうが、観念小説の大家として、泉鏡花《いずみきょうか》、広津柳浪《ひろつりゅうろう》とともに、一時代を築いた作家である。カミソリで頸《けい》動脈《どうみゃく》を断《き》って自殺した。

　国民新聞は一ページをさいて眉山の死を詳報し、「四畳半の書斎は血の海」「美事《みごと》に頸動脈を切断」「血潮《ちしお》に染《し》みてこと切れ居るにぞ夫人は夢かとばかり大いに驚く」と書きたてた。

　死後、春陽堂と博文館から『眉山全集』が刊行された。「新小説」は、翌月に追悼号を出した。緊急追悼号のため、いずれも談話形式で編集している。しかし「談」にありがちな「面白いところだけをまとめる」方式ではなく、誠実な編集で、文章もうまい。当時は編集者や新聞記者は作家とまったく対等だった。なぜなら、おおかたの作家は、編集業や記者業で身をたてていたからである。巻頭で「文壇一方の重鎮たりし眉山川上君突如として白玉楼中《はくぎょくろうちゅう》の仙と化しぬ」と突然の死を惜しみ、なん人かの追憶録をのせている。

　おもな追悼者は、石橋思案《いしばししあん》、巌谷小波《いわやさざなみ》、細川風谷《ほそかわふうこく》、武内桂舟《たけうちけいしゅう》、丸岡九華《まるおかきゅうか》、江見水蔭《えみすいいん》、広津柳浪の七人で、いずれも硯友社《けんゆうしゃ》系である。

　硯友社は文学結社であり、同人の作家はそれぞれが勤める会社から収入を得ていた。思案、小波、水蔭は、いずれも博文館の雑誌編集長であったし、一番年上の丸岡九華は文筆を折って実業界に転じていた。

　七名に共通するのは、ただただ困惑していることである。なにがどうなっているのかまるでわからない。

思案は「じつに意外な出来事で、今でも嘘《うそ》のように思われてなりません」と話し出して「今度のことは、まったく一時の逆上であったと思います」と追悼した。あとは硯友社創立時の思い出である。思案は眉山より二歳上で、このとき四十二歳だった。思案は小説を書きながら読売新聞社に入社し、社会部長をへて博文館へ転職し、「文芸倶楽部《クラブ》」主筆となった。

眉山が自殺したのは明治四十一年六月十五日で、その二日前に、博文館へ思案を訪ねてきた。そのときは少しも変ったところはなく、思案と楽しげに話をして、翌十四日に会う約束をして別れた。十四日の夜、「鉛筆の走り書きで、時間の都合で行かれないと言ってきた」。それで十五日早朝自殺をしたのだから、思案がとまどうのは当然である。「私はまったく夢に夢みる心地で、お話がいっこうにまとまりませんのはお気の毒ですが、どうかこのへんで御勘弁を願います」と思案はむすんでいる。

同じ硯友社でも巌谷小波は、やや冷たい。「硯友社の同人としては、二十年来の交友でしたが、お互いに個人的同志では、あまり往来はしなかったのです。それがために追憶するというほどの逸話を知らない」という。「いつも白いピカピカしたものを好んで居て、黒っぽいものなぞは多く好まなかったようだ。尾崎君（註・紅葉のこと。紅葉はすでに五年前に没している）も、川上はこいのしろの背中のような衣服《きもの》を着ているといっていました」。

眉山は背丈が五尺八寸（一メートル七十五センチ）あって、当時としては図ぬけて大男で、やせてはいたが骨太の頑丈な体格だった。色の白い貴公子然とした美男子で、樋口《ひぐち》一葉と結婚するという噂がたったほどだ。もっとも、これは眉山のほうの一目惚《ぼ》れで、一葉にはぴしゃりとはねつけられた。物静かなやさしい物言いをする秀才であった。

水蔭は、「君はすこぶる警句に富んだ人で、同人は、眉山の警句といえば皆喜んで聞いたものだ」として、「自分が見たところで眉山君を言えば、極端から極端にいた人で、中間のない人である。言葉をかえていえば、非常な厭世家《えんせいか》であると同時に楽天家でもあった」と回顧した。

水蔭は、読売新聞社から博文館に転職し、週刊「太平洋」の主筆だった。小説『女房殺し』で知られ、通俗作家として人気があり、後輩の田山花袋《たやまかたい》を育てた人である。硯友社同人に、読売新聞から博文館への転職組が多いのは、紅葉が読売新聞社とケンカしてやめたからで、博文館は、硯友社の牙城《がじょう》だった。紅葉は読売に連載していた『金色夜叉《こんじきやしゃ》』続編がうまく書けず、それが原因で読売新聞社社長とケンカ別れをした。

小波は博文館「少年世界」主筆で、失恋ばかりしていたため、『金色夜叉』の主人公貫一のモデルとなった。のち『日本お伽噺《とぎばなし》』を書いて児童文学の大家となる人である。小波は眉山より一歳下で、水蔭は眉山と同年であった。

追悼に博文館の主筆三人が並んでいるのは、眉山が硯友社同人であったことが関係している。しかし、眉山は硯友社でありながら、硯友社を毛嫌いしていた。眉山が反硯友社となったのは明治二十五年あたりからである。二十三歳のとき平田《ひらた》禿木《とくぼく》を介して、反硯友社の「文学界」へ近づき、島崎藤村、一葉らと親しくなった。思案とは東大時代のよしみで親しいが、硯友社とは一線を画している。それなのに「文学界」の友人は、だれも追悼しなかった。藤村も、戸川秋骨《とがわしゅうこつ》も、馬場《ばば》孤蝶《こちょう》も、星野《ほしの》天知《てんち》も冷たいものであった。死んでから葬儀をとりし切ったのは、昔の仲間である硯友社同人たちである。

眉山と同じく、硯友社と一線を画していた作家に広津柳浪がいる。柳浪は、眉山の自殺を生活難のためと報じた新聞に対して「かりにかくのごとき事情があるとすれば覚悟の死である。さては意志が弱く、社会事情のひっ迫に耐え得なかった、多少卑怯《ひきょう》の死であるといわれるが、もしこれらの新聞紙の報道をかりにでも基因とすれば、幾分か前から家内の人にもそんな様子が目につかなければならず、また往来する親近な友人にも、その様子がわからねばならぬ」として、「生活難や家庭における事情ではない」と断言した。

そのうえで「家庭も至極温《あたた》かであった上から見ても、今回の同君の不幸は、一時的発作の出来ごとと認めるほかない」と分析した。

みな、困っている。困りながらも自分なりに自殺の理由を考えようと苦労している。

眉山は、明治二十八年に書いた小説『書記官』で、反硯友社色をうち出し、硯友社の遊戯的恋愛小説とは異る反俗的社会批判で人気を得た。三十五歳で十三歳年下の女性を妻とし、家庭生活も円満のようにみえた。ただ、眉山は会社づとめを嫌って小説一本であった。逍遥《しょうよう》よりすすめられた早稲田《わせだ》大学講師の職を断り、水蔭の紹介で入った二六《にろく》新聞もやめたため、収入が少なかったことは事実である。紅葉でさえ、読売新聞から給料を得ていた時代に、いくら眉山でも小説一本では食べていけないという事情はある。国民新聞は、眉山は自殺当日、それまでの天神町の家を引き払って、妻の兄が住む浅草万隆寺の一室へ引越す手はずになっていたことを伝えている。そこから、「生活苦からの自殺」という憶測が生まれた。

硯友社同人の桂舟は「生活難という新聞もありましたが、お互いに文筆を業《なりわい》とする人に生活難のないものはあるまいと思う。この程度の問題だが、誰もそうであろう。そうすれば独り川上君ばかりが死なずに、皆が自殺をしなければならなくなる理窟《りくつ》だ」という。桂舟は、眉山が盆栽好きだったことをあげ、自殺した当日、眉山宅にかけつけると、盆栽に手を入れ、植えかえてあったと証言した。「盆栽を植えなおすのは一年後を楽しみにしているわけだから、死を考えてはいない」ことになり「一時的な病気のためにあなってしまったのでしょう」と。

追悼する友人が、口をそろえて「生活苦が原因ではない」と言うのは、この当時の小説家にとって、「貧乏を苦にして死ぬのは恥」という考えがあったからである。大正、昭和になれば、生活苦が原因で死ぬ作家はいくらでも出た。貧乏で死ぬのは、いささかも恥ではないが、明治の小説家にとっては、それは耐えられない敗北であったのだ。そういった時代の風潮が、これらの追悼で見えてくる。眉山は高名ではあったが、妻と二人の子をかかえて貧乏であったのも事実である。

遺書や、辞世の句のたぐいはまるでなかった。死ぬという気配もなかった。文学上、いきづまっていたようにも感じられなかった。社会的名声もあり、美男で、秀才のほまれが高い。こんなに好条件の男に自殺をされたのでは、友人はとまどうばかりである。同じ硯友社系の泉鏡花の追悼がないのが意外である。あるいは、鏡花は、小波以上に眉山を嫌っていたのかもしれない。徳田秋声も同じことが考えられる。紅葉なきあとの硯友社の花形作家はこの二名である。

思案はこうも回想した。

「ある正月の事、新年会宴会の帰り、酔ってからたちのなかへ飛びこんで、手足を血だらけにしたばかりか、せっかく新調した晴れ着をめちゃめちゃにしてしまった事があります。死の前夜は少しも酒の気がなかったといいますから、酒興でないことはたしかです」

小波は、眉山が、人の話をそらさない快活な性格であった反面、「内心には煩悶《はんもん》の絶えなかった人のようでした」「至極いい人ではあったが、どういうものか人と不和になりがちであった」「あるときは常識の人で、またあるときは非常識の人であった」という。

眉山の死を最初に知ったのは、風谷である。風谷は、その日の早朝、眉山宅を訪問した。玄関を開けると、「妻君ははだしでおられた。私は、どうしたのかと聞くと、奥さんの顔は真青であって、大変なことだという、どうしたと聞くと、自殺をしました、という、その奥さんの声は非常に沈痛なふるえ声であった」と。風谷は「基因を生活難に帰するなどというのは、じつに死者に対して気の毒なばかりでなく、そういうことは断じてない」としたうえで、つぎのような推論を述べた。

「川上君はかつて故友の日高文学博士に邂逅《かいこう》したという話もある。それは日高文学博士が夜来て、自分は今度雑誌を出すことになった、それで君に是非バイロンの詩集を訳して貰《もら》いたいと思って頼みに来たのだという、川上君は快くひき受けて五六行を訳し出したが、よく考えると日高博士は死んだ人である、しかし翌朝になってみると、そのバイロンの詩集を訳したという五六行は少しも間違いなく机の上にあったので、これがまったくの夢の中《うち》の出来事であったという事がわかった。これは当時の有名な話で、そのころの新聞にも載っていたことだ。そういうような人だから、今回の自殺もまったく夢幻的で、一時の発作に違いないと、私は断言する」

追悼する友は、みな「一時的な発作だ」という。その結論へみちびくために、それぞれの友が傍証をあげている。

友人たちは、とまどいながらも、眉山の死を擁護しようと必死になっている。文学的死にさせてやりたい、それも、文学上の破綻《はたん》からくる死ではなく、文学の延長線上の完結した死とさせてやりたいという同情がある。風谷の追悼は、その最たるものである。友人の死を物語化するのは、硯友社仲間の得意とするところであった。硯友社の長老九華は、眉山の戯文をいくつか引用し、眉山がいかに秀《すぐ》れた小説家であったかをほめたたえた。「この後、眉山君のような美文家が出るでしょうか、文章については常に紅葉君も感心していました。文壇のためには実に惜しい事です」と九華はしめくくっている。

もうひとつ追悼者に共通する心理は「遺族を守る」という意志である。眉山の妻を守り、二人の子を守る。追悼する者は、口をそろえて、「いい妻君だった」という。「眉山の家庭は和気あいあいとして、眉山は家庭を大切にした」と。本当だろうか。発作的に自殺する男が、よき家庭人であったとは考えにくいが、「いい家庭だった」と友人たちが言うのだから信ずるほかはない。妻の兄のもとへ身をよせざるを得ない状況は、自尊心の高い眉山にとって、内心忸怩《じくじ》たるものがあったろう。自殺したのは、妻へのあてつけと勘ぐることもできる。

七人の追悼者は、そういった世間の悪意の目をあの手この手で封じこめようとした。

眉山が自殺した六月十五日は博文館の創立記念日であった。その祝賀会に集まった作家たちの間では、眉山の自殺の話でもちきりであった。いずれの作家にも眉山の自殺は信じられない事件であったが、内心は「人ごとではない」と思ったはずである。そして、「その不安は口外しないことにしよう」という暗黙の了解があった。ここには、明治の作家たちの毅然《きぜん》とした連帯と自負心がある。

祝賀会が終了したあと、花袋は藤村を訪ねて、眉山の死を報告した。藤村は青ざめて、「本当か」と震え声で言った。そして「人ごととは思えない」とつぶやいたという。

眉山が自殺した一週間後、花袋は国木田独歩《くにきだどっぽ》から一通のハガキを受けとった。ハガキには「会いたいから、すぐ来てほしい」と書いてあった。独歩は病気で臥《ふ》していた。病院で、眉山自殺の報を知った独歩は、見舞いにきた真山青果《まやませいか》に「ぼくは、どうしても事実とは信じられない」と語っていた。独歩は、眉山より二歳若い三十七歳で、硯友社へ入れてもらえない怨《うら》みもあって、反硯友社の眉山に親しみを感じていた。独歩が病気でなければ、硯友社以外の友人として、唯一《ゆいいつ》の追悼を書いたかもしれない。花袋もまた反硯友社側で、花袋と独歩は自然主義の「文学界」寄りであった。

花袋は独歩からのハガキを受けとり、「一刻も早く独歩と会おう」と思うものの、読売新聞に連載中の小説「生」を書きだめしていた。その最中《さなか》、六月二十三日の夜八時四十分、独歩は吐血して死んでしまった。冥界《めいかい》の眉山が独歩を呼びこんだようではないか。

川上眉山（明治2年3月5日－明治41年6月15日）
小説家。大阪生れ。明治19年硯友社同人となる。硯友社の俊英として活躍したが、次第に「観念小説」に作風を変え、『大盃』『書記官』など一連の作品で評価をうける。明治41年、突然の自殺を遂げる。

国木田独歩
嫌われた自分流

41年6月23日

国木田《くにきだ》独歩《どっぽ》は明治四十一年に三十七歳で死んだ。「中央公論」「早稲田《わせだ》文学」「趣味」「新聲」「新潮」がこぞって追悼特集号を発行した。当時、これだけの雑誌がのきなみ追悼特集をくむというのは三十七歳という夭逝《ようせい》が人々の同情をよんだからなのだろうか。独歩は作品が少なく、死後二年目に博文館より出た全集は全二巻である。

「中央公論」は「嗚呼《ああ》国木田独歩」と題して九名の追悼文を掲載した。母・国木田まん(「父母の膝下《しっか》に於《お》ける独歩」)、金子筑水《ちくすい》(「学生時代の独歩」)、徳富蘇《とくとみそ》峰《ほう》(「民友社時代の独歩」)、斎藤弔花《ちょうか》(「懐《なつ》かしき友独歩」)、原田秋浦《しゅうほ》(「不遇時代の独歩」)、矢野龍渓《りゅうけい》(「近事画報社時代の独歩」)、田《た》山《やま》花《か》袋《たい》(「作家としての独歩」)、妻・国木田治子(「家庭に於ける独歩」)、真山青果《まやませいか》(「臨終当日の独歩氏」)。

しかしながらこれらの追悼を読むとだれも独歩をほめていないのが奇妙である。独歩の一番の親友である花袋は小説に関して、「一種のあの人の主観的な道義的な臭《にお》いがどの作品にもつきまとっている」と批判的で、母のまんも、子ども時代の独歩を「腕白なわりにはずいぶんな臆病者《おくびょうもの》でした」と回想している。

「趣味」は独歩による自画像など豊富な図版を入れた熱の入った編集である。第一部は独歩の作品（「一句一節一章録」「散文詩・死」ほか小説「驟雨《しゅうう》」）で、独歩の死生観のいくつかが示されている。二部は伝記で弟の国木田収二ほか二十名が、少年時代、早稲田時代、教会時代、日光時代から、晩年の大久保《おおくぼ》、茅《ち》ヶ崎《さき》時代までのエピソードを書いている。これがなかなか痛快な伝記となっているのだが、ここでも、だれも独歩をほめていない。例えば「教会時代の独歩」では、田村江東《こうとう》が「彼が宗教家らしき態度をとって居なかった事、その品行上に於て基督《キリスト》教信者らしからざる事のあったことは、我輩《わがはい》は敢《あえ》て否定しない」と断言している。独歩が麹町《こうじまち》のキリスト教会に通い出したのは二十歳のときで、それはキリスト教会に集まる良家の子女にあこがれたからであった。信仰心は二のつぎで、お金持ちの美少女たちと賛美歌を唱し、談話する雰囲気が好きだった。独歩の署名記事デビューは、その四年後の日清戦争従軍記である。国民新聞の従軍記者として軍艦千代田に乗組み『愛弟通信』で文名をあげた。帰還後、キリスト教婦人矯風会の幹事佐々城《ささき》豊寿《とよじゅ》の娘信子《のぶこ》と結婚するが、すぐに逃げられた。独歩は銚子《ちょうし》生まれの田舎小僧であった。銚子沖で遭難した父、専八が、旅館で静養中に手伝い女（母・まん）と出きて、生まれた子である。子どものころからいたずら者で両手の爪《つめ》をとぎ、喧嘩《けんか》のときそれで相手をひっかくので、ガリ亀《かめ》とよばれていた。キリスト教と一番似合わないのが独歩であると言ってよい。そういったチグハグな一生を、遠慮なく友人知己が暴《あば》いている。

明治三十年、独歩は花袋と一緒に日光の照尊院に合宿し、処女作の小説『源叔父《げんおじ》』を書いた。このとき、独歩、花袋はともに二十六歳であった。二人が親しくなったのは、ともに硯友社《けんゆうしゃ》の尾崎紅葉に嫌われたという事情がある。田舎者嫌いの紅葉は、独歩と花袋を仲間に入れなかった。その日光時代の伝記部分は花袋が部屋割りの図入りで詳しく書いている。独歩は妻の信子に逃げられたあとで、女性不信症におちいっていたが、女への興味は強く、花袋にいろいろと講釈した。日光湯元へ出て宿にとまったとき、独歩は隣室の女に並々ならぬ興味をおこし、ついには一緒に風呂《ふろ》につかって「湯であの女と話をしてきたぜ」と花袋に自慢した、という。

民声新報時代の独歩は、「感情家であり、熱し易《やす》く激し易い、少しく意に充《み》たぬとか、又は少しでも気に障《さわ》れば、今の今まで快く談笑していたのが、突《とつ》として怒鳴出す。突として罵倒《ばとう》する。……利《き》かぬ気の負けず嫌い、言い出したら後へはひかぬ、よしや自分にも多少の無理はあると知っても、主張は中々まげなかった」(原田秋浦)という。

三部の「感想」では、徳冨蘆花《ろか》、蒲原有明《かんばらありあけ》、高浜虚子《きよし》ら九名が独歩を追悼している。虚子は、独歩の日記に「大雨横さまに家を衝《つ》き雨戸外れんかと大《おお》いに恐怖す」とあるのを引用して、「雨戸の外れた位の事は、普通の健康状態の人にはなんでもないことであるが、長い病気の為《ため》に心身共に衰えている人には非常に恐ろしいことであったに違いない」と、同情しつつもけっこう冷徹に観察している。虚子によると、この病状は子規の末期《まつご》に近く「お気の毒に堪《た》えない」ことだった。

「早稲田文学」巻頭には花袋が、長文の「国木田独歩論」を寄せ、「新聲」には小栗風《おぐりふう》葉《よう》はじめ、田村江東、蒲原有明、小山内薫《おさないかおる》、山崎林太郎、岩野泡鳴《ほうめい》、斎藤弔花、柳川《やながわ》春葉《しゅんよう》、草村北星《ほくせい》が追悼をよせた。小栗風葉は遊蕩《ゆうとう》のあげく家を追い出されて紅葉の玄関番をしていた不良作家だが、不思議と独歩とは気があったらしい。「僕が新婚当時、君は夜の九時ごろにやってきて、午前一時まで二人で飲んで、新婚して未《ま》だ一月と経《た》たない家内を捕えて、女子禽獣論《じょしきんじゅうろん》を滔々《とうとう》とやられた時には、僕の家内などは酷《ひど》く面喰《めんくら》って居た」（「独歩君と僕」）と風葉に言わせるのだから、独歩は相当しつこいからみ酒である。蒲原有明は、アメリカ製の野球盤ゲームに熱中した独歩が「負け嫌いな性質で、負けると如何《どう》しても承知をせず、勝つ迄《まで》やるといった風であった」ことを回想している。岩野泡鳴は「（独歩は）経済的頭脳が無いから、事業も失敗のほうであった」とはっきりと書いている。事業とは三十四歳のときにおこした独歩社のことである。これは独歩が編集長をしていた「近事画報」をひきついだもので、日露戦争中はよく売れたが、戦争が終ると売れ行きが落ち、一年後に独歩社は破産した。編集能力はあっても経営能力はない。「国木田氏の人物は、気焔《きえん》が高くて、剛情で、気儘《きまま》で強いようだが――此方《こっち》から強く出れば弱くなるような、又《また》随分物を気にする神経質、外形では、嘲笑《あざわら》って、腹で泣いている事がある」と泡鳴は結論づけている。

廃刊されていた「新聲」を新聲社より買いとったのは、独歩の新聞記者時代の友人草村北星で、北星は追悼号の最後に「僕の知れる独歩君」をたっぷりと書いている。そこには「尊大なる編集長の独歩君」だの、同僚にむかって「無神経の牛のようじゃと罵倒したこと」だの、「酔ってガラス窓を破った」蛮行《ばんこう》などが数多く書かれている。北星は、自ら経営する雑誌に、独歩の型やぶりな性格を愛着をもって書いているのだが、それにしても独歩は独断専行の人だった。風葉鏡花その他硯友社の連中をかたっぱしから罵倒し、破産したときは、「文学者にして万以上の借金を持っているのは自分だけだ」と北星に自慢したという。このとき北星は出版社隆文館をおこして文芸書を出版していた。死ぬ寸前、独歩は北星にむかって「もし自分が死んだらこのつぎには君を迎えにくるからそう思え」とも言った。北星はそれを思い出して、追悼文の終りに「僕を迎えにくることだけは急ぎ給《たも》うな」と書いている。

独歩への追悼特集で、ひときわ目立っているのは「新潮」である。一冊まるごとを四部構成の追悼特集にしている。巻頭は、「呼嗟《ああ》国木田独歩」（新潮記者）と「独歩の半生」（弟・国木田収二）。第一部（独歩総論と称すべきものを収む）は九篇で、「予の知れる独歩」（徳富蘇峰）、「余と国木田独歩」（矢野龍渓）、「信仰上の独歩」（植村正久）、「自然の人独歩」（田山花袋）、『誠』の人独歩」（小栗風葉）、「相闘える二種の性向」（長谷川天渓《てんけい》）、「性格の人独歩」（近松秋江《しゅうこう》）、「病床の梁川《りょうせん》と独歩」（相馬御風《そうまぎょふう》）、「我儘《わがまま》な人」（真山青果）。そうそうたるメンバーである。花袋は「独歩の自然主義は学問としての自然主義に非《あら》ず。キャラクターとしての自然主義である。これ国木田君の自然主義が欧州のそれと相違する所である」と分析している。ようするに花袋はゾラ、フローベール、モーパッサンなどをそれほどよく読んではいなかったと暴露した。さらに友人の本もほとんど読みはしなかった。「感情の赴《おもむ》くに任せては随分思い切った事も云《い》った」（風葉）気ままな小説家で、あくまで自分流であった。近松秋江にいたっては「氏は小説家ではない。性格の人である」とまで言い切っている。秋江の意図は、独歩の純粋精神をほめるところにあるらしいのだが、「小説家ではない」と言われれば、独歩の霊《しろうと》は墓から出てきて、怨《うら》みのひとことも言いたいだろう。秋江は、独歩の小説を「素人の作」と見くびっており、じつは当時の文壇の半数以上が、独歩を軽く見ていたという事情がある。秋江は「繰返して言う、氏は芸術家でも事業家でもない。単に性格の人思想の人である」と断罪した。そのことは、第二部の夏目漱石《そうせき》の追悼によってさらにあきらかになる。

二部（独歩氏作品の評論を収む）は、「独歩氏の作に低徊《ていかい》趣味あり」（夏目漱石）、「独歩氏の作物と社会の好尚」(内田魯庵《ろあん》)、「作物皆感情の流露也《なり》」(馬場孤蝶《ばばこちよう》)、「故独歩の作品に就きて」(小山内薫)、「偽らざる僕の所感」(生田長江《いくたちようこう》)、「独歩氏作風の一部」(片上天弦《かたかみてんげん》)、「独歩氏と其作品」(蒲原有明)、「独歩式の特長」(徳田秋声)、「弔辞」(島村抱月《ほうげつ》)、「同」(田山花袋)の十篇である。漱石は独歩より四歳上である。独歩とはまるでつきあいがなかった漱石が独歩をどう評価していたか。

「余は個人として国木田独歩氏を知らぬ。西洋から帰って六年になるが、帰った当時は、殆《ほと》んど日本の文壇の様子を知らなかった」と漱石は前置きしている。独歩の小説を面白いから読めと勧めたのは寺田寅彦《とらひこ》で、漱石はさっそく本屋に行ったが本がなかった。その後、『運命論者』が出たので読んでみたが、漱石の結論は、「余は世間で云う程、大なる価値を認めて居ない」という。はっきりしている。それは独歩の作風を知ればわかることで、漱石が読んだ『運命論者』とはつぎのような設定の話である。自分の義母は、自分の幼時に、自分と病床の父を捨てていった実母であった。また、自分の妻はこの母が生んだ異父妹であった。つまり、自分の妻は父ちがいの妹だったということを主人公が知る設定である。主人公は運命を呪《のろ》い、その気持を酒によってはらそうとする。江戸戯作《げさく》の因縁話の域を出ず、漱石は「スティーヴンソンの作のような面白さがある」としつつも、「千人中只《ただ》一人あるか無いかと云うような、最も珍らしい事件を借り、其《その》事件に依《よ》って、人生の或《あ》る物を言い現わそうとした」ところが「余り感服することが出来ない」と評した。漱石の指摘は「忌憚《きたん》なく言って了《しま》えば、要するに不自然な所が多い。だから感心しない」というごく当然の結論であり、同じことは内田魯庵も「(独歩には)世間で今云うように、それ程感服することは出来ない」と言っている。生田長江は「独歩氏は偉大なる作家ではない。然《しか》し、気のきいた作家である。……一流の人ではない。少くともかれの過去は、そう大したものではなかった。然し乍《なが》ら、惜しむべき将来があった」と無理して感想を述べた。同時代の作家たちは、その半数以上が独歩の作品に否定的であった。

第三部(独歩氏が小学校以来の経歴を収む)は、「小学校時代」(永田新之丞《ながたしんのじょう》)、「佐伯及上京時代」(尾間明《あきら》)、「民友社時代」(中村楽天《なかむららくてん》)、「報知社時代」(村上政亮)、「民声新聞時代」(三島霜川)、「鎌倉在住時代《かまくら》」(斎藤弔花)、「同」(押川春浪《おしかわしゅんろう》)、「近事画報社時代」(小杉未醒《みせい》)、「同」(平塚篤)、「独歩社時代」(満谷国四郎《みつたにくにしろう》)、「大久保時代」(戸川《とがわ》秋骨《しゅうこつ》)、「同」(吉江孤雁《よしえこがん》)、「病院時代」(高田耕安院長)、「同」(中村愛子副長)、「同」(中村武羅夫《むらお》)の十五篇で、詳細なエピソードいっぱいの伝記になっている。

第四部(以上に洩《も》れたる諸種の観察及び逸話等を収む)は、妻・国木田治子の「家庭の独歩」ほか五篇と、平井晩村《ばんそん》の葬儀記録「斎場の光景」があり、その他巻頭には写真、遺稿が八ページあって、全部で二百六ページ、オール国木田独歩という編集だ。

ここまで徹底した追悼特集が出されたのは独歩にそれだけの人気があったということ

である。人気先行の作家で、要するに追悼号を出せば雑誌が売れた。同時代作家たちが辛口の批評をしているのはそういった事情を反映している気分もある。「新潮」にはつぎのような編集後記がある。

▲訃報《ふほう》が伝えられてより漸《ようや》く二週目で編輯《へんしゅう》を終った、匆忙《そうぼう》の際と云う言葉はよく用いられるが、之《こ》れ以上の匆忙はあるまい。十五日の定期発行日に出したいと云う希望からで、雨のひどく降る中を編輯局の諸氏は東奔西走された。勿論《もちろん》独歩氏の閲歴でも作品の評論でも之で尽きていると云う訳ではない。まだまだお話を願いたかった人は多いが、生憎《あいにく》旅行とか其他の事情で記者の希望を満たす事は出来なかった。併《しか》し約四十家を網羅して一巻二百余頁《ページ》の独歩号を公《おおやけ》にすることを得たのは、所謂《いわゆる》匆忙の際としては、其苦心を認めて貰《もら》わねばならぬ。

二週間でこれだけ集めたのだから、自画自賛をしたっていい。さらに、「本書の九分迄は談話筆記であり、文責は記者にある」としている。なるほど、談話だから漱石の独歩評を入れることができた。「新潮」がここまでやったのは、独歩追悼特集を出せば売れるという営業上の判断があったからだが、それだけが理由ではないように思われる。追悼号ではほとんどの人が、独歩を必要以上にもちあげず、やたらとほめたり泣いたりしていないからである。これは追悼号にしては珍らしいことで、故人をほめすぎないこともダンディズムである、という時代の意志がみえる。友人知己が独歩の欠点を遠慮なくあげているが、その根底には見えざる友情があり、追悼号には独歩の人気現象を記録しようという明治時代の編集者の気概があり、すがすがしくゴツンとした手ごたえがある。独歩は感情的で自分勝手で小説はさしてうまくなかった。そのことははっきりとわかる。押川春浪は独歩は「非常に目先が利いて居た。文学以外のあらゆる方面にも頗《すこぶ》る目先が利いて居た」と評価している。それは独歩が雑誌編集の企画者としてすぐれていたことをさす。独歩は「サクセス」という英文雑誌を購読して、その日本版を作ろうとしていた。また「ホワイ」あるいは「ハウ」というタイトルで、「いかにして生活すべきか」という雑誌を企画していた。そういった雑誌を創刊するべく、いくつかの版元にあたっていたが、最終的にそれが実行されることはなかった。

独歩は作家であると同時に編集者であり、あれこれと手をつけすぎた結果、疲れきって結核となり三十七歳で死んでしまった。雑誌編集者は筆者をかねており、独歩への追悼特集がこれほど多く出たのは、各社の雑誌編集者が、独歩にジャーナリストとしての連帯感を持っていたからだ。それは友情でありつつ、出版ジャーナリストが、独歩という現象を通して自らを検証しようという作業であったはずだ。治子夫人は、「喧嘩が好《よ》きで、好きと申すとおかしゅうございますが、まあ好きなのでしょう、外に出ては能く喧嘩をして来る人でありました。時には、電車の車掌なぞを相手にしたこともあります。人の喧嘩でも、俺れが引き受けると飛び出す方でした」と回想している。独歩は、まことに困った性格で、純情で一本気な文士であり、そこのところが愛されたのだ。いま、まるまる一人一冊の追悼号が出る小説家がどれだけいるだろうか。独歩が死んだ明治四十一年には、文芸にこれだけの力があった。

国木田独歩（明治4年7月15日―明治41年6月23日）
詩人・小説家。下総《しもうさ》銚子生れ。新聞記者などをへて、独歩社を設立するも破産。明治24年キリスト教の洗礼を受ける。『武蔵野《むさしの》』『牛肉と馬鈴薯《ばれいしょ》』などは自然主義の先駆として迎えられた。

二葉亭四迷
文学では死身になれない？

42年5月10日

二葉《ふたば》亭《てい》四《し》迷《めい》は小説『浮雲』や『其面影《そのおもかげ》』『平凡』で漱石《そうせき》と並び称される明治の文豪であり、ツルゲーネフ、ゴーゴリといったロシア文学の翻訳でも文学史に名を刻んでいる。元治元年（一八六四）生まれで、江戸の余熱を帯びつつ、明治という文明開化期を疾走した人である。ロシア語翻訳は露日辞典などない当時にあっては困難をきわめ、数行を訳すのに一日を要したという。二葉亭の訳は緻密《ちみつ》で一語一語をおろそかにせず、しかも意訳を重んじた言文一致体は坪内逍遥《しょうよう》はじめ、多くの人が賞賛している。明治四十一年に朝日新聞社特派員としてロシアのサンクト・ペテルブルグへ行き、翌四十二年に海路帰国の船上で没した。四十五歳であった。

二葉亭は、最初は紅葉主宰の硯友社《けんゆうしゃ》に近く、一時的に小説の筆を折っていたものの、誠実にして重厚な人柄から教えを乞《こ》う人々は多かった。ロシアに行くときの壮行会には多くの文人が集まった。

雑誌「趣味」には、壮行会の様子が報告され十四名が「壮行の辞」をよせている。小《お》栗風葉《ぐりふうよう》、正宗白鳥《まさむねはくちょう》、蒲原有明《かんばらありあけ》、夏目漱石、岩野泡鳴《ほうめい》、矢崎嵯峨《さが》の屋《や》、中島孤島、昇曙夢《のぼりしょむ》、小川未明、樋口龍峡《ひぐちりゅうきょう》、水野葉舟、中村星湖、徳田秋声、小山内薫《おさないかおる》といった人々である。壮行会発起人は、逍遥、内田魯庵《ろあん》、田山花袋《たやまかたい》であり、発起人を代表して魯庵が立ち、「たとえ文学がお嫌いにしても、あちらではしばらくそのお嫌いをよして、日本の文壇を代表していただきたい」と挨拶《あいさつ》した。晩年の二葉亭はことあるごとに「文学嫌い」を口にしていた。

魯庵が席につくと、二葉亭は微笑を含みつつ立ちあがってこう言った。

「その文学は私にはどうもつまらない。価値が乏しい。で、筆をとって紙に臨んでいるときには、なんだか身躰《からだ》に隙《すき》があっていけない。遊びがあっていけない。どうもこう、決闘眼《はたしまなこ》になって、死身《しにみ》になって、一生懸命に夢中になることができない」と。

この一年後に二葉亭は死ぬのである。

二葉亭の死を最初に報じたのは朝日新聞で、ベンガル湾上で没した日（明治四十二年五月十日）の五日後のことであった。

「社員長谷川辰之助氏《しゃいんはせがわたつのすけ》（二葉亭四迷）は露都特派員《ろととくはいん》として昨年六月より同地《どうち》へ赴《おもむ》きしが、滞在少時《たいざいしょうじ》にして神経衰弱症《しんけいすいじゃくしょう》にかかり夜間不眠《やかんふみん》に悩《なや》むこと久《ひさ》しかりしも自《みずか》ら摂養《せつよう》を加《くわ》え快気《かいき》を期《き》しおりしに本年《ほんねん》二月頃《ころ》より一般の健康非常《けんこうひじょう》に衰《おとろ》え容貌《ようぼう》もただならず見えしかば在《ざい》留《りゅう》の人々勧《すす》めて露国医師《ろこくいし》の診断《しんだん》を求めしに軽《かる》からざる肺病《はいびょう》なりとの診案《しんあん》を下し且速《かつすみや》かに帰国《きこく》せざれば一命《めい》にも拘《かか》わるべしと言えり。人々打驚《うちおど》ろきて氏に帰朝《きちょう》を勧《すす》めくれたるが物《もの》に屈《くっ》せぬ氏の気性《きしょう》とて容易《たやす》く諾《うべな》わず我《われ》の身体《からだ》は我好《われよ》く之《これ》を知れり露国《ろこく》のヘボ医者《いしゃ》などの診断あに信ずるに足《た》らんとて自《みずか》ら薬《くすり》を買求《かいもと》めて之《これ》を服《ふく》し尚力《なおつと》めて読書執筆《どくしょしっぴつ》などしつつ……云々《うんぬん》」

七十数行にわたる死亡記事には、二葉亭への深い愛情がうかがわれる。この記事につづいて逍遥談、矢崎嵯峨の屋（二葉亭の先輩・逍遥門下）談、魯庵談による追悼特集を掲載した。自ら原稿を書き、編集したのは池辺三山である。三山は二葉亭を朝日へ呼び、つづいて漱石、長塚節《たかし》、石川啄木《たくぼく》を呼んだ人物である。

三山は「太陽」への談話式追悼で、二葉亭の記事は「おそろしく精《くわ》しく、深く調べてくる。が、余りに学究的で新聞の読み物にならなかった」と述懐している。そのため朝日社内で「二葉亭切るべし」との論がおこり、それをおしとどめて新聞小説「其面影」を書かせた。これが大評判となった。その後漱石を朝日へ呼び、漱石とかわるがわる小説を書くようにした。二葉亭をロシアへ派遣したのも三山であった。三山の追悼によると「夏から秋へかけての北方ロシアは、非常に昼が長く、夜など暮れたかと思うと直《す》ぐに明かるくなる」ため日本人は不眠症にかかりやすいという。

二葉亭の突然の客死は多くの作家たちを驚かせた。新聞、雑誌は、追悼記事をとるべく逍遥、矢崎嵯峨の屋、魯庵の三氏へ殺到した。漱石のもとへおしかける記者もいた。追悼はいずれも（文責在記者）の註がついた談話である。漱石の談は、

「私は唯《ただ》同じ朝日新聞社にいたというだけで、殆《ほとん》ど親交がなかったから、長谷川君については何の話も持たない」

から始まる。話はここから本論に入るわけで、現在の談話取材の技法からいえば、この部分は不用である。これは漱石が遠慮をして言っているのに、こんなふうに書かれると読者には、威張って言っているように聞こえる。

「尤《もっと》も私が朝日に入って以来両三度会ったことがある。また私も以前は本郷西片町にいたし、長谷川君も同じ所にいたのだから、入社後に、訪ねていって、大いに語ろうと思っていた事があるが、ちょうどこの時分長谷川君は頭が悪いので、近ごろは誰にも会わないということだから、遠慮して訪ねもしないでいたのだが、その後しばらくして、銭湯で会ったことがあったので、頭のほうはどうかねと聞いてみたら、まだ悪いという事だ……」「今朝の読売新聞で見ると、ダイナマイトでも云々という話をしてあるが、私はそうは思わない。一寸《ちょい》とした話をしたばかりでも、感じのいい、立派な紳士で、誠に上品な人と思われた」

記者の談話取材がいいかげんなことは、いまに始まったことではない。「頭が悪い」というのは、「頭痛がする」というほどの意味で、翻訳の大家が「頭が悪い」はずがな

い。また、ダイナマイト云々というのは、矢崎嵯峨の屋の談話として読売新聞に掲載されたもので、二葉亭のことを「ダイナマイトでも投げかねまじき突飛《とつぴ》な男」と評していた。これに関して矢崎は、「新小説」追悼号で、

「私はこんな話はしたことはありません」と怒っている。「読売の記者だという人がきまして、私に何か話せというのでしたが、今度の事を知ったその日の事で、私の胸は悲しみに満ちていて、順序をたててお話をすることが出来ないから、明日でも宅のほうへ来て頂きたいと申してお断りをしたのですよ。それがまるで捏造《ねつぞう》です。私はかまわないとしても故人の性向について誠に気の毒です。長谷川君は学生時代から努力主義で、一生この努力を持って終ったのでしょう。この新聞にはロシア人風などと書いてありますが、決してそうではありません。どこまでも東洋風の人でした。それからダイナマイトでも投げかねまじき突飛な男としてありますが、決してそんな人ではありません。一挙一動、充分考えつくした後《のち》、自分に成算が立たなければ決して事をしない人です」。

二葉亭は、志士風に見られながらも、そのじつ、地味で物静かな紳士であった。しゃべりもしない談話を捏造された矢崎の怒りは想像にあまりあるが、この反論もまた(談・文責在記者)である。

山田美妙《びみよう》は、「故人と僕」と題し、

「我《わが》文壇に言文一致体の文体を創《はじ》めた事について、世間では僕をもってその開山である

ように伝えるが、僕は今日《こんにち》においてはどうしてもこれをもって故人の功労として推称しなければならない。(中略) 此《この》文体をもって作を試みたのはいずれが早いかと聞かれれば、これを公表したのは故人の『浮雲』がいの一番であるのだ」(談・文責在記者)

と話している。

「新小説」追悼号では、逍遥の談もある。そのはじまりは、

「本来、僕は記憶の悪い方であるところへもってきて今は、取込《とりこ》んで居る最中故《ゆえ》役に立ちそうなまとまった談話《はなし》が出来にくい。ことに朝日新聞記者へ一通り談《はな》した後《あと》でもあり、おなじことを云《い》うのも妙だから、いよいよ材料に困る」(文責在記者)

である。魯庵談は、

「長谷川君のことに就《つ》いては、もうたいがい話しつくしてしまったので別に変った談《はなし》もありませんよ、それに長谷川長谷川と言ってなんだか長谷川を食物にでもするようで、甚《はなは》だ面白くないのです」

に始まる。

二葉亭がロシアへ出発するときに、壮行特集号を出した「趣味」は、やはり記者取材による各氏の談話を掲載した。漱石の談話は、左記のものが全文である。

「二葉亭君とは同じ社にいても、親しく会ったのは此間《このあいだ》大阪の鳥海《とりみ》君が来た折に一緒に飯を食ったのが初めてですから、余りよく知りません。しかしとにかく会って心持ちの

よい方だと思いました。それだけです。何か問題を出してもらってそれに答えるのなら答えましょうが、二葉亭君に対する感想と云ってはそれだけですね」

他の人が二葉亭をほめているなかにあって、漱石の対応はいかにも冷たく見える。本当のところは漱石は二葉亭を深く敬愛しており、いささかも悪意を持ってはいない。変な批評はしまいとつつしんでいる。それなのに、談話には記者の悪意がみられる。記者はパーティーの席上で漱石に近づき、「二葉亭への感想を」と質問し、漱石は記者に少しむっとして、これだけを話したのである。

ここで気がつくのは、明治の記者は、いまのテレビカメラが用いる方法を使ったということである。相手がノーコメントだとしてもそのノーコメントをそのまま複製することによって記事を作った。これでは取材される側はたまらない。「新小説」の場合も、逍遥と魯庵の談話は、このあと核心に入っていく。最初の部分は不用なもので、取材に入る前の、記者に対する会話にすぎない。

記者は質問する形で談話をとる。記者の質問は、「二葉亭はなぜ文学嫌いになったのか」に集中したようである。逍遥はそれに懸命に答えようとし、「文学嫌いになったのは『浮雲』出版以後、多少の変遷《へんせん》を経てからの事で最初は文学好きであった事は疑いない」「朝日紙上では、ある点ではルソーに似ていたと云っておいたが、性質を離れて、心機の回転した点のみから観察すると、多少イプセンにも比較する点がある」「然《しか》しながら本領は、やはり文学者という点にあるので、満州経営などは、よし、空想でないまでも、理論の沙汰《さた》にすぎない」

と理由づけた。魯庵は、

「坪内君は長谷川君を評して大分《だいぶ》ルソーに似たところがあると云われたが、私は誰彼《だれかれ》といって具体的な類似の人を求むるよりも、むしろ革命家《レボリューショナリスト》の一語をもって評したほうがいいと思う。しかし革命家といっても勿論《もちろん》、極端な虚無主義者や実行家ではない。クロポトキンのような理論上の革命家だ。コスモポリタニズムの強い人だったが、一面に於《おい》ては又非常に愛国心の強い人でした」「同君が文学嫌いになった理由は、つまり、日本の文学者が社会から優遇されないという事ならびに所謂《いわゆる》文士などの中には人物が無くて其等《それら》の輩《やから》と一所に見られるのが嫌だというような事などがその原因の主なもの」

また二葉亭が、言っていた愚痴として、

「世間のやつらが己《おれ》を文学者扱いするのは仕方がないが、最も親しく交際している坪内君等が、己を真に理解してくれないのは残念だ」

と暴露している。本当だろうか。これらはいずれも(談)である。これでは逍遥と魯庵をケンカさせようとしているようではないか。

逍遥は、自ら編集する「早稲田《わせだ》文学」に「二葉亭君と僕」と題した追悼を書いた。そこには、新聞雑誌の記者にはツイ頭に浮かんだままを話したが、うろおぼえで言うと問違いが多いので、古日記により、きちんと書くという旨《むね》が前記されている。二葉亭の『浮雲』第一編は逍遥の名で金港堂から刊行された。二葉亭は無名の新人であったため、逍遥著でないと売れないという金港堂の判断があった。逍遥は、内題と序文に二葉亭の名を記し、「二葉亭の大人」の著作であると明らかにした。逍遥は名を貸すだけで、原稿料はすべて二葉亭に渡す気でいたらしい。日記にはこうある。

「前月『浮雲』を金港堂に与《あた》う、長谷川辰之助所著なり、同子の為《ため》に合作の名にて出せり、一枚一円の約束にて凡《およ》そ九十枚、其代金内三十円は前に長谷川君に渡したれば此時《このとき》六十円金港堂より持参すべきのところ只《ただ》五十円持参せり、悉《ことごと》く長谷川に渡さんとするに取らず、矢崎を議長として大論判の末、拠《よんどころ》なく五十円のうち三十五円を請取る、金港堂へは浮雲の前編の原稿料10(ママ)だけを預けおきたる都合になれり」

逍遥は自分の古日記を引用してから、

「今に至って此記事を読むと君のため自分のために感慨を覚えざるを得ない。はじめ『浮雲』を金港堂へ交渉した所、僕の作を出すならばという様な返事乃至《ないし》合著ならばいいという返答、君に相談すると、それでよいという事であったので、原稿料の打合は前記の通りにした、然るに弥々《いよいよ》全額を渡す段になって潔癖の君はどうしてもきかない。慥《たし》か其時《そのとき》の論旨は、一字でも半句でも指導を受けた以上は無報酬ということはない、又前に日野商店へ送った翻訳や世間普通の処女作の割よりいえば一枚一円は格外（蓋《けだ》し其頃は最上が其位であった）これはあなたに対して支払っているのだから、どうしても半額しか取らんと云って、例のそれはそれはむつかしい論議、くわしいことは覚えていないが果《はて》は嵯峨のや君を煩《わずらわ》して、前陳記事の如《ごと》き段落に立到った。三四年後のぼくなら如何《い か》にしても受取る筈《はず》では無いのだが、そのころは気がそわそわして大ぶ自惚《うぬぼ》れても居り、脳患で一段気短かになって居たなどで、ツイぐずぐずに諾したのであったとみえる。今にして思えば甚だ赧然《たんぜん》たらざるを得ない」

と反省している。

逍遥はなんと正直な人だろう。『浮雲』第一編が刊行された明治二十年は、逍遥は二十九歳、二葉亭は二十四歳である。自分の名を貸して、九十円の原稿料のうち三十五円をうけとったことを恥じている。

無名の新人が有名作家の名のもとに代作するのは明治にはよくあったことで、永井荷《か》風《ふう》は広津柳浪《ひろつりゅうろう》の名で代作したが、柳浪はほとんど金を払わず、荷風はケンカ別れした。逍遥は九十円の原稿料のうち三十五円うけとったことを恥じ、それを二葉亭への追悼のなかで書いた。書かなければだれにも知られないことである。おそらく逍遥は、二葉亭が文学嫌いになった一因として、この一件があるのではないかと心配したはずである。二葉亭はもとより軍人志望であり、ロシア語を学んだのは、ロシアが日本を侵略するのを防ぐためであった。ロシア語を学ぶうちにロシア文学の魅力にとりつかれ、その延長で『浮雲』を書いた。日露戦争は二葉亭が、かねてより予想していた通りにおこった。二葉亭のめざすところは政治、思想にあり、二葉亭はロシアに送りこまれた日本軍のスパイだったという説はそこから生まれた。

追悼は（談）ではうまくいかぬことが多い。逍遥は、自ら三十五円事件を告白することにより、二葉亭の鎮魂をしようとした。これぞ文学者の気魄《きはく》というものである。

二葉亭四迷（元治元年2月3日―明治42年5月10日）小説家。江戸生れ。東京外語学校露語部に学ぶが中退。坪内逍遥を訪ね、終生の交りを結ぶ。明治20年、逍遥名義で『浮雲』を発表、世評を得る。のち、新聞社記者として渡露、病に倒れ帰国の途上死亡。

石川啄木
新聞記者の友情

45年4月13日

啄木《たくぼく》が死んだのは明治四十五年四月十三日である。父と妻節子と若山牧水に見守られて淋《さび》しく死んだ。二十六歳であった。そのころの啄木は変形歌の歌人として一部の人に注目されてはいたが、世間に認知される位置にはいない。朝日新聞社の一校正部員にすぎなかった。啄木自身も進む道に悩んでいた。

啄木の詩歌は与謝野《よさの》鉄幹《てつかん》主宰の「明星」や、その後身「スバル」のほか、いくつかの新聞に掲載されたものの注目度は低く、死の二年前に刊行された歌集『一握《いちあく》の砂《すな》』もさして評判にはならなかった。

啄木が認められたのは、死後八年目に新潮社より三巻の全集が刊行されてからである。全集刊行にあたっては、哀果土岐《とき》善麿《ぜんまろ》の尽力があった。草野心平がいなければ宮沢賢治が世に出なかったのと同じく、哀果がいなければ啄木も無名の一歌人として葬《ほうむ》り去られるところであった。歴代の詩人、歌人のなかには、よき理解者がいないばかりに忘れ去られた人がかなりいる。とくに啄木の場合は自分本位のわがままな性格であり、友人から借金してふみ倒し、女にだらしなく、尊大で偏狭な性格で嘘《うそ》つきだったから、仲間に信用されず、嫌われ者であった。

啄木が死んだとき、与謝野晶子《あきこ》は「東京日日新聞」に九首の哀悼歌を寄せた。そのうちの二首はつぎのようなものであった。

いろいろに入り交《まじ》りたる心より君は尊とし嘘は云《い》へども
啄木が嘘を云ふ時春かぜに吹かるる如《ごと》く思ひしもわれ

ともに啄木の嘘を歌っている。啄木にとって晶子は姉御《あねご》株である。啄木は、鉄幹・晶子が主宰する新詩社「明星」の投稿青年であり、上京してからも鉄幹・晶子のもとをたびたび訪れていた。鉄幹・晶子を前にして、啄木はしょっちゅう嘘をついた。また、新詩社に投稿する郵便封筒は切手の料金不足がたびたびで、晶子を困らせた。自分の赤児《あかご》に飲ませるミルク代もないほど逼迫《ひっぱく》していた晶子には、切手の不足代金を支払うのはつらいことであったろう。

晶子の哀悼歌には、性格破綻《はたん》者である啄木に対する揶揄《やゆ》がこめられている。そんな啄木でも死んでしまえば、嘘がなつかしくなる。この哀悼歌には、嘘つきであったがゆえに切ない啄木への思いがあり、晶子の技倆《ぎりょう》がさえるところだ。
「明星」の同人であった北原白秋は、

若き日の君ならずして誰か知る才ある人のかかる悲しみ

と哀悼した。白秋は啄木より一歳上であり、浅草の花柳界を遊びまわった仲である。悪い遊びを教えたのはじつは啄木のほうであった。啄木は釧路《くしろ》の花町で芸者遊びをしていたから、色事に関しては先輩格であった。

白秋は啄木の嘘についてこう回想している。

「啄木くらい嘘をつく人もなかった。然《しか》しその嘘も彼の天才児らしい誇大的な精気から多くは生まれて来た。今から思うと上品でもっと無邪気な島田清次郎という風の面影もあった。彼は嘘はついたが高踏的であった。晶子さんに言わせると、『石川さんの嘘をきいているとまるで春風に吹かれているよう』であった。そうした彼が死ぬ二三年前より嘘をつかなくなった。真実となった。歌となった。おそろしいことである」(『石川啄木選集』序文)

歌詠《よ》みは白秋にしろ晶子にしろ、みんな嘘つきである。白秋や晶子は壮大な嘘つきであったが、啄木はすぐにバレる嘘をついた。晶子は啄木が嫌いだったとみえ、その後啄木ブームが到来しても、ほとんど啄木について書いていない。しかし、昭和十三年の『新編石川啄木全集』の月報につぎのような回想を寄せた。

「郷里へ帰る汽車賃もないと言いながら、夫人へ土産に買ったとヴィオロンの絃《げん》を買って来たと石川さんに見せられたこともあった。仙台以東の人々には大言壮語をして喜ぶ風があると故人の寛は言い、石川は今日も東京市庁で尾崎市長と食卓を共にして来たなどと云うのを聞くと汗が流れるとも語ったのを、私もそうかと思っていたが、後年尾崎咢堂《がくどう》氏から、石川啄木という方がよく市庁へ訪ねて来られ、食事なども一所にした事があると云う話を聞いて、前の事は石川さんの嘘ではなかったと私は思った」

同時代を代表する大物歌人は、晶子、白秋、茂吉の三人であり、啄木の歌は貧之性でかつ異端であった。啄木はもともと小説家志望であった。小説家になろうとして果たせず、自虐《じぎやく》の心をちぎって投げつけ歌を詠んだ。歌という形式を虐使《ぎやくし》すること、それが啄木のなげやりな歌風にあらわれた。歌は『悲しき玩具《がんぐ》』なのである。そのことは啄木が自分で書いている。

「私は小説を書きたかった。否《いな》、書くつもりであった。また実際書いても見た。そうしてついに書けなかった。その時、ちょうど夫婦喧嘩《げんか》をして妻に敗《ま》けた夫が、理由もなく子供を叱《しか》ったり虐《いじ》めたりするような一種の快感を、私は勝手気儘《きまま》に短歌という一つの詩形を虐使することに発見した」(『食うべき詩』)

白秋は、上野の夜の街を歩きながら、啄木が、

「君の歌が本当なんだよ。真正面から君は行っている。僕は裏道から行くんだ、羨《うらや》ましいが仕方がない」

と吐露したことを回想している。その直後に啄木は発病し、入院した。白秋は「啄木は奇道を選んだ」として、「彼はせっぱつまって爆弾を投げたのである。そうして自己をも微塵《みじん》にたたきつくして了《しま》った。命がけのこの肉弾に対して、真に人は心からの尊敬を払わねばならぬ。単に歌の技巧のみを酷評すべきではない」と書いた。

啄木への追悼や回想は、死後『啄木全集』が出てからのものが多く、死んですぐの追悼はおどろくほど少ない。啄木が北海道放浪時代に同じ新聞社にいた野口雨情の回想も、死の二十年後のものである。雨情は啄木と情交のあった小奴《こやっこ》についてふれ「石川の伝記が往々誤り伝えられるのは石川のために喜ばしいことではない」と怒ってみせた。死後二十年たって啄木の評価が高まってからこう書いているのであり、死んですぐ啄木を追悼したわけではない。

「スバル」には次のような追悼がのった。

「石川啄木氏が死んだ。氏は去年の初、大に腹が出張って力がついた様な気がすると云って居た頃、既に顔色は蒼黒《あおぐろ》く、明星で盛に詩を作って居た当時の美少年の面影はなく、顔など骨ばって、眼は落窪《おちくぼ》んで、それでも、その前に逢《あ》った時なぞよりは、例の心の中

の矛盾を示す様な眼つきの中に、何だかすがやかな色が見えていたけれども、それから間も無く病気が悪くなって大学病院へ入院した。（中略）何しろ氏一人の病気の体で老父母と夫人と子供とを養って行って居たので、死ぬまで寝たきりで、その間に種々の計画もあったが何分そんな体で何も出来ず、とうとう、死んだのはむしろ氏に取っては楽を得た様なものであったろう。その間東京朝日では月給を払っていた。なお今年一杯は遺族にそれを送る筈《はず》である相だ。（文三記）」

筆者は「スバル」発行名義人である江南文三であるが、どうにも冷たい。

生前の啄木が寄稿した雑誌「文章世界」には、つぎのような消息が掲載された。

「詩人石川啄木氏が十三日に逝《い》った。若い天才は、惜まるべき程、知る限りの人に惜まれて、十五日浅草某の寺に葬られた。『一握の砂』の作者は、大方の人の、老いてなお成し遂げざるべき事業を、若くして既に成し遂げた。彼は淋しく生きて淋しく死んだ。所詮《しよせん》淋しいのは近代人の命である。彼は近代人の面影をもっとも多く宿した若い詩人であった」

書いた人の名は記されていないが、相馬《そうま》御風《ぎよふう》と推測される。社交辞令的な追悼ではあるが、「スバル」よりは心がこもっている。

「早稲田《わせだ》文学」の「文芸教学消息欄」は「詩人石川啄木氏の訃《ふ》は近頃の文壇に於《お》ける最も痛ましい消息のひとつであった」にはじまる切々たる追悼文が掲載された。

「年少詩人石川啄木の名が世を驚かせた詩集『あこがれ』当時の氏には、煥発《かんぱつ》せる詩人以外強く深く人の胸をえぐる力はまだ稀薄《きはく》であったが、その後に於ける長き放浪の生活は、氏に得がたい力を与えた。最近一二年に於ける啄木氏は単に一個の詩人としてよりも、黙して深く憂《うれ》うる人として何となく私達の心を動かすものが多かった。触れれば火花を発しそうに熱した氏の頭脳はついに冷たい死の手に委《ゆだ》ねられた。黙して多く歌わなかった最近の氏の心にこそ、語り得ぬまことの霊魂の高潮があった。私達は最も厳粛なる意味に於ける詩人の第一人をわが詩壇から奪い去られた事を悲しむ者である――記」

雑誌「詩歌」には、主宰者前田夕暮の追悼にくわえて富田砕花《さいか》による長文の哀悼が掲載された。

「一九一二年四月十三日――

この日われら郷党の少年者が唯一《ゆいいつ》の矜持《きょうじ》たる啄木石川一《はじめ》氏逝く。

梢《こずえ》に咲き誇った花も地に帰って、樹々《きぎ》がようやく緑をつけ初める頃の、生温《なまぬ》るい風の吹く日だった。去年大学病院の一病室で、烈《はげ》しく嗅覚《きゅうかく》を刺戟《しげき》する薬の香のなかに浸って、氏と語ったのは……数年に亘《わた》る交友中その夜ほど余にとって忘れ難い印象を留めたことは無い」

砕花はさらに啄木の私生活の窮状を憂い、

「氏よ氏が肉体はこの日大地に帰すといえども、氏が懐持せる思想の一端は余に於てなお生く、否、郷土の少年者にして君を慕える者の胸に於て悉《ことごと》くその然るを信ず」とむすんだ。

雑誌「朱欒《ザンボア》」には簡単な訃報《ふほう》が掲載された。

「石川啄木氏が死なれた。私はわけもなく只《ただ》氏を痛惜する。ただ黙って考えよう。赤い一杯の酒が、薄汚ない死の手につかまれて、ただ一息に飲み干されて了ったのだ。氏もまた百年を刹那《せつな》にちぢめた才人の一人であった」

筆者は北原白秋と思われる。短いが、さすが白秋の追悼である。

生前の啄木は森鷗外《おうがい》主宰の観潮楼歌会《かんちょうろうかかい》に参加し、その技倆《ぎりょう》は鷗外より認められていたし、朝日新聞では夏目漱石《そうせき》より目をかけられており、病気のときは見舞金ももらった。鷗外や漱石の追悼があってもいいはずだが、実状はこの両巨匠が追悼するほどの歌人ではなかったということだろう。啄木が校正係として朝日新聞社に入社したときの月給（明治四十二年三月）は二十五円であったが、同時期の漱石の月給は三百円であった。給料の面でも格が違いすぎた。

啄木を世に出そうと努力したのは土岐哀果である。哀果は早稲田大学時代は白秋・牧水と親交があり、読売新聞社に入社し、のち朝日新聞社に移った。哀果が啄木との親交を深めたのは、啄木の死の一年前である。哀果は啄木の死後、作品を世に出そうと努めたが、なかなか果たせなかった。死後八年目に、啄木の友人金田一京助や師与謝野鉄幹をかつぎ出して新潮社社長佐藤義亮《ぎりょう》のところへ持ちこんだものの「それほどの価値はない」と軽く断られた。それでも哀果があまりに熱心なため、情にほだされた佐藤は、「犠牲的な気分」で出版を引きうけた。第一巻は小説集、第二巻は詩歌、第三巻は書簡・評論であった。これが意外なほど売れゆきがよく、二年間で二十刷となった。死後八年目にして啄木は再生したのであった。

啄木にとっては哀果との交際が晩年の一年余であったということが幸いした。金田一京助のように長いつきあいになれば、啄木は哀果にも金をたかって愛想をつかされたにちがいない。啄木は、晶子・鉄幹はじめ新詩社の同人である平野万里《ばんり》や吉井《よしい》勇からも毛嫌いされていた。万里とは「スバル」編集方針をめぐって感情的に対立した。晶子の啄木哀悼歌に、

ありし時万里と君のあらそひを手をうちて見きよこしまもなく

とあるのはそのことである。

昭和九年、鉄幹は雑誌「国語と国文学」のインタビュー（聞き手は藤田徳太郎と吉田精一）に答えて、「（啄木が）世にもてはやされるのは嬉《うれ》しいが生誕五十年のお祭り騒ぎをするのはどうかと思う」「人物としての柄は平野（万里）君とは比べものにならぬ。

私には、今日のような啄木の流行は解することが出来ない」と切って捨てている。啄木という雅号は鉄幹の命名によるものだが、啄木は名づけ親の鉄幹にまで嫌われていた。

啄木への追悼は、詩誌の同人よりも、むしろ新聞社の友人によってなされた。哀果が在籍した読売新聞は、写真入りで切々たる死亡記事を掲載した。

「……氏は岩手県岩手郡渋民村に生れ盛岡中学に学び当時雑誌『明星』の同人として文名あり、後上京して詩集『あこがれ』を出版し、雑誌『小天地』を主宰し……（中略）『一握の砂』以後の歌作は近く出版さるる筈……」

この記事を書いたのは哀果で、哀果は、『一握の砂』以後の出版まで予告宣伝してしまった。ここには新聞社勤め同士の友情がある。啄木は、函館《はこだて》日日新聞の遊軍記者に始まり、北門新報社校正係、小樽《おたる》日報記者、釧路新聞記者をへて朝日新聞社へ入社した。二十六年の生涯は新聞社とともにあった。新聞記者仲間は啄木の遊蕩《ゆうとう》と性格破綻ぶりに悩まされただろうが、死した後は全力で追悼した。

朝日新聞の哀悼文は同僚の記者松崎天民が書いた。かなりの長文である。

「　石川啄木氏逝く　薄命なる青年詩人

新詩壇の天才として将来に望を嘱《しょく》せられたる本社員啄木石川一氏は、久しく肺患にて治療中なりしが、十三日午前九時半、小石川区久堅町七十四番地六十四号の僑居《きょうきょ》にて逝去せり、享年《きょうねん》二十七。氏は岩手県岩手郡渋民村に生れ神童の称《ほまれ》高く、盛岡中学校に在学中既に文才全校を映し、将来天才文学者たるべしとの聞えありしが、中途退学して北海道に渡り函館、小樽、札幌、釧路等にて新聞社に入り、其《その》後帰郷して小学校に教鞭《きょうべん》を執りたる事あり、四十二年五月出京して本社に入りたるが、昨年二月腹膜炎に罹《かか》りて大学病院に入院し、同三月中旬退院し次第に快方に向いたるも、又もや肋膜《ろくまく》を侵されて病床裡《り》の人となれり。本年三月七日母堂を失いてより、多感の詩人が心緒為《た》めに傷きて病俄《にわか》に重り、以後は日夕病床に唯一の娯楽となし居《お》りし新聞雑誌をだに見る能《あた》わず、詩作さえ廃するに至りき。著書には小説『鳥影』歌集『あこがれ』『一握の砂』等あり。『あこがれ』中の落ちぐしは確に天才詩人たるの素質を証《あか》して余りある者なりとは鷗外博士の批評なるが『一握の砂』は清新の調と奔放の才を発揮せり、尚《なお》来月発行すべき、自然第一号は啄木追悼号と為《な》すべしと。葬儀は途中列を廃し十五日午前十時浅草松清町等光寺に於て執行の筈なり」

明治時代の新聞記者は熱血直情であった。同志の死に自己の心情を重ねあわせて、記事の形をとりつつ裂帛《れっぱく》の追悼をした。むしろ「新詩社」同人のほうが冷たかった。故人を新聞が無視し、同人誌の仲間が世に出した例は宮沢賢治である。賢治は同じ東北人である啄木を意識し、自分の気持のなかでは超えられなかった。啄木の根底にあるのは記者魂であった。その心情は現在の新聞記者にも通底している。

石川啄木（明治19年2月20日―明治45年4月13日）
歌人・評論家。岩手県生れ。明治35年上京し、与謝野鉄幹の知遇を得て、「明星」に詩を発表。処女詩集『あこがれ』で天才詩人と注目されるが、生活は苦しく、42年、東京朝日新聞社に校正係として就職。

大正

上田敏
葬式に行かない理由

5年7月9日

上田敏《びん》は明治三十八年に訳詩集『海潮音』を出版し、一躍詩壇の寵児《ちょうじ》となった。『海潮音』にはマラルメの「嗟嘆《といき》」、ロダンバックの「黄昏《たそがれ》」、ヴェルレーヌの「落葉《らくよう》」などすぐれた詩が多く、「落葉」の「秋の日の／ヴィオロンの／ためいきの／身にしみて／ひたぶるに／うら悲し。……」が有名である。

しかしその後の創作にはめざましいものはなく、四十一歳で没した。死んだときは京都大学教授の職にあった。早逝だから、その死を心から哀《かな》しむ追悼があってしかるべきだが、どの追悼も形式的で冷たい。「心の花」「藝文」「英語青年」「三田文学」「新思潮」に三十六篇の追悼が掲載された。『海潮音』は森鷗外《おうがい》へ捧《ささ》げられた訳詩集であり、鷗外からの追悼文があってしかるべきだが、ない。また、東京大学講師として同僚であった夏目漱石《そうせき》の追悼もない。漱石が死ぬのは同じく大正五年十二月で、敏の五ヵ月後である。上田敏と漱石は、東大で英語を教えていた小泉八雲辞任のあとを受けて、同時に東大講師となった。当時は敏のほうが文名が高く、漱石は敏を『吾輩《わがはい》は猫である』のなかでいやな教師として皮肉って書いている。

永井荷風の追悼がないのも奇異である。無名時代の荷風はパリで敏に会って親交をふかめ、帰国後は敏の推薦で慶応大学教授となり、「三田文学」を主宰した。敏は荷風の恩人である。追悼を寄せたのは桑木厳翼《げんよく》、新村出《しんむらいずる》、佐佐木信綱《のぶつな》、峰百合子《ゆりこ》、平田禿木《とくぼく》、三上節造、戸川秋骨《しゅうこつ》、石田憲次、谷本梨庵《りあん》、深田康算《やすかず》、吹田《すいた》順助、成瀬清、といった人たちで、あとは同僚の学者や弟子の名が並んでいる。

佐佐木信綱は「上田敏博士の長逝をゆくりなく聞いたことは、自分が近来の驚きであり、はた悲しびである。わが国英文学のために、文芸界のために、多大なる損失であった……」とその業績のみを愛情をこめずえんえんと書いた。パリで敏の下宿へ後釜《あとがま》として入った新村出はもっと冷たくて「上田君と私の交情は高等師範以来十数年にも亘《わた》りますが、同僚関係以上に殊《こと》に親密というほどのことはなかったのです」と述懐している。

成瀬清は「私は博士に余り親しく接近した方では無く、殊《こと》に最近二三年は御無沙汰《ごぶさた》をしていた」と逃げている。明治詩壇に輝やかしい業績を残し、尊敬されていた敏への追悼がかくも冷たいのはどうしたわけだろうか。

三上節造は「哲人育英家上田博士を偲《しの》ぶ」と題して「人格を云為《うんい》せられたが、それは文芸の洗礼を受けた洗練せられたる典雅瀟洒《てんがしょうしゃ》たる人格についてであった」「時には或《あるい》は不道徳と誣《いぶ》かられ、不倫理と誹《そし》られたこともあったかもしれない」と書いている。藤井紫影は敏を評して「味方として物足らず、敵としても恐しくない傾きがあり、詩人としては情熱足らず、学者としては執着心が薄かったように思われる」として「薄く契《ちぎ》りて末とげた君の生涯は、行雲流水のさらりとして物に凝滞《ぎようたい》せぬすがすがしさはさることながら、個人として花火の消えたあとのような寂寞《じやくまく》の感がなかったろうか」と追悼した。「上田敏が亡《な》くなって悲しい」と慟哭《どうこく》するものがほとんどいない。おざなりの追悼か、あとは弁護の追悼ばかりだ。では敏がエゴイストで、酒乱で他人に迷惑をかける破滅的性格であったかというとそんなことはない。温厚で、義にあつく、友を大切にし、書物を尊ぶ学者であった。

森鷗外の追悼がないことが奇異である。敏は鷗外と終生変ることのない親交を結んだ。島崎藤村の追悼があってもよい。藤村は「文学界」の同人であり、「文学界」時代の敏は、藤村の小説『春』に福富の名で登場する。永井荷風は、鷗外とともに「三田文学」創刊にたずさわった仲だから、当然書いてしかるべきだ。京都に赴任後は、しばしば上京して「パンの会」に出席したから、北原白秋、木下杢太郎《もくたろう》らの追悼文があっていい。学者にばかり追悼文を頼むから、こういうことになるわけで作家や詩人の追悼がずらりと並ぶのがいいというわけではないが、このうちだれか一人の追悼が書かれるだけで、敏の魂は救われたろう。

敏は、兄貴ぶんの小泉八雲から「万人中の一人」と激賞された秀才である。学生のとき、鷗外の翻訳の間違いを指摘したほどの語学力がある。あまりの秀才ゆえの冷たさがあったのだろうか。そう思って上田敏の写真を見ると、チョビヒゲを生やした風貌《ふうぼう》が田中角栄に似ていることに気がついた。色浅黒くハイカラである。和服は商人風の粋《いき》な好みで、学者のイメージとはほど遠い。谷本梨庵は「自分は前には法然院を人格化したらば、上田君が出来るだろうと申しましたが、更に切実に考えてみると、それは寧《むし》ろ丸善の趣味を人格化したらば、上田君が出来る」と評した。

藤村の『春』に出てくる福富(敏)は、上野の花の盛りにベートーベンの音楽会へ行き、「事こまかに評をして聞かせるものは福富一人である」と描かれている。晩年は小《こ》唄《うた》を愛した粋な人物である。石川啄木《たくぼく》の詩集『あこがれ』に序詩「啄木」を寄せるほどの友人思いである。同窓の桑木厳翼は「上田君を偲ぶ」と題してつぎのように分析している。

「上田君の一生涯を通じて常に二個の人格が対立存在して居た。上田敏若《も》しくは柳村(敏の号)としての君と、上田博士若しくは先生としての君とである。東京に於《お》ける敏君は文壇の才人として聞えて居たが、上田博士は英文学の泰斗《たいと》、近代文芸の権威として名を馳《は》せた。而《しこう》して之《これ》に止《とど》まらず、学究としての博士は同時にまた社交界の紳士であった」「京都大学の教官室は往々にして倶楽部《クラブ》的放談所に変更することがあって、文字通りの縦論横議の極めて盛んな所である。上田君は常に此《この》放談に必須《ひつす》の人物で、問題を提供し展開する妙を得ていた」

敏は学術ひとすじの人ではない。学者にして詩人である。文句のつけようがないほど博学多才の教授ではないか。漱石も朝日新聞に入るまでは東大で教えていたし、生徒を家に招いて放談した。漱石は小説に重きを置き、敏は学問に重きを置いた。それだけの違いなのに漱石は多くの弟子に見守られ、敏は淋《さび》しく死んだ。敏は座談の名手で、講演の依頼が多かった。京都に赴任してからも「パンの会」に招かれ、白秋や杢太郎を前に闊達《かつたつ》な話をして、青年詩人たちに熱狂的に歓迎された。そのことは桑木厳翼が「君の演説は談話の如《ごと》き態度で縦容《しようよう》迫らず、特別な技巧や故意らしい激励の調子はなく、平易明晰《めいせき》の辞句のなかに奇警な譬喩《ひゆ》を交え、趣味ある逸話を挿入して聞く者を倦《う》ましめない。……斯《か》く流行の学者となったことが、自《おのず》ら君の文筆に親しむ機会を減少したことは、文壇、殊に東京の知友の間には遺憾とすべき点もある……」と書いている。人気教授であったが故《ゆえ》に、講演の注文が多くそれが学者仲間の嫉妬《しつと》心《しん》をそそった。大学が陰謀の殿堂であることは昔も今も変らないが、では敏と同時代の文学科教授で敏以上の人がいるかといえばだれもいない。

敏がライバルとして意識したのは漱石である。かつての同僚であった漱石は、小説家として話題作をつぎつぎと書いていた。敏が長編小説『うづまき』を書いたのは、明治四十三年、三十六歳のときである。国民新聞に連載したこの小説は、敏の自伝的小説であったが失敗作であった。詩人ではあるが小説家としては失敗した。平田禿木は「京都で成った『渦巻』などは随分と静かにぢりぢりと筆を執られたもので、あれを書かれてから、めっきり健康を害されたようである。ひどい神経衰弱になったと、今までついぞ聞かないことを言われて、煤色《すすいろ》の眼鏡などを掛けて歩かれた」と追悼している。この年は慶応大学文科大刷新の年で、慶応の中心として迎えたい、との要請があったが、自らは京都大学に残留して、慶応へは永井荷風を推薦した。小説に失敗しても文壇の重鎮であることに変りはない。

吹田順助は「氏は寧ろ自分を文壇の圏外に置いて、而《しか》もその方面と不即不離の関係を保っていた」とし、日常生活でも「人ずきが好《よ》く交際家ではあったが、特に人に親しくするとか、赤裸々な自己を披瀝《ひれき》して人に接することはなかったらしい。従って人も氏に対して特に親しくしようとする者も少なかった」と回想している。「氏は善《よ》い人であったが、僕の観察にして誤まらないならば、何《ど》うも一味真摯《しんし》の情に乏しく、どこか皮相的なところがあったように思われる。これは純趣味の人として免る可《べ》からざる短所かもしれない」。

菊池寛《かん》に『葬式に行かぬ訳』という小説がある。菊池寛は京都大学の学生のころ、敏の生徒であった。寛が大学を卒業して上京した夏に敏は尿毒症で死んだ。寛は恩師である敏の通夜《つや》にはせ参じるが、哀悼の思いが傷つけられ、イライラして帰ってくる。通夜の客は立派なフロックコートや紋附の着物姿であるのに、寛は洗いざらしの白木綿の着物であった。寛は通夜の席で、敏と自分の身分が格段に違うということを思い知らされるのである。二日後の葬儀には行かなかった。寛はそのことを「自分ながらひどい奴《やつ》だと思った」と悔むのだが、こう弁解している。

「只《ただ》一つの云《い》い訳があった。夫《それ》は、S博士（敏）が、彼の創作を少しも認めて呉《く》れなかった事であった。少くとも、創作に志す雄吉（寛）に取って、彼の創作に就《つい》て、何も与えて呉れなかったのは、否夫《いな》に対して一言も挨拶《あいさつ》を与えて呉れなかったのは、その世間的な関係は、師弟であろうが何であろうが、根本的な所では、第一義的な所では、S博士は雄吉に取って対蹠人《かたき》ではなくても、少くとも路傍の人であったのだ。そう考えると、葬式に行かなかったことも、香奠《こうでん》を出さなかったことも、いくらか云い訳が付くように思われた。無論、夫は雄吉の負け惜しみから出た甚だイゴイスチックな云い訳ではあったけれど」

京都大学の学生であった寛は、上田教授のもとへ原稿を持参し、読んでくれるように依頼したが、いくら待っても敏は原稿に目を通さず、無視された。寛は東京大学を退学して京都大学に移っていた。東大時代の同級生である芥川龍之介《あくたがわりゅうのすけ》や久米《くめ》正雄が「新思潮」をおこして文壇にデビューしているのに、寛はとり残された。芥川や久米が漱石に指導を受けているのを知っている寛は、京都大学の敏に指導を受けようとして、やんわりと断られた。その鬱屈《うつくつ》した心が、このくだりに出ている。この小説には、S博士が「日本の文壇は、今全く不良少年の手に落ちました。何等の教養も、何等の伝統もない不良少年の手に落ちました」と講義をする様子が描かれている。寛はS博士に対して「妙な寂しさ」を感じつつも、失敗した卒業論文に八十点という意外な高得点をつけてくれたことを思い出して、通夜に参じたのであった。

敏は雑誌「明星」への寄稿者であったから、与謝野《よさの》寛《ひろし》が「三田文学」へ追悼を寄せた。「故上田敏博士」と題した追悼文は、一段組みで活字も大きい。

「君を衒学家《げんがくか》だと云い、また野口米次郎《よねじろう》君の謂《いわ》ゆる『煙草《たばこ》の煙を間《あいだ》に置いて話す人』で、他人と打解け難い人のように言う人のあるのは、確かに君と久しく交らない人の誤解であると自分は断言する。……自分達のような粗野な空気の中に育った田舎者が東京へ飛び出して来て三度や五度接近したからと云って、すぐに上田君のような特別な素節《そせつ》の上へ特別な磨きを掛けた人の性格が理解されるものではない」

与謝野寛は敏を弁護しているのだが、この追悼文を読むと、逆に、敏がいかに嫌われていたかがわかってしまう。敏は、与謝野が衆議院議員選挙に立候補したとき、応援演説にかけつけた。与謝野はそのことを追悼のなかで自慢している。また、こうもある。

「誰だったか、上田君には親友が無かったらしいと云った人があるが、之も恐らく間違って居る。自分の見た所では君にも少数の親友があった。……上田君の最も親しくされた師友は森鷗外先生であった。他に少数の親友と弟子とがある。……また上田君は余りにも聡明《そうめい》であったので、自分の実力の及ばない以外の人の世話をされなかった。其《そ》れがために熱情の乏しい人のように誤解した人達もあったが、君の力で尽される範囲のことは随分人の世話をされた。現に自分達夫婦などが陽に陰に君のお世話を受けた」

政治に色気を出した与謝野寛にこう書かれるだけでも、敏は文壇から嫌われる。与謝野とつきあったことは、敏の一生の不覚であった。この追悼がばかでかい活字で「三田文学」に載ったのだから、荷風はさぞかし嫌な顔をしたであろう。

そのあとに二段組みで同人の井川滋《しげし》と久保田《くぼた》万太郎の追悼がある。

万太郎は、敏のことを「だからあの人は故意《わざ》とらしくていやさ」と言った人に対し、「故意」とするのはあたらないとし、「素直な遊び心と見るべきだ」と弁護した。「先生を気障《きざ》と貶《けな》し去る人がなかなか多い。之は先生がデレッタントであった所為《せい》であろう。けれどデレッタントにも品の高下と知能の広狭優劣がある。復興期《ルネッサンス・メンシュ》の人を理想とした先生のデレッタンティシズムは吾国《わがくに》には二つとないユニックなものであった」。

井川滋は、敏が江戸っ子であったことを強調している。

「先生は江戸っ子であられたが、江戸っ子の一部が標榜《ひょうぼう》する如き伝法の所謂《いわゆる》深川っ子の型ではなかった。従って俠客肌《きょうかく》というものは先生には見られなかった。寧ろ端然として常に隙《すき》の無い、慇懃《いんぎん》な所はかの蔵前の旦那《だんな》という風格を備えておられたように思われる。田舎出の書生や行儀の悪い青年が『上田さんは何だか親しみにくい』と言って近寄らないのも此点に依《よ》るのだと思う」

この指摘が一番敏の本質をついているように思える。井川は、敏が、東京のことを話すと直《す》ぐにハラハラと涙を落としたことを記し、敏の心情に東京人特有の性情が流れていたと分析した。「この東京的性情の京都人の性情と異る所は、同じく典麗優雅のかたちを具《そな》えてはいるが、其裏には前者は極めて鋭く強く感傷的の処《ところ》があり、後者には忍柔にして執拗《しつよう》な処がある。先生に親しく接した人は必ず前者の性情を先生のうちに看取し得たであろう。先生は代表的都会人であったが故に、いささかも野性の可愛《かわい》らしさというものを持っておられなかった。好漢愛すべしなどという言葉は先生の場合には少しも適用が出来ない。朴歯《ほおば》の日和《ひより》をはき、ぼろしゃっぽをかむり、牛鍋《ぎゅうなべ》にたらふく腹をふくらますことを好む学生は、先生に割合近寄らなかったのも当然である」。

敏が現代人であったなら、さぞかし人気を得たと思われる。なぜなら、敏こそ学者のなかの学者であったからだ。人にあたたかく接しつつも、必要以上に相手のなかに立ち入らない。これは東京っ子の特質である。気障で、気取り屋で、無闇《むやみ》やたらと教養があるのもいい。決して威張らず、自分本位に生きた自由人である。

「パンの会」の集まりでは、しばしば敏を講演に招き、その厳格な観照眼と叡知《えいち》に耳を傾けた。敏は海外文学から学びつつも、調和、形式、均斉、様式を尊ぶ古典主義者であった。ときとして人を煙に巻く論法は、さぞかし白秋や杢太郎を喜ばせたであろう。菊池寛は、京都大学の学生が敏の授業のレベルについていけないことを嘆いている。敏の講義は一定の教養を前提としていた。それがわからぬ人から見ればさぞかし鼻もちならぬものであったかもしれない。そんなことは敏にはどうでもいいことであったのだ。

上田敏（明治7年10月30日―大正5年7月9日）
詩人・評論家・英文学者。東京生れ。東大講師、京大教授を歴任。青年期より西欧文学の翻訳紹介に務め、与謝野鉄幹主宰の「明星」ほかに、数多くの評論、訳詩を発表。訳詩集『海潮音』『牧羊神』などがある。

夏目漱石
漱石をけなした人々

5年12月9日

漱石《そうせき》は追悼の達人であった。死者への思いやりが深い。
漱石は明治天皇が崩御したとき「奉悼之辞」という追悼を書いている。またロンドンに留学中の師クレイグ先生へも追悼の随筆を書いている。
小説『彼岸過迄《ひがんすぎまで》』の巻頭に献辞として「此《この》書を、亡児雛子《ひなこ》と、亡友三山の、霊に捧《ささ》ぐ」とあるのも追悼の形で、漱石の追悼は、天皇の奉悼、亡師への想《おも》い、友人への哀悼、わが子への思い、を状況によって巧みに使いわけて、追悼する相手への距離感、状況に対する配慮が冷静であった。なかでも子規への追悼は、子規の没後《ぼつご》十年に書いたもので、子規が描いた「記念《かたみ》の菊の絵」に関して、子規との友情を確認しようとする意志がある。
「色は花と茎と葉と硝子《ガラス》の瓶とを合せて僅《わずか》に三色しか使っていない。花は開いたのが一輪に蕾《つぼみ》が二つだけである。葉の数を勘定して見たら、凡《すべ》てでやっと九枚あった。夫《それ》に周囲が白いのと、表装の絹地が寒い藍《あい》なので、どう眺めても冷たい心持が襲って来てならない。子規は此簡単な草花を描くために、非常な努力を惜しまなかった様に見える。僅か三茎の花に、少くとも五六時間の手間を掛けて、何処《どこ》から何処迄丹念に塗り上げている。……東菊《あずまぎく》によって代表された子規の画《え》は、拙《まず》くて且《か》真面目《まじめ》である。才を呵《か》して直ちに章をなす彼の文筆が、絵の具皿に浸ると同時に、忽《たちま》ち堅くなって、穂先の運行がねっとり竦《すく》んで仕舞ったのかと思うと、余は微笑を禁じ得ないのである」

「絵が如何《いか》にも淋《さび》しい」という述懐は、ともに学生生活をおくった親友ならではの深い思いがこめられている。子規が死んだのは、漱石がロンドンに留学中で、神経衰弱が強まったとの噂《うわさ》が日本に伝えられたときであった。

漱石の方法に学べば、追悼文は、死後十年ほどは経てからのほうが、より精密、客観的に書ける。死んだ直後は、死んだことがあまりになまなましいため、過大な感情移入があり、やたらと涙もろくなったり、あるいはその反動で批判がましくなる。

そのなかで、漱石の追悼の術が一段と光るのは「猫への追悼」である。「猫の墓」と題した追悼随筆は、『徒然草《つれづれぐさ》』三十段「人のなきあと」を髣髴《ほうふつ》させる無常観が流れている。小説家としての漱石を一躍有名にした夏目家の猫であるが、その猫が衰弱して死に至る様子を、あたかも観察日記のように記録し、猫が古いへっついの上で硬くなって死ぬと、それまで冷淡にしていた妻が、わざわざその死態《しにざま》を見に行き、妻より墓標をたてなにか書いて下さいと頼まれる。漱石は表に「猫の墓」と書き、裏に「此《こ》の下に稲妻《いなずま》起《おこ》る宵《よい》あらん」と書いた。漱石の四女愛子が墓標の横にガラスのビンを二つ置いて、萩《はぎ》の花をさし、猫に供えた茶碗《ちゃわん》の水を飲む様子も書いている。妻は花も水も毎日とりかえ、猫の命日には鮭《さけ》とかつお節を供えた。しかし、いつしか庭までは持って出なくなり、このごろでは「大抵は茶の間の簞笥《たんす》の上へ載せて置くようである」と結んでいる。猫への追憶が時間とともに風化し、薄れていく家族の様相を見のがさず、そこに無常を見る。

小説『吾輩《わがはい》は猫である』の、まだ名はない猫は、小説では水がめに落ちて死ぬが、本当のところは、夜中に人知れず外へ出て死んだ。衰弱して座布団《ざぶとん》の上で食べた物を吐くようになった猫に対して、妻は至極冷淡であった。それが死ぬと、急に騒ぎ出すのは、人の場合も大差ない。漱石は自分の薄情さを見ている。

こういう虚無的とも言える観察眼を持つ人が死んだとき、残された友人や弟子はどう追悼したらいいか大いに悩む。

久米《くめ》正雄《まさお》の「臨終記」を読むと、漱石の葬儀で門弟からの弔詞をどうするかでもめたことが記されている。議論のすえ、弔詞はいっさい読まないことになるが、朝日新聞社社長の村山氏から捧呈《ほうてい》された弔詞を受けつけないというのも非礼になるので、それと友人と門弟のと三つに限ることと決定した。

それで、門弟のなかで、だれからも不平の出ない代表を選ぶ段になると議論百出してなかなか決らない。長老の松根東洋城《まつねとうようじょう》は、「弔詞は故人の意志に反する」として敢然と反対し、捧呈の熱心な主張者赤木百茄《ひゃっか》と論議の火花が散った。森田《もりた》草平《そうへい》は、ことが面倒になったので座を外し、鈴木《すずき》三重《みえ》吉《きち》は神経質な芸術家肌で弔詞に反対する。阿部《あべ》次郎は火鉢の横で黙っている。最後は温厚な安倍《あべ》能成《よししげ》が仲裁して、「門弟有志」の名で小《こ》宮豊《みやとよ》隆《たか》が代表として推されたが、小宮豊隆は「文案をする心の余裕がない」と言い出し、一同から「まあまあ」となだめられた。

いまから思えば弟子代表には芥川龍之介《あくたがわりゅうのすけ》が最適だが、このころの芥川は、門弟のなかでは年齢も若く、文学的評価も未知数だ。ここのところが難かしい。門弟のなかでは年長の人が格上となり、しかもそれだけの文学的業績がなければ様にならない。葬儀を仕切ったのは松根東洋城で芥川は受付係だった。その芥川が「葬儀記」を書いている。この「葬儀記」は書き出しが、「離れで電話をかけて、皺《しわ》くちゃになったフロックの袖《そで》を気にしながら、玄関へ出ると、誰もいない。客間を覗《のぞ》いたら、奥さんが誰だか黒の紋付を着た人と話していた。が、そこの書斎との境には、さっきまで柩《ひつぎ》の後に立ててあった白い屛風《びょうぶ》が立っている」という描写で始まり、半分小説じたてになっている。「柩は寝棺である。のせてある台は三尺ばかりしかない。側《そば》に立つと、眼と鼻の間に、中が見下された。中には、細くきざんだ紙に南無阿弥陀仏《なむあみだぶつ》と書いたのが、雪のようにふりまいてある」。唇の色が黒ずんでおり、芥川は「これは先生じゃない」という念にかられながら受付へ戻るのだが、「受付は葬儀がすむまでそこにいなければいけない」と言われて憤慨し、受付を閉じて斎場の末席へ向かった。やはり末席にいた久米正雄の眼に涙がいっぱいたまっている。

「その後で、涙をふいて、眼をあいたら、僕の前に掃き溜《だ》めがあった。何でも斎場とどこかの家との間らしい。掃き溜めには、卵の殻が三つ四つすててあった」と芥川は書いている。記録文でありながら、作品にしようとする意図がある。これには俳句の目があり、このあと、芥川は焼香して涙を流すのである。

「少したって、久米と斎場へ行って見ると、もう会葬者が大方出て行った後で、広い建物の中はどこを見ても、がらんとしている。そうして、その中で、埃《ほこり》のにおいと香のにおいとが、むせっぽく一しょになっている。僕たちは、安倍さんのあとで、御焼香をした。すると、又、涙が出た。外へ出ると、ふてくされた日が一面に霜どけの土をてらしている。その日の中を向うへ突きって、休所へはいったら、誰かが蕎麦饅頭《そばまんじゅう》を食えと云《い》ってくれた。僕は、腹がへっていたから、すぐに一つとって口へ入れた。そこへ大学の松浦先生が来て、骨上げの事か何か僕に話しかけられたように思う。僕は、天とうも蕎麦饅頭も癪《しゃく》にさわっていた時だから、甚無礼な答をしたのに相違ない。先生は手がつけられないと云う顔をして、帰られたようだった。あの時の事を今思うと、すくなからず恐縮する。涙の乾いた後には、何だか張合ない疲労ばかりが残った。会葬者の名刺を束にする。弔電や宿所書きを一つにする。それから、葬儀式場の外の往来で、柩車の火葬場へ行くのを見送った」

小説家が書き残す葬儀記録は、文学的技巧を使わず客観的に記述するという意志がありながら、そのいっぽうで創作衝動にかきたてられるという葛藤《かっとう》があるようで、一周忌の夜には「御霊前へ」と題して多くの追悼句が並んだ。

死面とりし後歯の白き寒さかな（森田草平《もりたそうへい》）
木枯の中に笑いておわすらん（鈴木三重吉《すずきみえきち》）
室に入れば紫檀《したん》の卓の寒さかな（小宮豊隆《こみやとよたか》）
硝子戸《ガラスど》の外は木枯なり今宵《こよい》（野上臼川《きゅうせん》）
金屏《きんびょう》や外木枯の吹きまくる（津田青楓《せいふう》）
木枯や仏壇の灯を見まもる夜（滝田樗陰《ちょいん》）
黄昏《たそが》るる菊の白さや遠き人（芥川龍之介）
火桶《ひおけ》すれば墓に行く風窓を打てり（内田百閒《ひゃっけん》）
時雨《しぐ》れかかれ猫の墓又犬の墓（久米正雄《くめまさお》）
この忌日庭の木賊《とくさ》の枯色も（江口渙《えぐちきよし》）
その折の凩《こがらし》の音や耳に今（松根東洋城《まつねとうようじょう》）

これだけそうそうたるメンバーが追悼句を詠《よ》むのだから、さすが漱石だが、追悼という形にしばられて、句の内容はいささか固い。うまい俳句は追悼にそぐわない。そこで、逮夜《たいや》句座《くざ》では「木枯し」の題をつけて別の句を作った。こちらのほうでは、芥川は「木枯や東京の陽のありどころ」、豊隆は、「縁下に犬の鼾《いびき》や木枯す」、百閒は「穴を出て凩を食う狐《きつね》かな」、草平は「木枯やあれも人の子太鼓打つ」と、かなりいい句がでた。

漱石忌句会というのはやたらと多く、東京小石川の渋柿《しぶがき》漱石忌、上野の山国会漱石忌、横須賀《よこすか》の鳴子会漱石忌、伊予《いよ》の甲南庵《こうなんあん》漱石忌ほかいろいろあって、ざっと目を通しただけで百人以上の人が追悼五百句余りを奉呈している。そのすべての人が俳号を持ち、松根東洋城門下がめだつが、なかには直接、漱石に面識のない人もいただろう。それだけ漱石は人気があったわけで、なかには、『坊《ぼ》っちゃん』に出てくる団子三皿を食ったところを思い出して「楽書《らくがき》の皆等《みなら》残りて漱石忌」（袖浦）という句や、猫に関して「猫が見し湯殿《ゆどの》の中の朧《おぼろ》かな」（鯱南洞《しやちなんどう》）なんてしゃれた句がある。絶筆『明暗』をしのんで「残菊や明暗第百八十八回」（青雲）という句もある。

句だけではなく追悼短歌を詠む人もおり、あるいは追悼漢詩をよせる人もあり、和辻《わつじ》哲郎は「私は頭が乱れている」としながらも「夏目先生の人及び芸術」と題して、「先生は眼の作家というより心の作家であった。私は先生が小説家であるよりもむしろ哲人に近いことを感じる」と絶唱し、漱石の公平無私の人柄をたたえた。書画の腕に関しては津田青楓と滝田樗陰がたたえ、「禅の境地」に関しては釈宗演《しゃくそうえん》がたたえ、俳句の力量に関しては松根東洋城が詳細な分析をしている。英文学は戸川秋骨が評価し、朝日新聞時代の様子に関しては漫画家の岡本一平が「一度人の世話をしたら徹底するまで面倒を見る人」と追想している。漱石は、かんしゃく持ちで、つっけんどんな人柄であったが、そういった性格の人がじつは友人知己弟子の面倒見がいい人であったことがわかる。馬場孤蝶《こちょう》が「要するに夏目君は人物として見ても、作品から見ても全く特別な上等品である。手のこんだ念のいった品物である」と評価したことにつきるのである。

漱石以前には、近代文学の大物はそれほどいないから、漱石への追悼が大絶賛で埋めつくされるのは当然のことと思われるが、反面、同時代の作家はへそ曲りがけっこういて、たとえば正宗《まさむね》白鳥はこう書いている。

「『道草』などはそう大したものじゃないかと思われます。もっと歳《とし》を取ったらどうか知らないが、今までは氏の作物に共鳴を感じたことはありません。『こころ』などは理窟《りくつ》でこねまわした作物のように思いました。氏の作物には女同士の話がまるで外交談判でもしているように思われるところが多いようです。私が氏に同感している点は氏の胃痛で苦しまれたことです。私自身の前途が氏の病状を読んで不安になりました。『死んじゃ困るから注射をして呉れ』と医師に歎願《たんがん》されたと新聞に出ていましたが、この一言が氏のどの作物よりも私の胸に鋭くこたえました。文学芸術なんて畢竟《ひっきょう》遊戯文字に過ぎないかも知れませんが、『死んじゃ困るから……』には私達人間のどん底の心の声が感ぜられます。氏は嘗《かつ》て中央公論で漱石合評をされた時に、それを大変いやがられたとか聞きましたが、今また漱石号などを出されるのを生前に知っていられたらさぞいやがられたことでしょう」(「夏目氏について」)

正宗白鳥は漱石より六歳下の小説家で、歯ぎれのいい文芸評論家でもあり、のち、小林秀雄と「トルストイの家出」について論争した人である。

また、「芸術座」の幹事として戯曲を書いていた秋田雨雀《うじゃく》は、漱石を「出来上った側の一人」と規定し、「一種の時代錯誤の人である」と見下した。雨雀は、漱石への世間的評価が高いことを認めながらも「今日の日本文壇では欧羅巴《ヨーロッパ》の保証がなくては、思切って物を言われないようである」と嫌味を漏らしている。ロンドン留学から帰ってきた漱石へは、閉鎖的日本文壇からの反発も強かった。ロンドンで勉強したぐらいでデカイ顔はさせない、という学者文化人からの包囲網があったが、漱石の力量は圧倒的で、勝負にならなかった。漱石は他を圧していた。雨雀は、漱石に人気があったのは生前の現象であり「次の時代では作家としての影響や感化を残すまい」と言いきっている。

藤村も冷淡で「いろいろな意味に於《お》いて氏は英国風であったということは、それが果して氏の賛辞になるや否《いな》やを知らない」と分析した。

劇作家の島村抱月《ほうげつ》は「初めから固定した人」と規定するところが雨雀に共通する冷淡

さて、「創作を読んでも評論を読んでも殆《ほと》んど同じ味わい」であり漱石のいわゆる低徊《ていかい》趣味（物事をわりきらずにあらゆる方向から観察する余裕。漱石の造語）に関しては「丁度かがんで股《また》の間から景色を見るような具合に、尋常なものを逆さに見る」として、漱石は「恐らくあまり変化をしない作者ではなかったか。人間に於ても創作に於ても」とけなした。また、ドストエフスキーの『罪と罰』を訳した内田魯庵《ろあん》は「夏目さんは、殆んどといっても好《よ》いくらい西洋の新らしい作を読んでいない」とまでこきおろした。

さすがこの悪口に対しては、漱石の弟子の松岡譲《ゆずる》が「其後《その》の山房」という一文で反論した。魯庵に対しては「これくらい間違ったことを書く人は、一度先生の書斎に入ってみるがよい」と反撃し、抱月へは、「漱石の晩年の小説を読んでいないから論外だ」と反駁《はんばく》している。漱石には松岡譲のような誠実で一本気な弟子がいて、松岡はいわれなき中傷に立ちむかった。しかし、知己門弟に囲まれた英国帰りの学者作家に反発したくなる風潮は、漱石の評価が高まるほど強く残り、「日本及日本人」に碧梧桐《へきごとう》が書いた「漱石及び門下」にもそれがみられる。

先輩格の田山花袋《かたい》は、漱石の作品は通読したものの「いったいどこがいいのかわからない」「夏目さんの心理描写は細かい。如何にも細かい所まで行き届いているが、それは極めて一般的な瑣細《ささい》な場合を描いたもの許《ばか》りで、グイグイと首を絞めつけるような大問題に逢着《ほうちゃく》していない。吾々《われわれ》が夏目さんのものを読んでいつも物足りなく感じるのはこの点です」とけなした。「しかしながらあの人は本場まで出かけて行って英文学を研究してきた人だから、作品の凡《すべ》てが著しくその影響を受けている」「最初に評判になった『猫』などは煩瑣《はんさ》な英文学の影響を遺憾《いかん》なく現わした」と、これも嫌味だ。漱石の作品をイギリスからの輸入品とみなす反感がある。

自然主義文学にしたところでフランスよりの輸入品だが、日本の自然主義はフランスより十年遅れて到来したもので、直輸入の漱石が気にくわない。文壇の主力自然主義の連中は漱石人気に嫉妬《しっと》を抱いていた。自然主義の連中のほうがデビューはさきだが、花袋、泡鳴、秋声、白鳥、藤村のいずれも、漱石より長生きしており、それを思うと漱石の五十年の生涯は短すぎた。

岩野泡鳴は生前より仲が悪かった。泡鳴は漱石を通俗作家とみなし、低徊趣味を嫌っている。追悼文では「三度の面会」という題で、三度目に会ったときは、漱石が病気で、その様子を「じつに卑怯《ひきょう》らしいところが見えるので、相対して気持のいい人ではなかった」という。ひねくれて悪意にみちた追悼文である。これにはいささか事情があって、泡鳴は長編小説『放浪』を東京朝日新聞社に売りこんだが、漱石に「内容が充実していないから」と断られた。どうもそのときの怨《うら》みをひきずっている。

秋声は「なにしろ大学の先生が、小説を書かれたので、ただそれだけの意味でも、社会の人々は、多少小説家という者に対する意見を変えたろう」という見方だ。「漱石は学生に人気があり、紅葉は婦女子に人気があるが、それは文学上の問題ではない」と馬《ば》鹿《か》にしていて、これもあと味が悪い。

漱石は、ことさら自然主義を批判したわけではなく、自然主義の圏外にいただけである。自然主義をやっつけるのは、あとから出てきた荷風や谷崎といった耽《たん》美《び》派と、理想主義の白樺《しらかば》派である。漱石にあえて派をつければ、余裕派だ。その漱石の余裕は、漱石をとりまく旧文壇からは、鼻もちならなかった。

漱石への追悼文でさわやかなのは泉鏡花の追悼である。泉鏡花は硯友社《けんゆうしゃ》の出で派はちがうものの、べつにほめすぎもせず、漱石を金さんと呼び追悼が芸になっている。

「……親みのうちに、おのずから、品があって、遠慮はないまでも、礼は失わせない。そしてね、相対すると、まるで暑さを忘れましたっけ、涼しい、潔《いさぎよ》い方でした。姿と人がらは覚えていますが、座敷の模様だとか、床の間の様子なんぞは些《ちっ》とも知らない、まるで見なかったんでしょう。いずれ、あの方の事だから、立派な書架もあんなすったろうし、確と心持、気分ですか、其《そ》の備わった軸もの、額の類と云《い》ったものもありましたろうけれど、何にも知りません。逢《あ》って気が詰って、そうした事に心をうつす余裕をなくされるんじゃない、夏目さんさえ、其処《そこ》に居れば、何にも、そんなものは要らないのです。まあ、其の人さえ居れば、客に取っては道具も装飾も、もう、ひといき申せば、座敷も、家も、極暑に風がなくっても可《い》いって云う方でした。

それだのに、それだけに尚お、其の人が居なくなっては困りますのにね、——夏目金《きん》之《の》助《すけ》さんと云う名ばっかりになんなすった。十二月十二日の朝、青山の斎場で銘旗にかかれた、其の名を観た時には、何とも申されない気がしましたよ。私は不断から、夏目さんの、あの夏目金之助と云う、字と、字の形と、姿と、音と音との響が、だいすきだったんです。夏目さん、金之助さん、失礼だが、金さん。何《ど》うしても岡惚《おかぼ》れをさせられるじゃありませんか。

あの名に対して、禅坊さんが、木魚を割ったような異声を放って、喝なんて喚《わめ》いたのは変じゃありませんか。いや、こんな事を云って怒りゃしませんか、夏目さんは怒りゃしなさるまい」

もうひとつ漱石への追悼文でいいのは、漱石を見とった医師長與《ながよ》又郎の一文である。これは「夏目漱石氏剖検」と題され、「十二月十日の午後、余は東大医科解剖室に於て、夏目漱石氏の屍体《したい》解剖の刀を執《と》った」で始まる。漱石の脳は千四百二十五グラムであり、通常の日本人の脳の重量千三百五十グラムよりも七十五グラム多い。「脳の量の多い事は、優れた人であることを意味する。しかし、それは絶対ではない。現に東京市の一行路病者の脳量は千七百グラムもあった」と、長與医師は書きすすめていく。ここには、小説家が思いこみで書く主観的な分析はなく、ただ臨床上の見解のみが記されているだけで、それが結果的に漱石のただならぬ才能と業績を示す追悼となっている。漱石の脳の回転状態ははなはだ複雑であって、左右の前頭葉、わけても右脳が発達していた。この追悼文の最後は、「氏の数多くの傑出した文学上の作物は、氏が常住胃を悩んでいられたる傍ら成ったものであることを思い、さらに向来臨床上の貴重なる資料を与えられたことを深謝し、敬意と弔意をあわせ表するものである」で終る。

こういう追悼こそ漱石が一番望んだものではないだろうか。解剖所見もまた追悼となりうるのである。

漱石への追憶句は五百余句あり、どれほど人気があったかがわかろうというものだ。そのうちのいくつかをあげておく。

御手より温む水受けん筆硯　為王
師が遺著を机に山や冬籠《ふゆごもり》　炎天
先生は囀《さえず》り聞いておわすらん　兎子
先生の心の春の菫《すみれ》かな　喜舟
引《ひき》鶴《づる》の中の一つは君ならん　仙臥
人々や凍《い》てつき泣ける墓の前　北斗星
春の空へかえり給《たま》いし御霊《みたま》かな　須磨
冬の夜や故人は知らず文を恋う　仰念

句作れば我句朧《おぼろ》や師に捧《ささ》ぐ　雨々
手向けんにあまりに赤き椿《つばき》かな　登良
梅に添えん覚束《おぼつか》なさの一句かな　曲汀
呼べど叫べど答なき帆や雪しまき　曾左運
炭の香や書万巻の主なりしが　瑳句楼
猫文鳥漱石山人寒さかな　快風
人に死し鶴に生れて寒さかな　羅雲
明暗の切抜貼《は》るや寒の雨　泗鷗
梅白し追悼の句を懐手《ふところで》　枯山楼
又弟子の心に通う時雨《しぐれ》かな　湑楼
月西へ凩《こがらし》暮る夜なりけり　叟柳
冴返《さえかえ》るよきお句などを偲《しの》び合いぬ　東洋城
木枯は人の喪を知り叫ぶ夜か　田庭
寒林の一巨木傷《いた》む木枯に　北渚
木枯や火を吹く皃《かお》の尖《とが》りよう　秋双
木枯や蓮《はちす》の裏の人寒く　九日庵
凩や泉地を這《は》い溢《あふ》れ行く　白花蛇

雑木林に透く星寒く凩す　秋香
鳩《はと》が巣に小さく居るに木枯しす　野騒楼
木枯の遠日ふきざれ荒野哉《かな》　素史
木枯や落葉ぼこぼこの山登る　羊城
凩の夜更《ふ》けたり遺稿読み耽《ふけ》る　淡水
木枯や真黄な日暮牛が鳴く　愛霞
木枯の行方見守り涙ぐむ　一燈
棕梠《しゅろ》一本そそり立つ空家木枯す　光波
木枯朝の板塀したたかな傾き　春潮
木枯や土手の堆肥《たいひ》に藁《わら》きせる　青仏
木枯や明暗の泉ふかずなりぬ　青亭
木枯や並木の茶屋に焚火《たきび》焚く　苔水
木枯や山の尖りを臼《うす》づく日　竹窓
障子紙新らしき木枯を聞く　路堂
木枯暮るる書斎を燈す主なく　夢人
土堤の木明り木枯に磨《と》ぐ米白し　汀風
木枯や葦簀《よしず》に独り飲んでいる　芦汀

木枯や池の青さが山の底　木偶人
木枯の朝から雉《とり》の羽むしれり　月囚
月がただ淋《さび》しきものに木枯す　嗄風
木枯や土くれの如《ごと》く草家あり　青萌
木枯や見覚えの女小走りに　程示
獣の叫び恐しき夜の木枯や　紅風船
木枯の路《みち》白し暮鴉森に啼《な》く　杉月
木枯や庭の猫碑に薄日さす　東彩
猫と女と障子の中に木枯す　滴水
木枯やいず方へ飛ぶ鳥見つむ　耐城
夕日雲染めて木枯の吹き暮る　一風
風呂《ふろ》の留守风の窓に秋刀魚《さんま》焼く　無底
地の底に生きて木枯の鳥を聞く　秋刀魚
木枯や訃《ふ》に急ぐ我が影低し　鈴波郎
木枯の林にありて花捜す　雪明
木枯や見入る燈沈む夜の底　暢月
朴《ほお》の木は寒し木枯とはなりぬ　竹馬

木枯や干菜のふるる夜の音　てい
木枯や干魚焼く烟室に満つ　不退
質や掃く程の塵《ちり》日に疎く　葉子
木枯や硝子《ガラス》戸の中の主人亡《な》し　月斗
夕野分君と別るればつのりけり　駄骨
草原や野分の止《や》んで月のぼる　花窓
飛ぶ傘を犬が追い行く野分かな　金舟
草山に雁《かり》散る二百十日かな　花窓
猫の子の今朝貰《もら》われて炬燵《こたつ》かな　巨鹿
猫の足に汚れし椽《たる》や冬籠　沙小夜
座《ざ》蒲《ぶ》団《とん》の猫と三味とや炭火飛ぶ　快風
古壁に猫の欠伸《あくび》や榾の宿　青雲
湯婆《ゆば》冷えて蒲団の裾《すそ》の猫重し　鬼子坊
人と猫背ぐくまり居る榾火かな　素石
山茶花《さざんか》や亭後の日南眠る猫　良圃
寒梅や猫の塚ある庭の隅　令貫
冬の夜を生き居る猫の眼《まなこ》かな　菊楼

やりし猫の時雨るる家に戻りたり　滴翠
白き猫の何嗅《か》ぎ居るや冬の浜　小提灯
凩や猫の病み居る為体《ていたらく》　松雨
榾の火の消えて猫の目光りけり　擣声
魔の影は猫にてありし冬夜かな　金舟
寒月や松影のさきの猫の影　黄々
雪晴れや軒の雫《しずく》に猫かえる　芝人
冬の夜やただ眠る猫に母の縫う　青魚
皿の骨嗅《か》ぎ去る猫や灯陳る　一点紅
竈《かまど》出ぬ猫を叱《しか》るや今朝の冬　三楽
冬山の堂守に猫を請《こ》われけり　童国
黒い猫あからさまなる枯木かな　十四郎
猫追うて乾鮭《からざけ》焙《あぶ》る炉辺かな　鯱南洞
猫の目に聳《そび》ゆる冬の土塀かな　同

漱石は死んでなお追悼句手本集を残したのである。
漱石への追悼句で、ひとつ、いいのを書きわすれていた。

凩やあの世も風がふきますか（松浦嘉一）

この句は漱石への思いが切実でかつ愛着が深い。

夏目漱石（慶応3年1月5日—大正5年12月9日）
小説家。江戸生れ。高師、松山中学、五高の教師をへて、英国留学。帰国後、一高教授、東大講師として英文学を教える。『吾輩は猫である』で小説家としての活動をはじめ、『坊っちゃん』『明暗』など作品多数。

岩野泡鳴
ちょうど死にごろ

9年5月9日

大正九年に岩野泡鳴《ほうめい》という不良作家が死んだ。四十七歳であった。泡鳴が死んだとき、世間のほとんどの連中が「ざまあみやがれ、天罰だ」と溜飲《りゅういん》をさげた。なかには、ほめる追悼をする人もいたが、とまどって、「どう追悼しようか」と迷う人が多かった。それほど泡鳴は嫌われ者であった。相手かまわず喧嘩《けんか》を売り、たとえ旧知の仲だろうが、気にくわない相手には容赦しなかった。相手の弱点をグサリと刺す陰湿な攻撃にたけていた。よく言えばコワモテの論客だが、実態は臆病者《おくびょうもの》である。

嫌われ者人気で一定の読者を有していたから、「新潮」「新小説」ほか二誌で、かなり多くの追悼がなされた。「新潮」には十九名が追悼文を書いている。

そのなかで、近松秋江は「よい死期かも知れぬ」と論評した。いくらなんでも失礼な書き方である。秋江は、「島村抱月は同じ四十七歳で死に、漱石《そうせき》は五十歳で死んだ。見果てぬ夢も多いだろうが、文壇の名士はいずれも早世しているのだから諦《あきら》めるより他はない」」と書いた。

田中純は「岩野氏の死は甚だしく惜しむには足りない」と書いた。ようするに、二人とも、「ちょうど死にごろ」だと追悼したのである。田中純は、その理由を「彼の仕事が終っているからだろうか」、あるいは「彼の文筆家としての生活がこれ以上の存在を必要としないからだろうか」と問いかけ、「泡鳴はその強い個性の痕《あと》を、吾々《われわれ》のなかに深く刻みつけて、吾等の中から去った。彼はすでにその走るべき馳場を走った」と結論した。

野上豊一郎《とよいちろう》は「残念な事が一つ」と題して、かつて泡鳴に痛罵《つうば》されたことにふれ、「彼は墓の下で僕を見事にやっつけてやったと思ってるのだろうと思うと、少々忌々《いまいま》しくなる」と、追悼しながらも、いらだちをかくさない。

追悼を寄せた人々は、泡鳴の獰猛《どうもう》な性格にふれながらも、文筆業仲間への連帯意識がある。むしろ、追悼文の依頼を断った文士がどう考えていたのかが気になる。追悼をよせた人々ですら、歯に衣《きぬ》をきせぬ批判を書いているところから類推すると、泡鳴に関しては、「忌《いまわ》しき者」というイメージが浮かぶ。泡鳴は自信満々で、自分以外の作家を凡骨視し、無反省な男であった。

泡鳴が嚙《か》みついた一人に漱石がいる。泡鳴は漱石の低徊《ていかい》趣味を嫌って、生涯攻撃しつづけた。漱石を通俗作家の資質と規定し、漱石が死んだときの回想では「じつに卑怯《ひきょう》らしい」と切り捨てた。漱石に対しても、これだけ嫌味な感想を書いたのだから、自分が少々悪く書かれてもしかたがない。

泡鳴が嫌われたのは、江口渙《えぐちきよし》が指摘するように「無闇《むやみ》に自信だけが強くて、粗野で傲《ごう》慢《まん》で自分勝手で、相手かまわず片っ端から喰ってかかる乱暴至極の人間であった」からである。

大杉栄は、泡鳴を「偉大なる莫迦《ばか》」と追悼した。

おまけに泡鳴は女たらしであった。最初の妻竹腰幸は、誘拐婚のようにして迎えた。そのつぎに増田しも江を妻に秘密で妾《めかけ》とした。若いときはキリスト教徒であった泡鳴は、その後、一転して「半獣主義」を唱えて、頽唐《たいとう》、世紀末、悪魔主義、暗黒、刹那《せつな》、夢、表象、神秘を唱える快楽主義者となった。関係した女たちをモデルにした私小説を得意としたが、文学制作に飽きがくると、弟や従弟《いとこ》を樺太《からふと》に派遣して、蟹《かに》の缶詰工場を企てて失敗した。その後、青鞜社《せいとうしゃ》の遠藤清子と同棲《どうせい》、結婚した。遠藤清子は、女権拡張論をとなえる闘士で国木田独歩ともただならぬ縁があった。

清子との結婚は世間をにぎわせた。そのうち翻訳を手伝っていた蒲原英枝《かんばらはなえ》と肉体関係ができ、英枝には夫がいたため、姦通《かんつう》事件として騒がれ、世間から性的犯罪者として指弾された。清子との離婚裁判は泥仕合となり、国民新聞、東京朝日新聞に双方の記事が詳報された。

泡鳴は、作家としての名もさることながら、反道徳的姦夫《かんぷ》として世間に名をとどろかし、宮崎光子は、東京朝日新聞に「劣等文学の勃興《ぼっこう》」として「かかる恐るべき事実が暴露されたにも拘《かかわ》らず、何らのお咎《とが》めも制裁もない。法律改正の必要がある」とまで書き、渡辺鉄蔵は「その思想と行為を以《もっ》て社会を害する者は社会犯人として制裁を科すべき」と批判した。

なかには、井上哲次郎のように「ゲーテやバイロンの行為は道徳上は是認できなくても千古不朽の文芸上の作品を残した」と論じる者もいたが、その井上でさえ「日本の文士は行為のみ大文豪並であるが、作品は比較にならぬ程劣っている」と、泡鳴をこきおろした。泡鳴は、男女の性愛描写を露骨に書くため、掲載誌が発禁の憂《う》き目を見ることもあった。

叩《たた》かれれば叩かれるほどひらきなおるのが泡鳴の性格である。泡鳴の頭のなかにあったのは島崎藤村であったろう。いかに不道徳な性生活を行おうが、作品によって、自己の精神生活を弁明すれば救済されるという過信である。それも藤村のように内省的苦悩を装うのではなく、むしろ、反道徳を旗印としてかかげ、愛欲の強い刺激のなかに耽溺《たんでき》する自己を表現するという方法である。藤村は、世間の良識家に嫌悪《けんお》されながらも、作品はよく読まれた。泡鳴には、藤村のようにグジグジしたやり方はあわない。断じて反省はしない。徹底して自分中心でやりたいようにやり、言いたいことを言い、論敵にはまっこうから嚙みついた。泡鳴は、藤村の偽善的自然主義ではなく、確信犯として、自我燃焼の自然主義をつらぬいた。

遠藤清子との離婚裁判は三回の公判で、泡鳴の敗訴となった。清子は手をゆるめず、さらに扶助料請求の訴訟をおこした。泡鳴は対抗するために、清子の悪性癖として、①ふしだらな評判②飲酒③狂気の血統④無反省と傲慢⑤家庭内の横暴⑥過分な贅沢《ぜいたく》の傾向⑦子供虐《ぎゃくたい》待⑧所天《おっと》無視⑨飲み歩き⑩偽善性⑪粗大性をあげて離婚訴訟の追加事項とした。清子の代理人が執達吏を連れて差し押えに来ると、翌日清子宅に乗りこんで、自分のものを持ち帰ってしまった。これもまた新聞に報道されて、泡鳴のメチャクチャさは批難の的となった。泡鳴と清子の協議離婚が友人の斡旋《あっせん》で結末を見たのは、死ぬ三年前の大正六年である。

泡鳴は自らをスキャンダルの渦中《かちゅう》におきつづけて、それを材料に小説を書いた。宮地《みやち》嘉六《かろく》は「善悪は分らぬ」として、「甲から見た岩野氏は善良な人であるが、乙から見た岩野氏は悪い人であったのかも知れないのだ」と弁護している。石丸梧平《いしまるごへい》は「正直の人泡鳴」として、泡鳴が「我を露骨に見せた人」であり「まず自分というものを露骨に投げ出す人であった」と回想している。

泡鳴が死ぬ前に匿名《とくめい》のハガキが来た。そのハガキには「江口渙をはじめ、菊池寛《かん》、芥《あく》川龍之介《たがわりゅうのすけ》などが、今年中に泡鳴を撲滅する陰謀がある」と書かれていた。そのハガキを読んだ泡鳴はまっさおになって、手をふるわせながらハガキをひきさいた。その話を、泡鳴の三番目の妻英枝夫人が言いふらした。そのことに関して、江口渙は「そんなことをぺらぺらと来る人ごとに喋《しゃべ》り散らした未亡人も未亡人だ。未亡人は思慮が足りない」と批判した。江口渙は、泡鳴の論敵であったが、表現者としての泡鳴は認めていた。

それは、泡鳴の論敵であった菊池寛も同じで、寛は、泡鳴がなんの前ぶれもなく、ぶっきら棒に死去したことを「いかにも男性的な死に方だ」と追悼した。

「文壇に於《お》ける岩野氏の位置は、丁度政界に於ける大隈侯《おおくまこう》のように、やや中心は離れていたけれども、その賑《にぎ》やかな元気な存在はどれほど文壇全体を活気づけていたかもわからない。岩野氏の死去によって作られた空虚は、この頃頻出する新進作家を五六人束にしても、埋められないほど大きなものだ」と。また「この人の死に対して、感傷的な哀悼に耽《ふ》けるとは、却《かえ》って、故人の笑いを買いはしないかと思うくらいであるが、敢《あえ》て月並に此《こ》の人の死を悼《いた》み、遺族の人々の上に、幸あれと祈って置こう」と追悼した。寛の追悼には、文壇人の骨太い自由精神と、編集者としての寛容精神があるが、じつのところ寛もまたとまどっている。

近くに住んでいた上司小剣《かみつかさしょうけん》は、泡鳴が蜜蜂《みつばち》を飼っていて「今に蜜蜂で巨万の富を作る」と豪語していた話を回想している。泡鳴は、小説家でありながら、蟹缶工場を作ったり、養蜂《ようほう》業でひと儲《もう》けしようとした。若いころは下宿屋をやっていた。小説に命を賭《か》けながらも、いつでも小説を放棄してもいいという八方破れのところがあった。「岩野君の蜜蜂が、飛んできて、張り替えたばかりの私の家の障子へ黄色い排泄物《はいせつぶつ》を付けていった。この蜜蜂の動作にも岩野君の芸術と思想の一面が表われて居る」と小剣は書いている。「黄色い排泄物」とは言い得て妙だが、晩年の泡鳴は日本主義を唱えていた。

小剣は、泡鳴を、漱石のように低徊せず、「単純さが唯一《ゆいいつ》の光であった。されば日本主義の如《ごと》きも、ただお題目のように唱えている間はよいが、近世科学なぞと交渉を開いて緻密《ちみつ》に、組織的にやろうとすると、もう岩野君の畑のものではなかった」と批判している。

晩年の泡鳴は古神道《こしんとう》に深入りし、雑誌「新日本主義」を発行した。そこに発表した主張は、『日本主義』として一冊にまとめられた。その結果、泡鳴は社会主義思想を取締る内務省嘱託の椅子《いす》に坐《すわ》ることになった。

追悼文にみられる泡鳴へのいらだちは、ここに根ざしているところが大きい。女性にだらしがないことは文士仲間はお互いさまであるが、内務省嘱託はいかにもまずかった。

その点を田中純は「泡鳴の心理上の矛盾」として「岩野氏の敵とした偶像が世間の通俗的道徳であり、味方とした偶像が、日本の国家主義と一致したと云《い》うことは、私たちから見れば、しがいのない敵を敵とし、しがいのない味方を味方とした」と分析している。

反道徳の限りをつくし、強烈な性愛描写で発禁処分をうけた泡鳴が、死ぬ寸前に内務省嘱託になったことは同時代の作家をおどろかせた。泡鳴はもともと反社会的な作家として出発し無頼であることが唯一の存在価値であった。

小説『発展』が発禁になったとき、泡鳴は抗議の建白書を総理大臣西園寺《さいおんじ》公望《きんもち》と内務大臣原敬《はらたかし》に送りつけ、さらに朝日新聞に送って掲載された。幸徳秋水事件以来、学芸に対する取締りがきびしいなかにあって、泡鳴は勇敢に言論思想の自由を主張したのであった。その泡鳴が、いつのまにか日本主義をかざすようになった。その変節は、あまりに世間から指弾されたことの後遺症かもしれない。あるいは警察官の子として生まれて、単純明快な論法を好む性向が、もともと日本主義であり、死を目前にしてそこへ回帰したのかもしれない。泡鳴の心情は知る由《よし》もないが、文壇の友人からみれば、「異端者のまま死んで貰《もら》いたかった」というのが本音だろう。

岩野泡鳴は、漱石を痛罵し、藤村を毛嫌いし、自分ひとりが天才だと信じていた傲慢不遜《ふそん》の作家である。その人が、どれほどのものを書いていたのかと思って、今回「泡鳴五部作」を読んでみた。これが、とてつもなく面白く、どこが面白いかと言うと泡鳴と思われる主人公がめちゃくちゃだらしなく悪いからである。愛欲を肯定し、冷酷に女を捨てる。性病に感染した情人がヒステリーをおこし、服毒する。薄野遊郭《すすきの》の遊女は出てくるし、明治の不良悪徳小説の真髄がここにあり、これにくらべれば、漱石の小説は、優等生のヨイ子小説に見えてくる。また「有情滑稽物《うじょうこっけいもの》」といわれる、バカな人間が主人公の短篇も秀逸である。

泡鳴への追悼は、田山花袋《かたい》や徳田秋声も書いているが、いずれにも、とまどいがある。花袋は「真剣さとその真面目《まじめ》さとが、一番多く人々を動かした」と書いた。「自ら信ずるものを矜持《きょうじ》する上にひとりでに醸《かも》されて来た真面目さであらねばならなかった」と。これはわかりにくいが、日本主義のことをさして言っている。どう考えても、泡鳴の実生活に真面目さはみられない。

秋声は「私は岩野君の日本主義を相対的のものとしてならと云う条件つきでなら十分受容《い》れることができるので、その点だけでも君の死は私にとって、可也《かなり》寂しい感じを与えた」と言う。これも、歯切れが悪い。泡鳴のうしろに内務省がひかえているので、その遠慮がかいまみえる。

蒲原有明《かんばらありあけ》は「日本主義の宣伝で、祖国の民につくそうという意志は明らかでした。私も岩野君のこの主義には感動せる一人であったが、その宣伝機関たる日本主義は、戦後の日本の社会主義勃興に対しても有意義な暗示を与えた」とほめた。

泡鳴の作品が死後評価されなかったのは、ひとえに、この日本主義にあり、読者は、そこに「改心した不良」の姿しか見出《みいだ》すことができなかった。その意味では、「ちょうど死にどき」どころか、死ぬのが三年遅すぎた。悪徳不良作家のまま死ねば、泡鳴の評価はもっと高かったろう。

泡鳴への追悼で一番哀切なものは、離婚裁判で泥仕合をした遠藤清子の「別れたる夫泡鳴氏の死の驚愕《きょうがく》を前におきて」である。

これは九十枚もの長い追悼で、泡鳴の性格をあますところなく伝えている。

清子は、泡鳴との裁判中にも、泡鳴に対する批判文を新聞に書いた。泡鳴も感情的になってやりかえした。清子は、泡鳴が世間で言われるほどの遊蕩児《ゆうとうじ》ではなく、「ひどくやさしい夫であった」と回想している。泡鳴は肉欲合致の恋愛観を理想として、愛する女性には徹底的につくした。蒲原英枝と出会うまでは、清子以外の女性にはまったく目をむけず、友人から「泡鳴君は清子さんを可愛《かわい》がりすぎる。女というものは余り可愛がりすぎると増長するものだ」とからかわれたという。川に魚を獲《と》りにいったとき、泡鳴は清子をおぶって川を渡り、「岩野は妻君を甘やかしすぎる」とも言われた。

「いったい私達は何故《なぜ》憎み合わなければならないのでしょう。私は憎むよりは親しむほうがより幸福だと信じています。故人に対しても私はそう望んでいました」と清子はなつかしく追悼した。

そして、

「あの場合どうしてもっとお互いに打ちとけられなかったものだろう。人間というものは何故もっと恬淡《てんたん》に、憎むにしても、後でさっぱりと笑って許し合えないものかしらと思いました。そうして妙に張合っている事は双方に不愉快な事であるし心の平和をも完全に保てない不幸な事です。泡鳴氏の訃《ふ》を知った時私は此事を考えました。でせめて其《その》死を敬虔《けいけん》な気持で弔いました。若《も》し今少し前に知ったなら私は其臨終の枕元《まくらもと》でお互いに別れの会見をしたかったと今でも残念に思っています。ある時は蟻《あり》のすさびの憎かりき。私は此古歌を人間の心理をつかんだ歌だとしみじみと感じます」

と結んでいる。

憎しみあっても性愛の記憶は深かった。泡鳴はやはり「ちょうど死にごろ」であったということになる。

岩野泡鳴（明治6年1月20日—大正9年5月9日）

小説家・評論家・詩人。兵庫県生れ。詩作、評論活動ののち、『耽溺《たんでき》』で自然主義文学の作家としての地位を確立。評論集『神秘的半獣主義』などで、刹那《せつな》的生命哲学、文芸と生活の一元化を主張した。

森鷗外
切腹を許されなかった軍医

11年7月9日

追悼文によって意外な事実がわかることがある。森鷗外《おうがい》の作品は、鷗外存命中は、さほど売れなかったことが日夏耿之介《ひなつこうのすけ》の追悼によってわかった。鷗外の本が売れたのは、死後、著作集が整備されてからである。

耿之介は、鷗外の実証哲学と科学的な明晰《めいせき》をたたえながらも、紅葉、漱石《そうせき》、樗牛《ちょぎゅう》、独歩ほど人気がでなかったのは、俗人には近よりがたい鷗外の人格にあったとする。紅葉は小説好きに好まれ、独歩は素人《しろうと》に好かれ、漱石のファンはその双方にまたがっていたが、「氏のみは文士のための文士であった」と、弁明する。耿之介は口の悪い人で、「大した俊英でもないのに、その人が死んだが故《ゆえ》に文豪という称号を奉《たてまつ》るいい加減さは、死人に対して美女の名を奉る新聞記者のさかしらと類似の心理から出発している」という世相を分析し、そのうえで、鷗外の業績を一般の人に正当に伝えるのは難関だとする。結論としては鷗外をたたえているのだが、そのほめかたは「皆さんは知らないでしょうが、じつは偉い人だ」という、もってまわったいいかただ。

鷗外はどこへ行くにも軍服と軍刀姿であった。四十五歳で陸軍軍医総監となり、五十五歳で帝室博物館総長となった。いくら文学的教養と才があっても、あんまり偉すぎるため、作家としてのイメージが弱かった。

ドイツから帰ったときは、戦闘的に論争をはじめ、一番有名なのは坪内逍遥《つぼうちしょうよう》とのあいだにかわされた「没理想論争」である。この論争は七分三分で、鷗外の判定勝ちであり、鷗外は「早稲田《わせだ》文学」の筆者であるから、編集者として原稿を貰《もら》いにいく逍遥が引いたのであった。逍遥が、「早稲田文学」に戯文を書いて和議を申し込むに至ったが、鷗外はそれにも批判を加えて、逍遥の奇策を嘲笑《ちょうしょう》した。

このほか石橋忍月《にんげつ》と論争し、東大教授外山《とやま》正一の論説に食ってかかり、相手がどれほどの権威者であろうと、遠慮なく論戦をまじえた。高山樗牛と論争したときは、樗牛に対する遠慮のない批判を、樗牛の死後にも発表した。最後の論文は、樗牛が死ぬ前に書かれたものであったが、鷗外は「徒《いたず》らに死者に寛仮することは、決して美しいことではない」と言いきった。

こういう厳格な人であるから、論争に勝っても世間的な人気を得るのは難かしい。高名鳴り響くわりには本は売れない。税務署が「さぞかし売れているだろう」と予想外の税金を請求してきたため、鷗外は抗議し、それからは自ら印税収入額をハガキに書いて提出した。

鷗外の論のたてかたはあざやかで、舌鋒《ぜっぽう》はドイツ留学中に得た厖大《ぼうだい》な西欧文学知識に裏うちされ、沈着冷静客観的であり、だからこそ日本近代文学の方法と問題意識が確立された。

しかし、死の寸前、大学以来の友人賀古鶴所《かこつるど》に筆記させた遺言状は、ムキになり、鷗外の文とは思えないほど感情的だ。鷗外は、死の力を借りて自己の不満を解決しようとしたかにみえる。

「余ハ少年ノ時ヨリ老死ニ至ルマデ一切秘密無ク交際シタル友ハ賀古鶴所君ナリ」で始まる有名な遺言状は、「死ハ一切ヲ打チ切ル重大事件ナリ奈何《いか》ナル官憲威力ト雖《いえども》此《これ》ニ反抗スル事ヲ得ズト信ズ　余ハ石見《いわみ》人森林太郎《もりりんたろう》トシテ死セント欲ス」とある。宮内《くない》省や陸軍省に縁はあるが「栄典ハ絶対ニ取リヤメヲ請《こ》ウ」「何人ノ容喙《ようかい》ヲモ許サズ」とあり、鷗外は断固として「森林太郎トシテ死セント欲ス」と言い切っている。官にあったが野に生きることの望みが伝わってくる。

六十歳での悠然たる死であった。

にもかかわらず、死を目前にして、絶望とも言えるはげしい遺言状を残した。それほど官が嫌ならば、さっさとやめてしまえばよかったものを、生涯のうち官憲威力のなかに四十年もいたのである。死んだ大正十一年には、英国皇太子の正倉院御物《しょうそういんぎょぶつ》参観のため奈良に出張しており、官をやめようにもやめさせてもらえなかった。また、鷗外の冷酷なまでの人生観照には官憲的視点が内包され、鷗外は序列や人事や政治的調整が好きであった。

その気分がこの遺言状の文体にはある。

口述で遺言を親友の賀古鶴所に依頼し、拇印《ぼいん》を押しながらも、遺言状の宛先《あてさき》はなく法的拘束力もない。鷗外ほどの国家公務員の巨魁《きょかい》がこの遺言状の形式の不備に気づかなかったはずはない。賀古鶴所は、官憲威力を官権威と誤記してから官憲威力と書きなおしている。漢文に秀《すぐ》れ、表記にうるさかった鷗外にしては、油断があった。最初の官権威のほうがいい。命令口調で、具体的指示に終始している感情的な遺言状に通底しているのは、自己の生涯への復讐《ふくしゅう》とも感じられる。

鷗外に忠実に従ったのは与謝野《よさの》鉄幹であった。鉄幹は「明星」で追悼特集を出し、自ら追悼歌「涕涙行《ているいこう》」四十四首を詠《よ》んだ。

先生の病急なり千駄木へ少年の日の如《ごと》く馳《は》せきぬ
みづからを知り徹《とお》したる先生は医をも薬も用無しとする
大いなる天命のまま文書《ふみ》かん死して已《や》むとは先生の事
病むことを告ぐなとあればうから達三四の外は問はぬ御枕《みまくら》

千巻の書を重ねたる壁越しに畏《かしこ》まり聴く先生の咳《せき》

おん顔はいよよ気高しいたましく二夜《ふたよ》のほどに痩《や》せたまへども

先生の病を守《も》れば千駄木の夜霧も泣けり家を繞《めぐ》りて

粛《しゅく》として祈らぬは無し大宮《おおみや》の図書の御寮《みりょう》の下《しも》づかさまで

先生は饒《ゆた》かに満ちし生《せい》なれど足らぬ我等を憐《あわれ》みたまへ

侍したまふ夫人の君の啜《すす》り泣き俄《にわ》かに高し如何《いか》にすべきぞ

許されてわれと万里《ばんり》とすべり入り拝す最後の先生の顔

東方《とうほう》に稀《まれ》に鳴りたる大いなるしら玉の琴今ややに消ゆ

双《そう》の手を腋《わき》に載せつつ身ゆるぎもせず四日《よか》ありて果てまししかな

先生の臨終の顔「けだかさ」と「安さ」のなかにまじる「さびしさ」

隅に立ち万里と共にささやきぬ「先生顔基督《キリスト》と似る」

二十歳《はたち》より先生を見て五十まで見し幸ひも今日に極る

地にしばし巨人の影を投げながら生より死へと行き通る人

寛《ひろし》われ唖《おし》ならねどもこの大人《うし》の御前《みまえ》にあれば言葉無かりし

死の面《めん》をとらんと切《せち》にのたまへる夫人の心知りて点頭《うなず》く

うづだかき書架とピアノと小机とある六畳の臨終の床《とこ》

四日前《よかまえ》の遺文を読めば先生の死もまた偉なる新人の道

「われ死なん」かく書きてあり「今は唯《た》だ一石見《いちいわみ》人《じん》森林太郎」
石一つ余事を題すること勿《なか》れ「森林太郎墓《はか》」の五字のみ
“Rintaro Mori”と云《い》ふ名の響さへ高く寒かり清らなれども
弔《とぶら》ひに天子の使きたれども馬車入りがたし先生の門《もん》
御柩《みひつぎ》を広きに遷し素《しろ》をもて装ふなかの一すぢの香
先生の時々《ときどき》を知る老若《ろうにゃく》が夜霧に濡《ぬ》れて守る御柩
先生を語らんとして尊くも鶴所《かくしょ》博士の泣きたまふ声
師と弟子と年を隔てて同じ月同じ日に亡《な》し奇なる偶然（註・弟子は上田敏博士を云う。）
先生の高き処《ところ》の高さまで到らぬ我の何と讃《たた》へん
わが見るは天の一端おふけなく一端を見て先生を説く
高きをも広き庭をも極めたるわが先生の涼しき心
つぎつぎに新しき日を造りたるわが先生の若きたましひ
人間の奇《く》しき強さもはかなさも身一つに兼ね教へたまへり
天人《てんにん》の一万歳《いちまんざい》も先生の六十一の足るに如《し》かんや
先生の御柩の前さはやかに七月の夜の白みゆくかな
先生の観潮楼に夜を通しかく語らふも終りなるべし

うちこぞり立ち奔《はし》りして大宮の図書寮の人葬《そう》の事執る
泣くべくて泣き心から項根《うなね》つく一千人の送る御柩
葬《そう》の事やうやく果てて圧《おさ》へたる内の涙の迸《ほとばし》り出《い》づ
人麻呂が島の宮居に泣きしごと今日《きょう》千駄木に散り別れなん
この夏は旅にも出でず先生を炎暑のなかに憶《おも》はんとする
わが如き茅草《かやくさ》の身も先生の道の辺《べ》にゐて知れる日の方《かた》
現れよいましつる世はつらかりき先生を知る最上の評

鶴所の追悼によると、鷗外は軍医のくせに医者嫌いで、血便を出しても役所を休もうとはしなかったため、「どうにか言ってくれ」と役所から頼まれた。鶴所は「陸軍衛生の頭《かしら》がそういう便をたれると他に伝染して困る」と言えと教え、この通りに言ったところ、ようやく鷗外は当分休んだという。

鷗外への追悼は、文壇外からもよせられ、そのほとんどが、鷗外の人格と業績をたたえるものばかりであった。

かつて論争をした坪内逍遥《しょうよう》は、「森君のなくなられたのは、永く償うことの出来ないわが文壇の損失である」と書いた。逍遥は鷗外より三歳上である。逍遥は「君はなんでも出来た人だった」とたたえ、鷗外は、新聞に作品に対する批判がのるとすぐ翌朝の新聞に反駁《はんばく》を書く速筆の人で、それが相手をおどろかした、と述懐している。

鷗外の睡眠は一日三、四時間ほどで、だからこそ官にありつつ文をものにできた。

野上豊一郎《とよいちろう》は、明治文壇の四大家は「紅露《こうろ》遥鷗《ようおう》」であり、紅葉は若死にし、露伴は隠退し、逍遥は学者となり、鷗外ひとりが文壇をささえたと絶賛した。

泉鏡花は「鷗外さんとさんづけでお話しします。私にはただ一人紅葉先生がおりますから」と、さんづけで追悼した。鏡花は鷗外より十一歳下だった。「つゆの雨のしとしと降った頃」に西園寺《さいおんじ》邸で会ったときの様子を「簡素な、勲章もなにもない軍服で、おいででした。前こごみに小さく坐《すわ》って、一寸《ちょっと》横を向いて莞爾《かんじ》としていらっしゃる。正座です」と、なつかしく、しみじみと鷗外の思い出を語っている。

芥川龍之介《あくたがわりゅうのすけ》は、漱石の葬儀で受付をしていたとき「霜降《しもふり》の外套《がいとう》に中折帽《なかおれぼう》をかぶりし人、わが前へ名刺をさし出したり。その人の顔の立派なる事、神彩ありというべきか、滅多にある顔ならず」と追憶し、それが鷗外であったのだが、そのとき鷗外は陸軍をやめて、顔色が日焼けしていなかったため、一瞬気がつかなかった、という。

芥川とともに漱石門下であった鈴木三重吉は、自分の著作の序文を漱石と鷗外に頼んだが、漱石より「二つの序文はいらぬ。鷗外の序文は辞退せよ」と命じられる。ところが速筆の鷗外の原稿が届いてしまい、恐縮して原稿を返しにいくと、鷗外は「ウンヨシヨシ。君の真意はよく判《わか》っている。とにかく原稿はワシの手記としてきみにあげるよ」

と言い、「フッフ」と笑ったことを回想している。このあたり、鷗外はじつに大きい。ただでさえ依頼された原稿を書かない鷗外が、二十歳も下の若手に原稿をつっかえされて「フッフ」と笑っているのは並大抵の度量ではない。本来なら、ここで絶縁である。長田幹彦《みきひこ》は「又なき追慕の情を以《も》って先生の柩を送る」と追悼し、吉井《よしい》勇は、本郷三丁目に立っているときに、鷗外に「おい」と声をかけられた記憶を嬉《うれ》しそうに述懐している。そのときの鷗外は、陸軍省からの帰途で、軍服に身をかためているものの「髭《ひげ》に不似合なほど愛嬌《あいきよう》のある三角眼に微笑を浮かべて」おり、「今日は読売で坪内君に賞《ほ》められたじゃないか。如何《どう》だ。これから予のところへ寄らないか」と吉井勇を誘った。鷗外は親分肌というより、兄貴分肌である。

四十五歳のときから、自宅で観潮楼歌会をひらいて、信綱《のぶつな》、鉄幹、啄木《たくぼく》、白秋、勇、杢太郎《もくたろう》らを呼んで酒肴《しゆこう》をふるまったことも、鷗外の兄貴分的性格のなせるところである。国詩として伝統ある和歌を振興させようという意気ごみだが、親睦会《しんぼくかい》としての要素が強かった。この年、鷗外はライバル小池正直のあとをうけて陸軍軍医総監となった。中将の位階であり、軍医としての最高位をきわめた。文人にして陸軍中将なのだから、集った歌人たちは、知人に力のある軍人がいることは頼もしい限りだったろう。鷗外は、日露戦争で満州へ出征し、東京へ凱旋《がいせん》した直後であった。

観潮楼の酒肴費用は、軍医総監の給与でまかなわれたもので、集った歌人たちも、文人としての鷗外よりも、陸軍軍医総監としての鷗外に畏敬《いけい》、敬服していた感が強い。このことは鷗外もわかっていたはずで、鷗外は自己の官憲的地位を自認しつつも、そういった立場にいる文学者としてのいらだちがあり、それが、ムキになった遺言状に反映している。その意味で文学は、鷗外の自己への復讐なのである。

こういった鷗外の体質は、たとえば漱石のような極めて文人的作家とは違和感があるところで、漱石がどう追悼するか読んでみたい気もするが、残念ながら、漱石は鷗外より六年前に死んでしまった。

島崎藤村は、鷗外を「氏には党派もなく、弟子もなかったのみならず、どうかすると友達らしい友達もなかったのではなかろうか。……鷗外漁史の名は氏の生涯と人とをよくあらわしている」「時代の先駆者としてよりも、むしろ時代の調節者として大きかったと思う」と冷淡に追悼している。

鷗外の小説の傑作は、晩年に集中している。

四十九歳で『雁《がん》』、五十歳で『興津弥五右衛門《おきつやごえもん》の遺書』、五十一歳で『阿部《あべ》一族』、五十三歳で『山椒大夫《さんしょうだゆう》』、五十四歳で『高瀬舟』とつづいていく。『興津弥五右衛門の遺書』は、当時おこった乃木《のぎ》将軍の殉死事件に触発されて書かれた歴史小説で、九州熊本の細川家家臣の殉死を書いた。『阿部一族』は、同じく細川家にまつわる殉死事件を扱ったものだが、こちらは「殉死を願い出ても許されず、ついには一族が皆殺しになる」

筋書きであり、そこには、鷗外がおかれた状況が微妙に反映されている。鷗外は切腹(彼の場合、退官)しようとして許されなかった軍医であり、この状況からは死ぬまで逃れられなかった。鷗外の胸中には、「軍医などせずに最初から文筆一本で生活していれば、硯友社《けんゆうしゃ》一派も、自然主義派の藤村や花袋《かたい》も秋声も、また余裕たっぷりの漱石をもしのげる小説をつぎつぎと書けたのに」という慚愧《ざんき》の念があったはずである。それが、「宮内省陸軍ノ栄典ハ絶対ニ取リヤメヲ請ウ」という、反抗的で強い遺言状となってあらわれた。

鷗外は東京医学校(東大医学部)に十二歳で入学し十九歳で卒業した。逍遥が言うように「なんでも出来た」神童である。論敵逍遥の「君はなんでも出来た」という表現のなかに、逍遥の批判がひそんでおり、そのことは他のだれよりも鷗外が気づいていたことであった。

鷗外は自然主義派の圏外にいたから、藤村からはあっさり「調節者」と総括されたし、同じく自然主義派の秋声からは「医学の大家ではあったが、芸術家としては、その割にまとまった思想、人生観といったものが確定していなかった様に思う」と書かれてしまう。こんな追悼を書かれれば、闘争心あふれる鷗外だから、墓をこじあけて出てきて、秋声の首を軍刀で叩《たた》き斬りたくなるだろうが、死者は追悼の前ではなにもできないのである。

菊池寛《かん》は、はなから否定的で「翻訳の戯曲なども、そう有難がって読まなかった」として、晩年の歴史小説に一定の評価を与えつつも「白魚の頭を、一生研究しているような学問のための学問、伝記のための伝記の弊がないでもない」とこきおろしている。菊池寛とは、生前より気性があわなかったのだからこれは正直な感想でしかたがない。

大正十一年八月刊の「新小説」臨時増刊と、同八月の「明星」鷗外先生記念号では、八十人ほどの人が鷗外を追悼し、ある人はドイツ文学翻訳をたたえ、文芸批評家として評価し、戯曲、伝記考証、美術批評家、家庭人とあらゆる方面からの賛辞と、陸軍、帝国美術院、宮内《くない》省、帝室博物館からのおさだまりの追悼文があふれているが、編集部が片っぱしから有名作家に追悼文を依頼した結果、藤村や菊池寛のようなはっきりした否定論がめだってしまうのである。

したがって死期が近いのを悟った老大作家は、文芸雑誌編集部宛遺言として「自分の死後、こいつとこいつには追悼文を書かせるな」と書き残しておくのが賢明だが、そういった文書を残すと、その文書までが遺品として掲載されてしまうおそれがあるから、やっぱり書かぬほうがいい。要は鷗外ほどの大人物でも、死後はだれかにけなされるということを肝に銘じておくことだ。

鷗外への追悼で胸を打たれるのは、永井荷風が「三田文学」で追悼した「鷗外先生」(「日和下駄《ひよりげた》」所載)という一文である。

「凡《すべ》てのいまわしい形をあからさまに照す日の光が次第に薄らいで、色と響《ひびき》と匂《におい》のみ浮立つ黄昏《たそがれ》の来るのを待って、先生は『社会』という窮屈な室を出《い》で、『科学』と云う鉄の門を後にして、決して躓《つまず》いたことのない極めて正しい、寛闊《かんかつ》な歩調で、独り静に芸術の森を散歩する」で始まるこの一文は、気品があり、一言一句を選んで推敲《すいこう》した内容である。

荷風はさらに言う。

「芸術の庭は実に広くて薄暗くて隅々までは能《よ》く見えない。色々な花がさいて居るけれど、まだ誰も見た事のない花が何《ど》れだけ暗い影の中に咲いて居るか分らない。先生は種々な太古の人物の彫りつけてある、丁度《ちょうど》希臘《ギリシア》のサルコファーデュのような、冷い石の榻《こしかけ》に腰を下して、いつも若々しい眼で、誰れも知らない庭中の花をば残らず眺めようとして、已《すで》にその大方は眺め尽して了《しま》った。時々は科学者の態度で摘み取った花の花弁から蕋《しべ》までを仔細《しさい》に調べる事もあるが、時々は少女よりも優しい心でうっとりと其《そ》の薫《かおり》に酔う事もある。先生は自分の気に入った花の姿をば絵に写して折々土塀の外に居る人に見せてやった。塀の外に居る老人又は先生と同じ頃の年の人には何の事だか分らなかったが、然《しか》し好奇心の燃えて居る若い人達は初めて土塀の中にはあんな美しい花が咲いて居たのかと心付いて、一生懸命に入口を見付けて花園の中に這入《はい》って来た。然し先生の腰をかけて居る石の榻のある近辺までは、道が遠いばかりでなく、道の曲り具合が分りにくいので、誰も行き得るものはない。若い者供は一度《ひとた》び已に先生が歩みながら見飽きて仕舞った路傍の花を眺めてあれがいいの、此《こ》れが美しいのと、わいわい騒いでいる。先生は其の声をかすかに聞いて独りで微笑《ほほえ》んだ。そこで折々遠くから皆なの知らない変った花をとってはふいと投げて見せた。わいわい云《い》って居る一同は投げられた花を手に取って見たが、塀の外にいた以前のような稚《おさな》い愛らしい心がなくなって、おれも今では庭を歩いている男だと高振って居るから、この知らぬ花を知らないものと思うのが厭《いや》なので、こんなものは仕様がない、おれ達には不必要だと罵《ののし》った。中にはこんな事をいうものがある。先生は唯だ花を見て楽しむ人だ。我々は汗を流して花を作ろうとしている人だ。あんな呑気《のんき》な男は仲間に入れぬ方がよい。先生は遠くから此の声を聞いて再び面白そうに笑う。時々はわざとからかうつもりで、凋《しお》れかかった花なぞを投げてやる事がある、先生はいつも独りである。一所に歩こうとしても、足の進みが早いので、つい先きへ先きへと独りになって仕舞うのだ。競争と云うような熱のある興味は先生の味わうとしても遂《つい》に味わえない処であろう。自分は先生の後姿を遥《はる》かに望む時、時代より優《すぐ》れ過ぎた人の淋《さび》しさという事を想像せずに居られない」

荷風は、鷗外のなかに、自分を見ていた。鷗外は、いかなる文学会派にも属さず、最後までひとりだった。そのきわだった孤高の精神は荷風につながっていく。荷風は耽美《たんび》派で、作風は鷗外とはまるで違うが、観潮楼に招かれた十七歳下の荷風は、その孤独の花園を見すえていた。広漠たる庭の暗がりのなかに、ひとり鷗外の鐘音《しょうおん》を聴いていたのである。

鷗外は若き才能を育てようとしたが、漱石のように弟子はとろうとしなかった。鷗外が死んだ年は、直哉《なおや》や実篤《さねあつ》といった白樺《しらかば》派の文学が若い息吹《いぶき》をもって席捲《せっけん》しようとしており、翌年は関東大震災がおこった。そんな時代のなかで、「孤絶して恐れず」という精神は荷風に継承されていったのである。

森鷗外（文久2年1月19日—大正11年7月9日）
小説家・評論家・陸軍軍医。石見津和野生れ。東大医学部卒。陸軍軍医としてドイツに留学。公務のかたわら『舞姫』『雁』『高瀬舟』などを発表。明治40年には、陸軍軍医総監として最高位にのぼる。

有島武郎
情死をどう追悼するか

12年6月9日

情死の追悼は難かしい。

追悼を書く者は、故人をどう評価したらいいか、踏み絵を踏まされるようなものだ。有島武郎《たけお》は、大正十二年、人妻の波多野《はたの》秋子とともに軽井沢浄月庵で縊死《いし》した。

近代文学者のなかで、だれが一番美男子であったか、だれが一番女性に人気があったか、と考えると、いろいろの意見があるだろうが、私は有島武郎を第一にあげる。

武郎は薩摩《さつま》藩士の子として生まれ、アメリカ人の家庭に通い、ミッションスクールで教育を受け、学習院中等科時代は、皇太子の学友に選ばれるほど品位があり、性格が温厚で、成績も上位にあった。札幌農学校（現北海道大学）をへて、アメリカのハーヴァード大学に学んだ秀才である。弟には画家の有島生馬《いくま》と小説家の里見《さとみ》弴《とん》がいる芸術一家で、美男俳優として人気があった森雅之《もりまさゆき》は武郎の息子である。武郎が三十八歳のときに妻安子が亡くなった。

人気作家である武郎の周囲にはファンの女性たちがむらがったが、武郎は頑として独身を守った。武郎は四十四歳のとき、所有していた北海道の有島農場を小作人に解放する。

武郎は四十五歳で、人妻の波多野秋子と心中するという事件をおこし、世間は大騒ぎとなった。秋子は「婦人公論」の編集者をしており、武郎の書斎には絶筆の十首が残され、その最初の歌にはこうあった。

世の常のわが恋ならばかくばかりおぞましき火に身はや焼くべき

覚悟のうえの心中であることは明らかだ。当時は姦通罪《かんつう》があり、人妻と姦通した武郎にも、世の批判が集中した。こういう場合、友人知己はどう追悼したらいいのか。

札幌農学校時代の旧友に森本厚吉《こうきち》という人がいる。森本は、卒業の記念に武郎と共著の『リビングストン伝』を書き、二人は自殺するために定山渓《じょうざんけい》温泉に宿泊した過去がある。未遂に終ったものの、なりゆきでは男同士の心中になるところだった。武郎は森本へ「永い厚誼《こうぎ》を謝す。私達は愛の絶頂に於《お》ける死を迎える。他の強迫によるのではない。共生農団の事をよろしくお願いする」という遺書を書いている。

森本は思いいれたっぷりの追悼を書いた。

「世評なんかを眼中におかず、百万の財産にも亦《また》自己の生命にさえ執着しなかった有島武郎が、純真の人としての弱点を遺憾《いかん》なく有して居った事は、彼自らは勿論《もちろん》私もよく知って居た。それが為に彼は闘った。最善を尽して闘ったその苦闘は麗しい一つの芸術であった。が、遂に婦人の熱烈な祈願と恋愛に対して、彼は又其処《そこ》に純真の麗しさを認めずには居られなかった。彼女が死を選ばねばならぬ事情を見透した彼の同情は両者の恋愛を熱化して、死は愛の極致と考えしめた。而《しか》して彼は終《つい》に、それを逃れる事の出来ない運命であると認めた、彼自身の哲学に対する其の純一さが、私には悲しくもあり、又嬉《うれ》しくもある」（「文化生活」大正十二年九月号「純真の人」）

秋田雨雀《うじやく》は、「彼は私達のものであった。私たちみんなのものであった。私達はみんなして彼を愛していた。誰か一人があの人を持って行ってくれても困るのだ。誰だ、お前は？　お前は何の権利があって彼を私達の胸から奪い取って行くのだ？　彼はオペラバッグじゃないぞ」と叫ぶように追悼している。

武郎が主宰する雑誌「泉」には与謝野晶子《よさのあきこ》が、「悲しみて」と題して二十首の追悼歌をよせている。その歌は、

君亡《な》くて悲しと云《い》ふを少し超え苦しといはば人怪しまむ
信濃路《しなのじ》の明星の湯に君待てば山風荒れて日の暮れし秋

末つ方隔てを立てても の言ひき男女《おとこおんな》のはばかりに由り
ゆくりなく君と下《くだ》りし碓氷路《うすいじ》をいつしか越えて帰りこぬかな
死なんとも云はで別れし人故に思ひ上りもなくなりにけり

これらの歌は、武郎との恋愛関係を想像させる。晶子は、妻を亡くした武郎に思いをはせたひとりで、波多野秋子へはさぞかし口惜しい思いを抱いていただろう。武郎へは神近市子や望月百合子も言いより、花柳界の芸者たちもこぞって近づこうとしていた。金持ちのお坊っちゃんで、美形で、教養があり、性格がやさしい武郎はやたらと女性に人気があった。

秋子は芸者が生んだ婚外子で、女学生のころ英語塾を経営する十歳上の波多野春房と同棲《どうせい》し、結婚に至った。大正七年、高嶋《たかしま》米峰の紹介で「婦人公論」編集部へ入り、永井荷風や芥川龍之介《あくたがわりゅうのすけ》の原稿をとり、「スゴ腕だ」と編集部をびっくりさせた。武郎は、自分の個人雑誌「泉」以外には小説を書かないと宣言していたのだが、秋子へは「火事とポチ」という創作童話を渡した。秋子は持ち前の美貌《びぼう》で大物作家にとりいるのが得意であった。

芥川は「何時《いつ》か、趣味の話が出た時に、秋子さんは日本趣味、——東洋趣味のものが好きだと云うことを云っていた。兎《と》に角《かく》悧巧《こう》そうな人で、多少ヒステリックの処があったようだ」と短い追悼を寄せている。室生《むろう》犀星《さいせい》は「眼のひかりが虹《にじ》のように走る感じの人。誰かが新聞で言っていた牡丹《ぼたん》の花の感じではない。ひょっとすると唐辛《とうがらし》の感じだ。だが、本当は辛いかどうだか能《よ》く知らない。或は甘いのかも知れない――」と回想している。また、秋子と青山女学院で同級であった間野千代は、「波多野さんは嫌な人だ。不愉快だからあまり近づかないようにした」という秋子評を紹介している。

武郎の友人藤森成吉は「婦人之友」追悼号でこう書いている。

「波多野秋子氏は、憎むにはあまりに不幸な女性ながら、婦人として決して有島氏に相応する人柄ではない、私はかつて一見した時、そのブルジョア的一切に反発を感じた。これは私の偏見ではなく、彼女を知る私の知人のすべての意見が一致している。一年半前には有島氏自身も私に向って、明かに秋子を軽蔑《けいべつ》した言葉を発していた。が、去年の十二月頃から、彼女は氏に対して激しく誘惑しだした。明徹な認識力を持ちながら、一種限りなく――殊《こと》に婦人に対して――弱い性質を持っていた氏は、今年の二月頃、明らかに知人に対して『彼女の恐怖』を語っている。彼女に対しても、交際をやめようと云う手紙を送っているのだ。が、再び引きずられてついに六月四日に至って初めて彼女に対する肉体的敗北、その後わずか四日にして、九日の夜の自殺……」

藤森の追悼は、秋子にひっぱりこまれていく武郎の様子が手にとるようにわかり、武郎の友人たちは「悪い女にひっかかった」という思いが強かったようである。武郎を知る友人は、武郎を惜しみ、秋子は悪玉になりがちである。厨川白村《くりやがわはくそん》にいたっては、「平凡な三十女の一婦人記者は忽《たちま》ち茲《ここ》に変じて妖艶《ようえん》なる超自然的魅力を有する吸血鬼《ヴァンパイア》のごとき蠱惑力《こわくりょく》を以《もっ》て、有島さんに肉迫した」とまで言った。こういうとき、武者小路実篤《むしゃのこうじさねあつ》は、ノラリクラリと、追悼を書く達人である。

「武郎さんと心中は凡《およ》そ縁のないもののような気がしている処《ところ》に、心中したと聞いてびっくりした。しかし心中したと聞いてしまってから考えると武郎さんだから心中をしたのだと云う気もする。……武郎さんの死は長く人々の頭にのこり、其処《そこ》に何か強い印象を人々にのこすと思う」（「改造」）

武者小路実篤は、武郎と同じく白樺《しらかば》派の仲間でしたが、とぼけながらも秋子を批判することを避けており、そこには、男女の仲は当人同士しかわからないという達観がある。

武郎の友人がこぞって武郎をかばったのは、世論が、武郎に冷淡だったからである。武郎の童話「一房の葡萄《ぶどう》」は国語の教科書に、教材として掲載されていたが、この事件をきっかけに削除される動きがあった。それに対し、菊池寛《かん》は「作家に何のことわりもなく文章を教科書に採録しておきながら、なんらかの過《あやま》ちがあれば削除するとは得手勝手も甚《はなは》だしい」と怒りをぶちまけた。

武郎に対しては、作家の側からも批判はあった。正宗白鳥《まさむね》は秋子に関しては、「中央公論社へ寄った時に、美しい女が向うにいるのを一瞥《いちべつ》したことがあった。背のスラッとした目の涼しい女であったが多分あの人が有島氏を死地へ導いた女なのだろうと私は察した」と書いている。そして「不幸な役廻りを課せられたのは婦人の夫である」と秋子の夫に同情している。『アンナ・カレーニナ』の夫、『マダムボヴァリー』の夫、『パウロとフランチェスカ』の夫、みんな作家に卑《いや》しめられている。日本も次第にそういう風になるのかもしれないが、自分を夫の地位に置いて見るがいい……自分の妻の情人が孔子《こうし》様だろうとお釈迦《しゃか》様だろうと、本願寺の御門主《ごもんしゅ》であろうとも、あるいは有島氏であろうとも、否却《いなかえ》って相手が有名な人であるだけに、憤懣《ふんまん》堪えがたきものがあるだろう」

また、長與善郎《ながよよしろう》は武郎の死を悔やみつつも「同情は出来ても無論同感は出来ない」と追悼している。久布白落実《くぶしろおちみ》は「この度《たび》の行為は、如何《いか》に崇拝者の立場から、之《これ》を詩化しようとしても、又美化しようとしても、結局、誘惑に脆《もろ》くも敗北せる、ひとつのレコードとする外はありません。……有島氏の死は、美しき人の為《な》したまう醜なる行動です」と酷評した。

武郎が情死するに至った詳細は、武郎の個人誌である「泉」に、札幌時代からの友人足助素一《あすけそいち》（出版社叢文閣《そうぶんかく》社長）が書いており、これは追悼でありつつ資料としても一番信頼ができる。武郎に心中を予告されつつもそれを止めることができなかった足助は、

「淋《さび》しい事実」と題して三十一ページにわたる痛恨の手記を書いた。そのなかに①武郎が秋子の夫波多野春房から一万円という金をゆすられていた事実、②心中は秋子がしかけたこと、③秋子の参謀役として石本静枝《しずえ》（のちの加藤シヅエ）がついていたこと、④自分が全身全霊で心中をとめてもとめきれなかった無念、などを記し、最後に秋子の夫波多野春房にむけて、

「『死人に口なし』をいい幸にして余り白々しいことをいうのはよせ。お前は『時は――此《この》問題に対する僕が取った凡《すべ》ての態度を明かに証明して呉《く》れると信ずる』（大正十二年七月十二日国民新聞）といっているが、時――それは本誌が公《おおやけ》にされた『時』だ――はほんとに能《よ》く証明して呉れた」

と毒づいた。また石本静枝へむけては、「曲庇《きょくひ》もいい加減になさいよ」「随分《ずいぶん》十一日まで嘘《うそ》八百を喋《しゃ》べり通していたじゃありませんか」とくってかかった。足助から見れば、石本男爵《だんしゃく》夫人である静枝は、「秋子をそそのかした張本人」ということになる。

また、武郎の旧友の森本厚吉へは、

「君は片腕をもがれたってことだったが幸に誤報らしいね。君は有島の死を讃美《さんび》するって。それはどういう心理だい。吾々《われわれ》はみんな怒ってるぜ。原は君をなぐりつけるといってたよ」

とからんだ。武郎は秋子との心中に際して、森本へも遺書を書いている。足助は森本

へむけて、さらに、

「有島農場のことは有島の信念からただ放棄したんだ。ただ従来の縁故者に呉れてやるというだけの気分だったのだ。君が曾《かつ》て言った『人道的の行為』(有島は君のこの言葉を苦笑して『困ったやつだ』といっていた)でもなければ、小作人への恩恵でもない。君はその共同管理に対する具体案を托されただけなんだから、小作人の幸福さえ思ってやれば故人の意志は達成されるのだ」

とののしった。かなり感情的になっている。

三宅《みやけ》雄二郎は「婦人公論」に、二人の情死は「本来ありがちの変態であって、近松の心中物と特別の変りがない」とまで書いた。「有島氏は確かによい頭脳を持って生まれ出《い》で、理解力に富んで居《お》ったが、早くからある部分に病を伴った。一婦人に誘われ、甘んじて自殺するところに、悪ずれず純なところを見るとし、そこに判断力の欠乏が現われている。普通なれば人妻秋子に誘《いざな》わるべきではない。恋は思案の外というても随分間違った事をしたといわねばならぬ。かかる変態もあるとして世間一般に警《いまし》めねばならぬ。あまり変った病気でなく、かかりやすいのであるが、かからぬように用心するにこしたことはない」。

「婦人公論」は巻頭に羽仁《はに》もと子による追悼文を掲載した。しかしそれは「有島さんは財産処分について神経をつかっていた」という、まとはずれの述懐である。同号には長《は》谷川如是閑《せがわにょぜかん》が「享楽的《きょうらく》職業婦人を排す」としてつぎのように書いた。

「この種の職業婦人が多少の収入を得るということは、却《かえ》って自分を滅ぼす道になる。収入を得れば、それを以て社会的に成り立たない享楽、社会関係を顧《かえり》みない自由を充《み》たす費用にする。今度有島氏を誘惑したといわれる波多野という婦人は、この標本的なものである」

前号までの「婦人公論」には波多野秋子が在籍しており、批判の目は同誌へも向けられていた。「婦人公論」は、武郎の情死を公平に追悼する形をとりつつも、知識人のレベルでの秋子擁護を展開しようという気分があった。正宗白鳥の武郎批判も、長與善郎の批判も「婦人公論」に掲載されたものである。同誌には山川菊栄《きくえ》も批判を書いている。山川は、二人が歓喜して死にむかった六月八日は、社会主義者の大量検挙があった日であり、日本の無産階級の前衛隊に災難がふりかかり、投獄、拘引続々のなかで、まるで別世界の出来事のように恋愛を成就《じょうじゅ》させた武郎を皮肉り、「この出来事を以て名ある文学者の行為なるが故《ゆえ》に推称することは戒めねばならぬ」と皮肉たっぷりに書いた。武郎を悪く言おうとすれば、どの角度からも批判できる。

かくして武郎への追悼は、追悼という形式をとった国民的論争の体《てい》をなすに至った。武郎の情死は三面記事的興味をそそるものであり、ちまたでは演歌師が「困ったね節」をはやらせた。それは、

〜人の女房と心中する　有島病気が流行し、アラマオヤマ　亭主に砂かけ家出する
こいつが純真の恋というなら困ったネ……。

というもので、これが世間一般のいつわらざる心情だった。武郎批判は「早稲田文学」にも出た。中村吉蔵は「武郎氏の死は要するにブルジョア階級に生れて、その階級の前途を鋭敏に知覚すると同時に、その階級から抜け切れない自己の運命に絶望した弱き理想主義者の死である」と断定した。また本間久雄は「氏の死は生活倦怠《けんたい》者の死である。世紀末的ペシミストの死である。単なる恋愛の死ではない、普通の恋死又は情死とひとしなみに見られない」と切り捨てた。本間の論は、武郎は多くの若い崇拝者を持っているのだから、情死せずに秋子との生活をつづければ、新しい性道徳の殉教者になり得たのに、それをしなかったのは、武郎がペシミストであるからだというものである。

島崎藤村は「女性改造」の巻頭に「有島武郎君の恋愛関係」という追悼を寄せたが、情死の是非に関してはうまく逃げて、判断をさけた。武郎の著作やホイットマン詩集を引用しつつ、武郎が「男と女と子供とが結婚という重荷から解放される時のやがて到来するのを私は予感せずには居られない」と書いている部分を引用し、「この心の消息は、やがて君が最後に到達した恋愛観を語るものではなかろうか。そして、こうした恋愛観を抱くようになった君がこの世の現実にぶつかった時の感は果してどんなであったろうか」とのみ感想を寄せている。藤村は武郎の対極にいた現実主義者であり、武郎の情死

を理解しようとする心情はない。でありながら世俗的な姦夫《かんぷ》断罪論を書けば自分の首をしめてしまう。武郎の情死へは是非をめぐってさまざまな追悼が出たけれども、どの追悼も感情的でありつつ純真である。唯一《ゆいいつ》判断をさけた追悼は藤村であり、藤村の追悼には、これ以後の藤村が進む色欲の道が暗示されている。中立を装って用心深く書いているものの、そこに本心が出た。これが追悼の落とし穴であり、藤村は最初から死者の上位に立ち、あたかも人生の定理を解いてみせるような態度で追悼した。

武郎を批判した生田長江《ちようこう》にしても、「死者に対して特別に寛大な態度をとるという、我々日本人の習慣は決して悪くない」としたうえで「しかしながら、有島氏のこの度の事件なぞに関しては一言ある」と言ってから持論に入る。

足助素一に毒づかれた秋子の参謀役の石本静枝にしたところで「有島氏と秋子さんとの死を私は批判することなどは思いも及ばない。ただ私として、秋子さんから二人の苦しい心持ちや、痛ましい決心を語りきかされた頃に、自分としては出来る限りの力を尽して、この先き不幸の来る事を防ぎたいと思った」と立場を鮮明にして追悼している。

武郎の友人であった秋田雨雀は、

「有島君の自滅は私達を、人生の廃墟《はいきよ》に目前《もくぜん》させる。彼の惜しげもなく捨てていったその廃墟は一体何ものだろう？　よく見よ」と絶唱した。

武郎の死の三ヵ月後に関東大震災がおこり、東京は文字通り廃墟と化した。死者行方不明者十三万人余という大惨事は、たちまち二人の情死事件を風化させていった。
武郎の死後、書斎で絶筆の十首が発見された。そこにはこう書かれていた。

世の常のわが恋ならばかくばかりおぞましき火に身はや焼くべき
幾年の命を人は遂げんとや思ひ入りたるよろこびも見伝《で》
修禅する人の如《ごと》くに世にそむき静かに恋の門にのぞまむ
道はなし世に道は無し心して荒野の土に汝が足を置け
さかしらに世に立てりける我かこれ神に似るまで愚かしき今
生れ来る人は持たすなわがうけし悲しき性とうれはしき道
雲に入るみさごの如き一筋の恋とし知れば心は足りぬ
蟬《せみ》一つ樹《き》をば離れて地に落ちぬ風なき秋の静かなるかな
明日知らぬ命の際に思ふこと色に出づらむあぢさゐの花
命絶つ笞《しもと》しあらば手に取りて世の見る前に我を打たまし

有島武郎（明治11年3月4日―大正12年6月9日）
小説家。東京生れ。「白樺《しらかば》」の創刊に参加し、『カインの末《まつ》裔《えい》』で一躍人気作家となる。『生れ出づる悩み』に次いで、本格的リアリズム小説『或《あ》る女』を発表。婦人記者波多野秋子と軽井沢で心中した。

滝田樗陰
編集者への追悼

14年10月27日

滝田樗陰《ちょいん》は「中央公論」編集長として一世を風靡《ふうび》した人である。編集者として多くの新人を発掘し、「中央公論」を日本有数の雑誌に仕上げて、大正十四年に四十三歳で没した。「中央公論」はただちに追悼特集号を出した。追悼号の巻頭には、社長の麻田駒《こま》之《の》助《すけ》が、「自ら天下の公器を以《もっ》て任ずる『中央公論』が、身内の人間の追悼号を出すのは僭越《せんえつ》であるとして遠慮していたが、多くの作家諸氏の申し出によりあえて出すことになったので読者の諒恕《りょうじょ》を乞《こ》う」と前書きをしている。樗陰編集長の死はそれほどの社会的事件だったのであり、総勢三十五名の追悼文が掲載された。その内容はたいしたもので、当代の人気作家、詩人、思想家、編集者がずらりと名を並べて樗陰の生涯を追悼した。

室生《むろう》犀星《さいせい》は「今日私が一人前の小説家として立っているのは、元より自分の力でなければならぬ。しかし私を見つけ、作を鞭撻《べんたつ》したものは滝田哲太郎（樗陰）氏である。或《ある》意味で私を砂利の内に見つけた人であるかも知れぬ。滝田氏無ければ私は貧しい陋屋《ろうおく》の一詩人としていまも破垣《やれがき》を結んでいたかも知れない」（「悼望岳楼主人」）と独白した。

佐藤春夫は「僕に最初の稿料を与えたる人は実に君なりき。君は名もなき僕を認めたり。この点に於《おい》て僕にとりて君は、唯一《ゆいいつ》の編集者なりき」と書いている。

芥川龍之介《あくたがわりゅうのすけ》は「実際あらゆる編輯《へんしゅう》者中、僕の最も懇意にしたのは正に滝田君に違いなかった」と証言している。「滝田君は熱心な編輯者だった。殊《こと》に作家を煽動《せんどう》して小説や戯曲を書かせることには独特の妙を具《そな》えていた。僕なども始終滝田君に僕の作品を褒《ほ》められたり、或《あるい》は又苦心の余になった先輩の作品を見せられたり、いろいろ鞭撻を受けた為《ため》にいつの間にかざっと百ばかりの短篇小説を書いてしまった。これは僕の滝田君に何よりも感謝したいと思うことである」。

樗陰が芥川、室生、春夫らに原稿を依頼したときは、この三名はまだ無名の新人であった。樗陰も若かったが、自分の判断で「こいつは売れる」と直観すると、すぐに飛んでいって原稿を書かせ、たちまち人気作家に仕たてる腕は並のものではなかった。谷崎潤一郎は、樗陰の注文でまず『秘密』を書き、つづいて『悪魔』を書いた。「滝田君の催促は非常に巧妙で、別にくどくどしゃべるのでなく、門口に俥《くるま》を待たしたまま『御免』と云《い》って玄関に現われる。そして、土間に立ちながら忙しそうに二言三言云うだけで、五分か十分で帰るのだが、それが一種の気合とでも云うのか、実にききめがあった。

いやだと思っても、あの赧《あか》ら顔のはち切れそうな様子を見ると、どうしても断り切れなかった。『僕は君の顔を見ると、まるで試験が来た様な気がする』といったことがあった」(「滝田君の思い出」)。

当時にあっては、名編集者は人力車に黒紋付であった。樗陰の人力車は無名作家のあこがれであった。菊池寛《かん》は、家の前に人力車が止っていたので、「やった」とばかり胸をおどらせて入ると、来ていたのは同じ「中央公論」でも樗陰の部下の高野敬録氏であった、それでも感激で胸がふるえたと述懐している。

樗陰は秋田県生まれで、東大文科をへて法科へ移り、明治三十六年(二十一歳)に畔《くろ》柳芥舟《やなぎかいしゅう》の紹介で「中央公論」の寄稿記者となり、海外新潮欄に外国新聞雑誌の記事から面白そうなのを集めて翻訳していた。そのまま「中央公論」の記者となって大学のほうは中退してしまった。「中央公論」編集長をしていた近松秋江《しゅうこう》は、「大学生とか、若い文学士などと云えば、その頃はまだ、えて、厭《いや》にぎすぎすしたり、高慢チキであったりしたものだが、初めて訪ねて来た滝田哲太郎氏は、看板の角帽も冠《かぶ》らず、鳥打ち帽を冠って、木綿の袴《はかま》を穿《は》いていた。素朴な、矯飾のない、率直で淡泊で、腰の低い、厭味にならぬ程度に一ととおりの礼儀に富んだ青年であった」と回想し、そのころから「この男は出世する」と思った、という。最初のうちは腰が低かった樗陰だが、晩年は、丸々と太って、早口の秋田弁ですぐ口論をする体質になった。秋江のあとをうけて二代目編集長となった高山覚威《かくい》は、編集者として力をつけてきた樗陰が増長し、麻田社長の妹のお絹さんに晩酌つき夕食を要求するようになった話を書いている。そのころの中央公論社は麻田社長宅の居間にあった。樗陰は朝食、夕食をお絹さんに要求し、高山もその恩恵をこうむったという。おまけに近くのそば屋で高山の嫁候補を捜してきて高山を閉口させた。

このころ樗陰は夏目漱石《そうせき》に食いこんだ。漱石が書いた『二百十日』が掲載されると、「中央公論」は当代一番人気の雑誌となった。高山は、樗陰の活躍によって「中央公論」がメキメキと売れ出したとして「そのころ君は長谷川二葉亭にも食い込んで居た。その他流行児は、小説家以外の学者雑文家にも取入った。君は雑誌のために出入りしたのではない。君はよく人に惚《ほ》れた、好きだとなると、初恋の如《ごと》く熱情を傾けて其人《そのひと》に近づいて行った。其時は雑誌に書いて貰《もら》うという職業を離れて、或は崇拝し、或は愛慕し、惚れて惚れて惚れぬいた。或者には淫《いん》し過ぎ、溺《おぼ》れ過ぎたのもあった」と回想している。持ち前の情熱と炯眼《けいがん》をもって熱血編集者の名を高からしめたのは二十代である。三十歳で編集長（主幹）となった。

欧州留学から帰った吉野《よしの》作造は「中央公論」にデモクラシーの論陣をはった。その吉野をひきこんだのも樗陰であった。初対面の記憶を吉野はこう回想している。「（滝田はいろいろ自分の実績を吹聴《ふいちょう》して）それから先の言分が振って居る。今でも鮮かに記憶して居るが斯《こ》うだ。自分が貴君を訪ねたのを多くの雑誌経営者が新帰朝者というと直《す》ぐかけつけるという様な月並の来訪と思われては困る。そう思われたくないから夏以来わざと今まで差控え、そうして其間ひそかに貴君を研究して居たのです」と。人を馬鹿《ばか》にしたような気味があり、初対面のときだけに吉野は「失敬な奴《やつ》だ」と思った。かなりのカマシ屋で自信家だ。それからも樗陰はまめにやってきて原稿を催促するが吉野は大学で教えるのがいそがしく書く時間がない。「それほど時間がないなら私が筆記しましょう」ということになり、口述筆記で大正三年掲載の「民衆運動論」がまとめられた。

口述筆記というのは樗陰がよく使った手で、筆記しながら内容に不満があるとこれを無遠慮に指摘した。「之《これ》によって言い足らぬのが補われ、不注意の欠陥がどれだけ訂《なお》されたか分らない。一寸《ちょっと》思い出せぬ字句が君に依《よ》てうずめられたことなどに至っては数限りない」と、さしもの吉野も脱帽している。似たようなことは谷崎潤一郎もふれている。谷崎が『悪魔』の後編を書けずにいると、樗陰は谷崎の築地《つきじ》の下宿屋におしかけてきた。「つきっきりで、僕が鉛筆でどんどん書く、それを傍から受け取って滝田君が清書するという熱心さ、遅筆の僕も最後は夕方から夜までかかって、一気に二十枚近くも書いた」。この晩は木村荘太もやってきて、仕事が終ってから三人で葡萄酒《ぶどうしゅ》を飲んだ。

徳田秋声は、樗陰を新潮社編集者の中村武羅夫《むらお》と比較して「精力的で作家の心理をつかむところがよく似ている」と評した。さらに「経営者と働く人と、とかく折合がわるかったり、衝突して別れたりするものが多いなかに、終始協調したのはめずらしい」と。樗陰は金づかいがあらいことでも知られていた。「何人にも毀誉褒貶《きよほうへん》は免れない。滝田君も熱情的の人であっただけに、ずいぶん遠慮会釈《えしやく》のない点もあって、ちょっと露骨な云為《うんい》もないではなかったけれど、一度は怒っても誰もそれを不快に思うものはなかった」。

小説『白痴』を書いた小川未明は「滝田君から、原稿を受けとると、すぐにはがきかなにかで、大へんに面白かったというてよこされた。このときのうれしかったこと」を回想している。樗陰は人の心をとらえるツボを心得ている人だった。田山花袋《かたい》は、樗陰を、「筆者を一生懸命にさせる達人」だという。ときには筆者どうしに論争をさせて雑誌を売ろうとした。『中央公論』は、一生懸命になったような作者を一番歓迎した。否《いな》、作者に一生懸命にならせることに骨を折った。雑誌の編輯者としては、滝田君に若《し》くものはあるまいと私は思っている」。

宮本（中条）百合子《ゆりこ》の『貧しき人々の群』が「中央公論」に発表されたのは大正五年であった。百合子は十七歳だった。樗陰は三十四歳で、編集長として絶頂期にあった。百合子は坪内逍遥《しようよう》の紹介で二百枚の原稿を持って、中央公論社へ行った。「体じゅうの線が丸く、頬っぺたがまるで赧い。着流しであった。紺足袋《たび》に草履《ぞうり》ばきで近づき、少し改った表情で挨拶《あいさつ》された。『私が滝田です』言葉の響きの中に、つよい北方の訛《なまり》が、あった。その訛が、顔や体に現れる微細な動き、調子とひどく調和して居、一種性格的なものを感じさせる。――私は、この特徴に富んだ人をどう理解してよいか分らなかった。赧い赧い頬、それと極めて鮮やかな対照をなしつつぽやぽやっと情熱的にほやついて居る漆黒な髪、特色ある早口、時々私を視《み》る眼光の鋭さ、生活力の横溢《おういつ》が到る所に感じられた。同時に、単純でない何ものか――謂《い》わば狷介《けんかい》というようなものをも一面感じられる」（「狭い一側面」）と百合子は観察している。滝田の背後にはいつも「見えざる焔《ほのお》があった」と。「氏はいつも奥ゆきのたっぷりした俥に乗って来られた。羽織、袴であった。夏になりきらぬうちから、勢よく扇を使い使い話す」。百合子は大正九年に本郷西片町にある樗陰の自宅を訪ね、二階の部屋へ通されて、そこに漱石や平福《ひらふく》百穂《ひゃくすい》の書がずらりと並んでいるのを見た。樗陰は当代の人気作家の揮毫《きごう》を収集していた。

学生時代の芥川龍之介と久米《くめ》正雄は、初めて漱石宅を訪ねた日に樗陰に会っている。モジャモジャに縮れた蓬髪《ほうはつ》の樗陰は、墨をすり、漱石に筆をわたした。漱石は紙の前に四ツんばいになって自作の七言絶句を揮毫していた。滝田は無遠慮に何枚も注文し、短《たん》冊《ざく》にも俳句揮毫を注文して、あとは用なしといったようにすたすたと帰っていった。久米が「あの人はだれですか」と訊《き》くと、漱石は「滝田樗陰だよ。いまに君たちもあの男の手にかかるだろう」と言った。揮毫を収集するのは樗陰の趣味で、会う人会う人に書を求めた。それで怒り出す人もいた。正宗《まさむね》白鳥がその一人である。白鳥は『文壇的自叙伝』のなかで、若き日に樗陰の無遠慮な批評で激励されたことに感謝しているが「ただ一度私は氏に対していやな気持に襲われたことがあった」として、自分の書をまきあげられた、という話を書いている。「中央公論四百号（？）の紀念号に、小生の小説中の文句を滝田君指定のままに、唐紙に二三枚書かされた。私は多分、紀念号に掲載するためだろうと察したので、職業上の義理として、電報の催促に応じて揮毫して送ったのであったが、あとで聞くと、それは滝田君の私有に帰したのであった。……噂《うわさ》によると、滝田君は作家の原稿の使い滓《かす》をも保存しているそうだが、果してそうであるならば、私のだけは破るか燃すかして貰《もら》いたいものである」。

小山内薫《おさないかおる》は「滝田君を憶《おも》う」と題して、「とうとう仲直りをせずにしまった」と書いている。小山内が書いた小説『高師直《こうのもろなお》』の後編原稿を、樗陰が「今度の作はだめだ」という猛烈な悪評を書いて送り返してきたためだった。小山内は新人作家とはいえ、すでに前編が「中央公論」に掲載されている。怒った小山内は樗陰からの手紙とボツになった『高師直』の原稿を「三田文学」に発表した。小山内と樗陰は東大の同級生で旧友であっただけに、喧嘩《けんか》となると遠慮がなかった。この件に関しては樗陰に慎重さが欠けている。編集者としての樗陰は本来ならこんなドジはしない。よくないと断るにも別の断りかたがある。

人気編集長として名声が高まると、樗陰は自分の感情を平気で表面に出すようになった。長田幹彦《みきひこ》は「元来短気だったからよく人と喧嘩もしたが、それを長く根にもつという風ではなかった」という。「素朴なところは東北の味だが、明かるいところは、どうも南国の人らしかった。晩年になってからは、余程、気むずかしくなっていたようであったが……」。晩年といっても死んだのは四十三歳である。

里見弴《とん》も喧嘩をした。樗陰に頼まれた原稿を書けずに手こずらしたことを、樗陰が雑誌の随筆欄で書いたからである。里見弴は「腹は立たなかったが、年甲斐《としがい》のない、安ッぽいまねをするな、とは思い、私《ひそ》かに君のために惜んだ」（「滝田君との交渉」）と述懐している。

時代を代表する名編集長には、そのぶんいろいろの欠点があった。惚れっぽく、熱血漢で、一途《いちず》で、人一倍勉強家で、美食家で、男っぷりがよく、酒を飲んでは泣き、雑誌を売りつくして、だれよりも働いて、四十三歳であっさりと死んでしまった。芥川は樗陰の死顔に接したとき、何とも言えぬ落寞《らくばく》を感じた。「それは僕に親切だった友人の死んだ為と言うよりも、況《いわん》や僕に寛大だった編輯者の死んだ為と言うよりも、寧ろ唯《むしただ》あの滝田君と言う、大きい情熱家の死んだ為だった。……滝田君ほど熱烈に生活した人は日本には滅多にいないのかも知れない」。

樗陰のあとに中央公論社に入社し、のち社長となった嶋中《しまなか》雄作は、樗陰が印刷所へ出張校正に行って鰻丼《うなどん》を注文するとき、必ず判でおしたように「四十五銭のを」とつけたしたことを証言している。当時の鰻丼の相場は二十銭であったが、樗陰は、断じてこれでなければ満足せず、小食の嶋中にも四十五銭の鰻丼を食べるよう強要した。食いすぎて十九貫の肥満となった。樗陰は、その巨体をゆすって休むことなく働き、そのため専用の車夫が疲労のため死んでしまった。善さんという、筋肉のしまった車夫であった。車夫仲間は「善さんは滝田さんにひき殺されてしまいました」と言ったという。

樗陰は直情、独断、性急の人であった。それで名をなし、偉くなりすぎてしまったきらいがある。自ら記事を書いていた人だから、これ以上生きていたら作家に転ずるしか道はなかったろう。谷崎はこう追悼している。「滝田君の創作を見る眼は、鋭くはあったが偏《かたよ》っていた。殊に晩年は一層偏って来たと思うが、しかし自分のいいと思うものは商売気を離れて賞讃《しようさん》し、必ずしも流行を追わず、一定の自信と方針を持って編集の任にあたっていたのには敬服する」。

「中央公論」が出張校正に出かけるのは秀英舎校正室で、隣りの部屋には「改造」編集長（社長）の山本実彦《さねひこ》がいた。滝田と山本は性格が似ていて、短気でカンシャク持ちで思ったことはずんずんと実行する。滝田は、「山本の編集方針は無定見だ」となじったことがある。「改造」は「中央公論」のライバル誌であった。その山本実彦はこう回想している。「滝田さんが校正室にあって一章一文を校正しておるさまを傍から見ておると、或は首をかしげたり、軽く舌つづみを打ったりなぞして何でも茶をたてる名人が一滴又一滴と舌のさきで味わうがように味わっていた。私との立場、趣味は違っているにしても雑誌編集に没頭三昧《ざんまい》に入ったあの姿は羨《うらや》ましいかぎりであった。……私は新聞記者や雑誌記者に随分数多い知己もあるが、こういう名人肌の人は見たことはない」と。樗陰の太った背中がふとかいまみえるようではないか。

滝田樗陰（明治15年6月28日―大正14年10月27日）雑誌編集者。秋田県生れ。東大在学中から「中央公論」の編集を手伝い、明治37年正社員となる。文芸欄の拡張につとめ、大正元年主幹に。以後、論壇・文壇の新人発掘と育成に力を注いだ。

昭和

芥川龍之介

「お父さん、よかったですね」

2年7月24日

芥川《あくたがわ》の自殺は用意周到で、自殺したときに机の上に置かれていた「或《ある》旧友へ送る手記」は、三十五歳で自殺に至る死の弁明、解説で自殺考証学でもあった。こういうものを書かれると、追悼するほうは、ただその死を理解、追従《ついしょう》して、惜しむしかない。自殺する側に力があり、これを自殺アリバイ力という。

芥川の自殺は芝居がかっていて、絶頂期の芸術至上主義的のどんでん返しのような仕掛けがあり、「手記」をはじめ夫人あての遺書、子どもあての遺書、小穴《おあな》隆一、菊池寛《かん》あての遺書など五通が残されており、これらの「手記」、遺書は、追悼文へのヒントのようなものだ。追悼文が生き残った者の解答文ならば、芥川は、なみいる作家たちへ追悼という宿題を残して死んだことになる。五通以外にも遺書はあったようだが、公表されていない。

文子夫人あての遺書はつぎのような内容だった。

「一、生かす工夫絶対に無用。
二、絶命後小穴君に知らすべし。絶命前には小穴君を苦しめ并《あわ》せて世間を騒がす惧《おそ》れあり。
三、絶命すまで来客には『暑さあたり』と披露すべし。
四、下島先生と御相談の上、自殺とするも病殺《死カ》とするも可。若《も》し自殺と定まりし時は遺書（菊池宛）を菊池に与うべし。然《しか》らざれば焼き棄《す》てよ。他の遺書（文子宛）は如何《いかん》に関らず披見し、出来るだけ遺志に従うようにせよ。
五、遺物には小穴君に蓬平の蘭を贈るべし。又義敏に松花硯（小硯）を贈るべし。
六、この遺書は直ちに焼棄せよ」
この遺書でわかるのは芥川の死への絶対的な意志である。もうひとつは家族と周囲への細心の心くばり。子どもあての遺書にはこうあった（八項目にわたっているが四項目はつぎのような内容である）。

「一、人生は死に至る戦いなることを忘るべからず。
四、若しこの人生の戦いに破れし時には汝等《なんじ》の父の如《ごと》く自殺せよ。但し汝等の父の如く、他に不幸を及ぼすを避けよ。
六、汝等の母を憐憫《れんびん》せよ。然れどもその憐憫の為に汝等の意志を枉《ま》ぐべからず。是亦《これまた》却って汝等をして後年汝等の母を幸福ならしむべし。

八、汝等の父は汝等を愛す。（若し汝等を愛せざらん乎、或は汝等を棄てて顧みざるべし。汝等を棄てて顧みざる能《あた》わば、生路も亦なきにしもあらず）」

このとき比呂志七歳、多可志四歳、也寸志二歳であった。

その結果、芥川が死んだ昭和二年に活躍していた高名小説家は、ほとんどの人が、なんらかの追悼を書き、「文藝《ぶんげい》春秋」「中央公論」「文章倶楽部《クラブ》」「改造」「三田文学」「婦人公論」などで追悼合戦となり、芥川に対してどう対応するかが、その人の文学的立場の証明であり、かつ力量の尺度となった。

谷中《やなか》斎場の葬儀には、文壇関係者七百数十人を含めて総計千五百人が参列し、弔辞は先輩代表泉鏡花、友人総代菊池寛、文芸家協会代表里見弴《とん》、後輩代表小島政二郎《まさじろう》、という文壇オールスターメンバーだった。

泉鏡花の弔文は漢詩文鏡花流で、練りに練った名調子であった。

「玲瓏《れいろう》、明透《めいとう》、その文《ぶん》、その質、名玉山海《めいぎょくさんかい》を照らせる君よ。溽暑蒸濁《じょくしょじょうだく》の夏を背《そむ》きて、冷々然《れいれいぜん》として独《ひと》り涼しく逝《ゆ》きたまいぬ。倏忽《たちまち》にして巨星《きょせい》天に在り。光を翰林《かんりん》に曳《ひ》きて永久《とこしなえ》に消えず。然《しか》りとは雖《いえど》も、生前《せいぜん》手をとりて親しかりし時だに、その容《かたち》を語るに飽《あ》かず、その声を聞くをたらずとせし、われら、君なき今を奈何《いかん》せん。おもい秋深く、露《つゆ》は涙の如《ごと》し。月を見て、面影に代《か》ゆべくは、誰《たれ》かまた哀別離苦《あいべつりく》を言うものぞ。高き霊《れい》よ、須臾《しばらく》の間も還《かえ》れ、地に。君にあこがるるもの、愛らしく賢き遺児《いじ》たちと、温優《おんゆう》貞淑なる令夫人《れいふじん》とのみにあらざるなり。辞《ことば》つたなきを羞《は》じつつ、謹《つつしん》で微衷《びちゆう》をのぶ」

絶唱しつつも鏡花は大阪毎日新聞へ「エ丶、夢じゃないかな、夢であってくれ丶ばい丶が、なんで死んでくれたからうらめしい」と語っているから、こう派手に自殺されてしまっては、旧派としての立場がない、というところが本心だろう。いずれにせよ、鏡花は、謹んで玲瓏とした美文で微衷をのべた。

これに対し、一本気の菊池寛は、率直に哀切の情をぶちまけた。一句読んではむせび泣き、二句進んでは涙し、ついには躰《からだ》をふるわせ号泣して読みあげた。

「芥川龍之介《りゆうのすけ》君よ　君が自ら択《えら》み自ら決したる死について我等何をか云《い》わんや　ただ我等は君が死面に平和なる微光の漂えるを見て甚だ安心したり　友よ安らかに眠れ！　君が夫人賢なればよく遺児を養うに堪《た》ゆるべく　我等亦《また》微力を致して君が眠《ねむり》のいやが上に安らかならん事に努むべし　ただ悲しきは君去りて我等が身辺とみに蕭条《しようじよう》たるを如何《いかん》せん」と直情をまっすぐに述べた。


しかしこれらは葬儀場での儀礼的な弔辞である。

「文藝春秋」追悼号で、菊池寛は「芥川の死について、いろいろな事が書けそうで、そのくせ書き出してみると、何も書けない」として「彼の『手記』は文字通り信じてよく、あれ以上いろいろと臆測《おくそく》を試みようとするのは、死者に対する冒瀆《ぼうとく》である」と言っている。芥川と親しく、のちに芥川賞を創設する菊池寛からすれば、この思いはしごくまっとうだろう。

芥川の「手記」は、自殺の分析、目的、方法、死に場所を論じている。少し長くなるがここに引用する。

「誰もまだ自殺者自身の心理をありのままに書いたものはない。それは自殺者の自尊心や或《あるい》は彼自身に対する心理的興味の不足によるものであろう。僕は君に送る最後の手紙の中に、はっきりこの心理を伝えたいと思っている。尤《もっと》も僕の自殺する動機は特に君に伝えずとも善い。レニエは彼の短篇の中に或自殺者を描いている。この短篇の主人公は何の為《ため》に自殺するかを彼自身も知っていない。君は新聞の三面記事などに生活難とか、病苦とか、或は又精神的苦痛とか、いろいろの自殺の動機を発見するであろう。しかし僕の経験によれば、それは動機の全部ではない。のみならず大抵は動機に至る道程《どうてい》を示しているだけである。自殺者は大抵レニエの描《えが》いたように何の為に自殺するかを知らないであろう。それは我々の行為するように複雑な動機を含んでいる。が、少くとも僕の場合は唯《ただ》ぼんやりした不安である。何か僕の将来に対する唯ぼんやりした不安である。君は或は僕の言葉を信用することは出来ないであろう。しかし十年間の僕の経験は僕に近い人々の僕に近い境遇にいない限り、僕の言葉は風の中の歌のように消えることを教えている。従って僕は君を咎《とが》めない。…………

僕はこの二年ばかりの間は死ぬことばかり考えつづけた。僕のしみじみした心もちになってマインレンデルを読んだのもこの間《あいだ》である。

マインレンデルは抽象的な言葉に巧みに死に向う道程を描いているのに違いない。が、僕はもっと具体的に同じことを描きたいと思っている。家族たちに対する同情などはこう云う欲望の前には何でもない。これも亦君には、Inhuman の言葉を与えずには措《お》かないであろう。けれども若《も》し非人間的とすれば、僕は一面には非人間的である。

僕は何ごとも正直に書かなければならぬ義務を持っている。（僕は僕の将来に対するぼんやりした不安も解剖した。それは僕の『阿呆《あほう》の一生』の中に大体は尽しているつもりである。唯僕に対する社会的条件、――僕の上に影を投げた封建時代のことだけは故意にその中にも書かなかった。なぜ又故意に書かなかったと言えば、我々人間は今日《こんにち》でも多少は封建時代の影の中にいるからである。僕はそこにある舞台の外に背景や照明や登場人物の――大抵は僕の所作を書こうとした。のみならず社会的条件などはその社会的条件の中にいる僕自身に判然とわかるかどうかも疑わない訳には行かないであろう。）

――僕の第一に考えたことはどうすれば苦まずに死ぬかと云うことだった。縊死《いし》は勿論《もちろん》この目的に最も合する手段である。が、僕は僕自身の縊死している姿を想像し、贅沢《ぜいたく》にも美的嫌悪《けんお》を感じた。（僕は或女人を愛した時も彼女の文字の下手だった為に急に愛を失ったのを覚えている。）溺死《できし》も亦水泳の出来る僕には到底目的を達する筈《はず》はない。のみならず万一成就《じょうじゅ》するとしても縊死よりも苦痛は多いわけである。轢死《れきし》も僕には何よりも先に美的嫌悪を与えずにはいなかった。ピストルやナイフを用いる死は僕の手の震える為に失敗する可能性を持っている。ビルディングの上から飛び下りるのもやはり見苦しいのに相違ない。僕はこれ等の事情により、薬品を用いて死ぬことにした。薬品を用いて死ぬことは縊死することよりも苦しいであろう。しかし縊死することよりも美的嫌悪を与えない外に蘇生《そせい》する危険のない利益を持っている。唯この薬品を求めることは勿論僕には容易ではない。僕は内心自殺することに定め、あらゆる機会を利用してこの薬品を手に入れようとした。同時に又毒物学の知識を得ようとした。

それから僕の考えたのは僕の自殺する場所である。僕の家族たちは僕の死後には僕の遺産に手《た》よらなければならぬ。僕の遺産は百坪の土地と僕の家と僕の著作権と僕の貯金二千円のあるだけである。僕は僕の自殺した為に僕の家の売れないことを苦にした。従って別荘の一つもあるブルジョワたちに羨《うらや》ましさを感じた。君はこう云う僕の言葉に或可笑《おか》しさを感じるであろう。僕も亦今は僕自身の言葉に或可笑しさを感じている。が、このことを考えた時には事実上しみじみ不便を感じた。この不便は到底避けるわけに行かない。僕は唯家族たちの外に出来るだけ死体を見られないように自殺したいと思っている。

しかし僕は手段を定めた後も半ばは生に執着していた。従って死に飛び入る為のスプリング・ボオドを必要とした。(僕は紅毛人たちの信ずるように自殺することを罪悪とは思っていない。仏陀《ぶつだ》は現に阿含経《あごんきよう》の中に彼の弟子の自殺を肯定している。曲学阿世の徒はこの肯定にも『やむを得ない』場合の外はなどと言うであろう。しかし第三者の目から見て『やむを得ない』場合と云うのは見すより、悲惨に死ななければならぬ非常の変の時にあるものではない。誰でも皆自殺するのは彼自身に『やむを得ない場合』だけに行うのである。その前に敢然と自殺するものは寧《むし》ろ勇気に富んでいなければならぬ。)このスプリング・ボオドの役に立つものは何と言っても女人である。クライストは彼の自殺する前に度たび彼の友だちに(男の)途《みち》づれになることを勧誘した。又ラシイヌもモリエエルやボアロオと一しょにセエヌ河に投身しようとしている。しかし僕は不幸にもこう云う友だちを持っていない。唯僕の知っている女人は僕と一しょに死のうとした。が、それは僕等の為には出来ない相談になってしまった。そのうちに僕はスプリング・ボオドなしに死に得る自信を生じた。それは誰も一しょに死ぬもののないことに絶望した為に起った為ではない。寧ろ次第に感傷的になった僕はたとい死別するにもしろ、僕の妻を劬《いたわ》りたいと思ったからである。同時に又僕一人自殺することは二人一しょに自殺するよりも容易であることを知ったからである。そこには又僕の自殺する時を自由に選ぶことの出来ると云う便宜もあったのに違いない。

最後に僕の工夫したのは家族たちに気づかれないように巧みに自殺することである。

これは数箇月準備した後、兎《と》に角《かく》或自信に到達した。(それ等の細部に亘《わた》ることは僕に好意を持っている人々の為に書くわけに行かない。尤もここに書いたにしろ、法律上の自殺幇助罪《ほうじょ》(このくらい滑稽《こっけい》な罪名はない。若しこの法律を適用すれば、どの位犯罪人の数を殖《ふ》やすことであろう。薬局や銃砲店や剃刀屋《かみそり》はたとい『知らない』と言ったにもせよ、我々人間の言葉や表情に我々の意志の現れる限り、多少の嫌疑を受けなければならぬ。のみならず、社会や法律はそれ等自身自殺幇助罪を構成している。最後にこの犯罪人たちは大抵は如何《いか》にもの優しい心臓を持っていることであろう。)を構成しないことは確かである。)僕は冷やかにこの準備を終り、今は唯死と遊んでいる。この先の僕の心もちは大抵マインレンデルの言葉に近いであろう。

我々人間は人間獣である為に動物的に死を怖《おそ》れている。所謂《いわゆる》生活力と云うものは実は動物力の異名に過ぎない。僕も亦人間獣の一匹である。しかし食色にも倦《あ》いた所を見ると、次第に動物力を失っているであろう。僕の今住んでいるのは氷のように透み渡った病的な神経の世界である。僕はゆうべ或売笑婦と一しょに彼女の賃金(!)の話をし、しみじみ『生きる為に生きている』我々人間の哀《あわ》れさを感じた。若しみずから甘んじて永久の眠りにはいることが出来れば、我々自身の為に幸福でないまでも平和であるには違いない。しかし僕のいつ敢然と自殺出来るかは疑問である。唯自然はこう云う僕にはいつもよりも一層美しい。君は自然の美しいのを愛し、しかも自殺しようとする僕の矛盾を笑うであろう。けれども自然の美しいのは、僕の末期《まつご》の目に映るからである。僕は他人よりも見、愛し、且又《かつ》理解した。それだけは苦しみを重ねた中にも多少僕には満足である。どうかこの手紙は僕の死後にも何年かは公表せずに措いてくれ給《たま》え。僕は或は病死のように自殺しないとも限らないのである」

この「手記」を、芥川と親しかった久米正雄は、「事実上の遺書」とするが、小島政二郎によれば「遺書というより作品」であり、近松秋江によれば「ただの感想文」となる。

主治医の下島勲は、「氏の神経衰弱はほとんど持病であったが春からは非常に良好でめきめきと快方に向った。従って病気が死を急がせたというようなことはない」と弁明している。椿八郎は、「歯車を読んで、眼科医の立場から推理的診断を試みると、すくなくとも、芥川さんは、眼科領域の奇病〝閃輝《せんき》暗点〟の発作に、しばしば悩まされておられたことは明瞭である。さすがは芥川さんである。その発作時の病状描写は、まことに正確、精細をきわめ、眼科学の教科書に書かれているところと、全く同じなのには、愕《おど》くほかない」と分析している。

また、芥川の実母が精神分裂病にかかっていたため、正常な母子関係が成立せず、芥川は自分も分裂病になるという恐怖にとらわれていたという側面もあった。しかし、追悼する作家たちは芥川の自殺を病気ととらえる論はとらない。

芥川の「手記」に、素直に反応したのは、菊池寛、岸田国士《くにお》、土屋文明、恒藤恭（同級生）、佐佐木茂索《もさく》、蔵原伸二郎である。岸田国士は、芥川の死を「芸術家としての意気であり、矜持《きょうじ》であり陶酔である」とし、恒藤恭は「自殺を決意するに至った心持《こころもち》には同感できる」とし、蔵原伸二郎は「人の将に逝《まき》かんとするや、その筆の神に入ることを感じた」として、「鶴《つる》のように孤高な芥川さん」と絶賛している。

芥川は、写真を撮られるとき、ポーズをとって構えるのが常であったし、ハラリとたれさがる長髪も近代的文士スタイルとして、のちの文学青年に影響を与えた。あの知性的な風貌《ふうぼう》は、女流作家たちにも羨望《せんぼう》の的で、岡本かの子は「長髪隆鼻の人」にして「好少壮紳士」、三宅《みやけ》やす子は「氏は大勢の女の人から渇仰《かつごう》されていた」、宇野千代は、レストランで働いていたとき、店へ客として入ってきた芥川を見て「私はただ芥川龍之介と言う名前だけを知っていました。その名前は霞《かすみ》のように立昇り、そこに坐《すわ》っている者の上にもたなびくように見えました。私の肩もまた、その霞に染るように思えた」と追想している。銀幕スターのような人気だった。しかし、実際の芥川は、風呂《ふろ》嫌いのため垢《あか》だらけで近よるとにおったという。そのことは、中野重治が、追悼文「ふるい人やさしい人」のなかで、「この人は湯になどはいらぬのか、じつにきたない手をしていた。顔なども洗わなかったのかも知れない。その手が、顔同様、もともとは美しい手なのだったから、よごれ加減がいっそう目立って私には不思議だった。わりに大きな手で、頑丈なつくりではなかったが、指の節《ふし》が長く、指の皮膚も甲の皮膚も皺《しわ》がよっていて、大小のその皺に黒くなって垢がたまっていた。色の白い人だから、手の皮膚もすっかり白くて、だから指の背も甲も一面にうすずみ色に見えていて、皺のところは言葉どおり黒い筋になっていた」と証言している。

芥川と高校、大学を通じて同級生であった藤森成吉は「従来の文学者中、氏は最も聡《そう》明《めい》で、又敏感だったのだ」、「氏の遺書を読めば、もう何者の手を以《もっ》てしても氏を止めることは出来なかったと思える」と追悼した。歌人の佐佐木信綱《のぶつな》は「その死因も、その死も、まったく実に美しかった」と追悼した。有島生馬《いくま》は、芥川の死をキリストやソクラテスに通じるものがあるとし、「芥川君はその選んだ最後によって、君の非凡な詩的才能、及び芸術家的気稟《きひん》の純真さを明白に裏書し、何巻かの遺作を静かに自分の手で閉じたに斉《ひと》しい」と追悼した。久米《くめ》正雄は「芥川の死は突き詰めた人生観照者の選んだ道であり、北村透谷《とうこく》の選んだ道と少しも違わない。かれは第二の北村透谷だ」と語り、久保《くぼ》田《た》万太郎は「氏こそ純粋の東京人である。あとを濁さずという言葉があるが、その死の清く美しいことは如何にも氏らしい」と追悼した。

自殺してこれだけ賛美される人も珍らしいが、そうほめられるばかりでもなかった。まず、白樺《しらかば》派の対応が手きびしい。有島生馬は、兄有島武郎《たけお》の自殺の記憶が重なって芥川の死に同情を示したけれども、志賀直哉《なおや》は、芥川との交流を回想しつつ、芥川の自殺には否定的だ。「芥川君のような人は創作で行きづまると研究とか考証という方面に外れていくのではないか」と考えていたとし、「芥川君のものには仕舞いで読者に背負投げを食わすようなもの」があるので、それは好きではない、とした。芥川の作品をけなすついでに「夏目さんのものでも作者の腹にはっきりとある事を何時《いつ》までも読者に隠し、釣っていく所は、どうも好きになれなかった」と漱石《そうせき》までさかのぼって否定し、芥川に同情はしつつも、「芥川君は少々気取り過ぎだ」と論じた。

武者小路《むしやのこうじ》実篤《さねあつ》は、芥川を「時に才がこきざみに出すぎてうるさい時もあるが、趣味も頭もいいと思う」と評し、「同君がなぜ死んだかわからない。又わからないところがいいと思う。同君にも恐らくわからなかったと思う。いろいろのことが重っているのは事実かと思うが、死なければならないと云うことはないと思う。同君が生命力がもう少し強い質だったらそんな原因もはねのけられる性質のものではなかったか、それをはねのけない処に同君のいい処もあり、もの足りない処もあるが、しかし其処に清さを自分は認める。去るものあとを濁さず。同君は実際あとを濁さずに去った」という感想だ。「自分より若い人に自殺され少しがっかりした」というとぼけかたで、ようするにどうだっていいのだ。

他人の自殺に関して「どうだっていい」という態度は一見不遜《ふそん》に見えるが、それはそれで正直な態度表明で、里見弴は、もっと「どうだっていい」という立場をとった。里見弴は、文芸家協会代表として葬儀で弔辞を読んだのだから、「それでおしまい」ということなのだろう。里見弴は「文藝春秋」追悼号では、「私は今夜八時半の汽車で、新潟の夏期講習会に行かなければならない。そして今もう五時すぎだ。仕度もあり、気がせいてとてももう書いていられない」と書き、「改造」追悼号では、「いま私は新潟で三日間の講演をすまして来た帰りで大へん労《つか》れているから、これでよす」と書いた。これは、芥川に対する消極的な否定で、なるほどこういう追悼の方法もあるのだ。みんなが「偉い偉いびっくりした」と賛美しているなかで、こういう態度をつらぬける里見弴はたいしたものである。

芥川がいう「ぼんやりした不安」を「ブルジョワ文学の敗北」と規定する宮本顕治の論文は、芥川を超克すべき対象としてとらえる政治主義で、自然主義の作家からは、芥川は「人生をよく観察しない」として不評であったのも確かである。

第五次「新思潮」同人であった中戸川吉二は、芥川を、好人物ではあるが気の小さな人で、「天才的ですらなかった」と断じている。かつての文学仲間であった日夏耿之介《こうのすけ》は「文藝春秋」追悼号で、「予は芥川を以て新宿辺の牛乳屋のひとり息子と記憶し」と書き、追悼文の底にチラチラと悪意がかいま見える。「芥川の近年の身辺には予のみにとっては確実明瞭《めいりよう》に芸術的不快を感じる人々が大分交っていたので、我儘《わがまま》な予は通夜《つや》にはいかなかった」と弁明し、「書き残した点は『三田文学』に書く」とあるから「三田文学」追悼号を読むと、「通夜には行かなかったが葬式には行った」とあり、そこでいやな連中に会ったとして、葬儀の巨大な花輪がよくない、とケチをつけている。芥川の「手記」に関しては「恐らく地獄から（自殺した者は地獄へ行く）手を出してあの文章に真赤な訂正を加えたがっている事だろう」とあった。

その「三田文学」では、先輩格の水上滝太郎《みなかみたきたろう》が追悼しているが、ある程度芥川をほめつつも、死ぬ前の芥川にむかって「あなたは大変疲れている。文字に気力がありません」と忠告したという。誠意を装いつつも芥川に対して優位に立とうとしている。死者に対して過度の思いいれをすると自分の立場をすくわれるが、ちょっと自慢しても足をすくわれ、このへんが追悼は難かしい。

西田幾多郎は「神経衰弱の結果の厭世《えんせい》であると解釈したい」と評し、小島政二郎は「芥川は父ちゃん小僧だ」と評し、徳田秋声は「学生的だった」と評した。

芥川が生前追悼した相手に、岩野泡鳴《ほうめい》がいる。「愛すべき楽天主義者だった」という内容で、岩野泡鳴が自分の本が芥川の本より売れない理由を「僕の小説はむずかしいからな」といったことを、少々からかっている。

森鷗外《おうがい》、島木赤彦《あかひこ》、滝田への追悼もあるが、いずれも客観的で、たんたんとして即物的でありながら、死者への思いが深い。芥川への追悼のうち、生田長江の「あまり書きたくない」、薄田泣菫《すすきだきゅうきん》の「芥川氏は生きることに飽きたのだ」、室生犀星《むろうさいせい》の「いま自分は疲れていて、何も言うことはない」という即物的な追悼の気分は芥川にも同質である。佐藤春夫の「君の玉砕を惜み悲しんでいる」という追悼文にも、これに似た諦観《ていかん》がある。芥川が、死後、妻文子と結婚させたいとまで願った親友の小穴隆一は、いくつかの短い追悼文を書いているが、とり乱していて、それゆえに哀切である。小穴隆一は、芥川のデスマスクを描いた画家で、死の床に横たわる芥川の肖像は鬼気せまるものがある。

斎藤茂吉は、「悼芥川一首」と題して、「むしあつくふけわたりたるさ夜なかのねむりにつぎし死《シニ》をおもはむ」と詠じ、飯田蛇笏《いいだだこつ》は「芥川龍之介を弔う」と題して「たましいのたとえば秋のほたるかな」と詠《よ》んだ。芥川の辞世の句は「自嘲《じちよう》」と題して「水洟《みずばな》や鼻の先だけ暮れ残る」である。

芥川を追悼しつつ、本質的批判を展開したのは谷崎潤一郎であり、友情あふれる哀悼をしたのは萩原朔太郎《はぎわらさくたろう》である。この両者の芥川への思いいれは、表裏一体となって激しく、霊界の芥川を震撼《しんかん》せしめたはずである。

谷崎は、「改造」追悼号で芥川が亡《な》くなった七月二十四日という日は自分の誕生日である、という因縁を述べ、「私は君に対して佐藤春夫に対する如《ごと》くザックバランになれなかった」と反省し、中学、高校、大学も同じで、「先輩扱いされながら私は一向頼みがいのない先輩であったことを恥じる」と哀悼した。と同時に同じ「改造」の別の欄「饒舌録《じようぜつろく》」では、「『手記』に発表されたところだけでは、哲学的であるとは言えない」

と切り捨て「故人の死にかたは矢張り筋のない小説であった」と、死してなお芥川との論争（谷崎が〈筋の面白さ〉を主張し、芥川は〈話らしい話のない小説〉を主張した）にけりをつけようとした。芥川の作風には悪魔が狙《ねら》いそうな弱々しい傾向が見えたという谷崎は、さらに次号の「改造」で、「芥川君は実際小説家ではなかった」と断じるのである。「小説を書くには不向きな人だった」と。「たとえばエッセイストになったらどうだったろう」と谷崎は書きすすみ、「エッセイストになったとしても、果たして自己の信ずるところを無遠慮にズバズバ言い切れたかどうか」とまで書いた。谷崎は、結論として芥川の小説は「喘息病《ぜんそくや》みの息のようなもの」という。こんなことをズバズバ書くのだから、生前の芥川とザックバランに話せばもっとひどいケンカになっていただろう。萩原朔太郎は、逆に芥川批判から書き始めている。朔太郎が芥川のことを「詩人ではない」と言ったことに関して芥川が怒り、芥川は小穴隆一や堀辰雄《たつお》といった「大勢の若い壮士」を連れて怒鳴りこんできた。朔太郎は、芥川の背後に立つ若い壮士が「イザといえば総がかりで私に摑《つか》みかかって来るのだ」と思い、「復讐《ふくしゅう》にきやがった」と観念した。芥川と言いあいになり、かたくなな警戒をしてきた。しかし、芥川の死に接した朔太郎は、敢然と自己の偏狭を恥じ、「自分の胸中を打ちあけて語るべき真の友人は芥川だった」と悟るのである。これは絶叫に近い追悼であり「だれが真に完全に、自分自身の主人になり得るか」と問うのである。「見よ！　ここの崇高な山頂に、一つの新しい石碑が建ってる。いくつかの坂を越えて、遠い『時代の旅人』はそこを登るであろう。そして秋の落ちかかる日の光で、人々は石碑の文字を読むであろう。そこには何が書いてあるか？」と朔太郎は慟哭《どうこく》した。

芥川への追悼は、小説家、詩人、俳人、歌人、批評家総がかりで、原文だけで部厚い一冊の調書ができる。それは綿密なアリバイ工作を企《たくら》んだ才人を、同時代の作家があの手この手で自供させようとした格闘に思える。

芥川の死は、理智《りち》的で技巧的なものの破綻《はたん》でありつつ、思考の迷路はなかなかしっぽをつかませず読者を眩惑《げんわく》した。芥川は自己の神格化をはかり、自分の死を客観化させようとし、この企みは決定的に「新しい」ものであった。芥川を追及する側もまた自己の立場を弁明しなければならなかった。

自殺未遂をくりかえしたはて、やっと自殺した芥川の死顔を見つめながら、文子夫人は「お父さん、よかったですね」ともらした。どの追悼よりも、芥川にはこの言葉が重かったのではないだろうか。

芥川龍之介（明治25年3月1日―昭和2年7月24日）
小説家。東京生れ。『羅生門』発表後、『鼻』を夏目漱石に激賞され、新進作家として出発。『地獄変』『藪《やぶ》の中』『奉教人の死』などの短編小説の傑作を発表。将来への「ぼんやりした不安」のため自殺。

若山牧水
アル中患者を成仏《じょうぶつ》させる

3年9月17日

牧水といえば

白玉《しらたま》の歯にしみとほる秋の夜《よ》の酒はしづかに飲むべかりけれ

の歌がまず頭に浮かぶ。牧水は酒と旅を愛した歌人というイメージがあるが、実際はどうだったのか。牧水への追悼を読むと、いささか事情が変ってくることに気がつく。

若山牧水が酒を本格的に飲み始めたのは二十三歳あたりからである。学生のころは金がなかった。早稲田《わせだ》大学を卒業し、中央新聞社に入社すると、稼いだ金で酒を飲めるようになった。中央新聞社を半年ほどでやめて、東雲堂書店から依頼された詩歌雑誌「創作」の編集長をひきうけ、さらに収入が増えると、飲みに飲んだ。東雲堂は小さな出版社であったが、石川啄木《たくぼく》の歌集『一握《いちあく》の砂』『悲しき玩具《がんぐ》』や北原白秋の『思ひ出』を出版する気鋭の版元であった。

牧水の飲みっぷりは、全盛時は一日二升五合であったから並みではない。連日、一日二升五合飲んだ。飲みすぎて肝臓を悪くして数え年四十四歳で死んだ。

死ぬ三年前の九州めぐりの旅では、

「五十一日の間、殆《ほと》んど高低なく毎日飲み続け、朝、三四合、昼、四五合、夜、一升以上というところであった。而《しか》してこの間、揮毫《きごう》をしながら大きな器で傾けつつあるのである。また、別に宴会なるものがあった。一日平均二升五合に見つもり、この旅の間に一人して約一石三斗を飲んで来た」（『九州めぐりの追憶』）

これでは肝臓をこわすのは当然である。牧水は、アルコール依存症であった。幾度も禁酒を誓ったが、一生やめることができなかった。こういう人物が死ぬと、友人は「あいつは、酒にもっていかれた」「酒さえひかえればもっと長生き出来た」「酒は才能をむしばむ」と自戒しつつ、死を悼《いた》む。牧水の酒はあきらかに度をすぎていた。

アルコール依存症患者は全身からツーンとすえたにおいを発散し、その悪臭は十メートルぐらい離れていても鼻をつまむほどである。生ゴミのような腐ったにおいが全身からたちこめる。そこには、有名な牧水の歌、「白玉の歯にしみとほる秋の夜の酒はしづかに飲むべかりけれ」からくる清澄《せいちょう》なイメージはまるでない。この歌は牧水が二十六歳のときのものだが、このとき牧水はすでにアル中で療養中の身であった。この年、牧水は、小諸《こもろ》の田村病院の二階の一室で、岩崎医師の治療をうけていた。この歌はその病室で独酌をしていたときの作である。牧水は、生涯のうち三百首に余る酒の歌を詠《よ》んだ。私の好きな歌をいくつかあげてみる。

石ころを蹴り蹴りあるく秋の街落日《らくじつ》黄なり酔醒《よいざめ》の眼に
指さきにちさき杯もてるときどよめきゆらぐ暗きこころよ
酒やめてかはりになにかたのしめといふ医者がつらに鼻あぐらかけり
癖にこそ酒は飲むなれこの癖とやめむやすしと妻宣《の》らすなり
　朝酒はやめむ昼ざけせんもなしゆふがたばかり少し飲ましめ

瀕死《ひんし》の牧水を見舞った土岐善麿《ときぜんまろ》は、「牧水は遂々酒に生命を奪われた」とその無念を正直に吐露した。牧水の才能を惜しむ友人は、みな同じ感慨を抱いたはずである。牧水じしん、大正十年に「罹病《りびょう》禁酒」と小題をつけた歌を数首詠んでおり、禁酒しようと懸命の努力をした。「癖で酒をのむのだ。この癖をやめるのは容易なのだ」と書いている。牧水の酒に一番胸を痛めたのは喜志子夫人であった。牧水は喜志子夫人の前で何度も禁酒を誓うのだが、どうしてもやめられなかった。牧水には〈旅と酒を愛した詩人〉という評価がつきまとう。けれども、実態はそんな悠々としたものではなく、悲惨であっ

しかし、酒が原因で死んでしまうと、人々はその酒をたたえるのである。これが癌《がん》や結核ならばこうはいかない。「酒に生命を奪われた」と悲憤慷慨《ひふんこうがい》した善麿も「彼は酒と融合同化してしまったのだ」と納得しようとした。

北原白秋は「若山君、私たちは君がこう突然に逝去されようとは全く思いかけなかったのです。私たちは君を失ってひさしく驚駭《きょうがい》すると同時に君のため歌のために歌壇のために痛惜の情禁じえません。君の一生は専《もっぱ》らに短歌の一道にかかっていられた。君は恬淡《てんたん》にして真率辺幅をかざらず常に飄々《ひょうひょう》として歌に執し旅に思いまたひたすら酒に楽しんでいられた。自然を愛しその寂寥《せきりょう》を寂寞《せきばく》とする心は君の本質であられた。君のかぎりなき光茫《こうぼう》にここより発せられまたすえながく映照することと信じます。おそらく君を敬慕する後進の君の遺風を奉ずることと更に切なるものがあられることと思われます。君を憶《おも》うと朗々たる君の吟声はいまなお私たちのみみに新なるをおぼえます。私たちは君をふかく哀傷し心から私たちの弔辞をささげたいと思います」と遺霊によびかけた。

岡本かの子は「自然を御飯のように食べた。お酒のように飲んだ」と文学的追悼を書いた。

酒を飲めない荻原井泉水《おぎわらせいせんすい》は、追悼文のなかで、「私は酒というものを持っている君が幸福のようにすら感じた」と書いている。井泉水は牧水に会ったのはたった一回だけで、詩歌壇のつきあいで書いた追悼文だが、こういう感じ方は、牧水とつきあいのない歌壇俳壇の人に共通した感想であったろう。「幸福のようにすら感じた」というのは、基本的な認識が「不幸である」という意味である。

牧水の死に対しては、厖大《ぼうだい》な追悼文が残っている。手もとにある資料でも、百六十九篇の追悼がある。追悼文は早稲田大学関係者から、明星派、アララギ派まで多岐にわたる。そのうち、著名詩人、歌人は十五名ほどで、あとは知られていない人が多い。それは牧水が長く詩歌雑誌「創作」編集にかかわっていたためで、「創作」編集部は、歴代の寄稿者の多くに追悼文を依頼した。

また、牧水は新聞雑誌歌壇の選歌を多くやっていた。大正十五年には、東京日日新聞、読売新聞、東京時事新報、国民新聞、万朝報《よろずちょうほう》、大阪時事新報、信濃《しなの》毎日新聞、中国民報、九州日日新聞、富山日報、静岡新聞、中国新聞、福岡日日新聞、大分新聞、北海タイムスの十五紙、「主婦《しゅふ》之《の》友《とも》」、「少年倶《ク》楽《ラ》部《ブ》」、「婦人之友」の三誌の選者であり、毎月の選歌料は合計三百二十五円であった。当時のサラリーマンの平均月収が六十円であったことから考えると、選歌料だけで、かなりの収入になった。月々に目を通す投稿ハガキは数万枚にのぼった。百六十九篇の追悼文は、歌壇隆盛であったこの時代の証明でもある。

師の尾上柴舟《おのえさいしゅう》は、「目ざめなばまたも飲まなと酔ひつつも入りにしとはの眠しよしも」「など此処《ここ》にあるかと君の驚かむ酔ひて入りにし夢のさめなば」と酒をおりこんだ挽歌《ばんか》を送った。

高須芳次郎《たかすよしじろう》は「酔倒《すいとう》す君と吾木枯《われこがらし》寒き哉《かな》」「湯豆腐に淡如たる酒や霧の朝」という酒の句で牧水を懐《なつ》かしんだ。

金子薫園《くんえん》は「酔ひてうたふ君が声音《こわね》はあめつちの何処《いずこ》にもまたきかれずなりぬ」と悼んだ。

そのようななかで、吉井《よしい》勇は、六首の酒の歌を献じている。この歌はしんみりと胸をうつ。

洛陽《らくよう》の酒徳おほかたは世を去りてわれのみひとり酔へるさびしさ
おどろきぬふと杯《さかずき》にたたへたる酒にうつりし牧水の顔
牧水も逝《ゆ》きて今年の秋さびし酒に酔へども旅に往《ゆ》けども
牧水も仏となりぬかなしやとこころばかりの酒たてまつる
酒みづきたんなたりやとゆくわれをとがめたまはずこれの仏は
牧水は歌の仏の酒ぼとけ旅ぼとけゆゑありがたきかな

著名歌人の酒の歌や句にまじって、多くの知人が酒をおりこんで追悼すると、牧水のイメージは酒神とみまがうばかりに変身する。吉井勇には「酒ぼとけ」とまで言わせた。

そこにはアルコール中毒患者として苦しむ牧水はいない。酒は歌や句に詠みやすい。追悼者は、自分の歌の腕を見せつけるように、競って酒をおりこんだ歌を作った。

牧水には「旅の詩人」といった評価も定着しているけれども、旅の多くは揮毫行脚《きごうあんぎゃ》であった。五十一日間で一石三斗を飲んだという九州の旅も揮毫の旅であった。全国各地で揮毫頒布《はんぷ》会を催して金を稼いだ。短冊《たんざく》一枚三円、色紙一枚四円、半折《はんせつ》一枚五円であり、一日に二十枚、三十枚と書いて売って歩いた。これを連日やって多額の金を稼いだ。大正十四年に、沼津に土地を買って豪邸を建てたとき、その土地代は七千二百九十六円であった。その金は揮毫頒布で儲《もう》けたものである。

中腰になって毎日何十枚の半折を書くため、この揮毫頒布の旅はかなりの重労働で、酒を飲んでやらなければばからしくなったろう。晩年には自前で雑誌「詩歌時代」を発行したから、そのための費用も捻出《ねんしゅつ》しなければならなかった。

牧水の旅の実態は、よく揮毫した、

幾山河《いくやまかわ》越へさり行かば寂しさの終《は》てなむ国ぞ今日も旅ゆく

とはまるで違ったものとなった。一枚書くたびにいくら、いくらと牧水は計算したはずである。そこには「みなかみ紀行」のときのような、きらめく放浪詩人としての牧水はいない。商売人としての牧水がいるだけである。

「詩歌時代」は、萩原朔太郎《はぎわらさくたろう》、室生犀星《むろうさいせい》、堀口大学、高村光太郎、北原白秋といった当代の人気詩人と歌人三十名以上をずらりと揃《そろ》えた商業雑誌であり、創刊号は一冊六十銭で売った。牧水の予想に反してまるで売れず、大きな負債をかかえることになった。筆者への原稿料を払えず、原稿料にかえてアジの干物《ひもの》を送った。そのことは島田青峰の追悼文「鯵《あじ》の干物の味」に書いてある。執筆者は職業詩人と歌人であり、原稿料を支払わずにすむ同人雑誌とは訳が違う。

牧水が経営する雑誌社から、原稿料としてアジの干物が送られてきたのには、みな、びっくりするやら、あきれるやらしたはずである。人がいい島田青峰は「アジの干物の塩かげんのうまさは、今もなお容易に想起することができる」と追悼するけれども、おおかたの寄稿者には、「沼津の豪邸で大酒を飲み、原稿料にアジの干物を送る男」という印象が残った。当然ながら原稿はおざなりな内容になる。「詩歌時代」は六号で終刊し、一万数千円の負債が残った。借金を返すために、また揮毫旅行に出なければならない。

躰《からだ》はアルコールにむしばまれ、手がブルブルと震えて筆が持てない。震えをおさえるために、また酒を飲む、という悪循環のなかで、牧水は死んだのである。死ぬ前年の「創作」には、「単に脚が痛むのみならず、頭がすっかり駄目になっております」「いやな行脚を始めて以来の積り積った疲労がこうした形をとって表れて来た」と書いている。白秋への手紙に「手ふるえて字書けず」とも書いている。医者には、肝臓だけでなく、心臓、血圧も悪化していると厳重に注意された。

このころの牧水の歌は、

止《や》むべしとただにはおもへ杯に匂《にお》へるこれのまへにすべなし

われはもよ泣きて申さむかしこみて飲むこの酒になにの毒あらむ

といったもので、酒と格闘している様子がみられる。

室生犀星も追悼のなかで「原稿料に代えた沼津の干物の贈物が、干物好きの自分の陋《ろう》居《きょ》に到《とど》いたのも『詩歌時代』の続刊中であった」と、アジの干物にふれている。感謝をする形式の追悼文だが言外に嫌味が感じられる。追悼文でアジの干物を感謝されるのは牧水にとっては本意ではないだろう。犀星はつづいて言う。「萩原（朔太郎）と自分とは今でもそうであるがその頃は取り分け兄弟のように暮らしていた。若山君が萩原の宿に来て、三人で酒を飲んで、酔うた後に昼寝をしてから又飲み始めるというふうに、酒がいつも自分と若山君の間にあって、若山君の芸術上の意見や思慮を聴く暇がなかった」と。犀星との仲は、酒は友情をあたためるどころか障害となっていた。

朔太郎は「追憶」と題して「牧水氏との友情は、さまで親密とは言えないながら、お互いに深い敬愛と好情とを感じ合っていた」と追憶している。牧水が朔太郎の前橋の家へ訪ねて来たことがあった。朔太郎はおりあしく外出していた。応対に出た朔太郎の父に、物乞《ものご》い坊主《ぼうず》のような汚い男が、「朔太郎君はいますか」と訊《き》いたため、父は、てっきりなにかの不良記者かゆすりの類《たぐい》と考え、すげなく追い返してしまった。帰宅した朔太郎は、父の話から、その男が牧水だとわかり、「あの人が有名な若山牧水ですよ」と言った。それを聞いた父は驚き、捜し廻ったが、もう牧水の姿は見あたらなかった。朔太郎は、「わびをしたかったこと」としてこの話を書いている。こういった牧水には牧歌的で漂泊する詩人の面影がある。

牧水には若いころからアルコール中毒の気があった。学生時代からの友人窪田空穂《くぼたうつぼ》はこう回想している。「君はまた、なぜそう酒を飲むのだときくと、若山君はまじめな顔をして、そんなことは言ってくれるな、朝、目が覚めると、何《ど》うにも寂しくてたまらない、少し飲むと、ようよう普通の心持《こころもち》になれるのだからといった。もうアルコール中毒を起こしていると見えると、私は嘆息して、二十代の若山君の顔を今更《いまさら》のように見た」と。

牧水の酒は、荒れたからみ酒ではない。しかし、呵呵大笑《かかたいしょう》する悠々たる酒でもない。根には、不満と淋《さび》しさがある。もの足らぬ心をいやす酒である。ほとんどの人は、一日二升五合の酒を飲めば翌朝は反省して酒をひかえる。大酒を飲んで目をさませば、気恥かしさと自己嫌悪《けんお》におちいるものだが、牧水は、自己嫌悪をうち消すために朝からまた飲みはじめた。そういう悲しい酒であった。そのことを河井酔茗《すいめい》は、

君はいのちを
酒に捧《ささ》げ
君はいのちを
歌に代えぬ

と追悼した。

百六十九篇の追悼のほとんどが、牧水を酒の歌人として、また旅の詩人としてたたえたものである。追悼によって、牧水の悪酒はたぐいまれなる美酒に生まれ変った。追悼が牧水のイメージを一新した。

牧水は死ぬ寸前まで酒を飲んでいた。病床にあって「もう一杯飲ましてくれ。そしたらよく眠るから」と喜志子夫人に言った。死ぬ前日は、朝二〇〇cc、昼二〇〇cc、夜二〇〇ccの日本酒を与えた、と主治医の稲玉信吾は報告している。臨終を目前にした牧水は客にも日本酒やビールを出すよう気をつかった。そのときには、歯が汚れ、口内炎も

あって、悪臭がひどかった。臨終のとき、喜志子夫人は、コップ一杯の酒をとりよせて牧水の唇をしめした。つぎに子供たちにそれをならわせ、順次並んでいる人達に願い出て、牧水の唇をしめらせた。末期《まつご》の水ではなく、末期の酒であった。

牧水の死に顔は、酒を飲んでいたため血色がよかったという。喜志子夫人は「逝《い》った人は或《ある》いは死の自覚がなかったかもしれない。またあったのかもしれない。彼の死を知っていた私には、すべてあのままでよかったのだ」と追懐している。このことを歌人の高久耿太は、「臨終の床に、末期の酒を最後に捧げた時に、かすかに舌なめずりをしておられた。あの瞬間まで味ってゆかれたのだ」として「憶良《おくら》、山陽《さんよう》、李白《りはく》、酒の詩人は東西に多いけれども、この人の酒にのぞむさまは稀《ま》れなものであった。酒に親しみ酒をいとしみ、そして自然の一木一草に対すると同じ様な心の純真さを酒にもよせておられた」と持ちあげた。

牧水は懊悩《おうのう》の青春時代を過ごし、失恋し、貧乏に苦しみ、酒に親しんだ。後半生はアルコール中毒患者であった。牧水にとっては、酒を飲むことは、生きながら自己を葬《ほうむ》る作業であった。

牧水の最後の歌は、

酒ほしさまぎらはすとて庭に出《い》でつ庭草をぬくこの庭草を

であった。

喜志子夫人は、棺のなかに、酒をなみなみとついだ盃《さかずき》を入れ、「これを唇のそばにおきます。御安心なさって、お静かに悠々と、お心のゆくままにどこまでも、どこまでもお行きになって下さいまし」

と語りかけた。

若山牧水（明治18年8月24日—昭和3年9月17日）歌人。宮崎県生れ。歌集『別離』で自然主義的傾向の新しい歌人と注目をうける。酒と旅を愛した歌人として親しまれ、その歌はひろく愛誦《あいしょう》されている。歌論や紀行文の著作も多い。

小山内薫
役者は死人にすがりつく

3年12月25日

小山内薫《おさないかおる》が死んだのは昭和三年のことで享年《きょうねん》四十七であった。小山内は二代目市川左団次と組んで自由劇場をおこし、のち土方与志《ひじかたよし》らと築地《つきじ》小劇場を設立した。新劇の祖である。

小山内は小説家として出発したため、谷崎潤一郎や上田（円地）文子、里見弴《さとみとん》はじめ、久保田《くぼた》万太郎、水上滝太郎らから追悼がよせられたが、小山内と関係があった役者たちの追悼も多かった。役者は舞台の上の芸を本職とするため、文章を書くのは苦手である。みな呻吟《しんぎん》している。その気分を代表しているのは友田恭助の追悼「孤児として」である。

「先生がなくなられたについて私は今までどうしてもお断りしていました、物を書く事と、話をする事の二ツを無理にさせられてしまった。元来役者が舞台以外に演壇に立ってシャベッタリ、物を書いたりする事は、特別の人をのけては不適当と考えられます。それに自分の馬鹿《ばか》を人様にその機会でもないのに自分から発表するものはないと思うので、今までは方々からの御頼みをお断りしていたのです」

プロの文士なら、こんな前書きは書かない。はっきりいって悪文である。友田はこういった事情をめんめんと書き、なぜ追悼が書けないのかと弁明する。ならば書かなければいいが、書きたくない事情を書いているのだからしかたがない。いらいらするものの、最後に「我々は孤児です」と書いた。役者は故人にすがりつく芸がある。友田は、小山内がいなくなった築地小劇場の劇団員を「孤児だ」と言うのである。このひとことを捜すために、友田は苦しんでいた。悪文だが真情がある。こういった気分は、追悼を書かなかったほとんどの役者たちも抱いていたのではないだろうか。

もうひとつは、なれない追悼を書くためにむやみと緊張しすぎた守田勘弥《かんや》「小山内先生を憶《おも》う」である。まず、

「小山内先生が我国の劇壇に於《おい》て、あらゆる方面に就《つい》ての革新運動の先駆者で、且《か》つ実行者であった其《そ》の功績を、今更のように私共が述べたてる要はありますまい」と書き始める。論文調である。カタくなっている。故人に失礼にならないようにという配慮が先行して、追悼が硬直している。中学生が無理に書かされた作文の宿題という感じがある。しかし、勘弥が背のびをして書く追悼文には、正直でりんとした尊敬の心があふれている。「(小山内)先生の地位である以上、かくかくせよ、こうするのだと言われれば、私共は絶対に服従せねばならず、且つまた先生の体験と見識を以《も》ってして、我々がそれに

反対出来るものではない」と独白している。

演出家や劇作家は、さまざまな側面から小山内の業績を追悼した。曰《いわ》く翻訳文のうまさ、曰く「無形劇場」の反営業主義、曰くスタニスラフスキーやメイエルホリドとの邂《かい》逅《こう》、曰く近代演劇運動と表現主義、と、さまざまである。雑誌「築地小劇場」には、里見弴、長田秀雄《ひでお》、秋田雨雀《うじやく》、藤森成吉、北村寿夫《ひさお》、土方《ひじかた》与志、上田文子といった人々の追悼文にあわせて、俳優もまた追悼を書いた。築地小劇場の演劇は演出家主導であり、俳優はただついていくだけであった。ここには演出家＝知識人、俳優＝無学な人という暗黙の了解構造があった。「役者は黙って演出家の言う通りついてくればいい」という演出家主導の発想は小山内薫に始まった。小山内は映画監督もやったがこれにも似た要素がある。小山内は歌舞伎《かぶき》でも新派でもない新らしい演劇概念を提唱し、ゴードゥン・クレイグの論に拠《よ》って、演出家の必要を説いた。他の演出家の追悼が論文調になるのはそのためである。

高田保は「誰が先生の足跡を嗣《つ》ぐかすぐさまこの問題である。哀傷と同時に決心が出発しなければならない」と追悼で檄《げき》をとばし、それに応《こた》えるように土方与志は「先生の純真な愛と厳格な意志を飽くまで継承して泉下の同志の意図を裏切ることとなからんことを固く覚悟している」とたからかに宣言した。

小山内の厳格な演出ぶりは、俳優の東屋三郎がつぎのように追悼している。東屋は自由劇場のころ「かしこまりました」というたった一つの台詞《せりふ》をしゃべるだけの役にもかかわらず、苦労したことがあった。あるとき、東海林亘という俳優が稽古《けいこ》のとき気の入らない読み方をした。すると小山内は「君は作家を尊敬する気にはなれないのか。芝居を演じる者は、先《ま》ず、原作者に礼をつくすことを一番に知らなければならない。君はその態度を恥ずかしいとは思わないのか」と叱責《しっせき》したという。こういった演出現場での呼吸は、俳優でなければ書けない。

文士は、うまい追悼文を書く。演出家は偉そうな追悼文を書く。興行主は如才のない追悼文を書き、旧友は若き日を語る追悼文を書く。歌人の佐佐木信綱《のぶつな》は、挽歌《ばんか》として「星しろき夜を池の辺の岩に倚《よ》り学生服の君とかたりし」と捧呈《ほうてい》した。みな芸がある。文章では役者は、どういう追悼をすればよいか、となると、みんな苦労している。文章は役者の本業ではないけれども、役者としても芸は見せたいというのが本心だろう。

山本安英《やすえ》は、松竹が「現代劇の女優」を募集したとき応募して、百人のなかからの五人に選ばれた。そのときの審査員に小山内薫がいたことにふれ、「何の素養もない貧弱な小さい私が、不思議にも採用されたときの嬉《うれ》しさは今だに忘れる事が出来ません」と回想した。その後の小山内からの薫陶《くんとう》にふれながら、「先生がお亡《な》くなりになってしまって、まるで親に別れたような悲しさ、寂しさを感じております」と書いた。

田村秋子はこう追悼した。

「我々はもうあの先生をお探しすることは出来ないのです。情けないことです。どうしようもない気持が私を唯泣《ただな》かせます。そうして私の貧弱な人生観を変えようとさえします。私は突然あんまり急に放り出されたのです。一ッ事に当る度に、なさけなさ、寂しさ、たよりなさを覚えます。一人歩きの出来ない私は全く困惑します。そうして先生の偉大さを深く感じるのです」

女優はうまい。死んだ人に涙で甘えてみせる。山本安英や田村秋子の追悼を小山内が聴けば、棺桶《かんおけ》から出てきて、抱きしめたくなっただろう。この二人は、一見小学生の作文のような、つたない文章を装いながら、そのじつ、したたかに読む者の心をつかむ。

小山内は、築地小劇場の劇団員の給料を払うために、自分の全集を抵当にして、出版社に前借りを申し入れた。しかし、劇団内で人望はあっても、演劇界、文壇には敵が多かった。築地小劇場発足の一ヵ月前に、慶応大学で開かれた演劇講演会でも舌禍《ぜっか》を招いた。「日本の既成作家の作品は演出欲をそそらないから、当分、日本のものは上演しない」と発言し敵を作った。

中村吉右衛門《きちえもん》は、「昨春母を亡し、大典後先生の訃《ふ》に逢《あ》いました。いろいろと御教導に預りました先生に対し、報ゆる事の出来なかったのは実に残念でなりません。どうかこの上は三人の御子息の身の上に幸あらん事を祈ると倶《とも》に、謹んで哀悼の意を表します」と、電報文のような追悼を寄せた。文面はていねいだが、いかにも、義理で書いたという感じで、冷たい。追悼のタイトルも「忘れられぬ昭和三年」で、「忘れられぬ小山内薫」ではない。役者は人に対する感情がはっきりとしている。しかし、吉右衛門は、追悼を寄せたぶんまだ好意的であって、当時の歌舞伎役者のおおかたは、小山内にあまりいい感情を持っていなかった。

小山内と組んで自由劇場をおこした左団次にしたところで、興行に失敗して公演は定期にできなかった。左団次は、自由劇場をおこす一年前、明治座で革新興行をおこして、切符を誰でも窓口で買えるようにした。筋書、下足、茶、を無料として、祝儀《しゅうぎ》は受けとらなかった。この改革はそれまでの観劇を仕切っていた茶屋の猛反発にあい、左団次のもとへ脅迫状が殺到した。茶屋がしむけた壮士が、ピストルを持って左団次をつけねらった。あげくのはて、ヤクザ者に公演中の客席で暴れられて、芝居は一ヵ月で撤退した。旧弊と闘う左団次は歌舞伎界の問題児であった。自由劇場の旗あげも、小山内主導というより、左団次がねじこんだというのが実情だ。そういった左団次と組む小山内を、歌舞伎役者が警戒するのはむしろ当然のことである。

小山内は東大英文科出の秀才で、明治四十年に第一次「新思潮」を刊行して、西洋演劇の教養で他を圧していた。性格が温厚で、人にやさしく接する坊《ぼっ》ちゃん育ちであるが、時おり癇癪《かんしゃく》をおこした。子どものころは近所のこどもたちに「坊ちゃん」と呼ばれ、本ばかり読んでいた。十歳のときに熱病をおこして躰《からだ》が弱くなった。

演出の最中にはよく居眠りをしていびきをかいた。いびきをかいても眠っているわけではなく、役者の台詞は聞いていて、ときどき目をさまして、注文を出した。その意見はいつも的を射ているので、小山内がいびきをかいていても、役者たちは油断できなかったという。役者の中には、小山内がいびきをかくと進行が早くなるといって喜ぶ者もいたが、居眠り演出を手前勝手だと言って怒る役者もいた。

小山内の武器は、雑誌「劇と評論」を刊行していたことである。この雑誌に海外演劇の動向とともに劇評を書いていた。朝日新聞に劇評の欄を持っていたことも強みだった。

中村福助は、「小山内先生とはあまり親しい程の御交際も有りません」と前おきしながらも、「いつもいつも朝日の劇評には敬服いたしております。事こまやかに急所急所を指示して下さいますので、それに従ってなるべく直すようにしていました」と回顧している。「人をそらさない話し振りで、何時《いつ》もにこやかなよい人でした」と。また、こうも書いている。「お恥しい話ですが、私は新聞はよく読みますが書籍は余り読みませんのです。ところが『劇と評論』は創刊号からかかさず送って頂きました御厚意から熟読いたしました」。

福助の追悼は素直である。かざったところがなく、あるがままを書いている。だから、かえってこの時代に小山内薫がいた位置が見えてくる。

演出家のスローガン的な追悼よりも役者の追悼文を読んでいるほうが、本人の顔が見える。これは不思議な現象だ。劇作家や演出家の追悼には、こと細かに小山内の業績が書かれているけれども、かんじんの本人の顔が見えてこない。そこからは、「近代劇を創立させた偉大な人物」という概念としての人物が浮かんでくるだけである。

市川猿之助は追悼「小山内先生の思出」をこう書き始める。

「私が小山内先生と、最初に知り合いになったのは、日露戦争の当時で、私の十七八の時でした。その頃の先生は大学に通っていられたし、私は又中学校時代であったので、何かにつけて、接近し合う機会が多く、私達はすぐ親密な仲になってしまいました」

嫌味のない、いい文章である。猿之助は、小山内にいろいろなことを教えられたことを書きつらね、それが二十五年の月日になったことを思いおこして、「二十五年……これが夫婦の間柄なら丁度銀婚式が挙げられる時です」と書いた。こんなことは、小山内をひきついだ土方与志でも書けない。高田保も書けない。伊藤熹朔《いとうきさく》も書けない。教養ある知識人は、恥ずかしくてとてもこんな感傷は書けないというのが本音だろう。猿之助はさらに書く。「そうなったら親しみは一層増すことでしょう。これからは尚《なお》の事、御相談相手になって戴《いただ》かなければならないと思っていました。その先生に突如、逝かれてしまったのです。……私は本当に淋《さび》しい、思い出はつきません。……只々此上《ただただこのうえ》は先生の冥福《めいふく》を祈るばかりです」。

猿之助は、小山内薫という人間の息づかいにまで思いを馳《は》せている。猿之助にとっては、小山内の歴史的意義よりも人間が恋しいのだ。

花柳《はなやぎ》章太郎の追悼は「冷たきお手に」と題されている。「二十五日の十一時に久保田先生にわざわざおしらせをうけて先生の冷たいお手にすがった時程……悲しいと云《い》うより病気というもののあまりに無謀なのにふんがいしました」と。章太郎は、「三田文学」にも追悼文をよせ「二階の八畳の白き布の中に横たわった先生のもう冷えきったお手に接したとき、あまりの急変に涙さえ出ず二十分もそのお手にすがって居るうち先生の厚い御教示が思われてしばらくの間おくさまにお悔みも言えなかった」と書いている。

役者は肉体が命である。演出家は頭脳が命である。役者は肉体を追悼し、演出家は頭脳を追悼する。両者をくらべてみれば、役者の追悼のほうが、はるか真情に迫っていることがわかる。

死の前年、小山内はソビエトへ行き、スタニスラフスキーやメイエルホリドと会った。そのときの講演で、小山内は「日本演劇は東洋のあらゆる芸術伝統に西洋劇の技法と歌舞伎様式をとりいれて総合する」と自分の目標を語った。はっきり言って無理な注文で、築地小劇場は小山内の死後一年にして分裂する。

その後、新劇は隆盛期をむかえながらも衰弱していった。それは、演出家に、役者の肉体が欠落していたからとも思える。小山内は、もともとは役者志望であった。身体虚弱で動きも台詞もうまくないので演出家となった。頭脳だけで演劇を創造しようとすると、演劇は衰退する。

　役者という「異形の存在」は、昔も現在も、演出家以上に人の息をすくいとる目がしたたかであり、文章を稚拙に見せながら、そのじつ世界の裏側までめぐり返す術にたけている。肉体を使った文なのである。

　左団次は「三田文学」につぎのような追悼を寄せた。

「小山内君程好《よ》い人は世の中にありません。あの人は直《す》ぐ誰れにでも打ち明けてつき合い、何でも引き受けると云う意気でした。（中略）私の心の底のがっかりしようは一寸《ちょっと》人には解《わか》りますまい。日本の芝居も大へんな損をしています。丈夫でいて呉《く》れた事なら、まだ、どんな素晴らしい仕事でも仕上げる事が出来たでしょうに。（中略）世間では小山内君は随分尊敬されています。これは死後に於てもはっきりわかることで、私は何よりも嬉しいと思っています。けれど小山内君はそれ以上の人でした。私はたった一人であの人のことを考え、其の死を心から悼《いた》みたいと思っています」

「たった一人であの人のことを考える」という恋文のような追悼は、演出家の発想では到底書けるものではない。

　左団次は、小山内より一つ年上であった。雑誌「劇と評論」で追悼した「小山内君の思い出」はつぎの一文で終っている。

「私も五十になりました。これから、実盛《さねもり》ではありませんが、白髪を染め直して再び一働きしようと志した時彼は逝きました。／残念でなりません。／大切の大切の道づれを失いました。もう再び何をしようかと言うこと等考える気になれなくなりました。たった一人に立返ったようで、たまらなく悲しいのです」

小山内薫（明治14年7月26日―昭和3年12月25日）
演出家・劇作家・小説家。広島県生れ。明治42年二世市川左団次とともに自由劇場を興《おこ》し、演劇改新の旗印を掲げる。慶大講師、松竹キネマ研究所所長をへて築地小劇場の創立に関わり、その経営・演出に専念した。

内田魯庵
毒舌家が死ぬと、どう言われるか

4年6月29日

毒舌家が死ぬと、敵対していた人物がどう反応するか。これは世の毒舌家は大いに気になるところであろう。

　内田魯《ろ》庵《あん》と言っても、知る人は少ないだろうが岩波文庫に魯庵著『新編思い出す人々』があり、これは、四迷《しめい》、美妙、紅葉を知るうえでは第一級の回想録であり、明治文学開拓史として痛快このうえない名著である。しかし、四迷、美妙、紅葉がすでに過去の人で、ほとんど読まれていないのだから、そういった人々への思い出話はさらに読まれるはずはなく、魯庵は、忘れ去られた論客である。と同時に、現在、歯に衣《きぬ》きせぬ論を展開している毒舌家たちは、毒舌家という存在そのものが忘れられる運命をしょっているということを肝に銘ずべきである。

　毒舌家は消耗品である。

　時流にのって鋭い警句をとばし、権威にたてつき、反骨ファンのヤンヤの喝采《かっさい》を浴びても、所詮《しょせん》、時間とともに忘れられる。

魯庵は、翻訳家として出発した。ドストエフスキー『罪と罰』、トルストイ『イワンの馬鹿《ばか》』を初訳したのは魯庵である。ロシア文学だけでなく、ポーランド文学の『クオヴァディス』も訳している。アンデルセンも訳している。その後、小説家、伝記作家となり、人生後半は丸善顧問として「學鐙《がくとう》」を編集した。アナーキスト大杉栄の理解者としても知られる。日本初のコピーライターとしての評価も高い。読書家としても知られる。しかし、魯庵を時代の寵児《ちょうじ》にしたのは、辛辣《しんらつ》骨を刺す批判である。文芸時評はもとより、社会風刺の舌鋒《ぜっぽう》は鋭く、世間の人気者をつぎつぎとヤリ玉にあげた。敵が多い。

当時文壇の覇権を握っていた硯友社《けんゆうしゃ》一派がかっこうの敵で、悪く書かれた江見水蔭《えみすいいん》は、「内田の野郎、見つけしだい、足腰がきかなくなるほど打ちのめしてやる」といきまいた。

鉄拳《てっけん》の持ち主で武勇伝なりひびく水蔭につかまれば、小男の魯庵はイッパツでやられたろうが、運よく、水蔭と出くわすことはなかった。

魯庵が死んだのは昭和四年で、享年《きょうねん》六十一である。青山斎場で会葬者六百名余、というから大葬儀であった。死亡通知は、魯庵本人が生前に作っておいたものが発送された。用意周到の人である。無宗派で葬儀をしろとの生前の希望どおり、坊主《ぼうず》（常盤大定《ときわだいじょう》）が、フロックコートで涅槃経《ねはんぎょう》を読誦《どくじゅ》し、女性の独唱を入れ、日本最初の「友人葬」の形式をとった。司会は高嶋《たかしま》米峰で、笹川《ささがわ》臨風の履歴朗読のあと柳田国男、長谷川如是閑《はせがわにょぜかん》の追悼の辞があり、親戚《しんせき》総代宮田脩が謝辞をして、そのあと焼香退出という式次第であった。威風堂々魯庵と親交があった幸田露伴、三田村鳶魚《えんぎょ》、坪内逍遥《しょうよう》に弔辞を依頼すれば、魯庵の葬儀になっただろう。魯庵ならばそれができたはずだが、葬儀の進行は身内がやった。それも魯庵の遺志である。

葬儀司会の米峰は、魯庵の業蹟《ぎょうせき》に、「無条件に敬意を表するものではあるが」として「その志を遂げるに至らずに死んでしまったことが悲しい」という。履歴朗読した笹川臨風は、「かけがえのない至宝であった」と絶賛しつつも「天若《も》し仮《か》すに余年を以《もっ》てしたならば、必ずや大著を完成したであろう」と惜しんでいる。長谷川如是閑は、魯庵を、「江戸ッ子だった」「文士連と一緒に踊りを踊る気になれなかった人」という。「魯庵でも四迷でも外国文学に走ったわけだが、四迷君は余りに現実的でついに帝国主義者となり、魯庵君は余りに高踏的でついに批判的態度に止《とど》まってしまった」「両君ともその意味で悲劇的性格なのだ」と。

身内の友人はけっこう冷ややかである。魯庵は『内田魯庵全集』全十七巻（ゆまに書房）が出るほどの多作多才の人である。しかも六十一歳まで生きながら、もう少し生きていれば大著をものした、と惜しまれる。石井研堂の追悼文に「大著述を遂げさせなかったのが遺憾」とあるのも、その一例である。

一番親しかった友人が、本当のところでは魯庵を評価していない。

三田村鳶魚はこう追悼した。

「いつの寄り合いでも魯庵翁《おう》が居れば賑《にぎ》やかであるし、居なければ淋《さび》しい。それ程座持ちであった。何の話でも上手にする。誰とでも面白く話せる。だからいつでも話の中心になって、魯庵君の周囲へ人が集った。もうこれから後は何処《いずこ》の寄り合いも淋しかろうと思われる。そういう人であったから、交際が広く、知合いが多かった。だが深く話す、親しく交わるというような人は少なかったらしい。どうして少なかったか。それも『思い出す人々』を見ると分る。知己と云《い》う言葉があるが、魯庵君には知己が無かった方ではあるまいか。魯庵君は苦労人であったから、よく人が知れた。けれども其《そ》の相手は充分に魯庵君を知ったものがあったろうか」

毒舌家は、この言葉をもって瞑《めい》すべしである。毒舌家は、つねにすべての対象に対して毒舌を吐くわけではない。本来的にはいい人が、ある部分で意図的に毒舌家に変身するのである。晩年の魯庵は、丸善の「學鐙」編集人としての色が濃い。「學鐙」は文芸的ではあるが、文芸誌ではない。学識的なPR誌である。その編集人として名をなした人物が、バッタバッタと人を斬《き》る、のはどだい無理な話であった。

魯庵が、三文字屋《みもじや》金平の戯名で『文学者となる法』を書いたのは二十七歳のときである。これは、明治奇書とも言える一作で、巻頭に「謹《つつし》みて遼東《りょうとう》の豚の子一匹を今の文学者各位の前に呈す」とあり、硯友社を嘲笑《ちょうしょう》した。

第一、文学界の動静を知る法。第二、文学者となり得る資格。第三、文学者として学ぶべき一般の見識及び嗜好《しこう》並びに習癖。第四、交游《こうゆう》に於《お》ける文学者の心得。第五、著者に於ける心得並びに出版者待遇法。

硯友社を中心とする時代の人気文学者を罵倒《ばとう》した内容で、江見水蔭の書斎と類似する「作家の部屋」をくまなく書き出して「珍の又珍馬鹿不思議」とからかったから、水蔭が怒った。また、徳富蘇峰《そほう》らしき人物を想定して、「文学者となる一方法」として「居留守を使う」ことが特筆されている。へそまがりのうえ、ひがみ根性の人である。

こういう前歴のある人が、「學鐙」編集人になった。これはべつに自己分裂ではない。翻訳、批評の能力にたけた人が雑誌の編集にかかわっただけである。

「學鐙」編集は魯庵ひとりであり、そのころの丸善の広告文案は、魯庵が書いた。活字の組みも校正も自分でやった。メリヤスの広告に「猫も杓子《しゃくし》も皆驚く」と書いた。

飯田美稲は、「アドライターとしての内田さん」と題した追悼文で、魯庵の広告コピーは「広告にたずさわっている人は勿論《もちろん》、広告人でない人が見ても気持ちいい広告は丸善のであった。万年筆の広告なんか実にいいのがあった」とほめている。

魯庵は、飯田に「俺が書けば必ず売れるものがある、けれども俺がそれを書けば、其時は俺のお仕舞の時だ。それは広告に関するものなんだよ」と言った。

大逆事件の幸徳秋水にかかわりながら、そのかたほうではコピーライターなのである。これは魯庵の才能なのだが、魯庵は、広告の仕事を身すぎよすぎの仮りそめの仕事だと考えていた。

千葉亀雄《かめお》は、「先生が考案されたと伝えられた丸善の広告が、どんなに奇驚で、愉快きわまりないデザインであったか」として、魯庵を「水晶以上の多面体だ」と絶賛している。千葉亀雄は雑誌記者として魯庵を訪問し、魯庵の心酔者となった。魯庵は週刊誌に連載した「社会百面相」で痛烈な社会風刺をして、それに快哉《かいさい》を叫んで、執筆を依頼にくる編集者が多かった。千葉亀雄は魯庵を「一生涯を通じての道場破り」として評価し「荆《いばら》の儺《おにやらい》ともいおう苛《か》辣《らつ》な痛罵《つうば》が雨下《うか》し、梟《ふくろう》のように、闇《やみ》を見ぬく破邪《はじゃ》の瞳光《どうこう》が、探照燈《たんしょうとう》のように絶えず敵を求めている」と追悼した。

毒舌家としての評価が高まり、そういう傾向の原稿ばかり依頼されると、書くほうはつらい。痛罵なんて、そうしょっちゅうしてはいられない。読むほうは面白がるが、書くほうはだれかをやっつければ一生の敵になる。五十回書けば五十人の敵を作り、そのぶん世間を狭くする。悪く書かれた本人は一生覚えているものである。魯庵の傷がいかほどであったかはよく推察できる。「探照燈のように絶えず敵を求めている」状態になる。

だれかを痛罵することは、最初は別に大した根拠があるわけでなく、なんとなく気にいらない相手を見つけて批判するというだけなのだが、それが言いあいになって、最終的に憎しみあうことになる。したがって、毒舌家は、かず少ない身内を偏愛するようになる。

魯庵が丸善に顧問として入社したのは三十三歳で、案外早い。丸善在籍二十八年になるから、魯庵に対しては「丸善御用達《ごようたし》」のイメージが強かった。

山田清作はこう追悼している。

「内田先生について私の腑《ふ》に落ちないことが幾つもあります。あれだけの西洋通で一度も洋行されたことがありません。丸善という文化商店に三十年も在社しながら洋服姿を曾《かつ》て見せられたことがありません。解放主義者らしく見えながら、自己に対しても家庭に対しても小心翼々の人でした」

魯庵は、こういう人である。身内に、ほめられながらも、ちょっとしたところをチクリと刺される。

幼年時代からの友人宮田修は、

「文壇の梁山泊《りょうざんぱく》と云ってもよい彼の江戸川の寓《ぐう》には、何時《いつ》行っても来客があって、文学を論じ社会を論じ、哲学を説き、横議《おうぎ》放論《ほうろん》の響は往々四隣を驚かすものがあった。然《しか》しその間主人の声は寧《むし》ろ低音で憎い位落ちついて居り、而《しか》も辛辣骨を刺す批判を試みて、相手を苦笑させるのが常であった」、「晩年の彼は妙にデブデブして、歯は落ち頭は禿《は》げ、かなりきたならしい老爺《ろうや》になった」と追悼している。

長いあいだの友人で『随筆頼山陽《らいさんよう》』を書いた市嶋春城《いちしましゅんじょう》は、自分の著書を魯庵に送ったところ、「中央公論」に十ページも論評されたことに驚いたことを追悼している。

「多分君の皮肉は微細に及んで完膚《かんぷ》ない迄《まで》に拙著はコキ卸されたことと、恐る恐る読んで見ると、半ば拙著を評してあるが、多くは私の性格が評論してあって、讃辞《さんじ》が余りに多く、特に私を山陽と比較している処《ところ》などは君の批評が全くはずれていると思うたが、どこを尋ねても皮肉の攻撃がないので案外に感じた。私と君とは長い交りであるが、公《おお》けにも私にも君から批評されたのはこれが初めてであって、君が私をどう思っているかが初めてわかった」

つまり市嶋春城は「けなされなかったからがっかりした」と言っており、魯庵に代って答えれば、「本をほめようがないから人物をほめたのだよ」ということになるが、魯庵の周囲には、こういう二流のへそ曲がりが集まったのである。自ら考えた毒舌でなく、毒舌家のうけうりとしての毒舌家である。

魯庵は硯友社嫌いで通っていたが、硯友社のボスであった紅葉には好意を持ち『思い出す人々』のなかで紅葉をほめている。紅葉もなかなか政治的で、丸善が売った高価な「エンサイクロペヂア・ブリタニカ」を買った。これは紅葉が死ぬ寸前のことで、紅葉はおそらく一ページも開かなかったろう。そのことを魯庵は「死の瞬間まで知識の欲求を決して忘れなかった人」とほめた。この百科辞典の宣伝には魯庵はなみなみならぬ力をそそいでいた。

いっぽう、この百科辞典をぼろくそにけなした人がいる。宮武外骨《みやたけがいこつ》である。外骨は、魯庵に負けない反骨の人であり、同時代の反骨どうしだから肝胆相照《かんたんあいて》らす仲であったろうと予想すると大間違いである。反骨は反骨とあわない。外骨は魯庵の天敵であった。

ある日、外骨は、高嶋米峰に連れられて本郷のフランス料理店『鉢の木』へ行った。するとそこに魯庵がいて、米峰が紹介したが、魯庵はそっぽをむいており、外骨はさきに帰った。あとで話をきくと、魯庵は米峰に「きみはどうして宮武外骨なんかと交際しているんだ。ぼくはあの男を大嫌いであるよ」と言った。外骨は、「外骨嫌いの魯庵」という追悼を書いている。

「交際したこともない人を嫌いだと云うのは、其公的生活の社会上に現れた言動か性癖かが、魯庵の気にいらないのだろうが、予の臆測《おくそく》では、魯庵が関係して居た丸善書店がエンサイクロペヂアの旧版ゾッキ物を外国から廉価《れんか》で仕入れ、巧みな宣伝文を並べて日本人に高売りした当時、予が痛撃を加えたことがあるので、それを根に持っているのか」

ここでは、外骨は、魯庵との反目を記しながらも「巧みな宣伝文」という部分で、魯庵を評価している。魯庵の友人が、こぞって魯庵をたたえつつ皮肉を書いているのに対し、外骨は、その逆なのである。

その後、大阪の人が来て、「魯庵を紹介してくれ」と外骨は頼まれた。
「予は交際した事はないのだが、紹介してあげようと、早速《さっそく》予の名刺に大阪人某の氏名を書き、御接見を願う、紹介者『貴殿の大嫌いな外骨』と附記して渡した。その後右の某より『内田さんは快く面会して呉《く》れました、お蔭《かげ》で用件も叶《かな》いました』との礼状が来た。此《この》一事で魯庵の性格も察せられ、其遠逝を惜いと思って居る」

この外骨の追悼は、魯庵への追悼のなかできわだってすがすがしく、よく魯庵の像をとらえている。身内の者の追悼より、論敵の追悼のほうが勝《すぐ》れている一つの例を、世の毒舌家は知るべきである。この世には、「終生敵対することが最大の友情」という関係がある。

そのことは、魯庵から「居留守を使う」とからかわれた徳富蘇峰も同様で、蘇峰は、「内田君は文人流儀のずぼらでもなく、デカダンでもなく、几帳面《きちょうめん》な人であった」と、きちんと評価した追悼を書いている。蘇峰に対するからかいも「予は一笑して遂《つい》にその文を読まずにしもうた」と言う。大物は、かくあるべし、である。

魯庵の身内でいいのは三村清三郎の追悼で、魯庵との交友をいくつか書き、最後に、「今は亡《な》き人の為《た》めに其の思い出を書くことになった。思い出をかくのも、やがて思い出の人となって、いたずら話ばかりが残るか、そのいたずら話も忘れ去られてしまうことであろうか」

と結んでいる。この追悼はしみじみと心に残る。

内田魯庵（慶応4年閏《うるう》4月5日―昭和4年6月29日）小説家・翻訳家・評論家・随筆家。江戸生れ。『罪と罰』『復活』『イワンの馬鹿』の翻訳など、ドストエフスキー、トルストイを中心とするロシア文学を紹介した。評論家としては、尾崎紅葉ら硯友社を批判する。

岸田劉生
飛びすぎた鷲《わし》

4年12月20日

土方《ひじかた》定一の岸田劉生《りゅうせい》伝を読むと気になる記述がある。土方定一が書いた劉生伝に対して武者小路《むしゃのこうじ》実篤《さねあつ》が批判を加えたというのである。「劉生の後半期は敗北感の濃い孤独の愛玩《あいがん》者」とあるのは、「劉生に対する冒瀆《ぼうとく》であり、義憤さえ感じる」と実篤は怒った。
この叱責《しっせき》に対して、土方は「横から突然ぶん殴られたような気がした」と述懐している。土方は、実篤が「なにかに負けた」という書き方に拘泥《こうでい》しているのではないか、と反論し、「岸田劉生が主観的に〝負けた〟などという人間ではなく、ましてあの厳しく深く美を感受し、それを猛烈な勢いで自己の刻印を押して表現せねばやまない精神力と表現力を失わなかったことはいうまでもないことで、だからこそ劉生であったわけである。敗れてふにゃふにゃになるようなのは岸田劉生ではないし、またぼくをして画集を編纂《へんさん》するような時間の徒労をさせる筈《はず》はない」という。
ここでいう敗北とは、三十八歳という劉生の早すぎる死である。劉生の死を、土方は

「消極的な自殺」とした。土方の詳細な劉生伝を読めば、その意味がわかる。晩年、酒を飲み、京都や日本橋の待合で遊蕩《ゆうとう》をつくし、絶頂期に突然死した劉生を、消極的な自殺であったとみる土方の分析は説得力がある。そして、寿命を縮めたほど酒に溺《おぼ》れた劉生を「後ろから抱きとめることのできる愛情がどこにもなかったことに、かえって限りない憤懣《ふんまん》を感ぜせしめる」と、暗に実篤を批判したのだった。

劉生は若いころは白樺派《しらかば》に属しており、実篤とは古くからの友人だ。「劉生が負けた」とすることは、「白樺派が負けた」ことに通じることになり、実篤はそこに不快を感じたのではないか、と土方はやんわりと切りかえした。土方は、実篤全集にある実篤と劉生の会話、

「なにしろやらなければ仕方がない」

「そうだ、仕事の結果で勝つより仕方がない」

という部分を引用し、あるいは梅原龍三郎《りゅうざぶろう》の、「もっと彼の画業を世間が勢いづけていたら、まだまだ仕事ができていたろうし、また、ああまで酒に親しむことはなかったろう」という回想を引用して、勝った負けたというような党派的心情でなく、劉生の淋《さび》しい心情をより深く理解すべきだと主張した。どうも、実篤のほうが不利である。実篤にしてみれば、自分の親友にケチをつけられた気分になったのだろうか。

では、当の実篤は、劉生に対し、どのような追悼をしたか。実篤は「美術新論」と

「アトリエ」に二つの追悼を書いている。さぞかし美化して悲憤慷慨《ひふんこうがい》の追悼かと思うと、それがそうでもない。「美術新論」では、「岸田にこんなに早く死なれるとは思いもよらなかった」と悲しみながらも、劉生の絵は、最初は白樺派の仲間には評判がよくなかった、と回想し、劉生はよく喧嘩《けんか》もやり「ボキ棒で、ある人をなぐると帝劇をうろついた」と暴露した。「三十八で死んだものに晩年と云《い》う言葉をつかうのはたまらないことだが、段々、もののよさを見ることが広くなり、自由になってきた」矢先の死であった。ぼやきながらも、実篤はひたすら淋しがっている。それは劉生の死を認めたくない、といった悲痛な心情につらぬかれている。

「アトリエ」のほうの追悼では、実篤はむしろ土方以上に劉生の死への願望を見つめている。「君は一方死を望みながら、一方随分生きたがっていたらしい。君は凡《およ》そ死にたがらない人間に属していた、それだけ又時々生きるのがいやになったかと思う」。「千里を走らなければ倒れるわけのない力を君の内に感じていた僕達が、三四百里の所で倒れられては、実に予算以外すぎる」。

実篤は、劉生のわがままで強情な性格を知りつくしている。そのため、劉生に敵が多いことも知っている。劉生の孤独もわかっている。そういった劉生を理解して、一緒に走ってきた。劉生の突然死は、事故のようなものだ。まださきがあるのにポキリと折れた。決して敗北ではない、という思いがある。

実篤から見れば、若い美術批評家が、自分の親友の内面にずかずかと入りこんでくることが許しがたかった。まして三十二歳からの放蕩《ほうとう》を「消極的自殺」と分析されることが、しゃらくさいと思ったはずである。ここには、土方が指摘する党派の感情よりも、一個の友人への心情が強い。「そう簡単に、おれの友人の心情を分析するな」と。

もうひとつ重要なことは、伝記は、書く対象の死が発想の出発点である。劉生ならば、三十八歳で中国大連へ旅行し、帰国そうそう山口県徳山市での宴席がつづき、痛飲をくりかえし、酒席で屏風《びょうぶ》絵を描き終えた後、突然、胸の苦痛を訴え、死亡した。まず、この事実がある。その結論へむかって、データを集めて推論を重ねていく。しかし、現実の友人にとっては、そういった死は、あくまで途中の事件であって、結果ではあるが結論ではない。劉生の生涯が、三十八歳の死へむかって運命づけられていた、とは考えないのである。

実篤も、土方も、劉生を天才と認める心は一緒だが、悼《いた》む内容はまったく別になる。土方にとっては、実篤が長寿であることが不運だった。実篤の目にとまらなければ、こういった横っつらをはられるような叱責はうけなかったろう。

それもこれも、劉生が夭逝《ようせい》したことの後遺症であるが、劉生がそんなに若かったのは当時の人もそれほど知らなかった。佐藤春夫は「それはあの一種古怪な風貌《ふうぼう》が超年齢的であったことと同時に、その作品が老熟し風格に貫目があった」からだと言う。

佐藤春夫は「岸田劉生を弔う」という一文で、「劉生は支那《しな》人と日本人との混血で、劉氏という支那婦人が生んだから劉生と名づけたのだという話を耳にしていた」という。そのことを劉生に訊《き》くと、劉生は苦笑しながら「卯年《うどし》の生れであるために、父が兎《うさぎ》を支那風に読んで劉生とつけた」と説明した。春夫は「その人酒を好み、また声色を愛し、洒脱《しゃだつ》な談笑家であった。あの他愛《たわい》もない好謔《こうぎゃく》も再び耳にすべくもない」と偲《しの》んでいる。

若くして死んだ天才は、時代の大物の追悼を得ることができる。それだけが若死する者へ与えられた特典だ。

天才肌夭逝への追悼は、実篤の追悼にみられるような①ひたすら残念型のほか、②納得諦念《ていねん》型③死ねばいい人である型の三通りで、このほかに、④死んでざまあみろ型があるが、この④の場合は追悼など書かない。

実篤のような①ひたすら残念型は、「死が信じられない」「耐えられない」「なぜ死んだ」「思いもよらない」「あきらめきれない」「とり返しがつかない」「茫然《ぼうぜん》とした」といった語句がやたらに出てくる。相当の文章の達人でも語句が乱れる。たとえば、肉親が死ねば、みなこうなる。椿貞雄《つばきさだお》の追悼もこの型で、淋しい辛《つら》いと連発し、劉生を殺したのは京都だと、八つ当りまでしてみせる。「京都は人を殺す。花三月一週間も飲み歩いて見るがいい。きっと死にたくなる。相手があったら尚《なお》結構と言う事になる。若い者の住む処《ところ》ではない」。②納得諦念型は、画家の友人に多く、「こうなるよりなかった」と自分に言い聞かさないと気がすまない。四つの美術雑誌に四つの追悼を書いた木村荘八《しょうはち》がそうで、劉生のことを「天才に非《あら》ずんば狂人でしたろう」と言い切る。「酒と討ち死にしたのだ」と。親しくなければこうは言えない。木村は、セザンヌがドーミエに忠告した「酒を呑《の》まなければもっとよくなれたろうに」を引用しつつ、自分は劉生に「そんなおかったるい事はいいたくありません」と言う。

「劉生は影の濃かった人」で、短命ではなさそうなのに死んだのは意外の命運で、定めは測り難いと諦《あきら》めつつ、木村は「自分の今後の何年かは、拾いものか預かりもののような気がする」と言うのである。

弔詞を述べた梅原龍三郎と長與善郎《ながよよしろう》も、この納得諦念型で、梅原は「ミケランジェロが生れた時代に置けばミケランジェロだけの仕事を成しとげるものである事を、又徽宗《きそう》皇帝の環境に置けば徽宗以上の名作を残し得るものである」と絶賛し、長與は「恐るべき眼力と思索的脳髄と徹底せざれば止《や》まない性格と絶倫の精力の故《ゆえ》に彼はよく三十八という若年にしてあれだけ非凡な仕事を遺《のこ》したのである」と追悼した。劉生の画業を天才とたたえ、若死は無念であったが、運命として受けとめた。

③死ねばいい人という型は、生前の故人に対してはある種の反感を持っていたが、死に接してその考えを改める。倉田百三がそうで、「自分などは素質上これまでかなり道徳的反省的だったので、岸田君に対して色々と批評がましい気持にもなったが、そんな

時でも、いざ岸田君の実際の仕事を見る段になると、事実上そこに深い美が否定し難く眼の前に露骨に示されて居るので敬服する外なかった」と述懐している。「自分は後の岸田が堕落したとは微塵《みじん》も思わない。岸田はあくまでも進みつつあった。だがもとより行きついてはいなかった」。

劉生の友人には、共通して、この無念の思いがある。劉生が放蕩をやめて、酒をつつしめば、さらなる劉生の画業がひらける、と友人は信じている。これは実篤にも共通する思いで、それが土方の劉生観「敗北感の濃い孤独」という分析に、「そりゃ違いますよ」と言いたくなる素因なのである。

劉生が放蕩したのは三十二歳の秋からである。京都の料亭で「まるで浮世絵を地でゆく楽しさ美しさ、酒の甘さにぐんぐんひかれていった」（岸田蓁《しげる》『劉生とお酒』）。劉生は、三十四歳になると、鎌倉《かまくら》にひきこもった。しかし鎌倉でも酒はいっそう多く飲むようになる。絵が売れて、名声も高いのだから、たとえば極貧詩人の中原中也《ちゅうや》のような荒れた飲みかたとは違う。成功者の遊蕩である。三十七歳のとき劉生は、日本橋の待合で、浜子という女に入れあげて借金を作り、あんどん部屋みたいな汚い部屋に入れられていた。

この浜子はグロテスクで写楽が描く浮世絵のような容貌《ようぼう》だったという。劉生はブス好みである。京都時代の女花菊も、鼻が低いので鼻ビクといわれた。土方は、そういった女遊びのなかに、劉生の絶望感を見る。「その陥没のなかに自己否定的な陶酔を求めた」として「かつての麗子像の愛する美わ《うる》しい『古典の美』とは全く対蹠的《たいしよてき》な位置にあるグロテスク、卑近美、醜」と見るのである。こういう分析も、実篤の目にふれたら、からまれたんじゃないだろうか。

ここのところが追悼と伝記の差である。追悼は思い入れがあるが伝記は思い入れを突き放す。しかし、追悼は、達人が書くと、伝記以上の客観性が生まれ、伝記も達人が書くと追悼以上の思い入れが出る。

中川一政《かずまさ》は二つの追悼を書いている。ひとつは「アトリエ」に書いた「岸田劉生の事共」で、ここでは劉生のカンシャクについてふれ、「私のうけた印象は異様な人である」「朝からオムレツや肉を食べた」「大抵の日本人は武士道があてはまるようだが此人《この》にはあてはまらない」と書いている。劉生にひとかたならぬ愛情を持ちながら冷静である。そして「私が酒を飲んだらもっと岸田氏の心情にふれる機会もあったと思う」と述懐した。

また「岸田劉生の肉体」という追悼では、「満州では山を見て糞のようだと言ったそうだ」と書いている。劉生は糞に異常な興味を示し、粘土で糞形を作って彩色し、客の下駄《げた》の上に乗せて、客がびっくりするのを見て面白がった。劉生は、物の内なる深い美を求め、それを綿密な写実力で描いた。その腕で糞の粘土細工を作れば、さぞかしそっくりのものができたろう。

そう考えると、麗子像は糞に似ているではないか。平べったく、ぽってりと湯気がたちそうな顔である。しかも異様な匂《にお》いがある。

それでもなお、麗子像が広くもてはやされるのは、まるで古代仏像にも似た聖なる美しさをにじませているからで、黒髪をたらし、細い目で微笑する少女麗子は、この世のものとは思えない神秘をたたえている。一度目にしたら忘れられない。ダ・ヴィンチの「モナ・リザ」の微笑に匹敵する東洋の美がある。モナ・リザが、姿を変えたダ・ヴィンチの自画像であったように、麗子は姿を変えた劉生ではなかったか。微笑はうすら笑いを含んでいる。聖なるものはグロテスクを内包している。

とすると、グロテスクで鼻ぺちゃの不美人に溺れた劉生は、自己の好みの行きつくはてにたどりついたということになり、そこにあるのは絶望感ではなく、満足である。土方が分析する「絶望ゆえに醜女《しこめ》に耽溺《たんでき》した」という推論が崩れてくる。追悼のほうが、より真実を伝える場合もあるのだ。

千家元麿《もとまろ》は、晩年の劉生を「妙に冴《さ》えていた」と言う。「近来ますます冴えて来ました。彼の目は実に深いものを見、その手は実に完全なものだった。不思議ですね」と。河野通勢《みちせい》は「岸田さんは傍若無人なところがあった」として絵画審査の様子を記している。「審査のときなども最初に『悪い』と口を切っておきながら、誰かの知人だと云う事を聞くと、急に『それならパスだ』と云った」。これもよく劉生の気風を伝えている。津田青楓《せいふう》になるともっときつい。津田は「模倣《もほう》の天才岸田」と題して「岸田の仕事の跡を見るとたいてい昔の偉い奴《やつ》の仕事の模倣だ。洋画のジュラー（デュラー）、支那画の石濤《せきとう》、線画では春挙、浮世絵では春信《はるのぶ》あたりをねらっていた」として「天才と云うものは凡《すべ》て模倣のうまいものである」と分析している。

高村光太郎は「劉生の死ほど自分の心を痛打したものはない」として、劉生の気風をピカソに似ていると言った。「彼は比類のない強い自信を持っていて殆《ほとん》ど暴君じみたところがあったが、それでいて又他人のものがじつによく分った」「彼にだけは自分の彫刻を今後も見て貰《もら》いたかった。意見が聞きたかった」。

劉生のように、死してなおおそれられる画家はめずらしい。追悼する人は、口々に劉生の傲慢《ごうまん》な態度を指摘し、なお、その性行に対していとおしんでいる。追悼されるほうも、これぐらいのほうが気分がいいだろう。倉田百三の「岸田は理屈なく、反省なく、ゆったりと宇宙と一致し、のびのびと生きた」と言う一言のほうが、案外、劉生の本当の姿かもしれない。そんな友人に囲まれて、劉生は「高く飛びすぎた鷲《わし》は淋しい」とうそぶいていた。

川端茅舎《ぼうしや》は「悼」として「旧友の口数多き寒さかな」という句を捧《ささ》げている。

岸田劉生（明治24年6月23日—昭和4年12月20日）洋画家。東京生れ。明治41年白馬会研究所に入り、黒田清輝に師事する。「白樺」に接し、同人の武者小路実篤と交友を持つ。『麗子五歳之像』をはじめ、娘の麗子をモデルにした麗子像シリーズで有名。

田山花袋
臨終問答

田山《たやま》花袋《かたい》の臨終に立ち会った島崎藤村が、花袋の耳元に口をよせて「死んでいくときの気分はどういうものかね」と訊《き》いたという話は、なかば伝説化して世間に流布《るふ》された。これを、「自然主義文学者としての冷徹な観察」ととるか、「藤村の嫌味な性格」ととるかは、読者の自由である。藤村は、他人の秘密にずかずかと踏みこんでいく人で、恩人の木村熊二《くまじ》の性生活を暴《あば》いて小説化した。親友の秘密を暴いて訴えられたり、自らセックス・スキャンダル事件をおこして、その顚末《てんまつ》を書くほどの人である。花袋が死んだのは五十八歳だった。藤村は一歳下の五十七歳で、姪《めい》こま子との肉体関係を清算し、助手の加藤静子と再婚して二年目であった。自らを「遅鈍で性急」と分析する花袋は、藤村の質問に「だれも知らない暗いとこへ行くのだから、なかなか単純な気持のものじゃない」と答えたという。

この臨終問答に触れて、中村武羅夫《むらお》は「田山氏の徹底的に正直な心の鍛えが現われて

5年5月13日

いて、その厳粛さが、われわれを圧倒する」(「新潮」昭和五年六月号「田山花袋氏逝《ゆ》く」)と追悼した。このなかで中村は「現在の文壇は、花袋氏の死に対しても、余り烈《はげ》しいショックを受けない」と評している。「——例えば有名な『蒲団《ふとん》』でも、『生』でも、『妻』でも、『田舎教師』でも、それが渾然《こんぜん》たる芸術品でないことは、直《す》ぐに分る」と。中村は花袋編集の「文章世界」投稿者としてデビューしたにもかかわらず、恩人である花袋を遠慮なく斬《き》り捨てた。こういった代表作が有名なのは自然主義文学運動と結びついていたからで、「花袋の小説は無器用な、いろいろな意味に於《お》いて欠陥を持った作品である」と中村は結論した。中村の追悼をひとことで言えば「花袋は人はいいが作品はダメだった」ということになる。もっとも、花袋とて早逝した親友の国木田独歩の小説を「主観的で説教くさい」と批判したのだから、自然主義の連中には、「けなしあうことをもってよしとする」風潮があったのだろうか。こんなことだから、花袋は死んでからも人気が出なかった。死んでから人気が出る作家には、優秀な弟子が揃《そろ》っている。どんなに性格が悪くても「死ねばいい人」となるのが世間の常であり、すぐれた弟子は生前の欠点をも美しきエピソードにしたててくれる。花袋にはそういう弟子がいなかった。

花袋が死んだのは昭和五年五月である。新聞はいっせいに「巨匠の死」を報じた。東京朝日新聞には、徳田秋声(「花袋氏を見舞う」)と柳田国男(「花袋君の作と生き方」)の追悼文が載った。その他文芸誌では「新潮」「婦人画報」「中央公論」「文学時代」に追悼記事が出た。新聞記事の扱いはやたらと大きいのに、文芸各誌のほうは冷やかであった。

国民新聞は、「田山花袋氏危篤《きとく》に陥る、喉頭癌《こうとうがん》が再発して、薬餌《やくじ》の摂取も全く不能」という見出しで、前日の危篤から記事にしている。死ぬと「文壇の老雄花袋氏、眠るが如《ごと》くに逝く、文壇に革命的功績を残して、明後日自宅で告別式」と大見出しで報じた。弟分の白石実三が「実に立派な臨終で大往生だ」と語り、他に、島田青峰、本間久雄、藤村、菊池寛《かん》、加藤武雄《たけお》の談話をあげている。島田、本間、加藤はよくある儀礼的な談話である。藤村は「一昨日見舞った時、田山君は、これでお別れだと言っていました。本人ももう死期を覚《さと》っていたらしい。自分と田山君は殆《ほとん》ど四十年近い交わりを続け、自然主義勃興《ぼっこう》時代から今日まで作品の主義主張に於ては時々相容《あいい》れぬことはあったが、最も親しい友の一人でした」と語っている。菊池寛の談話は「文学史的に大なる価値」と見出しがあるものの、内容はこうである。

「作家としての田山花袋氏が偉大な作家であったかどうかは今日疑問であるが『蒲団』や『田舎教師』などの著作によって、島崎藤村、徳田秋声氏等と共に我が国の自然主義運動の中心をなした事は、氏の晩年の不振を差し引いても、文学史的価値大なるものといわなければならない」。菊池は花袋の小説を認めていない。菊池がいう「晩年の不振」とは四十歳を過ぎてからのことである。この時代は、新鋭の芥川《あくたがわ》、菊池、里見らが活躍しはじめて、あれほど猛威をふるった自然主義は一気に弱まりつつあった。自然主義の全盛は明治三十九年ごろで、この年、藤村が『破戒』を書き、花袋の『蒲団』は明治四十年である。藤村、花袋につづいて、風葉、秋声、青果、白鳥《はくちょう》、天渓《てんけい》（長谷川）、抱月《ほうげつ》と追従者がつぎつぎと自然主義小説を書き、文壇を圧倒した。北海道から上京したばかりの中村武羅夫も、花袋を中心とした「六月会」に入って、自然主義のおさき棒をかついだ一人だった。最盛期は、硯友社《けんゆうしゃ》派をけちらし「自然主義にあらずんば人ではない」（水守亀之助《みずもりかめのすけ》「花袋先生の追憶」）といった勢いであったのに、熱がさめるとあっというまに崩れた。結社のつながりが弱く、互いの批判によりひとりひとりが孤立していた。正宗白鳥《まさむね》は「（花袋は）晩年になると、在来の日本の文人趣味が、氏の心にも豊かに浮んでいたようである。いかに西洋の感化を受けても、西洋を模倣しても、年を取ると祖先の影が差して来るのだ」（「中央公論」昭和五年七月号「文芸時評」）と回想している。独歩が若くして病死した時、花袋は白鳥に向って「国木田は死の近さを知ってからいろいろなことを考えて、考えぬき、その思いを書き残したいと言いつつも、ついになしとげられなかった。おしいことをした」と言った。それを思い出しつつ白鳥は、「花袋氏も、小説に於いて『死んで行く人』について、いろいろ書いたようだが、『死んでいく自己』については、何も書き残さなかったようである。子規の『仰臥漫録《ぎょうがまんろく》』のようなものでも、花袋氏が書き残していて呉《く》れたらと私は遺憾《いかん》に思った」と書いている。

花袋全集には、『ある死』『死』『二人の最期《さいご》』『ある轢死《れきし》』『山上の震死』『Nの水死』『Kの死因』など、死をテーマとした小説がかなり多くある。『Kの死因』のKとは国木田独歩のことである。イニシアルでS（島崎藤村）、T（徳田秋声）、N（中村武羅夫）、O（小栗《おぐり》風葉）といった名前が出てくる。花袋は常に死の観念にとりつかれており、熱烈な法華経《ほけきよう》の崇拝者であった。愛欲小説を書きつつも、人間の醜さと肉体の呪縛《じゅばく》から逃れる手だてとして大乗仏教にすがった。愛欲に溺《おぼ》れつつそういった自己を否定しており、なにがなんだかわからぬまま小説は宗教くさくなり、自然主義とは乖離《かいり》していった。

花袋が花柳界の女性とねんごろになったのは三十七歳である。人間生活の業《ごう》を肉欲のなかに求める花袋らしい堕落であった。せっかくここまで色っぽくいったのに、それを宗教的境地で克服しようとして、小説は破綻《はたん》した。こうなると、自分の姪に手をつけて、その顚末を新聞小説『新生』にして売る藤村のしぶとさには大きく差をつけられる。藤村の小説には「いやだいやだ、こんな非人間的なことは許せぬ」と腹をたてながらも、つい読まされてしまう技がある。花袋にはそのひらきなおりがなかった。

大酒飲みの花袋は四十八歳で心臓を悪くして、酒を飲むと「ああ苦しい、ああ苦しい」というのが口癖で、五十歳で胃をこわして禁酒した。信州富士見で文学青年連中と酒を飲んだとき、「ああ苦しい」と連発すると、青年たちは花袋の癖を知らぬものだから、「ああ、作家の人生というのはそれほど苦しいものなのか」と嘆息したというエピソードがある。花袋は五十七歳のとき、愛妓《あいぎ》飯田代子《よね》の家で脳溢血《のういっけつ》で倒れた。この歳《とし》になってあいかわらず野暮《やぼ》で不器用でそそっかしい。五十歳をすぎてからも国民新聞や読売新聞に恋愛小説を連載していたから、いちおうの売れっ子ではあったが、まるで時流に遅れていた。

読売新聞もまた花袋の死を大々的に報じた。

「田山花袋氏、きのう逝く、もう一つ書きたいものがと、心残の言葉を洩《もら》して」と大見出しがある。こちらも、菊池寛の談話が掲載されている。菊池が記者たちに話したのは一回でネタは同じである。同じ談話を各社の記者が、おもいおもいにまとめている。「談」の形の追悼は、記者の気分ひとつでどうにでもなる。

国民新聞の記者は、菊池談話のなかにある花袋への嫌悪感《けんおかん》を敏感に嗅《か》ぎとり、読売新聞記者はひたすら花袋をたたえる部分だけを取り上げている。読売新聞には、臨終の花袋が「もう駄目だ、行く処《ところ》まで行った。運命だから已《や》むを得ないが、しかし、もう一つ書きたいものがあった」と語ったことも書かれている。それは明治維新の士族の没落を背景とした歴史小説であった。藤村の『夜明け前』とまるで同じテーマである。藤村は、昭和四年四月に、『夜明け前』第一回を「中央公論」に発表した。そのとき、花袋は虎《と》ノ門《もん》佐多病院で脳溢血のリハビリテーションをしていた。病院へは藤村より見舞い金が送られてきた。花袋はその礼として『夜明け前』に対する感想を述べた漢詩を送っている。花袋は、この維新小説を書くつもりで数年前より資料を集めていた。これが書かれれば、花袋の最高傑作になったかもしれない。ライバルの藤村は同じテーマですでに第一回を発表している。花袋はさぞかし、自己の肉体の限界に歯ぎしりしたことであろう。

このころ、花袋が書いていたのは「婦人画報」の懸賞小説評である。雑誌に応募してきた素人《しろうと》の投稿小説を読み、毎号、それぞれに評を書いて順位をつけた。花袋ほどの巨匠がなぜこんな仕事をやったのか。ひとつは生活のため金が必要だったのだろうし、弟子の白石実三が編集をしていたという事情もある。また、花袋は、三十六歳から十四年間にわたり雑誌「文章世界」編集長をしていた。「文章世界」は文学青年の登龍門《とうりゅうもん》であり、この雑誌より世に出た人は数えきれない。花袋は、文学青年子女を啓蒙《けいもう》することが好きだった。

「文芸時報」の追悼号に「花袋翁《おう》激怒して、選料を突き返す、物欲恬淡《てんたん》の好話柄《こうわへい》」という記事がある。某出版社が花袋に選を依頼して、賞金つきで通俗小説を募集したとき、選者である花袋に無断で選考し、勝手に当選者を発表した。花袋が激怒しているところへ、出版社から莫大《ばくだい》な選料を持った使いがきたが、花袋は金をはねつけて受けとらない。そのときの使いは女性で、ついに泣き出してしまった。これには花袋も手をやき、しかたなく包みの封を切り、そのうちごくわずかを抜き取って、あとは全部返した、という。

「婦人画報」(昭和五年七月号)には、田山花袋による「応募小説評」が十九篇掲載されている。この原稿は死ぬ六日前に書かれたものであった。一篇一篇に花袋らしい誠実な短評が記されている。ページの終りに「懸賞小説は選者田山先生御逝去のため先月号で募集を打切りにします」の断り書きがある。

告別式は代々木《よよぎ》山谷《さんや》の花袋宅でひらかれ、文壇関係者百余名の参列があった。接客係のなかには、藤村、秋声、上司小剣《かみつかさしょうけん》、近松秋江《ちかまつしゅうこう》、柳田国男が入り、弔客のなかには武林《たけばやし》無想庵《むそうあん》、蒲原有明《かんばらありあけ》、日夏耿之介《ひなつこうのすけ》、山本実彦《さねひこ》、杉山茂太、中村吉蔵、斎藤茂吉、小島政二《まさじ》郎《ろう》、久保田《くぼた》万太郎、鈴木三重吉《すずきみえきち》、生方敏郎《うぶかたとしろう》、徳富猪一郎《とくとみいいちろう》、正宗白鳥、佐藤春夫、今井邦《くに》子《こ》、岡本綺堂《おかもときどう》、秋田雨雀《うじゃく》、里見弴《さとみとん》、宇野浩二、土岐善麿《ときぜんまろ》、吉屋信子《よしやのぶこ》、室生犀星《むろうさいせい》らの顔ぶれがあった。

「文芸時報」に、花袋の臨終に関しての、藤村のかなり長い回想「田山君の死に就《つい》て」（談話）が掲載されている。

「私が十一日に訪ねて行きました時にも病床で色々な話が出まして、その時の君の言葉に、『自分の死ぬのも、今はもう時間の問題になってきた。なにしろ自分は誰も知らない暗いところへ行くんだから、それも一人で行くんだから、そんなに心静かにこの世を辞して行かれるものでもない。この気持は中々単純なものではない』と言っておりました。私はほんとに死に面した一つの魂に直面した感じがしました。それから色々な話の出るうちに、そんなに話したら疲れてしようがないだろうと私の方で言うくらいでしたが、田山君は目に一杯涙をためて居《お》りまして、かたわらにいた看護婦が拭《ふ》いてやるくらいでした。あの時が私も田山君と言葉をかわす最後のときでした。その時の模様は新聞の談話記事になって出ましたから、読まれた諸君もあろうと思います」

これが臨終問答の真相である。藤村が花袋にむかって「死ぬ気分はどんなものかね」と訊《き》いたのではなく、花袋のほうからどんどんしゃべった。藤村ならば、いかにもそんなことを訊きそうだ、と思わせるところに、捏造《ねつぞう》された臨終問答の本当らしさがある。

藤村はつづいてこう話している。

「十二日の日は午前のうちは意識もはっきりして居られて、家族の人を呼ばれて色々話をされたそうですが、それが最後の別れをするつもりだったのでしょう。そうして午後にはもう昏睡《こんすい》状態に陥ってしまわれたのでした」「君は若い人達の世話が届かない様に見えていて、自《おの》ずから届いているのです。君の人となりのなかには、自から知人や後進をひきつける正直な所があったようです。直接に君の教えを受けた人達のほか、『文章世界』の誌上でも多少なりとも世話になったと言うような人達も、皆君の家に集って、没《な》くなった後《あと》の事も色々心配したり、葬儀、野辺《のべ》送りの一切の世話をしている光景は、見る者を感動させずにはおきませんでした」

藤村は、一歳上の花袋の死を誠心誠意惜しんでいる。いくら藤村の性格が陰険だといっても、こと花袋の臨終においては、失礼な質問はしていない。身内では、むしろ前田晁《あきら》のほうが冷徹な観察をしていた。「文章世界」の記者として花袋の下で働いていた前田は追憶談のなかで、入院中の花袋が「妙になにもかもが猛烈に性的興味のなかへ傾いていく」一瞬を見たと語った。それは性心理に深くからむ症状で、看護していた前田は深い不安にひきずりこまれた。花袋の心の底には、常に強い性衝動が存在し、死の直前まで、性の呪縛から解放されなかった。

死ぬ七日前には、医者が葡萄糖《ぶどうとう》の注射をしようとすると、「そういうことをして死ぬまでの時間をのばすのは好まない」と断ったという。しかし「周囲の者がそれを望むならば一ぺんだけは許す」と言った。いかにも花袋らしい。発作がはじまると、さすがにまいったらしく「これだけ苦しんでもまだ死ねないのか！」と叫んだ。

遺言は「後を仲よくしてくれ」というだけであった。戒名「高樹院晴誉残雪花袋居士」は藤村が選んだ。花袋の無念を一番よく理解していたのが藤村であった。藤村は花袋の最後をこう語ってしめくくっている。

「私の目に残る君の最後の面影は、短くした髪が銀のように白く、眉《まゆ》の間にも二三白い毛が目についた。あの毛深いたくましい手も細くやせ、頬から口のあたりへかけてはさすがにやつれておりましたが、それでも雄健な額と男性的な感じのする鼻とには、六十年の苦闘を語るかの如く思えた。田山君は右の耳の所に大きないぼがありまして、あの肉の塊りも私には忘れられないものの一つです」と。ライバル藤村の視線が、花袋への友情あふれる追悼となっているように思われる。

田山花袋（明治4年12月13日―昭和5年5月13日）小説家。栃木（現群馬）県館林《たてばやし》生れ。初め硯友社系統に属し詩や小説を発表。明治39年「文章世界」の編集長に就任、自然主義文学のリーダーとなる。赤裸々に中年の性を取りあげた『蒲団《ふとん》』、『田舎教師』など多数。

小林多喜二
虐殺《ぎやくさつ》された者への鎮魂

8年2月20日

特高によって虐殺された小林多喜二には、死ぬ寸前に、「日本共産党万歳」と叫んだという話がある。これを聞いて、埴谷《はにや》雄高《ゆたか》は「死にぎわに日本共産党万歳を叫んで死んだ小林多喜二のような英雄主義では断じて革命は成功しない」と言い放った。

これに対して江口渙《えぐちきよし》は、「われらの陣頭に倒れた小林多喜二」という論できびしく反論している。江口は、虐殺された多喜二にまつわる状況を刻明に調査し、死ぬときに留置所にいた人の証言をもとに、多喜二が「日本共産党万歳」などと叫んでいない、としている。特高によってメチャクチャにリンチされた多喜二は、水をひとくち飲むのがせいぜいの余力で、そんなことを言う力さえなかった。だが彼が死んだことがわかると、同じ留置所にいた人七、八人が小さな声で「赤旗の歌」をうたったという。声が小さかったため看守も怒りはしなかったという。

江口は「こんな流言を軽々と信じて大まちがいの論断を平気でやってのける埴谷雄高

こそは理論家として軽佻浮薄《けいちょうふはく》のそしりをまぬがれない」と強く批判している。

多喜二に対する拷問《ごうもん》とリンチは凄絶《せいぜつ》なものであった。それは、当時の「プロレタリア文学」追悼号や、「働く婦人」追悼号に詳しく記録されている。

左のこめかみには十円硬貨ほどの打撲傷を中心に五、六ヵ所の傷があり、どれも赤黒く皮下出血をしていた。首や手には縄のあとがあり、腰から下腹部はもといわず、膝《ひざ》といわず、尻《しり》も腹もどこもかしこも、墨とべにがらをまぶしたような色で染まり、大量の内出血のため、ももの皮はぱっちりとふくれあがっていた。陰茎からこう丸も赤黒く染まって異常にふくれあがり、ももの上には釘《くぎ》か錐《きり》を打ちこんだ穴の跡が十五、六ヵ所あった。むこう脛《ずね》には角棒でなぐられて、削りとられた傷跡があり、右手の人差し指は骨折し、甲の側におりまげると指がくっついた。上歯は一本がぐらぐらになってぶらさがっていた。背中は一面の皮下出血だった。

江口の調査によると、昭和八年二月二十日に赤坂で捕まった多喜二は築地《つきじ》署へ連行されて、丸裸にされてうしろ手に縛られた後、つるしあげられ、木刀でからだじゅうをぶちのめされた。気絶すると水をぶっかけて息を吹きかえさせられ、凄絶なリンチを加えられた。取調室で半殺しにされて、死ぬ寸前に形式的に留置所に放りこまれたのだから、「日本共産党万歳」と叫ぶ余力はなかった。

日本プロレタリア文化連盟出版部発行の「働く婦人」は、同年三月発行の追悼号で

「同志小林多喜二の死は虐殺であった」とする特集を組んだ。虐殺された者への追悼は難かしい。故人が「すばらしい人であった」だけではすまされない。怒り、抗議、怨《うら》み、復讐《ふくしゅう》、決議が入りまじる。怒っただけではおさまらず、怨んだだけでもおさまらず、悲しんだだけではおさまらず、何とかその死の中に意義をみつけようとする。

「働く婦人」では、巻頭に『追悼の歌』（作詞佐野嶽夫、作曲吉原澄子）を楽譜つきでのせた。「道暗く、敵の嵐《あらし》つのるともよし屍の山築くとも／自由の国のあの太陽は明い希望に輝いてるぞ！／さあ！春の汎濫《はんらん》を以《もっ》て敵の嵐を！／流された同志の血は無駄にするものか／兄弟！世界中のプロレタリアよ／明日は勝利、／明日は勝利だ！／旗を高くあげろ！」譜面には「おそく、かつ広くゆったりと」と、註がついている。その対向ページには、日本プロレタリア文化連盟の「同志小林多喜二虐殺追悼号決議」として「二月二十日を記念せよ」とある。

「栄誉あるプロレタリアートの前衛、国際的共産主義作家、日本プロレタリア文化、文学運動の指導者同志小林多喜二！　同志小林は不撓不屈《ふとうふくつ》な日常闘争をとおして、昨年三月、敵階級によって暴圧された後のプロレタリア文化文学運動を指導し、あらゆる困難を克服して、常に我々を正しいマルクス・レーニン主義の大衆化のための活動に組織し、激励して来た。戦争拡大とともに猖獗《しょうけつ》する専制支配の軍事警察テロルは、我々の卓抜な指導者同志小林を彼がボルシェビキの規律を守ったことによって、遂《つい》に去る二月二十日築地警察署において××した。憤《いきどお》りは我らの胸に燃えろ！　英雄的殉難者同志小林多喜二！　コップ『大衆の友』『働く婦人』『ウリトンム』編輯《へんしゅう》局はここに新なる決意をもって同志小林多喜二の勇敢なる争闘を継ぐことを誓う。戦争と野蛮極る専制支配、大衆の収奪抑圧粉砕のために、全プロレタリア文化活動を集中し逆襲を誓うものである。一九三三年二月二十八日」

小林多喜二の遺骸《いがい》写真、窪川《くぼかわ》いね子の追悼「働く婦人と小林多喜二」、一田アキの小説的報告、北山雅子《まさこ》の抗議詩「屍を焼く黒煙よ、渦巻け」が主なものである。某女と記した匿名《とくめい》で、「三回にわたるエロ・テロ」の報告がある。これは、三回の訊問《じんもん》をうけた女性党員が、着物全部をはぎとられ、足袋《たび》のみをはいた姿で立たされ、なぐられたり、叩《たた》かれたりしたことの告発記事である。

「働く婦人」では、「二月二十日を文化デーに」として、以後文化運動の功労者へ「小林章」を贈ることを決議している。

日本プロレタリア作家同盟出版部発行の「プロレタリア文学」は、巻頭言に「我等の殉難者・同志小林多喜二」を掲げている。

「一九三三年二月廿日敵階級の手にとらえられた同志小林多喜二が、二日後の廿二日に我々の許《もと》にかえった時、彼の体はすでに冷たき屍となっていた」

に始まる抗議の追悼である。

宮本喜久雄による「党員作家・同志小林多喜二の××に直面して」、金斗鎔の「同志よ安かに眠れ」、細田源吉の「トップを切って進んだ作家」、斎藤利雄の「同志小林多喜二を思う」、田辺耕一郎の「レーニン的作家としての同志小林多喜二」、千田光治の「党の作家多喜二」、須山《すやま》計一の「作家・共産主義者として」のほか立野《たての》信之《のぶゆき》による「小林多喜二伝」と小林多喜二年表がある。

小林多喜二に捧《ささ》ぐ詩は森山啓の「遺言は執行される」、上野《うえの》壮夫《たけお》の「戦い継ぐもの」の二編。プロレタリア文化連盟中央協議会による「同志小林多喜二追悼の辞」。なるほどプロレタリア文学の追悼とはこういうものか、と、溜《た》め息《いき》がでるほどの決意にみちた声明文である。特高による虐殺だから、追悼はこうでもしなければ、おさまりがつかない。どの作家による追悼文も論文調である。追悼というより決議文である。格調はあるものの多喜二という人間の臭《にお》いはあまり伝わってこない。ここにおいて多喜二は、政治的同志として扱われているが小説家ではない。多喜二は、殉難者としてのプロパガンダで、多喜二の内面の格闘は伝わって来ない。同志が虐殺されたのだから、もっと取り乱してみろ、という気がするが、これが政治主義というもので、こう書かれることは多喜二にとってあるいは本望であったかもしれぬ。

弟の小林三吾は「兄の死」と題して生前の多喜二が、「蟻《あり》の大軍が移動する時、前方に渡らなければならない河があると、先頭に行く蟻が、ドシドシ河に入って、重なり合って溺死《できし》し、後から来る者をその自分の屍を橋にして渡らしてやる。その先頭の蟻こそ俺たちでなければならないのだ」と言っていたことを回想している。

多喜二には、自己犠牲の精神があった。大義のためならば喜んで死ぬという姿勢は、戦士のものである。意識構造は、太平洋戦争で死んだ特攻隊隊員と似ている。そのへんの一本気な性格を回想しているのは、弟の三吾ぐらいのもので、他には、血のかよった追悼がない。典型的なものをあげると、宮本百合子《ゆりこ》の「同志小林の業績の評価によせて」である。

「去る二月二十日、暴虐《ぼうぎやく》なる天皇制テロルによって虐殺されたわがプロレタリア文化・文学運動の卓抜なる指導者、組織者、国際的規模におけるボルシェヴィキ作家、同志小林多喜二の全国労農葬は、プロレタリアの恨みの日三・一五記念日を期して敵の弾圧に抗し、東京はじめ各地において敢行された。日本プロレタリア文化聯盟《れんめい》に結集する各文化団体は、それぞれの機関誌を特輯号《とくしゆう》とし、あるいは号外を刊行して、同志小林の英雄的殉難を記念し、虐殺に抗議し、労農葬に向って大衆を召集しつつその復讐を誓った。野獣の如《ごと》き軍事的警察的テロルの虐殺制度に対し憤激したのはひとり革命的労働者、農民ばかりではなかった。ブルジョア作家、自由思想家などもその衝撃を披瀝《ひれき》し、三・四月の文芸時評はことごとく何かの形で、同志小林の受難にふれたのである。しかしながら、それらのブルジョア作家、批評家の大部分が、同志小林多喜二の業績を追慕しながらも、自分の属する階級の制約性によって同志小林の不撓の発展の本質を正しく評価し得ず、ある者は結果として反動におちいり、ある者は誤った文化主義を強調するに至ったのも、やむを得ないというべきであろう」

あとは同じような文面がえんえんとつづく。すべてこの通りで間違いはないのだろうが、多喜二をさまざまな思想的形容で規定し、イデオロギーの申し子として武装させた。宮本百合子は、共産主義者の追悼の手本として、これを書いている。その証拠に、この一文で、貴司《きし》山治《やまじ》が「改造」に書いた追悼「小林多喜二の人と作品」を「誤った見解」と批判している。

貴司は多喜二の「鼻っ柱」のつよさ、「強がり」な性格、「馬車馬的な骨おしみしらず」な気性を書いたのだが、宮本百合子は、そういった個人的資質よりも「同志小林が身を挺《てい》して確保した革命的到達点を、理論、創作、組織的全活動の分野において推進」させることが評価の実践であるとする。この説明のためにレーニンとマルクスから引用があるが、それがどうつながるかはわからない。宮本百合子の言い方はようするに「メソメソするより思想的に分析し追悼しろ」ということである。

貴司の「改造」での追悼は、「プロレタリア文学」追悼号で、山田清三郎によっても、「同志小林の英雄主義と、彼の闘争生活における不断の発展との連鎖を断ち切って取扱っている」と批判されている。

人が死ねばいろいろな友が追悼を書く。思いは人によってまちまちである。他人の追悼を、別の追悼者が「誤りである」と批判するのは、プロレタリア文学ならではの現象である。

批判された当の貴司は、同じく「プロレタリア文学」追悼号で自己批判をしている。「僕は先日『改造』から求められて『献身者小林多喜二』という一文を書いた。それが『小林多喜二の人と作品』という題に変えられて小林の死の階級的意義に関するすべての文字が抹殺され単に小林の思い出を語る文章になって世にあらわれた。それに、この一文はたとえ全文が発表されたとしても、共産主義者としての小林が、いかなる役割を果たした存在だったかという一番重要な点にふれずにしまったという点で甚だ不十分であった」

宮本百合子はこう書いた。

「同志小林の業績を無条件、無批判に賞《ほ》めることは、もとよりわれらの念願としないところである。しかしレーニンは喝破している。『一体人は何か全く特別なものを考え出そうと努力すると、その熱心のあまり馬鹿《ばか》げたことに陥るのである』と。また『環境と人間的活動との変化の合致、あるいは自己変革は、ただ革命的実践としてのみとらえられ、且《か》つ合理的に理解することができる』（マルクス）のである。プロレタリア文化・

文学運動とその活動家全員がすき間なくレーニン的党派性をもって貫かれ武装されることは、活動を狭くするどころか、今日のように『近い将来において革命的危機に立つかも知れぬ』(第十二回総会決定)日本の情勢の下にあって、運動をますます強め、ますます広汎《こうはん》ならしめる唯一《ゆいいつ》にして無二の原動力なのである。かかる意味において、われらは同志小林の闘争の生涯がボルシェヴィキ的強情さ(確固性)によって貫徹され、高き規範を示したことに無限の敬意を捧げるのである。同志小林が身を挺して確保した革命的到達点を、理論、創作、組織的全活動の分野において更に推進させ、同志小林を虐殺した権力を粉砕することをもって評価の実践とするのである」

宮本百合子の追悼文を点検すると、文学が政治主義にすりかわる瞬間がわかる。文学がイデオロギーに編入されるのは、人間の忌《い》むべき死によってであり、それも許されざる非道な虐殺という行為によって一そう明解となる。多喜二に対する特高の拷問は権力による圧殺であり、到底許されるものではない。その死を前にすると、小説のよしあしなどは、とるにたらぬことになる。憎悪《ぞうお》と怒りが先行する。憎悪と怒りを鎮静させるにはスローガンが手っとり早い。

江口渙は、多喜二虐殺の事実関係を三十年間にわたって調査し、「われらの陣頭に倒れた小林多喜二」を書いた。特高の中川成夫が、「逆賊はつかまえしだいぶち殺す」と言ったことも書いている。多喜二にテロを加えた下手人は築地署の須田と山口という刑事であり、特高主任水谷や芦田の名も実名で出している。多喜二を木刀で打ったのが須田と山口であり、水谷、芦田、小沢が横から手伝ったと書いている。江口はそれら特高に対し「いつか復讐してやる」と怒りで体がふるえるのだが、「……だが警視庁の下っぱのナップ係の警部なんかに復讐したってなんにもならない。それよりも、彼らをして天皇の名において小林多喜二をこんなにも残忍な拷問にかけて殺させたものはなにであるか」と、考えをすすめるのである。怒りをイデオロギーで浄化しようとしている。イデオロギーなどはどうでもいいから個人的復讐を果たそうとするところから文学行為は始まる。しかし、復讐という文学行為はイデオロギーの下ではまるで無力である。

多喜二の死に対して、中国の魯迅《ろじん》から追悼電文が届いた。魯迅からの弔電は、多喜二を「兄弟」と呼びかけ、「我々ハ知ッテ居ル、我々ハ忘レナイ」と悔んでいる。魯迅の弔電は多喜二にとって名誉あるものであったろう。

だが、決議文で人は救われない。

多喜二に対して、決議文ではなく、人間的な追悼をしたのは、弟の三吾ぐらいのものであった。ほかにはないのだろうかと思って、政治論文だらけの追悼号を読みすすむと、「まっすぐになろう」と題する追悼文があった。筆者は林房雄である。

「小林がやられたという記事を新聞でみたとき、ぼくは実に弱りこんでしまった。がんと心臓のあたりを突きさされたような気がしてからだがふらつき、やがて、いてもたってもおられない気持になった」

　このとき林房雄はナルプ（日本プロレタリア作家同盟）の中央委員であった。林房雄の追悼は、他の決議文的追悼とは違い、人間としての多喜二を回想している。貴司の追悼が階級的でないと批判されるならば、こちらのほうがさきにやられてしかるべきだろう。林は多喜二の美点をなつかしみ、

「小林には、ぼくなんかの、とうていまねのできない階級的長所！　早い話があれだけの名声の中にあって、平気でそれを捨てて、もぐってしまうというような生き方は、よほどのものでなければできない」

　と書いた。

　この年十月、林房雄は、小林秀雄《ひでお》、川端康成《やすなり》、武田《たけだ》麟太郎《りんたろう》らと「文学界」を創刊し、党から離れていく。昭和十年には江口渙ら旧プロレタリア作家を集めて「独立作家クラブ」を提唱した。昭和十五年には影山正治《かげやままさはる》が主宰する大東塾の客員となり「勤王文学論序説」を書き、戦後は占領軍によって軍国主義者として追放された。

　プロレタリア文学者でありながら、多喜二へ人間的な追悼をした人には、もうひとり武田麟太郎がいる。麟太郎は多喜二の小説をひとつひとつあげて分析し、「いつもわれわれの頂点にあった。どこまで行く作家であったろう。思えば思うほど、日本文学のためには高価な犠牲であった」と書いた。多喜二を文学者として追悼したのは、この二名

であり、二名はともに党を離れて転向していくのである。

多喜二が、死ぬ寸前に「日本共産党万歳」と叫んだという作り話は、ナルプから出たものであろう。多喜二を英雄にまつりあげ、美談を作ることによって追悼するやり方は、文学者としての多喜二を侮蔑《ぶべつ》することになる。テロで殺された政治家が、死ぬ寸前に言ったと伝えられる名言もおおかた、この手である。まっさらな気持で故人を追悼するのは、それが、「無念の死」であるほど難かしい。

小林多喜二（明治36年10月13日―昭和8年2月20日）小説家。秋田県生れ。大正末より労働運動に関与、プロレタリア作家同盟の中央委員となる。『蟹《かに》工船』は、世界的な評価を受けた。弾圧のなか、小説、評論を発表するが、東京築地《つきじ》署で拷問《ごうもん》を受け、虐殺《ぎゃくさつ》された。

巖谷小波
ユカイなおじさんの死

8年9月5日

巖谷《いわや》小波《さざなみ》には終生「ユカイなおじさん」の印象がつきまとった。小波は若くして「文壇の少年屋」と呼ばれていたし、性格が楽天的で、人柄がよく、秀才で、育ちがよかった。小波の名を高めたのは『日本昔噺《むかしばなし》』である。日本の民話、伝説に材をとった「桃太郎」「猿蟹合戦《さるかにがっせん》」「花咲爺《はなさかじじい》」「舌切雀《したきりすずめ》」「一寸法師」「かちかち山」「浦島太郎」「金太郎」は日本中の少年少女に読まれており、その意味では明治文壇の第一人者と言ってよい。幸田露伴、尾崎紅葉、泉鏡花、森鷗外《おうがい》を読んだことがない人でも、小波の昔噺はどこかで読んでいた。

小波は立派な業績を残して六十三歳で没したが、そのわりにはたいした追悼文がない。それは小波が児童文学者であり、一段低く見られていたことによるのだろうか。

晩年の小波は早稲田《わせだ》大学で教え、国定教科書の編纂《へんさん》委員のほか文部省の国語調査会委員をつとめ、社会的にもひろく貢献していた。デンマークの国王からは、アンデルセン紹介の功績をたたえられてダンネブロウ勲章を授けられた。文化勲章を受章してもいい人だが、残念ながら昭和八年に文化勲章は制定されていなかった。文化勲章が制定されたのは小波没後四年目の昭和十二年で、第一回受章者は露伴である。露伴は祝賀会の挨《あい》拶《さつ》で「文学は国家に虐待《ぎやくたい》されるところにすぐれたものが生れる」と皮肉を言った。小波も、晩年は、「友人はみな財をなしたのに、自分はえいえいと売文で糊口《ここう》を凌《しの》いでいる」と愚痴をこぼした。

小波への追悼は、蘆谷《あしや》蘆村《ろそん》、川崎小鳥、山内秋生、長尾豊など十八名の児童文学者、研究者から寄せられたが、現在はほとんど名を知られていない人々である。

小波は紅葉主宰の硯友社《けんゆうしや》の出身であり、紅葉より三歳下で弟分だったが、紅葉没後は紅葉に代って硯友社の代表格となった。紅葉が死んだときの追悼録では、紅葉のことを尾崎君と呼んでいる。小波の紅葉への追悼は真情あふれるもので、二人の親密な仲がしのばれる。あまりに親密すぎた友人は、友の死をかえって大げさに嘆かないものだ。小波は思い出をたんたんと語り、故人の死を運命としてうけいれた。友の死は、自分の一部の死でもあるからだ。紅葉が小波より長く生きていれば、さぞかし名調子の紅葉流追悼がなされたろう。

蘆谷蘆村は追悼文のなかで「小波先生は進歩主義の人である」として、小波がひょうひょうとした性格で、弟子たちに少しも威張らなかったことを記している。小波に命じられて紅葉のもとへ使いに行った門人が、「紅葉の門下生に対する態度は厳を極め、門下生は敷居の外に平伏して用を承るのであった。これに対して小波先生の寛大を極めた弟子の取り扱いかたに驚いた」と。小波は、東京麴町《こうじまち》生まれの江戸ッ子で、格式ばらない自由な気風の持ち主であった。小波の父は貴族院議員であり、書家としても名をなしていた。小波は生まれながらの気のいいお坊《ぼっ》ちゃんであった。

でありながら、紅葉の代表作『金色夜叉《こんじきやしゃ》』のモデルは小波である。「桃太郎」の筆者が間貫一《はざまかんいち》であるとはいかにも不似合いであると思われるだろうが真相はこうだ。

硯友社が会合に使う芝の紅葉館に、中村須磨子《すまこ》という美しい仲居がいて、小波は須磨子が好きになった。そのころの小波は漣《さざなみ》山人という号を使っていた。美青年の漣と須磨子はお似あいのカップルで相合傘《あいあいがさ》のイタズラ書きをされるほどの仲であった。漣が「京都日出新聞」の文芸主任となって東京を去ると、博文館社長の長男大橋新太郎が須磨子に手を出した。彼女は家族を扶養しているため金が必要であった。新太郎は抜け目のない商人であったので、硯友社では新太郎に角魔という仇名《あだな》をつけていた。新太郎は、金で須磨子を誘惑し、妾《めかけ》として囲った。熱血漢の紅葉は、須磨子に会い「なぜ、きみは漣の妻にならないのか」と須磨子を蹴倒《けたお》して泣かせた。
『金色夜叉』の間貫一像は、小波に紅葉の心情を加えたような人物であった。

博文館の経営は大橋一族だが、編集の中核は硯友社であった。博文館の実態は硯友社であり、両者は持ちつ持たれつの関係であった。小波も博文館の雑誌「少年世界」の主筆として明治の児童文学界に君臨したわけだから、博文館からはなにがしの弔問があってしかるべきだった。

昭和二年、小波はアルス社から自著の『日本お伽噺《とぎばなし》』を再版した。これはその三十年前に博文館から出版されたもので、ほぼ絶版になっている本であった。大橋新太郎はアルス社に賠償を請求し、小波は印税の全額を賠償金として支払うはめになった。「ユカイなおじさん」を怒らせるとこわい。お人好《ひとよ》しの小波は、このときばかりは怒り心頭に発し、新太郎の私生活を暴露した小説『金色夜叉の真相』を発刊した。大橋新太郎は裏で手をまわしてこの本を絶版とさせ、初版の大半を買いしめて、廃棄させた。小波は単身で博文館と闘い、和解することなく世を去った。硯友社の昔の身内がいれば、そのへんの事情を含めて小波を追悼したのだろうが、すでに紅葉はなく、石橋思案《しあん》もなく、川上眉《び》山《ざん》も自殺していた。泉鏡花はいたが、鏡花は紅葉なきあと硯友社とは疎遠《そえん》になっていた。

鈴木三重吉は小波より十二歳若い。三重吉が創刊した「赤い鳥」は、旧派の標的として小波を意識していた。三重吉には夏目漱石《そうせき》とその門下生の援護があり、芥川龍之介《あくたがわりゅうのすけ》や北原白秋もついていた。晩年の小波には、そういった援護がなかった。

小波の童話は「説話的すぎて、軽すぎ、芸術的香気に乏しい」という評価があるが、少年少女たちは小波の童話を好んだのである。

そのへんのことは亀山半眠が「童心そのままの小波山人」と題した追悼で明解に評価している。半眠は、小波童話を、
第一、言葉が洗練されてムダの無いこと。

第二、内容が童心そのままの構成であること。

第三、巧まざる表現法に魅力あること。

第四、興趣百パーセントなること。

第五、話の終了後も快感の余韻あること。

とし、「型に囚《とら》われ、調子口調に憂身《うきみ》をやつすその暇々に、もう一度、ほんとうに童心研究に立ち戻って反省してみるの要はあるまいか」と主張した。ここには、文芸童話をめざす「赤い鳥」への揶揄《やゆ》がある。

一世を風靡《ふうび》した硯友社の文学は、藤村らの自然主義文学によって後退し、鷗外、漱石の出現によってさらに時代にとり残されていったけれども、こと小波童話に関しては多くの少年少女読者があった。小波は、昭和に入っても硯友社の数少ない生き残りであった。硯友社は、遊び人の集団であったから、そのなかから小波のような遊び心のある作家を生んだのである。

横山銀吉は「巌谷先生はゴムマリだ」と追悼した。

「子供が喜ぶからだ。円満だからだ。でも抑えれば跳ね返る。凹《へこ》んだままということは絶対にあり得ない。気軽だ、朗らかだ、よくはずむ。年中子供のために、身軽に、にっぽん中を縦から横に、横から縦に跳びはねていて、たまには海の向うへぽんと飛んで行って、ぽんと飛んで帰られる」

小波は行動派の作家であった。晩年は講演旅行で全国各地を飛びまわった。

松江の皆美《みなみ》館《かん》という旅館の床の間に小波の画賛が懸けられていた。ウサギの餅《もち》つきの絵に「長者なら雲買ひしめよけふの月」の句が書かれており、ほのぼのとしたあたたかいいい絵である。その夜は、満月だからこの絵を懸けたという。画賛から月の光が漏れるようで、ただならぬ技倆《ぎりよう》がわかる。息子の巌谷大四の『波の跫音《あしおと》―巌谷小波伝―』によると、小波は五色ぐらいの絵の具を使って、三十秒ぐらいで一枚を仕上げたという。軽妙洒脱《しやだつ》で、漢詩、和歌、俳句も達人であった。

葛原《くずはら》しげるの追悼「さまざまな思い出」には、小波が講演旅行のたびに土産を買ってきては弟子たちに与えたことが書かれている。土産のなかで葛原が一番大事にしているのは文鎮で、「松江の宍道《しんじ》湖《こ》の中にある嫁ケ島の小さな宮の祠《ほこら》と松と鳥居が三つ並んでいる」とある。皆美館からふと窓の外を見ると、その嫁ケ島があった。

小波は編集者でもあったから、朝は九時か十時には出勤し、夜は十一時ぐらいに帰宅した。山内秋生の回想では、博文館へ出勤するかたわら早稲田大学へ教えに行き、文部省や他の会合にも出席して、「普通人の何倍もの活動をしていた」という。山内によると「先生は人と話をしながら原稿を書いていた」。手紙を書きながら話をきくので、つい こちらが黙ってしまうと、「それで」と催促した。物を書きながら、別の話をすることが出来た。このへんは漱石と似た才人ぶりだが、毎週木曜日に自宅で弟子たちに文芸講話をした。木曜会というのは漱石の専売かと思っていたら、その前に小波がやっていた。木曜会にはアメリカ帰りの永井荷風が来た。荷風は小波邸の木曜会で、書きおろしたばかりの『あめりか物語』を朗読し、小波の尽力で博文館から出版された。

小波は荷風を世に送った人であり、せめて荷風散人からの追悼文があっていいが、小波追悼集を出したのは『童話研究』という童話雑誌だから、追悼は童話関係者ばかりになった。荷風や鏡花といった大作家には、雑誌「童話研究」の編集者は、おそれおおくて頼みにくかった、という事情もあるだろう。

小波への追悼は、「明治文壇の元老」にむけるものとしては、いずれも小粒で迫力に欠ける。ロシア大使館のスパルヴィンが、「グリム、アンデルセン以上の人」と持ちあげているけれども、これは外交辞令の域を出ない。高尾亮雄が「巖谷小波先生に捧《ささ》げる日本初めてのお伽芝居『浮かれ胡弓《こきゅう》』」を書いたが、さして面白くない。小波は弟子にめぐまれなかった。

深瀬薫は「お伽の国の王様」と題した追悼で、小波の言葉を紹介している。「ぼくは何が一番好きだとか嫌いだとかいう問いには答え得ない。ぼくの採点には満点もなければ落第点もない」と。来る者は拒まず、去る者は追わず式の、悠々たる円満な性格であった。

追悼する者は、こぞって「小波先生の楽天主義」、「江戸ッ子の気っぷ」、「坊ちゃん育ち」、「家柄のよさ」、「ほがらかな自由人」、「枯淡の味」をあげている。そこからは、ますます「ユカイなおじさん」の印象が強まるばかりだ。追悼する人を、無理をして各界の大物に頼まない、という方針も小波式なのかもしれない。しかし、晩年の博文館との対立は、小波にとってかなり深刻な事件であったろう。小波は博文館とともに生きた人である。本来ならば、博文館が小波追悼集を出すべきであった。博文館は小波のおかげで児童文学界を制したのである。博文館の大橋新太郎の頭には、紅葉によって『金色夜叉』の悪玉にされたことへの怨みがあったのかもしれない。しかし、小波は被害者であり、博文館に勤務した身である。新太郎の怨みは、逆怨みであり、恩情がなさすぎた。版元も人間と同じ感情集団であり、社長の感情で間違いをおこすと後世に憂《うれ》いを残すことになる。

中村須磨子に失恋した小波は川田綾子《かわだあやこ》に恋をした。川田綾子は甕江川田剛《おうこうかわだたけし》の娘で、小波と相思相愛の仲であった。綾子の弟に川田順がいた。小波は、紅葉の仲介で結婚を申し込んだが、川田家は小波が文士であることが気にいらず、断った。のち、大橋新太郎が小波の『金色夜叉の真相』をつぶしたのは、綾子の夫川田《かわだ》豊吉《とよきち》に抗議をさせたのである。新太郎のやり口は陰険であった。

この事件以来、小波はとみに元気がなくなった。紅葉が生きていれば、どうにか話がついたはずである。

巌谷大四著『小波伝』には「小波の日記」の昭和二年のメモが出てくる。ちょうど博文館との事件がおきた年である。そこには、

「一、余自ら死す、決して皆悔むべからず、それほど悲しいと思うなら、遠慮せずに後から来い。

一、自殺の理由を問うたところで死んだ者はもう仕方があるまい」

と走り書きがある。小波は自殺する気でいた。また、別の箇所には、

「友人（大橋新太郎）は他の円本によって大利を占め、余はその生命作が禍《わざわい》して遂《つい》に致死の窮地に陥る、天の命か。労多不被酬」

とある。

小波は『金色夜叉の真相』を出版して自殺する気でいた。小波が自殺すれば「ユカイなおじさん」という風評は吹きとんでいたはずである。小波追悼の内容もまるで違ってくる。新太郎に出版を妨害されて、小波は死ぬに死にきれなかった。

小波が死ぬのは六年後の昭和八年である。直腸ガンであった。腸閉塞《ちょうへいそく》をおこし、脇腹《わきばら》

に穴をあけられて人工補助肛門《こうもん》がつけられた。

小波はカラ元気を見せて、

旅に病んでわが腹わたの土用干

という俳句を書いて家の者に見せた。死を目前にして、持ち前の「ユカイなおじさん」に戻った。このへんは、江戸ッ子の気っぷのよさと、硯友社持ちまえの技倆である。大橋新太郎のひどい仕打ちを受けてからは、全国を講演旅行して生活費をかせいだ。その無理がたたってガンになった。大橋新太郎は、身をもって『金色夜叉』の成金男を演じた。

辞世の句は、

重く散って軽く掃かるる一葉かな

である。

辛辣《しんらつ》である。ここには、紅葉とともに博文館を支えてきた一生への自虐《じぎゃく》がある。「ユカイなおじさん」は、世間が考えるほどユカイであるはずがなかった。そしてもう一句、

極楽の乗り物や是桐一葉《これきりひとは》

と詠んだ。この二句を対で読めば、小波の自虐は剽軽《ひょうきん》な軽みをおびて、さわさわと天に舞っていく。

辞世の句につづいて、

「大不孝者を父として皆よくもよくも孝行つくしてくれた／深くかんしゃして天国へ行く／云《い》いたい事山々なれど／只此《ただこの》上は皆仲よく／あとをにぎわしてくれ何事もあなたまかせの秋の風」

と遺書があった。

葬儀は青山会館でとり行われ、三千余人の会葬者があった。少年少女の制服姿のファンが多くつめかけ、青山六丁目の表通りまで行列がつづいた。葬儀委員長は江見水蔭《えみすいいん》であった。水蔭は、数少くなった硯友社の同人である。その水蔭も一年後の昭和九年、旅先の松山で死んだ。

巌谷小波（明治3年6月6日―昭和8年9月5日）児童文学作家・小説家・俳人。東京生れ。初め硯友社の一員として小説を発表するが、その後、童話に専心する。『日本昔噺《むかしばなし》』『日本お伽噺《とぎばなし》』などの著作で、日本民話を定着させた。

宮沢賢治
追悼でよみがえる

8年9月21日

昭和八年、花巻で無名の詩人が急性肺炎で死んだ。三十七歳で夭折《ようせつ》した詩人は、花巻農学校の教師をしていた人で、死ぬときは東北砕石工場技師であった。地元の新聞「岩手日報」には小さな記事が掲載され、「詩人宮沢賢治氏、きのう永眠す」と報道されたものの、ほとんどの人はこの詩人の名を知っていない。賢治は二冊の本を出しており、同人雑誌に詩や童話を発表していたから、まったくの無名だったというわけではない。

東北砕石工場技師という仕事は、肥料としての炭酸石灰の製造をするもので、製品の改善と調査・広告文の作製から製品の販売までたずさわっていた。賢治の父政次郎は工場に多額の融資をしており、その関係でこの仕事をし、月給は五十円で、それも石灰岩《がん》抹《まつ》の現物支給であった。

昭和六年、製品見本を持って東京へセールスにいったとき、激しく発熱して死を覚悟し、両親に二通の遺言を書いている。

「この一生の間どこのどんな子供も受けないような厚いご恩をいただきながら、いつも我慢《ママ》でお心に背きとうとうこんなことになりました。今生で万分一もついにお返しできませんでしたご恩はきっと次の生又その次の生でご報じいたしたいとそれのみを念願いたします。どうかご信仰というのではなくてもお題目で私をお呼びだしください。そのお題目で絶えずおわび申しあげお答えいたします。　九月二一日　賢治　父上様　母上様」

「とうとう一生何一つお役に立たずご心配ご迷惑ばかり掛けてしまいました。どうかこの我儘《わがまま》者をお赦《ゆる》しください。賢治　清六様　しげ様　主計様　くに様」

賢治は、ちょうど二年後に、遺書の日付けと同じ九月二十一日に死ぬのである。

賢治の死は、詩人仲間の草野心平の手で友人たちに知らされたのみであった。賢治の名声が高まるのは、没後一年目の『宮沢賢治全集』（全三巻、高村光太郎・宮沢清六・草野心平・横光《よこみつ》利一編、文圃堂発行）以後のことである。病床で、遺言のつもりで「雨ニモマケズ手帳」を書いた。

没後、唯一《ゆいいつ》、次郎社より「宮沢賢治追悼」雑誌が出た。草野心平が逸見《へんみ》猶吉《ゆうきち》と企画した同人雑誌「次郎」が形を変えて出版された追悼集で、同人雑誌「次郎」のほうはついに発刊されずじまいだった。「次郎」はその後「歴程」前奏の役割りをはたすことになった。

追悼号には多くの詩人たちが寄稿した。高村光太郎を筆頭に高橋成直（元吉《もときち》）、吉田《よしだ》一穂《いっすい》、萩原恭次郎《はぎわらきょうじろう》、辻潤《つじじゅん》、尾崎喜八、土方定一《ひじかた》、高橋新吉らである。賢治の八歳下の弟清六も「思い出」と題して「あなたの遺言は父さんが一生懸命でやっておられます。あなたの遺骨は私がみなさんと一しょに、岩手山や、小岩井農場や、種山ヶ原へ来年は埋めに行きます」と書いた。賢治の遺言は、国訳の法華経《ほけきょう》一千部を印刷して知己友人にわけてほしいというものであった。

高村光太郎は「コスモスの所持者宮沢賢治」と題して、「岩手県花巻の詩人宮沢賢治は稀《まれ》に見る此《こ》のコスモス（芸術の宇宙）の所持者であった。彼の謂《い》う所のイーハトブは即《すなわ》ち彼の一宇宙を通しての此の世界全般の事であった」と最大級の賛辞を送った。光太郎は賢治の詩と童話を高く評価していたが、格別の親交があったわけではない。そのため、セザンヌを例にひいて、田舎暮らしの純粋芸術家として賢治の精神をたたえた。

吉田一穂は「虫韻草譜」と題した格調高い追悼を書いたが、賢治とは会ったこともない。生前に発行された唯一の詩集『春と修羅《しゅら》』も読んでいない。「私は殆《ほとん》ど故人を識《し》らぬ無資格者である。勿論《もちろん》遠慮すべきであろう」とまずは遠慮している。一穂は季刊「新詩論」の編集をしており、病床から送られてきた二篇の詩「半蔭地選定」と「林学生」のみを読んでいる。「故人の詩集『春と修羅』も手に入らぬし、故人に就《つい》ての断簡零評も見当らない。止《や》むなく手元の二篇を通じて論ずる、もとより誤り少《すくな》なしとしての扁言たるはまぬがれない」と前置きしている。

しかし、その内容は、賢治を「発光する混沌《こんとん》」としてとらえ、詩に「むせぶばかりの色素の匂《にお》い」「光彩の虹《にじ》」を見出《みいだ》し、賢治から発光される芸術の色調をとらえている。わずか二篇の詩から賢治の全容をつかみとる技はさすが詩人の力量と唸《うな》らざるを得ない。

賢治への評価は、死後、時をへるにつれて高まった。死後急速に求道者《ぐどう》としての賢治像ができあがったのは、高村光太郎、谷川徹三などの人生論的な論調のためで、「雨ニモマケズ」が広く知れわたった。滅私奉公の倫理的精神は戦時下の風潮と合致し、賢治の「文学性」のほうはさして評価されなかった。それでも、吉田一穂は、賢治の本質はそこにあるのではなく、「背後のカオスと自己とを前面に投出して対立させた」発光器にあることを見ぬいていた。おそるべき眼力であり、これこそ、死者への鎮魂であり、また、すぐれた賢治論になっている。

ダダイストの辻潤は「宮沢賢治という人は何処《どこ》の人だか、年がいくつなのだか、何をしている人なのだか、私はまるで知らない」と書き始める。「しかし、私は偶然にも近頃、その人の『春と修羅』という詩集を手にした」と。

辻潤は賢治の詩を詳細に分析し、最後にはこう書いた。「若《も》し私がこの夏アルプスへでも出かけるなら私は『ツァラトゥストラ』を忘れても『春と修羅』を携えることを必ず忘れはしないだろう」。これもまた最大級の賛辞である。賢治の遺作が辻潤を刺激したのであった。

詩人菱山《ひしやま》修三は「故人に就いては、私は何も知らない。その名も、その生前世に送った一冊の詩の本も——つい先頃、草野心平氏を介して知ったに過ぎない」と書き出すが、結論では「故人の仕事の終った処《ところ》から私共の仕事は始まっている」と賢治をたたえた。「故人の業も亦空《またむな》しく死なしめてはならない」と。追悼する人は、賢治との直接の交友関係は薄い。『春と修羅』もさほど読まれていない。賢治が死んでから読んでみてびっくりしたという人が多い。これは、「追悼集」を編集した草野心平が同時代の有力詩人に追悼原稿を頼んだためである。草野は熱烈な賢治信奉者であり、その熱意にうながされて、多くの詩人がつきあいで追悼原稿を書いた。そういった側面があるにもかかわらず、だれ一人として追悼の手をぬいていない。みな、全身全霊で賢治をたたえている。

『春と修羅』は、賢治が二十八歳のときに自費出版した詩集で発行部数は千部であった。詩集をあえて心象スケッチ集としたところに賢治のただならぬ思い入れがあったが、評判は芳《かんば》しくなかった。

『春と修羅』につづいて童話集『注文の多い料理店』を菊池武雄《たけお》の装幀《そうてい》挿画で出版した。こちらも一千部印刷で、版元はついたものの、本はまるで売れずに二百部を買いとった。そのほか印税がわりに百部を貰《もら》った。生前に賢治の本はまるで出廻らなかった。

賢治を追悼する人は、「田舎ぐらしの求道的詩人」の死というイメージしか持っていなかった。追悼するために、生前の詩を精読してみて、初めて賢治の才能に驚嘆したのである。してみると、追悼文集は、無名の詩人をよみがえらせる絶好の装置であることがわかる。これだけの人たちに絶賛されるとは、生前の賢治は夢にも思わなかったろう。追悼集に触発されて、全集が刊行され、没後五年めに『風の又三郎』が築地《つきじ》小劇場で上演された。没後七年めに、日活が『風の又三郎』を映画化し、これで賢治の名は広く一般に知られるようになった。賢治ブームを作るきっかけは、じつに、この一冊の追悼文集だったのである。

これはひとえに草野心平の尽力による。草野は広東《カントン》嶺南大学在学中に「銅鑼《どら》」を創刊し、帰国とともに盛んに詩作した。土方定一、尾形亀之助《かめのすけ》、宮沢賢治らが同人となった。同人の尾形亀之助は「明滅」と題して、賢治童話風の追悼を寄せた。それは「銀河鉄道」を連想させる物語で、草野と尾形は架空の駅のプラットホームで「おーい、宮沢ア」と叫ぶのである。楽譜つきの「牧歌」と題した歌も出てくる。死んでしまった賢治を捜して、尾形は追悼童話のなかをさまよってみせた。追悼小説に賢治の霊がのり移っていた。

土方定一はこう追悼した。

「ずいぶん会わなかった草野君から突然、宮沢賢治氏の死とその遺稿とを聞いたとき、私の追憶は、氏の詩と生活（思想）とに向かった。『春と修羅』のパートスは、絶えず私たちへの励ましであり、慰めであった。あの頃と現在とを埋める宮沢賢治氏の遺稿は、利己をむきだしに言えば、私達の問題であるはずだ」

　土方定一は文芸評論家として出発し、のち美術評論にすすんだ人で、賢治の死を聞いたときはすでに疎遠《そえん》になっていた。賢治は青春時代の知人であり、「過去の友」になっている。その間柄でも、訃報《ふほう》によって一挙に賢治がよみがえるのである。

　モダニズム詩人の佐藤惣之助《そうのすけ》も、草野心平に賢治を紹介されたひとりである。惣之助は『春と修羅』が詩壇の驚異であったことを述べ、にもかかわらず「一般には読まれずに終ったらしい。特に私は人にすすめて、その寄贈本さえ、今は失ってしまった」と告白している。

「その後、私は何かの雑誌で、同君の童話を読んだ。これは高村君がしきりにほめていたもので、その清奇な組立てにふしぎなオリジナリティーがあるところ、奇才宮沢の進歩を明かにした」

　惣之助にこう書かれたのでは、だれもが賢治の童話を読みたくなる。賢治への追悼は詩への賛辞がほとんどで、童話について述べている人は少ない。賢治の童話は、どうも賢治自身によって否定されていた気配がある。そのことは「銅鑼」同人の手塚武がふれている。手塚は賢治にハガキを出して童話集を送ってくれと頼んだ。賢治から童話集は送ってこず、手紙に「自分はむかしの宮沢賢治とハッキリと別れた所なので、詩集も童話集も送らないことを許してくれ」と書いてあった。そのころの賢治は花巻農学校の教師をやめて、羅須地人《らすちじん》協会で肥料研究をはじめたときだった。本を出版してまだ二年しかたっていない。賢治の心は揺れ動いていた。変り身が早い。あるときは詩人、あるときは教師、あるときは農民になろうとする。詩人である自分を農民の自分が批判し、それを教師の自分が批判するどうどうめぐりである。その揺れ動く精神から発光される世界が賢治文学なのであり、手塚は「その高邁《こうまい》な脈搏《みゃくはく》は、ただちに僕等のむねにひびいてくる」と回想した。そのうえで、「宮沢君、僕は君の不意の悲しみによって、多くの教訓を得た。……僕らは死んではならない」と高らかに宣言した。

佐藤惣之助は「『春と修羅』をもう一度改刷するがいい。めまぐるしく小詩壇の変化や時代色を絶して、この『春と修羅』は君臨するだろう。特異な、俊才的な、しかも鬼気さえ持つ詩芬《しふん》ではないか。もう一度『春と修羅』を見よう。さらにその遺稿が見たい――これは私一個の嘱望《しょくぼう》ばかりではあるまい。焼香して詩鬼宮沢賢治の霊に祈る」と書き終えた。

詩壇の実力者たちに、ここまで賞賛されれば、気のきいた版元なら、すぐに全集を出そうと企画する。三十七歳で夭折《ようせつ》した地方の無名詩人ということも評判をよぶ。

高橋新吉が「詩は法華経に及ばざる事甚だしくとも童貞三十八年の肥料の設計をも偲《しの》びて」として、

雲の壊れ消ゆるが如《ごと》く
終れりというか

と追悼歌（「普賢菩薩《ぼさつ》」）を絶唱すれば、全集出版はきまったようなものだ。追悼を書く行為は、それまで賢治評価をふみとどまっていた人々に、どう読むかという決意を迫った。生前の賢治をひたすら評価していたのは草野心平ひとりである。光太郎のような支持者はいたものの、それは作品単位であり、「今後どうなるかを見て判断する」という保留の態度にとどまっていた。草野の賢治への思いは信仰に近かった。草野にあっては、賢治を批評することすらおそれおおいという姿勢である。

賢治が世に高く評価されたのは、遺稿を集めた全集からであることを思うと、草野の功績はまことに大きい。草野の情熱がなければ、賢治の遺稿がまとめられることもなく、賢治は「岩手が生んだ一地方詩人」として葬《ほうむ》り去られていたかもしれない。

追悼のなかで賢治への批判がないわけではない。農村詩人として出発した萩原恭次郎は「詩というものが与えるものと、農村の種々なる出来事が与えるものの間につねにギャップがある」として「僕は、はっきりと自分の不明を語るが、宮沢君の芸術の全体性を理解しえないでいる一人である」と正直な心情を書いた。その萩原でさえ、最後はこう結んでいる。

「君の死後において、君の芸術がよくわからないでいるというようなことを、ここに書くということは余りに人間的によくないように思う。この点、恥ずべきことであるが、君はまた未見、文通もなかった同時代の友が、より多く君をわかろうとしている点をも、わかってくれると思う」

萩原恭次郎は賢治を全面支持はしないが、賢治を深くいとおしんでいる。賢治へ疑問をさしはさむことも友情であるという思いがある。この萩原の分析はまことに正しい。なぜなら、賢治を絶賛した吉田一穂にしろ辻潤にしろ、生身の賢治を知らないからである。賢治は、生身を見せずに作品だけを置いていった。そこには浄化された精神だけが残る。

賢治は花巻の富豪宮沢商会の息子である。菜食主義者を標榜《ひょうぼう》しているが肉も食べた。二十四歳のときは国家主義的日蓮《にちれん》主義「国柱会」の熱心な会員であった。仏教に帰依《きえ》しつつもクリスチャンとの交流を好む分裂志向がある。東京を嫌いつつ東京にあこがれて九回も上京している。農民を大切にしつつも「農民から芸術は生まれない」と言っている。農学校の生徒たちへほうびとして高級品のサイダーをふるまった。

理想主義者の裏に「お坊《ぼっ》ちゃん」のわがままがある。

それらは賢治文学を理解するうえの条件であり、賢治もまた矛盾だらけの人間である。

その「教育癖」ゆえに賢治を嫌う人もいる。しかし、こういった賢治の私生活は、その後の賢治研究によってわかってきたことであり、当時はなにも知られてはいない。

尾崎喜八は「雲のなかで刈った草」と題して、賢治がセロ弾きを練習したことについてふれている。賢治は、尾崎の知人である有名な奏者を訪れ、「至極簡単なセロ奏法の手ほどきを教えてくれ」と頼みこんだ。これはむずかしい注文で、ついに実現できず、一日か二日で賢治はさっさと郷里へ帰ったという。賢治の強引な依頼は、いかにも田舎のお金持の息子のものである。こんなエピソードを聞けば、辻潤や高橋新吉は、あるいは怒ったかもしれない。

こういった賢治の側面を書いた尾崎でさえ、「独学というものは往々独善の香がして、人間を貧寒な自尊のなかへ擦りこむものだが、彼の場合にはそれがいかにも非密教的で野外的で、自給自足の意味が大きくかつ広い」とたたえるのである。

賢治にとって、生身の自分がさらされないことは幸運であった。

追悼のなかで賢治を「君の能面のような無表情」と書いたニヒリズム詩人の小森盛は、「君は蛇紋山地から、おろかな可哀想《かわいそう》な私に手を振ってくれればいいが――」と死者に甘えてみせた。

小野十三郎は「正直のところ、僕にとって彼の詩の真価がわかりかけてきたのは、ようやく近頃のことなのだ」と吐露した。小野はそれまでは賢治のことなど、さほど評価していなかった一人である。田舎に住むモダン好みの詩人といった認識であった。それが「皮肉にも、こうして死は屡々《しばしば》その批判の最初の機会を我々に与えるのである」と結論するのである。

もとより賢治に力があった。

賢治への評価は、その後、堀尾青史や境忠一の評伝によって高まり、天沢退二郎、鶴《つる》見俊輔《みしゅんすけ》の研究によって、賢治像の幅は大きく広がった。その起爆力となったのは、詩人たちによる薄い一冊の追悼文集なのである。詩人にとって死は有効であり、虚構に生きようとした賢治は、追悼によって生き返った。詩人は裏技の魔法を使い、死者をよみがえらせてみせる。あるいは賢治はそれを予測して、追悼の宿題を残したのかもしれない。はたして、いまの日本詩壇に、無名詩人を発掘する第二の草野心平がいるだろうか。

宮沢賢治（明治29年8月27日—昭和8年9月21日）詩人・童話作家。岩手県生れ。稗貫《ひえぬき》農学校で教諭をしながら、第一詩集『春と修羅《しゅら》』、童話集『注文の多い料理店』を自費出版。肉体の酷使から肋膜炎《ろくまくえん》を患《わずら》い、病床にありながら『銀河鉄道の夜』などを執筆。

竹久夢二
女にもてた画家はうとまれる

9年9月1日

死者へ追悼を述べるのは友人であり、故人となんらかの交流があった人がしゃべったり書いたりするのだから、基本的には好意的な内容になる。どんな悪人だろうと「死ねばなつかしい人」になる。ところが、故人の異性関係があまりに花々しいと、追悼するほうは、当人に代って言い訳をしようとして、結果として、故人の悪行がばれてしまう。竹久夢二がそうであった。

夢二は女性関係にだらしなく、晩年は世間のひんしゅくを買っていた。あれほど多くの熱狂的ファンを持っていた夢二が、その女性関係のため、世間から嫌悪《けんお》の対象となっていたことが、追悼ではっきり分る。

夢若いころからの画家仲間で、夢二のことを「夢さん」と呼んでいた恩地孝四郎は「夢二の字を見るだけで既に私の胸は重圧を覚える」と追悼している。恩地は、夢二の絵を、「一つは純情なる抒情《じよじよう》詩風のもの、他は嘲笑《ちようしよう》的なもの」と分析して、「官展」と「文展」

を蔑視《べっし》したり、出版社編集者と衝突して、「狂っている」と言われた例をあげて、夢二の反逆児的感情が生活の基盤にあったことを指摘している。「夢二は女との生計のために絵を描いた。美への奉仕としての制作はむしろ第二義的であった。この態度は即《すなわ》ち、彼をドンファンとして世が見るに到《いた》らしめた素因を成すものであろう」と。あるいはこうも言う。「相当意地っぱりで、かんしゃく持ちであった彼が、とかくむら気となり、やりっ放しとなり、行人漂旅主義となったのはこの心構えのせいであったろう」。恩地は、「自分は夢二の画業を一部の人々程は素晴らしいものとは思っていない」が「多くの画人が思っている程低度ではなく」、「誤られすぎた夢二君のためにも、之《これ》を明らかにしたい責を感じるがこの責は果たせそうもない」と絶望的にしめくくった。友人の追悼としては冷たい。と同時に、親友の恩地孝四郎にこうまで書かせるという状況は夢二に対する世間の風あたりがかなり強かったことをうかがわせる。

映画監督の五所平之助《へいのすけ》は、「私は夢二に欺《だま》された一人である」と追悼した。五所監督が撮る松竹映画にガス燈《とう》が必ず登場することが、夢二画の影響であることを言ったもので、「欺された」という言葉をほめ言葉として使っているのだが、「晩年の夢二さんを追う心はありませんでした」とあるのは、初期夢二の抒情世界には幻惑されていたが、晩年には心がさめたということの表白である。

永見徳太郎は、「桃色合戦の勇士」と言っている。「私は女でなく、男に生れて居たのが幸せであったと思います。私が女であったならば、定めし夢二に対し心のときめきと云《い》うものを感じたであろうと思います。夢二さんが、そういう場合、お前の様なデブデブした脂肪過多の人間は、夢二型でないからと云って、ひどい肘鉄《ひじてつ》を喰ったに違いない」と述懐する。永見は、自宅に夢二が息子連れでやってきたとき、夢二が息子の不二彦にやさしく対するのを見て、「この人は桃色合戦だけの人ではない」と感動した。永見は「夢二流が世間にもてはやされるほど、反感も手伝ったのかもしれないが、キザだとか、甘ったるいとか悪評する者も多かった」「世間では女出入りのひどいとか何とか大分言われていたのだが、やはり子に対してよきパパさんであった」と追悼している。

文化学院を経営していた西村伊作《いさく》は「世間の人から見れば、夢二氏の如《ごと》きは、その生活が却《かえ》って芝居をしているように思われるかもしれないけれども、それが芝居じゃない、本当なんであって、世間の人が賢こそうにして暮らしているそのほうが却って拙《つたな》い芝居をやっているんじゃないかと思う」と言う。いささか苦しい。「(夢二は)いいこともし、間違ったと思われることもしただろうけれども、人間のなかで、最もいい生活をした中の一人だろう」と弁護して、「今日の人の道徳観から見て模範とすべきものでないと一般の人は思っているかも知らんけれども、私どもが見てそれを考えると、一般に認められ立志伝中の人とか或《ある》いは徳の高い人とか言うような人は、矢張り多くの嘘《うそ》がある生活であって、云々《うんぬん》……」と、一生懸命、当人に代って言い訳をしている。多くの友人、知人が、「世間はこう言っているが、自分はそうは思わない」という形の追悼であり、追悼する人の頭には、はなから「夢二は嫌われている」という先入観があった。性犯罪を起した友をかばうような論調である。

夢二の女性遍歴で、世間的に知られているのは三人である。

最初の妻は、早稲田鶴巻町《わせだつるまき》で絵はがき店を開いていた岸たまきで、夢二より二歳上である。たまきとのあいだに長男虹之助が生まれるが離婚し、離婚後も再会して同棲《どうせい》して次男不二彦が生まれた。たまきは、夢二の初期の絵にみられる、夢みるような濡《ぬ》れた瞳《ひとみ》の妖艶《ようえん》な女性である。二番目の女性は画学生の笠井彦乃《かさいひこの》で、夢二より十二歳年下だ。彦乃は細面《ほそおもて》の柳のような麗人で、二十五歳にして死ぬ。長髪でなで肩の、夢二絶頂期のモデルであった。三番目は、藤島武二《たけじ》のモデルをしていたお葉（佐々木カネヨ）で、死んだ彦乃に似ていた。彦乃が死んだショックで、まるで生ける屍《しかばね》状態におちこんでいた夢二のために、仲間の浜本浩《はまもとひろし》がつれてきた。お葉は彦乃のはかなさに魔的な魅惑をつぎこんだような娘で、伊藤晴雨のモデルでかつ情婦でもあった。夢二は、お葉を着せかえ人形のようにして描き、かつ溺愛《できあい》した。

たまき、彦乃、お葉は、いずれも夢二好みの美人であり、夢二美人画の三つの代表的モデルとして欠かせぬ女性である。これだけならば、嫉妬《しっと》ぶかい世間は批難したりはしない。夢二は、この三人のほかにも多くの女性と浮名を流していた。

「宵待草《よいまちぐさ》」のモデル長谷川カタ、芸者神楽坂《かぐらざか》きく子、文学志望の人妻山田順子。ことに「和製ノラ」と言われた山田順子の評判が悪かった。順子は徳田秋声とも関係を持った娼婦《しようふ》性の強い人妻で、夢二、秋声のあとは若い慶大生や、新進評論家の勝本清一郎とわたり歩き、有名人好きで知られていた。夢二と順子の生活は四十日ほどで終るが、強引な順子は、夢二に結婚を迫り、秋田の実家にまで夢二をひき連れていた。女を見きわめるのがうまい夢二がまんまとひっかかった最悪の相手である。顔は美形で夢二好みだが、性格は、自己中心的で、ズボラだった。同じく自己中心の権化《ごんげ》である夢二とあうはずがない。

新聞は、山田順子に恋をした秋声を、「愛の悩みの順子さん、秋声氏と結婚のうわさ」とからかい半分、冷やかし半分で書きたてたけれど、夢二のときもそれは同じだった。自分の売り出しのために有名人にとりいる順子は、ジャーナリズムのあいだで嫌われ者で、順子とつきあって以来、夢二の生活はすさんでいく。それまでの夢二の美人画が一世を風靡《ふうび》していただけに、その反動も大きかった。川端康成は夢二が生きているうちにこう言っている。

「竹久夢二氏もまたあの個性のいちじるしい絵のために、沢山得ただけ、それだけ失ったのだ。夢二氏の場合、その画風は夢二氏の宿業のようなものであった。若い頃の夢二氏の絵を『さすらいの乙女』とすると、今の夢二氏の絵は『宿なしの老人』かもしれぬ。

これもまた、作家の覚悟すべき運命である」（『末期《まつご》の眼』）
同時代人で、女を渡り歩いた詩人に白秋と啄木《たくぼく》がおり、ともに女性遍歴は夢二と似たようなものなのに、夢二だけが悪く言われた。北村小松はそのことをとらえて「白秋のことはおこう。（中略）だが啄木を云々する人の多きに比べて夢二と云う人の少いのはどう云うわけであろう」と嘆き、「今にして考えると、夢二の絵そのものが、すでに夢二の生涯と云うものを暗示していた」とした。そして「夢二は愛欲と四つに組んだ人だと私は思う。だから、ああいう絵が、詩が生まれたのだ」と。
夢二の美人画には、その初期から愁《うれ》いと孤絶が漂っている。両手で顔をおおって泣いている女性、もの思いにしずむ後ろ姿の女性は、清純でありつつも頽廃《たいはい》の色が濃い。夢二は、そういう状態の女性が好きだったのであり、S字型に腰がくねり、異常に手が大きい姿勢のなかに夢二の架空の願望がある。しかし、夢二は、もとより破滅願望だったわけではない。夢二の理想は、たとえば『青い小径《こみち》』に載ったつぎのような詩にあらわれている。

あなたのための　靴下を
白い毛糸で　編みましょう。
もし靴下が　やぶけたら

赤い毛糸で　つぎましょう。
けれども　遠い旅の夜に
あなたの心が　破れたら
あたしは　どうしてつぎましょう。

この詩集が刊行されたのは大正十年（三十七歳）で、お葉と世帯《しょたい》を持った年なのである。女から女へ渡り歩いて、夢二はなお、女性にこういう理想を思い抱いていた。「おそらく竹久君の装幀《そうてい》は三十七八冊はあるであろう」という長田幹彦《みきひこ》は「ぼくは、今でも画家としてよりも詩人としてより多く理解している」と追悼し、最後に装幀してもらった『祇園囃子《ぎおんばやし》』の絵に関して「体を異様にまげた舞妓《まいこ》のあのポーズをみて、僕は不吉なことに君の死を予覚した」と述懐している。「あんなに恐ろしい筆触で、よにも艶《えん》麗《れい》であるべき舞妓を、ああいう風に表現できるものじゃない。あれはいたましい孤独感と宿命感の生ける屍であった」。
若き日の弟子で、夢二にお葉を紹介した浜本浩は、たまきと暮らしているころ、「夢二は無口な恩地を愛していた」と思い出し、夢二が遊びに行くときは「不良少年のぼくがつれられて行く。十二階下の銘酒屋、吉原《よしわら》などの岡場所はすべて夢二さんから教えられた」と言う。「夢二さんは精神的にはロマンチストで、実際的にはリアリストだった」

と。

夢二と同郷で幼なじみの正富汪洋《おうよう》は、夢二がたまきといたころの記憶を書いている。「彼と愛人の某女が同棲していて新聞に《痴話は火を出す》とか何とかいう見出しで書かれていた時分だった。そこで、チラと見た女が、夢二君の好んで書く女の顔形とソックリであった」。

夢二への追悼はすべて女がらみである。

夢二を「新らしい歌麿《うたまろ》だ」とほめちぎった中村星湖は、こう追悼した。「かれと色々な女との関係がその後よく私の耳に入った。その方面では殊《こと》に天才的で、勇敢であったらしい」。しかし、晩年の夢二の絵を「頽廃《たいはい》から更生しようとする意志がそこに働いている」として、「かれは、謂《い》わば、知命の老境に入って再度の出発を試みて、その再出発の上で斃《たお》れたのである」と言う。苦しい弁明だ。

夢二という筆名は、尊敬する藤島武二にあやかって、武二（ムニ）を夢二（ムニ）とおきかえたものだが、その藤島武二は、夢二の全盛時代は外国にいてよく知らないとして、晩年になって「私共其頃《そのころ》夢二君の噂《うわさ》を耳にしたのは、非常に艶福《えんぷく》の盛んな人であると云う事であります」とだけ言っている。夢二は、女のことで藤島武二に迷惑をかけた。

お葉に関しては、画家の藤森静雄が、アトリエ開きのとき「夢さんは大きな果物籠《かご》を自分でかついで、お葉さんを連れてきて」、お葉さんが「パパは私にこんな着物をきせるのよ。どう？　よくって」と聞いたことを半ばあきれ顔で回想している。

　お葉との生活は山田順子の介入によってこわれた。このとき、夢二は四十一歳であった。夢二は東京郊外の松沢村に建てた「少年山荘」にひきこもって人形づくりを始め、電車でみそめた美少女雪坊こと岸本幸恵と同棲する。しかし、その一年間に、別れたはずのたまき、お葉、順子が「少年山荘」に出入りし、それらの「昔の女性」が泊るたびに、雪坊は三角部屋へ押しこめられ、いたたまれずに別れた。また、アトリエに来ていたモデルの荻野まさ子は、画学生に求婚されて夢二に相談に行くと、夢二は「いいだろう」と賛成したものの、夜、まさ子を手ごめにして、まさ子はその後行方不明になった。福田蘭童《らんどう》と結婚するつもりでいた女性記者小池秀子も、夢二の手にかかってしまった。

　夢二のこういった乱行は、友人たちはみな知っていたことで、そこから夢二への反感がつのり、新聞、雑誌ジャーナリズムは夢二から離れていく。

　どの追悼文にも、一種のいらだちと悔しさが内在しているのはそのためである。金があることを自慢する金持ちはさげすまれるが、女にもてすぎた男もさげすまれる。

　幼なじみの正富汪洋は「一人の女と同棲していて、他の女と関係するところに、彼の我儘《わがまま》を押通す強さがある」と言う。まあ、このへんのことは、いつの時代の遊び人だってやっていることで、だからといって夢二の画業を否定することにはつながらないはずだが、晩年の夢二が世間に嫌悪されたのは、大正デモクラシーの背後に、日本の軍国主義的風潮があったことも関連している。時代の寵児《ちょうじ》であった夢二への嫉妬心もある。色黒で、さして美男ともいえぬ四十男が、その破滅的で弱々しい印象から女心をかりたてるのを、友人たちはいらだたしく感じた。

夢二は、富士見高原療養所で、五十年の命を閉じる。富士見高原療養所には、友人の医者正木不如丘《ふじよきゅう》がいた。正木博士が、「つきそいの看護婦をつけようか」と言うと、夢二は「若い女などいやだ」と答えた。

最後まで夢二の理解者であった有島生馬《ありしまいくま》は、

「晩年の夢二に最もつらく当ったのは、かつてあれほどまでに夢二を持ち上げたジャーナリズムだった。一度は夢二を九天の高きに持ち上げたジャーナリズムは、震災を境として夢二を仇敵《きゅうてき》みたいな態度で冷遇した。日本画家、洋画家、それから文学者、批評家など総《すべ》て夢二を甘いセンティメンタリストとして無視してかかった。唯《ただ》夢二の熱心なファンと云うものは、全くそう云う方面からかけ離れた市井《しせい》の好事家《こうずか》のみに限られた」と追悼している。

夢二にとって気分がいい追悼は高島平三郎のもので、「女から女へ移って行くのは、純粋の道徳から云うと悪いことかも知れませんが、夢二は全く情の人である。感情と云うものは変ってくるのが当りまえだ。変って来るのが感情で、変らなければ感情ではない。やわはだの熱き血潮に触れることは決して悪い事ではない」と言い切っている。ここには、大正デモクラシーのひらきなおりがあり、友人を追悼するのならばここまで言ったほうがすっきりする。

夢二への追悼は、スキャンダル本なみに女性の話ばかりが登場する。女性関係がはなやかであった人への追悼は、女性の話はさしおいて評価をするのが故人への礼儀であると思われるが、夢二に限っては、女ぬきで語ることは到底できなかった。

竹久夢二（明治17年9月16日—昭和9年9月1日）
画家・詩人。岡山県生れ。夢二式と呼ばれる独特の美人画と抒情《じょじょう》詩文で一世を風靡した。「趣味の店港屋」を開き、デザイナーとしても先駆的業績を残した。画集『春の巻』、詩画集『どんたく』など。

坪内逍遥
遊女を妻とした男

10年2月28日

坪内逍遥《しょうよう》は死ぬ寸前、居あわせる者にむかって「人は私を幸福な人間だと言うが、私は三十歳から苦しんで来た。人のようには口へ出しては言わぬだけだ」と、沈痛な一言を残した。そのとき逍遥の両眼から熱い涙が湧《わ》いた、と弟子の山田清作が証言している。

七十五年間にわたる逍遥の生涯は近代文学の歩みそのものであった。日本近代文学は明治十八年に刊行された逍遥著『小説神髄《しんずい》』に始まった。シェークスピアを紹介し、演劇を改革し、若手を指導し、早稲田《わせだ》大学文学科育成に尽力し、はたから見れば満ち足りた大往生であっても、死ぬ当人には人に言えぬ苦しみがあった。

葬儀は青山斎場で盛大にとり行われ四千名余の参列者があった。文部大臣弔詞、衆議院弔詞、英国大使弔詞、早稲田大学弔詞（田中穂積総長）、慶応義塾弔詞（小泉信三《しんぞう》塾長）、日本シェイクスピア協会弔詞、文芸家協会弔詞、早大文学部弔詞、国劇向上会弔詞、熱海《あたみ》町弔詞がつぎつぎと朗読された。弔詞の総数は二十二、弔電は三百六十七に及んだ。内閣より勲一等をもって国家的大功績を顕彰すると申し出があったが、故人の遺志を尊重した弟子の合議で断った。このところも毅然《きぜん》としている。

追悼号は「早稲田学報」（昭和十年三月）、「早稲田文学」（同四月）、「英語青年」、「婦人公論」、「芸術殿」（国劇向上会）でなされた。高名な作家でも七十五歳まで生きると、同僚や友人が少くなり、また業績も過去のものとなって、追悼文は少くなるが逍遥の場合は違った。葬儀を仕切ったのが早稲田大学であることも追悼者を多くした一因である。五誌あわせて百六十余の追悼文が寄せられた。それらをすべて読むと、逍遥の大きさがどれほどのものであったか、を思い知らされる。頑固《がんこ》で、一途《いちず》で、友人思いで、純情で、激情家で、道徳家で、熱心な教育者であった。どの追悼を読んでもすがすがしく、「日本にはこういう文学者がいたのだ」、という熱く鮮烈な思いが残る。

逍遥の妻は浅草で遊女をしていた鵜飼《うがい》センである。自分は士族出の秀才でありながら、遊女を妻として恥じることがなかった。妻センは晩年目を悪くしたため、逍遥は手をひいて連れ歩いた。そのため「仲の悪い夫婦は、逍遥夫妻に会うと、あまりの仲の良さに影響されて夫婦仲が直った」（生田七朗）というほどであった。

生徒の河竹繁俊《しげとし》は、逍遥が「私は芸術欲はあるが生存欲はない」と語っていたことを回想している。まったくその通りで私利私欲がない人だった。岡本綺堂《きどう》は大正十一年七月の饗庭篁村《あえばこうそん》の葬儀の記憶を書いている。染井の墓地で葬儀のあと、逍遥は、「わたしはこれで失礼します」と言ってさっさと参列客から離れた。「どちらへ」と訊《き》くと「二葉亭の墓へ参詣《さんけい》してきます」と言ってただひとり、道をまがって足早に去った。二葉亭四迷は逍遥がデビューさせた弟分であった。尾崎紅葉の葬儀の席で貧血をおこし卒倒してしまったという事件もある。冷静に見えて激情家だ。

前田晁《あきら》は「校友が電車の運転手になろうとした時の先生の御心遣《こころづかい》」と題して、H・E氏の話をかなり長く書いている。明治三十八年、逍遥は早大生徒のH・Eが下宿代を払うために市電の運転手に就職したという話をきくと、すぐに運転手をやめさせて、大学の図書館に勤務させた。そして給与の差額を自分で出してやり、H・Eをはげました。H・E氏はのち株屋となって金儲《かねもう》けし、逍遥の演劇博物館が開設されるときに多額の寄附をした。この話は読むとホロリとする。

早大での授業はきわめて厳格であった。谷崎精二はずいぶん逍遥にかわいがられたが、「先生はぼくが潤一郎の弟であることを知らなかった」と書いている。「やっぱり坪内先生だけは怖かった」とも述懐している。

またこんな逸話もある。友人の片山松治郎の息子が二歳から描いた絵を集めて一冊の画集を作った。その序文を頼まれた逍遥は、カタカナでつぎのような序文をよせた。

「タカシサン／ウマイ　ウマイ　ドレモドレモ　オモシロイ　ヨクデキテイマス　モットモット　イロンナモノヲ　ヨク見テジット　目ヲツブッテ　カンガエテ　ソレカラ

ズンズン　ステキナ　エヲ　オカキナサイ／（中略）／ドンナ　エライ人ノ　エヲモ　オ手本ニハ　シナイデ　コノ本ノ　エヲカイタトキト　オナジキモチデ　ズンズン　オカキナサイ／ツボウチ　ショウヨウトイウ　ジイサン」

ここには相手がだれであろうと手をぬかない逍遥の性格がみられる。

劇作家の島村民蔵《たみぞう》は逍遥につぎのように忠告された。「役者にはせいぜい丁寧《ていねい》な口を利《き》くほうがいいよ。こちらが片岡君といえば、向うも坪内君というようになる。松島屋さんと言ってやれば坪内先生と尊敬していう」。

中央公論社社長の嶋中《しまなか》雄作は「先生に送った原稿料（それはたしか八百円くらいだったと思う）のなかから三百円を小切手にして送り返して下さった。そのときの添書に、『これは多過ぎるから』という意味のことがたった一行書いてあった。多過ぎるわけが絶対あろう筈《はず》はないので、それは先生が私の苦しい手許《てもと》を察しての思遣《おもいや》りに相違ない」（『情誼《じょうぎ》の一面』）。原稿料が多過ぎるといって版元に送り返す作家なんてほかにいただろうか。明治の作家はピンハネ屋が多く、たとえば広津柳浪は永井荷風に名を貸して稿料のほとんどをまきあげた。荷風はそれに腹をたてて柳浪から逃げた。逍遥も二葉亭に名を貸して『浮雲』を出したが、ピンハネを嫌って、版元から送られた金を二葉亭に渡した。逍遥は金銭にきれいである。熱海の自宅も死ぬ数年前に国劇向上会へ寄附してしまった。

明治四十四年、逍遥は文芸功労者として表彰され二千二百円の賞金を貰《もら》った。逍遥はそのうちの半分を文芸協会へ渡し、半分を二葉亭四迷、国木田独歩、山田美妙の遺族扶助として贈った。このうち山田美妙は、逍遥の怒りにふれて文壇から消し去られた人物である。美妙は浅草の芸妓《げいぎ》おとめを妾《めかけ》として囲っていたことを「万朝報《よろずちょうほう》」に暴露され、それを「小説のため」と言い訳して、逍遥の逆鱗《げきりん》にふれた。逍遥は「早稲田文学」誌上に「小説家は実験を名として不義を行うの権利ありや」との一文を大々的に掲載した。遊女を妻とした逍遥だからこそ美妙の行為は許されない。逍遥は「美妙を消した」ことを忘れられず、遺族に金を贈ったのである。

明治三十七年、東京座は逍遥の『桐《きり》一葉』上演を勝手に決めて、しばらくたってから座付作者から逍遥に伝えた。逍遥は激怒して上演拒否をした。東京座は謝罪して弁解にこれつとめ、逍遥の指導のもと徹夜で脚本の訂正をした。この芝居は中村芝翫《しかん》（のちの歌右衛門《うたえもん》）、片岡我当（のちの仁左衛門《にざえもん》）の当り役となり、興行も大成功であった。怒ると怖いが一度納得すれば舞台監督までひきうけて徹底して面倒をみるのが逍遥流である。追悼集を読むだけで、逍遥の男っぷりのよさがわかる。

新芸術をおこすために自宅に舞台を造って甥《おい》や養子養女に藤間流の日本舞踊を学ばせた。貧乏な学生にはおし気もなく金を与えた。私財を投じた自邸内の演劇研究所では、自ら陣頭に立ってシェークスピア、イプセンを教え、ここから松井須磨子《すまこ》が出た。

弟子に囲まれ、学生に慕われ、歌舞伎《かぶき》役者から女優たちにまでかしずかれる日々は、世間からは「幸福な日々」にうつったろう。男と生まれればまねしてみたい生活である。だが当人にしてみれば「三十歳から苦しんで来た」というのである。

明治二十一年は逍遥二十九歳であった。このとき、逍遥は小説家としての筆を折り、演劇改良を志していた。東京専門学校（現・早大）に文学科を創設したのが三十二歳、「早稲田文学」を創刊したのは三十二歳だった。このとき、三歳下の森鷗外《おうがい》との間で没理想論争が始まった。論争は翌年六月までつづき、鷗外優勢のうちに終了した。

逍遥の本旨は、文学作品の批評を主観的理想や好き嫌いで書くなという点にあった。鷗外はハルトマンの美学を援用し文芸の理想を説いた。この論争を簡単にまとめれば、文学作品批評に理想は可か不可かというものだった。双方に言い分があり火花を散らす斬《き》りあいとなった。ドイツ帰りの鷗外は誰にでも論争をいどむケンカ屋であって、それまでは石橋忍月《いしばしにんげつ》とやりあっていたのに、ほこさきを変え、当代の権威者である逍遥に噛《か》みついてきた。逍遥は受けてたった。

論争は、逍遥が折れる形で終ったが、それは逍遥が敗北を認めたからではない。鷗外は自分が発刊する「しがらみ草子」を舞台とし、逍遥は「早稲田文学」に書いていた。ところが鷗外は「早稲田文学」の初期から「シルレル伝」を連載しており、逍遥は鷗外のもとへ原稿を取りにいっていた。一方で激しくののしりあう論争をしつつも、逍遥は鷗外の前では編集者の立場であった。

あるとき、逍遥が鷗外宅へ原稿をとりに行くと、鷗外の母がソバを出した。胃弱の逍遥はそれを食べられなかった。マザコンの鷗外は「自分の母が出したソバを食わないとは、逍遥が敵の食を口にせぬ覚悟である」とみなして、逍遥攻撃は一段と感情的になった。「早稲田文学」は学生の教材でもあったので、これ以上ののしりあいはよくないと判断して、逍遥のほうが折れた。「早稲田文学」編集者としての逍遥が、論客としての自分を殺したのである。鷗外は大正十一年、六十歳で没した。鷗外が没したとき、逍遥はかつての論敵の死を悼《いた》む談話を発表した。

昭和元年、逍遥選集が春陽堂から発刊されるとき、編集助手の木村毅はつぎのような刊行主旨を書いた。

「和漢洋の造詣《ぞうけい》に深く、小説に、劇に、教育に、児童教化に、学校経営に往《ゆ》くとして可ならざるなき万能の木の先生は現代のレオナルド・ダ・ヴィンチである」

これを読んだ逍遥は「これはいかん。ダ・ヴィンチに比し得る人があるとすればそれは森鷗外君だ。殊《こと》に鷗外君は科学をやっている」と言って「ダ・ヴィンチのところをはずせ」と強硬に申し入れた。しかたなく木村毅は「ルネッサンスの巨匠の面影がある」と書き直した（「逍遥選集刊行主旨を書いた時」）。

鷗外が生きていたら、はたしていかなる追悼を寄せたか。鷗外と逍遥には、「敵対する友情」という、明治文人特有の意志がある。

逍遥と敵対したもう一人は、島村抱月であった。抱月は逍遥に師事し、早稲田文学科を卒業するときの論文「審美的意識の性質を論ず」は九十五点だった。こんな高得点は文学科創設以来初めてで、論文はさっそく「早稲田文学」に掲載された。卒業後は「早稲田文学」編集者として活躍し、英独へ留学した。抱月の留学中は「早稲田文学」は休刊となった。抱月は逍遥が一番可愛《かわい》がった弟子だが、のち文芸協会の新劇運動がせわしくなると逍遥に敵対して、松井須磨子を連れて逃げた。その抱月も大正七年に四十七歳で没した。逍遥と抱月の対立は、逍遥がシェークスピアを推し、抱月がイプセンを推す、という芸術上の対立よりも、旧権威逍遥と、新風抱月の対決となり、それに女がからんだ。学生は抱月の肩を持ち、逍遥の授業へ出てくる学生は少くなった。そのころ聴講生であった広津和郎《かずお》は「坪内先生から離れた島村先生の方ばかりに、若い早稲田の連中が加担しているということが、なにかぐっと私の胸に来た」(「坪内先生の思い出」)と言う。生徒は広津一人になった。逍遥はちょっと遅れて教室に入ってきた広津に「いよう、来ましたな。誰も来ないから、引揚げようとしていたところだ」とにこにこ笑いながら言った。「だれか真面目《まじめ》な学生を四、五人集めて下さい。そうすれば学校でやらずに私の家でやろう」。広津は谷崎精二、今井白楊《はくよう》、峰岸幸作らを連れ、逍遥の自宅で講義を受けた。学校の教室と違って時間に制限はなかった。「坪内先生ともあろう方がわれわれ学生の意見を少しも軽蔑《けいべつ》する事なく、じっと耳を傾けていられた」と広津は回想している。

逍遥に対して批判がなかったわけではない。その筆頭は菊池寛《かん》で「坪内なんて鷗外や漱石《そうせき》にくらべればボンクラだ」と言い放った。派手な葬儀へのあてつけの気分もあったろう。青野季吉《あおのすえきち》は「逍遥の文学は調和ばかりで反抗がないからだめだ」と批判した。早大総長田中穂積の追悼のなかにも「開拓者への災厄は、蝟集《いしゅう》する誤解、中傷、侮蔑《ぶべつ》、罵言《ばげん》、讒謗《ざんぼう》である云々《うんぬん》」と述べているから、逍遥をもってしてもすべての人からほめられている、というわけではなかった。小説家として出発した逍遥は、最終的には教育者としてその生涯を閉じた。

弟子の長谷川如是閑《はせがわにょぜかん》は逍遥を「痛くない鞭《むち》」と評している。逍遥の教え方は強くはないからピシリとした痛みはないが、まちがいなく鞭であって、感じる者には感じる。最後の弟子である伊達豊にむかって、「これからは専門を持たなければいけない。此事《この》ならあの男のところへいって聞けばすぐにわかる、というようにならなければいけない。私なぞはあまりに間口を広げすぎて後悔している」と言った。シェークスピアをきわめた逍遥にしてまだ、こういう後悔があった。

戸川秋骨は、中央公論社のパーティーに出た逍遥が自ら立って「世間では私のことを創作家でもなく、詩人でもなく、批評家でもないと言う」と悲し気に挨拶《あいさつ》したことを回想している。秋骨によれば「逍遥はなんでもない人となるわけであるが、そのなんでもないのが私にはありがたい」ということになる。

数多くの逍遥への追悼のなかで、異彩を放っているのは、妻センの追悼記「逍遥と偕《とも》に五十年」である。これは「婦人公論」の昭和十年五月号に掲載された。七ページにわたる聞き書きだが、逍遥像が具体的に語られている。妻センの手記は他の雑誌にはない。

「私が坪内の許《もと》へ参りましたのは明治十九年の七月で、坪内が二十八歳、私が二十一歳の時でございます」ではじまる名文である。

逍遥は『当世書生気質《かたぎ》』を書きながら、それをセンに読んで聞かせて、感想を聞いた。これはのち、戯曲を書きあげたときも同じで、センが最初の読者だった。また金銭には無頓着《むとんちやく》で、しょっちゅうガマグチをなくした。こまりはてたセンがガマグチにひもをつけて首からぶら下げると、逍遥は「学校で皆に笑われたよ」と言って二人で大笑いをしたという。

「坪内は妻を大変大事にする、と皆さんがよくおっしゃいましたが、別に私を大事にしてくれたとは思われません。ただ、連れそってから五十年もの間、大して小言をいただいたことがないというくらいのものにすぎません」

「いろいろ考えてみますに、主人は今度寝ついてからは勿論《もちろん》、もう余程前から死を覚悟しておったようであります。思いあたるままに、何かと片づけておりましたが、庭なども昨年すっかり手入れをいたしました。……中略……二月八日頃、自分も、いよいよ駄目だと悟ったものと見え、私にもそのことを申しました。そして死ぬ十日ばかり前に、あともう一週間生きるか五日生きるかしれないが、早く楽になりたいものだと申しつづけました。それから間もなく昏睡《こんすい》状態に入りましたが、別に苦しむこともなく、そのまま往生されました」

センの回想は無駄がなく正確で、余計な思い入れがなく沈着そのものであった。これも逍遥流というものだろう。

坪内逍遥（安政6年5月22日―昭和10年2月28日）評論家・小説家・劇作家。美濃《みの》生れ。東京専門学校講師のとき、『小説神髄』を発表。その後、演劇革新に専念する。「早稲田文学」を創刊し、啓蒙《けいもう》活動を展開する一方、『シエークスピヤ全集』の完訳を刊行。

与謝野鉄幹
復讐《ふくしゅう》する挽歌《ばんか》

10年3月26日

新詩社をおこし「明星」を拠点に短歌革新旋風をおこした与謝野鉄幹《よさのてっかん》（寛《ひろし》）への追悼の量は、硯友社《けんゆうしゃ》の紅葉を上まわり、子規、漱石《そうせき》、鷗外《おうがい》をも上まわった。

妻晶子《あきこ》が作った挽歌だけで百六歌あり、堀口大学、有島生馬《いくま》、平野万里《ばんり》、茅野蕭々《ちのしょうしょう》、松永周二、井上英渓、石井龍男、石井柏亭《はくてい》、岡崎よね子ら八十七人が追悼した挽歌は千余首になる。異常なほどの量の多さである。

佐藤春夫の弔詞は荘厳《そうごん》な美文である。

「噫《ああ》一代の詩魂いま春はあけぼの紫の雲のまにまに天に帰り給《たま》えり。もとこれ天のものにしてあれば、姿とどめんにすべなき憾《うら》みなおとこしなえに朽ちせぬおん歌の巻一つ二つのみならで、天地《あめつち》のあいだに留めおかれ、事として、物として歌い残し給わざるはあらねば、折にふれて心静かに、しずのおだまき繰り返しなば、なかなかにそぞろなるおんいのちに触れたてまつるたつきともなるこそ、いとせめて慰めはあれ、さあれ、うつそみの人なる我等、いまゆのちすずしき日影におん姿を、雪の中の梅にみこころざしを、春風におん言の葉をしのびたてまつるばかりとはなりにけるはや。／昭和きのと亥《い》の春三月二十八日／わざならで残されたるおん弟子のうちはるを謹みて白《もう》す」

さらに当代の重鎮斎藤茂吉と北原白秋が切々たる追悼をしているのだから、いま、それらを読みおこしてみると、鉄幹という人物がどれほど偉かったのかがわかる。と同時に、その量の多さになにか異常な殺気が感じられる。それはなぜだろうか。ひとつは喪主が与謝野晶子だったことが考えられる。晶子は鉄幹が死んだ七年後に没するのだが、晶子への追悼は鉄幹ほどの多さはない。歌人として晶子は鉄幹以上の力量があり、教育家、社会運動家としての地位も確立していた。実力者晶子への配慮から鉄幹への追悼が増えたのであろう。

しかし、追悼の詳細を読みすすめば、ことはそう簡単な世情的人間関係では片づかないことがわかる。弟子の高村光太郎はつぎのように追悼する。

「おもうに現代詩歌人の中で先生ほど悪意に満ちた誹謗《ひぼう》と、意地わるく執念ぶかい排撃とを受けた者はそうあるまい。新詩社創立の頃における極端な人身攻撃、『明星』刊行による負債の山、短歌壇上における一種の総ボイコット、此等《これら》のものは並大抵の人をへこたらすに十分な資格を備えていた」と。

新詩社創立のころの人身攻撃とは、「帝国文学」の大町桂月《けいげつ》による「君死にたまふことなかれ」批判である。戦争賛美歌人である桂月は、「明星」に掲載された晶子のこの詩を「危険思想である」として激しく批難した。鉄幹は「明星」を代表する形で反論した。このときの鉄幹は威勢がよく、戦闘力旺盛《おうせい》であった。

それが「明星」が終刊した三十五歳ころより意気が上らなくなった。晶子の名声はあがるが鉄幹は「晶子の夫」というヒモ的存在になっていく。「明星」解体後の失意の鉄幹の様子は、晶子によって朝日新聞連載小説『明るみへ』に書かれた。

若き日の鉄幹に関して、鮎貝槐園《あゆかいかいえん》の「あさ香社時代の鉄幹」(百瀬千尋記)と題した回想記がある。それによると、ある歌人が槐園翁《おう》につぎの歌を示したという。

「世の人に蚤《のみ》の夫婦と嗤《わら》はれた背《せ》は痩《や》せに痩《や》せ婦《め》は肥《こ》えに肥《こ》え」

蚤の夫婦とは与謝野鉄幹夫妻であることは容易に想像がつく。そして、これを示した歌人は子規であると。

この回想記を詳細に読むと、この内容が悪意にみちた中傷で、デマであることがわかる。なぜなら子規は明治三十五年に死んでおり、その前年に鉄幹は晶子と同居をしはじめたばかりだからだ。病床にある子規が鉄幹、晶子夫妻に会うことはなく、まして槐園翁のところへ行けるはずもない。それに、子規が、いくら鉄幹と敵対していたとしても、こんな下劣な和歌を詠《よ》むはずもない。

槐園の回想記は、百瀬千尋という記者の聞き書きの形になっており、記者が槐園(落合直文の弟。あさ香社で子規の兄弟子）宅へ行き、槐園の昔話を聞く形になっている。文責は記者にあると但《ただ》し書きがあり、かつて鉄幹が大町桂月と一緒に落合直文門下だったころの話があり、鉄幹のことを「剛腹《ごうふく》というより傲慢《ごうまん》だった」とする。桂月をほめ、鉄幹をけなしている。この子規が作ったという歌に関しては、記者の註として「誰かを諷《ふう》したものだろうが、この歌に関しては調べる暇がない」と逃げをうっている。筆談の形をとった巧妙な中傷である。こういう誹謗が鉄幹の死後、回想として書かれたのであり、それがあまりにうまく書かれているため、読者はうっかりひっかかってしまう。

子規が鉄幹を攻撃したのは事実である。子規は自然主義手法の写実を主張し、万葉集を尊重した。鉄幹を批判して、「鉄幹是なれば子規非なり」とまで言った。

この槐園の名を借りたかたちの中傷記事は、子規が主張したその論をもとに作られており、それを知っている者には一定の信憑性《しんぴょうせい》を与える。

鉄幹は浪漫《ろうまん》主義歌風だが、鉄幹もまた万葉集に関してはただならぬ素養と傾倒がある。鉄幹は、そのころ妻晶子と愛人の山川登美子《とみこ》との三角関係清算で手いっぱいで、まともに反論しないうちに子規に死なれてしまった。子規と鉄幹に問われているのは客観主義と主観主義、写実主義と浪漫主義の対立であり、さらに万葉集VS.新古今の対立なのだから、論争すれば五分と五分だ。

反鉄幹派の歌人たちが、子規をだしにして鉄幹を攻撃したのであり、そのことを、平野万里はつぎのように追悼する。

「ここに至ってはもう辛棒《しんぼう》が出来なくなって、この風潮に捲《ま》きこまれたくない許《ばか》りに、自らいわゆる歌壇から追ん出てしまった。先生夫妻が自ら我は素人《しろうと》なりと名乗られたのはこの頃にはじまるのであるが、それを聞いてある者はひがんででもいるように取ったり、あるいは嫌味だと思ったりしているようだ」

「明星」終刊後、鉄幹がおとなしくなったと知った歌壇では、子規がひきいる根岸派以外の歌人までが、こぞって鉄幹を嘲笑《ちょうしょう》、罵倒《ばとう》した。鉄幹への厖大《ぼうだい》な追悼と挽歌は、こういった鉄幹の無念を鎮魂するために捧《ささ》げられたのである。

斎藤茂吉はそういった鉄幹の心情を「高貴な孤独」と呼び、鉄幹が「子規先生」と呼ぶことに関して、白秋とやりあった。その話は茂吉の追悼のなかにも書かれており、山本実彦《さねひこ》の追悼にもある。昭和四年、山本実彦は、与謝野夫妻、佐佐木信綱《のぶつな》、白秋、茂吉らを星ケ岡茶寮に招待して会食した。そのうち、鉄幹が「子規先生」と言ったことから白秋が怒り出し、鉄幹に喰ってかかった。それで子規芸術論に関して、白秋と茂吉が激論をかわした。白秋は子規を罵倒し、茂吉は弁護した。鉄幹は微笑をもらしつつ、二人の言いあいを聞いていたという。そのとき、つぎのような歌ができた。

茂吉《しげよし》と白秋論じ星が丘夏の夜いよよ暑くなりたり（信綱）

あげつらふ餓鬼《がき》は居《お》りともひたぶるに竹の里人《さとびとか》乎我は尊ぶ（茂吉）
かにかくにかの子規居士《こじ》は君達の脱ぎし袍《ほう》とも思ふべきなり（晶子）

これに対し、鉄幹は、

茂吉論じ白秋抗す信綱とひろし晶子は言ふところなし

と吟詠した。鉄幹はこういうたんたんとしたところがあった。茂吉は、追悼のなかで、晶子が「主人はああいう人なんですよ。まあ卑下慢《ひげまん》とでも言うのでしょうね」と言ったことを思い出している。

鉄幹は猛獣のように激しくかつ自己抑制力の強い人物であったが、反面、気弱で純情なところがある。しかも追悼文がうまく、啄木《たくぼく》への追悼、鷗外への追悼、兄への追悼、落合直文への追悼、山川登美子への追悼、そのどれを読んでも、切々たる心情があふれている。

啄木への追悼では、盛岡中学三年生の啄木が短歌を送ってきたとき以来の交遊を書き、その描写は客観的で、啄木の実像を知る上で貴重な資料である。啄木へは必要以上の評価はしないものの、最後に、「死して後世《のち》に知られたる啄木を嬉《うれ》しとぞ思ふ悲しとぞ思ふ」「いつ見ても寒き顔せり昂然《こうぜん》と右の肩をば上げし啄木」と詠嘆している。啄木のそれまでの雅号は「白蘋《はくひん》」であったが、「明星」誌上に載せるとき鉄幹が「啄木」と改名した。

二十歳の晶子が、初めて目にした鉄幹の和歌は、

春あさき道灌《どうかん》山の一つ茶屋に餅《もち》食ふ書生袴《はかま》つけたり

であり、この一首は子規以上に写実的で簡明、清澄《せいちょう》である。また子規の弟子伊藤《いとう》左千夫の死に際しては、深く交際する機会がなかったことをくやみながら「私は伊藤左千夫先生が正岡子規君の短歌における遺業を襲《つ》いで、明治大正の詩界に万葉集の一面である敦厚醇樸《とんこうじゅんぼく》の精神を鼓吹《こすい》せられた偉大な功績を讃歎《さんたん》せずには居られません」と追悼している。対立する者へも礼儀正しく実直である。

落合直文へは長文の追悼「嗚呼《ああ》落合先生」を書き、「自分の半生で落合先生に逢《あ》えたことがどれほど有難いことであったか」をめんめんとつづっている。直文の大言壮語を批判する学者に対しては、蕪村《ぶそん》の句（「心太《ところてん》逆《さか》しまに銀河三千尺」）を引用し「詩人とあなたがたとは尺度が違う。お分りには成りにくかろうが、あなた方は一尺一尺と小足に歩く連中であるが、詩人はひとまたぎに空を飛んで参ります」と言ってのけた。

弟子の山川登美子へは、恋心をよせていた相手であり、死にさいしては、その恋の修羅を苦しみぬいた過去もかまわず、熱血の挽歌を捧げた。

君なきか若狭《わかさ》の登美子しら玉のあたら君さへ砕けはつるか
若狭路《わかさじ》の春のゆふぐれ風吹けばにほへる君も花の如《ごと》く散る
わが為《た》めに路《みち》ぎよめせし二少女《ふたおとめ》一人は在りて一人天翔《あまがけ》る
わが胸に君の影さすあめつちの魂の影わが影の影

と真情を吐露した。晶子は晶子で、嫉妬《しっと》して、

背とわれと死にたる人の三人《みたり》して甕《もたい》の中へ封じつること

と、これまたまっすぐに斬《き》り返した。
鉄幹と晶子は、いったいどのような愛憎で結ばれていたのか想像を絶するところがある。惚《ほ》れて押しかけてきたのは晶子のほうだが、天才歌人を妻とする男は、尋常の精神と体力ではつとまるはずがなく、晶子と結婚する前に、鉄幹には妻林滝野がいたし、恋愛至上主義を唱えていろいろの女性と恋に走って晶子を悩ませた。しかし、鉄幹には鉄

幹なりの懊悩《おうのう》がある。結果として、鉄幹は晶子の創作を刺激する夫でありつづけた。

鉄幹に「誠之助《せいのすけ》の死」という詩がある。誠之助とは大逆事件で検挙、処刑された大石誠之助のことである。詩は、事件が事件だけに追悼の形はとっていない。それだけに、鉄幹の誠之助に対する思いはひしひしと伝わってくる。鉄幹の筆は吠《ほ》えた。

「大石誠之助は死にました／いい気味な／機械に挟まれて死にました。／人の名前に誠之助は沢山ある／然《しか》し、然し／わたしの友達の誠之助は唯《ただ》一人。（中略）大逆無道の誠之助／ほんにまあ、皆さん、いい気味な／その誠之助は死にました。／誠之助と誠之助の一味が死んだので／忠良な日本人は之《これ》から気楽に寝られます。／おめでとう」

鉄幹はこれほどの技がつかえる詩人であった。剛速の変化球である。その鉄幹が、「明星」終刊後の歌壇から遠ざかっていくのを、歌人仲間はいらだちながら見ていた。鉄幹の興味の方向は文芸講演会や、海外への旅に移っていき、温泉地への招待吟行で金をかせぐようになった。そういった鉄幹の営業詩人の心境が、かつての同人、友人に無残にうつった。

白秋が、新詩社を脱退したのは明治四十年である。杢太郎《もくたろう》、吉井《よしい》勇らと白秋は脱退し、その翌年、「明星」は終刊をむかえた。そのことを、白秋は「与謝野寛先生」と題した追悼のなかで「その恩義に反《そむ》く形となったことは、性格と道の上の見解の相違ながら、心苦しき極みとも頭が垂れる」と反省する。白秋は落涙した。

「与謝野寛先生に対する大正以来の歌壇の態度は、今日に於《おい》てその過誤の多大と非礼とを是正し謝罪せねば許さるべきではない。私は弔い合戦に立つ気で起《た》つ。思うさえ武者ぶるいを感ずる。わたくしならずとも、先生の遺骸《いがい》を背にして獅子吼《ししく》する正しい直門の人々のあるべきは疑わぬ。併《しか》し乍《なが》らわたくしにはわたくしの責務がある。責務というより反正の信念がある。また自らの懺悔《ざんげ》がある。真実は勝つ。

卒直に言えば先生の険峭《けんそう》とも見られた孤高性も自《おのずか》ら禍《わざわい》された。極度の潔癖と謙譲とが是《これ》である。観《み》る人によっては如何《いか》ようにも取れる心証の差違があった。反撥《はんぱつ》があり、隠約があった。その与謝野寛短歌全集自序と年譜に於ける解説とは、往々にしてその矛盾を先生自身にも感知されたであろう。

歌壇の白眼が何の為《ため》に来《きた》り、彼に対する先生の厳正なる忌避と没社交とが何の為に来ったか。色々の意味に於て、わたくしには歯ぎしりされるのだ。先生の晩年には、その師友と門下とに向って愈々《いよいよ》に温厚に寛和であった。感謝と礼譲と慈愛とが深められた。特に其《そ》の夫人に対する崇敬と信実と擁護とは、その自序にも看《み》らるるがごとく、その地上にまたとなき光輝を放った。夫人の幸福は、その天才の栄光と共に限り無く貴いものに思われた。

わたくしは今、夫人に言うべきすべを知らぬ。弔問、通夜《つや》、告別の席を通じて、あまりに痛々しいその片影に直面したからである」

白秋がこれだけ激昂《げきこう》しているのだから、鉄幹の晩年は不幸であったのだ。それが千余におよぶ空前の挽歌《ばんか》となった。挽歌は弔い合戦であり復讐《ふくしゅう》の呪文《じゅもん》である。呪詛《じゅそ》されるのは、子規をだしにして鉄幹を中傷した歌壇そのものである。鉄幹は、子規の根岸派の歌には「十分に敬服せざるを得ない」として、大正歌壇が「新詩社の歌を真似《まね》そこなったような、似て非なるものを作っておきながら、新詩社の作風を攻撃するのは名誉ではあるまい」と言っている。子規による鉄幹攻撃は、むしろ「明星」を隆盛に導く原動力となった。晩年の鉄幹は、子規に対する思いを「いちはやく疑はずしてみづからをよしと恃《たの》みし子規の大きさ」と吟詠している。ここには、「敵対する友情」があった歌壇隆盛の時代と、それ以降の誹謗中傷に堕落した歌壇の亀裂《きれつ》がある。

晶子は、「冬柏《とうはく》」追悼号に「良人の発病より臨終まで」として詳細な記録を遺《のこ》し、さらに鉄幹の五七日に、吉田学軒が送った漢詩「楓樹《ふうじゅ》　粛粛杜宇天《しゅくしゅくとうのてん》。不如帰去奈何伝《ほととぎすさりいかにつたえん》。（中略）平生歎語幾百首《へいぜいのたんごいくひゃくしゅ》。旧夢恾恾十四年《きゅうむぼうぼうじゅうしねん》」の五十六文字をひとつずつ歌に結んで詠んだ「寝園」を発表した。その最初の二首は、

　青空のもとに楓のひろがりて君亡《な》き夏の初まれるかな
　山の上大樹おのづと打倒れまたあらずなる空に次ぐもの

（傍点筆者）

であり、最後の二首は、

神田より四時間のちに帰るさへ君待ちわびきわれはとこしへ

忘れよと云《い》ふ悲しみはことごとく忘れき君とありし年月

である。晶子の鉄幹への思いは、鉄幹死してなお強靭《きょうじん》である。鉄幹への歌壇の反感が、そのじつ晶子への反感であり、また晶子を従えて日々温泉行脚《あんぎゃ》をすることへの嫉妬にねざすところにもあったことを考えれば、晶子の挽歌はいっそう復讐と挑戦の様相をおびてくる。

晶子は、そのあとの「短歌研究」六号に、さらに「なきあと」として二十首を掲載している。その最初は、つぎのようなものであった。

寂《さび》しけれ生死《しようじ》の差より大いなるその世と今日の我が変りざま

与謝野鉄幹（明治6年2月26日―昭和10年3月26日）
歌人。京都府生れ。本名寛。新派和歌運動を展開したのち、「明星」を創刊。妻与謝野晶子とともに浪漫主義運動を推進し、高村光太郎、石川啄木、吉井勇、木下杢太郎らの詩人を世に送った。

鈴木三重吉
罵倒《ばとう》しても友情

漱石《そうせき》の弟子のなかで、ひときわ酒ぐせが悪いのは鈴木三重吉《みえきち》であった。酔うとからみ酒になり、手がつけられなくなった。三重吉は五十三歳で死んだが、追悼のなかで、三重吉の酒をほめた人は一人もいない。そこのところが牧水の酒とちがう。

漱石夫人の夏目鏡子は「鈴木さんは御酒が好きで、飲めばくだをまき、人につっかかってこなければ承知のできないのには、だれも困らされたことです」と回想している。元旦《がんたん》に漱石宅へ一番早くきた三重吉は、朝の十時ごろから飲みはじめ、ひるすぎには来る客一人一人につっかかるくらい泥酔《でいすい》していたので、漱石は怒って外へ出してしまった。車を呼んで外套《がいとう》を着せようとしても、手をぶらっと下げて落としてしまい、そんなことを二、三度くりかえして、やっと車に乗せて追い返した。夏目家の元旦は、酔払いの三重吉を追い出してから、ほっとひといきつくのが恒例であった。酒癖が悪いことは晩年になっても変らなかった。それが、「此《この》三四年大分にお酒ぐせが直っておとなしくなっ

11年6月27日

てきました。年のせいかと思って居《お》りましたが、こんなに早く死んでしまおうとは思いがけないので、いろいろのことを思うとのこりおしくさびしい気がします」と鏡子夫人は結んでいる。

三重吉の臨終をみとった主治医の真鍋嘉一郎は「夏目の奥様に慈母の如《ごと》くあまえるのも鈴木君が随一でなかったであろうか」と証言している。八歳で母を亡《な》くした三重吉が、鏡子夫人に甘えたいという心情もわかる。

漱石門下には寺田寅彦《とらひこ》、小宮豊隆《とよたか》、松岡譲、森田草平、野上豊一郎《とよいちろう》、松根東洋城、内田百閒《ひゃっけん》といった若き逸才が出入りしたけれども、三重吉は酔うと、片っぱしから門下生にからんだ。そのくせ反撃されるとすぐ泣き出してしまう酒で、漱石門下生は、人格温厚な松岡のほかは「泣きの三重吉」「怒りの森田」「冷静な小宮」が三羽烏《さんばがらす》であった。

三重吉が童話雑誌「赤い鳥」を創刊したのは大正七年(三十六歳)で、それ以後、児童文学や童謡を世に広めた。「赤い鳥」は百九十六冊刊行されており、三重吉追悼号をもって幕を閉じた。

「赤い鳥」からは西条八十《さいじょうやそ》の「かなりや」や北原白秋の「揺籃《ゆりかご》のうた」「あわて床屋」「雨」「ちんちん千鳥」といったいまなお親しまれている童謡が数多く誕生した。芥川《あくたがわ》龍之介《りゅうのすけ》『蜘蛛《くも》の糸』、小川未明『月夜と眼鏡』、新美南吉《にいみなんきち》『ごんぎつね』、有島武郎《たけお》『一房《ひとふさ》の葡萄《ぶどう》』といった名作はいずれも「赤い鳥」に発表されたものである。三重吉の編集者としての腕は天下一品であった。三重吉自身も多くの童話を書いた。そのため、三重吉といえば児童文学者のイメージが強く、世間の人は「赤い鳥」の編集発行人がじつは手のつけられない酔っ払いであったとは信じ難かったろう。

「赤い鳥」終刊号の三重吉追悼号には、三重吉の業績をたたえる回想が多く載ったけれども、三重吉にからまれっぱなしだった「怒りの森田」と「冷静な小宮」は、そうはいかない。三重吉の行状を、追悼のなかで、あますところなく暴《あば》いてみせた。

東北大学教授であった小宮豊隆は、学者の冷静さで三重吉の欠点をこれでもかこれでもかとあげ、三重吉がどのような嘘《うそ》をついたかをいくつかの例をあげて書きあげた。

①漱石先生は進取的であったが、三重吉は生まれつき、ひどく保守的であった。

②無闇《むやみ》に気位《きぐらい》が高いかと思うと妙に下劣なところがあった。清濁併《あわ》せ呑《の》む親分肌の反面、箸《はし》の上げ下ろしまで小言を言う性格だった。

③本能的なものを病的に示そうとする醜さがあった。平気で嘘をつき、得意になって芝居をした。天性の嘘つきである。

④我の強い男だった。酒に酔うと殊《こと》にそれがはげしかった。三重吉は必ず一座の者に号令をかけ、自分の思い通りに振舞わせないと気がすまない。

⑤三重吉ほど矛盾だらけの人間はいない。天醜爛漫であった。

⑥商売がうまく、自分で出版屋になることを思いたち、岩波文庫のような形で漱石や鷗《おう》

外《がい》の小説を出版した。レコード屋と結んで童謡「赤い鳥」に曲をつけて売り、演奏会を催して金儲《かねもう》けに走った。

なかなか手きびしい。学者の小宮からすれば「赤い鳥」を刊行する三重吉は、さぞかし商売上手に見えたろう。

漱石のはからいで朝日新聞社に入社した森田草平は、「処女作時代の三重吉」と題してつぎのように書いている。

①三重吉は漱石山房へはあとから参加したにもかかわらず、わがままいっぱいに振舞っており、自分はジェラシーを感じた。図々《ずうずう》しい男だった。

②上半身裸の、彫刻を真似《まね》た気障《きざ》な写真を送ってきたが、実物は色の黒い、写真とは似ても似つかない男で、鏡子夫人にあきれられた。

③三重吉という男はどんなとき、どんな場合にも自分がお山の大将でないと気のすまない男であった。宴会では芸妓《げいぎ》も平気で泣かせた。

④小栗《おぐり》風葉を連れて漱石山房へ行ったとき、風葉が酒で荒れて漱石を怒らせた。そのとき三重吉が仲にはいった。そのことを、ことあるごとに「俺があやまって勘弁してもらった」といつまでも恩にきせた。

⑤酒の燗《かん》にやかましく、料理屋の女中をがみがみ怒鳴りつけた。ああがみがみ言われては、同席した者も酒が喉《のど》を通らない。

小宮も森田も、遠慮なく三重吉の欠点をあげている。故人の追悼で、こんなに悪く言っていいのだろうか、とはらはらするが、二人の追悼文を読んで、少しも嫌な気がしないのはなぜだろうか。二人が三重吉の欠点を書けば書くほど、三重吉の人間性が浮かびあがってくるのが不思議である。それは、小宮、森田の聡明《そうめい》な文章力によるもので、漱石門下にあって、さすが二人の筆は明晰《めいせき》である。と同時に、この二人が限りなく三重吉を理解しているからである。すべてを許しあった友でなければ、ここまでぎりぎりに書けない。三重吉の欠点を罵倒しながらその奥に友情がある。

小宮は、酔った三重吉にからまれた者は、三重吉を張り飛ばしてやりたくなったろうが、「三重吉の強がりには、奥に非常に弱いもの、脆《もろ》いものがあって、三重吉がそうして強がっている最中でも、ともすると、それがちらちらと見えた」と言う。「こっちが少し腰をすえて立ち向うと、すぐ、へたへたとひしゃげてしまい、どうかすると、ぼろぼろと涙を流すこともあった」と。「憎みきるには三重吉はあまりに弱かった。あまりに淋《さび》しかった」。そして、小宮は、北極熊《ぐま》を例にあげる。「氷塊の上の白熊が鉄砲で撃たれ、何がこんなに自分を苦しめるかを知ることが出来ずに、自分に痛みを与える局部に、仇敵《きゅうてき》のように噛《か》みつく光景を撮影したものがあった」。三重吉の態度はこの白熊を思い出させた、と。

森田は、三重吉の自分勝手な行状にうんざりしながらも「うんざりしてもいいから、もう少し永く生きていて貰《もら》いたかった」と追悼した。

三重吉の腕白と気の強さは小学生時代からのもので、小学校時代の同級生は、三重吉のケンカの様子を証言している。広島の小学校で、三重吉は屈強な漁師の子と取っ組みあいのケンカをした。組みふせられて負けそうになったとき、三重吉は相手の睾丸《こうがん》を握りつぶして失神させてしまった。また、三高時代の同級生は、三重吉は仲間にハラハラするような悪罵《あくば》をあびせかける男だったと回想している。

大学で同級生であった野上豊一郎は、三重吉が、教授たちの講義を片っ端から罵倒し、教授を「××の糞野郎《くそ》」とか「××の糞爺《じじ》い」と呼び、友人にも彼らをカタナシにする暴言を吐いた、と言う。

三重吉は、大学生のとき、小説『千鳥』を「ホトトギス」に発表して評判を呼び、肩で風を切って歩いていた。若くして人気作家になったのは山田美妙の先例がある。三重吉は漱石についていたから、美妙のように零落《れいらく》することはなかったが、そうでなければ、途中でポキリと折れていたかもしれない。

三重吉にはヒステリー的な我の強さと世間をなめてかかる非常識な言動があり、漱石門下だから、どうにかもったのである。ケンカの弱い男が声をはりあげて軍歌を歌うような虚勢があった。

漱石は明治四十四年五月の日記に、三重吉が言ったことを書きとめている。

「小宮のはロジカルだけれども駄目です。たとえば私が金がないというと私に向って酒を飲むなと云《い》うんでしょう、飲みゃしないと云うとだって酔ってるじゃないかと云うのです。論理にゃ叶《かな》っているが忌《い》むべき論理です。／私ゃ淋しくって酒を呑まずにゃいられないです」

漱石は理屈では自分を納得させられない三重吉の姿をそこに見ている。三重吉は、空《から》威張《いば》りをする淋しい男だった。そのことを小宮はつぎのように書いている。

「(夏目)先生の淋しさと三重吉の淋しさとでは、その質が根本的に違っていた。先生は自分の淋しさが、酒や女で癒《いや》されるほど、浅い淋しさではない事を知っている故《ゆえ》に酒や女に走ることはなかった。三重吉はそういうことを知っていながら、やっぱりそういうものに走り、そういうものによって自分の淋しさを麻痺《まひ》させようとした」

こう言う小宮だが、「赤い鳥」創刊号には、童話『天使』を執筆している。「赤い鳥」創刊号には、芥川龍之介のほか北原白秋の童謡、島崎藤村の童話『二人の兄弟』、泉鏡花の童話『あの紫は』、徳田秋声の童話『手づま使』、小島政二郎《まさじろう》の童話『わるい狐《きつね》』、小山内薫《おさないかおる》の童話『俵の蜜柑《みかん》』が掲載されている。子供むけの雑誌で、これだけの執筆陣をそろえられるのが三重吉の実力である。三重吉の友人は、なんだかんだと文句を言いながらも、三重吉に協力した。三重吉は漱石門下では鼻つまみ者だったが、門下生にしたところで、三重吉という非常識な酔漢がいたことで緊張感が高まった。漱石に迷惑をかけたという点では、平塚雷鳥と心中未遂をおこした森田や、しょっちゅう金を借りた百閒のほうが上である。

三重吉は妙なところが律義《りちぎ》で、漱石宅へ集る木曜会の座談が遅くなっても、歩いて下宿まで帰った。小宮は漱石宅へ泊ることがあったが三重吉は泊らなかった。また、漱石宅へ文鳥を届けて、擂餌《すりえ》の作り方から育て方まで指導するような一途《いちず》なところがあった。鏡子夫人にも親身になって世話をやいた。

鏡子夫人は、「三重吉と自動車に乗ると、なにかと世話をやくのがうるさいので、間に小宮に坐《すわ》ってもらったが、それでも一人おいて隣りから奥さん寒くはないか、おい運転手ゆっくりやれと、乗ってから降りるまでそればっかり」と回想している。鏡子夫人によると、若いころの三重吉は大の子供嫌いで、漱石の誕生日に漱石の子や親戚《しんせき》の子供が集ってうろうろしているのをみて、「子供はうるさいな、たんすのひきだしにでも入れておくといい」とののしったという。

それほど子供嫌いだった三重吉だが、結婚して自分の娘が生まれると、うって変ったように子ぼんのうになり、「赤い鳥」を創刊した。そのことを、漱石の長女筆子はいつまでも覚えていて面白がっていた。三重吉は感情的で、我が強く、そのときの気分でどうにでも変った。三重吉への追悼文を読むと、そのことがよくわかる。

三重吉が児童文学へ移行したのは、ひとつは生活のためであった。成田中学の教師をやめていくつかの小説を書いたけれども、それだけでは食っていけなかった。大正六年、春陽堂から『世界童話集』を出して、この収入で、どうにか生活できるようになった。そして、持ちまえの商才から「童話は金になる」と気がついた三重吉は、「赤い鳥」創刊にふみきったのである。創刊号は、新鋭の芥川が童話を書いたということが評判になり、よく売れた。その後は、白秋の童謡が人気を呼んだ。白秋にも子供が生まれて、白秋も童話や童謡に熱意を持ち、両者の気分はうまく一致したのだった。

ところが、昭和八年、三重吉と白秋は義絶した。白秋は三重吉より三歳若く、四十八歳であった。そのことを、追悼文のなかで、白秋は「争うべくもなくして争った。知る者は鈴木君、君と私だけであった」とのみ記している。親分肌で熱血漢で自分中心のわがままな性格は、三重吉も白秋も同じである。うまくいっているときはいいが、一度ぶつかったらもとに戻らない。白秋は、三重吉の依頼によって書いた「赤い鳥小鳥」以来、千篇以上の童謡を作詞した。そのことに感謝して、もうひとつの「赤い鳥、小鳥」を三重吉に捧《ささ》げた。それは、

赤い鳥、小鳥、／いつまで鳴くぞ。／えんじゅの枝に／日はまだあかい。
赤い鳥、小鳥、／なぜ風さむい。／光がかげる、／あの空遠い。
赤い鳥、小鳥、／何見て出てる。／お馬で駈《か》けた／おじさま見てる。

赤い鳥、小鳥、／何処行《どこい》たお馬。／月夜の雲に／とっとっと消えた。

という童謡であった。

三重吉と白秋の義絶は、三重吉が死ぬまでとけなかったが、白秋は、三重吉へむけて、この童謡を最後のはなむけとした。ここには、明治生まれの詩人の強い意志がある。この思いは、漱石山房の弟子であった小宮、森田も同じであったろう。この気概こそ明治という時代の文学者の骨格であり、漱石、鷗外という両雄が若き文学者に示した気魄《きはく》であった。漱石門下に限って言えば、対立しつつも相手を認めるという公平な精神が根底にある。小宮、森田の追悼は、理知と自我による観察がある。

死に際して、三重吉は書きかけの原稿を病院にまで持ちこんだ。「俺は目がくらんで見えないから、そばで字の間違いやら、字数に気をつけてくれ」とはま夫人に言い、持ち前の強い気性で書きつづけた。

通夜《つや》の席では、小宮が、霊前に満々たる酒盃《しゅはい》と肴《さかな》を持って供えた。「葬儀には読経《どきょう》はいらない」という故人の遺志で、読経なしの葬儀であった。「今度は誰の番だ」と小宮が言い、森田は「そんな話はよせよ」と答えた。

葬式の客がほとんど帰ってしまったあと、八字髭《ひげ》の大男があらわれた。男は霊前に額《ぬか》ずいて静かに焼香し、縁側に坐って仏間をみつめていたが、突如大声をワアッと張りあげて、爆発するように泣いた。涙は八字髭を伝ってボタボタと畳に落ちつづけた。内田百閒であった。

鈴木三重吉（明治15年9月29日―昭和11年6月27日）小説家。広島県生れ。夏目漱石の推薦で「千鳥」を発表、児童文学に進出した。「赤い鳥」を創刊、芥川龍之介に児童文学の筆をとらせる一方、坪田譲治らを世に送り出し、童話、童謡、綴方《つづりかた》運動を展開した。

中原中也
追悼なんてくそくらえ

12年10月22日

中原中也《ちゅうや》の通夜《つや》の席で、遺児となった次男の愛雅《よしまさ》はカステラをつかんでもみくちゃにしてしまった。生後十一ヵ月の赤ん坊だからしかたがない。客のひとりが、あやすつもりで酒の盃《さかずき》を渡すと、愛雅は生前の中也とそっくりの手つきで持ち、居あわせた弔問客はどっと笑いを爆発させたという。

このことは、野田書房社長の野田誠三が追悼文のなかで書いている。野田書房は、中也の遺作となった『ランボオ詩集』を刊行した版元である。野田は「ああこの笑いの底に、思わずも悲しみの涙を絞ったものは、決して私一人ではなかった」と述懐し、「中原君よ、死ぬとも知らずに死んだ君は、果して臨終、錯乱の意識に君の幼児の顔を見分けられたであろうか、知らず、我等の悲しみ、またここにきわまる」と哀悼した。ときに中也は三十歳であった。

野田が次男の愛雅のことにふれたのは、中也が人なみはずれた子煩悩《こぼんのう》であったからだ。

死の前年に長男文也《ふみや》（二歳）が病没している。中也は、悲しみのあまり精神に異常をきたし、屋根の上を歩きまわった。このことは十年来の友人である関口隆克の追悼に出てくる。中也は、「窓から暗い月夜を見ていると、瓦《かわら》屋根の上に白蛇が横たわっていて、それが確かに子供を奪った奴《やつ》なので、踏み殺そうと思って屋根へ上った」と言った。こういった幻視や幻想は、愛児を失った悲痛からくる錯乱だが、中也はもともとこのような幻想を持って生まれた詩人であった。幻想は中也の魂とともにあり、会う人に対して、独断と直観による応対をくりかえした。

中也はよく出歩き、だれにでも議論をふっかける人であった。幻視の世界に閉じこもる詩人は、おうおうにして自己の殻のなかにじっと身をひそめるが、中也は違った。山口から東京へ出てくると富永太郎を手はじめに、多くの人を訪問した。永井龍男《たつお》を知り、河上徹太郎、ダダイストの高橋新吉、辻《つじ》潤を知る。大岡昇平、淀野《よどの》隆三、北川冬彦《ふゆひこ》、古谷《ふるや》綱武《つなたけ》、草野心平、坂口安吾、と、その交遊は多彩であった。そのほとんどの席で酒を飲んで酔っ払い、語気鋭く相手を攻撃した。

酒場ではしょっちゅう喧嘩《けんか》をした。京橋近くにあったウィンゾアーという酒場は、中也が毎晩おしかけて客と喧嘩をするため一年でつぶれてしまった。のちに中也のよき理解者となる大岡昇平とも椅子《いす》をふりあげて大喧嘩をした。中村光夫《みつお》は中也に会った早々ビール瓶で頭を殴られた。相手がいなくなると店の女性を殴った。しかし、喧嘩をしかけても、殴られるのはほとんど中也のほうであった。雪の降る夜、太宰治《だざいおさむ》にからんで暴れ、そこにいあわせた檀一雄《だんかずお》に投げとばされたこともあった。

中也は小学校時代の成績はほとんど全甲で、「神童」の評判があったという。大きな医院の子で裕福に育った少年は、「いい子」である反面、だれにも知られぬ自意識の魔物を飼っていく。その魔物は中也を食いちぎり、生活不能者としての中也が歩きまわる。小林秀雄《ひでお》と会ったのは十八歳のときで、小林は二十三歳であった。中也以上に自意識が強い小林に会ったのが運のつきであった。

小林と会ったとき、中也はグレタ・ガルボに似た長谷川泰子《はせがわやすこ》と同棲《どうせい》していた。泰子は中也より三歳年上で、劇団「表現座」女優であった。泰子は中也を捨てて小林のもとへ走った。中也と泰子の同棲は一年半で終った。小林と泰子の同棲も二年半で終るが、兄と慕う小林に泰子を持っていかれた口惜《くや》しさは終生、中也につきまとった。

小林は「死んだ中原」と題した追悼詩で、

　あゝ、死んだ中原！
　僕にどんなお別れの言葉が言えようか
　君に取返しのつかぬ事をして了《しま》ったあの日から
　僕は君を慰める一切の言葉をうっちゃった

あゝ、死んだ中原

例えばあの赤茶けた雲に乗って行け

何の不思議な事があるものか

僕達が見て来たあの悪夢に比べれば

と絶唱した。

中也の死後に発見された草稿のなかで、このことに関して「女に逃げられるや、一日々々と日が経《た》てば経つほど、私はただもう口惜しくなるのだった。――このことは今になってようやく分かるのだが、そのために私は嘗《かつ》ての日の自己統一の平和を、失ったのであった。……とにかく私は自己を失った！　而《しか》も私は自己を失ったとはその時分ってはいなかったのである！　私はただもう口惜しかった」と独白している。

中也は、泰子が家を出るとき「女の荷物の片附けを手助けしてやり、おまけに車に載せがたいワレ物の女一人で持ちきれない分を、私の敵の男が借りて待っている家まで届けてやったりした」（「我が生活」）とも書いている。

「敵の男」とは小林のことである。小林のランボオ論とボードレール論は泰子との同棲生活の中で書かれた。では中也は小林と義絶したかというと、そういうわけではなく、小林の紹介により大岡昇平を知り、小林が「文学界」の編集責任者となると執筆陣に入れてもらい、死ぬまで小林の世話になった。中也の詩が世に出たのは、ひとえに小林の尽力による。葬儀の日の様子を、青山二郎は「枕元《まくらもと》には懐中手をして突立った、小林のしみじみと見下ろした姿があった」と報告している。

　小林は追悼詩でこうも書いた。

「君の詩は自分の死に顔が／わかって了った男の詩のようであった／ホラ、ホラ、これが僕の骨／と歌ったことさえあったっけ」「ほのか乍《なが》ら確かに君の屍臭《ししゅう》を嗅《か》いではみたが／言うに言われぬ君の額の冷たさに触ってはみたが／とうとう最後の灰の塊りを竹箸《たけばし》の先きで積ってはみたが／この僕に一体何が納得出来ただろう」

　小林は、中也から泰子を奪ったことの罪悪感から逃げられなかった。しかし、小林が終生中也の面倒をみたのは、単なる罪ほろぼしの気持ちからではなく、中也が根源的に持っているナマの言葉への共感からである。中也の詩には、いきなり冷水を浴びせるような凄《すご》みがある。それは知識教養修練を身体化しようとした小林には持ち得ない力であった。小林は「手帖《てちょう》」追悼号につぎのように書いた。

「先日、中原中也が死んだ。夭折《ようせつ》したが彼は一流の抒情《じょじょう》詩人であった。字引き片手に横文字詩集の影響なぞ受けて、詩人面《づら》をした馬鹿《ばか》野郎どもからいろいろな事を言われ乍ら、日本人らしい立派な詩を沢山書いた。事変の騒ぎの中で、世間からも文壇からも顧《かえり》みられず、何処《どこ》かで鼠《ねずみ》でも死ぬ様に死んだ。時代病や政治病の患者等が充満しているなかで、孤独病を患《わずら》って死ぬのには、どのくらいの抒情の深さが必要であったか、その見本を一つ掲げて置く。

六月の雨

またひとしきり　午前の雨が
菖蒲《しょうぶ》のいろの　みどりいろ
眼《まなこ》うるめる　面長《ながき》き女《ひと》
たちあらわれて　消えてゆく

たちあらわれて　消えゆけば
うれいに沈み　しとしとと
畠《はたけ》の上に　落ちている
はてしもしれず　落ちている

ここに出てくる「眼うるめる　面長き女」とは泰子のことである。小林と同棲中の泰子は奇妙な要求で小林を手こずらせた。電車のなかで泰子が言った言葉を忘れると家に帰らない。小林に手拭《てぬぐい》を十八回洗い直させる。毎日剃刀《かみそり》をふりまわし、首をくくろうとした。小林にしてみれば、大変な女を抱えこんでしまった。思いあまって泰子から逃げた小林には、困った女を共通体験したという仲間意識もあったはずである。

中也にとって小林は「敵の男」ではあったけれども、小林が泰子と別れると、かつての怒りはやわらいだろう。小林が泰子と別れた翌年、中也は泰子とともに京都旅行をした。過ぎ去った憎しみは、有名な「汚れっちまった悲しみに／今日も小雪の降りかかる／汚れっちまった悲しみに／今日も風さえ吹きすぎる……」の詩を生み出した。泰子から逃げた小林は、その後泰子に復縁を迫るが泰子は承知しなかった。中也にしたところで、泰子は自分のところへ戻ってくるべきだと願うが、泰子は左翼の演劇青年の子を生んでしまった。中也は生まれてきた子に名をつけてやり、泰子が舞台に立つときはその子の子守りをした。

酒乱でありつつも痛々しいほどの純粋な性格のためか、葬式には五十人近い友人が集った。しかし追悼文はおどろくほど少ない。小林が編集責任者であった「文学界」には、小林をふくめて九人の追悼文が載ったが、二百五十二ページ中でわずか二十三ページの分量である。そして「文藝《ぶんげい》」では百六十五ページ中の四ページである。「新潮」はまったく無視した。のみならず、死ぬ前月の新刊月評では中也訳『ランボオ詩集』を「全くの無秩序で、これがいやしくも詩人の手になったものとは到底想像もつかない」（春山行夫）と酷評している。生前の中也が文壇でしめていた評価はせいぜいこの程度であったのだ。

「文藝」の追悼四ページのうち、見開き二ページは「故中原中也作・一夜分の歴史」で、つぎのような詩であった。

その夜は雨が、泣くように降っていました。
瓦はバリバリ、煎餅《せんべい》かなんぞのように、
割れ易《やす》いものの音を立てていました。
梅の樹《き》に溜《たま》った雨滴《しずく》は、風が襲うと、
他の樹々のよりも荒っぽい音で、
庭土の上に落ちていました。
コーヒーに少し砂糖を多い目に入れ、
ゆっくりと掻《か》き混ぜて、さてと私は飲むのでありました。

と、そのような一夜が在ったということ、
明らかにそれは私の境涯の或《あ》る一頁《ページ》であり、
それを記憶するものはただこの私だけであり、

その私も、やがては死んでゆくということ、
それは分り切ったことながら、また驚くべきことであり、
而《しか》も驚いたって何の足しにもならぬということ……
——雨は、泣くように降っていました。
梅の樹に溜った雨滴は、他の樹々に溜ったのよりも、
風が吹くたび、荒っぽい音を立てて落ちていました。

中也の詩にはどれもこれも臨終の気配があり、たえず絶望の突端を歩いていた人であった。この詩から中也を追悼しよう、という編集部の配慮であったろう。あと二ページ（見開き）は高橋新吉による追悼で、高橋はのっけから、「君が死んだというのは、若《も》しかしたら自殺したんではあるまいか」と書いた。中也は十六歳のとき高橋の「ダダイスト新吉の詩」を読み、感激した。高橋は、中也の詩魂を覚醒《かくせい》させた最初の人物である。

その高橋は、つづけてこう書いた。

「或《ある》会の席上、酔ったまぎれに君に対して暴言を吐き、乱暴を働いたんだが、それ以来逢《あ》っていないので、其《そ》の中に陳謝の意を表しようと思いながら、遂《つい》に其の機会を永久に失って了《しま》った事は痛恨の極みだ」

中也の酒乱は多くの友人の知るところであり、高橋は先手を打ってさきに喧嘩を売っ

た。小林が「文学界」で追悼を依頼した八人は、島木健作、阿部六郎、草野心平、菊岡久利《くり》、青山二郎、萩原朔太郎《はぎわらさくたろう》、河上徹太郎、関口隆克である。大岡昇平は入っていない。島木健作は、追悼の最後をこうしめくくっている。

「今年の夏ラヂオが詩人の詩の紹介と解説をやった時、中原君の作としてえらばれた『夏』を草野心平氏が朗読したときの事を憶《おも》い出す。私は裸で縁側に腰かけ、とびついてくる虫を手にひねりながら、その時の朗読を聞いた。暑さのせいばかりでなく、私は息苦しいほどのせつなさに心を圧《お》されたのであった」

阿部六郎は、「中原は不思議な泉を持っていた」とたたえ、臨終の様子を「ふと、右手で何か字を書いているのに気がついた。私は堪《たま》らない気がした」と報告している。

草野心平は「中原中也の肉体は小さかったけれども重く不透明だった。それはあたりの色をも変色させるような毒気を持っていた」とし、河上徹太郎は「彼の詩は結局対人意識からのみ言葉が湧《わ》いてきている」としている。中也の死を悲しみつつも、みな、冷静に中也を分析している。

「個人としては極めて浅い知合いだった」という萩原朔太郎はきびしい追悼を寄せ、「中原君は僕のことを淫酒家《いんしゅか》と言っているが、この言はむしろ中原君の方に適合する」と書いた。強度の神経衰弱で、たえず強迫観念に悩まされているのは朔太郎も中也に似たようなものであった。「この酒癖の悪さには、大分友人たちも参ったらしいが、彼をそうした孤独の境遇においたことに、周囲の責任がないでもない。つまり中原君の場合は、強迫観念や被害妄想の苦痛を忘れようとして酒を飲み、却《かえ》って病状を悪くしたのだ」（「中原中也君の印象」）。

中也の死を人一倍悲しみ、全身全霊で中也を救済しようとしているのは小林秀雄ぐらいのものである。中也にとって、追悼は小林ひとりで十分であった。そう思って昭和十二年の「手帖」を見ていたら、青山二郎の追悼が目についた。青山は小林とともに中也の面倒を見ていた親友で、葬儀のあいだ、中也の枕元で碁を打っていた。その青山の追悼文はこうである。

「中原が死んで、中原が色々の追悼文を書かれた。死んだ中原が生き返えって、これを読んだら、死んだ中原が、あの調子で、何んとぶう〳〵言うことだろう。併《しか》し死ねば、何を言われようと、当人に関係したことではない。たとえば、野田書房が、あの様な名文を書こうと、阿部六郎氏が穴のあいた話をしようと、河上徹太郎が、立派に生きて居た中原を書き貫こうと、小林が追悼詩を書こうと、死んだ中原の知ったことではない。死んだ人間がうまい追悼文を書かれたり、あとで詩を賞《ほ》められたり、生前の理解が深かろうと、死んだ人間に何の意味があろう。色々の暮し方が、色々の生活を生み、色々の教養が、色々な芸術にたずさわらせるが、それに就《つい》て、怒りを感じる中原を失ったことは、ただ〳〵一人の芸術家を失ったことであって、残念これに過ぎたるものはない」

最も親しい友人のみにしか書くことのできない慟哭《どうこく》で、最後まで中也を看《み》とった者の正直な感慨であろう。追悼なんてくそくらえ、という態度もまた立派な追悼である。

中原中也（明治40年4月29日—昭和12年10月22日）
詩人。山口県生れ。高橋新吉の詩集に共鳴し、ダダイスト詩人として詩作を開始。第一詩集『山羊《やぎ》の歌』を発表。のちボードレール、ランボーに傾倒し、第一詩集『山羊の歌』を発表。戦後、『中原中也詩集』が刊行され、大きな反響を呼んだ。

岡本かの子
女は追悼で二度化ける

14年2月18日

岡本かの子が五十歳になる十一日前に急逝したとき、夫の岡本一平は、その死を六日間かくしていた。一平は悲しみのあまり、人に知らせる気になれず、涙ばかりを流して過ごした。かの子の遺言にしたがって火葬も告別式もせず、三日後に土葬にすると、身も心もバラバラにこわれそうな日々を過ごした。そのうち、新聞社の知るところとなり、知友たちが訪れて形だけの葬儀をすることになった。

葬儀は青山高樹《たかぎ》町の岡本邸で行われ、玄関には白い花を黒いリボンで結んだ花輪が並んだ。客間の白い台の上には、遺骨の箱も位牌《いはい》もなかった。ピンク色のバラの花輪に飾られた写真と、白い中指ほどの水晶の観音像が置いてあるだけだった。そのときの一平は、見る人にも耐えられないほど、憔悴《しょうすい》しきっていたという。

一平は、かの子を埋葬してからも食べるものをうけつけずに、放心状態でかの子と二人だけの時間を過ごした。その後も、かの子が好きだった食べ物は喉《のど》を通らず、わざとかの子が嫌いだったワカメの味噌汁《みそしる》ばかり食べた。

そして追悼文にこう書いた。

「かの子よ、僕はお前が眠ってから七八日は立つ力が無かった。涙ばかりを流していた。だが、さすがにふだんお前が語った言葉に活を入れられる力があった。お前はふだんよく、ダンテの神曲中の乙女の、ベアトリーチェの導きの話をした。僕はそれ等によってお前と必ず逢《あ》える自信を得て、二人を距《へだ》てた生死の障壁を突破した。かの子よ、今度覚めたらまた逢おうなあ。仲良くお互いにまた勉強しようなあ」(「花嫁かの子」)

この追悼は、他のいかなる人の追悼文よりも読む者の胸に迫る。夫の一平が、唯一《ゆいいつ》最強の追悼者であった。

しかし、世間の人々には、このあまりに切々たる追悼はかえって奇異にうつった。かの子は無恥傲慢《ごうまん》な性格で、嫌われ者であった。太ってブヨブヨの贅肉《ぜいにく》がつき、厚化粧をしてギンギラの衣裳《いしょう》を身につけ、その容貌《ようぼう》怪異が目立っていた。十本の指に八つの指輪をつけてのし歩く悪趣味は、おぞましい化物女として世間の目に映っていた。

一平はかの子の生存中から、かの子を「お嬢さん」と呼んではばからなかった。「脂《あぶら》ぎって厚化粧をした中年女のどこがお嬢さんなのか」と嘲笑《ちょうしょう》されても一平はひるまなかった。

歌人仲間の若山喜志子は、追悼「かの子さんを憶《おも》う」で、

「一平氏はかの子さんをお呼びになるのに、『お嬢さん』とおっしゃった。御自分の奥様のことを『お嬢さん』などと呼ばれることは、珍らしい稀《ま》れなことなのに、それがかの子さんに対しておっしゃるだけにすこしも嫌味なところも軽薄さも感じられなかったのは、みんなかの子さんの徳の然《しか》らしめる処《ところ》であったのであろう」と書いている。

宇野浩二《こうじ》は、新聞文芸時評欄で追悼し、「岡本の小説は、彼女の服装化粧その他が極彩色のように見えるところがあり、実におしい人であった。岡本が極彩色のごとき風をしなくなり、寡作家《かさくか》になったら、素晴らしい小説を書くようになるのでないか」と書いた。小説を評しながらも、かの子の派手な身なりのほうへ気がいっている。それほどかの子の服装は珍奇なものであった。

かの子は大地主の長女として生まれ、多くの従僕にかしずかれてわがまま放題に育ち、跡見女学校時代は級友から「蛙《かわず》」と呼ばれていた。そのころから「女子文壇」に歌や詩を投稿しており、筆名は野薔薇《のばら》であった。蛙に似た娘が野薔薇と名乗るのだから、同人仲間は驚いて目を見合わせた。

晩年のかの子の作品に理解を示し、かの子が恋心を抱いた亀井《かめい》勝一郎は、かの子を「十年の甲羅を経た大きな金魚のように見える」(「追悼記」)と書いた。「古代の魔術師のようにも見える。あきらかに宗祖の顔だ。菩提樹《ぼだいじゅ》の下に座りつづけている老獪《ろうかい》で惨忍《ざんにん》な神々のひとりである」とまで酷評している。亀井勝一郎は、うっかりかの子の小説をほめたところ、かの子に言い寄られて狼狽《ろうばい》した。文壇仲間のかの子への嫌悪感《けんおかん》は、かの子の自信過剰への反発心が重なって、加速していった。

かの子は、漫画家の岡本一平と結婚して太郎を産むが、若い学生堀切茂雄と恋愛したのち同居させて、三角関係の共同生活をした。そのへんの事情は瀬戸内晴美《はるみ》の小説『かの子撩乱《りょうらん》』に詳しい。かの子が産んだ長女豊子、次男健二郎が茂雄の子であるとするのは瀬戸内説である。豊子、健二郎はともに幼児のうちに死んだ。子があいついで死ぬと、かの子は「夫一平との生涯の夫婦関係を断つこと」を誓い、それを本当に実行した。ときに、かの子二十八歳であった。茂雄が肺を病んで死ぬと、慶応病院の医師新田亀三と恋におちいり、亀三も家に同居させた。さらに恒松安夫（終戦後の島根県知事）を弟といつわって家に住ませた。一人の夫と二人の恋人と暮らすという異常生活は、かの子が死ぬ二年前までつづいた。かの子が絶世の美女であるならともかく、白粉《おしろい》をぬりたくった厚化粧の蛙顔である。それがなぜ、このような生活ができたのであろうか。

かの子が小説を書きはじめたのは四十七歳のときの『鶴《つる》は病みき』からである。それから死ぬまでのわずか三年間が、小説執筆期間である。それ以前のかの子は、歌人、仏教研究家として知られるのみであった。

かの子が新詩社の「明星」に短歌を発表したのは十七歳である。その縁で与謝野《よさの》晶子《あきこ》は「かの子さんのこと」と題した追悼を寄せた。晶子は若き日のかの子をなつかしく回想しながらも「近年になりましてからは専《もっぱ》ら小説の創作をしておいでになりましたから、私は御遠慮をして文学上の話は余り致しませんでした」とつき放して書いている。それは同時代の他の女流歌人も同様で、杉浦翠子《すいこ》は、「牡丹《ぼたん》くずれぬ」と題した追悼で、「しかし、なんだか本当に追悼の心持が出ない」ともらし、「君は牡丹かダリヤの花かほがらかに肉太《ししぶと》にして装《よそお》ひの濃き」と詠《よ》んだ。

四賀光子《みつこ》は「あの豊満な肉体と、瑞《みず》やかな感情と、明快の理智《りち》と円満具足したかの子さん」と讃美《さんび》したけれども、みな、かの子の異常ハーレム的生活はよく知っていた。同時代の女流歌人の追悼は、持ちまえの美文技術でかの子をたたえつつも、その裏には、かの子が死んでうきうきしている気分が見えかくれする。

かの子がはじめにめざしたのは晶子であったろう。性愛の実生活の面では、かの子は晶子をしのいだが、短歌では勝てなかった。それで、一気に小説で晶子を越えようとしたかに見える。デビュー作で一躍人気作家になったかの子は「文学界」に金銭的援助をして、同人に自宅の一部を提供した。

その縁もあって「文学界」同人である林房雄は、「かの子は鷗外《おうがい》、漱石《そうせき》につぐ大作家だ」とたたえた。川端康成《やすなり》は、追悼のなかで、かの子が「文学界」に寄附をしてくれたことを謝して、「かの子さんは、ちょっと見たところや、世間の噂《うわさ》とは、随分ちがった人であった。この人の豊かな花やかさとともに、いいようのないさびしさや、あわれさや、遠く高いあこがれも、その幾分かは作品に現れている」と書いた。「文学界」同人は、こぞってかの子に好意的であった。康成は、「かの子さんの兄さんは、谷崎潤一郎と同期の『新思潮』の同人大貫晶川《しょうせん》氏である」とも紹介している。かの子の文学への目ざめは兄晶川からの感化があり、かの子は若くして死んだ兄晶川の遺志を果たすという気持が強かった。

かの子が小説上で強く影響を受けたのは谷崎潤一郎である。三島由紀夫は、かの子のことを「谷崎先生の作中人物が小説を書き出したようなものだ」と言った。かの子は、兄の同級生である谷崎に近づこうとしたが、谷崎は徹頭徹尾、かの子を嫌った。谷崎は、三島や武田泰淳《たいじゅん》にむかって、「ぼくはあそこの家（大貫家）へも泊ったり何かしたんだけれども、嫌いでしてね、かの子が。お給仕に出たときも一言も口きかなかった」と言い、「じつに醜婦でしたよ。それも普通にしていればいいのに、非常に白粉デコデコでね、着物の好みやなんかもじつに悪くて」と、ぼろくそである。「跡見女学校第一の醜婦という評判だった」とも言っている。谷崎のかの子への嫌悪は、かの子の容貌に対してだけでなく、存在そのものに対する生理的なものであった。

四年間の外遊から帰ったかの子は、町で出会った森田たまに、日本人の不作法ぶりをこう訴えた。

「いまわたしが銀座を歩いて来たら、みんなこっちを見てふりかえるのよ。本当に不作法でいやだわ。外国じゃこんなことは絶対になくってよ」

その日のかの子の服装は真紅のイブニングドレスだった。

また円地文子『かの子変相』にはつぎのような逸話が登場する。円地文子と同じ自動車に乗ったかの子が、他聞を憚《はばか》るようにささやいた。

「ねえ円地さん、小説を書いていると、器量が悪くなりはしないでしょうねえ」

こういった度をすぎた自意識過剰は、夫の一平には童女のごとくに見えた。それで一平は、作家仲間の前でも、はばからずにかの子を「お嬢さん」と呼んだ。一緒に旅行にいった若山喜志子は、電車のなかで、かの子がはしゃいでお茶をこぼしたときのことにふれ、「すると一平氏が急いで立って来て手早くハンカチか何かでそれを拭《ふ》いておあげになった。かの子さんはそれさえ知らずにひどく浮かれておいでになった」と書いている。

一平はかの子のマネージャーである。自分の妻が、愛人二人を連れこんで同居しているのに耐えている。尋常では考えられない行為である。かの子との間には太郎が生まれた。かの子が死んでからは、太郎より一歳下の女性と結婚し、四人の子供をもうけた。かの子が倒れたのは、慶大生と油壺《あぶらつぼ》に出かけて、脳充血となったのである。かの子はやりたい放題であった。

夫の一平以外の人の追悼や回想記に書かれたかの子は醜悪きわまるナルシストである。

人に嫌われる要素ばかりがある。文壇にデビューするためには、あらゆる手を使った。大正十一年には菊池寛《かん》を介して芥川龍之介《あくたがわりゅうのすけ》に原稿を見てもらおうとして黙殺された。デビュー作『鶴は病みき』の鶴とは芥川のことである。川端康成に近づき、「文学界」へ金銭援助をした。つぎに谷崎に原稿を送ったが、そこに反物を添えたことが谷崎の怒りにふれ、反物ごと送り返されてきた。

そのかの子に唯一《ゆいいつ》追従したのが一平であった。谷崎へ送った原稿に反物を添えたのは一平の配慮であったという。

かの子は一平と、息子の岡本太郎によって美化され、伝説化した。一平のかの子への崇拝は並々ならぬものであった。一平は結婚当時はヒモ的立場であったが、のち朝日新聞社へ入社して、人気漫画家となり、昭和四年から刊行された『一平全集』はベストセラーとなり大金が入った。この金で息子の太郎はパリへ留学した。一平は、かの子、太郎のほか、同居していたかの子の愛人恒松安夫、新田亀三を連れてパリへ外遊した。一平には結婚した当初遊びほうけて、かの子へ苦労をかけたことへの贖罪《しょくざい》意識があった。

妻のかの子と息子の太郎以外に、同居人の二人の男を連れていくところが一平の一平たるところである。一平は人気漫画家となったが、芸術家として世の尊敬を受けるところまではいっていない。一平は、かの子が小説家として成功することに賭《か》けていた。かの子が小説家として大成するためには、かの子がやりたいようにやればいいと考えた。

一平はかの子の小説の構想を手伝った。文章も手なおしした。小説の材を得るために、パリの他、いろいろの場所へ連れていった。一平は、自らかの子の餌《えさ》となる道を選んだかに見える。被虐《ひぎゃく》志向の壮大なナルシズムである。かの子の餌となることで、一平はかの子の分身となった。

かくして、かの子は一平によって伝説化しつくされた。一平はかの子との夫婦関係を断ってからは、奴隷《どれい》のようになってかの子を讃美しつづけ、その情熱が、客観的事実をおおいつくして、伝説化した。岡本かの子は岡本一平の作品なのであり、その思いが追悼で「かの子よ、今度覚めたらまた逢おうなあ。仲良くお互いにまた勉強しようなあ」とまで言わせるのである。死んだ妻をここまでたたえることができる夫は、そういるものではなく、一平の崇拝と献身的愛情の前では、谷崎の嫌悪は無力であり、世間一般の、かの子への嫌悪はいっそう無力である。むしろ、そういった批判や悪罵《あくば》や蔑視《べっし》は、かの子の芸術性を高める材になる。一平は、かの子への追悼のなかで、世間が見たかの子の悪いイメージをひとつひとつ消していった。

一平がかの子との結婚を申しこんだとき、かの子の母は、「岡本さん、この子をお貰《もら》いになってどうする気です。取り出せばいいところのある子ですが、普通の考えだとずいぶん苦労しますよ」と言った。一平は、かの子の死後、そういった話を書くことで、かの子の神秘性をいっそう高めた。その結果、岡本家は、「世にもまれな芸術的一家だ」

という評価が確立した。のち、岡本太郎が、一平にも劣らずかの子の神秘性を美化したことがさらに拍車をかけた。

平林たい子は、「岡本家が悲劇的な矛盾を孕《はら》んだ家である」からこそ、そこから小説が生まれた、としている。現実の岡本家は、「芸術の園」ではなく、暗くよどんだ精神病棟のような家だったろう。そこに棲《す》んでいるのは自己愛まるだしの女流作家と、その女につかえる二人の同居人と、一人のマネージャー兼演出家である。演出家である一平は、自己の持ちえない能力をかの子に見出《みいだ》して、「お嬢さん」と呼びつづけた。かの子は一平という演出家によって作られた虚像であり、虚像を演じることによって自己を肥大化して、あれほどの小説を書いた。谷崎によって「跡見女学校第一の醜婦」とされたかの子は、一平によって、「天下一の吉祥天」に生まれ変った。のみならず、川端康成に「このように深く大きい女の人は、今後いつまた文学の世界に生まれてくれるであろうか」とまで言わせるほどになった。

突然の死であったため、多くの遺稿はあったが遺言はなかった。死の翌月に刊行された『老妓抄《ろうぎしょう》』の結末にはつぎの歌が書かれている。

年々にわが悲しみは深くしていよゝ華やぐ命なりけり

岡本かの子（明治22年3月1日―昭和14年2月18日）

小説家・歌人。東京生れ。与謝野晶子に師事し、歌人として活躍。芥川龍之介をモデルにした『鶴は病みき』で小説家としてデビュー。死後、夫の岡本一平の手で遺稿が整理され、『生々流転《るてん》』などが発表された。

泉鏡花
つきあい嫌い

14年9月7日

泉鏡花《いずみきょうか》はめったに追悼文は書かなかった。夏目漱石《そうせき》が死んだときの、談話形式の追悼文がのこっているが、追悼文という形式は鏡花の性《しょう》にあわず、書くとすれば弔詞であった。明治三十六年、師の尾崎紅葉が死んだときの弔詞は、「門生十八人、ここに涙の袂《たもと》を列《つら》ねて、先生に別れ奉《たてまつ》らんとす」に始まり「百度千度《ももたびちたび》も文《ふみ》の林《はやし》に色を添うる紅葉先生の貴《とうと》き御魂《みたま》よ」で終る名文である。推敲《すいこう》を重ね、全霊をかけた美文である。美文でありつつも、美文がおちいりがちな自己陶酔を排し、純真でまっさらな哀悼の精神が芯《しん》にある。書くときめればとことん完璧《かんぺき》を期すのが鏡花であった。

紅葉への弔詞は、弔詞のお手本として多くの人に模倣《もほう》、踏襲された。鏡花には芥川《あくたがわ》龍之介《りゅうのすけ》への弔詞もあり、これは「玲瓏《れいろう》、明透《めいとう》、その文《ぶん》、その質、名玉山海《めいぎょくさんかい》を照らせる君よ。溽暑蒸濁《じょくしょじょうだく》の夏を背《そむ》きて、冷々然《れいれいぜん》として独り涼しく逝《ゆ》きたまいぬ」にはじまる（全文は芥川の項に記してある）。

弔詞でありながら文学作品であった。厳密に吟味され磨かれた言葉が光を放ち、格調が高い。

こういう弔詞の達人が死ぬと、どんな追悼をしたらいいか。残された者は困る。鏡花が死んだのは昭和十四年で六十五歳であった。鏡花が属していた硯友社《けんゆうしゃ》の仲間は、それ以前にほとんど物故している。鏡花は、明治、大正、昭和の三時代にわたって活躍した作家であり、同じく三時代を生きた藤村と同じく、友人はさきに死んでしまっている。天寿をまっとうした作家の追悼は、弟子が書けばいいが、鏡花は、弟子はとらず、偏屈者で人間嫌いで通っていた。こういう場合の追悼はおざなりで形式的で空疎《くうそ》な内容になりがちだ。

しかし、鏡花に限って、そんな心配はなかった。志賀直哉《なおや》、佐藤春夫、谷崎潤一郎、里見弴《とん》といった作家が、それぞれ情のこもった追悼を書いている。

志賀直哉は十三、四のころから『化銀杏《ばけいちょう》』を鏡花の作と知らずに読んでいた。学生のころ紅葉の葬儀の行列が学校の前を通り、ちょうど休み時間であった直哉は、塀に上ってみた。紅葉の小説はよく読んでいたから、敬意をもって行列を見送った。そのなかに鏡花もいたはずで、それが鏡花を初めて見たときだ、という。直哉は、自分の鏡花体験を回想記ふうに書き、それが作品になっている。のち、番町にある鏡花の家を訪ねたとき将棋をした。駒《こま》を並べると、こちらの角と鏡花の角が向いあっているので、遠慮がちに注意すると、鏡花はあわてて飛車と角を置きかえた。それで、「やってみるとどうもへんなので、よく見ると間違っていたのは私の方だった。これには自分ながら驚いた」という。

谷崎は、「図書」と「文藝春秋」に二つの追悼文を書いた。二誌に注文されれば、似たりよったりのものになりがちだが、谷崎は違うものを書きわけた。その、どちらも、力業である。

「図書」へは「純粋に『日本的』な『鏡花世界』」と題して「先生の世界に現われて来る美も、醜も、徳も、不徳も、任俠《にんきょう》も、風雅も、悉《ことごと》く我が国土生え抜きのものであって、西洋や支那《しな》の借り物でない」と明解に評価した。谷崎は冷静な判断を示す人で、たとえ物故者であっても、必要以上にほめない。それは、芥川への追悼でも、白秋への追悼でも同様であった。谷崎は、まず「正直に云《い》って、晩年の鏡花先生は時代に取り残されたと云う感がないではなかった」と書きはじめた。本当のことを書いて、そこから鏡花の評価に入っていくわけだから、説得力がある。

「文藝春秋」での追悼は、谷崎は「此《こ》の春私の娘が結婚するときに媒酌《ばいしゃく》の労を取って下すったので」私交上にも御厄介になった、と謝している。こんなことは文学年表には出てこないから、こういった追悼文で知ることになる。谷崎は、形式的に名前だけを拝借するつもりであったが、鏡花の意気ごみは大変なもので、結納の取り交しから式の当日まで世話を焼いた。久保田《くぼた》万太郎は、「先生としても奥さんとお揃《そろ》いでああいう席へ出られたことは、先生一代のうちであの時が最後であったろう」と溜息《ためいき》をついたという。私事を書きながら、鏡花の人物像を、愛惜をこめて描き出してみせる。してみると、鏡花が偏屈者で、人づきあいが悪かったという風評は、まちがいではなかったか、と思えてくる。いや、そんなことはなく、文壇の後輩は、鏡花のへそ曲りの一途《いちず》さを尊敬していた。

佐藤春夫も二つの追悼を寄せている。春夫は、「先生の文学と為人《ひととなり》を敬慕する点にかけて、自分は決して人後に落ちない」と、その恩寵《おんちょう》に謝している。鏡花が言霊《ことだま》を信じて、原稿用紙に書き損じた筆文字を、ていねいに、真黒に消したことは、たいていの鏡花ファンは知っている。鏡花は言葉は霊力を持った生き物だと信じていた。割箸《わりばし》の袋などでも文字が書かれている限りは、もんで捨てることは、いっさいしなかった人である。執筆する机の横には神酒《みき》を置いて悪霊を祓《はら》った。

対談の席で、鏡花が、春夫の息子の「方哉《まさや》」の文字を訊《き》いたので、春夫は空席の座布《ざぶ》団《とん》の上に、指で方の字を書いてみせた。そのときのことを春夫は、「指で方の字を書くと、先生はそれこそ目の色を変えて大急ぎでその空間の文字を消す手つきをしながら、文字を軽々しく取扱う不注意を咎《とが》められ、何しろこんなものは人が尻《しり》にしくものですからと、布団をあちらに投げ出しながら、勿体《もったい》ないにも程《ほど》があるという様子を示されたが、更に厳然と言葉を改めて、御注意をなさるがよろしいときっぱり申された」と回想した。

こんな話は、佐藤春夫の追悼文によってはじめて知った。春夫が追悼文を書けば、これもまた文学史の一面になる。しかも文芸作品になる。極上の短篇小説を読むような清涼感があり、それも、相手が鏡花だから話になるのである。

佐藤春夫は、もうひとつ逸話を書いている。鏡花の原稿をうけとりに行ったとき、原稿を渡しながら、鏡花はこう言った。「お宅には座敷に犬がいると聞きましたが、今でもそのとおりならば、どこでもいいから高いところへ乗せて、犬のとどかないところへしまって置いて下さい。そうでないと、うなされるからね」。鏡花の犬嫌いはこれほど極端であった。こういった鏡花の思い出が、深い愛惜をもって語られていく。追悼文を読み終ると、すぐに鏡花の小説集を読みたくなる。追悼文もまた、巧妙である。

鏡花は硯友社の生き残りであり、自然主義の一派に押され、漱石、鷗外《おうがい》に追いこされ、白樺《しらかば》派にも新浪漫《ろうまん》主義文学にもおいていかれたかに見える。活躍したのは明治であり、昭和に入って、「過去の人」となりつつあったことは、谷崎が指摘している通りだ。にもかかわらず、志賀直哉を怖《おそ》れさせ、谷崎を感嘆させ、佐藤春夫に衝撃を与えつづけた。佐藤春夫は、追悼文の終りに「筆蹟《ひっせき》も辿々《たどたど》しいのみか甚《はなは》だみだれているが浄写の時もない」とまで書いている。

鏡花は、硯友社が消えてもなお、怖るべき小説家として君臨しつづけたのである。それも、文壇勢力としての君臨ではなく、後輩の小説家の精神の上に屹立《きつりつ》した。それがこの三人の追悼文でわかる。

久保田万太郎は「ひそかにしるしたるものより」として、五句を献呈した。

九月七日、鏡花先生急逝

番町の銀杏の残暑おもいみよ

同日、直ちに葬儀準備に入る

泣きがおをだれもみせずに秋の風

同夜、四五人にて通夜《つや》

露の夜の空のしらみてきたりけり

八日より九日にかけて弔問の客たえず、そのうちに「仲之町にて紅葉会の事」以来の老妓《ろうぎ》あり

しら露のむれておなつも泣きにけり

十日、葬儀当日、しばしば通り雨あり

萩《はぎ》にふり芒《すすき》にそそぐ雨とこたう

こういう形式の追悼句は、万太郎特有の筆法で、万太郎の面目がある。急逝から葬儀に至る心境を端的に示し、さらりと自然描写を書きこむ。万太郎にしても、小説家には真似《まね》ができない追悼の腕を見せたかったろう。

この書き方は、鏡花が先駆者である。紅葉の死に際しては、冒頭にあげた弔詞が有名だけれども、鏡花はもうひとつ「紅葉先生逝去前十五分間」という短文を遺《のこ》している。これは、紅葉が死ぬ寸前の刻々と悪化していく容態と、心配して集まった硯友社同人の様子を書いた内容だが、そのあいだに、

「雨頻《あめしき》りなり」

あるいは、

「風《かぜ》又《ま》た一層《いっそう》を加《くわ》う」

という自然描写が改行で入り、効果をあげている。万太郎の胸には、この追悼文があったはずだ。万太郎は、もうひとつの追悼文では、鏡花が酔ったときに「恋ゆえに、魂ぬけてとぼとぼと、来てみりゃ小春の人でなし」の「さのさぶし」を唄《うた》ったことを紹介している。天寿をまっとうした人物への追悼は、こういう話も人がらがしのばれる。

鏡花は、つきあい嫌いといわれながらも、けっこう面倒見がよかった。気むずかしい人は、心を許した者へは親身の面倒を見る傾向がある。十五歳下の里見弴へ対しては、「弴さん、弴さん」と呼んで弟のように可愛《かわい》がり、小説を批評した。酒が少し入ったころに、鏡花は「今月の小説を拝見しました。じつに結構で、私などがとやかく申しあげる隙《すき》はないが……」と切り出した。それから、痛み入るような鄭重《ていちょう》さで、「あすこがこうであったなら、なお一層よかろう」とか「ここでもうひと息ほしい」と、気づいた点を指摘した。弴が「ありがとうございました」と頭を下げると、「いいえ、とんでもない」と、鏡花は弴と同じ低さまで頭を下げた。座布団と座布団がぴったりついていると、髪と髪がさわるのはしょっちゅうで、頭をぶつけてしまったこともある、と弴は回想している。

同じ文学集団の仲間うちでの合評ならともかく、会派が違う年下の作家に、かくも丁寧な批評をするのは、鏡花の人柄である。弴の小説『可恐児』に関しては「建物や家具は揃っているが、屋根がない」と叱正《しっせい》した。こういう批評のしかたは、紅葉ゆずりのものだったかもしれず、叱正の中味も象徴的であった。また、弴が明治大学の卒業生むけに書いた文章で、最後に「……だぞ」と結んだのを見つけた鏡花は「ぞはいけない。あなたは誰に恥じてあんなてれ隠しをおっしゃるのか。だならば、だでいいではないか。だぞのぞは明らかな照れ隠しだ」と叱《しか》った、という。

鏡花への追悼に共通するのは、みな、「叱られたことをなつかしんでいる」ことである。鏡花に叱られることは、小説家にとって名誉なことであった。

里見弴は、白樺派に属しながらも、鏡花の弟子であった。それでも、弴は、鏡花の存命中は、「弟子」を名乗ることを遠慮していて、追悼文のなかで、「いままでは通俗的な用法で泉先生とお呼び申しあげてきたが、もういい。今後は、『弟子』とはっきりした対語になる『先生』の用法で、泉先生と申しあげる」と、弟子宣言をした。

鏡花の里見弴への思いやりに関しては、志賀直哉も追悼文のなかでふれている。直哉が弴と雪の北陸を旅行するつもりで、一緒に番町から自動車に乗った。ちょうど前の晩から大雪が降って、四ツ角に鏡花と鏡花夫人が立っているのに出会った。鏡花は弴の姿を見つけると、急にしゃがんで、雪を両手でつかんで、弴にぶつける仕草をした、という。

鏡花には、こういう無邪気な、子どもじみたところがあった。この話を読んだ当時の小説家たちは、「いいなあ」とうらやましかっただろう。それは、志賀直哉も同じはずで、その印象が強烈だったため、追悼文にそのことを書いたのである。志賀直哉や武《む》者小路実篤《しゃのこうじさねあつ》が雪を投げつけたというのでは、あたりまえの話になってしまう。

鏡花に対しては、画家の小村雪岱《せったい》や鏑木清方《かぶらぎきよかた》も追悼文を書いている。雪岱も、清方も、ひかえめに、鏡花の義理がたさと折目正しさを追想している。清方は、青年時代の鏡花が、香《こう》の図の紋の羽織を着て、髪の毛をふさふさとわけた下に、刈りあげた頭の地が青く鮮烈であったことを、画家らしい観察眼で記している。雪岱は、はじめて鏡花宅へ行ったとき、鏡花夫人が国貞《くにさだ》描く美人画「白糸」のようであったと回想している。どちらも鏡花の印象を、より鮮明に再現している。

鏡花への追悼文は、だれが書いても文学作品になっている。ひたすら故人を美化したり、悲しい淋《さび》しいといったためそめそした追悼はない。そうであるのに、鏡花への思いは深く、鏡花の神秘性はいっそう濃くなる。これは稀有《けう》な例である。追悼文で、故人の知られざる一面が語られ、それはすべていい話ばかりで、すがすがしい。鏡花がいかに慕われていたかがわかる。

それと同時に、鏡花の文芸の力がいかに強靭《きょうじん》であったかがわかるのである。

泉鏡花（明治6年11月4日―昭和14年9月7日）

小説家。石川県生れ。金沢から上京し、尾崎紅葉を訪ねる。三年の間、玄関番をつとめるなどして尾崎家に寄宿した。『高野聖《ひじり》』などで神秘幽玄な世界を展開し、小説界の第一人者となった。

萩原朔太郎
死んだきみの腹《はら》がへる

萩原朔太郎《はぎわらさくたろう》は昭和十七年五月十一日に死んだ。五十五歳であった。この年の五月二十九日には与謝野《よさの》晶子《あきこ》が、十一月二日には北原白秋が死んだ。昭和十七年は、時代を代表する詩人・歌人をあいついで失った年であった。前年十二月、日本は真珠湾攻撃をしかけ、太平洋戦争に突入していた。

晩年の朔太郎は西欧志向から「日本への回帰」を標榜《ひょうぼう》していた。朔太郎はこのころ日本浪曼《ろうまん》派に属しており、朝日新聞に依頼されて「南京《ナンキン》陥落の日に」をすでに書いていた。もう少し生きていたら戦争賛美詩を書き、戦争責任を問われる結果となったかもしれない。

雑誌「文藝《ぶんげい》世紀」の追悼号で、保田《やすだ》與重郎《よじゅうろう》は、朔太郎は「ここ十年は、つねに日本的な詩想樹立の先頭として活躍せられた」とたたえた。「日本の歴史は今や世界史である」と前置きして、「（朔太郎は）大東亜戦争の初めに死なれたのである。重大な時にここに

17年5月11日

重大な指導者を失ったのである」と書いている。

「南京陥落の日に」は唯一《ゆいいつ》の戦争協力詩であり、朔太郎は、これを朝日新聞学芸部記者津村秀夫に、「電話で強制的にたのまれて書いたが、西条八十《やそ》の仲間になったようで慚《ざん》悔《かい》の至りに耐えない」と丸山薫への手紙に書き送っている。頼まれればすぐ書く流行作詞家の西条八十とは違うという気概があった。

朔太郎の詩壇デビューは遅く、第一詩集『月に吠《ほ》える』が刊行されたのは三十一歳である。年々、詩壇での評価は高まっていったが、詩作で生活できるわけもなく、生涯貧乏であった。生活費は医院である実家に頼り、新宿のバーに出かけては酒を痛飲し、詩で認められていなければ生活無能力者である。論敵も多かった。

そのことを伊東《いとう》静雄は「どんなに多くの論敵が誇らしげな知識で以《もっ》て先生に立ち向ったであろう。先生はそれら無益と思われる相手に対しても堂々と正論を以て説かれた。それはつねに昂然《こうぜん》たる詩の原理であった」と回想している。

草野心平は「千人が束になっても間にあわないそんな顔がこの世から消えてしまった」とし、「すすぼけて峻厳《しゅんげん》でトゲトゲしくて、愛や猜疑《さいぎ》や嫉妬《しっと》や不安や敵愾《てきがい》や、こらえられないほどのさびしさの歯の食いしばりが頰っぺたに表われ、ぷんぷんと怒りっぽい、良知の筋の高まっている、涙腺《るいせん》の太い、ふるえるような、いつも遠くをさすらっている、なんともかなしいあの美しい顔が」と追憶した。

堀口大学は文芸汎論《はんろん》詩集賞の選考会の記憶を回想している。選考会場には、堀口はじめ他の選考委員はみな集っているのに朔太郎だけがいなかった。「萩原君は？」と聞くと係の者が「今夜はみえません。昨晩おいでになりました」と言って一枚の半紙を差し出した。半紙には太い鉛筆の走り書きで、神経質に「雪のなかを出かけて来てみたが、会合は明晩だと判《わか》った。もう一度出直すのは嫌だから、これこれの詩集を推薦して帰る」と記してあった。堀口は、「あの晩、ぼくは萩原君のあの手紙を読んで、彼の詩の奥にひそむあの悲痛な声を聴くような気がして目がしらを熱くした。それは萩原君の魂が生き難い現世《うつしよ》をかこちまどうて発するS・O・Sのサインであった」と追悼している。

朔太郎のもとへ芥川龍之介《あくたがわりゅうのすけ》が訪問したことがあった。朝早く、芥川は萩原家の家人の案内も待たず二階の書斎へかけのぼってきて、挨拶《あいさつ》もせず、朔太郎の『郷土望景詩』に悲痛の感動がわきおこり、顔も洗わずに寝巻姿で飛んできたと言った。芥川はそれほどに朔太郎を崇拝していた。

このように朔太郎を熱烈に支持する人がいるいっぽう、佐藤春夫のように詩集『月に吠える』に対して、「こんなものなら一日に二、三十は僕にも書けるよ」と認めようとしない人もいた。朔太郎が嫌っていた西条八十は「(『月に吠える』の) 大地から生ずる青竹に対する奇怪な幻覚の如《ごと》きは、余には昔、吉江孤雁《よしえこがん》氏の作集『愛と芸術』で読んだ小品『土の幻』の拙劣《せつれつ》な模倣ぐらいにしか考えられず、また同じく室生《むろう》氏が、幾度となく模倣しようとしても物にならなかったと嘆称した『猫』の如きも、余は直ちに『古《こ》今《こん》著聞集《ちよもんじゆう》』あたりの病める老僧と猫の怪を想起させ、こはこれ単に我国古来の敢《あえ》て珍らしからぬ因襲的病感である」（「大正六年の詩壇」）と酷評している。『猫町』に関して、稲垣足穂《たるほ》は「あんな思いつきだけを売物にするような感想や屁《へ》理《り》窟《くつ》をならべないほうが芸術家らしかった」と手きびしい。足穂は朔太郎と友人であったが、詩誌上で言いあいをして、堀口に「おうむがバカバカと言いあっているようだ」と冷やかされた。足穂の毒舌にかかれば、朔太郎は「高等学校のお坊《ぼつ》ちゃん」であり、詩作品は「病気乃至《ないし》薄志弱行の証拠」となる。

朔太郎は、最後の箴言《しんげん》集『港にて』に自分のことをつぎのように書いている。

「かくの如き芸術家が、かくの如き時代に生れて、かくの如く不評判であったということは、天才への弔辞として何にもならない。（芸術上の名声など、人の幸福にとって何するものぞ）天才の不遇について思惟《しい》されるのは、かくの如き人間が、かくの如き時代に生れて、独り社会の文明や環境と一致せず、孤独に死んで行ったということの追憶にある。同情は彼の芸術的不遇にあるのでなく、その季節はずれに生れた所の、日々の実生活の味けなさに関している」

朔太郎は、自分のことを、「不遇な季節はずれの天才」と考えていた。

朔太郎への追悼のなかで他を圧し哀切であるのは、室生犀星《さいせい》の詩「むなしき歌」（「文藝世紀」追悼号）である。

「たばこをやめ／さけをやめ／かみを剃《そ》り／坊主《ぼうず》となりて／きみは永き旅路にいでゆけり。／ひとにあうことなく／曠《こう》として／きみはむなしくなれり。／あおばわかばの果もあらず。／ひとのなさけに表を向けず。」

一節ずつ短く改行され、二行アキになって印刷されている。二行アキの余白部分に犀星の切々たる悲しみがこめられている。犀星と朔太郎は詩誌「卓上噴水」を創刊、ついで「感情」を作った仲である。二人が親炙《しんしゃ》した白秋は、この二人を評して、「犀星は健康、朔太郎は繊弱。犀星は土、朔太郎は硝子《ガラス》。犀星はロウソク、朔太郎は電球。犀星は広原の自然木、朔太郎は幾何学模様の竹、犀星はたくましい野蛮人、朔太郎はヒステリーの文明人、犀星は男性の剛気を持ち、朔太郎は女性の柔軟を持つ」と評した。すべてが対照的な二人であったが、犀星じしんは自分のほうが女であると書いている。

「萩原と私の関係は、私がたちの悪い女で始終萩原を追っかけ廻していて、萩原もずるずるに引きずられているところがあった。例の前橋訪問以来四十年というものは、二人は寄ると夕方からがぶっと酒をあおり、またがぶっと酒を呑《の》み、あとはちびりちびりと呑んで永い四十年間倦《あ》きることがなかった」（『わが愛する詩人の伝記』）

犀星は第二次詩誌「四季」で、朔太郎追悼号を出した。この特集号は、犀星渾身《こんしん》の力業で、かなり多くの詩人、歌人に追悼原稿を依頼している。

隠居した長老の蒲原有明《かんばらありあけ》は、「萩原君の長逝は詩壇のためまことに痛惜に耐えません」と書きつつも、「殆《ほと》んど全く文界を遠ざかり、記憶力減退、回想を書くことは殊《こと》に困難になりました」と弁明をしている。それでもどうにか、二首の追悼短歌を書いてもらった。犀星には詩壇の大御所をずらりと並べて、朔太郎の花道を作ろうとする気合いが見られる。「四季」の表紙には、「供物《くもつ》」と題した詩が、ひかえめに印刷されている。「はらがへる／死んだきみのはらがへる／いくら供えても／一向供物はへらない。／酒をぶっかけても／きみはおこらない。／きょうも僕の腹はへる。／だが、きみのはらはへらない。」

詩の終りに室生犀星と署名してある。この表紙を見ただけで、追悼号を読む者は朔太郎の闇夜《やみよ》にひきずりこまれる。犀星は編集もまた達人であった。最終ページには、編集にあたった二人の「編集後記」が三段組で小さくのっている。「未定稿『洋燈の下で』ほかの詩作の年代はまだよくわからぬが、いずれ調査のうえ書く」という編集者としての文で（犀星記）とある。もう一人（堀記）となっているのは堀辰雄《たつお》の文である。「七月に出す予定であったが、なるべくいろいろなお方に書いていただこうと思って原稿を待っていたりしたため、こんなに遅刊させてしまって申し訳がない」とある。「蒲原有明先生はじめ本当に思いがけない方たちの寄稿を受けた」「萩原家の人にも色々とお世話になり、弟さんには無理を言って原稿を書いていただいた」ともある。編集者らしく後へひいた素直な後記である。辰雄は、同号巻末に十五ページ二段組で朔太郎年譜を作成している。これも出色の年譜で、萩原家遺族にひとつひとつ話を聞いて作成されたものである。

追悼号の巻頭は、弟の萩原弥六（「兄のこと」）、つづいて蒲原有明（「追悼」）で、つぎが高村光太郎である。光太郎は「第一詩集『月に吠える』は詩の革命であった。言葉そのものに詩が具象化する第一の道は近代日本に於《おい》て此《この》詩集によって拓《ひら》かれた。その点ボオドレエルの『悪の華』の場合と似ている」と断言し、「この詩人ほど生理的にまで言葉そのもののいのちを把握し、その作用を鋭く奥の奥まで自家のものとした人はない。この詩人の詩は蒼《あお》く深く、又すさまじく美しく、日本語の能力を誰も予期しなかったほど大きくした」（「希代の純粋詩人」）と最大級の賛辞を送った。

河井酔茗《すいめい》は、改めて『月に吠える』と『猫町』を読みかえし、「死」という詩を引用しつつ、「白金の針線のような彼の神経は、宇宙のどこかに存している。彼の得たものは消滅しない」と、これまた絶賛の追悼だ。

斎藤茂吉は朔太郎と「数回しか会っていない」と前置きして、「おなじ流儀というわけにはまいらなかったが、それでも自分は萩原さんを詩人として尊敬していた」と律義《りちぎ》な追悼をよせた。

前田夕暮は「萩原君の死は私にひとつの爆弾を投げた」と言う。夕暮は、朔太郎が

「人は一人一人では、いつも永久に永久に、恐ろしい孤独である」と言っていたことを思い出し、旧友の死を深く悲しんでいる。堀口大学は七ページにわたる長い「追悼記」を寄せ、詩の選考会での事件もここに書かれている。大学は朔太郎との交遊を回想し、最後に、

「君が他界してひと月めの今日になっても、僕には君が相変らず、小雨そぼ降る天上の夜の街路を、あの独特の風貌《ふうぼう》で、悠々乎《こ》として歩いているように思われてならない、彗《すい》星《せい》のように悲痛の哲理の尾を曳《ひ》いて……」

と結んだ。

川路柳紅《りゅうこう》は朔太郎の死を悔みつつも「だが、萩原君は考えると逝《ゆ》くべき時に逝ったようにも思う。それは彼が五十余年の生涯で立派に大きい彼自身を築いていたからである。完成していたからである」と書いた。

「四季」の追悼はまだまだある。恩地孝四郎は「顔」と題して、画家からみた朔太郎の顔の哀感を書き、中野重治《しげはる》も朔太郎の「美しい顔」に秘められた精神に感嘆し、三好《みよし》達治は「師よ、萩原朔太郎」と題する長詩を寄せ、

「……あなたはまさしく詩界のコロンブス／あなたの前で食《くわ》せ物の臆面《おくめん》もない木偶《デク》どもが／お弟子を集めて横行する（これが世間というものだ　文人墨客《ぼっかく》蚤《のみ》の市　出生の知れた奴《やつ》はない）／黒いリボンで飾られた　先夜はあなたの写真の前でしばらく涙が流れ

たが／思うにあなたの人生は夜天をつたう星のように／単純に素直に／高く遥《はる》かに／燦《さん》爛《らん》として／われらの頭上を飛び過ぎた／師よ／誰があなたの孤独を嘆くか」

と絶唱した。

丸山薫が哀悼詩を寄せ、伊東静雄が哭《こく》し、田中冬二が痛惜し、犀星が若き日を回想する。どれをとっても名文で、完璧《かんぺき》な追悼号である。堀辰雄が作った年譜ひとつをとっても、文の一行一行に愛情があふれている。そんななかで、ひとつだけ、気になる追悼文がある。

「詩人萩原の死」と題した佐藤惣之助《そうのすけ》である。

惣之助は『西蔵《チベット》美人』ほか多くの詩集を出し、朔太郎、犀星とあわせて三詩人といわれる仲であり、朔太郎の妹を妻としていた。朔太郎の葬儀を、葬儀委員長格でさばいた。

堀口大学は惣之助を「健康的で、絢爛《けんらん》無類のその詩品は躍動している」と評している。

しかしその追悼文は、事実の列挙に留まっており、他の追悼と比してさえていない。

「萩原朔太郎君が訪問者に会わなくなったのは、去年の十月頃からであった。夏の末に伊香保《いかほ》の橋本ホテルというのが気に入って滞在し、寒いけれども静かでよいと言っているうちに、風邪を引きこんで帰って来た。家では訪客を断って、寝ながら執筆したり、読書していたが、私が十一月頃訪ねた時は、歴史的なものが読めてよいと言っていた。（中略・経過が記してある）それから病が悪化して、肺炎を宣告され、執筆も読書も禁じられ、どっと寝こむと、月を越して、五月十一日の午前三時に急逝してしまった。家内は臨終に間にあったが、他の弟妹も私も間にあわなかった。絶筆は『都』へ書いたエッセイと、『婦人日本』かに書いた『名詩詳釈』であった。まだその他ノートに書いたものがあるが、初七日を過ぎてから、室生、中河、三好の諸君と立合の上、書斎を整理し、『四季』の人達とも合議しようと思っている。私は友人以上に姻親関係があるので、今忙しく、多くのことを語れない。萩原君は純粋詩というものは、先天性の記憶であるから、若い時書いてしまうと、もう書けないものだという持論を持っていた。そして、よき詩人は同時によき批評家でなければならないといって、その後は多く批評的エッセイのみ書いていた。然《しか》し、初期の詩集『月に吠える』『青猫』次の『氷島《ひょうとう》』等は日本の最も新らしい抒情《じょじょう》詩を完成したものといってよい。これは永遠に記念さるべき詩集であると思う」

この追悼文は、「日本読書新聞」に寄せたものを「四季」へ再録している。追悼を書いたのは五月十五日、午前十時ごろである。朔太郎の告別式は五月十三日に行われ、多くの参列者をさばいた惣之助は疲れていた。そのため、他の追悼者のように十分に推敲《すいこう》する時間がなかった。また、朔太郎は妻の兄であるため、思いいれをこめた追悼を遠慮したという事情もあるだろう。

惣之助は、十五日午前中に書きあげた追悼文を駿河台《するがだい》の日本読書新聞社に届け、その日の午後三時に脳溢血《のういっけつ》で急逝した。朔太郎の葬儀をとりしきった二日後に、追うように他界したのであった。五十一歳であった。惣之助にとっては、この追悼文が絶筆となった。そう思って、このたんたんとした追悼文を読みかえすと、かえって胸に迫るものがある。いかなる美辞麗句も、殉死を予感させる行為の前ではかすんで見える。脳溢血による死は偶発であり、自殺ではない。詩人は偶然とはいえ、宿縁の芸を見せる。あるいは、惣之助は詩人であるからこそ、言葉による追悼の限界を知っており、肉体の死をもって朔太郎を悼《いた》む気持を示したいという願望があったのかもしれない。葬儀をてきぱきと仕切ったあとだけに、惣之助の死は、朔太郎の死をいっそう印象づける結果となった。

萩原朔太郎（明治19年11月1日—昭和17年5月11日）詩人。群馬県生れ。北原白秋主宰の「朱欒《ザンボア》」に短歌、抒情小曲が掲載され、白秋の知己を得る一方、同誌を介して室生犀星と交流を結ぶ。第一詩集『月に吠える』で口語自由詩を完成させた。

与謝野晶子
嘘《うそ》から出た真実

17年5月29日

弔電という形式は現在も盛んで、文面も何通りかの定形があるが、歌人にとっての弔電は、自作の歌で故人をしのぶのが礼儀であった。電話局が作ったきまりきった儀礼的な文面ではなく、故人に対する哀悼の歌を電報として送る。うまい歌である必要はない。質より量である。そのぶん電報料金もかかるが、それは香奠《こうでん》のうちだ。故人の訃報《ふほう》に接したとき、一瞬の感慨をどれほど純粋にズバリと詠嘆できるかが、追悼する人に託された命題である。

与謝野晶子《よさのあきこ》の死に際しては千人余の弟子から追悼電報がよせられた。そのなかに内野辨子《さだこ》の「電報」十五首がある。

師の逝《ゆ》くとその電報の一行に打ち砕かれしわが心かな

医博士のみ子の真《まこと》も千人の弟子の祈りも甲斐《かい》なかりしか

に始まり、

師と仰ぎ母と慕ひし十年をば偲《しの》びて清く老ひ行かむわれ

で終る。

木村富士子は、

おん最後いかにと知らむよしもなしただ一行の電報の文字

にはじまる挽歌《ばんか》十七首を詠じ、また林稲子は、

都路《みやこじ》の旅さへかなし師の訃報うけて俄《にわ》かに霞《かす》む山川

と詠《よ》んでいる。

晶子が死んだのは、夫鉄幹が死去した七年後の昭和十七年である。半身不随のまま狭心症を併発し、六十三歳の生涯を閉じた。訃報を電報で知らせるのは、電話が普及する

以前のしきたりであった。

挽歌のなかには、四国の森朝子のように、

大御代《おおみよ》に晶子先生逝きますとラヂオはつたふ瀬戸の海こゑ

というものもあり、四国の弟子は、訃報をラジオで知った。弟子千人余というから、千人余のうち高弟だけに電報で訃報を知らせたのであろう。訃報に対する哀悼も電報で打ち返すというしきたりには、言霊《ことだま》の信仰が生きている。いまのように、電話やファックス、著名人ならばテレビ報道による訃報は、便利ではあっても情味に欠ける。たとえば「チチキトク　スグカエレ」といった電文が持っていた毅然《きぜん》とした告知は失われた。晶子へは、千人余の弟子から挽歌がよせられたが、それらの挽歌は純真ではあっても、いずれも素人《しろうと》である。「み弟子の末」とへりくだった堀口大学は挽歌十一首を捧《ささ》げている。それは、

大東亜国興《おこ》る時みまかりぬ少しく早く歌を興して
いくさ神あらはるる時みまかりぬ歌守りませ歌神として

というような内容で、大東亜といい歌神といい愛国精神にみちている。晶子が死んだのは、第二次世界大戦のさなかであった。堀口が、

日の本の歌のしらべの清新はここに始まりここに終るか

と詠じているのだから、晶子は歌人戦士として国に殉じたかにみえる。晶子は友人が死んだときの挽歌がうまかった。有島武郎《たけお》の死に際して、

君亡《な》くて悲しと云《い》ふをすこし超え苦しといはば人怪しまむ

と詠じ、死者を抱きしめるようにすり寄っていく。死者の頰へ吐息をふきかける激しい情熱があった。ところが晶子への挽歌にはそれがない。それは、明治新派歌壇の終りを暗示しているかのようだ。

有島生馬《いくま》は、「告白桜院鳳翔晶耀大姉霊位」として長文の弔辞を残している。「荻窪《おぎくぼ》采花荘禽華《きんか》既《すで》に散じ、新青さんさんたり。北堂独り寂寞《せきばく》、音容両《ふたつ》ながら空《むな》し、離情いずくんぞ堪《た》えんや」に始まる漢詩調美文だが、故人への切々たる哀しみはない。弔辞に註をつけ、たとえ

ば「音容=声語と容姿なり、長恨歌に出《い》ず」とある。註をつけなければ理解しにくい追悼は、晶子がめざした新派に逆行する。死者を本名でなく戒名で追悼するのも晶子流ではない。「長髪漆黒《ちょうはつしっこく》、肌肉玉雪《きじくぎょくせつ》にして真に華清《かせい》に池浴《ちよく》せしむべし」とほめられたって、晶子はあまり嬉《うれ》しくはないだろう。こういった文体は晶子が歌壇に登場する以前の形式であり、型にはまった漢詩調文体にやわらかい風穴をあけようとしたのが晶子であったのだ。

では、こういう弔辞を書いた有島生馬が勘違いをしたかというと、あながちそうとも言いきれず、問題は晶子じしんのなかにあった。そのことは、晶子、鉄幹の理解者であった茂吉が、「与謝野晶子女史を哀悼す」と題した追悼で指摘している。茂吉は追悼のなかで、晶子の岩波文庫歌集あとがきを引用している。それは晶子の晩年の和歌に関してである。

「後年の私を『嘘から出た真実』であると思って居るのであるから、この嘘の時代の作を今日も人からとやかくといわれがちなのは迷惑至極である。教科書などに、後年の作の三十分の一もなく、また質の甚しく粗悪でしかない初期のものの中から採られた歌の多いことで私は常に悲しんで居る」

茂吉は、この一節を引用して「このように女史自らは、あくまで後年の作に自信があったわけである」と述懐する。じっさいには晶子の晩年の和歌を評価する人は少なかった。茂吉は「たまたま女史の歌が引合いに出されれば『やは肌のあつき血汐《ちしお》』とか『鎌倉《かまくら》や御仏なれど』とかいう歌に過ぎなかったようである。つまり、彼等はもはや雑誌冬柏《とうはく》の読者でもなく、従って日々出る女史の新作についての知識がなかった」とする。

茂吉は、晶子が天下の讃美《さんび》を集めたのは、没後ではなく、若いデビューのころであったことを指摘し、処女歌集『みだれ髪』が出たとき、「明星」の読者は晶子の肖像を見たい見たいと言っていたが、「明星」はなかなかその姿を載せなかったとして「そのころはいまだファンなどという語が流行せなかったけれども、実際にはそういうあこがれのファンが多かった」と記している。

晶子が一葉のように早逝すれば、天才歌人の名声は保たれたのだろうが、実際には、六男六女を出産し、六十三歳まで生きた。和歌には言霊があり、歌は永遠に残るけれども、原作者の老衰が世間にさらされれば、歌と原作者は乖離《かいり》する。晩年の晶子は改造社版『新万葉集』の撰者《せんじゃ》となり、『現代語訳平安朝女流日記』や『新新訳源氏物語』を書き、古典文学の権威者となった。そのぶんデビューしたての晶子とは別人となった。

保田與重郎《やすだよじゅうろう》は、「泉州堺《さかい》の一商家の少女が、よき大御代《おおみよ》の恩恵のままに、その天分を存分に伸した」としつつも「しかし大正の中頃から、すでに与謝野氏の文学血脈は文壇《いん》の外にあって、今日ではその絢爛《けんらん》たるあるいは優雅なる文芸が、ひそやかに、むしろ隠遁《とん》者の如《ごと》き環境に於《お》いて描かれていたということは、わが文化現象を思う上で一応奇妙である」という。晶子の人気は「明星」の終焉《しゅうえん》とともに幕を閉じた。そのことを、保田は「夫人の晩年は暖い環境の中で人生の幸福を享受《きょうじゅ》されたと思うが、文学的にも平穏で満足に近いものがあったか、どうか」とする。追悼しつつも分析は辛辣《しんらつ》である。

晶子は、『みだれ髪』の代表歌「やは肌のあつき血汐にふれも見でさびしからずや道を説く君」を「嘘」と自らきめてしまった。老後の自分こそがその「嘘からでた真実」なのであると。保田は言う。「与謝野氏自身も、自分は歌人でないと、現代歌人選集のなかで自負的な抗弁をしていた」。さらに、「今までの史上にさえ、近い幾百年に何人もなかったような女性が、世界一新の大戦争の渦中《かちゅう》にこの世を去ったのである」と。晶子は歌神となった。それは昭和十七年という時代下ではしかたがないことなのだけれども、晶子のデビューしたての和歌に衝撃をうけた者には奇異に見えたことも事実であろう。

明治三十七年、「明星」に、晶子の長詩「君死にたもうことなかれ」が発表された。「ああおとうとよ君を泣く／君死にたもうことなかれ／末に生れし君なれば／親のなさけはまさりしも／親は刃《やいば》をにぎらせて／人を殺せとおしえしや／人を殺して死ねよとて／二十四までをそだてしや」ではじまる八行五連の詩であった。この詩には「旅順《りょじゅん》口包囲軍の中に在る弟を歎《なげ》きて」と副題がある。この詩に対しては、大町桂月《けいげつ》が「危険な思想である」として激しい批難をくわえた。それに対し、晶子は「当節のように死ね死ねよと申し候《そうろう》こと、又なにごとにも忠君愛国などの文字や、畏《おそれ》おおき教育御勅語などを引きて論ずることの流行は、この方却《かえつ》て危険と申すものに候わずや」と反論した。このことだけをとりあげれば戦争賛美者の桂月対反戦歌人晶子の対立という構図になるが、ことはそれほど簡単ではない。晶子は反戦歌人ではない。晶子は、戦争は戦争として認めつつ、なおかつその前提で弟への愛惜を歌うのである。ここには晶子の分裂があった。

晩年の晶子は、この時代の歌を「嘘」として、晩年の歌が「嘘から出た真実」とした。では晩年の歌とはどういうものであったか。息子の与謝野秀《しげる》は「晩年の母」という追悼のなかで「大東亜戦争勃発《ぼつぱつ》の際も東条総理の放送に感激して歌を作ったが、これは暮れに作った御題の歌数十首のなかで殆《ほとん》ど最後の歌となった」と記している。

日の本の大宰相も病むわれも同じ涙す大き詔書に
水軍の大尉となりてわが四郎み軍《いくさ》に往く猛《たけ》く戦へ
子が船の黒潮越えて戦はん日も甲斐《かい》なしや病ひする母
子が乗れるみ軍船のおとなひを待つにもあらず武運あれかし
戦《いくさ》ある太平洋の西南を思ひてわれは寒き夜を泣く
三千とせの神の教へに育てられ強し東の大八島びと
ひんがしの亜細亜《アジア》洲をばみちびくと光りをはなつ菊の花かな

（『白桜集』昭和十七年）

これだけではない。戦争賛美の歌がまだまだある。晶子には神武よりの日本の文化を尊ぶ保守頑迷の血がある。大政翼賛会編の『大東亜戦争愛国詩歌集』には、

み軍の詔書の前に涙落つ世は酷寒に入る師走《しわす》にて
強きかな天を恐れず地に恥ぢぬ戦《いくさ》をすなるますらたけをは

がある。こういった愛国歌には、桂月によって「乱臣賊子」と罵《のの》しられた晶子の影はない。晶子には強い肉親愛と現実肯定の精神が共存しており、浪漫《ろうまん》主義をかかげ美的生活を希求しつつ不遜《ふそん》で純情である。

『みだれ髪』に対しては「著者は何者ぞ、敢《あえ》て此《こ》の娼妓《しょうぎ》、夜鷹《よたか》輩《ばら》の口にすべき乱倫の言を吐きて、淫《いん》を勧めんとはする」(『心の花』)と批判された。樗牛《ちょぎゅう》は「浮情浅想久しうして堪ゆべからざるを覚《さと》れ」と酷評している。そんななかで、『みだれ髪』を積極的にほめたのは他ならぬ大町桂月だった。そのことは釈迢空《しゃくちょうくう》の追悼「早期の与謝野夫人」に書いてある。迢空は回想する。

「晶子さんをあれだけの人として、最初でないかも知れないけれども、相当早い時期に認めたのは大町桂月さんでした。しかし、その大町さんが晶子さんの発達についてゆけ

なかった。それは勿論《もちろん》そうあるべきでしょう。そして名高いその後の骨肉の弟の身の上を案じた歌を正面から激しい語で批評をいたしました。こればかりは、新詩社でも、ふりかかる火の粉を払わねばならぬと思ったのでしょう。夫君並《ならび》に当時弁護士であった平《ひら》出《いで》修の二人が、あの訥弁《とつべん》な大町さんを糾明に行った」

平出修はのち大逆事件担当の弁護士である。平出修と巨軀《きょく》の鉄幹が直《じか》談判に行ったのだから、吃音《きつおん》気味の桂月はたじたじとなった。

こういう事情を知ると、歌壇史では悪役になっている桂月に同情したくなる。華麗にして無頼なのは晶子、鉄幹で、桂月は清貧実直である。晶子はこの長詩を歌ってなお愛国的なのであり、それゆえに桂月は敗れた。桂月の言いぶんは、「戦争に行けば死者が出るのは当り前であるから、自分の弟にだけ死ぬなと言うのは、他の戦死者に対して礼を失する」という主旨である。桂月の論にも理はある。

桂月は、晶子の歌を全力をもってほめ、それゆえに意見するつもりで批判した。それが泥仕合になったというのが、ことのてんまつである。茅野蕭々《ちのしょうしょう》は「追悼記」で、「夫人の有名な初期の歌集の出版された頃、それに驚喜の歓声をあげたものは、極めて少数の少年少女に過ぎなかった。当時の歌壇も文壇もこれに与えるに侮蔑《ぶべつ》と冷嘲《れいちょう》を以《もっ》てした。やがてそれ等の歌集の意義が認められ世間が晶子夫人を仰ぎ見る時代が来た頃には、夫人はすでに遠くその歌境を離れて、ただ苦笑を以て世間の讃歎《さんたん》に向わなくてはならなかった」として、「皮肉な運命がそこにあることを私は忘れることはできない」と言う。そして「現実を超越して当来の大天地を翹望《ぎょうぼう》して已《や》まなかった夫人を思うと、せめて大東亜戦争の終る頃までも生かして置きたかったと願わずにはいられない」と。晶子は、戦争のただなかで死んだ歌人であった。晩年の愛国詩は、あるいは若き日に桂月からうけた批判が頭にあったのかもしれない。しかし晶子が自ら「嘘《うそ》から出た真実」という晩年の歌は、生彩がなく人々の記憶には残らなかった。

晶子への追悼文で、歌人としての晶子へ切々たる哀悼をしたのは佐藤春夫である。春夫は、

ねんごろにわが青春を導びきし第一の星見えずなりぬる

と詠嘆した。また高村光太郎は「与謝野夫人晶子先生を弔う」詩を献じた。

「五月の薔薇《ばら》匂《にお》う時／夫人ゆきたまう／夫人この世に来《きた》りたまいて／日本に新しき歌うまれ／その歌世界にたぐいなきひびきあり／ろうたくあつくかぐわしく／つよくおもく丈ながく／艶《えん》にしてなやましく／はるかにして遠く／殆ど天の声を放ちて／（中略）／五月の薔薇匂う時／夫人しずかに眠りたまう」

晶子への追悼では、千人余の弟子の挽歌《ばんか》よりも、光太郎の詩のほうがはるかにいい。

これをもってしても、晶子につづく歌人は晶子門下千人余から輩出されなかったことがわかる。

与謝野晶子（明治11年12月7日―昭和17年5月29日）歌人・詩人。堺県（現大阪府堺市）生れ。妻と離別した与謝野鉄幹と結婚し、「明星」を代表する歌人として活躍。鉄幹との恋愛から生れた処女歌集『みだれ髪』は一世を驚倒させ、賛否こもごもの評価を招いた。

北原白秋
義絶した友へ

17年11月2日

親しかった友が、あまりに親しくなりすぎたため、相手の家庭内部を知りすぎて、ついに絶交に至ることがある。その友は、はたして追悼文を書くか。書くとすれば、どのような内容になるか。白秋と谷崎潤一郎はそういう関係であった。

白秋は、野人で激情家の反面、冷徹な利己主義者の一面があった。人情にもろく、大まかで、来る者をこばまず、包容力がある大器型の人物である。これがわがままの形であらわれると手に負えなくなる。白秋への追悼で、室生犀星《むろうさいせい》は「白秋先生」と題する詩を書いた。そこにつぎのような一節がある。

あなたのまわりには、
あなたを奉《たてまつ》った人ばかりだった。
あれはいけない、

あれはあなたを軽く見せる、
あなたは派手でおしゃれで
奉られることを露骨に好いていた。
平気で少々おかしいくらい、
まわりを畏《かしこ》ませるところにあなたはいた、
僕や萩原《はぎわら》が遠くにいたのもそんなせいです。

白秋は、腎臓《じんぞう》病と糖尿病を悪化させ、昭和十七年、五十七歳で没した。百五名の友が追悼文を寄せており、そのほとんどは絶賛と哀惜にみちている。木下杢太郎《もくたろう》は追悼詩で「思い出すよ、白秋」と旧来の友情をうたいあげ、大木惇夫《おおきあつお》は自ら書いた挽歌《ばんか》「北原白秋先生のみたまに捧《ささ》ぐ」に、山田耕筰《こうさく》作曲の譜面をつけて献呈した。譜面つきの追悼詩というものは、よほどの想《おも》いがなければ作れるものではない。
前田夕暮は「友を悲しむ歌」を、告別式の日、出棺前、出棺、葬送、に書きわけた。堀口大学は、「表現の鬼」と題して、白秋を「表現の火山だ」とし、「思想が感情が、内にたぎり立ち、満ちあふれ、どっと一度に押し寄せて、彼の口を吃《ども》らせ、彼の手をわななかせ、彼の目を吊《つ》りあげさせた」とたたえた。「この人こそは詩人であった」と。茂吉は友情あふれる長文の追悼を寄せた。三木露風は、白秋が快活な好人物であったことを書き、「同君はそんなわけで多くの人に好かれた」と、白秋の人間のよさをなつかしんだ。蒲原《かんばら》有明《ありあけ》はひたすら「白秋さんが亡《な》くなられて寂しい」と追懐し、師の河井酔茗《すいめい》は「雨はふるふる、城ケ島の磯《いそ》に」の詩を引用して、若い日から天分があったことを記し、土岐《とき》善麿《ぜんまろ》は「全身全霊的な詩人であった」と分析した。

柳田国男は「白秋さんと小鳥」の思い出を書き、小川未明は「南方的で明かるく、弾力性があって、相対するだけで、私に夢幻的感じを抱かせた」と書いた。

いずれの絶賛も白秋の業績に対して、決してほめすぎではない。白秋には、それぐらいほめられても当然といった作品群があった。詩、短歌、童謡と、どの分野でも白秋はぬきんでて光り輝いており、友人や弟子を大切にした。

友人や門弟は、こぞって白秋の人間性をたたえ、その死を惜しんだ。宮柊二《みやしゅうじ》は、戦地で小さな祭壇を作って遺影に手をあわせて慟哭《どうこく》し、「戦線より」と題した追悼文を送った。白秋が亡くなった昭和十七年は日本軍は南洋諸島を攻略し、ミッドウェイ海戦があった。

恩地孝四郎は小田原時代をなつかしみ、白い山荘のバルコニーから見えた青い海に白秋の世界を重ねあわせ、清水良雄は白秋の詩を「文字で描かれた絵」だとたたえ、中山晋平《しんぺい》は「歌謡界の恩人」として拝跪《はいき》した。吉田《よしだ》一穂《いっすい》は、「史的の大詩人」と題して「黄金の楊子《ようじ》を喰いて生れた詩人」としたうえで、芸術は一代限りで、その完璧《かんぺき》性をつくすために、白秋が創刊した歌誌「多磨」は解散すべきである、と論じた。これに対し、木《き》俣修《またおさむ》は、白秋の精神を継承すべく、「多磨」を主宰した。

白秋の死は、白秋の詩魂を分かつ弟子のあいだへも大きな波紋をなげかけたのである。

白秋への追悼は、長男の北原隆太郎も書いている。

「父はこの上なく寛大であった。どんなときでも慈愛ぶかくあった」

とあるのは、息子から見た真情の吐露である。白秋は、家族に慈愛あふれた生活態度で接し、完璧な父であった。その白秋が一度だけ隆太郎を激しく叱責《しっせき》したことがある。

それは、隆太郎を可愛《かわい》がった叔母《おば》が死んだときに追悼文を書けなかったときであった。

隆太郎は、叔母への哀惜の念が人一倍強かったため、書こうと苦しめば苦しむほど、なにを書いていいのかわからず、苦悩したあげく、書くことができずに、叔母の追悼録ができあがってしまった。白秋は隆太郎にむかって「お父さんは一度だってそんな真似《まね》をしたことはない。そんな理由で義理を欠かした事は一ぺんだってない。おまえに大恩ある叔母さんじゃないか」と叱責した。隆太郎は嗚咽《おえつ》して、なにも言えなかった。その夜、白秋は隆太郎を呼んで、「こうしようじゃないか。家中で、お母さんと篁子（妹）も入れて、四人だけで追悼の小冊子を作って御霊前に捧げようじゃないか」と言った。

白秋は、追悼にこだわる人であった。

白秋は、一度義絶した相手でも、死ねば、きちんと追悼を書いている。けんか別れした「赤い鳥」主宰の鈴木三重吉《みえきち》が死んだときは、「赤い鳥」終刊号に弔詩を寄稿した。「明星」から謀叛《むほん》脱退したものの、与謝野鉄幹《よさのてっかん》へは、切々たる追悼を書いた。白秋は生涯、子規嫌いで、子規が死んでからも子規の悪口を公言してはばからなかった。それは、子規が、かつての師鉄幹をののしったからである。

白秋も鉄幹にさからってたもとをわかったのであるから、立場は子規と同じ反鉄幹である。子規と白秋が直接けんかをしたわけではない。にもかかわらず、なりゆき上罵《ののし》った相手へは生涯敵意をむき出しにした。

鉄幹への追悼では、「その恩義に反《そむ》く形になったことは、性格と道の上の見解の相違ながら、心苦しき極み」と反省して「足ずりしても取返しのつかぬこのことは、一層にわたくしを悔いしめる」とまで哀惜した。

古泉千樫《こいずみちかし》の葬儀が青山斎場でとりおこなわれたとき、白秋が主宰する「日光」同人が、参列者を見て、「アララギ」と「日光」の対抗だと評した。千樫は子規の流れをくむ「アララギ」から、「日光」へ移っていた。白秋はからかわれたことに腹をたて、千樫への追悼文で、「日光」の同人仲間を批判している。白秋は、千樫の死を芥川《あくたがわ》と比較して、「芥川君の死よりも、この千樫の臨終がどれだけ自然で、どれだけ諦念《ていねん》が大きく深かったか」としている。

千樫の死をたたえるために、芥川をだしに使ってみせた。死者へむけて、死にかたを比較してみせるのは、芥川への悪意からくるものではなく、千樫をたたえるための言い方なのだが、誤解と反感を招きやすい。

　冒頭にあげた犀星の詩には、こういった白秋の独断への軽蔑《けいべつ》がある。犀星は、萩原朔《さく》太郎《たろう》とともに小田原の白秋邸を訪ね、白秋夫人の手づくりの料理で歓待された友人である。敵対する相手ではない。にもかかわらず、死してなお、歓待した友人に、チクリと揶揄《やゆ》される資質を白秋は持っていた。

　白秋は三回結婚した。最初の妻は、隣家の人妻俊子《としこ》との垣根ごしの恋で、姦通《かんつう》罪容疑で市《いち》ヶ谷《や》未決監に拘留された。二番目の妻章子《あやこ》は、白秋のわがままで、小田原の家が出きたときに別れた。章子は、晩年、座敷牢《ろう》のような部屋に閉じ込められて糞尿《ふんにょう》たれ流しの悲惨な最期《さいご》をとげた。

　白秋は、自分の身内には恩情が濃いものの、別れて行った者へは冷淡であった。熱情とうらはらの冷たさがある。章子は「北原のそばにいますと何の寂しさも感じません。それどころか、まるで五十人百人の男と向っているようです。北原は恐ろしく癇癪《かんしゃく》持ちです。ちょっと虫の居所が悪いと、真赤におこった火をひっつかんで投げつけたりします」と述懐している。

　白秋の追悼はいずれも真赤な火を投げつけるようであった。上田敏《びん》への追悼では、「博士上田敏先生は私の魂の母であった。この意味で千駄木《せんだぎ》の森鷗外《おうがい》先生は私の魂の父であったと云《い》い得る」と書いた。ここでも、上田敏を鷗外と対比している。上田敏は若いころは鷗外に敵対して、「鷗外の翻訳は誤訳だらけ」と公言してはばからなかったが、のち、鷗外と和解した。東大講師のときは漱石《そうせき》よりも文名が高く、漱石はこれを、『吾《わが》輩《はい》は猫である』のなかで揶揄している。白秋は、さらに書く。「私ほど深く博士と詩の上に渾融《こんゆう》した者は唯《ただ》一人も無かった。私の言葉は不遜《ふそん》のようであるが、私は決してみだりに博士を謬《あや》まりしかも己れを高《たこ》うするものではない。知る人は知ってくれる」と。これはいささか図々《ずうずう》しい。上田敏と「渾融した」とたたえたが、敏は白秋より十二歳上の権威である。

高名な人が死ぬと、「自分こそが故人と一番親しかった」と称する人が追悼してひんしゅくを買う。白秋にしてみれば、自分は当世一の実力詩人であるから、こう書くことが上田敏への追悼としてふさわしい、という自負があったろう。さらに、故人を追悼しながらも、必ず別の大人物が登場するのである。それは与謝野鉄幹へも同様で、鉄幹の急逝を知ったとき、「森鷗外先生の薨去《こうきょ》に際しても、上田敏先生の円寂に接しても、これほど複雑な感情には撲《う》たれなかった」と追悼するのである。

白秋は、知人、先輩をつねに比較する性格であった。それは、追悼文をこうして読みくらべるとわかることであって、普通、そんな失礼なことをする者はいないから、わからなかっただけである。

追悼文は、ナマの感情である。その場その瞬間の心情を、思い出すままに書きつづってしまう。まさか後世に、文献として残るとは思わない。だから本心が出る。日記にも似た要素はあるが、日記は残されるから本心を隠そうとする配慮がでる。追悼文が一番油断する。

白秋の生前から感情的な「白秋嫌い」がいて中野重治《しげはる》と三好《みよし》達治がそうだった。中野は茂吉をほめ、三好は朔太郎を認めた。もっとも、この二人は、白秋の死後は、白秋の作品に一定の評価をしている。草野心平の白秋嫌いも徹底していて、八十歳をすぎるまで「白秋は読まない」と拒否していたが、「白秋全集」月報からの依頼があって、しぶしぶ読んだところ、感動のあまり「泪《なみだ》ボウダ」した。「八十歳を過ぎて、とうとう読んだとは、心平のためにも、白秋のためにも、本当によかった。人間の心と心の出会いは、往々にしてこのような紆余曲折《うよきよくせつ》を描いて、ついに成就《じようじゆ》することもあるのだ」と草野は述懐した。

白秋は、他人への好き嫌いをはっきりとさせる性格であったため、同様に、他人からの好き嫌いをはっきりとされた。同類は同類に斬《き》られる。

谷崎は白秋より一歳若い。谷崎もまた白秋に似て、好き嫌いが激しく、その作風は悪魔主義にして耽美《たんび》派志向であるところも似ている。妻を変えたところも似ている。谷崎は、大正六年、『詩人のわかれ』という短篇小説を書いた。この短篇に「此《こ》の一篇を北原白秋に贈る」と献詞がつけられている。この小説はAという歌人と、Bという戯曲家と、Cという小説家と、詩人Fが登場する。Aは吉井《よしい》勇、Bは長田秀雄《ひでお》、Cは谷崎、Fは白秋である。吉井、長田、谷崎の三人が、葛飾《かつしか》に隠棲《いんせい》した白秋を訪ねる話で、そのとき白秋は二番目の妻章子と結婚していた。この小説のなかで、谷崎は、白秋に神の栄光があてられ、白秋が再生して、芸術家として大成することを予言している。友情あふれる小説であった。

白秋は、この小説にはげまされるように、翌七年に小田原に白亜の邸宅を建てた。その新邸地鎮祭園遊会のとき、章子は、白秋とけんかをして家を出た。園遊会が派手であったことを、白秋の弟鉄雄に叱責され、それがもとで章子は新聞記者との不倫を疑われた。男と女のことだからこみいった事情があり、ことの経過を知った谷崎は、章子に離婚をすすめた。

そのことを根に持った白秋は、谷崎と義絶し、死ぬまで会わなかった。

こういう場合、谷崎は、どう書くか。

まず、白秋との初対面の印象をたんたんと記し、葛飾の庵《いおり》へ行ったことを記し、「氏の小田原在住時代、大正八九年頃の一二年間は私も小田原に住んでいたので、自然最も氏と親しむ機会を持った。そして、あまり親しみ過ぎた結果、自分にまったくその資格がないのをも顧みず、氏の家庭のことにまで立ち入って口をきいたのが原因で、ついに白秋氏の怒りを買い、その後長く相会うことが出来ないようになったのであるが、その時のことはまだ関係者が多く生存しているので、書く訳にいかない。私はそのときの事件を通じて、白秋氏の性格の美点をも欠点をもことごとく知り得た。そして、先方はどう思っていたか知れないが、私の方は終始一貫、氏に対して変ることなき尊敬の情を抱き続けた。（勿論《もちろん》事件の最中には細かいことで私も腹を立てたけれども）」

白秋、章子の離婚に関する話が、中河與一《よいち》の小説『探美の夜』に出てくる。この小説は、谷崎の女性関係を書いたもので、主役は谷崎である。谷崎の口ききで章子と別れた白秋の家へ、佐藤春夫と、谷崎夫人の千代子が訪ねていくシーンがある。千代子は、のち佐藤春夫と結婚することになる。春夫を案内するのは千代子夫人なのであるから、谷崎は当然ながら、おだやかでない。

また、佐藤春夫も長編『この三つのもの』でこの小田原事件にふれ、谷崎が白秋宅を三日にあげず訪問して、章子に同情をしていたことを書いている。こうなると、話は、白秋の離婚だけではすまず、谷崎の離婚にかかわってくるのである。

谷崎は、つづけて書く。

「氏が盲目になったと云う悲報が這入《はい》ったが、じつは私は、氏が誰よりもそう云う打撃に奮起する底《てい》の人であり、それが却《かえ》って氏に新天地を打開する機縁を与えることを知って、あまり氏のために悲観はしなかった。ある意味では、天が氏に新しい武器を授けたようにさえ感じた。私は今、生前にもう一度会って置きたかった、などと云うことは考えていない。ただ、もう十年、氏を盲目の世界に生かして置いたら、どんな境地まで進展したであろうかと思って、それを限りなく惜しむ」

白秋は、死ぬ十年前に、谷崎へむけて「会いたい」と申し込んだが谷崎はガンとして会おうとしなかった。谷崎の追悼を、白秋は、どのような思いで読むのだろうか。死者となった白秋は黙して語ることはない。

北原白秋（明治18年1月25日—昭和17年11月2日）詩人・歌人。福岡県生れ。詩、短歌、童謡、小唄《こうた》、民謡などあらゆるジャンルで卓抜な才能を示した。「文章世界」（明治44年10月）の明治十大文豪の投票では詩人の第一位に選ばれている。著作数は200冊に及ぶ。

島崎藤村
狡猾《こうかつ》なエゴイストの死

18年8月22日

田山花袋《たやまかたい》の臨終の席で、島崎藤村は「世を辞していく気分はどうかね」と聞いたという話がある。死んでいく友人を前にして、「その感想を聞く」という行為は冷徹かつ残酷だが、この逸話は、藤村の自然主義文学者としての面目躍如たる話として語られている。この逸話の本当のところは花袋の項で書いた。

また、こういう話もある。

『夜明け前』の出版祝賀会の席上で、集まった客がつぎつぎと祝辞を述べたあと、藤村はしばし感慨にふけっていたが、やがて顔をあげ、太い眉《まゆ》をきりりとあげて、「わたしは皆さんが、もっと本当のことを言って下さると思っていましたが、どなたも本当のことは言って下さらない……」

と挨拶《あいさつ》し、そのまま眼を伏せてしまった。会場はシュンとなった。しばらく黙りこんでから、「自分のことをみな近づきがたいと思っているが、本当は自分は人に近づきがた

いのだ」と述懐し、

「徳田(秋声)君は、『しばらく休息したら、またつぎの仕事にかかって貰《もら》いたい』と言ってくれましたけれども、いえいえ、わたしは、もうへとへとに疲れ切っています。わたしはもう休みたい」

と、ため息をついて、つぎのように結んだ。

「わたしは、今夜皆さんが、こうして集まって下さったことを、わたしに対する文壇の告別式だと思っています」

このとき(昭和十年)、藤村は六十三歳である。この年に、藤村は日本ペンクラブ会長に就任した。祝賀会には有島生馬《ありしまいくま》、辰野隆《たつのゆたか》、広津和郎《かずお》ら多くの客が出席していたが、文壇の長老に対しては、あんまり本当のことを言いにくいという事情があった。なぜなら、祝賀会に出席した人は、ほとんどが、藤村を嫌っていたからである。それを肌で感じていた藤村は、こういう、ピシリと人をうつような辛《から》い言い方をした。

芥川龍之介《あくたがわりゅうのすけ》は、藤村の人も文学も嫌っていた。自費出版で儲《もう》ける藤村は、版元からも嫌われており、時代のおぞましい痣《あざ》のような文学商人の一面があった。岩野泡鳴《ほうめい》は、藤村を「思わせぶり」と酷評した。藤村には、マッチポンプのように自ら不幸の種をまいて、それを小説の仕掛けとして悩み、告白してみせる性格がある。

藤村が、姪《めい》の島崎こま子に手を出して、妊娠させたのは、四十一歳のときである。こま子は藤村の次兄広助の次女で、藤村の家へ家事手伝いにきていた。

藤村はフランスへ逃げるが、三年後に帰国して、またこま子と肉体関係におちいる。それが原因で兄広助とは義絶したが、その懊悩《おうのう》と懺悔《ざんげ》による罪の浄化を小説『新生』と題して朝日新聞に連載した。作家としてはしぶといものの、人間としては、批判されてもしかたがない。

こま子は、『新生』のモデルとして、二重に凌辱《りようじよく》された。新聞小説に「小説を書くにいたった経過と、こま子が台湾に去るまでを実録ふうに」書いたのだから、書かれるほうは、二度死ぬのである。そこのところが芥川が「老獪《ろうかい》なる偽善者」と批判したゆえんである。

こういった人生サーカスのようなやり方は、藤村の小説の最初からのもので、三十歳のときに書いた小説『旧主人』は、恩師木村熊二《くまじ》と新夫人の秘密を暴《あば》いた内容だった。藤村は、少年時代から木村に英語を学び、大学時代は木村宅に住み、木村にキリスト教の洗礼をうけ、木村が塾頭をする小諸義塾《こもろぎじゆく》に勤めていた。木村は藤村の育ての兄である。その恩人の愛欲暴露小説を書く罪を、藤村は犯した。「新小説」に発表された『旧主人』は風俗壊乱の理由で発売禁止処分をうけた。

こういった作家であるから、死ねば、なにを書かれてもしかたがない。藤村が死んだのは昭和十八年、七十一歳であった。追悼は、「改造」、「早稲田《わせだ》文学」、「新潮」、「新文化」、「文藝」、「中央公論」、「書物展望」と多くの雑誌にのったが、いずれも、形式的な冷たいもので、藤村の死を心より悼《いた》む人はほとんどいなかった。長寿のために、花袋にせよ独歩《どっぽ》にせよ、藤村の友人は、みな物故者となっていたためだが、藤村の小説が時代遅れになっていたこともある。一世を風靡《ふうび》した自然主義文学はすでに過去のものであった。

秋田雨雀《うじゃく》は「島崎さんは大東亜戦争の決戦時代に生涯を終えた」と、人格にふれることを避け、中勘助《なかかんすけ》は「藤村先生は耳が遠かった」ととぼけたことを書き、佐藤春夫は「谷崎と芥川はそろって藤村ぎらいだった」と自分の気持を他人に託して書いた。亀井《かめい》勝一郎は「正月訪問記」でお茶をにごし、神西清《じんざいきよし》は、藤村の「女学雑誌年表」を引用するだけで、いっさい、自分の文を書いていない。三十五年間つきあった中村星湖は「島崎氏の葬儀に立ち会えなかった事情」を、そんなことは読者には関係ないのに、くどくどと弁明した。上司小剣《かみつかさしょうけん》は、「四谷《よつや》の三河屋で牛肉を食べた」ことと「島崎氏より貰った餅《もち》菓子に舌鼓《したつづみ》を打った」ことを「生涯忘れ得ぬ思い出になった」と自慢している。出版祝賀会で、「だれも本当のことを言ってくれない」と藤村は歎《なげ》いたが、追悼では、それ以上に「本当のこと」を言った人はいなかった。

あえて本当らしい追悼は、青野季吉《すえきち》が「私は藤村という人を好きではない。同年配の友達なら喧嘩《けんか》別れになったかもしれない」と書いているあたりである。

藤村を追悼するのにふさわしい友人は、「文学界」同人の戸川秋骨《とがわしゅうこつ》、馬場孤蝶《ばばこちょう》であろう。孤蝶は明治学院でも親しい同級生であった。この二人がどのような追悼をするか、は是非とも読んでみたい気もするが、二人ともすでに他界していた。生前の孤蝶は、学生時代の藤村をこう評している。「なかなか皮肉な人で、ポンチ絵を書いて人を冷やかしたり、妙な所へ、言葉を挟んだりして、冷笑していることなどがあるので、拙者はよく『君は陰険な男だ』と言って島崎君を怒らして、寄宿舎の一室で組打を為《し》たことなどがある」(「明治学院及び『文学界』時代」)。また、小諸義塾時代の友人で、画家の丸山晩霞《まるやまばんか》の追悼もほしかったところだ。詩集『落梅集』の恋の相手だったピアノ教師橘糸重子《たちばないとえこ》の追想記もあったほうがいいと、追悼号編集者気分になる。羽仁《はに》もと子宅に住みこんだ姪の島崎こま子の感慨も聞きたいが、こま子にそれを求めるのは酷というものだろう。

もし、かりに、こういった友人が「本当のこと」を書いて追悼したならば、それは『明治性犯罪妖怪《ようかい》作家伝』ともいうべき内容となり、藤村の非人間性を暴くことになるだろう。ここにあげた友人、愛人たちは、いずれも藤村によって小説のモデルとされ、あることないことを書かれた被害者であるからだ。

藤村は、親しい友人を、あきらかに当人とわかるモデルとして登場させ、そこに自分の性体験や悩みを投入したため、モデルとされた友人から激しい抗議をうけた。藤村は

『並木』という小説に、孤蝶と秋骨らしき人物を登場させ、それを読んだ両名は怒って批判文を雑誌に発表した。

小説『水彩画家』で、モデルにされた丸山晩霞は、その憤懣《ふんまん》を「中央公論」に発表した。主人公はどうみても晩霞だが、そこでくりかえされる愛欲憎悪《ぞうお》の葛藤《かっとう》劇は、藤村の妻冬子と、愛人の橘糸重子のことであり、晩霞はダシに使われた。晩霞は日本水彩画会研究所を設立し、水彩画家の代表的存在になっていたから、藤村の小説のことで、自分の家族が傷ついたことを怒ったのである。

「藤村という男はじつに人の悪い男だ。自分の実歴を懺悔するのに、親しい友人になすりつけるとは、いかにも邪見の男だと君の顔を見た」「それが自然派の立場だとすれば、自然派小説家ほど世に悪人なるはなし」と晩霞は書いた。これを書いた明治四十年の時点で晩霞は藤村と絶縁しており、これを生前の追悼と見ることもできる。『家』や『夜明け前』に書かれた父の正樹《まさき》としたところで、冥土《めいど》から怨《うら》みのひとつやふたつを言いたかったはずだ。

藤村の家系は好色の人が多く、自らの好色をあますことなく書き、自己の罪をさらけ出すところに藤村の「新らしさ」があった。藤村の家は、木曾《きそ》街道馬籠宿《まごめじゆく》の本陣、問屋、庄屋をつとめ、十七代目の父正樹は平田派の国学を信奉する人であったが、明治政変を乗り切れず、家産を失い、座敷牢《ろう》のなかで死んだ。藤村の母は不貞の人であった。長兄の秀雄は詐欺《さぎ》事件で二度投獄され、次兄は遊郭で性病をうつされ、廃人同様になっていた。藤村は小諸義塾の教師として、二十五円の安月給のなかから、二人の兄の生活費を援助しなければならなかった。妻冬子は三人の子を産み、小説のデビュー作とも言うべき『破戒』はこういう生活のなかで書かれた。『破戒』を書く途中で娘一人が死に、本が店頭に並ぶと、残りの二人の娘も死に、妻冬子は目が見えなくなっていた。

小説『破戒』は、こういう悲惨な生活への同情票も加担して人気が出た。信州小諸へこもっていた貧乏な詩人が、家族の犠牲の上に書いた小説は「人間の真実を謳《うた》う自然主義小説」として、世の評価を得たのである。

小説『破戒』は、緑蔭叢書《りょくいんそうしょ》として刊行されたが、他の作家と違う点は、これが自費出版ということである。妻の父や知人から金を借りた藤村は、五百円余で自費出版して、五千円以上の高額収入を得た。尾崎紅葉は、春陽堂へ「原稿買い切り制」で原稿を売ったため、あれほど本が売れても死後、遺族には金が入らなかった。藤村は商売上も現実主義者であり、藤村の書く本は緑蔭叢書シリーズとして出版され、本を出すたびに厖大《ぼうだい》な金が藤村のもとへ入った。これは鷗外も漱石も露伴も紅葉も真似《まね》し得ないところで、藤村の金銭への執着ぶりがうかがわれる。金銭に苦労した藤村は、儲けてもケチであった。これでは嫌われてもしかたがない。

藤村には、文学は不幸の代償という意識がある。小説家は「貧乏で、不幸で、内省的なのをよしとして、私生活上の淫行《いんこう》は作品を書くことで浄化される」という純文学の風潮は藤村に始まったといってよい。「早稲田文学」追悼号で「藤村への回想」を書いた逸見広《いつみひろし》は、「彼の文学がしばしば性格的な破綻《はたん》を見せるのは当然で、作品に現われた藤村という人は、いわゆる至らない人で、自分の気持や行為を文学的に理由づけることによって、必死に至らしめようとした」と分析し、それが『新生』の藤村を度し難い精神的エゴイストにした。『新生』には醜名を憚《はばか》る弱さや、不倫を恥じる苦悩は充分に窺《うかが》われる。しかし、それは殆《ほと》んど自分自身に対してで、姪の節子（こま子）に対する深い思いやりなどは忘れている」と指摘した。「批評」追悼号で、西村孝次は、藤村を「凶暴であり、不気味である」として、「鷗外《おうがい》の軍服も藤村の羽織にならべると文学的であった」と書いた。

自分より若い文芸批評家に、ここまで冷徹に分析される状況を考えると、藤村のほとんどの友人が先に死んだことは、むしろよかった。友人が腹をきめて「本当のこと」で追悼したら、大変なことになっただろう。嫌われ者は長生きするに限り、嫌われ者になることには藤村は確信犯であった。藤村は、同様の手口を「明星」の与謝野鉄幹《よさのてつかん》、晶子《あきこ》に見ていた。晶子の歌集『みだれ髪』が、佐佐木信綱《のぶつな》より「人心に害あり世教《せいきょう》に毒ある猥行醜態《わいこうしゅうたい》の乱倫《らんりん》の言」と指弾され、世間の顰蹙《ひんしゅく》を買いながらも、指弾されればされるほど人気を得たことを目《ま》のあたりに見ていたからである。嫌われ者は商売になる。

水上滝太郎《みなかみたきたろう》は、小説を書くかたわら、明治生命取締役として人望が厚く、後輩の面倒をよく見た。貧乏な作家へは私事をすててつくしてやったが、藤村は「だから水上は小説ができないのだ」と言った。これは、藤村の言う通りかもしれず、小説『新生』に登場する岸本捨吉（藤村の分身）は、姪を台湾へおくり出し、「自分と離れて台湾まで行っても、節子はもう心配がいらない程、はっきり自分を打《う》ち樹《た》てた。そこまで彼女を救ってきたことがどんな難事業であったか」と感慨にふける。そして節子が残していった草花を植えかえて「節子は今や私の心の中にも、地の中にもいる」と呟《つぶや》く。藤村は、少年時代に養われたキリスト教的理想主義の甘さを知りながら、それに目をつぶって居直りの虚勢をしてみせた。小説『新生』の主人公である中年作家岸本捨吉は「愛欲《あいよく》の問題で……結局損をするのは男だ！」と述懐するに至る。どうにも反省しているように見えない。

　主人公を、最後に外国へ出発させるところで結末とする方法は、小説『破戒』も同様で、主人公瀬川丑松《せがわうしまつ》は、最後は、テキサスの新天地へ向う。外国へ旅することで終息させるのは、苦悩や状況の解決にはならず、そこには、あいまいな抒情《じょじょう》と感傷と自己陶酔が残るだけである。藤村は手に負えないエゴイストであり、陰険な秀才が求道《ぐどう》的生活をするとこうなる見本である。白髪の偽善者が、モラリストの不渡り手形を平気で出した。

藤村に対する冷淡な追悼が多いなかで、舟橋聖一は「藤村は世間からは、こういう誤解を受けていたお蔭《かげ》で、五十年間、純潔な作家生活を押し通すことができたのである。文壇的有象無象《うぞうむぞう》の好餌《こうじ》とならず最期《さいご》の直前まで、純文学の道を精進《しょうじん》しつづけたのである」と弁護した。そのうえで、「藤村を道徳的な観点から批難する人もある。然《しか》し、これは問題にならない。人間一生、七十年間の生活のうちに、藤村程度の過失は、有っても無きが如《ごと》きものである」と。なるほど、こういう見かたもあり、舟橋聖一が藤村に劣らぬ性遍歴があったからであろう。藤村はスキャンダルを小説にする形で免罪符をうける法を確立した。

藤村を「老獪《ろうかい》の人」と批判した芥川に対しては、小島信夫が、「老獪なのではない。芥川は偉大な山国出の気鬱《きうつ》な平凡人を誤解している。都会的な人ほどそう間違える。こんなときに例を出してなんだが、それこそ私のようなものの場合でも、ただ自分の道を歩き、自分のいい方をいっただけなのに、そしてそれが自然だと思っていたのに、老獪といわれたことがある。そういう趣味が都会風の評者や作家にはあると見える」と反論している。また、亀井勝一郎は「彼は生涯にただ一つのテーマしか持たなかったと言っても過言ではない。『我とは何か』と問いつづけたのだ」と分析している。中野重治は藤村が言った「人生は大なる戦場である。作者はその従軍記者である」という言葉に、自然主義の立場を見ようとした。

藤村は自分を文学の素材として、愛慾のただなかへおこうとし、意志も抑制もきかなくなり、ついには兄の娘とまで肉欲の波にもまれた。その格闘があの厖大《ぼうだい》な著作の量となったことを考えれば、漱石《そうせき》が言うように、「藤村は明治で最初の小説家である」こともたしかである。藤村には「狡猾《こうかつ》なエゴイスト」といった評価がつきまとうが、藤村全集を読み終った河上徹太郎は「ついに決して好きになれなかったのに、熱心に通読したという、変な読者でした」と述懐している。藤村の小説にはそういう力がある。

藤村は、昭和三年、助手の若き加藤静子と再婚した。静子は津田英学塾を卒業して、藤村の助手となり、愛人となった。藤村は身近な女性へすぐ手をつける。静子とはスキャンダルになる前に、籍を入れた。藤村の臨終をみとった静子はこう回想している。

「わたしはなにげなく、こたつの上に手を置いた。先生の指がわたしのそれに触れたかと思うと、先生は私の指を一本一本、拡げようとした。わたしはあわてて手をひこうとしたが、その時にはもう先生の指の間にしっかりと組まれてしまった。……先生の指は驚くばかりの力だった。しかもそれは段々強くなっていった。だがわたしの頭は、冷静だった。――先生は今、何を話してくれたろう。世にも不幸な結婚、世にも不幸に終った情事……わたしはそれを忘れまいと、頭のなかにくりかえしてみた」(「ひとすじのみち」)

死を前にして、藤村は、

「若いときは夕やみが迫ってくるところに坐《すわ》って楽しんだものだが、今はどうしてか、それができない。死を求める心も、燈《ともしび》を求める心ではないかと考えているところだ。死は決して暗くない。できるだけ静かに死にたい」

と言い、声を出して笑ったという。

島崎藤村（明治5年2月17日―昭和18年8月22日）詩人・小説家。長野県生れ。北村透谷らと「文学界」を創刊。『若菜集』で詩人として出発。封建的因習と青年の苦悩を描いた『破戒』で作家としての文学的地位をえた。そのほか『春』『新生』『夜明け前』など。

幸田露伴
おれはもう死んじゃうよ

22年7月30日

著名な文化人が死ぬと、国会の本会議で追悼演説されることがあった。福沢諭吉と坪内逍遥《しょうよう》がそうで、この二人には衆議院の本会議で追悼演説がなされた。ならば森鷗外《おうがい》と夏目漱石《そうせき》への追悼演説があってよかったはずだが、どういうわけかなかった。

国会での追悼演説は、その時代の政治家の気分ひとつで決定された。幸田露伴へ追悼演説がなされたのは、没した昭和二十二年（露伴八十歳）が、ちょうど片山社会党内閣が成立した年である、という事情も関係している。新憲法が施行されたのもこの年であった。露伴は戦争協力者ではなかった。というよりも、晩年の露伴は時代に無視された存在で、戦争協力者になりようがない。

このころの人気作家は太宰《だざい》治や坂口安吾で、安吾が「生きよ、堕《お》ちよ」と主張する『堕落論』を発表したのは、前年の昭和二十一年であった。文壇は無頼派全盛のなかにあった。

参議院本会議で追悼演説をしたのは、山本有三である。山本はこの年参議院全国区に立候補して上位で当選していた。この追悼は勝海舟の『氷川《ひかわ》清話』を持ちだした内容で、出来がよくない。

山本有三にしたところで、いきなりやれと言われたため、準備する時間がなかった。議事運営委員会の都合で、急遽《きゅうきょ》、八月一日にきまった。山本は「文壇の大先輩なのだからおまえがやれ」と命じられ、再三辞退したけれども、本会議の時間が迫り、やむなく演説した。そのことを「小説新潮」に再録された追悼演説全文のあとがきで、「ことばも想も練るひまがなく、まことに粗末な演説であったことは、故人に対してはもちろん、院に対しても、はなはだ申しわけなく思っている」と弁解している。

山本の追悼演説に対して、中野重治《しげはる》は「文学」で批判した。中野が批判したのは山本の演説そのものではなく、清貧の純粋芸術家であった露伴が、国会という権威の場で「帝国学士院会員、帝国芸術院会員、文学博士」という肩書きに囲まれて追悼されるいらだたしさからであった。そのことを中野は「露伴をきわだたせるのは資本のしもべや官僚のしもべにならなかったことだ」とし、「こういうかなしさ、みじめさからわれわれは何としてでもぬけ出て行かねばならぬと思う。露伴を最後にせねばならぬ」と書いた。それに対して、山本は、「これからはこれが前例となって、芸術、学術、宗教等はもとより、スポーツ、労務、社会運動等、あらゆる方面にわたって、文化のため、人道のためにつくした、すぐれた人の死に際しては、両院は弔辞を贈ることになると思う」と書いている。

山本と中野の結論は異なるが、両氏に共通する心情は「清貧の人」露伴に対するかたくなな思いである。昭和十二年、文化勲章を受章したとき、露伴は「国家に好遇されるよりも虐待《ぎゃくたい》されるところにすぐれたものがある」と挨拶《あいさつ》して、いならぶ人々をびっくりさせた。戦争の末期、疎開《そかい》さきで「この老人にどうしろというのかといって号泣」しなければならなかったのも露伴である。

この老文豪は文壇の外にいて決定的に忘れられた作家であった。「紅葉露伴一輩の所謂《いわゆる》先進大家の如《ごと》きは最早《もはや》度外視して可也《なり》。……今後の文壇は最早彼等に求むる所なかるべし」と樗牛《ちょぎゅう》が宣告したのは明治三十五年のことである。それ以後、露伴は四十五年間生きうめにされてきたようなものだ。過去の遺物として時代は露伴を葬り去っていた。片山哲首相は、葬儀に列した感想を「戦後通貨膨脹《ぼうちょう》の波に便乗して、凡百の売文の徒が右往左往するを風塵《ふうじん》の外にして、この老翁《ろうおう》の境涯は依然たる貧寒書生のそれに外ならなかった」と議会演説した。「凡百の売文の徒」とは無頼派や新興芸術派の作家らしく露伴を評価するために、無頼派はダシに使われた。

小泉信三は、晩年の露伴の話を「じつによく聞きにいった」(「露伴と今日の読者」)と回想している。露伴は考証家でもあり、事物の起源や学問文芸に関する話をとうとうと話した。数少ない知人は、むしろなぐさめるために露伴の講釈を聞きにいってあげた気配がある。それが追悼文のなかにかいまみえる。和辻《わつじ》哲郎、寺田寅彦《とらひこ》がそういった人たちである。寅彦は露伴よりさきに死んでしまったが、考証家としての露伴と科学者としての寅彦は、現象や事物の由来を両面から語りあう好敵手であった。そのことは中谷《なかや》宇吉郎が「露伴先生と科学」と題して「文学」で回想している。これがめっぽう面白い。

寅彦が「中国に、鐘《かね》を鋳《い》たときに牛や羊の血を塗るという風習があるのはなぜか」と問うと、露伴は家へ帰って古籍にあたり論文を書きあげて、寅彦のもとへ届けた。本来は宗教的意義から発した風習だが、そのじつ、獣の血液中に含まれる脂《あぶら》が鐘のひびに入り、吸着して音をよくする、という論旨で、明《みん》の詩を引用したかと思うと原子物理学が登場する痛快な読み物である。あまりの面白さに、親しい編集者が雑誌に発表するようすすめても、露伴は「あれは寺田君に見せるために書いたものだから」と断った。

和辻哲郎は、露伴が英単語の must を「なければならない」と訳すことの間違いを主張していたことを回想している。露伴によれば、「なければ」は一つの条件を示す言葉であるから、それを「ならない」で受けることはできないと説明した。must という英単語をどう日本語に訳すかも露伴の重大関心事であった。

小宮豊隆《とよたか》は、「人間」で、露伴の旺盛《おうせい》な研究心を各方面から回想している。ひとつは松尾芭蕉《ばしよう》が伊賀《いが》上野で主催した「月見の宴」の献立である。露伴は文献を徹底して研究して料理を再現し、一皿一皿を自分の舌で味わってその特殊性を論じた。その旺盛な好奇心はあるときは将棋へ向かい、「音幻論」へむかい、カステラとカルメラの寓話《ぐうわ》へむかう。この話は小泉信三の追悼（「世界」）に出てくる。

遠国《おんごく》からテラとメラという兄弟が日本へきて菓子屋をはじめた。テラは小麦粉を焼いてふくらませ、メラは砂糖を焼いてふくらませた。テラのほうはよく売れ、メラのほうは少しも売れない。メラはしょっちゅうテラに金を借りに行った。で、貸す兄は「貸ステラ」、弟は「借ルメラ」となった。これは露伴の作り話で、真面目《まじめ》にきいていた小泉は腰をぬかした。こんな考証ばかりして、小説原稿は書かないから、世間からはますます忘れられていく。

小宮豊隆は、文学青年が寄りつきにくく、子飼いの弟子が一人もいなかったことが露伴の淋《さび》しさだ、と評した。尾崎紅葉には鏡花、風葉、秋声がいた。小宮には漱石という先生がいた。「旺盛な研究心と、その研究心に纏《まつ》わる先生の悩みとが、先生を孤独にし、先生を険しくした結果、寧《むし》ろ先生自身が先生の周囲に他人を寄せつけない垣根をつくったという事が、その最も主な原因になっているのではないかと思う。先生は弟子がいなかったから淋しいのではなく、淋しいから弟子がなかったのではないか」（「幸田先生のこと」）。

「文藝《ぶんげい》春秋」は長與《ながよ》善郎《よしろう》の追悼「露伴の死を思う」を掲載した。長與は言う。「告別式もどうやら淋しかったようで、これは炎熱中の時期と乗り物、場所等のいろいろの不都合があったとはいえ、それ以外に幸田露伴というものと、終戦後の現代日本との間に、あまりにも距《へだた》りが出来直接な連繫《れんけい》が見出《みいだ》しにくくなったためのようにも思われる。それは勿論《もちろん》、露伴先生にとって何等不名誉なことではない」。

露伴の特質は東洋的達観にあり「只《ただ》それは今の浮草の如く動揺している日本の青年の気持からは殆《ほとん》ど取っつきようのない無縁なものに見えたであろう」と。

生きていることさえ忘れられかけていた露伴は、死ぬことによって、一気によみがえった。

「藝林閒歩《げいりんかんぽ》」は新村出《しんむらいずる》、阿部《あべ》次郎、佐佐木茂索ら十三名による追悼特集号を出した。そのなかには斎藤茂吉の追悼歌がある。茂吉は、「むらぎもの心さびしくみちのくの蘭《らん》咲く山に君をしのびつ」に始まる十二首で露伴を哀悼した。佐藤春夫は「露伴先生に捧《ささ》げんとして歌える」詩を書き、露伴を大樹にたとえ、「ただ仰ぎみる人」と絶唱した。娘の幸田文《あや》は「も一度しゃんと机の前にすわって見せてもらいたい。空襲だろうが火事だろうが仕事をしつづけた人である」(「雑記」)と書いた。八ページにわたる長文である。文の追悼は、他のいかなる露伴への賛美者にも増して哀切で、かつ澄明《ちょうめい》である。「藝林閒歩」に追悼をよせた他の十二名の筆者は、はじめて見る文の精神力と文体のたしかさに目を見開かされた。

多くの人が、長く生きたゆえの露伴の孤独を哀悼したのに対し、ぴしゃりとそれをはねつけたのは、文と中村光夫《みつお》であった。

中村は「文学界」で「氏の死を世間並の顔をして哀悼などするより、むしろ羨《うらや》むべきであり、氏のために祝うべきかもしれません」とたたえた。文壇の主流と没交渉の存在として生きた露伴は、中村に言わせれば「嵐《あらし》にめげぬ喬木《きょうぼく》の姿」に見えた。「氏にとっては社会からの離脱がそのまま自己の生活の充溢《じゅういつ》になり得たので、けちな文壇から閉めだされたにしても、氏はおそらく生命がいくつあっても足りぬほど、此《こ》の世界は知りたいことや、やってみたいことがあったのです」（「露伴の死」）。

露伴は藤村操《みさお》や芥川《あくたがわ》龍之介《りゅうのすけ》の死に際して「観念の病いから若い命を粗末にする馬鹿《ばか》者ども」と罵《ののし》った。この言に対して正宗《まさむね》白鳥のように激しく反発する者もいた。時代は「芥川の死をたたえない者は時代遅れ」という状況になっていた。楞牛に断罪されなくても、露伴のあとにきた自然主義の流れは露伴をおし流し、耽美《たんび》派の谷崎潤一郎、享楽《きょうらく》官能世界を描いた永井荷風の作風は、露伴文学をますます古びた骨董品《こっとうひん》にしてしまった。露伴はかたくななまでに前近代に埋没しつつ、白樺《しらかば》派の志賀直哉《なおや》や「新思潮」の芥川の活躍を見、川端康成《やすなり》や横光《よこみつ》利一といった新興芸術派をながめてきた。露伴とはまるで異質のまぶしい才能が巷《ちまた》にあふれていた。

露伴ほど、自分を超えていく小説家を見つづけた人はいないのではないだろうか。それは長生きしてしまった小説家に共通する悲しみである。しかし、露伴が芥川を冷罵《れいば》する底には熱い憐憫《れんびん》がある。

中村はこう追悼する。「露伴を生んだ教養は今日普通に行われている僕等の教養とは別質のものであり、おそらく前代の遺物として滅して行く運命にあるものです。しかし、それと同時に、これに代って我国の文化を支配した薄手な所謂〈近代〉にはこのような巨木を育てるに足る厚い地層がかけていることを認めようではありませんか」。中村は、露伴の文学に近代性はないにしろ、その完成には近代にない何物かがある、と評価した。露伴への追悼の中で、露伴の文学史における在りようを活写した中村の文章はずばぬけて骨太である。追悼という形式をとりつつ文芸時評であり、卓越した時代論になっているところに中村の冴《さ》えがある。

しかし、娘の幸田文《あや》にとって、露伴は前近代ではなく、つねに対峙《たいじ》する現在そのものであった。文が「中央公論」に書いた「葬送の記」には、その気魄《きはく》が充満している。容態が悪化したとき、露伴は笑いながらこう言ったという。

「どうもわたしもよく長く生きたもんだ。みんなにも世話になった。おとっつぁんが御厄介をかけましたと云《い》ってな、おまえからよく礼を云ってくれ。こればっかりはおまえから云うよりほかしようがあるまいからな」

文の胸にはこの言葉がしみこんでいる。やがて焼き場へ行く。露伴の柩《ひつぎ》が焼かれるシーンはこうである。

「残火のちろちろする中へ柩は送り込まれ、あっというすばやさで扉は締められた。同時に、ぴちぴちと木のはぜる音、燃えあがるらしい音、扉の合せ目をくぐって噴き出す黒煙《こくえん》。しかと耐えた。額が暑かった。身をずらせると、すぐそこに人々が私を囲んでいたことがわかった。小林さんには怒りのような表情が浮んでい、松下さんの拳《こぶし》は唐手《からて》遣いのように握られ、土橋さんは青ざめ、その眼は岸離れするほど見開かれ、玉子（娘）の腕には粟粒《あわつぶ》が立っていた」

すさまじい描写力は、露伴の代表作『五重塔』の嵐のくだりを思わせる。きらめく直截《ちょくせつ》な文体はたちまち世間の注目するところとなって、文は小説家としての第一歩をふみ出すことになった。

「私はものを読まない。世間に交わらない。台処《だいどころ》にいるのが安気である。（中略）かつて父の云ったその時を見るの明はもたなかったが、長いあいだの空気というものを知っていて、それを押し通そうとしていた」「国葬は栄誉なことであるが、私がするなら、借りた伽藍《がらん》より、ここから父を送ることはあたりまえであった」

「葬送の記」の追悼文により、露伴の気性は文にのり移った。「前近代」の露伴は、「現在《いま》」である文の肉体に宿って、奇跡の蘇生《そせい》をなしとげた。文はもうひとつの追悼記「終焉《しゅうえん》」を「文学」に書いた。露伴の喀血《かっけつ》のシーンの描写が衝撃的で、読んでいると鳥肌がたち、父と娘の、死を目前にした愛情が切々と胸を打つ。

「左手の袖《そで》に、べとりとついた血に気づいて、エ、きたならしい、意気地の無いざまだ、とじれだした。こんなに方々汚すほどなことを、よくも覚えないでいる『もうろく』に、腹を立てていることは明らかである。半醒《はんせい》半睡の間の出来事だったと見られる。こういうことは如何《いかん》とも慰めがたいことだった。寝たきりになってからは、とかく身の不自由、ぶざまが疳《かん》の種になることが多く、自分を嘲罵《ちょうば》するさまは気の毒であった。今聞くこれも、いつもと変りは無いけれど、目に見る姿を伴っては痛々しかった。血は頬髯《ほおひげ》・顎髯《あご》を捩《よ》じてむざんにも幾筋かの糸とし、余は伝って喉《のど》にまで尾を引いている。前後をはかるよりさきに、ことばは口を離れてしまった。——こんなに血が出ているのに、胃からにしろ肺からにしろ、お起きになるのはよした方がよくはないかしら、と。云わせも果てず、又はじまった、おまえの素人《しろうと》医者は、置いてくれくれ、つべこべ云う間に素直にやれ、猿は血を見ると騒ぐと云うが人間のサルも始末が悪い。(中略) 第三回の出血がはじまった。相つぐことに一人は心細かった。助けを求めたさに浮く足を無理にすわっていたが、苦しみも無く、がぶっがぶっと出る血は恐ろしいものであった。室はなまぐさく、私にもかちえずきが上って来、せつなかった。大ぶ疲れたらしく、こめかみに汗が浮き、肋《あばら》は上下している。ふと親一人子一人という感情が走って、突然、おとうさん死にますか、と訊《き》いた。そりゃ死ぬさ、と変に自信のあるような云いかたをし、心配か、と笑った。柔いまなざしはひたと向けられ、あわれみの表情が漲《みなぎ》った。私もまじろぎ身じろぎをせず、見つめた。遂《つい》に何だか圧倒されて、ひょこりとおじぎをしてしまい、そしてそのおじぎにてれ、涙が溢《あふ》れはじめ、いたたまれず立った」

空襲下に端座して露伴は家から逃げない。

「どどどっというような音響が起り、あたりは揺れた。防護団が出動出動と叫んでいる。こらえられず、おとうさんと呼んだ。(中略)――このさなかにおとうさんのそばは離れられない、どこへ行くのもいやです、行きたかありません。一トたびことばを返しては、それからずんと据わるものがあった。行きたいんじゃない、行けと云うのだ。いやです。強情ぱりな、貴様がそこにいて何の足しになる。どうでもいいんです、お父さんが殺されるなら文子も一緒のほうがいいんです、どこの子だって親と一緒にいたいんです。いかん、許さん、一と二は違う、粗末は許さん。いいえ大事だからです。それが違う、おれが死んだら死んだとだけ思え、念仏一遍それで終る。いやです、そんなの文子できません……」

臨終のとき、露伴は右手を文の裸の右腕にかけ、いいかいと言った。つめたい手を感じながら文はこう書き残している。

「ゆうべから私に父の一部は移され、整えられてあったように思う。うそでなく、よしという心はすでにもっていた。手の平と一緒にうなずいて、じゃあおれはもう死んじゃうよ、と、何の表情もない、穏やかな目であった。私にも特別な感動も無かった。別れだと知った。はい、と一ト言。別れすらが終ったのであった」

小宮豊隆は「弟子がいなかったことが露伴の淋しさ」と評したけれども、なに、文という凄腕《すごうで》の隠し玉がいたのである。

幸田露伴（慶応3年7月23日―昭和22年7月30日）
小説家・随筆家。江戸生れ。明治22年『露団々』で作家的地位を確立、写実の尾崎紅葉に対して、理想詩人として人気を二分した。『五重塔』は代表作。昭和12年に第一回文化勲章受章。

横光利一 讃辞《さんじ》に耐える

22年12月30日

横光《よこみつ》利一は、弟子の菊岡久利《くり》にむかって、「死ぬ前の芥川《あくたがわ》の手はまるで鶏の手のようだった。鶏の手なんだよ君」と言った。菊岡には、死ぬ寸前の横光の手もまた鶏のそれのように思え、「そのいたましき手は、芥川が書いただけのものは俺も書いた、と最後の鬨《とき》を叫ぶ鶏の手の表情のように感じた」と回想している。新感覚派の旗手として文壇にデビューした横光は、一作ごとに斬新《ざんしん》な文体をあみだし、文章をみがきにみがいた。横光の原稿を手にした担当編集者はそのおびただしい推敲《すいこう》にあきれて「こんなに何度も手を入れれば誰だって名文が書ける」と証言している。横光は流派を興《おこ》し、その先頭にたって時代を画《かく》し、作品でも論争でも中心に位置しつつ、第一次大戦後の西欧文学を吸収して、心理主義的な作風を確立した。

私が高校生のころ、仲間うちで一番人気は横光利一であり、競いあって初期の文体をまねたものだ。学校の図書館には横光の小説集が揃《そろ》っていた。横光は戦前戦中を通じて昭和の象徴的作家であり、つねに第一線に立っていた。にもかかわらず、横光は消え、無二の親友であった川端康成《やすなり》は残った。

横光が死んだのは昭和二十二年十二月で、四十九歳だった。訃報《ふほう》が伝わった翌日、小林秀雄《ひでお》は毎日新聞で「（横光は）小説では一流になったが人生で敗れた」と評した。それは、晩年の大作『旅愁』が不評だったことと、戦時下における神秘的作風が、敗戦後、痛烈な批判を受けたことを示している。横光が一貫して闘ったのはプロレタリア文学一派であった。唯物論《ゆいぶつ》によらぬ魂の解放が横光のテーマであり、文芸の原理をとことん追い求め、一作ごとに新らしい冒険をした。志賀直哉《なおや》や里見弴《とん》を中心とする白樺《しらかば》派とは肌があわなかった。

康成は「横光君。ここに君とも、まことに君とも、生と死とに別れる時に遭った。君を敬慕し哀惜する人々は、君のなきがらを前にして、僕に長生させよと言う。これも君が情愛の声と僕の骨に沁《し》みる。国破れてこのかた一入木枯《ひとしおこがらし》にさらされる僕の骨は、君という支えさえ奪われて、寒天に砕けるようである」と慟哭《どうこく》した。「君の骨もまた国破れて砕けたものである。このたびの戦争が、殊《こと》に敗亡が、いかに君の心身を痛め傷つけたか。僕等は無言のうちに新な同情を通わせ合い、再び行路を見まもり合っていたが、君は東方の象徴の星のように卒《にわか》に光焔《こうえん》を発して落ちた」（「人間」昭和二十三年二月号）。

康成は雑誌「文藝時代」から横光とともに行動してきた。横光が前面に出て闘い、それを楯《たて》として作品を仕上げた康成は、「君はときに僕を羨《うらや》んでいた」とも独白している。「僕が君の古里《ふるさと》に安居して、君を他郷に追放した匂《にお》いもないではなかった」と。康成は、はっきりと本当のことを書く人である。康成は、横光を「なつかしい、あたたかい、ういういしい人」「目差《まなざ》しは痛ましく清いばかりでなく、大らかに和《なご》んでいた」という。これは、康成のみが買いかぶっているわけではなく、追悼文を寄せた多くの人がそのことにふれている。横光利一という人は、決して怒らず、声を荒だてず、静かで、心やさしい宗教家のような人であったのだ。

横光利一の写真を見ると尖鋭《せんえい》で戦闘的で動物的精気にあふれている。人を射抜くような鋭い目、いっさいの妥協を許さぬ殺気があり、『蠅《はえ》』、『日輪』といった作品や、プロレタリア文学を批判した論文「時代は放蕩《ほうとう》する（階級文学者諸卿《しょけい》へ）」を読めば、かなりはげしい性格の持ち主という印象がある。しかし、実際は色々な面を持っていたことが、多くの人の追悼文によってわかった。

雑誌「人間」の追悼座談会で、菊池寛《かん》は「（横光と）三十年間つきあったが、一度も人に対して怒ったことがない」と証言している。それをうけて康成も「人と喧嘩《けんか》したことがない」と答えている。世事にうとい人で、電車の切符も買うこともできなければ、電話のかけ方も知らなかったという。小説が売れ、文士として人気が出て、女性が近づいてきても、まったく相手にしなかった。酒を飲むが乱れることはない。文学ひとすじで、金銭欲、名誉欲もまるでなく、純粋精神の結晶のような人だった。ただし、横光かぶれの弟子たちが、物の言い方から煙草《たばこ》の吸い方まで真似《まね》をするのが他の文学者の鼻につき、「それで白樺派の連中はよく言わなかった。志賀さんにしても、里見さんにしても」(河上徹太郎)という嫌われ方をした。

河上徹太郎は、追悼「横光さんの思い出」で、「横光さんほど讃辞を受けた人はいないが、また横光さんほど批難を受けた人もいない」と書いている。それは書く側が「独り相撲をとっているだけで、あんまりほめる人がいるとその反動も大きい」からである。「讃辞を耐え忍ばねばならぬとは!」と河上は同情している。

岸田国士《くにお》は「類のない人柄の温かさが先《ま》ずこっちの気持をとらえ、彼が自分でもどうすることができなかったに違いない鋭い感受性とナイーブな好奇心のめまぐるしい交錯を、私はたえず多少の危惧《きぐ》を交えた感嘆の目で打ち眺めていた」(「横光君という人」)という。横光は宿命的とも言える観念の幻影にとりつかれており、それは岸田にはいたいたしい殉教者の苦しみとしてうつった。その一途《いちず》さから「言葉の盆栽」が湧《わ》き出てきた、と。岸田は、ほめ言葉として「言葉の盆栽」という表現を使っているが、これはは からずも横光の限界をも暗示し、結論から言えば、横光の文学は「言葉の森」とはならなかった。「才能を裸のままみせなければ承知しない日本の文壇の気風のなかで、横光君は、華々しくはあったが、ずいぶん苦しい道を歩いた」とする岸田の分析は鋭い。

岸田は鮭《さけ》の話も書いている。北海道から荒巻鮭一匹を横光に送ると「たしかに受けとった」という礼状が届いた。しかし、本当のところは荒巻鮭は郵便局で何者かに盗まれて紛失し、荷札だけが届いたらしい。「ことを穏便にすましたいので荷を受けとったことにしてもらいたい」と集配人に泣きつかれて、横光は嘘《うそ》の礼状を書いた。横光の人のよさを伝える話である。

中山義秀《ぎしゅう》は「横光利一氏は徳の人である。宥恕《ゆうじょ》の人である」という。「生涯神を畏《おそ》れ慎みを忘れなかった人である。ぼくは横光氏の単純で一筋だった生涯を思うと暗涙を流さずにはいられない。氏は人を犯すことがなかった。我欲によって己をはずかしめることをしなかった」(「横光氏の課題」)と回想した。

林房雄は、「作家は死とともに忘れ去られるものだ」として、三上於菟吉《みかみおときち》の代りに牧《まき》逸馬《いつま》があり、牧逸馬の代りに片岡鉄兵がおり、片岡鉄兵の代りに林房雄がいると言った。「だが代用品のない作家もまれにいて、横光利一はその一人だ」と評した。そのうえで、林房雄は「俺みたいに業《ごう》の深いやつのほうが死なない」と自嘲《じちょう》した。康成も「悪い人のほうが生きていく」と似たような懺悔《ざんげ》を言った。今日《こんひ》出海《でみ》は、小林秀雄の発言に反撥《はんぱつ》して、「私は横光さんを人生に敗れた人とは思わない。人生では美しい微笑をかち得た人だと思っている。敗れたといえば、執拗《しつよう》なまでに取組み、組み直し、戦いを挑み続けた作品の上でではなかったろうか」と分析した。言い方こそ違うが、小林も今も、横光を惜しむ思いは同じである。

横光の死因は胃《い》潰瘍《かいよう》と腹膜炎の併発であった。追悼のなかに医師の誤診を指摘するものがいくつかあった。「四十九歳で胃潰瘍で永眠」というのは夏目漱石《そうせき》と同じである。横光は極度の医者嫌いで、主治医の柴豪雄（東大・佐々内科）は「病気のことも彼独特の判断で自己流の療法を固執し、他人にもそれを得意に説得した」と書いている（「横光さんの臨終」）。死ぬ一週間前の病状は「上腹部の激痛と赤黒色の便通から急激な貧血」である。これは典型的な胃潰瘍の症状で、いまなら薬を飲んで寝ていればなおる。横光は病床にかけつけた柴医師にむかって枕屛風《まくらびょうぶ》をさしながら「この絵が目に入るせいか迷想になやまされて……」と弁明した。その絵は「長い角のある鹿《しか》と、翼を持った天《てん》馬《ま》の飛びあう図柄で、善霊悪霊の相剋《そうこく》を象徴したもの」であった。病床にかけつけた康成が「私も横光君と同じにこんなに痩《や》せて十一貫をこしたことはない」と言うと、大佛《おさらぎ》次郎は「川端さんの頑強な体つきは百足《むかで》のような感じがするから別だ」と言った。柴医師は、大佛次郎の主治医でもあり、大佛説を「じつに適切な比喩《ひゆ》だ」と書いている。

第二次大戦中、米軍の空襲のさなか横光は「東中野の自宅が焼けるところを見たい」といってなかなか避難しなかった。横光の家は古びて、雨がもり、柱が傾いていた。空襲が激しくなって、ようやく夫人の郷里である山形県の農村へ疎開《そかい》して敗戦を迎えた。その村で書いた『夜の靴』は、戦時中の苦痛を内包した文体が静物画のような落ち着きをみせた日記である。横光は村で食べた味噌《みそ》漬のうまさについてこう書いた。

「味噌と大根との本来の味が、互いに不純物を排除しあい、そのどちらでもない純粋な化合物となって、半透明な琅玕《ろうかん》色に、およそ味という味のうち、最も高度な結晶を示している天来の妙味、絶妙ともいうべきその一片を口にしたとき、塩辛さの極点《きよくてん》滲《に》じむがごとき甘さとなっているその香味は、古代《こだい》密祖《みそ》に接しているような快感を感じたが、誰か人間も人漬けの結果、このような見事な化合物となっている人物はないものかと、私はしばらく考えにふけった。大根だってこれだけの味を出せるものなら、人は容易に死にきれたものではない」

　こう書いた昭和二十二年に横光はあっけなく死んでいった。『夜の靴』は横光が、敗戦の傷心に耐えて結実させた清澄《せいちよう》きわまる世界であり、そのことを菊岡は「(横光の)悲劇は、彼の文学の勝利の時季が、日本の戦争の敗北の時季であったことだ」と悔んでいる。菊岡が指摘する通り、横光に代って、敗戦荒廃のなかから太宰《だ》治《ざい》、坂口安吾、檀《だん》一雄《かずお》といった無頼派が擡頭《たいとう》してくる。北川冬彦《ふゆひこ》は、晩年の横光が「檀一雄や森敦《あつし》が文壇に出てきたら、さぞ活気を呈《てい》するだろう」と言っていたと回想している。

　北川は、「奥さんに聞くと晩年の横光氏の養生法には医師の誤診があったようだ」とも書いている。それが柴豪雄医師のことをさしているのは「帝大の某博士」とあるのですぐにわかる。北川は、自宅の押入れからラジウム鉱石をとり出して横光に進呈した。

横光は「これがあったら夏目さんも助かったろうに」と大変よろこんだという。北川は「ラジウムの放射能も見当違いの養生には追いつかなかった」と記しているが、これには柴医師も閉口したらしく「科学的な考えをする小説家や芸術家は少い」と言及している。

中山義秀は、横光の死に芥川の自殺と同質の諦観《ていかん》をみて「急死と自殺の差違はあるにしろ、いずれも仕事のためにその全精力を使いはたした」とし「避ければ避けられる死をなぜ避けなかったのであろう。刻々と精力を使い果して何故《なぜ》それだけ死への距離を縮めて行くのであろうか。恰度《ちょうど》放蕩人が財を使いへらして破滅への道を急ぐように。末は結局避けられぬ死をなにもそんなに急ぐ必要はないのではないか」と惜しんだ。中山は、ものぐさで、療養しようとしない横光を惜しんでいる。

妻の横光千代は、「臨終記」の最初に、

「きっとお癒《なお》りになると思っていた。おろかな私。一日何度も布団《ふとん》のなかに頭をつっこんで、しびんをあてて上げて髪の毛もボウボウと私はあなたに『お化けのようでしょう』と云《い》ったら首をふって『ウルメ、ウルメ』と仰言《おっしゃ》った。私をうるめいわしのようだと云われたのだ。実用的なうるめいわしのような女でしょう、と笑ったら首をふられた」と書いている。「……私がお手をさすってあげていた時、急にあなたは私の手をきつく二度おにぎりになった。私がこの世の中のどこでも見たこともない美しい優しいまなざしでじっと私を見つめて下さいましたね、私が少し動くとそれ丈《だけ》またお目をお移しになるので私はいつものお寂しさを何うにか出来でもするように、毎日毎日おそばにいてお上げしますよ、と云った時、安心でもなさ《ど》ったように静かにお目をとじられた。それが一生のお別れだとは、おろかな私はその時も知らなかった」と。哀切きわまる臨終記で、ここにも横光の純情な人柄がにじみ出ている。

横光は家族思いの人で「子供を持たない作家は誰のために書いているのだろうか」と言っていた。『夜の靴』のなかで「みんな人が働くのは、子供のためだ。おれもそうだった」と書いている。横光の短篇小説は、人の世の皮肉を書くものが多いのに、生活者としての横光はどこにでもいる男親であった。

晩年の横光は俳句を詠《よ》んだ。俳友の石塚友二は、横光の句、

靴の泥枯草つけて富士を見る
白梅の凛々《りり》しき里に帰りけり
片なりの柿《かき》一つずつ下りおり

をあげ、「不器用なまで重々しく素人《しろうと》くさい句柄《くがら》」としつつ、三百ある横光の句が芭《ば》蕉《しょう》に近いことを指摘している。芭蕉の孤独な絶望感が横光に通じるという石塚の追悼を

読むと、横光の顔に芭蕉の風貌《ふうぼう》が重なった。追悼によって、横光のイメージはまるで逆転した。横光は、石塚にむかって「芭蕉の句は、蕪村《ぶそん》、子規を通り越していきなり芥川に来ているね」と言ったそうである。石塚は横光の死を「人生五十年一日余《ひとひ》ししかなしさよ」という句で追悼した。

追悼座談会で菊池寛と康成が「やさしい聖人君子だ」と言いあっているなかで舟橋聖一はつぎのようなエピソードを披露している。

「これは私が最後に横光さんにあったときの話ですがね。菊池先生のお宅の二階のお座敷の廊下の長椅子《ながいす》に僕を押しつけて私のズボンの上からあれを触るんですよ、サオをね。それから言うんですよ、俺は君の程度くらいに堕落したかった、そういって何度もさわりながらそれが出来なかったのが俺の失敗だって。ずいぶん触ってましたよ。見せろと言ったけれど、見せやしませんでしたがね。僕はその時横光さんの本音はこれだと感動したな。……もう横光さんのようないい人は出ないでしょう」

小林秀雄は、こういう横光を〝世間的名声と、私生活の楽屋裏が分裂した悲しみの人〟と喝破《かつぱ》していた。「この悩みを、なんとかして明瞭化《めいりようか》しようとして、横光さんは、生来不得手《ふえて》な逆説や心理分析の迷路に、いよいよ迷い込む様に見えた。僕は、たしか『紋章』あたりまで付いて行った。もうその先は、この辛《つら》い運命を見詰めるのに堪《た》えられず、殆《ほとん》ど読む事を止《や》めた」。そして小林は追悼をこうしめくくっている。「お葬式の日、仏壇に飾られた故人の写真を見た。それは立派で美しく、僕は見詰められる様に感じ、涙が込み上げた」と。

横光利一（明治31年3月17日—昭和22年12月30日）
小説家。福島県生れ。大正12年、菊池寛の「文藝《ぶんげい》春秋」の創刊にともない編集同人となる。翌年、川端康成らと「文藝時代」を創刊。新感覚派の旗手として、華々しく活躍したが、のち『機械』で心理主義に転じた。

太宰治
若年にして晩年

23年6月13日

昭和二十三年六月十三日、太宰治《だざいおさむ》は、山崎富栄と玉川上水に入水自殺した。遺体は十九日早朝発見された。人気小説家の情死だから、新聞の三面記事や雑誌で興味本位にとりあげられ、こうなると追悼するほうもやりにくい。三十八歳の人気作家が、戦争未亡人と玉川上水に投身し、しかも泥酔《でいすい》のうえである。

新聞報道によって、太宰の小説を読んだことがない人たちでも、太宰の女性関係から家庭状況までことこまかく知ってしまい、「文学者にとって家庭とはなにか」というレベルの話題が井戸端会議にまで登場した。

そんな狂態ぶりを楢崎《ならさき》勤は「ジャーナリズムの軽薄さの一例を、まざまざと見せつけさせられたのは、太宰治氏の自殺を取扱った記事であった。昨年のあのころは、眼がさめて、活字をみる機会をもたなければならないと、もう『太宰治』という字が、射りついて来てかなわなかった。飢えた狼《おおかみ》が、見つけあてた獲物《えもの》に跳びかかり、血も啜《すす》り、肉も、骨も食いつくすというような、実にあさましい狂態をみせた」と回想し、「太宰氏も、あのように、死んでからも、しゃぶりつくされては、さぞ堪《たま》らないことだろうと思った」「何故《なにゆえ》、もっと静かに、安らかに、穏かに、太宰氏の死を見送ろうという、やさしい心遣いをもつことが出来なかったのか。いやな世の中だ」（「文藝時代」）と嘆いた。山崎富栄に関しては臼井吉見《うすいよしみ》は「富栄は知能も低く、これという魅力もない女だった。文学好きなどという種類もなかった。ただ妙に思いつめるような新興宗教の信者に見かける型の女と思えた」と回想している。中野好夫も「頭の悪そうな、感傷過剰症の女」と断言している。坂口安吾は、「こんな筋の通らない情死はない。太宰はスタコラサッちゃんに惚《ほ》れているようには見えなかったし、惚れているよりもむしろ軽蔑《けいべつ》しているようにすら見えた。スタコラサッちゃんとは太宰が命名したものであった。利口な人ではない。編集者がみんな呆《あき》れかえっているような頭の悪い女であった」と悔んでいる。太宰の友人は、みんな富栄という女にいらだっていた。しかし、本当のところは、富栄は教養もあり、ぼろくそに言われるほど悪い女ではなく、自殺の道連れにしたのは太宰のほうであった。

また、石川淳《じゅん》は、「太宰君の死という事件のそばでは女人の死はむだな現象であった。しかるに、世のひとのおおむねはもっぱらむだな現象を見ることを好んで、事件の意味を暁《さと》ることをよろこばない。御方便なことに、慣用の『情死』解釈、世間をさわがせたものは世間みずからの悪癖であった。われわれは太宰君の死に接近するためにまず新聞を破ることからはじめなくてはならない」（「太宰治昇天」）といらだった。

嘘《うそ》とデタラメを平気で言ってきた太宰治が、それでも読者をひきつけるのは、生きている者が、自殺者に対して、敗北感を抱くからであり、「自殺はよくない」といくら言ってみても、自殺者の前では、そういった強がりも空《むな》しく響くだけである。

太宰の自殺は、予感されてはいたものの、衝動的で、なげやりであった。

河盛好蔵《かわもりよしぞう》は「文学者が死ぬことは何といっても敗北だ。文学とはいかに生きるかの努力ではなかったか。太宰君、君は死ぬべきではなかった」（「太宰君を悼む」）と追悼し、上林《かんばやし》暁《あかつき》は「太宰君の生涯と死によって、われわれは芸術の恐ろしさをまざまざと目の前に見せつけられた。若年にして晩年と観じた太宰君の一生は、無明の道であった」としたうえで「人生というところはこれでいいものなのか。これ以外にどうしようもないものか。若《も》しこれ以外にどうしようもないところとすれば、そこへやってきた太宰治という人間が間違っていたことになる。彼のように高貴な魂の持ち主の来てはならぬところであったということになる。太宰治という人間が正しかったか、誤っていたか」（「太宰治の死」）と問いかけた。死んだ直後の「新潮」追悼特集を見ると、おおかたの人が手きびしい。

中野重治《しげはる》は「しじゅう共産主義、共産党、革命運動のことに頭を占領されていたが、そのことを全体的に、自分自身にたいして明らかにすることなしに引ずられていったかたむきがある。下らぬ取り巻き連中をけとばすことが出来なかったらしい」と太宰の友人に嫌味を言った。

小田切秀雄《ひでお》は「いやな気持」と題して「太宰が自殺したということを聞いたとき、わたしはいやな気持がした。好きな作家のひとりだっただけに、死ぬことによって太宰が自身の芸術家としての恥部を自身の手でさらけ出すことになったのがいやだったのだ。芸術家的な恥部などはじめっからもっていない作家たちの死なら、わたしはなんとも思わなかっただろう」と言う。そのうえで「才気横溢《おういつ》した芸術が、実は、陰惨と言ってもよい氏の身辺の配置から生れたものだということは、読む側の一応承知しておかねばならぬことであろう。誇張したいい方をすれば、そういうものの犠牲の上に咲いている花だ」とむすんでいる。

埴谷雄高《はにやゆたか》は、「彼はすぐれた芸術家であったが、人間的には失格した。すなわち、現代に生きる人間である以上、永遠なるものあるいは合理主義思想の力をかりるのでなければ、独力で自己の価値を創造する決意をもつほかには道がないのに、彼はこれをしなかったからである。彼は永遠なるものを感じてむしろこれに苦しめられはしたが、これを捉《とら》えることはしなかった。彼の目には世界はただ背理空白のものとしてうつった。そして、独力の創造への決意はみじんももってはいなかった。彼は敗北した実存主義者だった。そして、こうした彼の人間失格はただ彼個人のそれではなくて、多くの現代の人間のそれをはげしい嶮《けわ》しいそしてポーズをもった形で示したものである」(「衡量器との闘い」)と断じた。同郷の石坂洋次郎は「太宰は自ら好んで用いた言葉——貴族の弱さで自殺した」と分析した。

平林たい子は「太宰氏が芥川龍之介《あくたがわりゅうのすけ》のような芸術の行詰りに当面していたとは思えない。結局太宰氏の気持はわからないというほかない」と書き「脆弱《ぜいじゃく》な死」と規定した。

太宰の自殺に関して同業者からの同情が少ないのは、平林たい子もふれているが、死のまぎわまで「新潮」に書かれた『如是我聞《にょぜがもん》』が一因だろう。志賀直哉《なおや》を批判しているのだが、悪罵《あくば》、痛罵、ひがみの集大成である。とくに第四回(絶筆)がきわめつきだ。「あいつ(筆者註・志賀)の書くものなどは、詰将棋である。王手、王手で、そうして詰むにきまっている将棋である」「思索が粗雑だし、教養はなし、ただ乱暴なだけで、そうして己れひとり得意でたまらない」「阿呆《あほう》の文章である。東条でさえ、こんな無神経なことは書くまい」「薄化粧したスポーツマン。弱いものいじめ。エゴイスト。腕力は強そうである。年とってからの写真を見たら、何のことはない植木屋のおやじだ。腹掛丼《どんぶり》がよく似合うだろう」「所詮《しょせん》は、ひさしを借りて母屋《おもや》にあぐらをかいた狐《きつね》である。何もない」「残忍な作家である」「古くさく、乱暴な作家である」「私のことを『いやなポーズがあって、どうもいい点が見つからないね』とか言っていたが、それは、おまえの、もはや石膏《せっこう》のギブスみたいに固定している馬鹿《ばか》なポーズのせいなのだ」「君は、代議士にでも出ればよかった。その厚顔、自己肯定、代議士などにうってつけである」『謙譲』なんていう言葉を用いていたが、それこそ君に一番欠けている徳である。君の恰好《かっこう》の悪い頭に充満しているものは、ただ、思い上りだけだ」「そのもうろくぶりには、噴き出すほかはない。作家も、こうなっては、もうダメである」「そうして、ただ、えばるのである。腕力の強いガキ大将、お山の大将、乃木《のぎ》大将」と、とどまるところをしらない。『暗夜行路』に関しては「この作品の何処に暗夜があるのか」とからんでみせた。

　これに関しては、太宰に理解を示した坂口安吾でさえ「ひどい。ここにあるものは、グチである。こういうものを書くことによって、彼の内々の赤面逆上は益々《ますます》ひどくなり、彼の精神は消耗して、ひとり、息ぐるしく、切なかったであろう」と言っている。安吾は、死の直前のこの文章も、遺書も体《てい》をなしていなすぎる、と言う。

　太宰が言いたいことは「も少し弱くなれ」ということで、志賀直哉の自信への反発であり、比喩《ひゆ》がうますぎるので、うまくからめばからむほど、太宰の弱みが出た。死ぬ気でなければ、ここまでタンカはきれない。これは、太宰の遺書なのである。

　悪く書かれた志賀直哉は、太宰が死んでしまったために、死んだ年の「文藝」追悼十月号で「太宰治の死」として一文を寄せている。

「太宰君の小説は八年程前に一つ読んだが、今はもう題も内容も忘れてしまった。読後の印象はよくなかった。新潮の何月号かで、私に反感を示したという事だ。私はそれを見落し、今もその内容を知らない」

志賀直哉は、太宰に対してさほど興味はなかったが、文芸雑誌の座談会で、太宰をどう思うかと聞かれると、思っていることを言って、それが太宰の心を傷つける結果になった、という。じっさい、その通りだろう。死後発表された『如是我聞』で自分に対する悪意を示していると聞いたとき「イヤな気もしたが、それ位の事は私も言われた方がいいという一種の気安さをも一緒に感じた」という余裕ぶりである。「(太宰と)個人的に知り合う機会がなかった事は残念な気がする。知っていれば私は恐らく、病気の徹底的な療養を勧めたろうと思う」。冷静で辛辣《しんらつ》である。志賀直哉の追悼は、客観的経過を、感情を押さえて、しかも急所をついた簡明な文章で書く。

『如是我聞』の原稿を太宰に依頼した野平健一の回想では、傍の女性に「書きたくないものを、無理にせめてはだめよ」と言われ、太宰が「いのち取り、いのち取り」とあいづちをうったという。

太宰の死に関して、太宰の友人、伊馬春部《いまはるべ》、今官一《こんかんいち》、亀井《かめい》勝一郎は同情的な追悼を書いたが、死をほめたたえる人はほとんどいなかった。伊馬春部はこう追悼した。「こんなところがあるからいけないのだと、私は玉川上水の土堤《どて》を歩く。何度歩いても、彼が私に遺《のこ》してくれた伊藤左千夫の歌――池水は濁りににごり高波の影もうつらず雨降りしきる――そのままの混濁はいっさい去らず、ミルク色から更に粘土色にまで発展した。なにか腹立たしく、私はぬかるみに足を突っ込む」（「悲劇名詞」）。

豊島與志雄《よしお》は「死は彼にとっては一種の旅立ちだったろう。その旅立ちに、最後までさっちゃんが付き添っていてくれたことを、私はむしろ嬉《うれ》しく思う」（「太宰治君」）と富栄に感謝している。太宰の友人で富栄をほめたのは豊島ぐらいのものであった。

亀井勝一郎はこう書いている。「太宰が抵抗した『サロン』とは、ジャーナリズムの暗黙の認定によって成立した知識人なるものの平均性、そのなれあいの場といってもよかろう。それは『知識の淫売店《いんばいてん》』である。『知識の大本営』である。それは諸悪の本といった『家庭の幸福』にむすびつくものであろうし、『如是我聞』の罵倒にもつづいているのであろう。太宰が『サロン』に誘惑されなかったとはいえない。抵抗とは元来が誘惑に対する抵抗を言うのである。晩年の諸作の主人公が、悉《ことごと》く場末の飲んだくれであることに留意されたい。知識人としての体面の否定だけではない。人間としての体面をも強烈に否定しようとした。人間に尊敬されてはならぬ。これがこの無頼漢の掟《おきて》である」（「大庭葉蔵《おおばようぞう》」）。そのなかで、太宰の弟子を任じていた田中英光《ひでみつ》は、世にあふれ出たあらゆる追悼文をなじった。

田中英光は「太宰治先生に」と題した一文を「東北文学」八月号に寄せ、「いつも、あなたの嫌っていた連中が、新聞などに書き立てられるのを喜び、(我こそ、太宰の理解者)という顔で、あなたのお宅から〈千草〉まで、大威張で坐《すわ》り、ムシャムシャ、ガブガブ、ペラペラといった具合でしたので、ぼくはただ悲しかった。ぼくはただ(弱虫の大バカ野郎)とワイワイ泣きながらあなたを罵《ののし》り続けてきました。あなたは自殺してはならなかった。あなたが現在の苦痛を、必死に切りぬけたならば、ぼくは、あなたこそ、世界文学史上に残る、大作家になるひとと、昔から信じてきたのです」と書き、その一人に亀井勝一郎をあげて批難している。「〈肉体文学亡《ほろ》ぶ〉」と描いた、アカハタの連中もひどく憎みます。頽廃《たいはい》作家、ニヒリスト、実存主義者、肉体作家。あなたの上に、いろいろなレッテルを貼《は》るのは、みんな嘘だ」と告発し、一年後に太宰の墓の前で自殺した。

　田中英光の追悼でわかるのは、太宰を批判している人がそのじつ、根底では太宰にひかれているということである。三島由紀夫は大の太宰嫌いで「私が太宰治の文学に抱いている嫌悪《けんお》は一種猛烈なものだ。第一私はこの人の顔がきらいだ。第二にこの人の田舎者のハイカラ趣味がきらいだ。第三にこの人が、自分に適さない役を演じたのがきらいだ。女と心中したりする小説家は、もう少し厳粛な風貌《ふうぼう》をしていなければならない」(「小説家の休暇」)と書いている。太宰に初対面したとき、三島が、太宰にむかって「私はあなたが嫌いだ」と言った話は有名である。そのとき、太宰は黙って聞きすごしていたが、三島が帰ってから、横にいる者に小声で「本当は好きなくせに」とつぶやいたという。太宰の自己嫌悪は自信と表裏の関係にあった。

太宰は人間の省察にすぐれていて、死んだ年に書いた『人間失格』のなかで、主人公の大庭葉蔵はつぎのように述懐する。

「人間は、お互い何も相手をわからない、まるっきり間違って見ていながら、無二の親友のつもりでいて、一生、それに気附かず、相手が死ねば、泣いて弔詞なんかを読んでいるのではないでしょうか」

死ぬ寸前にこう書かれてしまったのでは、太宰に親しい友は追悼文を書きにくくなる。檀《だん》一雄《かずお》がそうだった。坂口安吾は、檀一雄が訪ねてきて、「太宰が死にましたね。死んだから、葬式に行かなかった」と言い、「またイタズラしましたね。なにかしらイタズラするです。死んだ日が十三日、グッドバイが十三回目、……」と十三をズラリと並べたと書いている。太宰の死を、自分にかさねて重くうけとめているのは、檀一雄と坂口安吾である。太宰への追悼をのちに小説でしか書かなかった檀一雄の悲しみはいかほどのものであったか。すぐには太宰への追悼を書かないことが檀の追悼だったともいえる。

太宰に対する追悼のなかで、読む者の胸をうつのは安吾である。安吾は、太宰の死を美化しないし、否定する。否定しながらも、太宰の死のなかに自分を見つめている。そこに通底する哀切な友情が読む者の心をうつのである。

「死ぬ、とか、自殺、とか、くだらぬことだ。負けたから、死ぬのである。勝てば、死にはせぬ。死の勝利、そんなバカな論理を信じるのは、オタスケじいさんの虫きりを信じるよりも阿呆らしい。人間は生きることが、全部である。死ねば、なくなる。名声だの、芸術は長し、バカバカしい。私は、ユーレイはキライだよ」「然《しか》し、生きていると、疲れるね。かく言う私も、時に、無に帰そうと思う時が、あるですよ。戦いぬく、言うは易《やす》く、疲れるね。然し、度胸は、きめている。是が非でも、生きる時間を、生きぬくよ」

安吾は、太宰の死に対して、こう自分に語りかけるのである。

「一年間ぐらい太宰を隠しておいてヒョイと生きかえらせたら、新聞記者や世の良識ある人々はカンカンと怒るか知れないが、たまにはそんなことが有っても、いいではないか。本当の自殺よりも、狂言自殺をたくらむだけのイタズラができたら、太宰の文学はもっと傑《すぐ》れたものになったろうと私は思っている」

これが、『人間失格』の大庭葉蔵に対する安吾の答であった。

太宰治への追悼は、批判型も、哀悼型も、自慢型も、絶叫型もすべて出そろった。田中英光が、「死んだら友人のふりをするやつがあらわれる」と嘆くのは葬式のつねであり、それは、あながち「友人のふりをする人」の虚栄心だけではなく、死んでしまった人への礼儀として、そうするのである。好きでもなかった故人へ「友人のふりをする」

のもつらい。その意味では、死んだ太宰をバッサリ斬った志賀直哉はいさぎよい。

太宰治は、昭和二十二年、病死した織田作之助へ追悼（東京新聞）をしている。太宰が自殺する一年前である。「織田君は死ぬ気でいたのである」で始まるこの一文は「つい一箇月ほど前に、はじめて逢《あ》ったばかりで、かくべつ深い附合いがあったわけではない。しかし、織田君の哀《かな》しさを、私はたいていの人よりも、はるかに深く感知していたつもりであった」「こいつは、死ぬ気だ。しかし、おれには、どう仕様もない。先輩らしい忠告なんて、いやらしい偽善だ。ただ、見ているより外は無い。死ぬ気でものを書きとばしている男。それは、いまの時代にもっとあって当然のように私は感じられるのだが、しかし案外、見当らない。いよいよくだらぬ世の中である。世のおとなたちは、織田君の死に就《つ》いて、自重が足りなかったとか何とかしたり顔の批判を与えるかもしれないが、そんな恥知らずのことはもう言うな！」と書いた。そのうえで辰野《たつの》（隆《ゆたか》）が書いた文に対し、「織田君を殺したのは、お前じゃないか」とののしり、「織田君！　君は、よくやった」とほめたたえた。

太宰もまた、織田作之助の死に、自分を重ねあわせていたように思われる。

太宰治（明治42年6月19日—昭和23年6月13日）小説家。青森県生れ。井伏鱒二《ますじ》に師事し作品を発表。「逆行」で第一回芥川賞次席となり、作家として認められた。無頼派の代表的作家。未完の長編『グッド・バイ』を残し、玉川上水に愛人とともに入水《じゅすい》自殺した。

林芙美子
生も恐ろし、死も恐ろし

林芙美子《ふみこ》が死んだとき、葬儀委員長の川端康成《やすなり》はつぎのように挨拶《あいさつ》した。

「故人は自分の文学的生命を保つため、他に対して、時にはひどいこともしたのでありますが、しかし、あと二、三時間もすれば、故人は灰になってしまいます。死は一切の罪悪を消滅させますから、どうか故人を許して貰《もら》いたいと思います」

芙美子が死んだのは、昭和二十六年、四十七歳であった。芙美子は私生児として生まれ、二十六歳のときに書いた『放浪記』でデビューした作家である。『放浪記』を書くまでの芙美子は多くの職を転々とし、男と同棲《どうせい》しては捨てられるというすさんだ生活をすごしてきた。『放浪記』で一躍人気作家となり、それ以後は生涯がベストセラー作家として書いて書いて書きまくった。貧困苛酷《かこく》な前半生から奇蹟《きせき》的に成りあがったため、流行作家になってからは競争相手の進出に神経質になり、若い女性作家に対する妨害がめだった。康成が故人に代って、これほどまでに弁解したのはそのためである。

26年6月28日

死後六年めに出た「文藝」臨時増刊号の「芙美子をどう評価するか」というアンケートでは、かなりの人が冷淡な回答を出している。「林芙美子からは別に学んだものはありません」（生沢朗《いくさわろう》）、「作者としての心得きった媚態《びたい》が不潔で、ほとんど読まなくなりました」（小田切秀雄《ひでお》）、「別段学んだものはないようです」（川崎長太郎）、「何ら学ぶところがありません」（江口渙《えぐちきよし》）、「個人的には随分いやな評判、話のあった人ですが、なお書く血路をひらいたということです」（大井広介）、「抒情的《じょじょうてき》な小説をつくるのはつまらんということ」（杉浦明平《みんぺい》）、「作家と思っていない」（秋田雨雀《うじゃく》）、「好きな作品というものはありません」（白井浩司《こうじ》）、「林芙美子の小説は小生には興味なし」（正宗白鳥《まさむね》）、「貧乏や放浪を売りものにしているようでいや」（小野十三郎《とおざぶろう》）、「学んだものはありません」（松本清張）とある。ほめた回答を書いている人もいるが、これだけの人に無視あるいは嫌悪《けんお》されたというのは尋常ではない。

芙美子は二十歳のとき近松秋江《しゅうこう》家の女中となり、そのいっぽうで、壺井繁治《つぼいしげじ》や岡本潤と知りあった。壺井はアンケートに「独得な才能を持った作家の一人だと思います」としながらも「とくに学んだという点はありません」と答えているし、酒の飲み仲間だった岡本潤は「林芙美子の作品は庶民的といわれているようですが、つまり知性に乏しい日本的自然主義文学の延長だと思います。その意味で庶民的な抒情味と強靭《きょうじん》さを持ってはいたが、それに心ひかれることには私は反対です」と切り捨てた。

繁治の妻であった壺井栄も昔の芙美子をよく知っている。栄は川端康成、小林秀雄らとの追悼座談会で、「夜逃げなすってから、しばらくして離婚されて、平林（たい子）さんなんかと一緒にいらした」、「（書店の）電灯を消してね、その間に本を万引きするというようなことを面白がってやったらしいです」とデビュー以前の貧乏生活をバラしている。

芙美子と同棲していた若い詩人野村吉哉《よしや》は、『放浪記』が出版されると「私は昔、若げのいたりから林某女と同棲していたことがありますが、同女が、そのときのことをこの頃嘘《うそ》八百をならべて書いております。私は大変迷惑しています」という声明書を書いてあちこちへ郵送した。野村にしてみれば小説のモデルにされたいらだちがあったろう。芙美子は、野村と同棲する前に暮らしていた新劇俳優田辺若男のことが忘れられず、夜中に目をさますと、突然「若男、若男」と呼びながら野村にすがりついて泣き出すので、野村としても面白くない。野村は芙美子と別れてからも、芙美子を追い、いろいろないやがらせをした。雑誌に「俺が淋《りん》病になったら逃げていったあいつ」と書くかと思うと「俺に淋病をうつしたあいつ」とも書いた。「芙美子から淋病をうつされた」と吹聴《ふいちょう》して歩いた。これをいう男は野村のほかにもいて、「菅野大信から聞いた」と檀一雄《だんかずお》は書いている。芙美子は作家仲間からは「お芙美さん」という愛称で呼ばれていたが、そちらのほうの武勇伝もなかなかのものだった。

檀一雄は昭和二十六年の「新潮」追悼号に「小説　林芙美子」を書いた。檀は最初に芙美子に会った印象を「ロシア人が着るような部厚いシューバーを身につけ、雪ダルマのように着ぶくれた、その矮小《わいしょう》の女」としている。

「あれが、林芙美子か――と私はとりとめもなく、今日迄《まで》読みためた彼女の文章の印象を、――いや、雑多なゴシップにまみれはてた彼女の名声を――手早く、今見た相手の現実の女の姿の上に重ねていった。短い、寸づまりの手。その手の甲に黒いソバカスの斑点《はんてん》が一ぱい散っているような指。その指で、もどかしげに煙草《たばこ》の灰を散らし、最後にウイスキーを流しこんだ紅茶を両手でかかえるようにして啜《すす》りながら、時折じっと相客の私の方を、こもっている煙草の煙の中にすかし見る。かなりの近視に相違ない。その近視の眼は、はなはだ夢幻的に思われた。泥沼の中の、不恰好《ぶかっこう》な赤黒マダラの小さい緋《ひ》ブナが、パクパクと喘《あえ》いで、鼻頭をつき上げて、それでも青空の夢を見ているようだった」

檀は「これが、私の、林芙美子に対する、いつわらぬ、最初の印象である」と書いている。芙美子は一メートル五十センチ足らずの小柄な体であった。『放浪記』を書く前は、頭ボサボサのやせた女狐《めぎつね》のようであったが、小説が売れてパリで豪遊すると、醜く太った中年婦人に変貌《へんぼう》した。パリに行ったときは手塚緑敏と結婚している身であったが、同地在住の画家外山五郎を追いかけ、考古学者森本六爾《ろくじ》とも浮名を流して、やりたい放題であった。作家仲間の反感は、生前からのもので、文壇の女王然としたふるまいが毛嫌いされていた。

「文学界」追悼号（昭和二十六年）で、亀井《かめい》勝一郎は「林さんは野心家である」と書いた。

「女史が久しく目の仇《かたき》にしていたのは岡本かの子にちがいないのであって、歌舞伎《かぶき》の大舞台で、絢爛《けんらん》の衣裳《いしよう》をまとって、童女のごときコケティッシュな舞いを舞うあの大化物の姿は所詮《しよせん》放浪の旅役者としての林さんには及ばぬところであったろうが、林さんは一管の草笛を以《もつ》てオーケストラを奏《かな》でようという野心家であった」と。そして「生も恐ろし、死も恐ろし、死後もまた恐ろし」と結んだ。

かなり評判が悪い。

椎名《しいな》麟三《りんぞう》は「林芙美子はいつも何かに対する憤激があった」と言う。戦後の「文芸時代」の座談会で芙美子は伊藤《いとう》整と同席したが、以前伊藤整の批評で「死んでしまったほうがいい」と書かれたことを根に持ち、たえず伊藤整につっかかった。伊藤整はにやにやしているだけだったので、椎名に向かって同意を求められ、椎名もこれには困ったと回想している。

椎名が芙美子に新宿マーケットの飲み屋で酒をおごったことがあった。すると芙美子は、会う人ごとに「椎名さんにおごってもらったのよ。わたし人におごってもらったりしたのは、はじめてだ」と吹聴した。椎名は「その言葉に僕に対する賞揚と批難とを同時に感じてとまどいながらも、何故《なぜ》こんなことをわざわざ人に話さなければならないのか不思議な気がした」と言う。芙美子は嫌われ者だったが、反面、「人に好かれたい」という気持が人一倍強い性格であった。「ドジョウすくい」が得意で、興が乗ると踊ってサービスをしたが、それも文壇雀《すずめ》に嘲笑《ちようしよう》された。文藝《ぶんげい》春秋の忘年会の席上でテーブルに並んだサントリー角瓶を飲んで酔払い、「お酒をもっと出して下さい。私が全部おごりますから」と言っていならぶ編集者の顰蹙《ひんしゆく》を買った。

芙美子は死んだ織田作之助《おださくのすけ》の未亡人をひきとって生活の面倒をみた。これはなかなかの美談だが、檀一雄は、芙美子に「今ね、私のとこ、ずっと織田作の女房を預っているのよ」と自慢されて閉口したと書いている。その織田昭子《あきこ》は、追悼文のなかで「(芙美子から)かねがね、ハンカチーフ一枚、箸《はし》一本まで、あたしが、一字ずつ、原稿用紙をうずめて買ったんだよ、そうきかされていた。わたしには、その言葉を、女の働きときいていいのか、歎《なげ》きときいていいのか、とまどって、うけとめかねていた」と述懐している。他人に親切にしても性格の欠陥から善意が伝わらない。世話好きだが、おせっかいで、なにごとにも出しゃばる性格である。岸田国士《くにお》は文春の講演会で京都へ行ったときのことを書いている。

「私は家へ何か土産を買って帰ろうと思い、そのことを林さんに言うと、奥さんへのお土産なら、自分がいいものを教えてあげるからと、いきなり、先《ま》ず、下駄《げた》屋へはいって京風の桐《きり》の女下駄を、それから袋物屋の店で、なんとかいう名のついた絹地の紐《ひも》を、これは女の人が重宝がるものだと言って、私に買わせた」(「一つの挿話」)

安物の紐を芙美子は何本も選《よ》り出し、国士はそれを家へ持ち帰ったが、妻は少しも喜ばなかった、という。

芙美子がパリへ行ったのは二十七歳から二十八歳にかけてで、夫・緑敏を日本に残して単身の渡欧であった。金と名誉を得た芙美子は、それまでの報われない半生に復讐《ふくしゅう》するように酒と美食の日々を過ごし、映画、演劇、オペラ、音楽会へ行き、美術館をまわった。それは『巴里《パリ》日記』として日本の雑誌に発表されたけれども、記事に虚飾が多く、必要以上に自分を美化していた。パリで芙美子と会った渡辺一夫《かずお》は、追悼文の最後にこうつけ足した。

「林さんのパリ時代の日記だったか、ある学校の助教授か教授が、パリで林さんを付け廻したと書いているが、それは私ではない。妻ある身として、林さんに御迷惑な恋心を抱いたことはない」(「パリの邂逅《かいこう》」)

渡辺一夫としては、このことだけは言っておきたかったのだろう。林芙美子に恋心があったと思われるのは迷惑だ、男の沽券《こけん》にかかわる、と思っている。芙美子とほぼ同年齢の三岸節子は、芙美子を好意的に追悼しつつも「ぎらぎらと油ぎったような、ねつっこい情熱で、ぬきてを切って荒海を泳ぎきった人だ。人生行路のあらゆる障害をぶち破って突進した人だ。ちょっと類のない生存の名手である」としている。こんな相手ににらまれたら怖いので、芙美子が生きているあいだは黙っていたものの、死んでからはみんな言いたいことを言い出した。

だれかひとりくらい芙美子の死を明るく追悼する人はいないかと捜したら、意外や、坂口安吾がいた。安吾は「女忍術使い」と題した追悼文で、芙美子と飲んだ日々を楽しそうに回想している。酒を飲んでいる席で、芙美子は安吾にむかって「あんたは六百年あとに勲章もらうのよ」と言い放った。その勲章は、「海水とムギワラ帽の廃物と何千匹のカナブンブンを何十年間も煮たてたもの」だという。安吾は、芙美子の童話的な比喩《ひゆ》をひどく面白がり、一言も批判をしていない。そして、追悼文をこうしめくくった。「せんだって彼女からもらったウイスキーはまだ押入れにあるそうだ。彼女はカストリの忍術使いだなどと御ケンソン遊ばしたが、コロコロコロと、呪文《じゅもん》を唱えて、とびきりのウイスキーをおいて行ったよ。そのうち、ゆっくり、のみましょう。コロコロコロコロ」

安吾は、仕事に追われて戦死した芙美子に、自分の姿を見ていた。

芙美子は死ぬ数日前に「婦人公論」の「女流作家座談会」に出席した。他の参加者は平林たい子、佐多稲子、吉屋信子《よしやのぶこ》である。芙美子は座談会ののっけから「わたしね、タバコ中毒、五十本よ」とひとりでしゃべりまくり、座談会の主導権をとっている。夕食を食べると夜八時には子供と一緒に寝て、深夜の一時に起きて、そのまま朝まで原稿を書いた。こんな生活をつづければすぐに死ぬ。座談会のあいだじゅう林芙美子一人がしゃべりっぱなしで、「われわれはいま人生の夕映えでしょう。夜のくる前ぶれね。それまでにまだいいことがありそうな気がする」と言い、また「家庭を解消してまた誰かといっしょになったって同じことだし……」とも言った。「今年の秋は、わたしフランスへ行って、アジアの憂愁を題材にした小説を書きたいの、それをフランス語に訳して、向うで出版するつもり……」と抱負を語り、他の参加者をしらけさせた。

死ぬ前夜は、「主婦《しゅふ》之《の》友《とも》」の食べ歩きの取材で数寄屋橋《すきやばし》の料理店「いわしや」へ行った。つみいれ、南ばん漬、酢の物、蒲焼《かばやき》一式を食べ、ビール二杯を飲んでから、編集者を連れて深川の鰻《うなぎ》屋「みやがわ」へ行き、夜十時ごろ自動車で帰宅し、その三時間後に心臓麻《ま》痺《ひ》で死んだ。

自宅の告別式が一応すんだあと、近所のおかみさんたちがいっぱいおしかけて焼香して、居あわせた会葬者を驚かせたという。

かつて菊池寛《かん》の葬儀が護国寺であったとき、近所のおかみさん連が赤ん坊を背負ったままやってきて焼香した。それを見た芙美子は、「羨《うらや》ましいわ、あんな人たちに愛読者があって」と今日出海《こんひでみ》に言ったという。日出海はそのことを思い出して「お芙美さんの葬儀にはこのような人が一杯押しかけて、本望ではないか」と述懐した。芙美子は作家仲間からは嫌われたけれども市井《しせい》の人には愛されていたのである。

平林たい子は、芙美子が愛誦《あいしょう》していた啄木《たくぼく》の歌「浅草の汚《きたな》らしさが恋しうて恋しうてならずけふも来にけり」をあげて、

「その浅草を人生という言葉と取り換えて吟《くちずさ》んでみると、林さんがこの世にひょうひょうと生れて来た気持がわかるような気がする。ほんとうに、林さんほどこの汚い人生をなつかしがった人はない」と追悼した。葬儀のあと、平林たい子あてに速達がきた。昔の芙美子の愛人だった男からであった。

「その人の手紙で、お二人は、この頃まで微《かす》かな交際があることを知った。こういうことはほかにもある。最初林さんが結婚した同郷の人ともずっと交際していたらしい」と、平林は、隠さずに書いた。

「お葬式に、当然来る筈《はず》の昔からの先輩X女史やO女史の顔が見えないのも、私の心に少からずこたえていた。何か事があったという噂《うわさ》である。こういうことの原因を考えてみると、あまりに昔の日本の女のような孤立した林さんの性格が泛《うか》んでくる。これは女らしい女のさけがたい半面で、一種の宿命みたいなものかもしれない」

平林は、二十二歳の芙美子と一緒に下宿した仲であり、芙美子の性情は知りつくしており、わずかに芙美子を理解した女友達だった。平林たい子は、「お葬式に川端さんが、生前の一切の怨念《おんねん》は消えてなくなるのだと言われた言葉は本当によかった」と、友のた

めに感謝し、「死後まで宥《ゆる》されない程の深刻なアクは残らない。そういう小悪徳をも含めてのであったことが、庶民の女としての林さんだったのだ」と友の生涯を弁解している。

芙美子がライバル視した岡本かの子には岡本一平という影の演出者がいた。しかし、芙美子は自作自演で大作家を演じなければならなかった。

林芙美子（明治36年12月31日—昭和26年6月28日）小説家。山口県生れ。銭湯の下足番をはじめ、様々な職につき、上京後の苦しい生活を日記で綴《つづ》った『放浪記』がベストセラーとなった。その後もおびただしい量の作品を発表し、女流作家の第一線で活躍した。

斎藤茂吉
あかあかと一本の道

28年2月25日

茂吉は歌人でありつつ本業は青山脳病院の院長であった。患者にはいろいろなタイプがおり、たとえば陰茎が小さすぎると思いこんで神経衰弱になった病人に対し、茂吉は自分の陰茎を見せて、「みんなこんなものだ」と安心させた、という。なんと立派な医者だろうか。患者が凄《すご》くおそろしい形相をして近づいてくると、茂吉はおだやかな顔でやさしく話をきいてやる。すると、十分もたたぬうちに患者はなごやかな顔に戻って落ち着いたという。

歌人を見れば論争し（「生涯の論争は二百回ぐらい」と宇野浩二《こうじ》が書いている）、カンシャク持ちでケンカ屋の異名を持つ茂吉が、病院では一転しておだやかな好好爺《こうこうや》になった。医者が職業だからと言ってしまえば身も蓋《ふた》もないが、歌はそれ以上の天職であり、躍動し、うねる魂と、底知れぬ慈愛の両面をあわせ持つ茂吉は、あやうい均衡を保ちつつ生きた歌人である。十六冊の歌集に収められている一万四千首ほどの歌はひとつのこらず、一字一句もゆるがせにしていない。茂吉の歌は時空を越えて、読む者を遥《はる》か空漠の地平へ連れ去るのである。

茂吉は昭和二十八年二月二十五日、七十歳で死んだ。六十九歳のとき文化勲章を受章し、岩波書店より『斎藤茂吉全集』（全五十六巻）の配本が開始されていた。茂吉の死は「老樹が命つきておのずから仆《たおれ》るようなすべきをなしたゆたかさ」（安倍能成《あべよししげ》）があり、「子規の短命な悲壮さや左千夫の突然死のような痛ましさと違って、まったく幸福な終焉《しゅうえん》」（四賀光子）の観があった。

歌誌「アララギ」は一冊まるごと追悼号を出し、百名余の友人知己弟子が追悼記を寄せている。「年譜」「アララギ発表作品目録」は正確にきちんと整理編集されており、編集人五味保義の力量がわかる。「兄の少年時代」（高橋四郎兵衛）、「一高時代の茂吉」（前田多門《たもん》）、「巣鴨《すがも》医局時代」（下田光造）、「渡欧同行の記」（神尾友修）、「病院長時代」（守谷誠二郎）、「足」（斎藤茂太《しげた》）。長男の茂太は、「父は美しく安らかな顔をして死んでいた。父は二日前に風呂《ふろ》に入り、看護婦が髪とひげの手入れをした」と書いている。

さらに佐佐木信綱《のぶつな》、小宮豊隆《とよたか》、新村出《しんむらいずる》、山田孝雄《よしお》、正宗敦夫《まさむねあつお》、宇野浩二、安藤貞亮、金山平三、木村荘八《しょうはち》、中川一政《かずまさ》、鈴木信太郎、釈迢空《しゃくちょうくう》、川田順、水原秋桜子《しゅうおうし》、山口誓子《せいし》、安倍能成、幸田文《あや》、小堀杏奴《あんぬ》といった人が思い思いの追悼を寄せている。土屋文明以下弟子たちの追悼歌は三百余に及ぶ。茂吉はわきめもふらず「歩兵のごとく歩む」（「短歌道一家言」）ことを願い、それをつらぬき通して天寿をまっとうしたのであった。

昭和二十八年刊、「アララギ」追悼号のほか、「心」「新潮」「世界」「短歌研究」「中央公論」「歩道」「文学」の茂吉追悼特集号、ほか朝日新聞など二百余の追悼記を読んだが、相手が茂吉となると、みな構えすぎで、崇拝しているという内容の文章ばかりがずらりと並んで、正直のところ茂吉のナマの息づかいがわからない。そんななかで一番胸を打たれたのは、岩波書店PR誌「図書」（昭和二十八年三月号）に掲載された、小林勇、佐藤佐太郎対談「童馬山房《どうばさんぼう》にて」である。

茂吉担当編集者であった小林勇は「非常に安らか（な顔）だと言ったけれども、安らかの底にはやっぱり凄いものがある。一種の鬼気があるのを感じた。先生には堪《た》えられないような悲しみがある」と語っている。それは「妙なことを言うようだが、病人の持ってきた憂《うれ》いとか、悲しみが先生のほうへいってしまうような気がする」という。なるほど、茂吉にぴたりと寄りそっていた小林ならではの観察で、「患者の苦しみを吸いとり紙のように吸いとったために鬼気を帯びた顔となった」というのだから、ホラー小説のようではないか。茂吉には、医者としても神がかったところがあり、歌の言霊《ことだま》を信じたのと同じレベルで、患者の病根を吸いとってやろうという気概があった。生神様《いきがみさま》である。もっとも、小林の談話の奥には、茂吉が五十一歳のとき、妻輝子の不行跡を新聞に報じられ、以後、事実上の夫婦ではなくなったことをさしている気配もある。晩年の茂吉は家庭的に不幸だった。

大正十三年の年末に、青山脳病院が全焼し、再建する事業もかなり大変であったろう。つねになにものかに立ちむかう日々であり、それが茂吉のビンとはった歌の精神である。佐藤佐太郎は、茂吉が荷風の『濹東綺譚《ぼくとうきたん》』を評して「俺に書かしたらもっとうまい」と言っていたとあかしている。茂吉が書いたなら、どんな『濹東綺譚』になったろうか。医者佐藤は「先生は現実的ですから臨終なんかに人に来られちゃいやだっていうんだ。医者なんか来て、御臨終でございますなんてやるのがいやだ（と言っていた）」という。「世界」にも小林勇は「露伴《ろはん》・茂吉の対面」という追悼文を書いている。茂吉が死んだとき、横にいたのは家族と副院長と看護婦だけであった。長男の茂太は昭和医大に出勤中で三十分遅れた。遺言で通夜《つや》はしなかった。茂吉は「おれが死んだらできるだけ早く火葬にしてしまえ」と言っていたので、その通りにした。小林は、輝子夫人より臨終の様子をきき、報道機関への発表や葬儀の日取りなど種々うちあわせてから帰宅し、ひとまず幸田文に、電話で茂吉の死を知らせた。電話のむこうで文が嗚咽《おえつ》していた。「文子さんの嗚咽は、その後しばらくの間私の耳底にのこった。文子さんは露伴なきあとのち茂吉に父親のような感情を抱いていたものと私は理解する」と小林は述懐している。

そのことを幸田文は「アララギ」に「お最後のときは知人から電話で、先生がおなくなりになった、と一気な一ト言で伝えられた。どきっとして、それなり構えられなかった」（「風」）と書いている。文は何度か茂吉の見舞いにいっている。熱があって床に臥《ふ》していた茂吉は、「いま、あなたが笑っているちょうどそのへんに露伴先生が立っているのが見える」と言ったという。文は、そのことを「なにかわかりそうな怖《おそ》ろしさ」と感じた。露伴は、死ぬとき、文にむかって「おれは死んじゃうよ」と言った。そのことを思い出しながら、文は「斎藤先生には、すぽっと逝《ゆ》かれてしまったという感じだ」と回想した。

茂吉は尊敬する露伴の前に出ると固くなって、きちんと坐《すわ》り、露伴の一語一句を聞きもらすまいとして手帳をとり出して、汗をかきかきメモをとった。「そんなことをしては困るよ」と露伴に注意されると「はい」と恐縮してそのときはやめるが、いつのまにかまた書き出していた。

露伴の死の数ヵ月後に小石川伝通院《でんずういん》のほとりに蝸牛庵《かぎゅうあん》ができ、「露伴全集」編纂《へんさん》会がもたれ、そのあと露伴の写真を飾って酒盛りをした。その席で、小林は酔って露伴の声色《こわいろ》を使い、「一杯やり給《たま》え」と茂吉へ盃《さかずき》をさした。茂吉はあわてて坐り直し、恐縮した顔で盃をうけた。茂吉が飲み干すと、小林は露伴の声色で「それではぼくに一杯よこし給え」といった。茂吉はまったく感きわまったように盃をかえした。その席には幸田文もいて、庵《いおり》にいた一同はみなすすり泣いた、という。この小林の回想には凄みがあり、版元と筆者の濃密な情がある。

　歌人たちは、こぞって茂吉への追悼歌を献じた。吉井《よしい》勇には十三首ある。

「観潮楼歌会《かんちようろうかかい》に寄りし友おほく世を去りたるにわが茂吉また」「うで玉子買ひたる歌をおもふとき浅草夜空《あさくさよぞら》目にうかび来る」

観潮楼歌会は鷗外《おうがい》が有名歌人を自宅へ呼んだ会である。「うで玉子の歌」とは、茂吉の「浅草に来てうで卵買ひにけりひたさびしくてわが帰るなる」をさしている。これは『赤光《しやつこう》』のなかの「おひろ」と題するうちの一首であり、「ほのぼのと目を細くして抱かれし子は去りしより幾夜《いくよ》か経《へ》たる」という歌もある。「おひろ」という女性は浅草の娼《しよう》妓《ぎ》であり、茂吉の手にかかると娼婦もたちまち聖女と化すのだ。茂吉は晩年になっても浅草観音にこだわった。

　土岐善麿《ときぜんまろ》は、「若くして相争《あいあらそ》ひし歌のことおのおの信ずるところ執しき」という若き日の思い出から、葬儀の日の「雨冷《ひ》ゆる築地《つきじ》本願寺本堂にわれも立ち並ぶこころむなしく」までの十二首。追悼歌を並べると、それが故人の歌の歴史になっている。「新築の病院の窓に紅梅《こうばい》の花ふふむをも見ずて死にたり」は、同じことを茂太も書いている。新築した青山脳病院の窓ぎわに植えた紅梅の花が咲くのを見ずに茂吉は死んでしまった。

　弟子の土屋文明は「死後のことなど語り合ひたる記憶なく漠々《ばくばく》として相さかりゆく」ほか四首。「ただまねび従ひて来し四十年一つほのほを見守るごとくに」は、弟子としての率直な心情だろう。

宮柊二《みやしゅうじ》は「洋服に地下足袋《じかたび》を履《は》き牡丹園《ぼたんえん》に近づく老は斎藤茂吉」と追悼した。茂吉は銀座へ行くのに、上は洋服でも靴をはかず地下足袋であった。このことは土岐善麿も「よわよわと地下足袋はきて銀座まで出《い》でしときけばきくに堪《た》へずも」と詠《よ》んでいる。茂吉にはそういうところがあった。

宮柊二は、銀座松坂屋で開催中の梅原龍三郎《りゅうざぶろう》安井曾太郎《そうたろう》展へ行き、そこで地下足袋で来ていた茂吉を見た。

「私は私の斜横先にいる老人が、殆《ほとん》ど他を顧慮しないような熱心さで、絵に向っているのを見た。頬から顎《あご》にかけての白い豊かな髯《ひげ》、洋服でそして地下足袋、やや小柄に見える体軀《たいく》……その老人は自分の顔を絵へ押しつけるようにしたりした。……それは妙に深い悲哀と混淆《こんこう》していた」

と宮柊二は回想している。「アララギ」の東京歌会へ行ったときは「開衿《かいきん》シャツを二枚着込み、モンペみたいなズボンを履き、せったか下駄《げた》ばきか草鞋《わらじ》仕込で、山形から出てきたままの田舎爺《じい》さんよろしくといった風だった」（若月彰《あきら》「茂吉と青年記者」）。飾り気のない純朴《じゅんぼく》な人柄をあらわすエピソードだが、いっぽうこういう話もある。

世田谷《せたがや》の病院に診療で行き、帰りに多くの職員が見送りに立ち、誰かが「先生、今日はノータイですか」と聞いた。ノーネクタイであることに気づいた茂吉は「なぜ、もっと早く注意しないのだ。そんな不注意で精神病者の看護が出きるか」と大変な剣幕で怒った（守谷誠二郎「病院長時代」）。

茂吉は三十九歳でウイーンへ行き、四十二歳までミュンヘンやパリにいて、服のダンディズムにはみがきがかかっている。ソフト帽もトレンチコートもよく似合う。茂吉の服装は故郷金瓶《かなかめ》村での百姓仕事のモンペ姿でさえダンディで洗練されている。晩年はどこへ行くにも、極楽と名づけた小水用のバケツを持っていたが、背広姿でネクタイをしめて、左手にバケツ、右手に傘を持っても、違和感はなく、むしろ崇高な気配がある。昭和二十二年、大石田で、カンカン帽をかぶって最上《もがみ》川を見つめる茂吉の写真がある。茂吉ファンにはおなじみの写真である。この一枚の写真が語りかけてくる力を見ると、写真もまた追悼であることがわかる。

釈迢空は、「(茂吉さんは）常に何か諦《あきら》めに住する、脱俗したようなものを持っていた。……東京へ来ての長い忍従の生活、それを思うと、まことに他事ではない。もし青年時代から老人に到るまで、あの境遇にいたら私でもあんな怒り方をするようになろうし、又ああいうものはかない諦めにも似た気分にもなるだろう」（「礼儀深さ」）と同情した。

茂吉の歌を愛唱した作家に芥川龍之介《あくたがわりゅうのすけ》がいる。芥川が好んだ歌は「あかあかと一本の道とほりたりたまきはる我《わ》が命なりけり」「かがやけるひとすぢの道遥《みちはる》けくてかうかうと風は吹きゆきにけり」（『あらたま』）である。これらの歌を後期印象派の絵になぞらえた芥川は「幸福なる何人かの詩人たちは或《あるい》は薔薇《ばら》を歌うことに、或はダイナマイトを歌うことに彼等の西洋を誇っている。が、彼等の西洋を茂吉の西洋に比べて見るが好《よ》い。茂吉の西洋はおのずから深処《ふかみ》に徹した美に充《み》ちている。これは彼等の西洋のように感受性ばかりの産物ではない。正直に自己をつきつめた、痛いたしい魂の産物である」と書いた。芥川は若くして自殺したが、この一文はすでに茂吉への追悼になっている。芥川は、さきに茂吉への追悼を書いて自殺してしまった。

　木村荘八は、自動車で茂吉をおくるときに青山を通りかかった。茂吉は「あのへんが病院の焼跡です。イヤだから見に行きません」といった。それから芥川の話になり、「澄江堂《ちょうこうどう》（芥川）もあのときに、私の病院に来ていると、あんなこともなかったろうが……ねえ、木村センセイ、長生きしたほうがああやって死ぬよりよござんすね」と言ったという（木村荘八「斎藤先生」）。茂吉は、いつ、どこに在《あ》っても死を見つめており、それは第一歌集『赤光』からそうである。『赤光』には「死にたまふ母」への歌五十九首がある。

「のど赤き玄鳥《つばくらめ》ふたつ屋梁《はり》にゐて足乳根《たらちね》の母は死にたまふなり」「わが母を焼かねばならぬ火を持てり天《あま》つ空《そら》には見るものもなし」「星のゐる夜ぞらのもとに赤赤とははそはの母は燃えゆきにけり」「灰のなかに母をひろへり朝日《あさひ》子《こ》ののぼるがなかに母をひろへり」

母が死んだ二ヵ月後、師の伊藤《いとう》左千夫が四十八歳で急逝した。左千夫へは十首。「死にせれば人は居ぬかなと歎《なげ》かひて眠り薬をのみて寝んとす」。茂吉の歌は、死者への追悼より始まったのであった。七十歳までの歌は、この世にあるものを写生し、写生することによる万物への追悼であった。茂吉の歌の根底にある孤独には、一本の道をゆくかたくなな意志があり、意志とは孤独と同義である。茂吉の歌の照り返しで肌がジリッと熱くなるのはその赤い意志だ。

茂吉は「赤光院仁誉遊阿暁寂清居士」という戒名を自分で作っていた。墓碑銘「茂吉《もきち》之墓《のはか》」も生前に書いてあった。「赤光」というのは『仏説阿弥陀経《あみだきょう》』にあり、茂吉の遊び仲間に経文を暗唱している子がおり、その子がなにかと「しゃっこう」と誦《ず》していたのが耳に残っていたためつけた、と茂吉は『赤光』初版跋《ばつ》に書いている。

安倍能成は「斎藤君は一方に花やかなことが好きで、真赤な服をつけたという豊太閤《たいこう》の趣味に賛成する所もあると思うが、赤い色のかがようさまを愛すると共に、その処女歌集に対する愛着及び少年時代のなつかしい思い出をもこめて、戒名の初めに『赤光』と号したか」（「斎藤茂吉と私」）と追悼した。

斎藤茂太は、「私は到頭父の最期《さいご》に三十分遅れた。……派手なこと、にぎやかなこと、うるさいことの嫌いだった父の死にはむしろふさわしかったと思う。枕頭《ちんとう》でがやがや騒がれることは恐らく父にとって堪え難かったに違いない。……孤独を愛し、籠《こも》ることの好きだった父にとって、この様な死はむしろふさわしかったであろうと、私は自分の心に云《い》いきかせた。生前父はなにごとも究め尽さなければやまなかった人である。私は解剖をしようと思った」(「茂吉病床記」)と書いている。

「アララギ」追悼号には、平福一郎による「斎藤茂吉先生剖検《ぼうけん》所見概要」が掲載されている。

斎藤茂吉（明治15年5月14日—昭和28年2月25日）歌人。山形県生れ。伊藤左千夫の門に入り、「アララギ」創刊に際し編集に加わる。青山脳病院の院長のかたわら、『赤光』『あらたま』『ともしび』などの歌集を発表し、アララギ派の代表的歌人として活躍した。

堀辰雄
逞《たくま》しき病人

28年5月28日

堀辰雄《たつお》は昭和二十八年、四十八歳で死んだ。信濃《しなの》追分《おいわけ》の自宅で仮葬後、東京芝の増上寺で川端康成《やすなり》を葬儀委員長として告別式が執行された。弔詞は日本文芸家協会会長青野《あおの》季吉《すえきち》と日本ペンクラブ会長の丸岡明、室生《むろう》犀星《さいせい》、釈迢空《しやくちようくう》、佐藤春夫、三好《みよし》達治、中野重《しげ》治《はる》、中村真一郎、といったメンバーだ。最後に川端康成の「あいさつ」があった。弔詞を読んだのは、すべて文学の権威であるから、おざなりなものはひとつとしてない。青野季吉は、戦後の日本人の心情がすさんだ時代に「堀君のような純一な美しさに生きた精神が存在したことは、一つの救いであった」と述べ、丸岡明は「あなたの遺骸《いがい》が、あなたの友人達の手によって、追分村のあなたの最後に住まわれた家から運び出されてゆくとき、一陣の風が起き、浅間《あさま》の麓《ふもと》の草原を渡って、この草原の——晴れた陽の中にある蘇《す》芳色《おういろ》の山躑躅《やまつつじ》を揺り動かしてゆきました。……」と慟哭《どうこく》した。日本文芸家協会と日本ペンクラブの弔詞が出そろった。

室生犀星は、しわがれ声で読みあげた。

「堀君、君こそは生きて、生きぬいた人ではなかろうか、……君危《あやう》しといわれてから、三年経《た》ち、五年経ち、十年経っても、君は一種の根気と勇気をもって生きつづけて来た。……だが、やはり君は死んだ。かけがえのない作家のうつくしさを一身にあつめて、誰からも愛読され、惜しまれて死んだ、君の死ということも実にこんなきょうのことだったのだ。君にあったほどの人はみな君を好み、君をいい人だといった。そんないい人がさきに死ななければならない、どうか、君は君の好きなところへ行って下さい、堀辰雄よ、さよなら」

犀星は辰雄より十五歳上である。辰雄が犀星を訪ねたのは大正十二年（辰雄十九歳）のことで、犀星を通じて芥川龍之介《あくたがわりゅうのすけ》を知った。犀星は、辰雄が終生師事した先輩である。

意外なのは、中野重治が弔詞を読んでいることだが、中野とは文芸雑誌「驢馬《ろば》」の同人仲間だった。「驢馬」は大正十五年、犀星に親しんでいた文学者たちによって発刊された雑誌で、辰雄は詩やアポリネール、コクトーの訳を発表していた。のち同人の多くは共産主義の方向に動いた。中野は、辰雄に、清潔と温雅を見出《みいだ》し、「この二つを残されたものとして受けとって、われわれは、きみに仕方なく別れるのである」と追悼した。

圧巻は康成の「あいさつ」で、康成は辰雄訳のリルケの詩を朗読した。立派な文学葬であった。堀辰雄追悼特集号を出したのは「文藝」であった。「文藝」は巻頭に未亡人堀多恵子の手記を載せ、告別式の弔詞を再録した。その他の追悼は二十編である。井伏鱒二《いぶせますじ》「堀君と将棋の香車《きょうしゃ》」、深田久弥《きゅうや》「思い出の一時期」、舟橋聖一「おないどし」、深沢紅子《こうこ》「堀さんのこと」、永井龍男《たつお》「ボールがしたい」、新庄嘉章《しんじょうよしあきら》「堀さんに詫《わ》びる」、佐多稲子「堀さんのおもいで」、矢《や》内原《ないはら》伊作《いさく》「晩年の堀さん」、窪川鶴次《くぼかわつるじ》郎《ろう》「『驢馬』時代の堀とのこと」、福永武彦《たけひこ》「告別」、加藤道夫「詩人の死」、高橋新吉「堀辰雄追想」、高峰三枝子《みえこ》「お目にかかれぬままに」、恩地孝四郎「白い手紙」、中里恒子《つねこ》「色鉛筆」、佐々木基一「最後の訪問」、伊藤《いとう》整「堀辰雄の思い出」、神保光太郎「ひとつの挿話」、神西清《じんざい》「白い花」、釈迢空「弔歌」。

さらに堀辰雄研究文献目録と年譜、河上徹太郎「思い出にまつわる文学論」があった。「文藝」追悼特集号は並々ならぬ力の入れようで、編集後記に「私共は、これからも堀辰雄氏の作品を通して、生きることの尊さと厳しさを、あらためて学びたいと思います」とある。

芥川が死んだあと芥川全集の編集に従事し、詳細な芥川年譜を作成したのは堀辰雄であったが、この号はそのときの辰雄の気魂を再現させる編集である。

追悼のなかで興味深いのは舟橋聖一「おないどし」だ。舟橋と辰雄はともに明治三十七年生まれで、育ちも同じ本所《ほんじょ》である。二人で浅草駒形《こまがた》のどぜう屋や築地《つきじ》の歌舞伎座《かぶきざ》、銀座不二家へ行って遊んだ。告別式のとき飾られていた写真が、ベレー帽をかぶった昔の写真だったので、舟橋はなつかしく思いつつ、胸を熱くした。

追悼号巻頭のグラビアに、辰雄の直筆原稿が掲載されている。

「僕の骨にとまっている／小鳥よ、肺結核よ／おまえが嘴《くちばし》で突つくから／僕の痰《たん》には血がまじる／おまえが羽ばたくと／僕は咳《せき》をする」

原稿の枡目《ますめ》いっぱいに辰雄特有の大きい文字が書かれている。辰雄が肺結核にかかったのは十九歳で、二十一歳から毎年のように喀血《かっけつ》するようになる。

「文学界」も追悼特集をした。佐藤春夫「堀辰雄のこと」、神西清「静かな強さ」、臼井《うすい》吉見《よしみ》「断片」、中里恒子「おもかげ」、福永武彦「最初の夏」、堀田善衞《よしえ》「乱世文学者」。

佐藤春夫は、若き日の辰雄に、芥川家で偶然に会った。芥川は、辰雄の「むし歯の詩」を推賞していた。それは、

「硝子《ガラス》の破れている窓／僕の蝕歯《むしば》よ／夜になるとお前のなかに／洋燈がともり／じっと聞いていると／皿やナイフの音がしてくる」

という詩で、雑誌「驢馬」に掲載されていた。この詩は春夫が気に入っていた。芥川の死後、辰雄は「文学上の叔父さんに対するように」人なつっこく、春夫のところへ訪ねてきた。そのうち「二階の塔みたいな部屋に入ってみたい」と頼まれた。それは春夫の書斎で、散らかしているし、めったなことでは人を入れない部屋であった。しぶしぶと部屋に入れると、書棚からローレンス・スターンの『センチメンタル・ジャーニイ』

をひき出して貸してくれと言った。それで、部屋を出ていくのかと思うと「この部屋で少し話してはいけませんか」とねばってなかなか帰らなかった。春夫は辰雄より十二歳上で、そのときは芥川と並ぶ人気作家であった。春夫は、みかけとはかけはなれた辰雄の図々《ずうずう》しさにあきれながらもなつかしそうに回顧している。

「近代文学」には、中野重治、福永武彦、佐々木基一、小久保実、谷田昌平《たにだしょうへい》の五氏の追悼が載った。「中央公論」は中野重治「堀辰雄のこと」一編。「文藝春秋」は堀多恵子「看病記」、「婦人公論」は、座談会「堀辰雄の人と文学」（中野重治、佐多稲子、中島健蔵、中村真一郎）。「新潮」は三好達治「堀辰雄君のこと」一編のみ。

「新潮」が辰雄に冷たいのは少々わけがある。辰雄は人の好き嫌いが激しく「あいつはいやなやつだとか、才能がないとか、みかけによらぬ断乎《だんこ》たる言葉で人をかたづける」（佐藤春夫）ところがあった。ひとみしりが激しい。「新潮」の編集長中村武羅夫《むらお》とは仲が悪かった。

　辰雄が近づいたのは芥川、春夫、犀星、であった。辰雄が「ルウベンスの偽画」を「山繭《やままゆ》」に発表したのは昭和二年、二十三歳で、まだ東京大学に在学中のことだ。その年の七月に芥川が自殺して強い衝撃をうけた。下町生まれで勉強好きという芥川の資質は、辰雄と似ており芥川の自殺は辰雄自身の問題と重なるのだが、苦悩のすえ、辰雄は「芥川の仕事を模倣《もほう》せず、芥川の仕事が終った地点から出発しよう」と決意した。

辰雄は小説の舞台を軽井沢へ移し、この地で自ら選んだ友人のみとつきあった。新興芸術派とは川端康成、横光《よこみつ》利一以外とはつきあわなかった。新興芸術派とはプロレタリア文学に対抗して芸術の擁護を主張した、中村武羅夫を中心にする文学グループだった。派の命名は尾崎士郎であった。

辰雄の小説は、コクトーやラディゲ、メリメ、スタンダール、など近代フランス文学を下敷きにして作りあげたもので、晩年は王朝物にこって「更科《さらしな》日記」「竹取物語」「蜻蛉《かげろう》日記」を読んでノートをとった。借物の匂《にお》いのする作品が多く、人間探究派の作家からは反感を買った。そのひとりは大岡昇平である。大岡は伊藤整、山本健吉との座談会「堀辰雄文学を截断する」(「文藝」堀辰雄読本・昭和三十二年)で、堀辰雄の小説は「猿真似《まね》だ」とはっきり言っている。伊藤整も、(辰雄は)「先輩たちに可愛《かわい》がられる育ちのいい坊やだった」と痛いところをついた。大岡は、「堀の小説に出てくるような生活はどこにもないんだ。このスノビズムは、大正末期の新感覚派からきている。横光、川端、片岡、十一谷《じゅういちや》、当時だれもしてなかった生活を空想した。岸田国士《くにお》の芝居のしゃれたセリフは、日本中どこでも行われないものなんだ」と怒ってみせた。「あいつは貴族だったんだ。新興芸術派とつきあわないのは無理はない。そういうことはキチンと心得て、抜け目のないやつだよ……一種の策士のタイプだ、文学的策士だ」。大岡はさらに言う。「堀がステッキをついて軽井沢の横町を歩いているのは、写真にしちゃ面白いかもしれないけれど、別荘人種はせせら笑っているさ……みんな私小説のウソなんだ」。大岡の反感に満ちた言葉は悪罵《あくば》に近いが、大岡と同じ思いを抱いている作家はかなり多くいて、はっきりと言えなかっただけだ。東京の町にも辰雄を真似して気どってベレー帽をかぶる若手詩人がふえ、顰蹙《ひんしゅく》を買っていた。辰雄はフランス文学からの応用がうまく、たとえば、『聖家族』の巻頭の「死があたかも一つの季節を開いたかのようだった」は、ラディゲの『ドルジェル伯の舞踏会』からのイメージだ。でありながら辰雄が「死」を書けば、それは辰雄じしんの死につながり、読者は私小説だと信じる。『聖家族』のモデルは芥川と人妻片山広子こと松村みね子であり、軽井沢へ行った辰雄は、芥川の晩年の恋を目撃した。『風立ちぬ』は、婚約者矢野綾子《あやこ》の死という現実の悲しみを扱いながら、内容はリルケやヴァレリーからの応用であった。軽井沢という土地にも、この世にはない理想の架空世界が仮託されており、現実とはほど遠い。辰雄の小説は、嘘《うそ》のうわ塗りの世界であり、でありながら私小説と思わせてしまう仕掛けがある。そのへんが生活と実体験を重視する作家からは、「気取っていて、けたくそ悪い」とされる一因だった。

「文藝」堀辰雄読本のアンケートでは、はっきりと否定的な回答をした人もいる。「いわゆるハイカラ文学で余り関心を持っていない」（尾崎一雄《かずお》）、「少年少女小説だと思っています」（林房雄）、「実際の才力以上に高く買われすぎていて好きではありません」

（十返肇《はじめ》）、「私にはもっとも異質的なもので、好きなものはありません」（桑原武夫《たけお》）、「非常に精巧な模造品という印象」（杉森久英《ひさひで》）などである。

この手の批判があることは辰雄は十分に承知しており、「嘘半分の私小説」に関しては確信犯であった。辰雄の小説のテーマは「死から生への回帰」であって、つねに死と隣りあっている。昭和五年（辰雄二十六歳）、『聖家族』脱稿後に大量に喀血した。このころの肺病は不治の病であり、「辰雄が喀血した」という報道があるたびに、世間は、「もうだめか」と思い、本が売れた。佐藤春夫は「おしまいには重態の噂《うわさ》もまた『狼《おおかみ》が来た』羊飼の話のような気がした」と述懐している。辰雄の意識は生と死のぎりぎりの縁《ふち》を歩いており、死者の側から生を見つめていたため、現実の風景は希薄になる。辰雄は病気と一体化して、商品にまで昇華させてしまう技術を持っている。何度となく危険な状態におちいりながら、その都度もちなおした。

佐々木基一は「まるでもう死の向う側につきぬけて、そこで堀さんの生命が永遠に息づいているようだった。そのため、堀さんがとうとう亡《な》くなったときいても、さほどの衝撃は受けなかった」（「堀辰雄の横顔」）と言う。これは同時代人の素直な感想だろう。

辰雄は、みかけは弱々しい少年のようでありながら、実際は剛直な性格であった。神西清はこう回想している。

「ぼくが三十三年にわたる交友を通じて観察したところによれば、彼は決して尋常一様の植物型などではなかった。……その意欲の逞《たく》ましさは食虫植物のどんらんさを思わせた」(「静かな強さ」)

葬式のあと神西は、友人たちと「堀辰雄はいったい何軒本屋をつぶしてきただろうか」と言いあった。辰雄ほど単行本の意匠をこらした作家はなく、『聖家族』の八十部限定版など多くの豪華稀覯《きこう》本を出して、そういった版元はみんなつぶれてしまった。おとなしく、内気そうにみえて、そのじつ自分本位で強靱《きょうじん》な性格は佐藤春夫が指摘する通りである。神西は、辰雄には植物質のオブラートがあって、「もしこのオブラートを引き剝《む》いて、彼の本質にじかに見参したい人があるなら、すべからく世上流通の色眼鏡を外して、彼のあれこれの作品を味読してみるがよろしい。にがい薬はえてして糖衣で包んである……」と言う。

辰雄のことを太宰《だざい》治はどう思っていたか。この二人があうはずがない。辰雄は田舎者が大嫌いな都会人である。井伏鱒二は、偶然この二人を引き合わせた。徳田秋声の追悼会に、太宰と一緒に出かけるとき、電車のなかで辰雄に会った。井伏は太宰を紹介して、三人で青山斎場へ同道し、帰りも阿佐《あさ》ヶ《や》谷の駅まで一緒になった。このときの「さよなら」が最後の挨拶《あいさつ》となったが、あとで太宰は「堀さんというのは案外イナセな、いい男前だ。ひとつ惜しいのはあの隙間《すきま》だらけの歯だ。歯の根が浮きあがって、いかにも虚弱そうですね。あれが味噌《みそ》ッ歯なら、風格が一段と高まるんだが」とケチをつけた。井伏が「君は自分が味噌ッ歯だから、自分に風格があると思っているのかね」と言い返すと、しばらくしてから太宰は総入歯にした、という。

命の終りが近い人は、「自分はいま生きている」という事実に敏感になる。辰雄の目には、病人の特権的な感性があり、現実は極端に虚構化されていった。命が短いことを知れば、やりたいことだけをやる。好きな友にしか会わない。辰雄は死ぬ三年前から医者に見はなされていた。最後の三年間は、外部からの騒音をいやがった。笑い声をたてられるのも嫌いで、多恵子夫人は、おかしさを我慢できないときはコタツのなかへ顔をつっこんで笑った、という。多恵子夫人は辰雄の最期《さいご》をつぎのように回想している。

「喀血というのは直前までわからないものですが、主人は永年の経験で、喀血しそうな気がすると、耳を当ててごらん、と云《い》います。胸がポコンポコン鳴っていると、大急ぎで洗面器やら含嗽《うがい》水やらチリガミやら七ツ道具をそろえ、女中にも待機させます。……それで三十分くらい経《た》って何事もなければもう大丈夫なのです。そんなとき私はとてもうれしくなってしまいます。そして、よかったわね、と云わずにはいられません。主人もまた喀血には慣れているので、決してあわてずに、うまく対処するのでした。……今年に入ってからは血痰《けつたん》がとまらず、たびたび、小さな喀血をしておりましたが、五月二十七日の夜の、『また出そうだ』が最後の言葉になってしまいました」（「堀辰雄看病記」）

虚構の私小説を書こうという強靭な意志が四十八歳まで堀辰雄を生かしたのであり、そのはてのあっさりとした死も、また一編の物語となった。

堀辰雄（明治37年12月28日―昭和28年5月28日）小説家。東京生れ。室生犀星、芥川龍之介に師事。芥川の死にあたり『芥川龍之介全集』の編纂《へんさん》にたずさわった。結核を病み、富士見高原、信濃《しなの》追分で療養生活を送る。代表作に『美しい村』『風立ちぬ』など。

高村光太郎
死者アンケート

31年4月2日

高村光太郎が七十三歳で没したとき、友人の佐藤春夫は「東京の野蛮人であった」とうまいことを言った。

「烈々たる気性のしかし気の弱い人であった。周囲との調和を無視することのできない自己の性格、もしくは家庭の躾《しつけ》の身についたものに対して彼は常に自分で反逆しつづけていた人なのではあるまいか」と。春夫は、東京人でありながら東京人に対する「野蛮人の抗議」が光太郎の生涯であったと回想した。

光太郎の『智恵子《ちえこ》抄』は日本の青春詩集として多くの人に愛誦《あいしょう》されてきた。光太郎が『智恵子抄』を出版したのは五十八歳であり、智恵子はその三年前に五十二歳で没している。『智恵子抄』は六十歳になろうとする初老の男の恋歌であり、その激しく純粋な精神を、春夫はまぶしい思いで「東京の野蛮人」と追悼したのである。

木村荘八《しょうはち》は、若き日の光太郎を「黒々とした髪を目先へおおいかぶさるまでに分けた人で、濃い口髯《くちひげ》で、好んで羅紗《らしゃ》マントをまとった姿は海軍将校といった感じをうけた」と回想している。光太郎は、詩人でありかつ彫刻家であった。そのどちらでも第一級の人であったから、その死は画壇文壇の双方より惜しまれたのである。

光太郎は木彫界の権威高村光雲の子として生まれ、ニューヨーク、ロンドン、パリに留学し、帰国後は北原白秋や木下杢太郎《もくたろう》とパンの会に参加した。彫刻はロダンの弟子である。詩をよくし、翻訳をし、酒が強く、腕っぷしも強い。アメリカでケンカをしても負けたことがなかった。イギリスではバーナード・リーチと親交を結び、パリではマチスに学んだ。三十一歳で智恵子と同棲《どうせい》し、二人だけの愛の世界を築きあげ、自分たちを世間から遮断した。晩年は花巻郊外山村の小屋にこもって、単身、農耕自炊の生活を通した。光太郎の生涯は、むきだしの反俗と魂の浄化につらぬかれていた。超俗的な生命力がある。

そんな光太郎の人間像を、草野心平は「巨人」と追悼した。背が高く、骨太であった体躯《たいく》にもよるが、思想や芸術作品をふくめた「その全体の総合体が高村さんを巨人と思わせる実体だ」と心平は言う。青山斎場での葬儀の日、一人の青年が祭壇に花束を捧《ささ》げると棺上の写真に背を向けずに、ゆっくりゆっくりと後ずさりしながら会場を去っていったという。光太郎には、若き人を敬慕させるカリスマ的な力があった。

光太郎は東京美術学校の学生のころ、鉄アレイを使ってボディービルに励んだ。鏡の前に裸で立って、毎日鉄アレイをあげ、筋肉をつけた。さらに彫塑《ちょうそ》の粘土と格闘する日々であったから人一倍腕力が強くなり、アメリカでケンカを売られても勝ったのである。

武者小路実篤《むしゃのこうじさねあつ》は、そのころ「高村君が目玉の運動までしている」と聞いてびっくりしたと回想している。「目玉の運動とはどう言う事をするのだろう。その効果は何処《どこ》にあるのだろうと疑問に思ったので覚えています。高村君の学生時代の話だと思います」。

光太郎は学生時代から周囲を圧倒する気配を持っていた。

パリ時代を回想して、有島生馬《いくま》はこう書いた。「高村君はどうも神秘的な人で、吾々《われわれ》カンパーニュ街の仲間は、高村の神懸《かみがか》りとあだ名をつけた」。「或《あ》る日珍らしく高村君が私のアトリエに来て写真（機）を貸してくれと言った。君は画室の真中に突立って、ポケットから一枚四角い紙を取出し、右手にもって唇にあて接吻《せっぷん》している形でポーズした」。その手紙はロンドンの女性からきたラブレターで、そうやって写した写真を彼女に送るためであった。若き日のダンディな光太郎の様子がわかるエピソードである。

梅原龍三郎《りゅうざぶろう》は葬儀で弔辞を読んだ。

「高村光太郎兄

今を去る四十八年の昔僕はやっと二十歳の時巴里《パリ》に着いて間もなく、君をカンパニュプルミエールのアトリエにお訪ねして初てお会いした。やがてそのアトリエで二人で画架を並べてモデルを写生した。それから君が伊太利《イタリア》旅行の留守中君のアトリエで僕一人で勉強した。君が帰って其間《そのま》の僕の習作を見て気に入って程なく君の帰国の時君がこって集めたゴチックの棚だの家具の全部と僕の習作の小品の一つとを取りかえてくれといい出した。僕は驚いて喜んだ。君は僕の画業の最初の知己であった。

君は作品を稀《まれ》にしか人に見せなかった。それは君は無限に高き夢と現し得る処《ところ》がなお遠かったからであろう。然《しか》したとえ一点の作品がなくても君は君の人格と生活の態度に因《よ》って高邁《こうまい》なる芸術家であった。

巴里の冬の霧の深いある朝君がノートルダムのセン塔に昇ったら空中が歩けそうであやうく飛ぶ処であったというていた。又その頃かかっていたお父さんの胸像を夜中無意識にやったらしく翌朝手が泥になっていたと話していた。君の生活は夢と現《うつつ》の間の様に思った。

君はさして裕福ではなかったろうが常に身だしなみがよくきちんとしていて英《イギ》リス紳士の様であった。酒は強くアブサントをよく独りで飲んでいたらしい。君の立った跡多くのその空瓶を発見した。然し酔払った処は曾《かつ》て見なかった。当時から後今日に至る迄《まで》僕は実に稀れにしか君に会わなかったが常に第一列の友人と思って敬愛していた。近頃病気の事も聞いていたがかく急に永別するとは思わなかった。自分にはいつも同じ強い印象で君は生きている。今日は特に強く君を思い出した。

御冥福《めいふく》を祈る」

ここにあるエピソードは、光太郎の気前のよさを示している。光太郎は、純粋精神の人であった。このまっすぐな一本気の気性が、智恵子へのひたむきな愛につながっていく。光太郎は、親も閉めだし、兄弟も友人も閉めだして、智恵子と二人だけの愛と芸術の世界へ没入した。智恵子が死んでからは孤高の一人暮らしをつらぬき、死ぬ二年前に、智恵子のおもかげを託した裸婦像を十和田湖畔《とわだこはん》に建てた。波乱に富んだ生涯はそのまま一編の物語のように完結した。

高村光太郎の追悼号は、雑誌「心」や「新女苑」などでなされた。なかでも「文藝」臨時増刊号（昭和三十一年六月）は、「高村光太郎読本」として、光太郎の業績を詳細にたたえた。亀井《かめい》勝一郎が高村光太郎の生涯を書き、イギリス時代の光太郎をバーナード・リーチが回想した。光太郎は、日露戦争で日本が勝利を収めたとき、「本当に勝ったのはトルストイだ。日本軍がロシアに勝っても、日本の家庭はトルストイを読み始めている」とリーチに語ったという。リーチは、そういう光太郎を「誠意にみち、繊細で、独立心のある人」とし、「旧友よさようなら」と追悼した。

木村荘八は光太郎が訳した「マチスの画論」や、ロートレックを紹介した功をたたえ、「輝やく程の人であった」とたたえた。

宇野浩二《こうじ》は「光太郎と智恵子」と題して、智恵子がまだ長沼智恵子という青鞜社《せいとうしゃ》の同人の一人であったころに思いをはせ、「容貌《ようぼう》も風采《ふうさい》も、いかにも、しとやかな、日本の娘らしいところがあるので、いつでも私の目をひいたのである」と回想した。

室生《むろう》犀星《さいせい》は、光太郎を「そのさきよりも一層奥床しい人物であった」とし、「小説を書いていたら別の志賀直哉《なおや》のような人になっていたろう」と絶賛した。中山義秀《ぎしゅう》は、光太郎の詩を、描写力が雄大で魂の高揚があるとして「求道《ぐどう》の詩人」とたたえた。

追悼号は光太郎という巨人をさまざまな分野から評価追悼し、「臨終までの日記」や「子供たちへの手紙」を併載して、屹立《きつりつ》した精神のディテイルに迫っている。さらに光太郎の詩人としての年譜、彫刻家としての年譜、翻訳家としての年譜を三種類作成し、光太郎重要文献目録を掲載する念の入れようである。追悼号として申し分ない。

しかし、最終の五ページに載っているアンケートは曲物《くせもの》である。四段組で、ごく小さい活字で組まれ、七十九名の回答が到着順に載せられている。アンケートの質問は、①あなたは高村光太郎の芸術（詩、彫刻、その他）をどう思われますか②高村光太郎の作品で何が一番好きですか③高村光太郎からあなたが学んだものは？　の三点である。

半分以上の人が光太郎を評価しているけれども③の「光太郎から学んだもの」になると、いささか様相が違ってくる。桶谷繁雄は「何も学びません」と答え、北園克衛《かつえ》は「何もありません」、宇野浩二は「ない」、川崎長太郎は「別段ないようです」と答えた。

これは故人と親しくなかっただけのことであるが、こういう形で答えると悪意を持っているように思われる。北条誠《ほうじょう》は、①②③の質問をまとめて「よく解《わか》りません。したがって特に学んだという事もないようです」と丁寧《ていねい》にかわした。高浜虚子《きょし》は「私は高村光太郎氏の芸術に接する事少くなんとも申上ぐる資格がないと思います。残念乍《なが》ら右御答《みぎおこたえ》迄《まで》」と答えた。故人がどんな偉大な人物でも「何を学んだか」と問われれば、ないものはないと答えるしかない。これは質問の意地が悪い。そう思ってコメつぶより小さい活字を読みすすんでいくと、さらに積極的な批判があった。

「戦争中の戦争謳歌《おうか》詩は高村さんのために惜しみます。戦後の『暗愚小伝』は、その生はんかな弁解のようで十分納得できません」（上林《かんばやし》暁《あかつき》）。「戦争中から戦後にかけての生き方に問題があります」（内村直也《なおや》）。「渡欧中多く身辺においた詩集を持参いたしましたが、『典型』もその中にあり、南仏の寓居《ぐうきょ》でこれを開き、なんとも人間臭に充満していて、その字句とはおよそ逆の生臭《なまぐさ》さに意外な感をうけ、澄みきった環境のうちでは読むに耐えなかった記憶を思い出します」（三岸節子）。「そこ（十和田湖）に、高村氏がふてぶてしい女の裸像をたてたことは何ともいえぬ調和を破るものです。彼の芸術家的精神のまひ、喪失を思います。（中略）このごろどこにでも彫刻をおく軽薄な時代思潮の現れの一つだったでしょう」（板垣直子）。「高村光太郎は、むかしは徹底的な政治否定主義でした。それがこんどの戦争でたちまち戦争協力の詩を作りはじめたので私はびっくりしました。今後の日本の芸術家はあのときの高村光太郎のようになってはならない」（江口渙《えぐちきよし》）。「十和田湖畔をはるばるとたずねましたが、あの裸像には大いなる疑問をもちました」（徳大寺公英）。

七十九名がアンケートに答えれば、なかには批判する人も出てくる。批判は、戦争中に書いた戦争支持の詩、と十和田湖畔に建てた裸像、に集中している。

人道的詩人であった光太郎も、戦争の時代に自分の立場をおさえきれず、戦争の浪《なみ》にのまれた。これは光太郎ひとりの問題ではなく、すべての詩人、小説家、画家に共通の問題であった。暗い時代の渦のなかで、「私には一いろの詩が生れた。一いろは印刷され、一いろは印刷されない。どちらも私はむきに書いた」（『ロマンロラン』）と、光太郎は戦後に述懐した。光太郎は「おのれの暗愚をいやほど見たので、自分の業績のどんな評価をも快く容《い》れ、自分に鞭《むち》する千の批難も素直にきく」（『山林』）として、荒涼の山中にひとり自炊生活をしたのであった。自己批判をして小屋にひきこもった。それでも許さぬ人は許さない。

十和田湖畔の記念像は、十和田湖の国立公園指定十五周年を記念して、青森県知事津島文治（太宰《だざい》治の実兄）によって計画された。津島知事より相談をうけた谷口吉郎《よしろう》が佐藤春夫に相談し、佐藤春夫の意見で高村光太郎に依頼することになった。佐藤春夫の熱意に動かされた光太郎は、「智恵子を作る」とひとりごとのように述懐したという。さらに「個人的な作意を十和田のモニュマンに含ませるのは、青森県に申しわけない気もする」とも言った。それに対し谷口は「智恵子さんは高村さんのものであっても、もはや万人の心に響く永遠の像になっている。彫刻家が制作する永遠像が湖に捧げられることは、むしろ詩と彫刻の結合だ」と説得した。かくして、光太郎は「途中で倒れることがあっても、この作品のためにはあらん限りの力をつくしたい」と決意するに至った。裸像が完成したのは、昭和二十八年十月で、光太郎は七十歳であった。除幕式には光太郎のほか佐藤春夫、谷口吉郎、土方《ひじかた》定一が出席した。光太郎は「智恵子の裸形をこの世に残して／わたくしはやがて天然の素中に帰ろう」と詩を書いた。

しかし、これも許さぬ人は許さない。

このことがアンケートにはっきりと出ている。七十九名の回答が寄せられたということは、おそらく百通以上の質問状を送ったはずだ。「文藝」臨時増刊号は二百七十二ページにわたって、光太郎の業績を追悼した。四十名近くの人が光太郎をたたえた。しかし、最後の五ページで、まるで逆転背負い投げのように、意地の悪い仕掛けがある。その仕掛けを見破った人は、逐一答えることをさけ、「『智恵子抄』は以前たいそう愛読しました。優しく美しく、しかも男性的な詩だと記憶しています」(吉行淳之介《よしゆきじゅんのすけ》)、「いまでも『智恵子抄』を読み返してみたいと思うときがあります。その程度に好きです。彫刻のことはわかりません」(五味康祐《こうすけ》)、と、やんわりほめるにとどまった。

「私は高村君の生活や人物を遠いところから眺めて尊敬して居ただけで、直接には面会せず、殆《ほと》んど文通もしないでしまいました。それ故《ゆえ》御たずねに対して、あなた方に御満足のいくような御返事は出来ません。あしからず」（会津八一《あいづやいち》）という回答もある。会津八一の返事は編集人へ向けたもので、光太郎への評価ではない。「あしからず」という一行にはアンケートへの抗議の気分がある。しかし、その文面ですらこうして追悼号にのると、それが光太郎への無視に見えてくる。編集人はその効果を知っていながら、こういった回答を掲載した。

坪田譲治は「私は高村さんの彫刻は一つも見たことがありません。詩は読みましたが、深い感銘を受けたとは思われません」と答え、高橋義孝《よしたか》は「高村光太郎の詩は幼稚だと思います。人間が立派だったのではないでしょうか。彫刻作品はよく見ておりません」と答えた。これは消極的否定である。追悼原稿を依頼されれば断ったろうが、アンケートだから正直に答えた。

死者への評価をアンケートで回収するという方法は、死者に対してかなり乱暴である。作家への評価は、その人物の個性が強烈であるほどわかれる。アンケートをとって、すべての人にほめられたとしたら、それはむしろ悲しむべきことである。アンケートは論文ではなく、回答である。だからこれをやれば、どんな人でも批難の対象になる。そして困ったことに、読者は、こういったアンケート結果を好んで読む。げんに私がその一人で、この追悼号のなかで一番興味深く読んだのは、このアンケートの回答集であった。

編集人は、追悼号で、あまりに多くの人が「偉い、立派だ、純粋だ」とほめるから、バランスをとるために、あえてアンケートをとったのだろうか。光太郎への批難を含めて全体像を浮きぼりにするためにアンケートをとったのだろうか。いろいろの人の意見があったほうが面白いから、アンケートをとったのだろうか。おそらく、そのすべてが編集人の本音であったはずで、追悼号という形式をとりながら、人物研究号という内容にしている。編集人は、こういった批判が出てくることを予測して、こういう仕掛のアンケートを作った。それは後世の人が高村光太郎を知る上で有効である。そして、読者はどんなに立派な人でも嫌われる、という一面を知るのである。

この追悼号の編集後記には、

「峻厳《しゅんげん》なる孤独の芸術家高村光太郎氏が、逝去されました。私共は、心からの哀悼をこめて、この『高村光太郎読本』を編集しました。彫刻家にして詩人である故高村光太郎氏の全貌《ぜんぼう》を、あらゆる角度から可能な限り、百方手をつくして、とらえつくしたつもりです」

と書かれている。

編集人恐るべし。

巻末の編集人の名は、巌谷《いわや》大四《だいし》とあった。

高村光太郎（明治16年3月13日―昭和31年4月2日）
詩人・彫刻家。東京生れ。恋人長沼智恵子との出会い、結婚生活、その狂気、死後の追慕という一人の女性をテーマにした詩集『智恵子抄』は多くの人に読まれた。戦争中、戦争詩人となり、戦後に自己を裁断した。

永井荷風
追悼する人が試される

34年4月30日

荷風は偏屈な人であった。人を寄せつけず、自分の城のなかに閉じこもる性格だ。啄《たく》木《ぼく》は生前の荷風を「田舎の小都会の金持の放蕩《ほうとう》息子が一二年東京に出て、新橋柳橋の芸者にチヤホヤされ、帰り来て土地の女の土臭さを逢《あ》う人毎《ごと》に罵倒《ばとう》する、その厭味《いやみ》たっぷりの口吻其儘《こうふんそのまま》」と評している。岩手県から出てきた啄木からみれば、洋行帰りの荷風はさぞかし鼻持ちならぬ男に見えただろう。

昭和三十四年四月三十日朝、永井荷風の遺体は市川市八幡《やわた》の自宅で発見された。荷風は、その前日に近所の大黒屋でカツ丼《どん》を食べ、帰宅して、だれにも見とられずに死んだ。七十九歳、胃潰瘍《いかいよう》による吐血の死であった。鍋釜《なべかま》が散らかった部屋の中にうつぶせで倒れている荷風の写真が新聞や雑誌に掲載され、世間は高名な老作家の死をスキャンダラスに扱った。文化勲章を受章し、多彩な女性遍歴があり、人間嫌いで、二千万円以上の預金通帳を持った老大家の孤独な死は、それだけで世間の好奇の目にさらされるのに十

書いた。

分であった。「新潮」「群像」「中央公論」「婦人公論」「文藝《ぶんげい》春秋」「三田文学」「学鐙《がくとう》」といった雑誌がこぞって追悼特集号を出した。

「三田文学」の巻頭で、瀬沼茂樹《しげき》は、好奇的に荷風の死を報道する新聞を批判してこう書いた。

「誰ひとりみとる人もなく、いかにも無惨な死であったらしい。新聞紙はその死を伝えて、『孤独の人』といい、また『奇人』ととなえて、やや好奇的に最期《さいご》のありさまを報じた。無惨な死にざまを想像させる写真まで掲げたものがある。筆一本で得た遺産についての臆測《おくそく》をまじえた行方をはじめ、さまざまな風説や挿話が好奇の話題としてとりあげられた。しかし荷風は国民の敬慕を意味する『文化勲章』をおびた芸術家にたいする、この国のこのような非情冷酷な遇しかたを熟知していたからこそ、あえて世俗を冷笑し、家庭をいとなまず、独身の生活をつづけて、『奇人』と呼ばれる『孤独の人』に、この国のまことの芸術家の有りかたをみてとり、『超然』と『自分の信ずる処《ところ》を飽《あ》くまで押通そうとする熱情』に生きたのである」。「三田文学」追悼特集号では野田宇太郎が「濹東綺譚《ぼくとうきたん》の背景」としてこう書いている。

「明治大正昭和三代に亙《わた》る荷風七十九年の生涯は、必ずしも平穏無事ではなかったし、性癖も尋常ではなかったようである。性癖が尋常でなかったことは荷風を偉人とする理由にはならないと同様に、単なる痴人とする理由にもならない。荷風は晩年確かに自分を世間に痴人めかしくみせかけるような行動をとった」

その上で野田は荷風を「擬装痴人」とし、「悪に対してのたたかいは荷風の生涯を通して絶えずつづけられていた」と評価した。また小堀杏奴《あんぬ》は「戦時中の荷風先生」と題して荷風の人柄を追慕している。三宅周太郎は「荷風先生の戯曲」として戯曲に対する荷風の功績をまっこうからたたえている。佐藤春夫は、「週刊誌に現われた荷風先生に関する記事の大半はみな荷風伝説であった。文豪になるほど伝説が多いというからこれはむしろ当然かも知れない」と達観してみせた。堀口大学は「先生の死後、国中十数種の週刊誌は、筆を揃《そろ》えて、先生の奇行の人、冷たい人としての面を拡大し、誇張して伝え過ぎたようだ。だが、久しく先生を知る僕らは、これとは逆に、先生は温情と義理固さの塊りだったと知っている」と弁護した。「三田文学」は、その創刊に荷風がかかわった雑誌だから、荷風を鎮魂するのは当然のことだろう。「学鐙」も、堀口大学「賜った序文」、河竹繁俊《しげとし》「荷風断片」、中河與一《よいち》「二度の光栄」、長田幹彦《みきひこ》「永井先生とぼく」、河原崎長十郎「荷風先生寸談」と、近藤信行による詳細な「永井荷風論」を掲載して、老作家の死を追悼した。

荷風の死が、あまりに世間の好奇の目にさらされたことに対し、現役の作家たちは敏感に反応した。川端康成《やすなり》は「遠く仰いできた大詩人」と題してつぎのように書いた。

「夜なかにひとりで死んでいた荷風氏の写真は、一つの新聞と一つの週刊グラフとで私は見ている。四月三十日のある夕刊に、荷風氏の死の部屋の乱雑貧陋《ひんろう》の写真をながめているど、そのなかにうつぶせの死骸《しがい》もあるのにやがて気づいて、私はぎょっとした。言いようのない思いに打たれた。しかし、このようなありさまの死骸の写真まで新聞紙にかかげるのは、人を傷つけることひど過ぎる」(「中央公論」)

康成はかなり怒っている。「哀愁の極まりない写真であった」とジャーナリズムを断罪した康成もまた、のち、ガス管をくわえて自殺するのである。

「中央公論」では、伊藤整《いとうせい》、武田泰淳《たけだたいじゅん》、三島由紀夫の各氏が追悼座談会をした。

三島は荷風を「のたれ死にする文学的ダンディズム」と評し、「貯金があるままのたれ死にした方が安心してのたれ死にできる」と感想を述べた。武田泰淳は「太宰《だざい》治のように、女にまたがれて上水道の中で死んだ悲しさというのはわかりすぎるが、荷風のように一ひねりも二ひねりも身構えておいてああいう死にかたをすれば、どうにも手がつけられない」と呰《さし》を投げた風もありながら、荷風の孤高の生涯をたたえている。伊藤整は、「ジャーナリズムは何か誤算しているんじゃないか。荷風があるして、ああいう暮らしを死ぬのが、あたりまえなんです」と言っている。

世間の目は〈奇人〉の文豪が死んで大金を残したという点に集まっていたが、「全集」を出していた「中央公論」は、総力をあげて荷風の文学的業績を評価しようとした。ここには文芸ジャーナリズムの、確固たる意志と自負がかいまみえる。「中央公論」には、

康成ほか、久保田《くぼた》万太郎、相磯勝弥、佐藤観次郎、菅原明朗、花柳《はなやぎ》章太郎、奥野信太郎、巌谷《いわや》慎一といった荷風ゆかりの人が切々たる追悼文を寄せた。追悼特集号の巻頭は正宗《まさむね》白鳥である。白鳥は、「私は荷風の文明批評なんかには感心しない。あの位のことは誰にだって言えるだろう」と辛口で切りすてつつも、自己の生涯をひとつの芸術作品として生きた荷風を「現代日本文学史中の異例の人間像である」と評価している（『腕くらべ』と『妾宅《しょうたく》』）。大学で荷風の薫陶《くんとう》を受けた万太郎は、「世俗的にはこんなに不幸なことはない。が、先生は、御自分のこの孤独のなかの死を、しずかに、微笑をもって御覧になったのではあるまいか」と詠嘆《えいたん》し、若き日の荷風を思い出して、

ボヘミヤンネクタイ若葉さわやかに

と追悼句を寄せた。

荷風の一見無残に見える死は、多くの文芸雑誌によって文学的評価による修正がなされたけれども、まったく批判がなかったわけではない。平野謙は、「小説新潮」のコラム「文壇クローズアップ」でこう書いた。

「おおくの週刊誌がカネと女をライトモティーフとして、永井荷風の生涯を扱った扱いかたを、私は不当な俗論とだけは思わぬのである。／荷風の最後の著作はたしか昭和三

十二年十一月に刊行された『吾妻橋』だと思うが、この『吾妻橋』という短篇集が、質量ともに、永井荷風という孤独な文人の最後を飾るにふさわしいものか、といえばやはり問題だろう」

平野謙は、晩年の生理的衰弱がそのまま芸術的衰弱につながることが多いとして、「作家は円満な老年をむかえることがたいへん困難になってきている」と指摘した。さらに「晩年の荷風が反俗的な芸術家からありふれたタダの年寄りに俗了してはいなかったか」という。「荷風の守銭奴《しゅせんど》的な一面を一種のノイローゼとみなす説も出た」と、かなり手きびしい。

平野謙の荷風批判をうけて、河盛好蔵《かわもりよしぞう》は、「荷風が文学者として晩節を全うしなかったという意見には私も同感である」（「新潮」）とした。「戦後の荷風はもはや文学を断念したのではないだろうか」と。

同じことは同誌で江藤淳も指摘しており、「荷風散人が急逝したとき、新聞に発表された追悼文の多くは、彼の死にかたを『反俗孤高』の文人の最後にふさわしいもの、としていたように記憶する。一見そういう感じがしないでもない。（中略）しかし、かりに荷風が『孤』であったとしても、『孤』であることが果して『高い』であろうか？」と疑問をなげかけた。

戦後の荷風は、浅草のストリップ劇場を徘徊《はいかい》し、踊子たちに囲まれてすごした。そんななかで、中央公論社から全集が刊行され、世をあげての荷風ブームで本が売れ、多額の収入があった。

そんな荷風の堕落を激しく批判したのは石川淳《じゅん》である。石川は「敗荷落日《はいからくじつ》」(「新潮」)と題し、「貯金通帳をこの世の一大事とにぎりしめて、深夜の古畳の上に血を吐いて死んでいたという。このことはとくに奇とするにたりない」と指弾した。さらにこう書いた。

「荷風晩年の愚にもつかぬ断章には、ついに何の著眼《ちゃくがん》も光らない。事実として、老来ようやく書に倦《う》んだということは、精神がことばから解放されたということではなくて、単に随筆家荷風の怠惰《たいだ》と見るほかないだろう」「荷風がいつも手からはなさなかったというボストンバッグとは、いったいなにか。ひとの語るところに依《よ》れば、荷風はこの有名なボストンバッグに秘めたものをみずから『守本尊』といっていたそうである。(中略)もしボストンバッグの中に詰めこんだものがすでにほろびた小市民の人生観であったとすれば、戦後の荷風はまさに窮民ということになるだろう。『守本尊』は枕《まくら》もとに置いたまま、当人は古畳の上でもだえながら死ぬ」

そのうえで石川淳は「荷風文学は死滅した」と断じた。

「ただ愚なるものを見るのみである。怠惰な小市民がそこに居すわって、うごくけはいが無い」「市川の僑居《きょうきょ》にのこった老人のひとりぐらしには、芸術的な意味はなにも無い」

石川淳の批判には、ビンタをはるような痛烈さがある。石川淳の作品には、絶望をバネとして転化するという逆説的な香りがあり、荷風は、かつての信奉者が、あえて痛罵《つうば》してのりこえねばならぬ壁であったともいえる。荷風が死んだのは七十九歳である。小説家として衰えていくのは当然だろう。老いてなおこういう痛罵を浴びるところに荷風の荷風たる所以《ゆえん》がある。生前の荷風は、極度の人間嫌いで、自分中心の生活を送った。荷風がかわいがった浅草の踊子が市川の自宅まで訪ねてきたことがある。そのとき、荷風は頑《がん》として部屋へ入れず、踊子は泣きながら帰った。また、荷風の「文藝《ぶんげい》春秋」嫌いは徹底していて、日記のなかでも菊池寛《かん》を痛罵している。荷風は、「文藝春秋」を「文壇に朋党《ほうとう》を結んで、党同伐異を目的とした厭《いと》うべき朋党の機関誌」ときめてかかり、「文藝春秋」に執筆した生田葵山《きざん》にむかって「君とは絶交だ」と叫んだという。そのことを佐藤春夫が「学鐙」に書いている。若い文士とカフェで会うと「あの万才は、どこの万才だ」と冷嘲《れいちょう》した。そういうところは、嫌味な老人であった。

晩年の短篇小説集『あづま橋』に関して「荷風衰えたり」の世評があったのはたしかである。それに対して、佐藤春夫はこれこそ「荷風文学の頂点」である（「群像」）と言いきった。『あづま橋』の諸篇はいかにも人間臭の淡い枯れ切った文学である。人間をも早煩悩《ぼんのう》の動物とは見ず、いやすべての人間煩悩をも雨や風や寒さ暑さ同様の自然現象の一種と見、人間をこれら天象を内に蔵する自然物と見て自然を観照するが如《ごと》くに」書いたのである、と。荷風の生徒であった佐藤春夫は、晩年の荷風を批判する人へむけて「自分をさえ賭《か》ける気なら、人は何事をも言う権利がある」と牽制《けんせい》した。

荷風の訃報《ふほう》をマレーシアのクアラルンプールで聞いた今日出海《こんひでみ》は、「格別痛ましいという感じを起させなかった」という追悼を「群像」へ寄せた。「ケチというものは甚だ人間的なもので、放漫な気質や夢想的な感情とは相容《あいい》れない、むしろ理性的で合理的な精神がそこに働いている」というのが日出海の荷風評である。

「婦人公論」は、荷風とかかわりのあった三人の女性の追悼（「思い出の中の荷風」）を掲載した。じつのところ、こういう追悼が一番、荷風の真相を伝えている。文学的評価は別として、生身の荷風がわかる。荷風の二番目の妻となった芸妓《げいぎ》八重次（藤蔭静枝）は、「交情蜜《みつ》の如し」と回想した。女にふられた荷風が、二言目には「淋《さび》しいよ」といいながら、しみじみと身の上話をして八重次に迫った様子が手にとるように伝わる。それが離婚と決まると、「それまでの手紙や写真は一切とりあげて持ち帰ってしまうという冷たい仕打でした」。

富士見町に「幾代」という待合を出させてもらった芸者寿々竜（関根歌）は、荷風の春画好きと、のぞき趣味にふれている。荷風は待合の押入れに入って、自分でのぞき用の穴をあけ、他人の情事を盗み見した。「小さな穴があくと大喜びで、まるで鬼の首をとったようなお顔をしておられました」と歌は回想している。「テレビで亡骸《なきがら》を見たときの、散らかっていたチイズクラッカーを思い浮かべますと涙がとめどなくこみあげてまいります」とも書いている。女性たちは、荷風のそういった性癖を回想しつつ、荷風をなつかしみ、死を悲しんでいるのである。静枝へも歌へも、荷風はそれ以上のワイセツ行為をしているはずで、二人が「思い出」として書けなかったことを推測するのが読者の腕である。荷風は慶大教授になってからも平気で芸者を囲いつづけた。気にいった登美松という芸者を自動車に乗せて三田まで行き、女を自動車の中に待たせたまま講義をすませ、その足で新橋まで帰った。女たちの追悼文の前に、奥野信太郎が「荷風文学の女性像」として「荷風のもっとも嫌っていたものは虚飾であった」「インテリ女性は嫌いだった」と書いている。「婦人公論」は、インテリ女性むけの雑誌だから、読者はさぞかしとまどったろう。では、荷風が蛇蝎《だかつ》のごとく嫌っていた「文藝春秋」はどのように追悼したか。

こちらは中村光夫《みつお》と小門勝二《おかどかつじ》が書いている。中村光夫は「氏は数ケ月前からこの最後を予期し、あるいは計画してきたともいえる。（中略）荷風氏と知り合いのある出版社社長が、氏の家を訪ねたところ、白昼であるのに雨戸が締っていて、なかから氏の呻《うめ》く声が聞こえた。しかし神経痛（?）の発作に苦しんでいた氏は、一旦《いったん》客を迎えると端然と正座して応対し、療養についての社長の申出をすべてにべもなく拒《しりぞ》けたということですが、こういう頑《かたくな》な態度が、どこに導くか氏も知っていたはずです」と、事実報告風の記事となった。タイトルは、「狂気の文学者・永井荷風」で、中村光夫がつけたか、編集部がつけたかは不明だ。中村光夫は、生前の荷風の印象を「一口に言えば、とんでもない厭《いや》な人でした。氏のなかに、青年期の自分が勝手につくりあげた文学者の肖像を見ようとした僕は、当然失望して、足を遠のけました」と告白している。また『濹東綺譚』に関して「芸者も女給も私娼も風俗的には実に正確に考証されていますが、その内容をなす人間の心理や肉体は、空疎《くうそ》な類型をでないことが多かったと思われます。これは氏の観念性、あるいは作家としての想像力の不足というより、氏の心の冷たさ、あるいは氏の心を冷たく封じこんだ思想の性格から来ていると思われます」と批判している。しかし、中村光夫にすれば、いくら「文藝春秋」だからと言って、文芸批評家としての立場がある。中村光夫は、荷風の死を、『作家の孤独』の本当の姿は、氏の老醜の生態にあるのではないか、氏の偏執、猜疑《さいぎ》、吝嗇《りんしょく》などは、自分の考えに固執して生きようとする者が、とくに我国では必然に払う代償ではなかったか」と、分析してみせた。

小門勝二は毎日新聞社の記者で、晩年の荷風と一緒に浅草を廻った。その記憶をもとに荷風の女性秘話を書いている。小門は熱烈な荷風信奉者で、荷風のことを一言たりとも悪く言わないものの、タイトルは「いれずみ大学教授」で、結果として荷風の女性スキャンダル記事となった。「文藝春秋」は、やんわりと荷風にしっぺ返しをした。荷風に筆誅《ひっちゅう》を加えるなら、「新潮」に書いた石川淳を起用すればよいが、そうなると、いかにもわざとらしい。その意味で、中村、小門両氏の起用は的を射たものである。

荷風への追悼で、石川淳の対極として、激しい怒りをぶちまけたのは大江健三郎である。

「永井荷風の死にさいして、日本のジャーナリズムの圧倒的な大部分がとった態度、恥も外聞もなく非人間的で下司《げす》根性にみちた態度は非難され糾弾されなければなりません。……日本の近代文学の前進のエネルギーの最も良き部分を長い年月にわたってになってきた、この秀《すぐ》れた作家、この斃《たお》れた巨人にたいして、いかに徹底的な冒瀆《ぼうとく》がなされたか、それは後世の文学研究者たちに嫌悪《けんお》にみちた衝撃をあたえつづけることでしょうに、かれらの非難にみちた眼は、われわれの背にもまた向けられることでしょう」（「新潮」）

大江が「若い作家の連帯」として書いた追悼は絶叫に近い。大江はつづけて、「明治以後、多くの文学者が死にましたが、永井荷風ほど厖大《ぼうだい》な数の忌《いま》わしい蠅《はえ》にその死をけがされた文学者はなかったと思われます」として荷風の死を自らの内に問い、「作家は孤独になるべきです。とくに若い作家はそうしなければならない」と訴えた。大江は、荷風が持っていた「ジャーナリズムの波長とは別の自分自身の波」を持てと呼びかけたのであった。

荷風は自由に生き、自分勝手に死んだ。そこに明治時代をずぶとく生きた小説家の面目がある。荷風の死を追悼することは、ほめるにしろけなすにしろ、追悼する人の主体を試されることである。追悼する人もまた試される。荷風は、死してその課題を後輩に出した。

永井荷風（明治12年12月3日―昭和34年4月30日）

小説家・随筆家。東京生れ。自然主義文学全盛のなか、『あめりか物語』『ふらんす物語』という耽美《たんび》主義の作品でその文名を高めた。昭和27年文化勲章を受章したが、陋巷《ろうこう》での独居生活を79歳の急死まで続けた。

火野葦平
芥川《あくたがわ》になれなかった俠客《きょうかく》

35年1月24日

火野葦平《あしへい》は昭和三十五年に五十三歳で死んだ。死因は心筋梗塞《こうそく》、福岡県若松市の自宅書斎で、「胸に手をあてて眠っているように死んでいた」（読売新聞）と報道された。火野への追悼は、雑誌「文学者」と「九州文学」でなされた。

「文学者」へ追悼を寄せた人は三十九名である。寺崎浩「死に急ぐ」、小泉譲「火野葦平と漢詩」、鈴木幸夫「火野葦平さんが死んだ」、多田裕計「惜別・火野先輩」、杉森久《ひさ》英《ひで》「火野さんと港町の空気」、恒松恭助「火野葦平さんを想《おも》う歌」、荒木太郎「火野さん」、榛葉《しんば》英治「パンプーの戦闘」、源氏鶏太「火野さんと喧嘩《けんか》太郎」、石川利光「火野さんの晩年の楽しみ」、武田繁太郎「池上のお宅」、斯波《しば》四郎「海風と太陽の作家」、小沼丹「火野さん」、森田素夫「あたたかい人柄」、野村尚吾「作家の死」、沢野久雄「電報小説」、井上友一郎「火野さんと私」、八木義徳《よしのり》「火野さんの思い出」、富島健夫《たけお》「火野先生とぼく」、渋川驍《ぎょう》「芥川賞時代の消息」、丹羽《にわ》文雄「火野のこと」、高山毅「火野さんがよろこんだ話」、菊村到「火野さんのこと」、中村八朗「壮大なもの」、暉峻康隆《てるおかやすたか》「裸の対面」、福島保夫「冥土《めいど》三丁目」、松下達夫「火野さん」、小堺昭三「独得の味覚」、尾崎一雄《かずお》「火野君のこと」、宮内寒弥「死の前日と鈍魚庵の一夜」、田村泰次郎「含羞《がんしゅう》の人」、小笠原忠《ちゅう》「火野さんと装幀《そうてい》」、瀬戸内晴美《はるみ》「淋《さび》しい人の印象」、吉井徹郎「煙草《たばこ》と兵隊・遺聞」、浜野健三郎「矢音楼一宿の記」、浅見淵《ふかし》「回想断片」、花村守隆「火野さんの長髪」、瓜生《うりう》卓造「火野葦平氏急死」、新庄嘉章《しんじようよしあき》「情に厚い男」。

　これだけ多くの人が切々と葦平の死を悲しんでいる。追悼文に共通するのは義に厚い葦平への友情と哀惜である。追悼のタイトルを見れば、それぞれの内容の予測がつく。火野は賑《にぎ》やかなお祭りさわぎが好きだった。「忘年会なども大勢をよび、芸能人も来て、唄《うた》や踊りで家はゆれんばかりの活況を呈する。足の踏み場もないほど部屋は人で埋まっている。特設の張り台をもうけてあるが、それでも入りきれぬほどの人数だった」（野村尚吾）

　火野は流行作家であった。昭和十三年の『麦と兵隊』は百二十万部というベストセラーになった。家業は若松港沖仲仕、玉井組であった。跡目を継いで組長となるがマルクス、エンゲルスに傾倒して港湾ゼネストを指導し、逮捕され、転向する。というところまでの経歴は小説『花と龍《りゅう》』に書かれた。転向といっても、もともと沖仲仕親分で俠客肌だから、もとの気質に戻っただけのことだ。男の世界を書き、世話好きの人情家であった。

火野は九州の実家と東京の家を飛行機で往復していた。九州若松の近所の人たちは葦平が作家であることを知らなかったらしい。「ともかく月のうち半分は東京にいって、帰るときはカバンにぎっしり札束をつめこんでくる。あれはきっと東京で闇屋《やみや》をしとる。んじゃろ」と近所の老人が噂《うわさ》した。もっともこれは葦平が自分で作った自虐《じぎやく》的な「笑い話」である。

浅見淵はこう回想している。「火野君は仕事に没頭している時には一日六回入浴していたとか、それが徹夜になる時は羊羹《ようかん》を一棹《ふたさお》かじりかじり執筆していたとか、講演旅行の時には、前夜深酒したのに、同行者が目をさました時分には、すでに急ぎの原稿を二十枚書きあげ八本のビールを呷《あお》っていたとか、火野君の歿後《ぼつご》、耳に入る挿話はことごとくスーパーマン的である」。

瀬戸内晴美は、一見親分肌で賑やかな雰囲気の葦平になんとも言えぬ「淋しい人」という印象をうけたと証言している。それは賑やかなパーティーの席であった。「私の目はすぐ、火野さんの上着のポケットが無惨《むざん》な破れ方をしているのを発見した。薄茶色の服は、もう何ヶ月もプレスしたとも見えないだらしなさで形をくずし、ズボンの折目ものの見事にとれていた。薄汚れた上衣のポケットの縫口が縦に破れているのが昨日や今日の破れでないのは女の目にはすぐ見わけがついた」。それは無頓着《むとんちやく》な男らしさというより、痛ましいものとして映った、という。故人の快人物ぶりをほめたたえる追悼が多いなかで、この指摘がいかに鋭かったか、それは十二年後にわかる。

死後十二年たって、「葦平の死は自殺だった」と発表された。遺書に到《いた》る闘病日記も出てきた。このニュースは世間に大きな波紋を起こした。自殺の真相を伏せていたのは、葦平の死に打ちひしがれていた母と妻に、それ以上の衝撃を与えてはいけないとの配慮からだった。遺児と弟子のみが知る秘密であった。

葬儀では丹羽《にわ》文雄が弔詞を読み「火野君、安らかに眠れなどとは言わない。きみは書きたかっただろう、書きたいだろう」と語りかけた。人気絶頂のなかでの死であった。雑誌「九州文学」にはじつに百九名の人が追悼をよせた。佐藤春夫は、ジャーナリズムにひきずられる作家が多いのに、「火野君ばかりはジャーナリズムを乗りまわして活動した。まことにこの点でもたのもしい作家で、私はひそかに日本のバルザックをもって擬していた」と絶賛した。宇野浩二《こうじ》も、上林暁《かんばやしあかつき》も、伊馬春部《いまはるべ》も、あまりに突然の死にあわてふためいているが、よもや自殺とは思わず、ひたすら葦平の人徳をたたえた。作家のみでなく辰巳《たつみ》柳太郎、島田正吾、花柳《はなやぎ》章太郎といった役者衆も突然の死をおしんだ追悼を寄せた。入江相政《すけまさ》侍従長も追悼を書いている。交際範囲が広い。百九人の追悼はどの人も葦平の人間性をたたえており、どのエピソードも葦平の快人物ぶりを伝えており、読み物としても痛快だ。

日夏耿之介《ひなつこうのすけ》は葦平から色々なものをもらったことを回想している。「上海《シャンハイ》から持ってきてくれた硯《すずり》も、琉球《りゅうきゅう》のつぼも、又古稀《こき》の祝に贈ってくれたテレビも、豪放な一面非常にこまやかな心情の人であった」と。谷崎精二は「文士が死ぬと友人の追悼記事がすぐ新聞に出る。中にはおざなりの感じがするものもあるが、火野君の場合、執筆者全部が心から哀悼の意を表していた。私も心から火野君の急死を悼《いた》む者である」と書いている。「九州文学の総帥《そうすい》として、仁王立ちに立ちはだかった。あのたくましい火野さんの人間像に、死とまったくその通りで、これほどまで友人知人に人気があった人は珍らしい。「九州文学いう観念の映像をダブらせてみても、ピンとこない。いや、おかしくさえ考えられる」ととまどったのは上田保である。演劇コンクールの審査会がもめにもめて、審査員の海音寺潮五郎がケンカをして席をたったときがあった。葦平も審査員であったが、席に坐《すわ》ったまま悠々と原稿を書いていた。その日の夕方が〆切りだった。自宅にはライオンの金剛太郎を飼っていた。阿佐ヶ谷《あさがや》の文士仲間の会には、「いつもビールを一ダース寄附して、そのほとんどを自分で飲んだ」(河盛好蔵《かわもりよしぞう》)、「鰻丼《うなどん》二つにライスカレー一皿をたいらげた」(今東光《こんとうこう》)。一夜に百枚の小説を書きとばし、三十年間に二百冊以上の著書を出し、どれもこれも売れ、「噴火の如《ごと》く、滝の如く、矢継ぎ早やに作品を生み出した稀《け》有《う》の精力」(平山冨美子)の人であった。死後一ヵ月めに東京會舘《かいかん》でひらかれた葦平追悼会には六百三十名が集《つど》った。この会に出席した客は、ひとりとして自殺であることを知らされていなかった。

十二年後に公表された遺書はつぎのようなものだった。

死にます。

芥川龍之介《あくたがわりゅうのすけ》とはちがうかもしれないが、或《あ》る漠然とした不安のために。

すみません。

おゆるし下さい。

さようなら。

昭和三十五年一月二十三日夜。十一時。あしへい。

葦平は中学生のころから芥川龍之介に傾倒していた。芥川と同じく河童《かっぱ》を好んで、河童の絵を色紙に描いていた。それで芥川と同じ二十四日を命日として選んだ（ただし芥川は七月である）。葦平の死が「自殺である」ことがすぐに報道されれば、火野文学の評価はかなり変っていたであろう。

葦平への圧倒的に好意的な追悼の数々には、かえって葦平の文学性を殺したという側面がある。追悼によって葦平の「仁俠《にんきょう》の人」の部分ばかりが強調されすぎた。文学者にとって自殺はもうひとつの作品である。芥川龍之介も太宰《だざい》治も、自殺ぬきには作品は論じられない。火野文学もまた、自殺という結末から評価・検証されるべきであった。死後十二年たったとき、すでに火野の文学は仁俠小説・兵隊小説の扱いになっていた。小林秀雄《ひでお》の言葉をかりれば「何々主義というような名目によって概念化され得ない日本庶民思想」という評価が定着していた。それ以上に時代に対する提言にはなり得なかった。これは火野にとっては不本意の結果となった。自殺が明らかになった十九日後に、川端康成《やすなり》が自殺し、世間の目はノーベル賞作家康成の自殺へむけられた。火野は忘れられた過去の作家となっていた。

火野が高血圧症を自覚したのは、死の前年の夏である。昭和三十四年六月に眼底出血をおこして、「よくものがみえない」と訴えた。九月にはいっさいの仕事を禁止された。それでも仕事をやめず、長編小説『革命前後』を書きつづけた。朝日新聞記者秋吉茂が書斎を訪れると、着物姿の火野があぐらをかいて原稿を書いていた。タオルで鉢巻をしていた。タオルの中には氷が入れてあり、すぐにとけて、タオルが熱くなっていたという。血圧は一九〇～一五〇であった。高血圧で頭が痛むため、氷で冷やしながら千枚の大作を書きあげた。火野の心情を察すれば、死後の評価は、まずこの小説にふれることである。追悼のなかでそれは無視された。

「九州文学」追悼号の巻末には、弟子の小田雅彦による年譜が掲載された。昭和三十五年の項にはこうある。

一月、若松にいて「小説新潮」に「虹《にじ》の花びら」を、「婦人画報」に「悲恋瓦屋節」を、NHK（テレビBK）に「黒い歌」一部を、連載の「花の座」を終えて、連載中の「真珠と蛮人」一五〇回の一枚分を二十三日の晩、書きかけたまま、二十四日午前五時、心筋梗塞で急逝した。文徳院遊誉勝道葦平居士、若松市旭小路《あさひこうじ》の菩提寺《ぼだいじ》、安養寺に葬《ほうむ》る。

小田は火野の自殺を知りつつ、こう書かざるを得なかった。同年一月二十三日夜、火野は、東京で秘書役をしている小堺昭三に電話をかけ、こう言った。「あすは日曜日だが午前十時にこっちへ電話をしてくれ。重大事件があるからまちがいなくかけるように」。小堺が翌朝電話をすると、九州秘書役の小田が出て、「先生は二階で寝ちょる」と言った。小田が二階の書斎にかけあがると、火野は死んでいた。枕元《まくらもと》に睡眠薬の空瓶が二つころがっており、小田はあわてて瓶をかくした。そのあとすぐ主治医がよばれて、死亡診断書に「心筋梗塞」と記入した。この診断を、火野の家族たちは信じた。通夜《つや》と葬式がすんだ一月二十七日、机の奥から「ヘルス・メモ」と書かれた日記が出てきた。そこに遺書が記されていた。この「ヘルス・メモ」を読んだのは、小田のほか長男闘志《たけし》（当時三十歳）、次男英気（当時二十六歳）と、葦平の弟玉井政雄であった。その後、葦平の母マンは三回忌の当日、読経《どきょう》を聞きながら亡《な》くなった。妻良子は十三回忌の日に亡くなった。二人とも葦平の自殺を知ることはなかった。良子の葬儀に集った兄弟のあいだで、「日本文学史のため、火野葦平の死の真相を公表する」ことがきまり、次男英気が丹羽文雄を訪ねて、十二年間秘密を隠しつづけた事情を説明した。

「ヘルス・メモ」には、死ぬ前日の遺書のほかに二つの遺言状があった。ひとつは昭和三十四年十二月七日付で「いままで、みんな幸福すぎたので、すこしは苦労して人生の荒波を乗り切ること」と書いてある。第二の遺書は昭和三十五年一月一日付で「もしおれたならばただちに、東京の家を処理し金になるものすべて金に換え、根本的に生活の設計をたてなおすこと。一家きょうだい力を合わせて困難に耐えること」が指示されている。一月二十三日の日記に「アクセクと、〆切に追われて原稿を書くことにも倦《あ》いた。疲れた」とある。薬局で、アドルム、バラミンなどの睡眠薬を四十錠買ったことも記している。一年前から計画していた自殺だった。

「九州文学」追悼号を見ると、弟の玉井政雄はこう書いている。「兄は逃げたようにしか思われない。ただ何となくそんな気がしてならない」(「兄のこと」)。そして最後は「私には兄は何かに追いまわされ、やはり逃げたとしか今も思われない。死者をいたわるよりも死屍《しし》に鞭《むち》打ち足蹴《あしげ》にして、これをふたたび起《た》たせるだけの愛情や友情がないかぎり私は空《むな》しさを感じてならない」としめくくった。やんわりと葦平を批判している。肉親であるがゆえの遠慮のない哀悼である。また、長男の玉井闘志は、「葦平の終焉《しゅうえん》」

と題する追悼を書いている。「父が健康を過信し、忽然《こつぜん》と仆《たお》れた様な印象を人々に与えているかもしれないが、決してそうではなく、父は充分過ぎる程健康を考え、病気におびえていた」「今年の正月には家族の者達を集め、高血圧症といういやな病気にとりつかれた、普段は何ともないが、血圧の上った時は動悸《どうき》が打ち、実にいやな気持になる、いつ死ぬかわからない、こんな状態では健康に自信が持てないので、お前たちはいつ私が死んでも良い様な収入の道を研究してくれ、私も本当に書きたい作品だけを書くことにする、ともらしている」「この正月から十六回も医者を呼び、毎日ペンを握り、毎晩ビールを飲み、遂《つい》に二十四日目に仆れたのである。敢《あえ》て仆れたのかもしれない」。

肉親による二つの追悼文を読めば、葦平の死が自殺であることはある程度推理できた。それに気がつきつつみんな気がつかないふりをしたか。九州の秘書役小田雅彦は、十年ぐらいたったとき小堺昭三にむかって、「毎夜先生の亡霊が枕もとに現われて眠れない」といい、「先生は覚悟のうえの自殺だった」と告白した。そのことは小堺も十分に知っていたはずである。「自殺を隠すほうがいい」と、とっさに判断したのは小田であった。その判断で、葦平の母と妻は、苦しまずにすんだのである。その代り火野葦平は芥川にはなれなかった。文学的評価をとるか、遺族の精神の平安をとるか。

葦平は、流行作家でありつつ沖仲仕玉井組組長であり、五十人の扶養家族があるといわれるほど支出面が派手だった。稼いでも稼いでも湯水のように金を使わなければならなかった。税金を払えとせまられた妻から送金を頼まれると「アワレナ痩《ヤ》セ腕ノオヤジ（葦平のこと）ヲ思エ」と電文を打った。そのいらだちが死へむかわせることになったが、自殺を知らぬ友人知己百五十人近くが葦平を「男の中の男だ」と追悼した。こっちのほうがやっぱり葦平らしくていい。

火野葦平（明治40年1月25日—昭和35年1月24日）小説家。福岡県生れ。家業の沖仲仕を継ぎ労働組合書記長となりゼネストを指導、逮捕され転向した。日中戦争に従軍中の昭和13年、『糞尿譚《ふんにょうたん》』で芥川賞を受賞。『麦と兵隊』『土と兵隊』『花と兵隊』などがある。

柳田国男
柳田はなぜ旅に行くか

37年8月8日

柳田国男が死んだのは昭和三十七年八月八日、八十七歳であった。朝日新聞夕刊は死亡記事を一段二十一行でしか報じなかった。柳田死亡の記事につづいて、元陸軍少将の死亡記事が十一行あり、特別の人が死んだという扱いではない。柳田は朝日新聞客員であり、論説担当として社説を執筆したほどの人なのだからもう少し丁重な記事があっていい。とはいえ、翌日の朝刊文化面には臼井《うすい》吉見《よしみ》による追悼記事が掲載された。柳田は七十六歳で第十回文化勲章を受章している。それから十一年たっており、担当デスクは「すでに終った人の死」と判断したのであろう。柳田の死は社会的事件とはなりにくかった。

文芸雑誌で追悼特集が組まれた形跡はないが、読書新聞二紙は特集を組んでいる。週刊読書人第一面全ページで山本健吉が「柳田国男氏の拓いたもの」と題して、日本読書新聞第一面全ページでは谷川健一が「柳田国男の世界」と題して追悼した。日本読書新聞には吉本隆明《よしもとたかあき》も「折口学と柳田学」と題した一文をよせている。わずかに追悼号を出した雑誌は「心」で、新村出《しんむらいずる》「柳田国男君を追悼して」、嘉治隆一《かじ》「老神童」、大藤時彦「柳田先生の学問」が掲載されている。「図書」には桑原武夫《たけお》「柳田さんの一面」が載った。あとは「自然」に柳田為正「父柳田国男と私」。いずれも、形式的な追悼文に読者の胸をぐいとつかむ迫力はない。柳田に師事した折口信夫《しのぶ》は昭和二十八年に、六十六歳で他界していた。

柳田の死を、時代のなかで事件として見つめていたのは、唯一《ゆいいつ》、谷川健一のみである。谷川は「柳田国男の死ほど、一人の人間の死が一つの学問の死を意味することをはっきり告げたものはない」と言いきった。谷川は「『日本人学』とでも呼ぶにふさわしい民族内省の学問が柳田の死とともに終った。そう思ったとき、日蝕時《にっしょく》を見舞う無気味な冷風のようなものが私の瞳《ひとみ》を吹いた」と絶唱した。

谷川は「論争」にも「『海上の道』と天才の死」とする追悼をよせ、まずこう書き出す。「私はたいした自覚も資格もないままに、ジャーナリズムという水商売の世界で飯を食っている人間であるけれども、接客業者としてつねづね自戒していることが一つある。それは、自分が、どんな人間にたいしても信仰をもっていないという態度を露骨にあらわしてはならぬということだ」。こう言ってから「私は柳田宗の門徒のはしくれ」と白状している。

私事であるが、谷川がこの一文を書いた翌年、私は谷川が編集長をつとめる出版社に就職し、入社そうそう谷川と四谷《よつや》三丁目の居酒屋で酒を飲んで大ゲンカをして、「会社をクビにしてやる」と凄《すご》まれた。いまから思えば谷川の底力を知らずケンカを売った私が身のほど知らずであった。「論争」に載った論文ぐらい読んでおけばよかったと反省したが、あとのまつりだ。

谷川は、「柳田の膝下《しっか》に参集した門人たちの少なからぬ部分が破門された」ことを記している。カンカン帽あるいは俳句宗匠のような帽子をかぶり、丸眼鏡をちょこんとかけた、一見温厚そうな柳田のイメージからはほど遠い。鷗外《おうがい》が武士の意地を追求したのに対し、柳田は民衆の感情をさがし求めた。話の採集技術に関しては、山本健吉によると「採集技術なんて言うものじゃない。本当に彼等の生活を知っているというバックがあって出てくる。だから先方も安心して話す」ものであった。村の道ばたではじめて会ったおばあちゃんにすっと話しかけ、村に伝わる事件を訊《き》き出す力は並の刑事でもできない。

一見人の好《よ》さそうな柳田は、考古学を蔑視《べっし》し、国語学や民族学にも毒舌をふるい、嫌いな学者を罵倒《ばとう》する気の強い性格だった。折口信夫は、柳田の家を訪問するときは、靴脱ぎの場所に両足をきちんとそろえて「先生には御機嫌うるわしゅう」とていねいに挨拶《あいさつ》したという。

谷川は「丸山真男《まさお》や桑原武夫は近代的な病院の外科医か内科医のような感じだが、柳田は和服白足袋《たび》の漢方医だ」とうまい感想を言った。だからこそ柳田民俗学は転向した進歩派学者の隠れ場所となり得たのである。柳田は八十五歳のとき「日本民俗学の頽廃《たいはい》を悲しむ」と講演した。自ら生み出した民俗学へ杭《くい》をうちこんだ。死亡した昭和三十七年の二月に『定本柳田国男集』（筑摩《ちくま》書房）を記念した座談会『日本人の精神のふるさと』（「週刊読書人」主催）がひらかれた。その席で中野重治《しげはる》は「柳田さんには長寿がふさわしい」と発言している。「柳田さんが三十七、八で死んだら、それは変なものになる」と。この座談会の半年後に柳田は死ぬ。これは柳田をはげます意味もあるのだろうが妙に説得力があった。みな、柳田の死をうすうすと予感していた。山本健吉は「先生が民俗学に進まれた気持には、やっぱり、日本の近代文学の発想に対する批判があった」と解説した。これは田山花袋《かたい》や島崎藤村の自然主義をさしている。

花袋や藤村が生きていれば、まっさきにこの二人が追悼すべきであろう。この二人がどのような追悼をなすかは大いに興味がある。なぜなら、二人は柳田国男に聞いた話をもとにして小説にした張本人であるからだ。藤村に「椰子《やし》の実」の詩、花袋に『一兵卒《さん》の銃殺』を書く資料を与えたのは柳田であった。芥川《あくたがわ》の『河童《かっぱ》』のタネ本は柳田の『山島民譚集《とうみんたん》』だ。柳田が愛知県の渥美《あつみ》半島にある伊良湖岬《いらござき》を訪ねたのは二十三歳のときである。柳田は砂浜に椰子の実が流れ寄っているのを三度目撃した。その話をうっかり藤村にしたところすぐパクられた。漂着した椰子の実を見た記憶が、柳田晩年の大作『海上の道』に結実していくのである。花袋は「美貌《びぼう》の文学青年」として、自分の小説に柳田を登場させている。こういうことが原因で柳田は自然主義文学派と仲が悪くなった。臼井吉見の回想によれば、人の好い花袋はともかくとして、藤村の人間性を徹底的に嫌っていた。藤村嫌いが詩への嫌悪《けんお》となり、のち、柳田が国語教科書編纂《へんさん》をするとき、「絶対に詩を入れてはいけないといって教科書出版社を困らせた」という。

柳田はもともと役人である。大学を卒業するとすぐ農商務省農務局農政課に就職した。農商務省官吏として地方視察旅行をし、職務上、民俗学に入っていった。柳田家へ養子として入ったのは二十六歳で、柳田家四女孝と結婚するのが二十九歳。三十二歳のとき、イプセン会を始めて、花袋、蒲原有明《かんばらありあけ》、小山内薫《おさないかおる》、藤村らをよんだ。そのころのことを正宗白鳥《まさむね》は「柳田氏自身はその渦中《かちゅう》にあっても、自然主義については、物足らぬ思いをしていたのに違いない」と書いている。「氏は、藤村、花袋、或《あるい》は独歩などの作品中に、実在のモデルとして取入れられている。花袋の初期の作品『野の花』は若かりし頃の柳田氏をモデルにしたものと思われる。今日の『実名小説』でも、実名で小説の中に、自分の有る事無い事を書き立てられるのは、当人が読んだら不愉快にちがいない。小説的仮名を用いて、知人を写していた過去の時代でも、気持は同様で、柳田氏は、花袋の『生』や『妻』で端役《はやく》に使われ、藤村の『家』にもちょっと顔出しされているが、いかに好意をもって親しげに取扱われていようとも、当人は無くもがなと思うであろうと私には推察される」(「竜土会の忘年会」)。

白鳥は柳田より四歳若く、柳田と同じく昭和三十七年に没した。この文は昭和三十年の『日本文学全集』の月報に書かれた。

藤村は、明治四十三年の「中学世界」にこう書いた。「私の知れる限りに於《お》いては柳田君程の旅行家は少ない。又君の如《ご》き観察力の富んだ旅行家も少ない。君の足跡は東北の奥より九州の端にまで及んで居る。……中略……私は第二第三の『遠野物語』が種々な形で出て来ることを希望する」(『遠野物語』)。藤村は柳田より三歳上だが、あたかも教師のように威張っている。花袋は四歳上だが、明治四十一年刊の『花袋集』扉に、「この書を国木田哲夫、柳田国男氏に呈す」と献辞している。花袋は話のタネが柳田であることを隠そうとはしなかったが、藤村は恩を忘れてふんぞりかえった。

幸田露伴は明治四十三年の読売新聞に、「石神問答《しやくじんもんどう》を読みて」と題した一文を寄せた。それは柳田が露伴に送った著書を評したもので、

「……雨戸を半引《はんびき》にしたため薄暗くなった室中で、何《ど》の様なことが書いてあるのかと、標題で一寸《ちよつと》見当のつかぬ其《そ》の冊子を読み出した。書の目的は諸国に散在して居る石神《しやくじん》の由来を考えんとする……云々《うんぬん》」とあり、「至って浮世離れのした、併《しか》し味のある、一種風変りの面白い著述」とほめちぎっている。「予は此《こ》の書によりて幽《かす》かな、但《ただ》し面白い

刺激を受けた事を悦《よろこ》ぶ。多数の人々の材料の提供によって柳田氏が今一段明白なる推定に進まんことを祈って止《や》まぬものである」。書評でありつつ人物評であり、柳田の追悼ともなっている。考証家としても大家であった露伴にこうもほめられれば、柳田はさぞかし嬉《うれ》しかったろう。

書評や人物評は、相手が故人となれば追悼となる。柳田が死んでからの追悼文は、谷川健一のものをのぞいて、ほとんどおざなりであった。それは無理もない話で、追悼を寄せるのは弟子筋かぼけはじめた旧友ばかりで、ずばりと柳田の本質を突く友人は死んでいる。これは長寿者の宿命だ。そう思って生前の柳田評をさがすうちに露伴の一文が目についた。書評は追悼文でもある。

『遠野物語』に関しては泉鏡花も書評を書いている（「遠野の奇聞」・明治四十三年）。「近ごろ近ごろ、おもしろき書を読みたり。柳田国男氏の著、遠野物語なり。再読三読、尚《な》お飽くことを知らず」に始まり、天狗《てんぐ》、山男、雪女、河童、猿、狼《おおかみ》、妖怪《ようかい》が「紙上を抜け出て眼前に顕《あらわ》る。近来の快心事、類《たぐい》少なき奇観なり」とこれも手ばなしのほめようだ。人気作家の鏡花に絶賛されれば、これ以上の栄誉はなかったろう。死んでからいくらお世辞でほめられても、内容は本人には伝わらない。上等の書評は生前追悼となる。

柳田は小栗《おぐり》風葉や川上眉山《びざん》らにも小説の材料を提供した。旅行から帰った柳田のもとへ「なにか珍しい話はないか」と作家、詩人が集まってきた。地方の犯罪調書についてもみなで聞きにきた。しかし、あまりに間違った書き方をされるので、「諸君、田山君が僕の話した樺太《からふと》の事を小説に書いているが、あれは間違いだらけです。それから僕は日常、自由に生活する権利を持っているのに、僕の生活に立入って何かと書立てられるのは甚《はなは》だ不愉快です」と抗議をするに至った。『故郷七十年』のなかで、柳田は花袋の『蒲団《ふとん》』を徹底的に批判し、私小説と自然主義を文学の名に価《あたい》しないときめつけている。おだやかできびしい。

鎌田久子の回想によると、柳田は死ぬ前日までしっかりして元気であった。便所へ行くときは自分で立ち、食事のときは正座をして一度も人手をわずらわさなかった。それが崩れるように倒れた。「燃えたものが灰になっても、灰のままその形を保っているときがある。その灰が崩れるように床の上にパサッと倒れてしまった」という。

八月十二日、青山斎場はぎっしりと人の波でうずめられ、小泉信三《しんぞう》、志賀義雄《よしお》、高橋誠一郎、土岐《とき》善麿《ぜんまろ》、三笠宮《みかさのみや》が参列した。葬儀の様子は金田一春彦《はるひこ》が書きとめている。「何という華かな雰囲気であろうか。会場には多くの団体や知名の人から贈られた花束が並び、中には谷崎潤一郎翁《おう》から贈られた真紅のバラをはじめとして、赤い花、ピンクの花が艶《えん》を競っている。文部大臣が小高い壇にのぼって何やら読み出した時には、はじめ弔辞とは思われず、何やら国家的な建物の落成式にでも出席しているような錯覚を起しそうであった」(『柳田先生と国語学』)。

盛大な葬儀はかえって淋《さび》しさを増す。明治以来、日本の知識人は西欧思想をとりいれて日本から逃亡するか、古来の日本主義のなかに回帰埋没した。そのどちらにもとらわれぬ一本の道をひとりで歩いたのが柳田国男であったのだ。中村光夫《みつお》は、柳田が民俗学の形で大成した仕事の背景に「天地の広大と、人間の生命の脆《もろ》さを対比した詩人の憂鬱《ゆううつ》が横たわっている……中略……氏もまた五尺の小軀《しょうく》をもって天地の大をはかる愚を痛切に味わい知った人なのでしょう」（「歌わぬ詩人」）と分析している。これは柳田が死ぬ昭和三十七年一月（『定本柳田国男集』、月報）の文である。柳田の追悼特集号が刊行されなかった裏には、死ぬ年の一月から刊行が始まった『定本柳田国男集』の月報に、いろいろな人が名解説を書いてしまったから、という事情があった。渡辺紳一郎、森銑三《せんぞう》、中村哲、野沢虎雄《とらお》、きだみのる、西脇《にしわき》順三郎、中野《なかの》重治《しげはる》、中西悟堂《なかにしごどう》、中河与一《よいち》、山本嘉《か》次郎《じろう》、山川菊栄《きくえ》、臼井吉見、中村光夫、神島二郎、伊馬《いま》春部《はるべ》、中村汀女《ていじょ》、岡野弘彦《ひろひこ》、金関丈夫、桑原武夫、荒正人《あらまさひと》、壺井《つぼい》栄、若杉慧《さとし》、佐多《さた》稲子《いねこ》、などが書いた。定本の月報が追悼号のようなものであった。死ぬ寸前に自分の著作集（柳田は自作の詩が入る全集を嫌った）が月一冊ずつ刊行され「月報」が出るとは、なんと幸せな人であろう。

それにしても、柳田は生涯をなぜ旅また旅で過ごしたのだろうか。この素朴な謎《なぞ》に迫る人はいなかった。だれもが「話の採集のため」、「旅好きのため」と単純に考えていた。

その謎を解いたのは柳田の次女（柳井統子というペン・ネーム）で、「早稲田《わせだ》文学」

に「父」という小説を発表した。そこには、父である柳田の家庭内での孤独の姿がこと細かに記してある。柳田は養子であり、財産家の養父母の権力的威圧の下にあった。柳田はそれに強く反発する。このあまりうまくもない小説を見逃さなかったのは浅見淵《ふかし》という文壇通であった。浅見は、早大で中河與一や井伏鱒二《いぶせますじ》、横光利一《よこみつりいち》らと同級であった。柳田は家の中で孤立し、それがもとで家を出て外ばかり旅行していた。浅見は、そういう柳田の心情を「孤独のひと」（原題「柳田国男の一面」）として東京新聞に発表した。

柳田の養父は明治維新のときに十万石の小大名のヤリ指南から司法官に転身し、数十万の資産を作った。金銭にこまかく、義母も同様であった。のちにお金や株券をどう貯《た》めておくのがよいかと義母から相談をうけた柳田は「地面に穴でも掘って埋めときなさい」と放言して義母をくやし泣きさせた。柳田はプライドが高く、養子でありながら、風呂《ふろ》へも一番最初に入らぬと承知しない性格であった。柳田は、この小説を書いた次女を、自分の研究室の一番弟子と結婚させる気でいたが、夫人のほうは貧乏な学生に娘をやる気は全然なく、先手をうって大金持の技師と結婚させた。柳田はその娘にむかって「愛情のある人と結婚することだ。お父さんなんか生涯だれにも理解されなかった」と言った。浅見は、柳田が私小説を毛嫌いしたのは「国男自身にこういう複雑な家庭事情があったからだ」と分析している。

柳田国男は、家にいるのがいやでたまらず、しょっちゅう旅をつづけていたのである。

こんなに簡単でわかりやすい説明は実の娘にしか書けない。鷗外《おうがい》、露伴、朔太郎《さくたろう》、犀星《さいせい》といった大作家の娘は、父が死ぬと「思い出の記」を書く。それは、いかに親しい友や弟子でもうかがいしれぬ家庭内の秘密であって、月並の解説よりははるかに力がある。表現者たる者は、くれぐれも娘の手前では油断なさらぬように。

柳田国男（明治8年7月31日―昭和37年8月8日）民俗学者。兵庫県生れ。「郷土研究」「民間伝承」など雑誌を創刊、民間伝承の会を創立する。民俗学での独自の立場を確立し、民俗学研究の普及と同志の育成に努めた。著書は『海上の道』『遠野物語』など多数。

谷崎潤一郎　瘋癲《ふうてん》老人の死

40年7月30日

谷崎潤一郎は、昭和四十年、七十九歳で没した。東京染井墓地慈眼寺の墓は芥川龍之介の墓と背中合せにあり、芥川と文学論争した谷崎は、死んでも芥川に背を向けていることになる。

若くして死んだ芥川には多くの名追悼がなされる。天寿をまっとうした小説家にいい追悼がなされないのは、谷崎潤一郎の場合も例外ではない。谷崎が小説『刺青《しせい》』を書いたのは二十四歳であり、荷風が「三田文学」誌上で激賞するや、たちまち時代の寵児《ちようじ》となった。以来、七十九歳で没するまで、谷崎はえんえんと話題作を発表しつづけた。七十歳のときの『鍵《かぎ》』は五十六歳大学教授と四十五歳妻の奇怪な性生活物語であり、七十五歳の小説、『瘋癲《ふうてん》老人日記』は老人のわがままと悲しさをみつめた力ずくの作品である。年経《ふ》るにつれ枯淡の境地を目指すようになる作家が多い中で、谷崎の飽くことなき人間への興味と創作欲は奇蹟《きせき》的といってよい。

一番力を入れた追悼特集号を発行したのは「中央公論」(昭和四十年十月号)である。まず、伊藤《いとう》整が「谷崎潤一郎の生涯と文学」と題して、谷崎の半世紀をこえる業績を書いているが、これは谷崎の評伝であって追悼ではない。円地文子「源氏物語に架けた橋」、ハワード・ヒベット「日本文学の国際性」も谷崎論であり、追悼とは言えない。ハワード・ヒベットは『鍵』、『瘋癲老人日記』を翻訳したハーバード大学教授である。谷崎は完成した作家であり、生きているときから文学史上の存在のようなものだったから、追悼が谷崎論になるのはしかたがない。

川口松太郎は、大正十一年以来師事した思い出話をつづっている。

「谷崎に門下生はなかったが、弟子と自称しているのは今東光《こんとうこう》、わたし、船橋聖一(年の順)の三人である。それとても、師弟の礼を取って入門したというのではなく、谷崎を慕って訪ねて、先生もそれを黙認し、ときどき遊びに来る青年という程度の関係が、長い年月にわたっただけの事だ。若い頃の先生は、弟子的存在を嫌って、文学青年を近付けなかった」(「文豪よもやま」)

川口は、「三尺退って師の影を踏まず式の師弟意識が強かった時代だから、ときたまお供を仰《おお》せつけられ、神戸の南京《ナンキン》料理なぞを御馳走《ごちそう》になる時は、光栄を通り越して有頂天になった」という。

舟橋は三島由紀夫との対談「大谷崎の芸術」で谷崎をしのび、今東光は追悼小説

「師」を書いた。その他に井手隆夫《いでたかお》（主治医）「先生の御最後」、谷崎精二「兄のメモなど」がある。棟方志功《むなかたしこう》はこう追悼している。

「谷崎潤一郎先生の小説の板画をいたしていました時、本が出来て来まして、見ると思うように出来なかったので、いつも、この次の号には、次の号にはと、残念ばかりしていました。いつも、そう思い、谷崎潤一郎先生へ、済まない、済まないと思うている内に、もう御しまいの月になるのが、何時もでした。いつも思う一杯、満足な挿絵（板画）も成らずに終りました。——今度、何か谷崎潤一郎先生の作品にと依頼されれば追いかけても、よい板画を成す事を谷崎潤一郎先生の魂に話しつづけます」

十返千鶴子《とがえりちづこ》は葬儀のとき、女優の高峰秀子が「先生！　もう一度、お花見に招《よ》んでくださいッと、泣きながら叫んだ言葉が、そのままわたくしの胸にも、二年前の、伊豆山のお庭でのお花見を想《おも》い起させた」と書いた。いささか自慢めいた追悼だ。

丸尾長顕《まるおちようけん》は日劇ミュージック・ホールの運営委員で、谷崎が、日劇ミュージック・ホールでストリップショーを三時間見物したことを書いているが、文学的追悼とはいえない。このなかで、谷崎精二（早稲田《わせだ》大学名誉教授）は兄の死をこう書いている。

「寝室で兄の遺骨に合掌してから、私は兄の書斎に退いて休憩した。ふと机の上を見ると、そこに兄が書き散らしたメモがあったので、何気なく私はそれを読んだ。ちらと眼を走らせただけで、一々書き写したわけではないので、はっきり覚えていないが、つぎのような文句が断片的に記してあった。

『和服を褒められたこと
着物を褒めた人　A氏
羽織を褒めた人　B氏
帯を褒めた人　C氏』

『志賀直哉《なおや》氏のこと』
『広津和郎《かずお》氏のこと』
『精二先妻死去のこと』

『犬と猫を飼い、犬には粗食を与え、猫には美食を与える。』

『男A、女Bに惚《ほ》れ、愛されようと思って牝《めす》猫となってBに近づく、ところがBも牝猫と化し、猫の同性愛が始まる。』

兄の数多くの作品の中、どれを最も好むかという質問をしばしば受ける。人それぞれの好みがあって意見は一致しないだろうが、私は『陰翳礼讃《いんえいらいさん》』を第一に執る。兄は知性のない作家だとしばしば言われるが、中途半端《ちゆうとはんぱ》な知性があったら、あの随筆は書けなかっただろう。兄のすべての作品が滅びても、あの随筆だけは日本文学の古典として永く後世に残ると信ずる。『お艶殺し』『お才と巳之介』といった系列の作品は抹殺した方がよい」

「文藝」追悼号では、舟橋聖一「弔辞」、円地文子「谷崎文学と地方色」、澤田卓爾《さわだたくじ》「谷崎潤一郎の思い出」、サイデンステッカー「谷崎文学の国際性」、山本健吉「谷崎潤一郎小論」の五編があり、舟橋の「弔辞」をのぞくとすべて谷崎文学論である。谷崎と親しい同世代の作家はほとんど死んでしまって、血の通った追悼が少い。

「群像」には谷崎精二「潤一郎追憶記」があり、これは弟の目を通して、谷崎の「わがままな私生活」が語られている。あとは澤田卓爾と伊藤整による「荷風・潤一郎・春夫」で、伊藤整が『日本文壇史』の資料として元日大教授澤田の話を聞く形をとっている。追悼する側が谷崎に遠慮しすぎて腰がひけている。

「心」も谷崎追悼号を出した。こちらは谷崎と同世代人が四人書いている。安倍能成《あべよししげ》（八十一歳）「谷崎君のこと」、里見弴《さとみとん》（七十七歳）「思い出の二、三」、川田順（八十三歳）「文豪谷崎さんの思い出」、武者小路実篤《むしやのこうじさねあつ》（八十歳）「谷崎潤一郎君の死をいたむ」。追悼するほうも半分ぼけている。実篤は「僕は三十何年前に一度谷崎君にたのまれて、間に新潮社の記者が立っていたと思うが、谷崎文学の批評をたのまれ、当時いくつかの谷崎の小説を読み、谷崎文学にふれることが出来た。僕は自分にはとても書けない世界を実に美しく、よく見、よく調べ、よく自分のものにし、書いているのに感心した」といった調子で、のんびりと悠長な内容である。実篤は谷崎より一歳上の明治十八年生まれだった。実篤が谷崎をどう評価していたか、は二人の文学がまるで異質なため、この追悼に出てくる「あまり関係がないから、どうとも思っていない」という評価が案外本当のところだと思われる。里見弴は「七月三十日、永別を告げた折の死顔も大々《だいたい》として立派だった」と無難な感想を書いている。川田順は、

「ボクは谷崎さんの逝去のことを聞いて、一首の輓歌《ばんか》を捧げた。次の通り。

我が友はひとつの筆の穂先より光を曳《ひ》きて天翔《あまが》けりゆく

まことに　シャチコバッタ、拙い歌だ。『そんな歌ならボクにも作れるよ』と　極楽浄土への　途中で　谷崎さんは笑ったであろう」と追悼した。谷崎が七十九歳だから、追悼するほうも気楽な気分があった。

谷崎のことを正宗《まさむね》白鳥は「何世紀に一人といったような才能に恵まれた作家」と評価したが、と同時に谷崎には「生まれながらの悪徳作家」というイメージがあり、当時の

文壇には、志賀直哉の求道《ぐどう》的な精神小説を上とする傾向があった。

谷崎の生存中に「文藝」（昭和三十一年）は「谷崎潤一郎読本」を特集した。その巻末に「あなたは谷崎の愛読者ですか」というアンケートを出してその結果が発表されている。「愛読者ではない」と答えた作家は、庄野潤三、小田切秀雄、船山馨《かおる》、川崎長太郎、井上友一郎、田中澄江、亀井勝一郎、尾崎一雄、竹内好、藤森成吉、杉浦明平、北川冬彦、耕治人《こうはると》、小室静、壺井《つぼい》栄、鶴見俊輔《つるみしゅんすけ》、とけっこう多い。「愛読しました」と答えている遠藤周作でも「谷崎の美の世界は袋小路です。それはどこまで進んでも、いつかもとの入口に戻るという迷路に似ています。この迷路に溺《おぼ》れることを僕たちは捨てていいのだと思っています」と書き添えている。近代日本の文芸は「人間はいかに生きるべきか」という指針を小説家に求めた。谷崎にとって志賀は、さぞかしいらだたしい存在であったろうし、志賀の友人である実篤も似たような相手だったろう。

谷崎精二は、母親が「わたしゃ、潤一郎と一緒に暮らすのは御免だよ。お父さんが亡《な》くなったら精二と暮らしたい」と言った、と書いている。「母にうとまれていたことを兄は薄々知っていたかも知れない。若いときの兄がだらしがなかったので、私が親孝行をせざるを得なくなった」（「潤一郎追憶記」）。

二十代後半の谷崎は、「性病にかかったから注射代がいる」と嘘《うそ》をついて、伯父から金を借りて、酒場の飲み代に使ったという。金づかいが荒く、自分本位の性格の兄に対し、精二は「首をくって死んだほうがいい」と手紙を書いたことも告白している。精二は、弟であるがゆえに書けることをズケズケとあげながらも、「時として横暴ではあったが、兄が弟妹に対してよく尽くした」とも認めている。谷崎は、悪徳生活をにおわせながらも、実生活では常識的な面もあった。それは谷崎家が東京日本橋の商人であったことの血である。川口松太郎は「遠くから見ている人には、奇矯《ききよう》な天才に見えるらしいが、大根《おおね》は大通俗人で、東京生まれの長所や短所を多く持ち、それを嫌って棄《す》てようとして関西人のねばり強さを身につけようと努力した。作品から想像する谷崎と、実際の谷崎にはへだたりがある」(「大通俗人」)という。

私は、昭和三十七年、谷崎潤一郎の文芸講演会(中央公論社主催)に行って、七十六歳の谷崎を見た。小林秀雄《ひでお》の講演に続き、女優の淡路恵子に肩を抱かれるようにしてユラユラと壇上に現われた谷崎は、やや甲高《かんだか》い声で七、八分話しただけでさっさと帰ってしまった。そのときは、「こんなに色っぽい老人は見たことがない」と茫然《ぼうぜん》として全身が震えた。文芸講演会はありがたい。本物の谷崎を見たのはあとにもさきにもあのときだけで、谷崎が肩に漂わせるふてぶてしい不良の気配はいまなお私の記憶に焼きついている。

舟橋聖一は「弔辞」でこう言った。

「先生。七年前に最初の発作を起されてから以来、病魔に苦しめられる先生のお姿ははたで見るのも辛《つら》いほどでございました。就中《なかんずく》、おいたわしかったのは、作家にとって大切な右の手が不自由になられたことです。それにも拘《かかわ》らず、先生は精神の金剛力《こんごうりき》を振われて、この七年間に優れた小説を次々と書かれ、亡くなられるまで創作の仕事をお続けになりました。……」

私が講演会でかいま見た谷崎は狭心症で東大上田内科へ入院したあとの病みあがりであった。学生の私はそんな事情はなにも知らなかった。『瘋癲老人日記』は退院後の作品であり、そのなかで、谷崎は「死を考えない日はないが、それは必ずしも恐怖をともなわず、幾分楽しくさえある」と書いている。生を肯定し、生涯を虹色《にじいろ》の花壇に仕上げた谷崎だからこそ、死ぬこともまた楽しみになっていく。七十歳をすぎ、右手が不自由になりつつも谷崎が書こうとしたのは、スキャンダラスな「性」そのものであり、それ以前の老作家が踏みこめなかった魔界である。老人のみが書き得る特権的老境であり、そこを見定めるために、谷崎は齢《よわい》を重ねてきたとさえ思われる。自殺した芥川《あくたがわ》と対照的な谷崎がそこにいる。芥川は高校、大学を通じて谷崎の後輩であり、谷崎を兄と慕ったが、谷崎は、論争して邪険に斬《き》り捨てた。

谷崎は追悼がうまく、多くの友人を追悼してきた。他人を追悼することが上手な人は、自らは上等の追悼を書かれることは少ない。荷風が死に、佐藤春夫が死に、谷崎を失った文壇は勢いを失った。

「中央公論」の追悼対談（舟橋聖一・三島由紀夫）で、三島は、「これだけの作家が亡くなれば、国家が弔旗をかかげてもいいし、国民が全部黙禱《もくとう》してもいいと思います。……その一生の成果が国民的な哀悼という形で迎えられないというのが慨嘆にたえない」と発言し、舟橋も「同感だ。世間には谷崎文学の評価においてわれわれと違う考え方の人がいる」と不満を隠さない。三島は「国家のモラルを支援した吉川《よしかわ》英治が国民作家と言われ、文学専一の谷崎の芸術が理解されにくいのはどういうことか」と言う。谷崎は不当な評価のなかにいた。谷崎が、大谷崎として広く評価されるのは死の翌年から、『谷崎潤一郎全集』（全二十八巻）が刊行されてからである。そのことは伊藤整も「時としてその（谷崎の）文飾は成金趣味と言われ、厚化粧と貶《けな》され、大正期にはともすれば佐藤春夫の下位に置かれた」（「谷崎潤一郎の生涯と文学」）と証言している。

文芸雑誌の追悼よりも、週刊誌「サンデー毎日」（昭和四十年八月十五日号）の追悼のほうが迫力がある。「サンデー毎日」に「谷崎朝時代の終焉《しゅうえん》」と題して、三島は「氏は一見装飾派様式派で、琳《りん》派の芸術の一種のようにも見えながら、その実、氏ほどその作品を通じて、身も蓋《ふた》もないことを言いつづけた人はない」と結論した。「晩年の『鍵』や『瘋癲老人日記』では、ついに氏の言葉や文体が、肉体をすら脱ぎ捨てて、裸の思想として露呈して来たように思われ、そこにあらわに示された氏の人間認識の苛酷《かこく》さも、極点に達していた。氏の死によって、日本文学は確実に一時代を終った。

氏の二十歳から今日までの六十年間は、後世、『谷崎朝文学』として概括されても、ふしぎではないと思われる」

不当に「評価の低い」谷崎を、全力で評価したのは三島由紀夫ひとり、といってよい。三島は「文藝読本谷崎潤一郎」号（昭和四十一年十月）で、谷崎の長寿は芸術的必然性のある長寿であったと賛美し、「老いが同時に作家的主題の衰退を意味する作家はいたましい。肉体的な老いが、彼の思想と感性のすべてに逆うような作家はいたましい。（私は自分のことを考えるとゾッとする）」とも書いている。のち、三島が自殺する予告が谷崎への追悼でなされている。「肉体と文学」を思考する三島の脳裡《のうり》には、もうひとつの極として、谷崎の長寿が青大将のようにとぐろをまいていたはずだ。三島はさらに言う。「女体を崇拝し、女の我儘《わがまま》を崇拝し、その反知性的な要素のすべてを崇拝することは、実は微妙に侮蔑《ぶべつ》と結びついている。氏の文学ほど、婦人解放の思想から遠いものはない。……谷崎氏は決していわゆる女好きの作家ではない」。

谷崎の晩年の創作欲をかきたてたのは、四十八歳のとき同棲《どうせい》した（四十九歳で結婚）松子夫人であった。谷崎が書いた松子夫人への手紙はすさまじい。

「御主人様、どうぞどうぞ御願いでございます。御機嫌を御直し遊ばして下さいまし。……決して決して身分不相応な事は申しませぬ故《ゆえ》一生私を御側《おそば》において、御茶坊主《ぼうず》のように思《おぼ》し召して御使い遊ばして下さいまし、御気に召しませぬ時はどんなにいじめて下さっても結構でございます……」

松子夫人は、もとは木綿《もめん》問屋根津清太郎の妻で、ピアノが堪能《たんのう》で、書道の名人で、才気あふれる大阪の名流女性であった。夫が色町で遊んで家運が傾いたため、ダンスホールを建ててその経営にのり出し、大変な繁昌《はんじょう》となりそこで谷崎と知りあった。二人の結婚を聞いた花柳《はなやぎ》章太郎は「うまい組合せだ。先生は奥さんに惚れるだろう。このご夫婦はきっと成功する」と言って、その通りになった。

谷崎は松子夫人を女王に仕立て、自らを茶坊主とする被虐《ひぎゃく》的日常をバネとして老境の小説を書いた。マゾヒズムを創作力に転換したところに二枚腰の凄《すご》みがある。しかし谷崎の女体崇拝が、そのじつ女性への侮蔑を含む多重構造であることは三島が指摘するとおりで、谷崎松子の「湘碧山房夏あらし」を読むと、「私はどうしても夫の子を生みたく、観音様に日夜祈願をかけて、漸《よう》く懐妊に至った」とあって、胸を打たれる。谷崎は松子夫人に「そうなればこれまでのような芸術的な家庭は崩れ、私の創作熱は衰え、私は何も書けなくなってしまう」と言い、強く中絶を迫った。松子夫人は思いあまって中央公論社の嶋中《しまなか》雄作に相談し「生みなさい。あとは私が引き受けます」とまで激励されたものの、五ヵ月で中絶した。松子夫人は「それは死の苦しみで、性別もはっきりしていて、手足も揃《そろ》った男児であった」と告白している。それに関した話が「雪後庵夜話」に出てくる。

「――M子は姙娠を中絶した悲しみを長い間忘れなかった。あの時生んでいたらなあと、何かにつけて思い出すらしかった。ちょうど同じ年頃の他人の子供を見ては泣いた……」

この一節を読んで、松子夫人は「私は目の前が真暗になった」と回想している。「……あれやこれやを思うと、尽きぬ嘆きに身を切りさいなまれる。血の涙とか、断腸の思いとか云《い》う言葉の実感が、決して誇張でないことを初めて知った気がする。生と死と切り離されるむごい別離の悲しみを知った人でなければ分らないであろう」と。

松子夫人は、一般的な家庭夫人と同じく、夫の子を生み、育てることを望んだが、それはかなえられなかった。谷崎の実子は最初の妻千代とのあいだに生まれた鮎子ひとりであった。

谷崎は松子夫人にむかって「百まで生きても書きたいことが書ききれない」と言っていたという。死ぬ寸前には実存主義辞典を京都の春琴堂書店に注文して、書斎の机上には、つぎの小説の構想を書いたノートが置かれていた。

遺体を安置して寺の住職が枕経《まくらぎょう》をあげると、突然はげしい風が吹きあがり、停電となって、玄関に並べられた献花の多くがバタバタと倒れた。読経《どきょう》が終ると電燈《でんとう》がついた。松子夫人は棺をのぞいて「白菊に埋まる顔の色は、平常のわるい時よりむしろよい色艶《いろつや》で、火葬場で蘇《よみがえ》るのではないかと」不安に駆られた。

松子夫人に対しては小山いと子が「あなたが尼のようになって暮らしても、(谷崎)先生は決してよろこばれないでしょう」といたわった。

けれども松子夫人は「私は、庵《いおり》のような部屋に籠《こも》って、ひたすらにまだふしさえつかぬ読経をかかさず、香を薫《くん》じながら、霊界の夫と話しつづけたいと思う」と書き残している。

谷崎潤一郎(明治19年7月24日—昭和40年7月30日)小説家。東京生れ。そのマゾヒズム的な快楽追求の作風は悪魔主義とよばれたが、次第に伝統的美意識への傾斜を深め、『春琴抄』を著す。戦後は『鍵』など、老年の性を題材とした作品を発表した。

三島由紀夫
再生する三島

45年11月25日

三島由紀夫は昭和四十五年十一月二十五日、市《いち》ヶ谷《や》陸上自衛隊で檄文《げきぶん》をまき、総監を縛りあげ、自衛隊の行動を促す演説をしたが果たせず割腹自殺をとげた。四十五歳の衝撃的な死は、世間を驚かせた。事件をきいた佐藤栄作首相は「まったく気が狂っているとしか思えない」と発言し、親交があった中曽根《なかそね》康弘《やすひろ》防衛庁長官は「常軌を逸した行動で、せっかく日本国民が築きあげてきた民主的な秩序をくずすものだ。世の中にとってまことに迷惑だ」と吐き捨てた。中曽根に「民主的な秩序」と言われることは、三島はさぞ不本意だったろうが。中曽根はその後、考えが変ったらしく「現代日本が世界に誇っていた文学者の突然の死を悼《いた》む」と書き改め、自衛隊内部で「長官の華麗なる転身」と皮肉られた。

朝日新聞は社説で「彼の哲学がどのようなものか理解できたとしてもこの行動は決して許されるべきではない」と批判し、毎日新聞の社説は「狂気の沙汰《さた》というより他はない。反民主的な行動は断じて許されない」というものであった。世俗の評価は、およそこの域を出ない。

高く評価した人は三島と終生の交遊があった林房雄、保田《やすだ》與重郎《よじゅうろう》、村松剛である。林房雄は「日本の地すべりをくいとめる人柱」と絶賛し、保田與重郎は死の十一月二十五日に京都に降った雨を「国中の人々が彼の死に泣いた泪《なみだ》の量とくらべていた」としみじみと哀悼した。村松剛は「目もくらむような衝撃とかなしみ」と述懐し、「これは諫死《かんし》だ」と規定した。ドナルド・キーンは「『豊饒《ほうじょう》の海』最終稿を見せられたときこの死を予感していた」と感慨深げに語った。

外国文学者はがいして三島に好意的で、サイデンステッカーは生前の三島に対しては「ほめられすぎだ」と批判的であったが、「最後に至って三島は誠実の人となった」と賞賛した。ジョン・ベスタは「イカロス墜《お》ちる」と哀悼し、ヨゼフ・ロゲンドルフは、三島の行為を「自由の可能性に終止符を打った」と批判しながらも「ゲーテのような賢者になり得た人だ」と愛惜の念をおしまない。イギリスの作家アンガス・ウィルソンは「バルザックやフローベルにも匹敵するほどだ」と評価し、アメリカでは「ドストエフスキーを思わせる迫力と深刻さをもって人間の行動を探求した」とほめられた。

日本の政治家やマスコミは、切腹、介錯《かいしゃく》という異様な死が諸外国に与える悪影響を心配したようだが、その予想に反して、三島の死は世界的レベルで積極的な評価が展開された。モーリス・パンゲが『自死の日本史』で、「人間というものの比類なき至上性のもっともすぐれた例証」としたのもその一例である。日本側の不安をこえて外国知識人のほうが素早く対応した。

立原正秋は「三島氏ははじめから終りまで演技に徹した生涯」と批判し「鶴田《つるた》浩二《こうじ》のチャンバラ、村田英雄《ひでお》の流行歌と次元を一にしていた」と切り捨てた。石原慎太郎は「現代の狂気としかいいようがない。実りがないことだった」と言い、福田恆存《つねあり》は「理解できない。永遠にわからないだろう」と言い、吉田《よしだ》健一は「一流の仕事をする文士で情事が道楽であるのが媚薬《びやく》の量を間違えることがあっても別に驚くことではない」と冷笑した。これらの人々は、世間的には三島由紀夫と思想的に近いと思われていた人たちで、福田恆存と吉田健一は、かつては三島邸に集って鉢《はち》の木会を開いていた仲間である。死んだとき、一番悪く言われるのは、身内からであり、かつての身内はその人の一番悪いところをよく知っている。

意外に同情と共感を示したのは三島と思想信条を異にする人々で、野坂昭如《あきゆき》は「なぜこんなにうろたえるのか」と独白しつつ、「三島由紀夫に恩をうけっぱなしで、恩がえしをしないうちに突然の死を知った」と恭順の意を表し、いいだももは「インチキな平和的・民主的秩序なるものの面皮をひっぱがそうとしたのではないか。ムダ死にであることにより逆に象徴的行為としては完全に成功した」と評価した。森茉莉《まり》は「子供以上

かけた。
一回も疑ったことはなかった」として、僧衣姿で葬儀に参列して、三島の霊にこう呼びかけた。
武田泰淳《たけだたいじゅん》は「彼とは文体もちがい政治思想も逆でしたが、わたしは彼の動機の純粋性をの純粋さに感動」して「可哀《かわい》そうな、可哀そうな三島由紀夫」と、とり乱さんばかりだ。

「息つくひまなき刻苦勉励の一生が、ここに完結しました。疾走する長距離ランナーの孤独な肉体と精神が蹴《け》たてていった土埃《つちぼこり》、その息づかいが、私たちの頭上に舞い上り、そして舞い下りています。あなたの忍耐と、あなたの決断。あなたの憎悪と、あなたの愛情が。そして、あなたの哄笑《こうしょう》と、あなたの沈黙が、私たちのあいだにただよい、私たちをおさえつけています。それは美的というよりは、何かしら道徳的なものです。あなたが『不道徳教育講座』を発表したとき、私は『こんな生真じめな努力家が、不道徳になぞなれるわけがないではないか』と直感したものですが、あなたには生れながらにして、道徳ぬきにして生きて行く生は、生ではないと信ずる素質がそなわっていたのではないでしょうか」(「三島由紀夫の死ののちに」)

吉本隆明《よしもとたかあき》は、三島に関してさわぐ世間を「三島にさきをこされたとあわてふためく左翼ラジカリズム馬鹿《ばか》」と、「三島につづけとトチ狂う右翼学生馬鹿」と、「生命を大切にと教訓をたれる市民主義馬鹿」を三馬鹿大将と一笑にふした。

三島由紀夫は生きている人をほめるのがうまく、死者を追悼することも並はずれてうまい人であった。死者の心情へたちいることは、かなりの力業がいる。

「三島由紀夫全集」をめくるだけでも、岸田国士《くにお》、伊《い》東《とう》静雄、加藤道夫、折口信夫《しのぶ》、神《じん》西《ざい》清、久保田《くぼた》万太郎、コクトー、谷崎潤一郎、花柳《はなやぎ》章太郎、ジェームス・ディーン、日沼倫太郎、らへの追悼文が目に入る。そのいずれもが切々たる直情にあふれ、核心をつき、文学的で、死者をいささかも冒瀆《ぼうとく》しない。あれほど毒舌と逆説と、目のくらむ論理の展開を弄《ろう》した三島が、いっさいの美文を排して、純真にまっすぐに哀悼するのである。死者に対して、三島はひたすら礼儀正しい。

岸田国士へ対して「先生は新劇の先駆者であり大御所であるにかかわらず、そういう地位にあり勝ちな臭味を出されなかった」と言い、伊東静雄へは「純潔で、孤独で、わが少年期の師表であった。氏の作品を読み返してみると、その徹底的な孤独に対して、文字どおり騒壇の人となった自分を恥じる」と哀悼している。

加藤道夫へは戯曲「なよたけ」に関して「青春をそのまま青春としてこのように燦然《さんぜん》と描く作業は出征を控えた戦時の青年であったからこそ可能だった」と分析する。死の予感のなかで、死のむこうの転生の物語を書くことを「芸術家が真に自由なのはこの瞬間なのである」と。ここには三島じしんの死が予感されている。友を追悼しつつ、三島はそこに死後、転生する自分を見つめていた。

折口信夫への追悼にも同じような心情があふれ、『死者の書』にふれ「折口先生にとっては、冥界《めいかい》の知識のようなものが、地上の知識の集積の根底に必要とされていた」とし、「先生の面影は旧約のヨブを思わせる」と絶賛している。折口信夫の、死に関する知識が三島を刺激したことも告白している。久保田万太郎へは「真に文体《スタイル》を持つ劇作家は、正直のところ森鷗外《おうがい》と久保田氏のほかに、私は知らぬのである」とまで言いきり、最晩年の作『遅ざくら』にふれて「死を予感した作者が、はじめて直視しえたこの世のすがた」とほめることを忘れない。本当のところは、『遅ざくら』は舞台では不評の作品であった。

谷崎潤一郎へは、少年時代の自分の心をわし摑《づか》みにしたのはオスカー・ワイルドと谷崎であったと告白し、晩年の『鍵《かぎ》』『瘋癲《ふうてん》老人日記』に関して「フランス十八世紀のみがこれに比肩《ひけん》しうる」と最大級の賛辞をおしまなかった。これほどほめちぎっていいのだろうか、と思われるほどの賛美で、ほめるあまり、「おや？」と思われる心情が吐露されてしまう。三島は言う。「大多数の日本人が、敗戦を、日本の男が白人の男に敗れたと認識してガッカリしているときに、この人一人は、日本の男が、巨大な乳房と巨大な尻《しり》を持った白人の女に敗れた、という喜ばしい官能的構図を以《もっ》て、敗戦を認識していたのではないか」と。あるいはこうも言う。「思えば敗戦直後、私は日本に元禄《げんろく》時代の再来を夢みており、その夢には必ず谷崎文学の映像が二重写しになっていたが、いま、谷崎氏の死とともに、私の幻の元禄時代、ついに現実に訪れることのなかった元禄時代も、永久に消え去ったと感じられる」。

こう書いた五年後の昭和四十五年に三島は自決するのだが、経済復興して、うかれて、のんべんだらりとしている「昭和元禄」に反発して三島は自決した。自衛隊のバルコニーに立って演説した三島は「……ここでもって立ちあがらなきゃ、憲法改正ってものはないんだよ。諸君は永久にだね、ただアメリカの軍隊になってしまうんだぞ」と絶叫した。この三島の分裂が、「自決」をいっそう不可解なものにした。三島は享楽《きょうらく》を是とするのか否とするのか。谷崎への追悼も、自衛隊での演説も、三島のいつわらざる真情であり、だからこそ、矛盾した三島の姿が鮮明にあぶり出される。

追悼はこわい。死者をおもうあまり、無防備の本心がさらされてしまう。死者の前では嘘《うそ》をつけず、真情を告白し、自己の矛盾をさらけ出す。世間へむかって白状するようなものではないか。三島の追悼は、礼儀正しく、直情で、死者をたたえ、その死の彼方《かなた》に自分の行く末を重ねあわせており、そこからたなびく生と死をすりあわせた妖《あや》しい官能が三島文学の核である。谷崎に関して「大きな政治的状況を、エロティックな、苛酷《かこく》な、望ましい寓話《ぐうわ》に変えてしまう」と分析するのは、そのまま、三島じしんにつながるのである。

三島の死に関して、小林秀雄《ひでお》は直接的感想をさけ、「謹んで哀悼の意を表す」という弔電用の決まり文句を引用して「そういう空虚な文句を呪文《じゅもん》のように唱える人が、その人自身の言葉にならぬ想《おも》いで、その内容を満たす為《ため》にあるのだ」と自己の立場を保留する。うまくかわしている。そのじつ、これは小林秀雄流の正直な追悼だろう。同じ心情は葬儀委員長をつとめた川端康成《やすなり》にもあって、「わたしはただなんとなく諫止するすべはなかったかと悔むばかりである」として、三島の死の意味を積極的に語ろうとはしなかった。

三島への追悼で、その死を悼みつつも、やんわりと批判したのは円地文子（「私は死に損ってくれればいいと残酷なことを真面目《まじめ》に思った」）、大岡昇平（「下降のモチフを伴わない死の文学であった……」）、田宮虎彦《とらひこ》（「乱心のはての自決であったとしか思えない」）であるが、文学に即した本質的批判は開高健《たけし》（「一個の完璧《かんぺき》な無駄」）につきる。開高は、三島との交遊を回想しつつ、三島が言う「放埒《ほうらつ》な美徳」や「純潔な頽廃《たいはい》」といった相反する両極の概念の結合は、精巧ではあるがニセモノになる、といどみかかった。死者にむかって、友情あふれる批判であった。

イデオロギーや風俗現象や社会的影響をすっかり洗い落とした次元で、三島の裸の精神を追悼したのは澁澤龍彦《しぶさわたつひこ》である。澁澤は「三島は世をはかなんだわけではなく、デカダン生活を清算するためでもなく、むしろ道徳的マゾヒズムを思わせる克己と陶酔のさなかで自己の死を固めていった」とし、「四十五歳での爆発は決して突発的な事故ではなく、三島氏の内面に長く長く、マグマのようにくすぶりつづけていたものの爆発にほかならなかった」とする。澁澤は、生前の三島にむかって、「ちかごろ兵隊ごっこはどうですか」と言ってはばからなかった仲である。澁澤は「私は三島氏の思想なんて一度だって信じたことはない」と言い「三島氏の死は、安易な理解よりも、私たちにむけられた呪詛《じゅそ》としてうけとったほうが、はるかにふさわしい」と言う。そして「絶対を垣間《かいま》見んとして果敢に死んだ天才作家の魂魄《こんぱく》よ、安んじて眠れかし」と哀悼している。三島に対する追悼では澁澤のものがダントツにすぐれている。私が生前の三島に会ったのは澁澤龍彦の紹介であった。

三島は、批判絶賛冷笑をふくめたさまざまの批評をうけた。政治家やマスコミの俗論をふくめて、三島の死に対するいっさいの論は四方八方から鎗《やり》のように降ってきて、三島由紀夫という発光体鉱石にはねかえり、それこそが三島が四十五年間かけて仕込んできた企《たくら》みであったという気がする。三島の肉体にはおびただしい追悼の装置が仕掛けられ、『豊饒の海』に通底する輪廻《りんね》転生の運命により、三島が再生したとすると、どのような人物に転生するのだろうか。

三島は文学者としては決して自殺しないことを公言してきた。それは「文学は最終的な責任というものがないから、文学者は自殺の真のモラーリッシュな契機を見出《みいだ》すことはできない」ためである。三島はモラーリッシュな自殺しかみとめない。武士の自刃《じじん》しか認めない。それを澁澤は「三島のイデオロギーは自殺のアリバイだ」と指摘した。

三島は老優市川團蔵《だんぞう》の自決と、マラソン選手円谷《つぶらや》二尉《い》の自決に感動し「人の死に感動するには、こちらが生きている必要があり、その感動自体に、生の意味が一きわするどくひらめく」と言う。自尊心を殺して生きのびることができても、それは肉体が生きのびるだけだ、と。円谷選手の死体が発見されたのは一人暮らしの将校の宿舎（ＢＯＱ）で、裸のコンクリートの床、机、ロッカーがある荒涼とした、殺風景を絵に描いたような部屋である。三島は、「しかし、あれは男の死に場所としては、妙にふさわしい感じのする部屋だった」と言う。それは、三島が自決した自衛隊総監室とよく似ている。

三島由紀夫の葬儀には八千二百人が弔問し、私もそのひとりだった。葬儀のとき、三島の父平岡梓は、

「まったく伜《せがれ》は天才的な詐欺師《さぎし》だと思いましたよ。私もだまされたし、家族の者もだまされた。みんな、こんなことになるなんて、夢にも思わなかった……」

と語った。

昭和六十年、小室直樹は「三島由紀夫が復活する」（「毎日コミュニケーション」）という論を発表した。輪廻転生は七日から七七日《なななぬか》の間になされ、三島は、そのなかで「最もつぎの生に託胎する可能性の強い四十九日後を再生の日ときめた」。三島が自衛隊市ヶ谷駐屯地で自決したのは十一月二十五日であり、その四十九日後とは、三島の誕生日一月十四日となる。とすると、三島は一九七一年一月十四日に、何者かに再生して復活

したことになる。だとすれば、三島は何者かにのり移って、どこかで生きていることになる。

三島由紀夫（大正14年1月14日－昭和45年11月25日）小説家・劇作家。東京生れ。16歳のとき書いた『花ざかりの森』でデビュー。大蔵省勤務を経て作家になり、戦後文学の重要作家に。昭和45年、自衛隊市ヶ谷駐屯地で総決起を促したが果たせず、割腹自決を遂げた。

志賀直哉
ナイルの一滴

46年10月21日

志賀直哉《なおや》は八十八歳で死んだ。白樺《しらかば》派の同人は長寿を全《まっと》うした人が多く、このとき二歳下の武者小路《むしゃのこうじ》実篤《さねあつ》は生きていたし、五歳下の里見《さとみ》弴《とん》も元気であった。告別式ではこの二人が弔辞を読んだ。弟子には瀧井《たきい》孝作、尾崎一雄《かずお》、網野菊、阿川弘之《あがわひろゆき》と強力な実力派が揃《そろ》っていた。瀧井はもとは雑誌「改造」の記者で直哉の原稿取りから始まり、最終的に直哉の秘書的役割りを果たした。網野菊は原稿を持ち込んで門下生となり、阿川は東大で「白樺」の座談会を催して以来の弟子で、卒論にも「志賀直哉」を書いた。阿川は千何百人も集った葬儀を取り仕切り、雑誌の追悼号でも直哉の業績と死に至る詳細を報告している。

八十八歳の高齢ともなると、人はだれでも死の準備をしている。志賀は生前から「死んで、築地《つきじ》の本願寺で盛大な葬式なんて考えてもいやだ」と言っていた。浜田庄司に骨《こっ》壺《つぼ》を焼いて貰《もら》って、それを食堂に置き、砂糖壺に使っていた。葬儀に関しては、「骨壺をストーブかなにかの上に置いて、玄関から入って、お辞儀をしたけりゃ勝手にして庭から裏へ抜けて帰って貰う。無論無宗教だ」と指示していたため、阿川は大筋その通りにやった。

昔からの友人は淡々とした追悼を寄せた。実篤は「志賀も八十八で死ぬとは思わなかった。志賀は九十越しても生きてもらいたかった」と言った。八十八歳まで生きたのだから世間は大往生と思うけれども、友人はそうは思わない。これが友の真情というものである。

梅原龍三郎《りゅうざぶろう》は「思い出は限りない。自分には唯一《ゆいいつ》の年長の敬愛親愛の友であった。近年の弱った姿はいたましかった」と書いた。梅原が「思い出は限りない」と書くひと言のなかにどれほど多くの言いつくせぬ思い出があるか、余人はわからない。これも真情である。

里見弴の弔辞は、声をつまらせて、とぎれとぎれになった。

「こういう時、こういう場所で、君とごく親しかった方々と一緒に、あり余る記憶のなかの、どんなことを思い出し、どういうことをとりたてて話したものか、ほんと言うと、なんにも言わないのが、君にも自分たちにも一番正直な気持だと思うけれど……」

阿川弘之は「里見弴の弔辞は、『よかった』などとは評し切れぬもので、式場のあちこちからすすり泣きの声が聞こえた」と記している（「葬送の記」）。

また実篤の弔辞は、原稿のない長いもので「『無宗教の宗教』の講話」とも言える「まことに立派」なものであった、と川端康成《やすなり》が書いている。川端は、志賀直哉のあとの日本ペンクラブ会長をつとめた。川端は、かつて志賀邸へ挨拶《あいさつ》に行ったときの思い出を思い出している。

「伊豆《いず》山の大洞台《おおぼらだい》のお宅で夕飯をいただき、泊まれと言われた。朝早く志賀さんの大きな声で、私は目をさました。夕飯のすき焼きも朝の紅茶も、志賀さんは御自分で味つけ、御自分で入れるという風であった。そのあたりの漁師のらしい、大きいびくのような竹《たけ》籠《かご》をみやげにいただいた。それを今まで茶の間の紙屑《かみくず》籠に使っている。屑籠にと志賀さんが、その時言われたのであった」

この追悼は志賀を意識した文体で、視点も志賀調である。志賀の心を呑《の》みこんだ川端は追悼文でも手を抜かない。

しかし、その他の人の追悼は、志賀個人を追悼するというより、晩年の思い出話ばかりだ。ボケているものもある。あまり故人に関係なく自分の近況報告を書いている人もいる。葬式評の人もいる。故人の死のなかに何年後かの自分を見ている。

八十歳を過ぎると友人の死は、自分の死の参考にすぎない。若い人が友人の結婚式に出席して自分の結婚式の参考にするように、友人の葬式は自分の葬式の参考になる。ひとつ違うのは、葬式のとき、当人がいないことである。

こういった追悼は、これはこれなりに面白い。ぼけた追悼の一例は最高裁判所長官だった田中耕太郎である。田中は志賀が一時住んでいた我孫子《あびこ》に住み、志賀と交流があった。田中が言いたいのは「松川事件」のことである。松川事件の被告の無罪を主張したのは作家の広津和郎《かずお》で、広津の援護があって被告は最終的に無罪が確定した。その広津の説を志賀が是認したことが田中は納得がゆかない。そのことを田中はこう書いた。

「松川事件について広津氏とちがった意見をもっていた私は、この問題で志賀さんとも考えを異にしていた。それは私にまことにさびしいまたつらいことであった。しかし私としては志賀さんには理解してもらいたかった」

これは老人の愚痴《ぐち》である。広津和郎への追悼ならば松川事件が出てきてよいが、志賀と松川事件は直接関係がない。田中は志賀を理解しようとしつつも、この件に関しては理解しえず、つい、その愚痴が出た。田中の心情はわかるが追悼としてはすじ違いになった。

藤枝静男は、志賀の「お嬢さんの命名に関するひとりよがりの考え」を指摘した。「寿々子、万亀子、田鶴子、貴美子という（すず子、まき子、たづ子、きみ子と仮名で書けば平凡きわまる名前に対して）わざわざ字画のゴテついた、どちらかというと露骨にお祝儀《しゅうぎ》めいた漢字をあてていることが何とはなしに異様に思われた」「鶴に千年亀に万年の寿あり、では余りに俗すぎる」と。藤枝の言うことは一理あるが、追悼文で娘の名前にケチをつけるのも筋ちがいである。この追悼もずれている。ようするにみんなぼけている。

網野菊は「美しいお骨」と題して骨をほめた。

「火葬が終ってひき出された台の上のお骨を見て、私は、お骨の美しさに感心した。白く、そしてしっかりした感じのするお骨で、私は、それ迄《まで》火葬場であんなに立派なお骨を見たことがなかった」

菊は可《か》愛《わい》がられた弟子だから「お骨になってからでも先生は御立派だ」と言いたかったのであろう。師に対しては骨までほめた。

中川一政《かずまさ》は、実篤と志賀の会話で、実篤が「このごろでも電車の飛び乗りはするかね」と訊《き》き、志賀が「今はもうしないね、自信があってもあぶないよ」と答えたことを書いている。どうでもいいようなことだが、老人の話題とはこういうものである。谷川徹三は、志賀が死亡する前後の日記をそのまま引用して載せた。

「本年五月から台北《タイペイ》故宮博物院で開いている宋元瓷器《じき》特別展の壮観については、九日軽井沢から帰京の後、何人かの知友からこれを耳にし、老妻を伴ってそれを見に行くことにした。まだ香港《ホンコン》やマカオを知らぬ老妻とそれらの土地の観光をも兼ねて、十月十六日から二十一日まで五泊六日の団体旅行に加わったのである。志賀さんの病状を危惧《きぐ》していた私には、初めから多少のためらいがあった。（中略、旅行中も志賀の病状を心配していたが、死んだ）夜の九時過ぎ羽田に着いた私は、迎えの俊太郎の車でそのまま渋谷の志賀邸にいそぎ、志賀さんの静かな死顔に対面し、阿川君、直吉君からその臨終の模様をきいた」。このあとに、「志賀さんの病状についてしるしている私の日記の記述は以上で終っている」としただけである。

吉田《よしだ》健一の書き出しはこうである。

「今身辺に志賀さんの本が一冊もないのに気が付いて何か奇異な感じがしないでもない。併《しか》し曾《かつ》ては戴《いただ》いた本も方々の古本屋で手に入れた『或《あ》る朝』以下の短篇集も全集も確かにあって、それが焼けたのか既に忘れた事情で売ったのか現在ではどれ一つ残っていないのが別に志賀さんの本というものと縁が切れたことだとも思えない」

これは、志賀論ではなく本の話であり、「本がなくてもその本の記憶が必ずしもなくなったのではない」という吉田健一流の随筆である。

岩波書店の「世界」編集長であった吉野《よしの》源三郎は、志賀と「世界」のかかわった二十五年をふりかえり、終りにこう書いた。

「庭の左はしに白樺の木がある。何年か前に、これにヒドラ虫がたかっているのを私が発見して、たかっている枝を切り落として退治したことがあった。樹《き》の方はそのときより一廻り太くなっていて、白い肌が日を浴びて美しかった」

ここでわかることは、人は齢《とし》をとると自分のことにしか興味がなくなる。また、志賀の場合は、『暗夜行路』を書いて生涯の大事業をなしとげ、完成された人生であるから、その全容を追悼するのはひどく困難である。「小説の神様」としてあがめられ、文化勲章を受章し、評価はすでに確定しており、これ以上論評はいらない。また、志賀は稀代《きたい》の名文家であり、甘い感傷を排した人であるため、お涙頂戴《ちようだい》調の追悼はそぐわない。そういったさまざまなおもわくが、人数は多くてもぼけ気味すじ違いの追悼となってあらわれた。

八十歳を過ぎたとき志賀はこう書いた。

「人間が出来て、何千万年になるか知らないが、その間に数えきれない人間が生れ、生き、死んで行った。私もその一人として生れ、今生きているのだが、譬《たと》えて云《い》えば悠々流れるナイルの水の一滴のようなもので、その一滴は後にも前にもこの私だけで、何万年溯《さかのぼ》っても私はいず、何万年経《た》っても再び生れては来ないのだ。しかも尚《なお》その私は依然として大河の水の一滴に過ぎない。それで差支えないのだ」（『枇杷《びわ》の花』）

瀧井孝作は、八十五歳の志賀が、「死にたい気持になると、他の事は何も考えられない、死にたくて矢も楯《たて》もたまらなくなるからネ」と言ったことを想《おも》い出し「この言葉を聴いて、水でも浴びせられたように冷《ひや》ッとした」と告白している。冷徹でありつつも直情の志賀なら、八十五歳でもやりかねない。

志賀は着々と死ぬ準備に入っていた。周囲の者はそれに気づいている。網野菊は、志賀が、夫人に対して「一日でもいいからあとに残るのだぞ」と言い残したことを聞いている。また菊は志賀に、九十七歳で亡《な》くなった妙心寺の古川大航という管長が「人間はいつ死んでもいいという覚悟よりも、いつまで生きていてもいいという覚悟を持つことのほうが大事だ」と言ったという話をした。

阿川弘之へは、

「雑誌社の人が『志賀先生はいらっしゃいますか？』と訪ねて来たら、『あ、此《こ》の間死にました』というのはどうかね？」

と言った。東大寺の上司海雲《かみつかさかいうん》は「ここ一年あまりというものは、二月堂へお百度をふんだりして、早く死にたいと願っておられる先生を一日も永くと祈っていたのです」という。

志賀は、まるで計算しつくしたかのように悠々と死への着地をした。志賀は宗教を信じていなかったから往生という言葉はさすがにだれも使わなかった。実篤は「九十越しても生きて欲しかった」と言いながら、「二、三年前までは、志賀はぼくより足が丈夫だったが、一年前からはぼくの足のほうが丈夫になった」という。これも老人の健康話である。

青山斎場での葬儀は志賀の指示通り無宗教で行われて、供花も断った。まっさきに「東京都知事美濃部亮吉《みのべりようきち》」と木札をつけたものが届いたが、つっ返した。火葬場へ運ぶ車は蓮《はす》の花飾りの霊柩車は使わない。線香立てもない。経にかえてバッハとショパンとベートーベンの曲をピアノで演奏した。斎場の設計は谷口吉郎《よしろう》がやり、祭壇を白幕でかくして床にも白い布を敷きつめた。そこへ大谷石《おおやいし》を敷き、サワラ材の台座を置いた。台座の上に骨壺の受け台を置き、白ムクの布に包んだ骨壺を置いた。質素にやるのはかえって大変であった。その様子は、谷口吉郎が「白いバラ一輪」と題して報告している。長寿の人への追悼は、故人の全体像への追悼は忘れられ、晩年の健康状態や葬儀の式次第、あるいは追悼する側の近況報告になる。

これはしかたがないことだが、生身の志賀を正面から見すえた追悼はないものか、と捜してみると「新潮」（昭和四十六年十二月号）追悼特集号にひとつあった。大江健三郎が書いた「山羊《やぎ》の臭《にお》い」である。

大江は学生のとき教科書で読んだ、抜粋《ばっすい》された『城《き》の崎《さき》にて』の文章の奥底にみなぎっている死の気配に気づき、村の公民館図書館にでかけて『城の崎にて』の全体を読んだという。そして、首に七寸ばかりの魚串《うおぐし》を刺しとおされた鼠《ねずみ》が存在して、もがきながら逃げまわっている話のディテイルを知るに至った。

「僕は、それにつけても、教室で『城の崎にて』から、刺激の強すぎるところをぬきとった、すなわち負の効果において注意深い抜萃《ばっすい》のテキストを提示して、それが生徒の心にひきおこす、ある欠落感のひずみについては考えることのない教師を、疑わないわけにはゆかなかった」

と。大江はさらにつづける。

「そしてその疑いは、かたちを一般化して、いまなおつづいている。志賀直哉の死にあたって、新聞には、しばしば『美しい日本語』というフレーズがあらわれた。志賀直哉は、『美しい日本語』、規範の散文そのものとして、抽象化されて、符牒《ふちよう》のような役割を、すでにはたさしめられ、なおもはたしつづけしめられてゆく模様である」

多くのぼけ追悼が並んでいるなかで、大江の指摘はひときわ光彩を放っている。大江は非文学的な俗物が、この「美しい日本語」という符牒をふりかざして、新らしい作家たちを鈍器で殴り殺そうとする風潮を批判した。大江はムキになって、衛生無害化された志賀を復活しようとしている。これが昭和四十六年における大江の立脚点であった。

小説家にとって、「小説の神様」という称号を与えられることは、名誉どころか、逆にその力を失わせてしまう。大江は、志賀は「したたかな魂＝肉体をそなえた、なまなましい人間」であり、「美しい日本語」や規範の散文の符牒によってではなく、放蕩《ほうとう》しつつ荒ぶる魂＝肉体の作家として記憶するべきだという。そのうえで晩年の志賀に関して「たとえば山鳩《やまばと》は、臭い山羊のように生なましくはないが、しかし鋭い恐怖の一閃《いつせん》のように凶《まが》まがしいものを翼に担《にな》って、気忙《きぜわ》しく飛び過ぎる。それを見つめている魂＝肉体はまことに赤裸に死のまえにあって、真の人間はどのように存在すべきかを告知した」と結んだ。

志賀は死の直前にあっても小説家であった。その精神は、志賀と親しかった実篤や弴ではなく、むしろ離れた地点にいた大江にリレーされたとも考えられる。身近な友人たちは、故人と親しく接していたため、大江のように真正面からの追悼は書きにくい、という事情もあるだろう。大江が投げかけた「作家の精神の告知」という命題は、いまなお小説家たちに問われている。

志賀直哉（明治16年2月20日—昭和46年10月21日）

小説家。宮城県生れ。「白樺」を創刊した白樺派の代表的作家。『清兵衛《せいべえ》と瓢簞《ひょうたん》』『城の崎にて』『和解』『小僧の神様』『暗夜行路』を発表、私小説作家の代表といわれ、「小説の神様」という異名もうけた。

川端康成
末期《まつご》の眼

47年4月16日

川端康成《やすなり》は昭和四十七年四月十六日、逗子《ずし》マリーナの仕事部屋でガス自殺した。遺書はなかった。七十二歳のノーベル賞作家の自殺に世間は衝撃をうけた。自殺する前年一月には三島由紀夫の葬儀委員長をつとめ、三月に都知事選で秦野章《はたのあきら》の応援を引き受けたから、そういった激務の果ての疲労を自殺の原因とみる人も多かった。

丹羽《にわ》文雄は翌朝の朝日新聞に「(川端は)一種の麻薬患者だった」というコメントをよせた。睡眠薬を多量に常用していると、禁断状態で死にたくなり、その症状が出た、と。丹羽文雄は「群像」の追悼では「白髪に櫛《くし》を入れず、長髪が逆立ちのままの川端さんは、いっそう妖怪《ようかい》じみて来た。それが健康的でなく、病的であった」(「川端さんの死について」)と証言している。青山斎場で川端が弔辞を読んだとき、立っているときから危っかしく、当日の日にちをまちがえて読み、顔面蒼白《そうはく》で倒れそうになったことがあった。横にいた立野信之《のぶゆき》が丹羽にむかって「睡眠薬がまだ醒《さ》めていないのだ」とささやいた、という。晩年の川端は睡眠薬を常用し、六十二歳のときの『古都』は「睡眠薬が書かせた小説だ」と自ら告白している。

川端の主治医は「睡眠剤は与えていない」と言うが、一般に薬物中毒者は、ひそかに薬を入手して隠れて飲む。川端が、自宅の近くの逗子マリーナの一室を買ったのは、そこで執筆するという名目とは裏腹に、妻に隠れて睡眠薬を飲むためであった。自殺したマンションの一室には睡眠薬の薬びんとウィスキーびんが残っていた。北杜夫《もりお》は「薬とアルコールによる半ば朦朧《もうろう》とした意識、それも鬱《うつ》的な意識のなかで、その弱い部分が前面に出、夢ともうつつともつかぬうちに、ついあのような行為をなさったのではあるまいか」(「甲斐《かい》ない推察」)として、「先生の死はむしろ半ば自然死、或《ある》いは新聞談話で中村光夫《みつお》氏が言っておられた事故死に似たもの」と分析している。

「川端は独眼だった」という事実をあかして「なんとも無気味な光り方をした眼だった」と言うのは石原慎太郎だった。石原が横須賀《よこすか》線の車中で母親を紹介すると「母も相手の眼にやや辟易《へきえき》して仕舞いに横を向いていたが、この時も眼の前の五十すぎの女を身をのり出すようにして川端氏は見つめていた」(「日本的な死」)。石原は「妖怪を見るような気がした」と書いている。

森茉莉《まり》は「一つの異妖《いよう》のものが飛び去る形《すがた》を見た」という。「そのものは白銀の強《こわ》い髪の毛を逆《さ》か立て、何という絵かきだったか忘れたが江戸時代の名人が描いた、白髪の姥《うば》の姿をした羅生門の鬼が片腕を小わきに、お襠《かけ》の裾《すそ》を、長く、九尾の白狐《びゃっこ》の尾もかくやと靡《なび》かせて飛び去るところの絵のようにして、薄墨を流した空を飛び去ったのだ。顔はこっちを振り返って笑っている。いつも川端康成の写真にみる、あの『地獄変』の良秀を醜い男でなくしたような一癖も二癖もある笑いである。大体男という名の人間が、寂寥《せきりょう》と、孤独の中にいるらしいものであって、ついこの間パアティで上機嫌で笑っていたり――川端康成は親しみを持っていたらしい、三島由紀夫の一年忌のパアティにおいてさえも、何かの酒の洋杯《コップ》を繊い掌に持ち、ヘラヘラと歩き廻っていた。何を考えているのかわからない顔で。後へ廻ってみると白い長い尾を曳《ひ》き摺《ず》っていはしないかと思われる感じである。むろん廻ってみてもありはしないが。――何十年も生きる人に見えていたり、死ぬまで歓んで眺めるためのように、骨董品《こっとうひん》を集めて、蔵《しま》ったり出したりしていて、或日突然、世の中の全体に厭離の心を表わし、そのさっさと捨てて行くすべての中に奥さんも入っていたという、面妖《めんよう》なことをやるものらしいのだ」(「川端康成の死」)。茉莉は川端の死を三島の死と比較し、「川端の場合は死なずにすんだのではないか」と惜しんでいる。

武田泰淳《たけだたいじゅん》は「おそらく死の直前には死ぬこと以外考えていたはずはない。ノーベル賞のことも、勲一等のことも念頭にはなかったであろう。……ニヒリストでも、唯美《ゆいび》主義者でも死ぬときは死ぬのである。私は、自分が先生の死に驚かなかったことを、少しも恥ずかしいとは思わない。先生にとっても、自殺は、長い間、考えていられたことであろう」（「辛抱づよいニヒリスト」）と書いた。おおかたの作家は、川端の死を予知していた気配がある。武田は、三島由紀夫が、死ぬ前に、「おれ、この頃、川端康成のニヒリズムがやりきれなくなったよ」と苦笑して洩《も》らしたことを告白している。そんな川端を、「マメなニヒリスト、世話好きなニヒリスト、美に執着するニヒリスト、そのような矛盾した形で、ものの見事に、生き、かつ、死んで下さった」と武田は追悼した。

川端の死に関しては諸説が乱れ飛んだ。なかには若い女性に失恋したためという説もあった。それに対して舟橋聖一は「常識の物指《ものさし》では川端さんの死は理解し難い」と言う。自殺する日、川端は原稿を書きかけのまま、「ちょっとそこまで」と言って家を出た。通りでタクシーを拾って逗子マリーナの仕事部屋へ出かけた。舟橋は、そのときの顔は「恐らくわたしの知っている川端さんの、どの顔にも当て嵌《は》まらない苦しくも恐ろしい顔ではなかったか」（「川端康成の自裁」）と言う。「幸福とは同時に重荷である」という言葉が、川端の死の本質である、と舟橋は指摘した。

川端の死に関しては、新聞はじめ各文芸誌に多くの作家が寄稿した。ざっと目を通しただけで、「群像」には、河上徹太郎、中村光夫、佐伯彰一の追悼座談会のほか、丹羽文雄、武田泰淳、佐多稲子、小田切進、竹西寛子、井上靖《やすし》、大庭《おおば》みな子、川嶋至、円地文子、中村真一郎、舟橋聖一が追悼記を書いている。「文藝」には、石原慎太郎、森茉莉、清水徹、瀬沼茂樹《しげき》、佐伯彰一、福永武彦《たけひこ》。「新潮」は臨時増刊号を出し、河上徹太郎、サイデンステッカー、河盛好蔵《かわもりよしぞう》、中里恒子《つねこ》、福永武彦、立原正秋、竹西寛子、平野謙、北杜夫、田宮虎彦《とらひこ》、小島信夫《のぶお》、吉行淳之介《よしゆきじゅんのすけ》、開高健《たけし》、辻邦生《つじくにお》、瀬戸内晴美《はるみ》、倉橋由美子《ゆみこ》、田久保英夫、古井由吉《よしきち》、今日出海《こんひでみ》、沢野久雄、田中美知太郎《みちたろう》、大佛次郎《おさらぎ》、岡本太郎、保田與重郎《やすだよじゅうろう》、藤沢桓夫《たけお》、久松潜一、阿川弘之《あがわひろゆき》、五味康祐《こうすけ》、山口瞳《ひとみ》。「海」にはドナルド・キーンが哀切きわまる追悼を寄せた。

　このほか週刊誌には加賀乙彦《おとひこ》、なだいなだによる「自殺原因論」、中井英夫の分析が載り、フランスの反響（「ノーベル賞を喜ばなかったカワバタ」ソアール紙）ほか、イギリス、アメリカ、韓国、ソ連の反響が報道された。しかし海外での反響は、三島由紀夫の自殺ほど大きくはなく、むしろ日本国内での反響が大きかった。「文藝春秋」も追悼特集号を出し、こちらも追悼する人は「新潮」とほぼ同じだが、五十年来の親友だった今東光《こんとうこう》が「霊界との交信を本気で信じていた無気味な天才」（「本当の自殺をした男」）と書いているのが目を引く。秦野章の選挙戦で、ホテルで按摩《あんま》をとっているとき、川端は突然起きあがって、「やあ、日蓮《にちれん》様ようこそ」と挨拶《あいさつ》し、そのあと、風呂場《ふろば》へ歩いていって「おう、三島君、君も応援に来てくれたか」と言い、按摩はぞっとして逃げ帰ったという。今東光は、川端が死んだ深夜、鎌倉長谷《かまくらはせ》の川端家に駆けつけて、白い原稿用紙の上に、「また」という文字を書いて、万年筆のキャップがはずされたまま放り出されているのを見た。「平生、沈着な川端が万年筆のキャップをするのを忘れる人とは考えられない」と今はいぶかり、やがて「彼は死んだのではないのだ。彼は単に古き肉体を捨離したに過ぎない」と思う。今は川端に「文鏡院殿孤山康成大居士」という戒名をつけ、「川端康成よ、お先にどうぞ、南無《なむ》」と呟《つぶや》いて友をおくった。いかにも今東光らしい送別である。

川端は「知友の作家が死んだ時、その人の作品を読んでいるのが、かなしみとさびしさとをなぐさめ、またまぎらわすことだと、私は長年のあいだにおぼえさせられた」（「伊藤整《いとうせい》」）と書いている。これを「川端式追悼」と名づけたのは福永武彦だ。作家が死んだとき、葬儀に参列しないかわりに、故人の書物を書架から引き出して、読みふける。一面識もない作家の場合でもそうする。川端こそは、まことに「追悼」の達人であって、多くの友人たちを追悼してきた。

昭和二十年（川端四十六歳）には島木健作への追悼。昭和二十一年（四十六歳）には武田麟太郎《たけだりんたろう》への弔辞。これが泣かせる。

「武田麟太郎君　愛する人親しい人の死を多く見るにつれて、死の恐怖は却《かえ》って薄らぐとも言われる。已《すで》に四十歳を越えた君は、死者の国に親愛な人々を持ち、今またその大きい一人をその国に送ることがどのような思いであるか知っていられるであろう。……今日私達は君を火葬するとはいえ、君の肉体の凜々《りんりん》として不敵な面魂《つらだましい》は消えぬように……

私達が君と同じく永遠の死を永遠の生とする日も遠くないであろう……」

弔辞を書くと川端の文体は生き生きとする。圧巻は昭和二十三年（四十八歳）、横光《よこみつ》利一への弔辞で、「国破れてこのかた一入《ひとしお》木枯《こがらし》にさらされる僕の骨は、君という支えさえ奪われて、寒天に砕けるようである」と慟哭《どうこく》した。

川端の弔辞には死者への遠慮のない批判も入る。まっすぐに斬《き》りつける絶唱である。川端にとっては弔辞もまた文学であり、一言一句手をぬかずに精密に書きこむのである。単なるお涙頂戴《ちょうだい》に終らず、親友であるから許される甘えや同情もなく、死者へ問いつめるように息せききった気魄《きはく》で語りかけるのだ。横光の二ヵ月後に菊池寛《かん》が逝《い》った。川端は菊池の葬儀でも弔辞を捧《ささ》げた。

「今日私はつつしんで控えておるべき身でありながら、ここに立って弔辞を読ませていただきますのは、私と同じように菊池さんの大恩を受けました多くの友人、例えば横光らが大方私に先立ちましたゆえと思いますと、それら多くの亡《な》き友人からも、私はここに一言お礼を言う役を遺《のこ》されたのでありましょうか。……菊池さんが頼みにもなり、あてにもいたして居《お》りましたので、菊池さんの死ほど大切なものから切り離されたという思い、取り残されたという思いの深いことはありますまい」

川端の弔辞は的確で、死者の性格を正しくとらえている。驚くべきことは、一人一人への弔辞の文体がすべて異ることである。武田へは人民文庫の文体、横光へは新感覚派の文体、菊池へは菊池に似合う、男らしくかつ人情的文体、と使いわけた。川端の弔辞は、死者の鎮魂をする秘儀でありつつ、ときとして死者を挑発する。川端にとって死者の魂は目前に実在する炎であり、炎のなかへざくりと手を差し込んでヤケドしつつも昇天寸前の魂を握りしめようとする気魄があり、同席する弔問客をほとんど意識していない。

弔辞は、死者へむかって語りかける形をとってはいるが、一般的には葬儀に参加する生者に聞かせる言葉である。それは川端も同じなのだが、川端にあっては死者と自己との距離のみが重要なのであり、弔辞は故人と川端の霊界通信となる。

林芙美子《ふみこ》の葬儀のときは、会葬者へむけて生前の芙美子の弁解をした。「いろいろ文句もありましょうが、当人はすでに死んでしまったのですから、生前の無礼は、水に流して下さい」という意味のことを言った。このときは、林芙美子の霊を憑依《ひょうい》させ、林芙美子代理となった。霊媒師のようではないか。

改造社社長山本実彦《さねひこ》を追悼したときは昭和二十七年（五十三歳）であった。このころになると「追悼は川端」と相場が決っていた。昭和二十八年には堀辰雄《たつお》の葬儀であいさつをさせられた。葬儀委員として会葬者に礼を述べ、火葬の報告をした。

「……火葬場のまわりの青草のなかに、忘れな草の花が点々と咲いておりました。そして帰ります時には、ちょうど浅間山の肩に日が静かに沈むところでありました」。あいさつは途中から堀辰雄の文体になっていく。「……来迎《らいごう》は月の出ではなく落日なのでありますけれども、高原の月の出も来迎の図の印象に通っておりまして、私は堀君の霊が高原の月に迎えられて昇天してゆくように感じたものでした」。

川端は最後に堀辰雄訳の詩を朗読した。

昭和三十年（五十五歳）には坂口安吾への弔辞。これもまた名弔辞として伝えられるものである。

「……文学者にとっては、一人の作家の葬式につらなり、弔辞をのべるのは、自らの幾分かを葬《ほうむ》り、弔う思いをまぬがれない。親しい交りがあるにしろ、ないにせよ、坂口氏を失ったことは、私たち自身のうちの、あるものを失ったことである……」

ここには、弔辞をのべることへのなみなみならぬ決意がみられる。弔辞をのべることが「自分をも葬る」という認識は、多くの友を言葉で弔ってきた川端だから言えるのである。弔辞をのべるごとに川端は、「人のいのちとはなんであろうか」と問うた。

安吾の四ヵ月後に豊島與志雄《とよしまよしお》が死に、ここでも弔辞を読んだ。

「……豊島さんという人の死は、心の底にしみ入るような悲しみである。……自ら省みて、私は豊島さんの弔辞を述べるのに、うしろめたいはにかみを感じる」

同時代の作家にとって「川端に弔辞をのべてもらう」ことが「最後の名誉」という形勢になってきた。昭和三十九年（六十四歳）のときは尾崎士郎への弔辞。

「……君の人柄、君の生涯、君の仕事について君の霊前で今言うには、はにかみを覚える。君の心やさしいはにかみを思い出す。……君去って君のような人はいないのをどうすることも出来ない」

同年にはもうひとつ佐藤春夫への弔辞。

「……斎場は別れる所にあらず　葬儀は別れる時にあらず……」の名文句がある。「……時は五月　詩人の古里にたちばなの花咲くならんか　ほととぎす心あらば来鳴きとよもせ」。春夫の詩を思わせる漢詩調の弔辞であった。

昭和四十年（六十六歳）には谷崎潤一郎への弔辞。昭和四十一年には佐佐木茂索《もさく》への弔辞。

「……佐佐木さんの霊を前にいたしまして、私は、菊池さんや横光君のなくなったこと、又、早くなくなられました芥川《あくたがわ》さんや、久米《くめ》さんのことなどを思い出されまして、余計、寂しさが加わるようであります。……」

昭和四十六年（七十二歳）は、三島由紀夫葬儀あいさつ、があった。

「……三島君の死は尋常ではなかったのでありまして、三島家すなわち平岡家では今日まで、昔風にいいますと蟄居閉門《ちつきよへいもん》謹慎していられまして、葬式も二月《ふたつき》後に延びた次第でございます。……」

友が死ぬたびに川端は、「葬い、即《すなわ》ち生きている者が死んだ者を葬うとはどういうことであるか」と問うている。この問いは、川端が終生持ちつづけたものであった。三島の葬儀あいさつの最後は、「この葬儀或いは告別式がもし騒ぎや乱れが起るようなことがありましたら、委員長といたしまして、直《ただ》ちにいつ何時でも打切ることにさしていただきます」と釘《くぎ》をさしている。三島の葬儀は、そういう緊張のなかでとり行われたのであった。この葬儀には私も列席したから、川端のくぐもった声が、いまも耳の奥に残っている。

川端は「葬儀の名人」と自嘲《じちょう》するほど、多くの知友を送ってきた。たえず、無常迅速《じんそく》、死の予感を持って「末期《まつご》の眼」で現世《うつしよ》を眺めてきた。それは残忍な観察と凝視であり、あのギロリと射る視線につながったのである。自らを過剰に演出して死んだ三島の死に対して、何の説明もない無気味で静謐《せいひつ》な死は、川端の心の深淵《しんえん》から発せられた最後の暗示のように思われる。

川端康成（明治32年6月14日―昭和47年4月16日）小説家。大阪生れ。横光利一らと「文芸時代」を創刊、新感覚派運動を興す。連作『雪国』で独自の美的世界を確立し、戦後、『千羽鶴《せんばづる》』『古都』などを発表。昭和43年、ノーベル文学賞を受賞したが、72歳で自殺。

武者小路実篤
ボケた追悼の味

51年4月9日

武者小路《むしやのこうじ》実篤《さねあつ》が九十歳で没したとき、河上徹太郎は「この作家は何だかいつまでも生きている人みたいな気がしていたが、やはりそうもいかないらしい」(「新潮」追悼号)と書いた。これはだれもが抱いた正直な感想だろう。無宗教による葬儀が青山斎場で行われ、会葬者は千五百人余に及んだ。葬儀委員長は梅原龍三郎《りゅうざぶろう》、里見弴《とん》、中川一政《かずまさ》の三氏連名である。三人はいずれも長老であり、こちらも、いつ死んでもおかしくはない。げんに梅原龍三郎は「私も余生わずか」と弔辞を書いて、葬儀には参列できなかった。実篤の朋友《ほうゆう》・志賀直哉《なおや》は五年前に八十八歳で没している。六年前に三島由紀夫が死に、四年前には川端康成《やすなり》が死んでいる。実篤は「三島君の死」「川端康成の死」という追悼原稿を書いた。自分よりも若い作家の死を見届け、枯れ落ちるように死んでいった。

梅原龍三郎は健康上の理由で参列できなかったのだが、弔辞には「私の如《ごと》く僅《わずか》に生き残ったものに故人は生きている」「若い人達は彼の名と白樺《しらかば》の名を知っている人は多いかと思うが、今日ではあまり読んでいない人が多いかと思う」と書いた。実篤は、生存中から、「歴史上の人物」になっており、仲間からも「過去の人」と思われていた。

白樺派には小説家だけでなく、画家でも長生きをした人が多い。長生きしたぶん、晩年は時流からとり残された。しかし表現欲だけはふんわりと脳を刺激するから、実篤は、そのエネルギーを絵に託した。四十歳を過ぎてからは一日に三枚を描いたという。描いた絵の総数は、婿《むこ》の武者小路侃三郎《かんざぶろう》によると五万四千枚余になる。そのほか旅先で頼まれて書いた短冊《たんざく》、色紙を入れれば、どれくらいの数になるか、見当もつかない。画家でもこれほどの枚数を描いた人はそう多くないだろう。画商が入って実篤の絵には値がつけられた。七十八歳のころは八号の水彩画が一万五千円であったが、八十四歳のときは三万円になり、八十九歳（昭和四十九年）のときは十三万円になった。実篤の絵は日に二、三枚で一年間には千枚近くになる。こうなるともうプロである。

二十年前は、どこの旅館にも実篤の絵の複製が懸けてあった。私の家の廊下にも二枚の色紙があった。一枚には「君は君　我は我なり　されど仲良き」とあり、もう一枚は「仲良き事は美しき哉《かな》」と書いてあった。その文字の横に、カボチャとタマネギの絵が添えられていた。毎日見ていたから、しらずしらずのうちに暗記してしまった。

中川一政は弔辞で「あなたは果して画《え》かきでしょうか。同時にまた詩人でしょうか、文学者でしょうか、また思想家でしょうか」と問いかけた。「あなたは幼い時の生い立ちですでに人間の無常を見たのではないでしょうか。昔なら生まれながらに坊さんになった人だったのではないでしょうか」と。

里見弴はこう追悼した。

「やった仕事としては、小説、戯曲、詩、エッセイ、講演もやったし、中年以後の絵——そのどれをとっても武者以外の何ものも出ない。新しき村の実践的な仕事にしてもだ」。里見は、「武者と友達になれたことは、滅多にないほどの仕合せだと思っています」としめくくった。白樺派の後輩としてふさわしい追悼であった。里見は実篤より三歳年下である。

実篤が主宰していた雑誌「新しき村」は追悼特集号を出して、七十六名の追悼文を掲載した。現在ではほとんど知られていない人の追悼がずらりと並んでいる。そのうち「思い出」と題した人が四人いる。「先生ありがとう」と題した人は二人いる。似たりよったりの追悼文で、「先生を思う」瀬下四郎、「福徳の人」加藤真一、「先生の息吹《いぶ》き」吉田茂徳、「先生は私達の胸のなかに」石川清明、「有りがたい先生」鈴木安太郎、「心の師」鈴木良平、「先生の死に想《おも》う」大原繁、といったような追悼文の羅列で、タイトルを読めば内容が予想でき、弟子による追悼作文集といった趣きだ。弟子による実篤ほめ合戦である。

雑誌「心」も追悼号を出し、こちらはそうそうたる同人が揃《そろ》っていた。しかし、同人

がみな高齢者であり、追悼の気持はぼけてしまった。座談会「武者小路実篤を偲《しの》ぶ」は、
司会が河盛好蔵《かわもりよしぞう》で、出席者は瀧井《たきい》孝作、尾崎一雄《かずお》、網野菊である。これだけのメンバー
だから、実篤の芸術的生涯に関して、なんらかの言及があるかと期待したが、ほとんど
出てこない。生前の実篤の著作は五百冊をこえる。せめて、それらの著作の一端に関す
る話題が出てもよさそうなのに、出てくる話は会ったときの思い出話だけで、みんな自
分のことしか話さない。志賀直哉への追悼でも同じ傾向があり、年をとると、みな、自
分のこと以外興味がなくなるのである。少し抜粋してみる。

尾崎　そうすると、瀧井さんは大正十二年に初めてお会いになった。
瀧井　その前に、何処《どこ》かの会なんかでは会ったかもしらぬけれども、直接にはそのとき
だな。
尾崎　そうですか。私は一年後ですよ。網野さんもそうでしょう。大正十三年じゃない
ですか。茸狩《きのこが》りの時でしょう。
網野　先生はあの茸狩りにいらっしゃいました？
尾崎　武者小路さん、見えてましたよ。
網野　私は、それ憶《おぼ》えてないんです。
尾崎　十三年の秋ですよ。

網野　武者小路さんが奈良へ越していらしたでしょう。水門町でしたね。あそこのお家に、志賀先生のお供をして行ったことがあるんですよ。

尾崎　いや、最初はたしかに志賀先生が山科《やましな》におられた時分でしたよ。（中略）

網野　あの時、武者小路先生いらっしゃいましたか。

尾崎　いました。

網野　そうですか。

瀧井　京都へ何で見えたのかしら。僕は大正十三年九月下旬に飛騨《ひだ》高山へ帰って、居なかった。

と、まあ、こういった会話がえんえんと続く。そのうえ話はすぐ志賀直哉の話になる。網野菊は志賀の友人としての実篤しか頭になく、瀧井は、志賀の文章を朗読さえした。そのうち、白樺派を批判した生田長江《いくたちょうこう》が「ひねくれていた」ということで意見が一致し、最後はこうである。

河盛　太宰《だざい》君が死んだ時ね、亀井《かめい》君に武者さんが「太宰は女を知らんねえ」と仰《おっ》しゃったそうですね。

尾崎　そうでしょうよ。太宰っていうのは、何と言うかな、格好ばかり気にしている男

言えますけどね。

ですからね、女が分るはずがないんですよ。吉行淳之介《よしゆきじゅんのすけ》なんていうのは、分っていると

河盛　そうですね。私、これは面白いと思ってね。

瀧井　武者さんが言われたっていうと、何かちょっと感じがあるね。

河盛　そうですね。

座談会はここで終っている。

実篤は物事を難かしく言うのを嫌う人であった。世間の常識を大切にした。善意の人で、他人を悪く言わず、温厚篤実《とくじつ》の性格である。乃木《のぎ》将軍にむかって「軍人は人間の価値を知りません」と言い放った反戦論者である。にもかかわらず、戦後は戦犯として追放された。実篤の旧友ならば、せめて、そのあたりの真相に言及してほしかった。追放は昭和二十六年に解除され、同年に文化勲章を授与された。文化勲章を授与された作家の小説は、有り難いが読む気はしない、というのも人情である。この座談会には、実篤を「偉い人」と規定しながら、実篤が少しでも温厚篤実路線からはずれた内容を言った事に関して、「かえって真実味がある」と驚いてみせる気配がある。それはこの座談会に出席した人だけではなく、広く同時代人が感じていた実篤観であったろう。

実篤より五歳年上（筆者註・御自分では六歳上と書いている）の熊谷守一《くまがいもりかず》は、実篤が

自分の絵をほめてくれたことに感謝しつつも、こう書いた。

「夕暮れのお日様を、四号の真中に描いた油絵を展覧会に出した時、武者さんがそれを気に入らなく、こんな絵を熊谷君がよく平気で展覧会に出すな、と言ったということを、人づてに聞きました。（中略）私はこの絵を自画像と呼んでいます。この絵はまだ家にとってあります。後になって武者さんの関係者が、武者さんがそんなことを言った覚えはないと、武者さん本人がいったという話を聞きました。この絵がどうしてそういう話を生んだのか、わたしにはわかりません」

追悼にこんなことを書くのだから、熊谷守一が、実篤の発言にどれほど傷ついていたかがわかろうというものだ。それも直接ではなく伝聞である。これは、実篤がめったに人の作品を悪く言わないからおこる現象で、誰か別の人ならともかく、「実篤が言った」というと重くのしかかる。

同じような怨《うら》みを宮柊二《みやしゅうじ》も書いている。それは実篤が五十二歳のとき、「北原白秋って妙な人だね」と歩きながらしゃべったからである。その会話を立ち聞きした宮柊二は、以後四十年近くにわたって「その真意」を考えつづけた。宮柊二は白秋門下である。白秋は実篤と同じく明治十八年生まれだが、五十七歳で没した。宮柊二は、「いつか以上のお言葉の意をお尋ねできようかとも思ってきた。しかし、それは叶《かな》わなくなりました。永遠に」と書いた。

詩人が「妙な人」なのはあたりまえのことである。白秋のことを「妙な人だね」と言うのはむしろほめ言葉であり、さして気にすることではない。にもかかわらず、宮柊二は四十年近くにわたって、その真意を考えつづけ、ついにその答を聞く機を失った、と死者に対して詰問《きつもん》した。宮柊二のほうがよほど「妙な人」である。と同時に、実篤が発言すると、大した深い意図がなくても、聞く側は、重要な意味を考えてしまう。「善意の人」のレッテルをはられるのはつらい。

中島健蔵は実篤の善意に関して、追悼でこう分析した。

「生きているだけでいい、存在するだけでいいという人がある。武者さんは、私にとっても、そういう人であった。武者さんの楽観主義を、あまり単純に考えるのはまちがっていると思う」「武者さんは善意の人間の代表であった。善意を、あまり単純に、お人好《よ》しと混同しない方がいい。武者さんの存在の価値は、日本全体にかかわるものだった」

中島の指摘は、実篤の生き方に自分自身を投影しているかのようだ。中島は「底ぬけの楽観主義というか、戦争肯定のようなことにまきこまれたための公職追放の四年間(筆者註・本当は五年間)は、つらかったろうと想像できる。どう考えても、武者さんが軍国主義者になったとは考えられぬ」と書いた。

武田泰淳《たけだたいじゅん》は「武者小路氏は『坊《ぼ》つちやん』を書いた漱石《そうせき》より、段違いに坊ちゃんである」と書いた。そのうえで「武者さんの小説は、描写の精密さにおいて志賀氏に劣る。デッサンや油絵も、巧みさにおいて長與《ながよ》氏に劣る。だが、芸術を楽しむ心において、二人にひけをとらない。雑誌『心』は、あきらかに、先生の楽しみの場所であった」とする。武田は、かつて実篤の「馬鹿《ばか》一の死」を雑誌の月評会でほめたところ、友人から「お前、ほんとに武者小路を買ってるのかい」と問いつめられたことを告白している。実篤は、文芸評論家からは「傑作を書かない大作家」としてよそよそしくされた。武田は、そのことを「あまり『真理』好きのため、精神ボケしたかと考えられたりする。同じ作風を飽きずに繰り返しているので、進歩がとまったかと判断されることもある。鋭角にしても、鈍角にしても、角がなさすぎると、若い者は思いたがる」と書いた。それで「ますます問題にされない」のだと。「あのじいさんにも一《ひ》と言話《ことこと》をかけておくか。まあ、いいだろう」と噂《うわさ》される村長さんとして実篤は生きてきた、と評価した。

武田泰淳は、戦後派の作家で、実篤とはまったく別の地点にいたから、実篤のおかれた位置をきちんと見定めることができた。

実篤は、志賀直哉が死んだときからぼけはじめ、原稿も誤字脱字が多くなり、同じ言葉の繰り返しが多くなった。おかしな文章も多くなった。「武者さんの文章はどんなものでも直すべきではない」と小島政二郎《まさじろう》が言ったこともあって、雑誌「心」には、主語述語がつながらない文意不明の詩が掲載された。これは実篤の悲劇であり、そういった原稿を載せるべきではなかった。混乱した文体は実篤の文学生活に汚点を残した。

死ぬ前年の昭和五十年に、大阪高島屋で実篤の卒寿展が催された。実篤が九十歳になる五月十二日を記念する展覧会であり、色紙に「実篤九十歳」と揮毫《きごう》することになっていた。ところが実篤は、実際に九十歳になるまではそれを書かない、と言い張った。展覧会初日にあわせて「九十歳」と書けばいいのに、それをしない。きわめつきのガンコで融通がきかない。そのため卒寿展は一ヵ月遅れて六月に開かれた。

誕生日の日から実篤はせっせと絵を描き、婿の侃三郎から新券でお金をうけとり、財布にきちんとしまい、居間へ戻り、娘や孫に小遣いとして渡した。家の中をお金が廻っているだけであったが、実篤は上機嫌であったという。

実篤の耳が遠くなったのは米寿（八十八歳）を祝うころからであった。絵や画賛にも以前のような力がなくなっていた。娘の辰子は、実篤を「生きることだけに興味のある人だった」という。なるほどその通りで、人は、生きることだけを考えればよく、死はそのうちやってくる。実篤はそれを実践した。実篤は、八十九歳のときに「もうじき九十歳になると思っているが、出来るだけ長生きして、……笑って生きて、笑って死んでいくつもりだ……」と書いた。

実篤の最晩年の様子については、辰子が「いろいろ報道されてしまったが、父の決定的な老化は、一月二十五日に母を見舞った翌日だった」と書いている。

昭和五十一年一月二十五日、実篤は子宮癌《がん》で入院していた妻安子を入院さきに見舞った。車椅子《いす》に乗せられた実篤は、ベッドの安子と長い間、手をとりあっていた。安子は、夢うつつのまま、幻影として脳裡《のうり》に浮かんだチョコレートと黒葡萄《くろぶどう》を、「召しあがれ」といって実篤に差し出した。実篤は、その二日後から失語の人となった。

安子は二月六日に死んだ。実篤は安子の死を知らされぬまま、同年の四月九日、安子を追うように不帰の客となった。病床の実篤は、妻安子の死をうすうすと気づいていたはずだと証言する人もいる。しかし、自己の死を目前にして、実篤は、それをたしかめようとはしなかった。実篤は最後まで、周囲を心配させない「いい人」として死んでいった。

武者小路実篤（明治18年5月12日—昭和51年4月9日）

小説家・劇作家。東京生れ。「白樺」を創刊、その作品は、芥川《あくたがわ》龍之介《りゅうのすけ》をして「文壇の天窓を開け放った」と言わしめた。その後、人道主義の実践のために、宮崎県で「新しき村」のユートピア運動を展開した。

小林秀雄
八十歳の若死

58年3月1日

世間には生きているうちから伝説になっている「歴史上の人物」がおり、そういう人物が死ぬと、「待ってました」とばかり、追悼のアメアラレが降る。小林秀雄《ひでお》がそうであった。

最大級の賛辞を捧《ささ》げたのは大岡昇平で、「とうとう亡《な》くなった。今はただ悲しみに浸っているだけである」に始まる哀切きわまる追悼文「大きな悲しみ」（東京新聞）を書いた。しかし、「とうとう亡くなった」という書き出しには、「死ぬのを待っていた」という気配も感じられる。大岡は小林の七歳下で、小林にフランス語の個人教授をうけた弟分であった。大岡は小林を「人生の教師」（文藝《ぶんげい》春秋）とまで呼んでいる。じっさい小林が一番かわいがっていたのは、思想的には対立する大岡であった。

水上勉は「汲《く》めど尽きぬ達道の芸」（毎日新聞）として、「先生という人はあの痩身《そうしん》のなかに言葉の井戸をお持ちで、いくら汲んでも水の切れないようなお方だったという思いを強くする。文学の話でも食い物の話でも人の話でも、みな達道の芸につながり、すべて小林というつるべから差し出された気がする。その水は私のようなものの頭にも、からっぽにしていると一つ一つ心にしみたのである」と追憶した。また水上は「文学界」追悼特集号（昭和五十八年五月号）で、小林秀雄の家に侵入した泥棒が刑務所から手紙をよこした、というエピソードを書いている。「泥棒までが、（小林を）誠実な人と見たにちがいないのだ」と。あるいはこういう話もある。小林が講演旅行に行ったとき、ある朝、小林の姿が見えなかった。そのとき小林は近くの公園に行って早朝から講演の練習をしていたという。

水上はこういったエピソードをいくつかあげ、いかに小林が誠実で求道《ぐどう》的な人間であったかを論証していく。泣かせ節の見事な追悼である。

小林が死んだのは昭和五十八年三月一日で、八十歳だった。死ぬ前年に『本居宣長《もとおりのりなが》補記』（新潮社）が刊行されて、生涯現役の人であった。

小林への追悼がかくも熱烈なのは、小林が死ぬ寸前まで強い息で書きつづけていたからである。八十歳の高齢でありながら、小林にはまだなにかをしでかしそうな気魄《きはく》があった。

「新潮」追悼特集号（昭和五十八年四月臨時増刊号）には四十五名が寄稿している。巻頭に未発表講演「信ずることと知ること」と未発表処女作小説「蛸《たこ》の自殺」があり、それにつづいて、今日出海《こんひでみ》「わが友の生涯」、江藤淳《じゅん》「言葉と小林秀雄」、高橋英夫「考える人」、山本七平「小林秀雄の生活」、白洲《しらす》正子「『美』を見る眼」、吉井長三「小林先生と絵」、粟津則雄《あわづのりお》「音楽のドラマ」、福田恆存《つねあり》「『本居宣長』を読む」、田中美知太郎《みちたろう》「小林秀雄と私」、村松剛「『無垢《むく》』の思想家」。吉田凞生《ひろお》編「文学と生活の履歴」。永井龍男《たつお》「くるの音」、大岡昇平「教えられたこと」、中村光夫《みつお》「批評の出現」、安岡章太郎「邂《かい》逅《こう》」、大江健三郎「『運動』のカテゴリー」、水上勉「誠心の人」。

それに続く、コラム「天才の証人」には、井伏鱒二《いぶせますじ》「『人形』その他」、高見澤《たかみさわ》潤子「兄を失なって」、末永雅雄《まさお》「餅《もち》のつきあい」、前川春雄「家庭教師と中学生」、宮沢喜一「追想」、サイデンステッカー「内なる日本の開示」、木内信胤《のぶたね》「野球と国語」、波多野完治「二十歳の小林秀雄」、石原慎太郎「自由と寛容」、吉川逸治《よしかわいつじ》「美を語る言葉」、入江泰吉「大和路から」、草野心平「なんぼで売る?」」、山本健吉「『歴史』の一語」、遠藤周作「私の感謝」、河盛好蔵《かわもりよしぞう》「少しばかりの思い出」、奥村土牛「清く純粋な方」、山崎正《まさ》和《かず》「要害堅固の砦《とりで》」、丹羽《にわ》文雄「小林秀雄とゴルフ」、宇野千代「真の恩人は小林さん」、渋沢孝輔「詩への恩」、野々上慶一「小林さんとのオツキアイ」、バルバラ吉田「セ・ラ・ヴィ」、岡山誠一「天上の声」、深沢七郎「マンボのLP」、梅原龍三郎《りゅうざぶろう》「春に送る」。「文学界」追悼特集号にも四十一名が寄稿しており、執筆者名だけを記すと、尾崎一雄《かずお》、井上靖《やすし》、円地文子、丹羽文雄、生島遼一《りょういち》、山本健吉、西村貞二、本多秋五、野々上慶一、

遠藤周作、中里恒子《つねこ》、寺田透、高見澤潤子、草野心平、中野孝次、加賀乙彦《おとひこ》、飯島耕一、竹西寛子、坂上弘、田久保《たくぼ》英夫、前田愛、川端香男里、山口昌男《まさお》、大岡昇平、大江健三郎、永井龍男、水上勉、藤枝静男、久保守、上田三四二、佐伯《さえき》彰一、菅野《かんの》昭正、磯田《いそだ》光一、粟津則雄、西尾幹二、高橋英夫、清水孝純、桶谷秀昭《おけたにひであき》、野口武彦、饗庭《あえば》孝男、秋山駿《しゅん》、である。

この他「中央公論」「ユリイカ」「文藝」「すばる」「群像」などで多くの追悼がなされ、「小林秀雄を追悼することが一流の文学者の証拠」といった様相を呈した。「小林秀雄を語る」ことはそう簡単にできることではなく、追悼号の編集者の頭には「二流三流のボンクラ筆者には小林秀雄を追悼する資格はない」という意識があったろう。生前の小林には、たとえほめても変なほめ方をしたらたちまちやりかえしてしまう凶器のような怖さがつきまとった。

小林の三年前に没した河上徹太郎は、「小林の『Xへの手紙』に出てくる『きみ』というのは自分のことだ」とばらして、それを「自惚《うぬぼ》れているわけではない」と自惚れてみせた。小林秀雄のモデルになるというだけで、大変名誉なことなのだ。河上ほどの人が、こんな自慢する必要もなかろうにと思うものの、そう自慢したくなってしまう気分もわかる。

東野芳明は「小林秀雄氏の毒薬にひかれる自分がいやで、それに抵抗して今日まで来た感じです。（中略）小林秀雄氏は偉大なる反面教師です」と語っている。のち、小林を批判する柄谷行人《からたにこうじん》は、小林を「死に至るまで迅速に回転しつづけ、しかもあくまで静止しているように見えたコマ」と評した。司馬遼太郎《りようたろう》は「小林さんは、光源を発見する人だった。ゴッホの絵でもドストエフスキーの作品でも音楽でも、先入観を交えずに、じっと穴のあくほど本質を見つめていくうちに思想ができ上がっていく。本居宣長でも、宣長の精神の奥に光源をみつけたのだろう」（朝日新聞）と追悼した。八十歳の天寿をまっとうしてなお、死が事件となるところに小林の凄味《すごみ》があった。多くの追悼のなかで語られるのは、「近代批評の巨星」「無類の凝り性でトコトンいく」「本物に徹してにせ物を許さない人」「からみ酒の酔っぱらい」「好奇心が強いわがまま」「直感の魔術師」「人間の心の奥をみつめた人」「桜を愛した心やさしき詩人にして美の殉教者」「べらんめえでチャキチャキの江戸っ子」「対象の本質を見ぬく本能的鑑識眼」「傍若無人で高慢なる自信家」「論敵を徹底的に叩《たた》く一本気」といったところで、ようするに、これはもう大変立派な妖怪《ようかい》としか言いようがない。

小林の文体には贅肉《ぜいにく》をそぎおとした簡明さがあり、論のたてかたには検事が犯人を追いこんでいく殺気がある。錐《きり》でついていくような細密な論証、その結果の断定的な結論は、読んでいくとスパッと気持がよく、居合の達人のような斬《き》れ味があり、そのくせ意表をつくレトリックで読む者をケムにまく。

山本健吉は「若いころの小林は一流もしくはナッシングで、二流三流は認めなかった」という。小林の周辺にいた作家はほとんど撫《な》で斬りにあい、死屍《しし》累累《るいるい》であった。ランボオ、ボードレールから出発して、ヴァレリー、ジイドをへて、最後は本居宣長にすすんでいく行程はめまぐるしい思想の遍歴であり、それを批判しようとすればいくらでもできる。ようするに気が強く勘がすぐれた読書家がそのときどきの気分で骨董《こっとう》をいじり、モーツァルトを聴き、「一流主義」「本物主義」をとなえつつ日本の古典に回帰していくわけで、その「変節」を支えてきたのは、ひとえに小林の「強い呼吸」であった。中村光夫は、そういった小林を偲《しの》んで「八十歳の若死」と評した。

今日出海は小林が刀の鍔《つば》に熱中していたことを回想している。小林はズボンのポケットに三つも四つも鍔を入れて今の家にやってきて、それを今の四歳の娘に見せて「どうだい、いいだろう、桃山だよ、きみ」と自慢したという。まだ漫画も読めない娘にむかって「桃山だよ、はないだろう」と今は書きとめている。今は小林の生涯の友人であるから、こういった思い出を好意的に書いた。

秋山駿は「小林秀雄が死んだ。私にとっては大きな出来事であった。ことによったら親父《おやじ》が死んだときより、私の内部で一瞬何かがざわめき、そして沈んでいった」(「群像」)とまで書いた。

今西錦司《きんじ》が「中央公論」に書いた「小林さんと私」にはこうある。

「小林秀雄さんといっても私は面識がないのである。畑ちがいであるからである。その小林さんが、たしか今日出海さんとの対談のなかで、私の『生物の世界』をとりあげてくださって、おほめいただいたことがある。こちらは面喰《めんくら》ってしまった。……その人は私と会わずに世を去った。今はご冥福《めいふく》を祈るのほかはない」

　小林と今西は明治三十五年生まれの同い年である。同い年であることからくる共感もあるだろうが、一度も会ったことがないのに友情があり、これが批評の力というものだろう。面識のない小林と今西の間には精神連鎖がある。こういう関係こそ小林が追い求めたものであった。

　反面、小林の一流主義への反感もあった。小林は、文学、芸術のほか見聞きするすべてについて本物とにせ物の区別を厳密につけないではいられぬ性格で、ラジオに出るジャズ歌手に至るまで、「あれは本物、これはにせ物」と鑑定して悦にいっていたという。小林の骨董趣味は有名で、良寛作といわれる詩軸を買って、得意になって掛けていたが、良寛にくわしい吉野《よしの》秀雄《ひでお》に見せたところ「にせ物だ」と鑑定された。すると、その場で日本刀でバラバラに切り捨ててしまった。その話が昭和二十六年に書いた「真贋《しんがん》」というエッセイに出てくる。

　埴谷《はにや》雄《ゆ》高《たか》は追悼「小林秀雄と私達」（「海燕《かいえん》」）で「小林はかつて持っていた困難な情熱の持続を、何時《いつ》しか忘失してしまった」とはげしく断罪した。「たちまち手許《てもと》にあった一文字助光の『名刀』でその純粋な喜びのなかで眺めつづけてきた詩軸を縦横十文字にバラバラにして了《しま》った、という『真贋』のなかの一挿話に如実《にょじつ》に示されている。彼は『ない』ものを凝視につぐ凝視をもって架空のオペラとして『ある』ものとする『自己発見』こそ即《すなわ》ち新らしい美の『創造』にほかならないという『自分の眼』、まぎれもなく創造者の眼を失って、『他からの眼』によってそこに『在《あ》る』ものの見えざる秘密の内実が左右されてしまうといったただの『俗流』の眼の保持者となってしまった。ランボオとドストエフスキイのすぐ傍《かたわ》らに彼を置いてきた私達としては、この上なく悲しいことである」と。

小林への追悼で最強の批判を書いたのは埴谷であった。埴谷はランボオに始まる小林を評価しつつも、最終的には「一流」に頭を下げる小林に「愚かしい安易性」を見てとり、「私達は底もない堕落の谷の数歩手前に立って、片手に古い感謝と敬意を携えながら、未知を見限った『自己制御』によって保たれた『一流』の栄光、全的肯定の栄光につつまれながら去ってゆく彼を、遠く遠く見守る」と批判している。埴谷は小林を越えようとして『死霊《しれい》』を書きつづけることになった。

私は大学四年のとき、小林秀雄の文芸講演を聴いた。歯切れのいい、若いころの志ん生のような口調で、言葉の間あいがよかった。あんまり話し方がうまいので、かえって失望してしまった記憶がある。

生前の小林に対して、徹底して批判をしたのは花田清輝《きよてる》であった。一九六〇年代は、正統派学生（一流志向）は小林を愛読し、堕落派学生（俗流志向）は花田を支持する傾向があり、花田が徹底して小林批判を書けばさぞかし面白かったであろうが、六〇年代後半の花田には小林に立ちむかう体力がなかった。小林は知識豊富な喧嘩屋《けんか》であるから、小林と同時代人は、うっかり小林とかかわりあうのを避けてきた。その小林に斬りつけたのは坂口安吾であった。

安吾は「教祖の文学」（「新潮」昭和二十二年）で、小林の急所を攻撃した。安吾は「（小林の論法は）言葉の遊びじゃないか。（中略）小林に曖昧《あいまい》さを弄《もてあそ》ぶ性癖があり、気のきいた表現に自ら思いこんで取り澄している態度が根柢にある」として「小林秀雄も教祖になった」と喝破し、三文文士の誇りを以《もっ》て小林を攻撃した。

「つまり教祖は独創家、創作家ではないのである。教祖は本質的に鑑定人だ」「文学は生きることだよ。見ることではないのだ」。安吾の小林批判には、そのいっぽうで小林への友情があり、結果的には論争にはならなかった。言いあいになれば小林は負けたかもしれず、なぜなら安吾は小林の論理の外にいて、話はかみあわないからである。それに、安吾は好きなだけ言って昭和三十年にさっさと死んでしまった。

小林に対しては、みな、哀悼の意を表しつつもいらだちを持っていた。それは、安吾がいう「教祖的鑑定人への反発」であり、中上健次は、毎日新聞夕刊の追悼で「羽田空港で貨物の積み降ろしという肉体労働をしはじめてからは、(小林の)本はいつも労働のかたわらにあった」と告白しつつも、「私も坂口安吾も、小説、物語という場に足場を築いた事は共通しているが、私の方はさらに巨大な知の総体である小林秀雄氏を撃つ為《ため》、心ある近代現代の作家なら一度は通る上田秋成を擁立するように〈やまとごころ〉をとく本居宣長に対置し、文学ではなく物語(モノカタリ)、今、新たに言い直すなら小説としか言いようのないものを持ち出した」として「結局は、訃報《ふほう》の待ち受ける夜に向かって沈んだ怖《おそ》ろしいほど大きな赫《あか》い日が『来迎図《らいごうず》』を語る小林秀雄氏の文章と重なって、崇高な思い出のように今はある」(「赫い日」)と書いている。中上は、さらに「朝日ジャーナル」へは「小林秀雄は小林秀雄が殺す」(「小林秀雄の死」)とも書いた。かつてはつぎつぎと敵におどりかかって打ち倒した剛腕の小林が、「本居宣長」で一流好みの通俗人に変節したことを批判している。

小林秀雄には、「新潮」「文学界」の追悼特集号で書くような熱烈な支持者がいるいっぽう極端な反対者がいた。いやむしろ、小林崇拝者のなかに小林批判者が潜在し、中上が言うように「小林は小林が殺す」のである。小林に関しては、小林否定の立場からの評価のほうがむしろレベルが高い。否定論のみで小林秀雄論ができあがり、そのほうが、小林秀雄をより深いレベルで理解するというパラドックスが成立する。

小林の葬儀で、今日出海は弔辞をつぎのようにしめくくっている。

「きょうは涙もこぼさないで、この葬儀を全うしたいと思います。小林はやはり二人といない人間であります。どうして生まれてきたのかわからないような男であります。……天才でもなければなんでもない、一個の立派な友だちであり、父親であり、夫であった。……どうかその友のために、みなさまと一緒にここでお別れをしたいと思います」

小林秀雄（明治35年4月11日―昭和58年3月1日）評論家。東京生れ。「様々なる意匠」が懸賞評論二席に入選。以後、独創的な評論活動に入った。戦中は古典に関する随想を手がけ、戦後は芸術論、人生論も展開した。晩年の大作『本居宣長』は連載11年に及んだ。

あとがき

追悼はナマの感情が出る。新聞に依頼されれば一晩で書くし、文芸誌ならば頼まれてから二、三日で仕上げる。人が死ぬのは突然だから、書く側はまだ心がうち震えており、生前の記憶が強く残っている。それで、心情をナマのまま書く。私が追悼に目をつけたのはそのためで、追悼には本心が出る。追悼文が後世まで文献として残るとは思っていない。この本で引用した文献は、新聞や雑誌の追悼号から選び出したものばかりだ。

文学者の死は事件である。いや、「事件であった」といったほうが正確かもしれず、小説家が死ぬと、死者へむけて、賛否両論の評価がとびかった。小説家にとっては、生涯もまた作品である。死によって作品が完結したことになり、残されたものはさまざまな角度から追悼をした。ほめる追悼ばかりではない。

漱石《そうせき》に対しても、追悼で批判する者がいた。内田魯庵《ろあん》や島村抱月《ほうげつ》がそのひとりで、藤村も冷淡だった。藤村はデビューしたときに漱石にほめられた恩があり、もう少し感謝の意を表してもいいのに、それがない。秋田雨雀《うじやく》は「漱石は時代錯誤の人でつぎの時代には名を残さない」と言い切った。

荷風が死んだとき、「ただ愚なるものを見るのみ」と指弾したのは石川淳《じゅん》である。「貯金通帳をこの世の一大事とにぎりしめて、深夜の古畳の上に血を吐いて死んだ荷風は戦後の窮民だ」とまで書き、「荷風文学は死滅した」と断じた。相手が大文豪だからといって手をゆるめたりしない。

死してなお批判されるのは小説家の運命で、太宰治には、かなり多くの人が手きびしく、それは同じく情死した有島武郎《たけお》に対しても同様である。しかし、そういった批判は追悼する者もまた課題をかかえている小説家であり、超克する相手として見つめている。死者を批判する痛みを知るのは批判する本人である。追悼には、哀悼型、批判型、自慢型の三種があり、自慢型は、大物作家が死んだときに、「われこそは親友なり」としゃしゃり出るタイプだ。それに対して怒る追悼者も出てくる。

小説家への追悼は文芸である。文の達人が全霊をかけて書きあげた作品である。しかし全身を震わす追悼を死者は聴くことはできない。と知りつつも追悼者は死者へ呼びかけるのであり、言霊《ことだま》が霊界通信となるか、は死んでみなけりゃわからぬが、追悼の言葉はとりもなおさず自白である。追悼はじつに怖い行為なのだ。

藤村は、田山花袋《かたい》の臨終に立ちあって、花袋の耳もとに口をよせて、「死んでいくときの気分はどういうものかね」と訊《き》いたという。この話の真偽に関してはこの本のなかに書いた。また、鷗外《おうがい》の著作は、鷗外存命中はあまり売れなかったという。文学論争では連戦連勝の鷗外だが、論争に勝つことと本が売れることは別問題だ。紅葉、露伴、漱石の本が売れて、自分の本はいっこうに売れないのは、さぞかしくやしかったことだろう。ということは日夏耿之介《ひなつこうのすけ》が書いた追悼によってわかる。追悼によって、文学史が見落してしまいがちな事実が見えてくる。

芥川龍之介《あくたがわりゅうのすけ》は、自殺に関して綿密なアリバイ工作を企《たくら》んでおり、芥川を追悼する側は生き残る側の弁明を試された。小説家は、「死ねばいい人」ではすまない。追悼する人の心は死者の魂にぶつかり、ジリッと焼けて、また自分の体内に戻ってくる。人を追悼することは、自分をも少しずつ葬《ほうむ》ることなのである。

追悼によってよみがえった人もおり、たとえば宮沢賢治は、死んだときは無名詩人で、新聞記事になることもなかった。友人の草野心平が編集した同人雑誌の追悼号によって世に出たのである。草野の追悼特集なくして賢治がこれほど知られることはなかった。無名詩人を発掘するうえで追悼は有効である。

死者を痛罵《つうば》する場合でも、批判することによって乗り越えようとする精神の格闘がある。人はさまざまな死に方をし、世間はその死に対してあれこれと批評をいう。死の批評だから死評である。死の方法、死の理由、死の意味、死んだ年齢、といろいろの要素がからみあい、死に方は伝染していく。若くして死んだ小説家は、自死、病死にかかわらず「力があった」ということも見えてくる。夭逝《ようせい》の小説家はいずれもパワーがあった。

る。

この本では、四十九人を没年順に掲載した。生まれた順ではないから、長寿の作家はあとになる。明治、大正、昭和の作家を没年順にすると、また違った文学史が見えてくる。

この五年間というもの、私は作家への追悼文ばかり読んで過ごしてきた。八畳の仕事部屋は、右も左も追悼文だらけである。近代文学館はじめ神田西秋書店ほかで収集した古雑誌とコピーの山である。そのなかで寝るから喘息《ぜんそく》が悪化し、ヒューヒューと音をさせながらこの「あとがき」を書いている。古雑誌にはダニがいて、そいつが腹や背中をかむ。追悼文の山は言葉の卒塔婆《そとば》のようで、追悼の墓場にゴロ寝してきたようなものだ。ようやく書き終えたから、崩れ落ちそうな古雑誌は虫干しして、部屋にはダニ退治薬をまき、コピーは焼いて葬送するつもりだ。

嵐山光三郎

文庫本のあとがき

この本の初版が刊行された三ヵ月後に父が死んだ。人はさまざまな死にかたをし、世間はその死に対してあれこれと批評をいうが、父の死の前ではなにひとつ言うことができなかった。追悼の極は、なにも言葉を発しえないことを実感として知った。父が卒業した学校の同窓会報に、父の友人が短い追悼文を書いてくれた。また父の句友が追悼句を寄せてくれ、それを仏壇に供えた。その後、幾人かの友人の死に会い、葬儀で弔辞を読むこともあった。友人へ弔辞を送るのは、言霊《ことだま》を故人へ届け、鎮魂する祈りである。なまじ追悼の調査ばかりした結果、追悼する行為が、ひどく難儀となった。

二〇〇〇年の十月から三ヵ月間、この書より夏目漱石《そうせき》、石川啄木《たくぼく》、有島武郎《たけお》、芥川《あくたがわ》龍之介《りゅうのすけ》、若山牧水、宮沢賢治、島崎藤村、太宰治《だざいおさむ》、永井荷風、谷崎潤一郎、三島由紀夫、川端康成《やすなり》の諸氏への項をNHK教育テレビ「人間講座」で放送し、近代文学先輩諸兄の墓へ改めて参拝して万感胸に迫るものがあった。その後、吐血して死にそうになり、自分が死んだら、だれか追悼してくれる友がいるだろうか、追悼されるとしたらいかなる内容になるのか、と考えた。しかしながら私は還暦を迎え、いまのところ生きのびている。ということは、私がこれより書くものは、すべて私の遺書である、ということに思いあたった。たとえ自分が死んでも言葉が残っている。追悼はおそろしいもので、死者を追悼することによって、追悼する側の生き方が問われる。それ以上に、文を書くことがさらにおそろしい。そのことを胆に銘じて、いつの日か死んでいくことになるだろう。

二〇〇二年五月

嵐山光三郎

追悼の至道

林　望

世の中には偏屈人というものがあって、人が右と言えば左と称し、黒と唱えれば白と言い募る。しからば、さようの人士が世に容《い》れられないかと言えば、意外にもそうでもなかったりするので、世間というものは面白い。

大昔のシナにもよほどな偏屈人が居《お》ったと見えて、まことに愉快な寓話《ぐうわ》があれこれと伝えられてある。その大頭目とも言うべき人は荘周というへそ曲がり親爺《おやじ》であろうと思うのだが、そこに、こんなことが書いてある。

「天下に楽しみの至れるものというようなことがあるであろうか。その楽しみの故《ゆえ》に身を養い活《い》かすことができる、とそんな楽しみがあるであろうか。いやはや、天下の俗人どもは、たとえば富貴やら長寿やら出世栄達やらをもって楽しみであるかのように言いそやすけれど、それも考えものである。たとえば、大金持ちになったとてそれがなんであろう。金儲《もう》けのために齷齪《あくせく》と身を苦しめて、それで財をなしたとてすべてを使い切れるわけでもなし、たとえばまた高位高官に上ったとてなんであろう。それがために日夜経営苦心して一時として心の休まるときがない。たとえば、長寿を保ったとてそれがなんであろう。人間おぎゃーと生まれてこのかた、憂《うれ》いというものといつも二人連れではないか。そういう人生をば人よりも長々と送ったとて、その分苦しみがたくさん押し寄せるだけのこと。たとえば名誉を得たとてそれがなんであろう。烈士だの勇者だのって名誉をほしいままにしたとて、それが身を安全に養うゆえんではまったくない。したがって、これらのものは我が輩の楽しみとするところにあらずして、俗人の楽しみというべきのみぢゃ。ほんとうの至人ともなれば、さようの世俗的楽しみの一切なきことを以《もっ》て楽しみとする。故にこうも言おうか。

『至楽は楽しみ無く、至誉は誉れ無し』と。」

もとより、かようなことを言い放ったとて、実際に何の役にも立たぬ仕儀だけれど、この憂い多き世の中に息をしている身としては、うむ、なんとなくそれはそうだと思ってしまう。

このシナ古代の偏屈人が、さながら蘇《よみがえ》ってくると、嵐山光三郎という人になりはせぬかと疑われる。

『私の死亡記事』という、真《しん》に何の役にも立たぬ怪書があって、これぞまさに、荘子のいわゆる「無用の用」的な書物だけれど、これが、一読するに抱腹絶倒の面白さである。

この本のなかに、わが尊崇する臍《へそ》曲り道の先達嵐山居士《こじ》も天晴《あっぱ》れ至極の一文を投じておられるのだが、それによれば、居士は北海道大雪山中において、熊《くま》に食われて死ぬことになっている。そもそも居士は、朝日新聞社の祐乗坊宣明《ゆうじょうぼうひであき》氏の一子として生まれ、戦後藤沢に於《お》いて極貧生活のうちに人となった、というようなことが書いてあるが、その割には国立学園小⇓桐朋中⇓桐朋高⇓国学院大学と金のかかる私立学校ばかりに進学したとあるのは、いかにも不審至極にして臍曲りの元帥《げんすい》と言わねばならぬ。しこうして、学校を出て以後は、編集（偏執《へんしゅう》？）の道を歩んで平凡社の『太陽』編集長などを経て作家になったというのだが、その著すところの書籍はほぼことごとく絶版になって、文庫本絶版男の異名を取ったとある。じつにどうも熊には食われたかもしれぬが、人を食ったる名文である。

しかしながら、私は、嵐山居士の著作を以《もっ》て、今日屈指の名著なりと信じている。とりわけて、この『追悼の達人』と『文人悪食』の両著は、その研究調査の精細なる、その筆法の尖鋭《せんえい》なる、その文雅の馥郁《ふくいく》たる、いずれも目下都に匹儔《ひっちゅう》するものを見ないといって良いと思う。そうしてさようの畸著《きちょ》にしてなお絶版になるとすれば、それは畢竟《ひっきょう》この国の文化水準がなお小児病的低位にあるというなによりの証左でなければならぬ。

さて、嵐山さんはなにゆえに追悼の研究をされたのであるか。それは一読明らかであって、追悼の研究はすなわちその追悼される人士が如何《いか》に生きたかの研究にほかならぬからである。

一つ二つ（読めば分かることだからここにその一部を抜き出すなど無用の行いではあるが、まあ話の都合上）例を挙げてみようか。

あの『放浪記』の林芙美子《ふみこ》が、当時非常に嫌われ者として通っていたということを、私は不敏にして知らなかった。なにしろ林の著作など一冊も読んだことがなく、何も興味がなかったからである。

しかるに、嵐山さんは書いている。

「『放浪記』を書く前は、頭ボサボサのやせた女狐《めぎつね》のようであったが、小説が売れてパリで豪遊すると、醜く太った中年婦人に変貌《へんぼう》した。パリに行ったときは手塚緑敏と結婚している身であったが、同地在住の画家外山五郎を追いかけ、考古学者森本六爾《ろくじ》とも浮名を流して、やりたい放題であった。作家仲間の反感は、生前からのもので、文壇の女王然としたふるまいが毛嫌いされていた」

と、この書き方自体に、著者自身としても相当に毛嫌いしている感じがするのであるが（たぶん嵐山さん自身も彼女のような作家には閉口するという編集者としての経験があるのであろう）、しかし最後のところで、平林たい子の文章を引用して、彼女の悪徳なるものが「死後まで宥《ゆる》されない程の深刻なアクは残らない。そういう小悪徳をも含めてのであったことが、庶民の女としての林さんだったのだ」という風に述べてあるので、結句、その嫌悪《けんお》すべき悪徳も宥されてよいという感じがしてくる。この歯に衣着《きぬ》せぬ辛《しん》辣《らつ》さとそれを微妙に救い取るバランスの取り方が嵐山評伝文学の真骨頂であると言ってよい。

もう一人、嫌われ者のチャンピオンのような女流作家がこの本に出てくる。かの岡本太郎の母、岡本かの子である。この人もまた成り上がりの醜女で、性格も行状も恐ろしく悪かったことが述べられるのだが、しかし、そのかの子には岡本一平という終生の賛美者が居たことが述べられて、そこに救いが求められている。ところが林にはそういう存在はついに現れなかった。そこで、

「芙美子がライバル視した岡本かの子には岡本一平という影の演出者がいた。しかし、芙美子は自作自演で大作家を演じなければならなかった」

というのがこの章の結びの言葉である。この一行の切り捨て方はすごい。底の底まで林芙美子という作家を見通していなければ、こういうふうには書けるものではない。ここに嵐山さんの犀利《さいり》公正なる目が光っている。

こうした目の光りかたは、『文人悪食』にも通底して認められるもので、本書と合わせて読むと、一層の興趣が募る。『文人悪食』のほうは、作家たちの食生活を精査してそこに浮かび上がってくるエロス的な「灰汁《あく》」のようなものをくっきりと描き出すのであって、食を語って色を語るという至芸であるが、それに対してこちらは死を語ってなお色を語るというタナトス的力技を見せる。いずれにしても文章の達人でなくてはとう

ている難い境地である。

そんな風にして読んでみると、なるほど林芙美子の「美食」(この無茶な美食を嵐山さんは悪食と規定するのである)も、男遍歴も、彼女の比類なく不幸な生い立ちと醜い容貌に対するせめてもの反乱であったことが分かる。そこに「もののあわれ」があるのである。

あるいは谷崎潤一郎の追悼。冒頭のところで、

「天寿をまっとうした小説家にいい追悼がなされないのは、谷崎潤一郎の場合も例外ではない」

とずばり言い切る。そうして三島由紀夫以外には、谷崎を正当に評価し賛嘆した作家は居なかったという追悼風景を概述するなかで、たとえば武者小路実篤《むしゃのこうじさねあつ》が「僕は自分にはとても書けない世界を実に美しく、よく見、よく調べ、よく自分のものにし、書いているのに感心した」とまるで小学校の先生の作文評みたいな無内容の追悼を書いたことを紹介し、それを「追悼するほうも半分ぼけている」と憫笑裡《びんしょうり》に斬《き》って捨てる。この舌鋒《ぜっぽう》が嵐山さんである。こんなところを読むと、嵐山さんがにやっと笑う表情まで思い浮かばずにはいない。

そうしてその谷崎の軽視の背後には「当時の文壇には、志賀直哉の求道《ぐどう》的な精神小説を上とする傾向があった」からだと批評するのであるが、この批評は、じつは谷崎を謂《い》

って意を現在に及ぼしているという風韻がある。そしてその見《けん》には私も賛同する。

さらに、こうも書いている。

「谷崎は追悼がうまく、多くの友人を追悼してきた。他人を追悼することが上手な人は、自らは上等の追悼を書かれることは少ない。荷風が死に、佐藤春夫が死に、谷崎を失った文壇は勢いを失った」

ここに挙げられた三人は、いずれも求道小説とは正反対の岸に立っていた破倫的作家群にして、なお追悼の名手だった人たちである。

つまり、求道だ精神だ哲学だなどというお題目ばかりを吾《あ》が仏尊《ほとけたっと》しとして祭り上げてきた「純文学」というものがなぜ勢いを失ったかという大きな問題が、良く見よ、ここにはさりげない形で提起されているのである。

これを私は反骨と読むのである。

反骨はすなわち偏屈である。偏屈はすなわち無用の人の道である。そこに荘子が論断したごとくの反俗精神が脈動している。私は、こういう無用の本を渾身《こんしん》の力を込めて書かれた嵐山さんに深い敬意を覚えるが、同時にまたこれほど俗意を離れた名著は、いずれ絶版の憂《う》き目にあうのではないかとひそかに同情しつつ短き筆を擱《お》くことにしたい。

合掌。


（平成十四年四月、作家）

主要参考文献

1　正岡子規

子規居士と余　高浜虚子（大正四年　日月社）
子規を語る　河東碧梧桐（昭和九年　汎文社）
友人子規　柳原極堂（昭和十八年　前田出版）
正岡子規　高浜虚子（昭和十八年　甲鳥書林）
正岡子規　斎藤茂吉（昭和十八年　創元社）
子規の回想　河東碧梧桐（昭和十九年　昭南書房）
歌人子規とその周囲　小林芝三（昭和二十二年　羽田書房）
子規について　高浜虚子（昭和二十八年　創元社）
子規全集全十五巻（大正十三年～十五年　アルス）
子規全集全二十二巻（昭和四年～六年　改造社）
子規全集全二十五巻（昭和五十年～五十三年　講談社）
子規追悼号・俳人子規　白石南竹編（ホトトギス　明治三十五年十一月）
子規居士七周忌記念号（ホトトギス　明治四十一年九月）
子規居士没後十周年記念号（アララギ　大正元年九月）
子規居士十三回忌記念号（アララギ　大正三年十月）
子規居士五十回忌記念号（ホトトギス　昭和二十六年十二月）

2　尾崎紅葉

紅葉全集全十三巻（平成五年～七年　岩波書店）
紅葉山人追憶録（新小説　明治三十六年十二月）

3　小泉八雲

小泉八雲氏記念号（帝国文学　明治三十七年十一月）

4　川上眉山

巌谷小波氏談ほか（新小説　明治四十一年七月）

5　国木田独歩

国木田独歩論　田山花袋（早稲田文学　明治四十一年八月）
故独歩氏追悼録（新小説　明治四十一年八月）
嗚呼国木田独歩（中央公論　明治四十一年八月）
独歩の生涯　国木田収二ほか（趣味　明治四十一年八月）
独歩君と僕　小栗風葉ほか（新聲　明治四十一年七月）
国木田独歩（新潮　明治四十一年七月）

6　二葉亭四迷

露国に赴きたる二葉亭氏（趣味　明治四十一年七月）
（太陽　明治四十二年六月）
（東京朝日新聞　明治四十二年五月十五日～十七日）
二葉亭四迷全集別巻「二葉亭案内」（昭和二十九年　岩波書店）
二葉亭四迷（復刻）（昭和五十年　近代文学研究資料叢書5　日本近代文学館）
思い出す人々　内田魯庵（大正十四年　春秋社）
柿の蔕　坪内逍遥（昭和八年　中央公論社）
二葉亭四迷全集全九巻（昭和三十九年～四十年　岩波書店）
二葉亭四迷全集全八巻（昭和五十九年～平成五年　筑摩書房）

7　石川啄木

啄木追懐　土岐善麿（昭和七年　改造社）
石川啄木　金田一京助（昭和九年　文教閣）
父啄木を語る　石川正雄（昭和十一年　三笠書房）
悲しき兄啄木　三浦光子（昭和二十三年　初音書房）
石川啄木読本（文藝臨時増刊　昭和三十年三月）
石川啄木全集全八巻（昭和四十二年～四十三年　筑摩書房）

8　上田敏

無名作家の日記　菊池寛（昭和三十三年　角川文庫）
故上田敏博士追想録（藝文　大正五年八月～九月）

上田敏号（文芸研究　昭和三年六月）
上田君の訃報に接して　戸川秋骨ほか（英語青年　大正五年八月一日〜十五日）
上田敏君を憶ふ　笹川臨風ほか（人文　大正五年八月）
上田君を偲ぶ　桑木厳翼ほか（心の花　大正五年八月）
故上田敏博士　与謝野寛ほか（三田文学　大正五年八月）
上田敏先生の事　菊池寛（第四次新思潮　大正五年八月）
上田敏全集全九巻（昭和三年〜六年　改造社）
定本上田敏全集全十巻（昭和五十三年〜五十六年　教育出版センター）

9　夏目漱石

漱石の思ひ出　夏目鏡子述・松岡譲筆録（昭和三年　改造社）
夏目漱石　小宮豊隆（昭和八年　岩波書店）
夏目漱石　正・続　森田草平（昭和十七年〜十八年　甲鳥書林）
父・夏目漱石　夏目伸六（昭和三十一年　文藝春秋新社）
父の法要　夏目伸六（昭和三十七年　新潮社）
父・漱石とその周辺　正・続　夏目伸六（昭和四十二年〜四十三年　芳賀書店）
漱石先生　松岡譲（昭和九年　岩波書店）
漱石文藝読本　松岡譲註（昭和十三年　新潮社）
夏目漱石読本（文藝臨時増刊　昭和二十九年六月）
新文藝読本夏目漱石（平成二年　河出書房新社）
文豪夏目漱石（新小説　大正六年一月）
夏目漱石小特集（文章世界　大正六年二月）
漱石先生追悼号（渋柿　大正二年六月）
漱石先生追慕号（新思潮　大正六年三月）
漱石全集全二十九巻（平成五年〜十一年　岩波書店）

10　岩野泡鳴

岩野泡鳴全集全十七巻（平成六年〜九年　臨川書店）

逝ける岩野泡鳴氏　徳田秋声ほか（文章世界　大正九年六月）
岩野泡鳴追憶録　江口渙ほか（新小説　大正九年六月）
故岩野泡鳴氏に対する思ひ出　中澤静雄ほか（新潮　大正九年六月）
文壇の闘将岩野泡鳴氏の死を悼む　赤阪圓吾ほか（中央文學　大正九年六月）

11　森鷗外

軍医としての鷗外先生　山田弘倫（昭和九年　医海時報社）
鷗外森林太郎　森潤三郎（昭和十七年　森北書店）
晩年の父　小堀杏奴（昭和五十六年　岩波文庫）
森鷗外　森於菟（昭和二十一年　養徳社）
父親としての森鷗外　森於菟（昭和三十年　大雅書店）
鷗外の思ひ出　小金井喜美子（昭和三十一年　八木書店）
父の帽子　森茉莉（昭和三十二年　筑摩書房）
文豪森林太郎（新小説臨時増刊　大正十一年八月）
鷗外先生追悼号（三田文学　大正十一年八月）
森鷗外先生記念号（明星　大正十一年八月～十二月）
森博士追悼（心の花　大正十一年八月）
森鷗外氏の追憶（演芸画報　大正十一年八月）
森鷗外読本（文藝臨時増刊　昭和三十一年七月）
鷗外全集全三十八巻（昭和四十六年～五十年　岩波書店）

12　有島武郎

有島武郎氏の問題（改造　大正十二年八月）
雑感　青野季吉ほか（種蒔く人　大正十二年八月）
有島武郎氏の死（追憶と批判）（早稲田文学　大正十二年八月）
宿命の力と創造の力―有島氏の事件より得たる教訓　羽仁もと子ほか（婦人之友　大正十二年八月）
泉終刊号（泉　大正十二年八月）
有島さん等の死　阿部不二子ほか（婦人公論　大正十二年八月）

有島武郎君の恋愛関係（女性改造　大正十二年八月）
純真の人　森本厚吉ほか（文化生活　大正十二年九月）
有島武郎の思出　田所篤三郎（昭和二年　共生社）
晩年の有島武郎　渡辺凱一（昭和五十三年　渡辺出版）
評伝有島武郎　佐渡谷重信（昭和五十三年　研究社出版）
有島武郎全集全十六巻（昭和五十四年〜六十三年　筑摩書房）

13　滝田樗陰

滝田樗陰追憶集（中央公論　大正十四年十二月）

14　芥川龍之介

芥川龍之介の回想　下島勲（昭和二十二年　靖文社）
二つの絵―芥川龍之介の回想　小穴隆一（昭和三十一年　中央公論社）
追想芥川龍之介　芥川文述・中野妙子記（昭和五十年　筑摩書房）
芥川龍之介の死に対する諸作家観（大観　昭和二年八月）
芥川龍之介を憶ふ（女性　昭和二年九月）
芥川龍之介追悼号（文藝春秋　昭和二年九月）
芥川龍之介特集（改造　昭和二年九月）
特輯芥川龍之介「死」とその芸術（中央公論　昭和二年九月）
芥川龍之介特輯（文学　昭和二年九月）
芥川龍之介特輯（三田文学　昭和二年九月）
芥川龍之介氏の追憶座談会ほか（新潮　昭和二年九月）
芥川龍之介追悼記（辻馬車　昭和二年九月）
女から観た芥川さん（婦人公論　昭和二年九月）
芥川龍之介の死について（不同調　昭和二年九月）
典型的文人澄江堂の風格　森本巌夫ほか（文章倶楽部　昭和二年九月）
芥川龍之介君のこと　島崎藤村（文藝春秋　昭和二年十一月）

歯車　広津和郎（文藝春秋　昭和二年十一月）
父龍之介の映像　芥川比呂志（文藝春秋　昭和二十一年八月）
芥川龍之介全集全二十四巻（平成七年〜十年　岩波書店）

15 若山牧水

若山牧水追悼号（創作　昭和三年十二月）
若山牧水全集全十四巻（平成四年〜五年　増進会出版）

16 小山内薫

小山内薫追悼号（新思潮　昭和四年二月）
小山内薫先生追悼号（舞臺新聲　昭和四年二月）
小山内薫追悼号（築地小劇場　昭和四年二月）
小山内薫先生追悼記念号（葡萄棚　昭和四年二月）
小山内氏逝く（演芸画報　昭和四年二月）
小山内薫記念号（三田文学　昭和四年三月）
小山内薫追悼号（劇と評論　昭和四年三月）

17 内田魯庵

内田魯庵全集全十七巻（昭和五十八年〜六十二年　ゆまに書房）

18 岸田劉生

故岸田劉生追悼（美術新論　昭和五年二月）
寸感　木村荘八ほか（美之国　昭和五年二月）
岸田劉生追悼号（アトリエ　昭和五年二月）
岸田劉生を悼む（みづゑ　昭和五年二月）
岸田劉生全集全十巻（昭和五十四年〜五十五年　岩波書店）

19 田山花袋

花袋氏を見舞う　徳田秋声（東京朝日新聞　昭和四年七月二十六日〜二十八日）
花袋君の作と生き方　柳田国男（東京朝日新聞　昭和五年五月十九日〜二十一日）
田山花袋氏逝く（文芸時報　昭和五年五月二十二日）
田山花袋氏逝く　中村武羅夫（新潮　昭和五年六

月）
田山先生逝去さる（婦人画報　昭和五年七月）
文芸時評　正宗白鳥（中央公論　昭和五年七月）
花袋先生の追憶——僭越ながら自己中心に　水守亀之助（文学時代　昭和五年七月）
田山花袋研究　館林時代　小林一郎（昭和五十一年桜楓社）
定本花袋全集全二十九巻（平成五年〜七年　臨川書店）

20　小林多喜二
小林多喜二追悼号（プロレタリア文化　昭和八年三月）
小林多喜二追悼号（働く婦人　昭和八年四月）
小林多喜二追悼号（プロレタリア文学　昭和八年四〜五月）
たたかいの作家同盟記　上・下　江口渙（昭和四十一年〜四十三年　新日本出版社）
新装版小林多喜二全集全七巻（平成四年　新日本出版社）

21　巌谷小波
波の跫音—巌谷小波伝—　巌谷大四（昭和四十九年新潮社）
巌谷小波先生（童話研究　昭和八年十月）

22　宮沢賢治
宮沢賢治追悼　草野心平編（昭和九年　次郎社）
宮沢賢治　佐藤隆房（昭和十七年　冨山房）
宮沢賢治覚え書　小田邦雄（昭和十八年　弘學社）
宮沢賢治—芸術と病理—　福島章（昭和四十五年金剛出版）
わが賢治　草野心平（昭和四十五年　二玄社）
賢治随聞　関登久也（昭和四十五年　角川書店）
私の中の流星群　草野心平（昭和五十年　新潮社）
兄のトランク　宮沢清六（平成三年　ちくま文庫）
宮沢賢治覚書　草野心平（平成三年　講談社文芸文庫）
新校本宮沢賢治全集全十七巻（平成七年〜　筑摩書房）

23 竹久夢二
(書窓 昭和十一年八月)
夢二みちのく 山岸龍太郎(昭和五十四年 みちのく豆本の会)

24 坪内逍遥
坪内先生追悼号(早稲田学報 昭和十年三月〜九月)
文芸家としての坪内君 高田早苗ほか(早稲田文学 昭和十年四月)
坪内逍遥先生追悼号(芸術殿 昭和十年四月〜五月)
坪内逍遥博士を偲ぶ(中央公論 昭和十年四月)
坪内博士記念号(一)(二)(英語青年 昭和十年五月〜六月)
坪内先生の思ひ出 広津和郎(セルパン 昭和十年四月)
逍遥と偕に五十年 坪内セン(婦人公論 昭和十年五月)
五月二十二日の朝 柳田泉ほか(明治文学研究 昭和十年六月)
父逍遥の背中 飯塚くに(小西聖一編)(平成六年 中央公論社)
坪内逍遥 河竹繁俊・柳田泉(昭和十四年 冨山房)
人間坪内逍遥 河竹繁俊(昭和三十四年 新樹社)
坪内逍遥 大村弘毅(昭和三十三年 吉川弘文館)
逍遥選集全十七巻(昭和五十二年〜五十三年 第一書房)

25 与謝野鉄幹
弔詞 佐藤春夫ほか(冬柏 昭和十年四月)
与謝野寛追悼録(日本短歌 昭和十年五月)
与謝野寛先生 北原白秋ほか(短歌研究 昭和十年五月)
与謝野先生と兄と 森潤三郎ほか(明治文学研究 昭和十年五月)
なきあと 与謝野晶子(短歌研究 昭和十年六月)
与謝野寛詞の芸境に就いて 太田水穂ほか(立命館

文学　昭和十年六月）
波書店）

26 鈴木三重吉

鈴木三重吉追悼号（赤い鳥　昭和十一年十月）
鈴木三重吉全集全七巻（昭和十三年、五十七年　岩波書店）

27 中原中也

中原中也の手紙　安原喜弘（昭和二十五年　書肆ユリイカ）
中原中也研究　中村稔編（昭和三十四年　書肆ユリイカ）
在りし日の歌　大岡昇平（昭和四十二年　角川書店）
私の上に降る雪は　中原フク述・村上護編（昭和四十八年　講談社）
中原中也　大岡昇平（昭和四十九年　角川書店）
わが中原中也　河上徹太郎（昭和四十九年　昭和出版）
中原中也追悼（文学界　昭和十二年十二月）
中原中也の死　高橋新吉（文藝　昭和十二年十二月）
中原中也の手紙　河上徹太郎（文学界　昭和十三年十月）
中原中也全集全六巻（昭和四十二年〜四十六年　角川書店）

28 岡本かの子

特集岡本かの子追悼（文学界　昭和十四年四月）
特集岡本かの子氏の追憶（短歌研究　昭和十四年四月）
（文藝春秋　昭和十四年二月）
（都新聞　昭和十四年二月二十六日）
（大阪朝日新聞　昭和十四年二月二十五日）
（読売新聞　昭和十四年二月二十八日）
（帝国大学新聞　昭和十四年二月二十七日）
花嫁かの子　岡本一平（主婦之友　昭和十四年四月）
（中央公論　昭和十四年四月）
（新潮　昭和十四年五月）

（日本評論 昭和十四年五月）
座談会 谷崎文学の神髄（抄録）（文藝 昭和三十一年三月）
母の手紙 岡本太郎（昭和十六年 婦女界社）
かの子の記 岡本一平（昭和十七年 小学館）
かの子撩乱 瀬戸内晴美（昭和四十年 講談社）
岡本かの子全集全十八巻（昭和四十九年～五十三年 冬樹社）

29 泉鏡花

人、泉鏡花 寺木定芳（昭和十八年 武蔵書房）
泉鏡花障害と芸術 村松定孝（昭和二十九年 河出書房）
人間泉鏡花 巌谷大四（昭和五十四年 東京書籍）
泉鏡花 日本文学研究資料叢書 東郷克美編（昭和五十五年 有精堂）
文藝読本泉鏡花（昭和五十六年 河出書房新社）
泉鏡花事典 村松定孝編著（昭和五十七年 有精堂）
天才泉鏡花（新小説臨時増刊号 大正十四年五月）
泉鏡花追悼（文藝春秋 昭和十四年十月）
下六番町の先生 久保田万太郎（中央公論 昭和十四年十月）
鏡花の思ひ出（対談） 深田久弥・細田燕治（北國文化 昭和二十六年七月）
鏡花全集全二十九巻（昭和十五年、六十四年 岩波書店）

30 萩原朔太郎

故萩原朔太郎氏追悼（芸術新聞 昭和十七年五月十六日）
萩原朔太郎追悼号（文藝世紀 昭和十七年七月）
特輯萩原朔太郎氏・佐藤惣之助氏追悼（文藝汎論 昭和十七年七月）
萩原朔太郎追悼号（四季 昭和十七年九月）
萩原朔太郎全集全十六巻（昭和六十一年～平成元年 筑摩書房）
文藝読本萩原朔太郎（昭和五十一年 河出書房新社）
新文藝読本萩原朔太郎（平成三年 河出書房新社）

父・萩原朔太郎　萩原葉子（昭和三十四年　筑摩書房）

31 与謝野晶子

晶子曼陀羅　佐藤春夫（昭和三十年　講談社）
鉄幹と晶子　菅沼宗四郎（昭和三十三年　中央公論社）
どっきり花嫁の記　母与謝野晶子　与謝野道子（昭和四十二年　主婦の友社）
むらさきぐさ　母晶子と里子の私　与謝野宇智子（昭和四十二年　新塔社）
与謝野晶子追悼号（冬柏　昭和十七年六月〜八月）
特輯与謝野晶子女史追悼（書物展望　昭和十七年七月）
特輯与謝野晶子氏を想ふ（短歌研究　昭和十七年七月）
母与謝野晶子　森藤子（婦人公論　昭和十八年二月〜五月）
母・晶子　森光（明星　昭和二十二年六月〜二十四年二月）
定本与謝野晶子全集全二十巻（昭和五十四年〜五十六年　講談社）

32 北原白秋

白秋追憶　前田夕暮（昭和二十三年　健文社）
回想の白秋　井上康文編（昭和二十三年　鳳文書林）
北原白秋　恩田逸夫（昭和四十四年　清水書院）
文藝読本北原白秋（昭和五十三年　河出書房新社）
追憶の白秋　岩間正男（昭和五十六年　青磁社）
北原白秋追悼号（短歌研究　昭和十七年十二月）
北原白秋追悼号（多磨　昭和十八年六月）
白秋全集全四十巻（昭和五十九年〜六十三年　岩波書店）
北原白秋氏の追憶　中村星湖（學苑　昭和十八年七月）

33 島崎藤村

父藤村と私たち　島崎蓊助（昭和二十二年　海口書店）

社）
藤村の思ひ出　島崎静子（昭和二十五年　中央公論
島崎藤村の秘密　西丸四方（昭和四十一年　有信
堂）
藤村私記　島崎蓊助（昭和四十二年　河出書房新
社）
島崎藤村全集全十三巻（昭和五十六年〜五十八年
筑摩書房）
島崎藤村読本（文藝臨時増刊　昭和二十九年九月）
島崎藤村先生のことども（新潮　昭和十八年十月）
島崎藤村追懐（文藝　昭和十八年十月）
藤村への回想　逸見広（早稲田文学　昭和十八年十
月）
藤村を憶ふ（新文化　昭和十八年十一月）
島崎藤村の死　中村星湖（改造　昭和十八年九月）
藤村覚え書　広津和郎（改造　昭和十八年九月）
一人の甥に与ふる手紙　島崎静子（中央公論　昭和
十八年十月）
島崎藤村　西村孝次（批評　昭和十八年十月）
藤村氏のこと、そのほか　山内義雄（新文化　昭和
十八年十一月）
藤村訪問記　坂本石創（書物展望　昭和十八年十一
月）

34 幸田露伴

蝸牛庵訪問記　小林勇（昭和三十一年　岩波書店）
父・こんなこと　幸田文（昭和三十年　新潮文庫）
晩年の露伴　下村亮一（昭和五十四年　経済往来
社）
小石川の家　青木玉（平成六年　講談社）
父——その死　幸田文（昭和二十四年　中央公論
社）
露伴先生記念特輯（藝林閒歩　昭和二十二年七月）
幸田先生のこと　小宮豊隆（人間　昭和二十二年九
月）
露伴道人の思ひ出　山本実彦（改造　昭和二十二年
九月）
露伴翁の永眠に対して　山本有三（小説新潮　昭和
二十二年九月）
幸田露伴先生成行先生逝く（群像　昭和二十二年九

月）
幸田露伴追悼号（文学　昭和二十二年十月）
露伴の死を思う　長與善郎（文藝春秋　昭和二十二年十月）
露伴の死――文藝時評　中村光夫（文学界　昭和二十二年十月）
露伴と今日の読者　小泉信三（世界　昭和二十二年十月）
葬送の記―臨終の父露伴―　幸田文（中央公論　昭和二十二年十一月）
診療簿余録　武見太郎（社会　昭和二十二年十一月）
露伴全集全四十三巻（昭和五十三年～五十五年　岩波書店）

35　横光利一

横光君のこと　菊池寛（文藝春秋　昭和二十三年二月）
横光利一　川端康成（人間　昭和二十三年二月）
横光利一追悼（改造文藝　昭和二十三年三月）
横光利一氏を悼む　浅見淵ほか（若草　昭和二十三年三月）
横光利一追悼特輯（文学界　昭和二十三年四月）
横光さんの臨終　柴豪雄（別冊文藝春秋　昭和二十三年四月）
生きている父　横光象三（文藝往来　昭和二十四年一月）
定本横光利一全集全十七巻（昭和五十六年～平成十一年　河出書房新社）

36　太宰治

愛は死と共に　山崎富栄（昭和二十三年　石狩書房）
斜陽日記　太田静子（昭和二十三年　石狩書房）
小説太宰治　檀一雄（昭和二十四年　六興出版社）
太宰治研究　奥野健男編（昭和三十八年　筑摩書房）
桜桃の記　伊馬春部（昭和四十二年　筑摩書房）
回想の太宰治　津島美知子（昭和五十三年　人文書院）

回想太宰治　野原一夫（昭和五十五年　新潮社）
太宰治の「カルテ」　浅田高明（昭和五十六年　文理閣）
太宰治全集全十二巻（昭和五十年～五十二年　筑摩書房）
太宰治　井伏鱒二（平成元年　筑摩書房）
文藝読本太宰治（昭和五十年　河出書房新社）
太宰治特集号（文藝　昭和二十八年二月）
太宰治読本（文藝臨時増刊　昭和三十一年十二月）
太宰治昇天　石川淳（新潮　昭和二十三年七月）
追悼・太宰治の死（芸術　昭和二十三年八月）
追想の太宰治（東北文学　昭和二十三年八月）
太宰治の文学・生活（文藝時代　昭和二十三年八月）
太宰治特集号（文藝　昭和二十三年八月）
太宰治情死考　坂口安吾（オール讀物　昭和二十三年八月）
太宰治の死　志賀直哉（文藝　昭和二十三年十月）
太宰治一周忌（文藝時代　昭和二十四年七月）
生命の果実　田中英光（別冊文藝春秋　昭和二十四年八月）
太宰治全集全十三巻（昭和六十三年～平成四年　筑摩書房）

37　林芙美子

林芙美子　平林たい子（昭和四十四年　新潮社）
人間・林芙美子　竹本千万吉（昭和六十年　筑摩書房）
追悼林芙美子（文学界　昭和二十六年八月）
林芙美子追悼特集（文藝　昭和二十六年九月）
林芙美子さん―永遠の詩と人と生活　藤岡洋次郎（作家　昭和二十六年八月）
女流座談会・林芙美子さんを悼む　平林たい子（婦人公論　昭和二十六年八月）
林芙美子さんのこと　河盛好蔵（展望　昭和二十六年八月）
特集思い出の林芙美子（婦人朝日　昭和二十六年九月）
林芙美子先生を悼む（主婦之友　昭和二十六年九月）

もぐら横町　尾崎一雄（群像　昭和二十六年十月）
小説　林芙美子　檀一雄（新潮　昭和二十六年十一月）
林芙美子読本（文藝臨時増刊　昭和三十二年三月）
林芙美子全集全二十三巻（昭和二十六年〜二十八年新潮社）

38 斎藤茂吉

茂吉の体臭　斎藤茂太（昭和三十九年　岩波書店）
楡家の人びと　北杜夫（昭和三十九年　新潮社）
精神科医三代　斎藤茂太（昭和四十六年　文藝春秋）
回想の父茂吉母輝子　斎藤茂太（平成五年　中央公論社）
どくとるマンボウ追想記　北杜夫（昭和五十一年中央公論社）
茂吉の周辺　斎藤茂太（昭和六十二年　中公文庫）
斎藤茂吉先生　森本治吉（白路　昭和二十八年三月）
対談・童馬山房にて　小林勇・佐藤佐太郎（図書昭和二十八年三月）
斎藤茂吉と私　安倍能成（新潮　昭和二十八年四月）
斎藤茂吉と日本歌壇　佐藤佐太郎（新潮　昭和二十八年五月）
茂吉病床記　斎藤茂太（中央公論　昭和二十八年四月）
わが愛誦する茂吉の歌ほか（世界　昭和二十八年五月）
斎藤茂吉追悼特輯（短歌研究　昭和二十八年四月）
斎藤茂吉追憶（心　昭和二十八年五月）
斎藤茂吉研究（文学　昭和二十八年七月）
斎藤茂吉追悼号（アララギ　昭和二十八年十月）
斎藤茂吉先生追悼特輯（歩道　昭和二十八年五月）
斎藤茂吉先生　山口茂吉（朝日新聞　昭和二十八年二月二十六日）
短歌の五十年（図書新聞　昭和二十八年三月七日）
赤光の歌人―茂吉追悼（日本読書新聞　昭和二十八年三月九日）
斎藤茂吉全集全三十六巻（昭和四十八年〜五十一年

岩波書店）

39 堀辰雄

わが師わが友　大岡昇平（昭和二十八年　創元社）

堀辰雄・妻への手紙　堀多恵子（昭和三十四年　新潮社）

葉鶏頭　堀多恵子（昭和四十五年　麥書房）

堀辰雄追悼号（文藝　昭和二十八年八月）

堀辰雄看病記　堀多恵子（文藝春秋　昭和二十八年八月）

堀辰雄　人と作品（特輯）（文学界　昭和二十八年八月）

堀辰雄さんをしのぶ　佐多稲子（婦人公論　昭和二十八年七月）

座談会・堀辰雄の人と文学（婦人公論　昭和二十八年八月）

堀辰雄君のこと　三好達治（新潮　昭和二十八年七月）

堀辰雄のこと　中野重治（中央公論　昭和二十八年七月）

堀辰雄のこと　吉田洋一（文藝春秋　昭和二十八年七月）

堀辰雄　北畠八穂（新潮　昭和二十八年八月）

特輯・堀辰雄追悼（近代文学　昭和二十八年九月）

堀辰雄の手紙　葛巻義敏（文藝春秋　昭和二十八年十月）

追分日記抄——師・堀辰雄　福永武彦（新潮　昭和二十八年十月）

堀辰雄読本（文藝臨時増刊　昭和三十二年二月）

ささやかな楽しさ　堀辰雄の正月　堀多恵子（図書新聞　昭和三十三年一月一日）

文藝読本堀辰雄（昭和五十二年　河出書房新社）

堀辰雄全集全十巻（昭和五十二年〜五十五年　筑摩書房）

40 高村光太郎

高村光太郎研究　草野心平編（昭和三十四年　筑摩書房）

高村光太郎読本　草野心平編（昭和三十四年　学習研究社）

小説高村光太郎像　佐藤春夫（昭和三十一年　現代社）
小説智恵子抄　佐藤春夫（昭和三十二年　実業之日本社）
光太郎回想　高村豊周（昭和三十七年　有信堂）
晩年の高村光太郎　奥平英雄（昭和三十七年　二玄社）
高村光太郎追悼特輯（心　昭和三十一年六月）
逝ける詩人高村光太郎　藤島宇内ほか（新女苑　昭和三十一年六月）
高村光太郎読本（文藝臨時増刊　昭和三十一年六月）
増補高村光太郎全集全二十二巻（平成六年～十年　筑摩書房）

41　永井荷風

荷風眈蕩　小門勝二（昭和三十五年　有紀書房）
小説永井荷風傳　佐藤春夫（昭和三十五年　新潮社）
回想の永井荷風　荷風先生を偲ぶ会編（昭和三十六年　霞が関書房）
散人　荷風歓楽　小門勝二（昭和三十七年　河出書房新社）
永井荷風追悼号（三田文学　昭和三十四年六月）
特集永井荷風（学鐙　昭和三十四年六月）
永井荷風追悼特集（中央公論　昭和三十四年七月）
孤高と孤独（新潮　昭和三十四年七月）
狂気の文学者・永井荷風——荷風における文学　中村光夫（文藝春秋　昭和三十四年七月）
文壇クローズアップ　永井荷風のこと（小説新潮　昭和三十四年七月）
荷風文学の頂点　佐藤春夫ほか（群像　昭和三十四年七月）
荷風文学の女性像　奥野信太郎（婦人公論　昭和三十四年七月）
文藝読本永井荷風（昭和五十六年　河出書房新社）
荷風全集全三十巻（平成四年～七年　岩波書店）

42　火野葦平

火野葦平追悼号（九州文学　昭和三十五年四月）

火野葦平追悼号（文学者　昭和三十五年四月）
火野葦平追悼号（九州作家　昭和三十五年五月）
火野葦平作品掲載雑誌目録　矢富巌夫編（昭和五十三年　私家版）
兄・火野葦平私記　玉井政雄（昭和五十六年　島津書房）
火野葦平選集全八巻（昭和三十三年〜三十四年　東京創元社）

43　柳田国男

柳田国男特集号（文学　昭和三十六年一月）
柳田国男の世界（日本読書新聞　昭和三十七年八月二十日）
柳田国男氏の拓いたもの（週刊読書人　昭和三十七年八月二十七日）
自ら耕し、自ら収穫　臼井吉見（朝日新聞　昭和三十七年八月九日）
父柳田国男と私　柳田為正（自然　昭和三十七年十月）
柳田さんの一面　桑原武夫（図書　昭和三十七年十月）
柳田国男追悼（心　昭和三十七年十月）
文藝読本柳田国男（昭和五十一年　河出書房新社）
定本柳田国男集全三十六巻（昭和三十七年〜四十六年　筑摩書房）

44　谷崎潤一郎

倚松庵の夢　谷崎松子（昭和四十二年　中央公論社）
明治の日本橋・潤一郎の手紙　谷崎精二（昭和四十二年　新樹社）
谷崎家の思い出　高木治江（昭和五十二年　構想社）
文藝読本谷崎潤一郎（昭和五十二年　河出書房新社）
祖父谷崎潤一郎　渡辺たをり（昭和五十五年　六興出版）
湘竹居追想—潤一郎と「細雪」の世界　谷崎松子（昭和五十八年　中央公論社）
谷崎潤一郎佐藤春夫夫人譲渡事件　十返肇（文藝

昭和三十一年二月）
谷崎潤一郎の世界　丸岡明（図書新聞　昭和四十年八月十四日）
谷崎朝時代の終焉　三島由紀夫（サンデー毎日　昭和四十年八月十五日増大号）
谷崎潤一郎追悼（心　昭和四十年九月）
特集谷崎潤一郎追悼（中央公論　昭和四十年十月）
谷崎潤一郎追悼（群像　昭和四十年十月）
谷崎潤一郎追悼（文藝　昭和四十年十月）
小説谷崎潤一郎　今東光（新潮　昭和四十年十一月）
谷崎潤一郎全集全三十巻（昭和五十六年～五十八年　中央公論社）

45　三島由紀夫

伜・三島由紀夫　平岡梓（昭和四十七年　文藝春秋）
裁判記録「三島由紀夫事件」伊達宗克（昭和四十七年　講談社）
伜・三島由紀夫没後　平岡梓（昭和四十九年　文藝春秋）
文藝読本三島由紀夫（昭和五十八年　河出書房新社）
三島由紀夫おぼえがき　澁澤龍彦（昭和五十八年　立風書房）
三島由紀夫読本（新潮臨時増刊　昭和四十六年一月）
三島由紀夫大鑑（新評臨時増刊　昭和四十六年一月）
三島由紀夫追悼特集（新潮　昭和四十六年二月）
総特集三島由紀夫の死を見つめて（諸君！　昭和四十六年二月）
三島由紀夫特集（文藝　昭和四十六年二月）
特集三島由紀夫　死と芸術（群像　昭和四十六年二月）
特集三島由紀夫・その生と死（文藝春秋　昭和四十六年二月）
特集三島由紀夫と死の遍歴（潮　昭和四十六年二月）
特集三島由紀夫の死（自由　昭和四十六年二月）

暴流のごとく　平岡倭文重（新潮　昭和五十一年十二月）
三島由紀夫全集全三十六巻（昭和四十八年〜五十一年　新潮社）

46 **志賀直哉**

志賀直哉の生活と作品　阿川弘之（昭和三十年　創藝社）
志賀直哉読本　阿川弘之（昭和三十四年　学習研究社）
志賀さんの生活など　瀧井孝作（昭和四十九年　新潮社）
志賀直哉とその時代　平野謙（昭和五十二年　中央公論社）
志賀直哉　阿川弘之（平成六年　岩波書店）
志賀直哉読本（文藝臨時増刊　昭和三十年二月）
志賀直哉追悼（新潮　昭和四十六年十二月）
志賀直哉追悼（心　昭和四十六年十二月）
志賀直哉氏の逝去を悼んで（世界　昭和四十六年十二月）
志賀直哉・人と作品（文学界　昭和四十六年十二月）
志賀直哉追悼（文藝　昭和四十六年十二月）
特集志賀直哉（群像　昭和四十七年一月）
志賀直哉追悼（この道　昭和四十七年一月）
志賀直哉をめぐる美（芸術新潮　昭和四十七年二月）
小特集志賀直哉・人と作品（解釈　昭和四十七年七月）
特集志賀直哉・暗夜行路の旅（太陽　昭和四十八年二月）
志賀直哉全集全十六巻（昭和四十八年〜五十九年　岩波書店）

47 **川端康成**

川端康成とともに　川端秀子（昭和五十八年　新潮社）
文藝読本川端康成　三島由紀夫編（昭和三十七年　河出書房新社）
小説川端康成　沢野久雄（昭和四十九年　中央公論

社）
川端康成―芸術と病理　稲村博（昭和五十年　金剛出版）
事故のてんまつ　臼井吉見（昭和五十二年　筑摩書房）
文藝読本川端康成（昭和五十二年　河出書房新社）
証言「事故のてんまつ」　武田勝彦・永沢吉晃（昭和五十三年　講談社）
川端康成読本（新潮臨時増刊　昭和四十七年六月）
特集川端康成（文学界　昭和四十七年六月）
川端康成追悼特集（新潮　昭和四十七年六月）
特集川端康成氏と芸術（群像　昭和四十七年六月）
追悼川端康成（海　昭和四十七年六月）
川端康成氏を悼む（国文学　昭和四十七年六月）
特集川端康成の死（文藝春秋　昭和四十七年六月）
日本の心川端康成（別冊週刊読売　昭和四十七年六月十日）
川端康成追悼特集（文藝　昭和四十七年六月）
川端康成全集全三十七巻（昭和五十五年～五十九年　新潮社）

48　武者小路実篤

武者小路実篤追悼特輯（新しき村　昭和五十一年六月）
追悼・武者小路実篤（新潮　昭和五十一年六月）
武者小路先生から学んだこと　天野貞祐ほか（心　昭和五十一年七月）
武者小路実篤全集全十八巻（昭和六十二年～平成三年　小学館）

49　小林秀雄

兄小林秀雄との対話　高見澤潤子（昭和四十三年　講談社）
兄小林秀雄　高見澤潤子（昭和六十年　新潮社）
小林秀雄氏の魅力　秋山駿（朝日新聞　昭和五十八年三月一日）
汲めど尽きぬ達道の芸　水上勉（毎日新聞　昭和五十八年三月一日）
赫い日　中上健次（毎日新聞夕刊　昭和五十八年三月四日）

小林秀雄追悼号（新潮臨時増刊　昭和五十八年四月）
追悼特集・小林秀雄（文学界　昭和五十八年五月）
追悼小林秀雄（ユリイカ　昭和五十八年五月）
レクイエム小林秀雄　吉田凞生編（昭和五十八年　講談社）
新訂小林秀雄全集全十六巻（昭和五十三年～五十四年　新潮社）

本書は平成十一年十二月新潮社より刊行された単行本に加筆したものです。

有島武郎著

惜みなく愛は奪う

―有島武郎評論集―

貴公子にして反逆者。「本能的生活」を追求しつづけた武郎の精髄をここまで深く編んだ評論集はない。必携の集大成。

芥川龍之介著

羅生門・鼻

王朝の説話物語にあらわれる人間の心理に、近代的解釈を試みることによって己れのテーマを生かそうとした〝王朝もの〟第一集。

芥川龍之介著

奉教人の死

殉教者の心情や、東西の異質な文化の接触と融和に関心を抱いた著者が、近代日本文学に新しい分野を開拓した〝切支丹もの〟の作品集。

芥川龍之介著

河童・或阿《あるあ》呆《ほう》の一生

珍妙な河童社会を通して自身の問題を切実にさらした「河童」、自らの芸術と生涯を凝縮した「或阿呆の一生」等、最晩年の傑作6編。

芥川龍之介著

侏儒《しゆじゆ》の言葉《ことば》・西方《さいほう》の人

著者の厭世的な精神と懐疑の表情を鮮やかに伝える「侏儒の言葉」、芥川文学の生涯の総決算ともいえる「西方の人」「続西方の人」の3編。

田山花袋著

蒲団・重右衛門の最後

蒲団に残るあの人の匂いが恋しい――赤裸々な内面を大胆に告白して自然主義文学の先駆をなした「蒲団」に「重右衛門の最後」を併録。

田山花袋著
田舎教師

文学への野心に燃えながらも、田舎の教師のままで短い生涯を終えた青年の出世主義とその挫折を描いた、自然主義文学の代表的作品。

小林多喜二著
蟹工船・党生活者

すべての人権を剝奪された未組織労働者のストライキを描いて、帝国主義日本の断面を抉る「蟹工船」等、プロレタリア文学の名作2編。

宮沢賢治著
注文の多い料理店

生前唯一の童話集『注文の多い料理店』全編を中心に土の香り豊かな童話19編を収録。イーハトヴの住人たちとまとめて出会える一巻。

天沢退二郎編
新編宮沢賢治詩集

自己の心眼と森羅万象との絶えざる交流と融合とによって構築された独創的な詩の世界。代表詩集『春と修羅』はじめ、各詩集から厳選。

吉田凞生編
中原中也詩集

生と死のあわいを漂いながら、失われて二度とかえらぬものへの想いをうたいつづけた中也。甘美で哀切な詩情が胸をうつ。

岡本かの子著
老妓抄

明治以来の文学史上、屈指の名編と称された表題作をはじめ、いのちの不思議な情熱を追究した著者の円熟期の名作9編を収録する。

泉鏡花著
歌行燈・高野聖

淫心を抱いて近づく男を畜生に変えてしまう美女に出会った、高野の旅僧の幻想的な物語「高野聖」等、独特な旋律が奏でる鏡花の世界。

泉鏡花著
婦系図

『湯島の白梅』で有名なお蔦と早瀬主税の悲恋物語と、それに端を発する主税の復讐譚を軸に、細やかに描かれる女性たちの深き情け。

河上徹太郎編
萩原朔太郎詩集

孤独と焦燥に悩む青春の心象風景を写し出した第一詩集「月に吠える」をはじめ、孤高の象徴派詩人の代表的詩集から厳選された名編。

与謝野晶子著
鑑賞/評伝 松平盟子
みだれ髪

一九〇一年八月発刊。この時晶子22歳。まさに20世紀を拓いた歌集の全399首を、清新な「訳と鑑賞」、目配りのきいた評伝と共に贈る。

神西清編
北原白秋詩集

官能と愉楽と神経のにがき魔睡へと人々をいざなう異国情緒あふれる「邪宗門」など、豊麗な言葉の魔術師北原白秋の代表作を収める。

島崎藤村著
破戒

明治時代、被差別部落出身という出生を明かした教師瀬川丑松を主人公に、周囲の理由なき偏見と人間の内面の闘いを描破する。

島崎藤村著
夜明け前
（第一部上・下、第二部上・下）

明治維新の理想に燃えた若き日から失意の中に狂死する晩年まで――著者の父をモデルに木曽・馬籠の本陣当主、青山半蔵の生涯を描く。

横光利一著
機械・春は馬車に乗って

ネームプレート工場の四人の男の心理が歯車のように絡み合いつつ、一つの詩的宇宙を形成する「機械」等、新感覚派の旗手の傑作集。

太宰治著
人間失格

生への意志を失い、廃人同様に生きる男が綴る手記を通して、自らの生涯の終りに臨んで、著者が内的真実のすべてを投げ出した小説。

太宰治著
グッド・バイ

被災・疎開・敗戦という未曽有の極限状況下の経験を我が身を燃焼させつつ書き残した後期の短編集。「苦悩の年鑑」「眉山」等16編。

太宰治著
二十世紀旗手

麻薬中毒と自殺未遂の地獄の日々――小市民のモラルと、既成の小説概念を否定し破壊せんとした前期作品集。「虚構の春」など7編。

太宰治著
もの思う葦《あし》

初期の「もの思う葦」から死の直前の「如是我聞」まで、短い苛烈な生涯の中で綴られた機知と諧謔に富んだアフォリズム・エッセイ。

林　芙美子著
新版 放浪記
貧困にあえぎながらも、向上心を失わず強く生きる一人の女性――日記風に書きとめた雑記帳をもとに構成した、著者の若き日の自伝。

斎藤茂吉著
赤　光
「おひろ」「死にたまふ母」。写生を超えた、素朴で強烈な感情のほとばしり。近代短歌を確立した、第一歌集『初版・赤光』を再現。

堀　辰雄著
風立ちぬ・美しい村
高原のサナトリウムに病を癒やす娘とその恋人の心理を描いて、時の流れのうちに人間の生死を見据えた「風立ちぬ」など中期傑作2編。

高村光太郎著
智恵子抄
情熱のほとばしる恋愛時代から、短い結婚生活、夫人の発病、そして永遠の別れ……智恵子夫人との間にかわされた深い愛を謳う詩集。

永井荷風著
濹東綺譚
小説の構想を練るため玉の井へ通う大江匡と、なじみの娼婦お雪。二人の交情と別離を描いて滅びゆく東京の風俗に愛着を寄せた名作。

火野葦平著
土と兵隊・麦と兵隊
日中戦争に従軍、戦地での兵隊たちの言語に絶する悪戦苦闘ぶりと、その人間性への敬意と愛情を、圧倒的な筆力で記した名作2編。

柳田国男著
遠野物語
日本民俗学のメッカ遠野地方に伝わる民間伝承、異聞怪談を採集整理し、流麗な文体で綴る。著者の愛と情熱あふれる民俗洞察の名著。

谷崎潤一郎著
痴人の愛
主人公が見出し育てた美少女ナオミは、成熟するにつれて妖艶さを増し、ついに彼はその愛欲の虜となって、生活も荒廃していく……。

川端康成
三島由紀夫著
川端康成
三島由紀夫 往復書簡
「小生が怖れるのは死ではなくて、死後の家族の名誉です」三島由紀夫は、川端康成に後事を託した。恐るべき文学者の魂の対話。

志賀直哉著
暗夜行路
母の不義の子として生れ、今また妻の過ちにも苦しめられる時任謙作の苦悩を通して、運命を越えた意志で幸福を模索する姿を描く。

武者小路実篤著
お目出たき人
口をきいたことすらない美少女への熱愛。その片恋の破局までを、豊かな「失恋能力」の持主、武者小路実篤が底ぬけの率直さで描く。

小林秀雄著
作家の顔
書かれたものの内側に必ず作者の人間があるという信念のもとに、鋭い直感を働かせて到達した作家の秘密、文学者の相貌を伝える。

追《つい》悼《とう》の達《たつ》人《じん》

新潮文庫　あ－18－6

平成十四年七月一日発行

著者　嵐山《あらしやま》光《こう》三《ざぶ》郎《ろう》

発行者　佐藤隆信

発行所　株式会社　新潮社

郵便番号　一六二—八七一一
東京都新宿区矢来町七一
電話 編集部(〇三)三二六六—五四四〇
読者係(〇三)三二六六—五一一一

価格はカバーに表示してあります。

乱丁・落丁本は、ご面倒ですが小社読者係宛ご送付ください。送料小社負担にてお取替えいたします。

印刷・大日本印刷株式会社　製本・加藤製本株式会社

ISBN4-10-141906-X C0195